ein Ullstein Buch

ein Ullstein Buch
Nr. 20345
im Verlag Ullstein GmbH,
Frankfurt/M – Berlin – Wien
Italienischer Originaltitel:
A che punto è la notte

Aus dem Italienischen von Herbert Schlüter und
Inez De Florio-Hansen (ab Kapitel 10)

Ungekürzte Ausgabe

Umschlagentwurf:
Hansbernd Lindemann

Taschenbuchausgabe mit Genehmigung des
R. Piper & Co. Verlags München – Zürich

Printed in Germany 1983
Druck und Bindung: Mohndruck
Graphische Betriebe GmbH, Gütersloh
ISBN 3 548 20345 0

Juli 1983

CIP-Kurztitelaufnahme
der Deutschen Bibliothek

Fruttero, Carlo:
Wie weit ist die Nacht: Roman /
Carlo Fruttero; Franco Lucentini.
[Aus d. Ital. von Herbert Schlüter
u. Inez de Florio-Hansen (ab Kap. 10)]. –
Ungekürzte Ausg. – Frankfurt/M;
Berlin; Wien: Ullstein, 1983.
(Ullstein-Buch; Nr. 20345)
Einheitssacht.: A che punto
è la notte «dt.»
ISBN 3-548-20345-0

NE: Lucentini, Franco: GT

Carlo Fruttero/
Franco Lucentini

Wie weit ist die Nacht

Roman

ein Ullstein Buch

Für Maria Pia und Simona

Jede Ähnlichkeit mit realen Tatbeständen, lebenden oder juristischen Personen, mit Körperschaften, Gesellschaften oder Organisationen, natürlichen oder übernatürlichen Hierarchien ist rein zufällig.

Zwecks besserer Übersicht wurden die Personen des Romans in einem hierarchischen Schema, analog dem Telefonverzeichnis eines Konzerns, in Gruppen zusammengefaßt. Dieses Schema gilt nur bis zu einem bestimmten Zeitpunkt der Nacht.

Pfarrkirche Santa Liberata:
Pfarrer Don Pezza, Pfarrvikarin Caldani, Ingenieur Vicini, Sakristan Priotti u.a.

Die feine und die weniger feine Turiner Gesellschaft:
Signora Guidi, ihre Tochter Thea und ihre Freundin Nicoletta;
Dr. Musumanno u.a.; Graziano und seine »Freunde«; der Dieb Canova, die aus Biello, »Die Peitsche« u.a.

Polizeipräsidium von Turin:
Überfallkommando:
Die Kommissare De Palma und Santamaria, Polizeiassistentin Luigina Pietrobono.
Sittenpolizei: Kommissar Rappa.
Digos: Kommissar Cuoco.

Verlag »Kunst und Idee GmbH«:
Der Verleger Dr. Rossignolo, Dr. Monguzzi, die Redakteure Lomagno, Francisco, Mariarosa Zonca; die Außenlektoren Prof. Calamassi, Prof. Santamaria u.a.

FIAT, Fabbrica Italiana Automobili Torino:
Vorstandsmitglied Dr. Musumanno, Rechtsanwalt Sulis, das Ungeheuer von Zimmer Nr. 528 u.a.

Carabinieri:
Kommando von Piazza Carlina:
General Croveri-Gariglio, Hauptmann Scarampi u.a.
Kommando von Rivoli: Maresciallo Genovese u.a.

Städtische Polizei:
Abtlg. I »Garibaldi«: die Polizisten Traversa, Ivano, und Berruti, Angelo.
Kommando vom Corso XI Febbraio:
Polizist Poma, Attilio.

Erzbischöfliches Ordinariat:
der Kardinal-Erzbischof von Turin; Monsignor Ceci; Don Zeri.

Teatro Regio:
Rosanna Carteri, Marianne Stock-Gibson.

Sonderhierarchien:
Gnostischer Kreis: die Äonen Nr. 1-36 und der infame Basilides.
Antignostischer Kreis: Der Große Boß und die Heiligen Irenäus, Epiphanes u.a.; der Prophet Jesaja.

Die bei den Operationen verwendeten Automobile:
der alte Volkswagen des Bleistifthändlers; Dienstautos der Verkehrspolizei und Streifenwagen der Carabinieri; Grazianos Porsche; der »Lupetto« der Brüder Bortolon, ein Toyota, eine Gilera 250 und diverse andere.

Spezialeffekte:
zuständig: der Große Boß.

1. Der cremefarbene alte Volkswagen

1

Der cremefarbene alte Volkswagen des Bleistifthändlers war auf halbem Wege in der Rhododendrenstraße geparkt. Dicht nebeneinander klebten auf Türen, Kotflügeln und Heckfenstern Streifen, Zettel und Wimpel mit der Aufschrift »Jucca, der Stift mit der Supermine« oder »Versuchen Sie, mich aufzubrauchen!« Oder auch »Jucca, der Stift mit der Perücke«. Über letztgenanntem Slogan schwebte ein Stift, über den eine gelb-rot-grüne Perücke gestülpt war.
Auf dem Rücksitz stapelten sich bis zur Decke große Kartons mit Jucca-Stiften. Auch neben dem Fahrersitz standen vier Kartons übereinander, mit einem starken Bindfaden zusammengebunden; darauf lag ein Megafon mit der quer verlaufenden Schrift: »Jucca, der junge Drehbleistift«.
Eingeschlossen von den Kartonstapeln, war der Händler selbst kaum zu sehen: ein Mann von eher kleiner Statur, in einer Jacke aus rötlichem Kunstleder und einem weiß und hellblau gestreiften Hemd darunter; er trug eine karierte Mütze, und hinter dem Ohr steckte ein Kugelschreiber. Auf den Knien lag sein Auftragsblock, und in der Hand hielt er einen Kopierstift der Marke Jucca. Aber er schrieb nicht, sondern sah nur mit halb nachdenklicher, halb zerstreuter Miene vor sich hin, als bemerke er das Wenige, was da draußen auf der Straße vor sich ging, gar nicht.
In der Rhododendrenstraße wuchs kein einziger Rhododendronstrauch. Vor zwanzig Jahren hatte eine Gruppe von Architekten und Stadtplanern nach vielen Studienreisen in die skandinavischen Länder und nach England beschlossen, am äußersten Stadtrand von Turin ein Musterviertel zu bauen, in dem zwei- bis dreitausend der weniger begüterten Bürger dieser Stadt für einen ihren Mitteln angemessenen Betrag inmitten der Natur leben konnten. Für dieses Experiment hatte man den Grund und Boden eines unter dem Namen *Il Brussone* bekannten alten Bauernhofs (er wurde sofort abgerissen) gewählt. Auf seinen Feldern, Wiesen und Gartengrundstücken zwischen den Flüssen Dora und Stura waren »auf den Menschen zugeschnittene« Häuser entstanden, das heißt, drei Stockwerke hoch in Ziegel- und Sichtbetonbau, ohne Fahrstuhl und mit kleinen, durch hohe Zementbrüstungen geschützten Balkons, hinter denen die Mieter ihre Wäsche zum Trocknen aufhängen

sollten, wie es ihresgleichen im von arktischen Winden heimgesuchten Norden taten.
Die Häusergruppen waren nicht parallel und im rechten Winkel zueinander angeordnet, sondern in Halbkreisen, die sich überschnitten, sich hier und da an den Spitzen berührten oder auch sich in weiter Entfernung gegenüberlagen und so ein an Widersprüchen reiches Ganzes von offenen und geschlossenen Klammern bildeten, von Alleen, die gleichsam nicht weiterwußten, von fragwürdigen Pfaden und Durchgängen, größeren und kleineren Plätzen, die auf mannigfache, doch stets irreführende Weise untereinander in Verbindung standen. Alle diese ungleichen Zwischenräume zwischen den Häusern von Brussone hatten freundliche, vielversprechende Namen erhalten, denen aber das Turiner Klima oder auch die Nachlässigkeit der Stadtverwaltung und die schlechten Manieren der Bewohner im Laufe von wenigen Jahren jede Glaubwürdigkeit genommen hatten. Die Rhododendrenstraße bildete einen Winkel von hundertzwanzig Grad mit dem Viale degli Ontani, der Erlenallee, in der freilich keine einzige Erle stand, so wenig wie irgendeine Ranunkel in der Via dei Ranuncoli zu sehen war, die nicht weit davon nach links abbog. Immer wenn der Bleistifthändler in den Rückspiegel blickte, sah er den weitgeschwungenen Halbmond der Via delle Fuchsie, in der keine einzige Fuchsie wuchs.
Gelbliche Grasbüschel, kahle Stellen, höckerige Bodenerhebungen und flache Hügel mit zertrampelten Beeten waren alles, was von der grünen und blühenden Zone geblieben war, die sich die Stadtplaner vorgestellt hatten. Die Hände in den Taschen, schlenderten Kinder paarweise durch den dichter werdenden Nachmittagsnebel und stießen träge mit den Füßen eine leere Konservendose oder die Scherben eines Ziegelsteins vor sich her. Ein Rudel streunender Hunde arbeitete lautlos an der Erweiterung eines Lochs – eines von hundert Löchern – in den nackten Zweigen einer Hecke, um dahinter zu verschwinden. Eine schwangere Frau trat, sich ein Tuch unter dem Kinn festbindend, aus einer Haustür und entfernte sich vermummt und schwerfällig. Aus dem letzten Haus der Straße, Nr. 18, war seit einer Stunde niemand herausgekommen, so wenig wie jemand hineingegangen war. Seufzend zündete sich der Händler eine Zigarette an und startete den Motor. Nicht um loszufahren, sondern nur, weil es ihm allmählich kalt wurde und er sich ein wenig aufwärmen wollte.
An der rechten Fensterscheibe klopfte es, und über die aufgeschichteten Kartons hinweg sah er eine kleine Faust und das Gesicht eines kleinen Mädchens, das forschend in den Wagen spähte.
»Was willst du?« schrie der Händler.
Das Kind deutete die Gebärde des Schreibens an, worauf der Händler

mit einem Achselzucken wieder geradeaus blickte. Kurz danach sah er das Kind vorn am Wagen vorbeigehen und an seine Seite kommen; hinter ihm erschienen noch zwei kleinere Mädchen, die sich vollkommen glichen. Der Mann kurbelte das Fenster herunter.

»Was willst du?« fragte er und stieß ein Wölkchen von Rauch und dampfendem Atem aus.

»Schenkst du uns einen Bleistift?« fragte das größere Mädchen, ohne zu lächeln.

Auch aus dem Mund des Mädchens, in dem ein Zahn fehlte, drang ein graues Wölkchen, das wie gezeichnet in der kalten, unbewegten Luft stand. Das Kind hatte die kastanienbraunen Haare im Nacken fest zu einem Pferdeschwanz zusammengebunden, so daß kein einziges Haar lose herabhing; doch damit schien sich seine ganze Fähigkeit zu Ordnung und Körperpflege erschöpft zu haben. Gesicht, Hände und Knie waren mit frischer Erde beschmutzt, zeigten aber auch ältere Ablagerungen verschiedenster Art.

Ebenfalls ohne zu lächeln, öffnete der Händler den Handschuhkasten und entnahm ihm ein großes Etui mit Bleistiften der Marke Jucca; er zog einen orangefarbenen Stift heraus und reichte ihn dem Mädchen. Die Kleine nahm ihn entgegen, deutete aber mit dem Kinn auf die beiden Zwillinge, die mit ihren kohlrabenschwarzen Augen hinter dem Vorhang ihrer ebenso tiefschwarzen und zerzausten Haare zu ihm hinaufblickten. Der Händler nahm zwei weitere Jucca-Stifte aus dem Behältnis und gab sie dem größeren Mädchen, das sie den Zwillingen weiterreichte. Die eine der beiden Kleinen murmelte ein »Danke«, ohne jedoch den Spender dabei anzusehen. Dann gingen alle drei mit gesenkten Köpfen davon; erst nach einigen Schritten fingen sie an zu lachen, erhoben kreischend die Stimmen und hüpften, ihre Bleistifte schwenkend, bis sie im Nebel verschwanden.

Als sei die Begegnung mit den drei Kindern das von ihm erwartete Ereignis – oder Signal – gewesen, warf der Händler den Zigarettenstummel aus dem Fenster, schaltete den Rückwärtsgang ein und begann, auf dem aufgebrochenen Belag der Rhododendrenstraße rückwärtszufahren. Er fuhr ruckweise, in zwar raschen, aber sehr kurzen, sprungartigen Abschnitten. Alle paar Meter hielt er, um seinen Kurs zu kontrollieren, da die Kartons hinter ihm die Sicht behinderten. Endlich an der Kreuzung angelangt, fuhr er entschlossen los, ohne auch nur einen Blick auf das Haus Nr. 18 zu werfen.

Der Volkswagen bog in die Via delle Saggine ein, zögerte an der Kreuzung der Via dei Lecci, bog erst nach rechts ab, dann nach links, dann wieder nach rechts, vorsichtig und unentschlossen schwankend zwi-

schen den verlassenen Arenen und den beschädigten Amphitheatern des Musterviertels. Schließlich gelangte er auf eine weite asphaltierte Fläche, an der fast alle öffentlichen Gebäude des Viertels lagen – niedrige Arkaden mit einer Reihe von Läden, eine fünfeckig angelegte Bar, eine Schule, die, gleichsam auf der Flucht vor einem Sumpf aus Orangenschalen, Zeitungsfetzen, Plastikflaschen, entfärbten und beschmutzten leeren Zigarettenschachteln und einem geplatzten Luftballon, auf einen Sockel aus Pfeilern geklettert war. Drei bis auf den Stamm beschnittene Linden (eine vierte war abgestorben) und zwei steinerne Bänke zeigten an, daß sich hier die Endstation der in die Stadt führenden Autobuslinie befand. Da war kein Schutzdach oder Wartehäuschen, und der zweistöckige rote Autobus schien auch nur ein weggeworfenes großes Spielzeug zu sein, das hier verrostete. Der Fahrer hatte seinen Sitz nicht verlassen und las einen Brief, vielleicht zum zweitenmal; der Schaffner dagegen war ausgestiegen, um eine Zigarette zu rauchen. Er stand mit dem Absatz an das große Rad gelehnt und zeigte die muntere, interessierte Miene, die in den Augenblicken der Muße Menschen, die sich mit der Monotonie ihrer Arbeit längst abgefunden haben, ganz verwandelt.
An ihm vorbei fuhr der Volkswagen auf die Kirche zu. Es war ein Gebäude aus großen quadratischen Platten, von schwarzen Eisenröhren gestützt, die auf der einen Seite im Gitterwerk aufstiegen und eine Art von skelettiertem Glockenturm bildeten. Der Bleistifthändler hielt vor dem Campanile, stieg aus und erkannte sogleich einen schrägen Spalt zwischen zwei Platten; er nahm seine Mütze ab und schlüpfte rasch in die Kirche.

2

Wenn man in den engen Gassen eines alten Viertels eine alte Kirche sucht, so kann das, zumal an einem grauen Februarnachmittag, bei manchen Menschen ein anheimelndes, herzerwärmendes Gefühl auslösen, und das unabhängig von dem Motiv des Erkundungsganges. Aber bei einem Mann wie Monguzzi, der unter anderem an einer Form von Klaustrophobie litt, konnte die Altstadt keine anderen Empfindungen wecken als Unsicherheit und Angst.
Monguzzi war vor fünfzehn Jahren von Valenza Po nach Turin übergesiedelt, aber er kannte kaum – und sah auch keinen Grund dazu – dieses düstere Labyrinth von engen Straßen und Sackgassen, von kleinen Plätzen, die den Namen Platz nicht verdienten, und von baufälligen, wenn nicht bereits eingestürzten Fassaden, in dessen Mitte sich irgend-

wo die Kirche Santa Liberata befinden sollte.
Sein Kollege Rossignolo, der vor ihm ging, blieb, ein »Aha« oder so etwas wie »Ach so, ja also« vor sich hinmurmelnd, an einer neuen Kreuzung stehen.
Monguzzi, der ihm seit zwanzig Minuten mit gesenktem Kopf folgte wie ein Hund, beobachtete ihn aufmerksam, und aus dem erfreuten Lächeln des andern, dieser Miene des überlegenen Spielers, der endlich die Früchte seiner unfehlbaren Züge erntet – tack, tack, tack und tack –, ersah er, daß auch Rossignolo nicht die leiseste Ahnung hatte, wo sich die Kirche Santa Liberata tatsächlich befand. Sie hatten sich, schlicht gesagt, verlaufen.
Verdammt, dachte Monguzzi, der spürte, wie seine Unruhe den bekannten qualitativen Sprung machte und sich in Angst verwandelte – verflucht und zugenäht... Fröstelnd in seinem graugrünen Anorak, ermaß er plötzlich den ganzen Ernst der Situation. Als sie das Verlagshaus verlassen hatten, in dem beide als Redakteure arbeiteten, hatte Rossignolo väterlich versichert: »Keine Sorge, ich weiß Bescheid«, und war ohne Zögern in Richtung Altstadt aufgebrochen. Jetzt freilich würde selbst die Drohung mit der Guillotine ihn nicht zu dem Geständnis bewegen, daß er in Wirklichkeit gar nichts wußte; selbst die Aussicht auf das Fallbeil würde ihn nicht veranlassen, jemanden nach dem Weg zu fragen. So war er nun einmal, er litt an einer Art Allwissenheitsneurose. Gut und gern könnte er noch weitere zwanzig oder vierzig Minuten so aufs Geratewohl herumlaufen, immer mit der Miene dessen, der genau wußte, wohin er ging. Das Schlimmste dabei war, daß er, Rossignolo, der an einer leichten Form von Platzangst litt, sich in diesen erstickend und erdrückend engen Gassen geradezu wohl fühlte, weil sie ihm ein Gefühl von Sicherheit, von warmer Beschütztheit gaben. Da haben wir die Bescherung, dachte Monguzzi und zog sich mechanisch die Baskenmütze fast bis zu den Augenbrauen herab, wir sind die Lackierten...
»Was ist los, Monga, ist dir nicht gut?« fragte der Kollege mehr vorwurfsvoll als besorgt und mit eiskaltem Analytikerblick.
»Aber nein«, log Monguzzi, »mir ist nur ein bißchen kalt.«
»Kalt? Willst du sagen, daß es kalt ist?«
Es konnten nicht mehr als zwei Grad über Null sein, aber Rossignolo gab vor, gegen klimatische Bedingungen unempfindlich zu sein; ob kalt, ob warm, er trug immer nur Flanellanzüge und dazu leichte Pullis mit Rollkragen in allen möglichen Farben. Trotzdem war seine Nasenspitze, wie Monguzzi feststellte, violett, und die Hände hatte er tief in die Taschen versenkt.
»Na los, komm, Monga, ich lade dich zu einem *vin brûlé* ein«, sagte

Rossignolo und nahm die Hände aus den Taschen, um mit theatralischer Gebärde die Finger anzuhauchen.
»Danke, nein«, antwortete Monguzzi, »mit meiner Neigung zu Darmkatarrhen – du verstehst ... Aber wenn dir was daran liegt, eine Osteria finden wir immer.«
Zahlen würde er in jedem Fall müssen, denn Rossignolo, der von sich behauptete, von einer fürstlichen, ja selbstmörderischen Verschwendungssucht zu sein, hatte, wenn er ausging, nie eine Lira bei sich. Aber wenigstens könnte er sich an der Theke ein Glas Wasser geben lassen, um seine Tabriumkapsel zu schlucken, die er sonst nicht herunterbekam.
Gereizt zuckte Rossignolo die Achseln und begann, eilig die Via Bellezia entlangzugehen.
Winter, Piemont, Altstadt, verräucherte Osteria, Cesare Pavese, *vin brûlé* – es war nicht schwer zu begreifen, wie er darauf gekommen war, überlegte Monguzzi, der Rossignolo zwischen den haltenden Autos hindurch folgte, die fast völlig den Weg versperrten. So wie Rossignolo es nicht ertrug, Irrtümer zu begehen – und einzugestehen –, so war er auch überzeugt, daß es stets und überall das »Richtige« zu tun oder zu sagen gab und daß der Sinn des Lebens darin bestand, jeweils das ideale Verhalten zu erkennen. Er ist ja noch jung, dachte Monguzzi, während er um einen Lieferwagen mit Fernsehgeräten herumging, lassen wir ihm seine Illusionen. Er selbst war vierunddreißig Jahre alt, ein Jahr älter als Rossignolo, aber er spürte auf seinen Schultern die Last von achtzig Jahren, von denen er fünfundsiebzig damit verbracht hatte, die Sinnlosigkeit zu erfahren, die darin lag, Glühwein – *vin brûlé* – in den finsteren, verkommenen Wirtshäusern eines solchen Viertels zu suchen, wo dieses Getränk zweifellos unbekannt war oder, schlimmer noch, ein giftiges Gebräu, bereitet von unfähigen und schlampigen Gastwirten. Falls nicht ...
Monguzzi hob plötzlich den Kopf, sah aber seinen Kollegen nicht mehr; er war hinter einem Lastwagen verschwunden, der ein schwieriges Wendemanöver ausführte, um in eine Hauseinfahrt einzubiegen. Auch Monguzzi manövrierte, indem er sich platt an die Mauer drückte. – Falls nicht der Glühwein nur ein Vorwand war, ein fragwürdiges Mittel, das Monguzzi erlauben sollte, sich beim Wirt oder einem Stammgast nach Santa Liberata zu erkundigen. Ja, wenn er es sich überlegte, konnte es nur so sein, und das erklärte auch das Achselzucken und die düstere Miene, die Rossignolo bei seiner Weigerung gezeigt hatte.
Habe ich noch Zeit, es wiedergutzumachen, fragte er sich und biß sich dabei auf die braun behandschuhten Finger. Nein, schon zu spät. Rossi-

gnolo würde bereits verstanden haben, daß er ihn verstanden hatte, und mindestens zwei Tage lang gekränkt sein. Monguzzi hätte instinktiv ja sagen müssen, sozusagen ohne etwas zu merken, sich vielmehr gefügig zeigen und sich ohne Überlegung lenken lassen. Das war das mindeste, was jemand wie Rossignolo von seinen Freunden erwarten konnte.

Als der Lastwagen unter gewaltigem Getöse in die Hauseinfahrt gefahren war, sah Monguzzi seinen Kollegen ein paar Meter weiter vor einem Schaufenster stehen. Er pfiff ein kompliziertes Motiv.

»Vivaldi?«

»Salieri. Schau mal da.«

Es war der Laden eines Seilers. Die kleine Auslage hinter dem Schaufenster zeigte eine Fülle von Seilen, Bindfäden und Schnüren in Form von Rollen, Kringeln, Strängen, Kugeln und Schleifen, in jeder Stärke und jeder Schattierung von weiß bis tabakfarben, grau und beinahe braun. Durch die offene Tür drang ein vergessener und doch sofort vertrauter Geruch.

»Oh!« sagte Monguzzi bewundernd, überzeugt, es diesmal richtig zu machen, »Seile – das ist etwas Schönes!«

»Vielleicht ist es etwas Schönes«, sagte Rossignolo, »aber bestimmt nicht für den, der sie herstellen muß, meinst du nicht auch?«

Pech gehabt, dachte Monguzzi. Er hatte geglaubt, die Reihenfolge der Gedanken wäre diese: der gute Geruch von Seilen, eine Kindheit in der Provinz, das einfache Leben, in dem alles unverfälscht war; jetzt der Verfall des Handwerks, die Kälte und Gräßlichkeit von Kunststoff und Klebestreifen, die ekelerregende Konsumgesellschaft. Statt dessen lief sie so: gerötete Hände, Rückgratverkrümmung und Allergien der in einer Seilerei tätigen Arbeiter, Hungerlöhne und Ausbeutung von Minderjährigen; das Seil als Symbol für Abschirmung der Bourgeoisie, Symbol der Unterdrückung in Form des Henkerstricks für alle Feinde dieser Bourgeoisie. – Was für ein Reinfall!

»Aber heute«, versuchte er es noch einmal, mit geringer Hoffnung, »heute gibt es doch sicher Maschinen, die dieses Zeug da herstellen, nicht wahr?«

Rossignolo antwortete ihm nicht. Sein hageres Profil und sein mit schütteren, ganz kurz geschnittenen blonden Haaren bedeckter Schädel erinnerten Monguzzi mehr denn je an einen Mönch des Mittelalters, an einen in himmlische Meditation versunkenen Asketen. In diesem Augenblick erschien der Ladeninhaber, der einen Kunden zur Tür begleitete, auf der Schwelle, und im Nu begriff Monguzzi, daß dies der wahre Grund war, weswegen Rossignolo vor dem Schaufenster verweilte, das heißt, daß ihm hier eine zweite Chance gegeben wurde. Er

ergriff sie.
»Verzeihen Sie«, sagte er mit der Verlegenheit eines schlechten Gewissens – für Rossignolo gespielt –, »wissen Sie vielleicht, wie man zur Santa Liberata kommt? Ist es noch weit?«
Der Seiler erklärte es ihm: erst rechts, dann links, dann wieder rechts, und währenddessen lächelte Rossignolo mit der unendlichen Geduld eines Christus angesichts des ungläubigen Thomas.
»Du weißt doch«, rechtfertigte sich Monguzzi, als sie sich auf den Weg machten, »ich habe immer Angst, mich zu verlaufen.«
»Ich weiß, Monga. Ich weiß, du bist ein Neurotiker«, sagte Rossignolo und klopfte ihm freundschaftlich auf die Schulter. »Aber du bist ein guter Junge, und deshalb haben wir alle Geduld mit dir.«

3

Nachdem er zehn Minuten in dem Dossier geblättert hatte, war es Kommissar Santamaria zum Bewußtsein gekommen, daß der eigentliche Gegenstand seiner kleinen Nachforschung Gott war.
Herr, dachte er bestürzt, ich bin nicht würdig ... Die Frage interessierte ihn bereits seit dreißig Jahren nicht mehr, aber seine Schuld – mehr aus Indolenz als aus Überheblichkeit – war es, allmählich zu der Überzeugung gelangt zu sein, daß auch andere in der Beschäftigung mit Gott dasselbe sahen wie er, nämlich eine Art von nebensächlichem und schwer zu praktizierendem Sport wie Zehnkampf oder Rollschuhlaufen, einem Sport, dessen Regeln und Geheimnisse er vergessen hatte, so wie er sich nicht einmal mehr daran erinnerte, daß er sich einst leidenschaftlich dafür interessiert hatte. In die Enge getrieben, würde er mehr oder weniger in einem Ton antworten, als hätte man ihn gefragt, ob es nicht unbequem sei, in einem Haus ohne Fahrstuhl zu wohnen – nein, nein, man behilft sich ganz gut, es ist eine Frage der Gewohnheit, nach einer Weile merkt man es gar nicht mehr, im Gegenteil, es soll ja sehr gut für den Kreislauf sein.
Nur hatte Gott – und das war eigentlich nicht erstaunlich – seine Gleichgültigkeit überlebt und sich inzwischen seinerseits ebenfalls recht gut ohne ihn beholfen. Eine ganze Menge Leute betrachteten ihn durchaus nicht als eine Nebensächlichkeit, sondern interessierten sich weiterhin lebhaft für Ihn, und zwar auf recht unterschiedliche Weise, wie die Berichte, Broschüren, Flugblätter, vervielfältigten Bekanntmachungen und die in dem tabakfarbenen Aktendeckel gesammelten Zeitungsausschnitte bewiesen.
Ach ja, dachte der Kommissar mit einem gewissen Unbehagen, gewiß:

Gott. Wie viele nichtreligiöse Menschen sah er Gott mit orthodoxen Augen, ganz ohne Schatten und Schattierungen; er stellte sich Ihn (und warum auch nicht, da er nicht gläubig war) nach traditioneller Weise vor – mit weißem Bart und erhobenem Zeigefinger, von Wölkchen und Engeln umgeben. Und die Gläubigen glichen sich alle, wie die Japaner.

Natürlich war es nicht so. Es wäre zu schön gewesen. Der Kommissar nahm eine Nummer des monatlich erscheinenden Blättchens »Dazugehören« vom Schreibtisch und betrachtete das Foto auf der letzten Seite. Eine Gruppe von Menschen – alle mit ernstem Gesichtsausdruck – stand um einen mit Müll gefüllten Lastwagen. Zum größten Teil waren es Mädchen in Jeans und bärtige, langhaarige junge Männer, aber es befand sich auch ein Mann mittleren Alters unter ihnen, der eine Brille trug, auch ein schlaff wirkender Alter mit nacktem Oberkörper und zwei Kinder, die sich über ihren kleinen Schubkarren beugten. Alle waren mit Schaufeln, Spaten, Eimern und Besen bewaffnet. Mitten in dem Müll auf dem Lastwagen stand ein Mann, der aus einer Bierflasche trank, während er in der freien Linken eine Mistgabel hielt. Er trug hohe Gummistiefel, wie sie die Fischer benutzen, und hatte seine Latzhose in die Schäfte gesteckt. Sein weißes Trikothemd ließ die behaarten Unterarme und den kurzen, massigen Hals frei. Angesichts der Haltung des Mannes – der zurückgeworfene Kopf, der unnatürliche Gesichtsausdruck mit den halbgeschlossenen Augen, den eingezogenen Wangen, den sich um die Flaschenöffnung schließenden vorgewölbten Lippen – konnte man sich nicht gut eine genaue Vorstellung von seinem Gesicht machen. Immerhin schien es von einer vorspringenden fleischigen Nase beherrscht zu sein, die durch die Aufnahme aus einem bestimmten Winkel heraus deutlich hervorgehoben wurde.

Es war dieser seltsame Heilige von einem Priester, bei dem das Überfallkommando, die Sittenpolizei und die Digos (früher das Politische Büro, jetzt in Direktion für generelle Organisation der Sicherheit umgetauft) alle Mühe hatten, zu entscheiden, ob und wenn ja, dann in welchem Maße, der Mann ein polizeiliches Problem sei: Don Alfonso Pezza, Pfarrer von Santa Liberata, einer bescheidenen Kirche in der Altstadt von Turin, in deren Gemeinde seit einigen Jahren eine tiefgreifende Unruhe zu verzeichnen war.

4

Die Kirche, ein liebenswürdiger Barockbau, gehörte zu denen, bei welchen man eines Tages feststellt, daß man schon wer weiß wie oft an ihnen vorbeigekommen ist, ohne sie gesehen zu haben. Ein winziger Kirchplatz mit Kopfsteinpflaster, zwei abgenutzte Stufen, eine schmale, rissige, grün angestrichene Tür ... In dem üblichen Schaukasten hingen die üblichen Ankündigungen der Gemeinde und der Diözese – Feste, Novenen, Pilgerfahrten, Ausflüge und verschiedene Treffen. Aber Monguzzi, der den Pfarrer einmal getroffen hatte und die Erinnerung an einen Priester des dynamischen und argumentierenden Typs bewahrt hatte, suchte vergebens nach Bekanntmachungen, Spruchbändern und Aufrufen, die einen bedeutenderen Appell enthielten.

Rossignolo klopfte mit dem Fingernagel leicht und herablassend auf ein hektographiertes Blatt mit einigen Zeilen, das bescheiden ein wenig abseits angeheftet war.

»Aha«, sagte Monguzzi, der sich, um es zu lesen, herabbeugen mußte. »Unsere Freitage«, buchstabierte er mit ironischer Feierlichkeit, »Februar: Freitag, 4., *Jeremia* 31,35. Freitag, 11., *Prediger Salomo,* 3,15. Freitag, 18., *Hesekiel,* 7,2. Freitag, 25., *Die Offenbarung des Johannes,* 6,12.«

Eine weitere Ankündigung war auf dem Blatt nicht verzeichnet.

»Ist das alles?« fragte Monguzzi, enttäuscht wie von der unerklärlich dürftigen Speisekarte eines wegen seiner Spezialitäten berühmten Restaurants.

»Wieso? Was hast du erwartet?«

»Ich weiß nicht. Aber da er doch einer dieser Priester ist, die soviel Zirkus machen ...«

»Wahrscheinlich tut er das drinnen statt draußen.«

»Ach, deshalb also«, sagte Monguzzi kichernd. »Stell dir vor, daß er hier einmal ein ›Konzert für Säge und Flaschenzug‹ veranstaltet hat!«

»Tatsächlich?« fragte Rossignolo interessiert. »Komponiert er auch? Hast du es gehört?«

»Um Himmelswillen!« Monguzzi tat so, als wollte er sich die Ohren zuhalten. »Aber als er uns im vergangenen Jahr seine Tonbänder brachte, hat er mir seine vollständige Bibliographie dagelassen. Darunter war auch das Programm zu einem ›Konzert für Säge und Flaschenzug‹.« Er lachte wieder. »Inzwischen ist er wohl schon bei Sinfonien für Kolben und Hämmer angelangt.«

Ein intelligenter Junge, dachte Rossignolo, oder zumindest nicht dumm. Trotzdem verstand er nichts von den Beunruhigungen, den Impulsen und den dramatischen Entscheidungen, mit denen Priester wie dieser Pezza rangen. Bei seinem Antiklerikalismus alten Stils stehengeblieben, sah Monga überall, wo Priester im Spiele waren, nur Betrug oder Hanswurstiaden.

»Du hast nichts begriffen«, sagte er seufzend.

»Entschuldige, aber was gibt es da zu begreifen? Dieser Mann –«

»Die Sache ist sehr einfach: Dieser Mann sucht, wie viele andere Priester, liturgischen Raum. Oder, besser gesagt, er sucht den neuen liturgischen Spielraum, der ihm gewährt worden ist, nach allen Richtungen auszunützen.«

»Aber sie dürfen doch nicht jeden Unfug machen, der ihnen in den Sinn kommt?«

»Wie es heute steht, verfügt der Vorsitzende über einen beachtlichen Spielraum.«

»Was für ein Vorsitzender? Was sagst du da?«

»Der Vorsitzende der Versammlung. Das ist die technische Bezeichnung für den Priester, der die Messe zelebriert.«

»Und ein geschäftsführendes Vorstandsmitglied gibt es nicht?«

Rossignolo antwortete mit feinem Lächeln.

»Hör mal, Monga, wenn wir jetzt einfach nur billige Witze machen wollen, können wir genausogut gleich ins Büro zurückkehren – und Amen!«

Wollte Gott, dachte Monguzzi, und es gab ihm einen Stich ins Herz, wollte Gott, wir täten's! Die Minuten vergingen, die Wochen vergingen, unerbittlich wechselten die Jahreszeiten, aber der Briefwechsel Crispi-Oderici war noch immer nicht satzfertig. Seit Jahren ruhten die 942 Maschinenseiten des Manuskripts wie ein Denkmal menschlicher Unbeständigkeit auf seinem Schreibtisch. Es wurde aufgenommen, liegengelassen, wieder aufgenommen und von neuem zurückgestellt zugunsten unaufschiebbarerer Arbeiten wie der Herausgabe der unveröffentlichten Schriften William Cabezons, dieses Kafkas von Venezuela, oder der Interview-Gedichte von Abu Letiroir, den man den Milton von Ghana nannte, nicht zu vergessen die Untersuchung über das Huhn in der sizilianischen Wirtschaft des dreizehnten Jahrhunderts ... Und dann die Korrespondenz, die Konferenzen, Telefongespräche, wieder Konferenzen, die Besuche von Mitarbeitern, Spendensammlern und Nervensägen, wie diesem Pezza, der vor über einem Jahr zu ihnen gekommen war, um ihnen eine ganze Serie von Tonbändern in Kassetten anzubieten: Aufnahmen von seinen Freitagabend-Messen oder, wie er es nannte, von den »Polydialogen« und sonstigen Ton-Manifestationen, die sich unter seinem Vorsitz abspielten. Vor mehr als einem Jahr, verdammt noch mal ...

Einige Frauen betraten die Kirche, und durch die geöffnete Tür drang

für einen Augenblick wie ein schlecht gehütetes Geheimnis ein intensiver Geruch von Wachs.
»Na los, gehen wir rein«, sagte Rossignolo und öffnete nun seinerseits die Tür. Monguzzi erkannte undeutlich ein paar Flämmchen in einer schwarzen Höhle; er dachte an das *Buch Jona* und an *Pinocchio*; er dachte an seine Klaustrophobie, und plötzlich regte sich Widerstand in ihm.
»Verdammt noch mal, wen interessiert Pezza schon? Hör mal, können wir nicht Calamassi sagen, daß wir ihn nicht angetroffen haben und daß er selbst Pezza ein paar Zeilen schreiben soll?«
Rossignolo sah ihn mit einem Blick an, als habe er ihm soeben vorgeschlagen, eine Flugzeugladung von Blutplasma, die für Kinder der Dritten Welt bestimmt war, zu kidnappen.
»Das wäre nicht korrekt«, sagte er nach einer Kunstpause, »weder Calamassi gegenüber noch gegen den Autor.«
Was für ein Autor, und was hieß hier korrekt, dachte Monguzzi empört. Als er damals in den Verlag gekommen war, mit einem Empfehlungsschreiben von Professor Piodi und einer Tasche voll Tonbändern, da hatte ihn niemand empfangen wollen, den Autor Pezza! Weder Rossignolo noch die Zonca, noch Lomagno, und schon gar nicht der Verleger selbst. Eine wilde Flucht auf allen Seiten. Da hatte es dann wie üblich Monguzzi getroffen, wieder mal das Gummiband über den Briefwechsel Crispi-Oderici zu ziehen und den Besucher zu empfangen, ihm eine Zigarette anzubieten und sich anzuhören, was er vorauszuschicken, zu erläutern, zu präzisieren und zu betonen hatte. Nicht daß der Mann schlimmer als so viele andere war. Im Gegenteil, auf seine Weise war er ganz amüsant. Aber Monguzzi haßte Tonbandgeräte. Es waren schändliche Maschinen, denen nun eine neue Unterart dilettierender Autoren zu verdanken war, wie Volksschullehrerinnen, Gewerkschaftler, Kassiererinnen, Krankenpfleger, Fürsorgerinnen oder Reiseleiter, die ihr Geschwätz und das der andern auf Band aufnahmen, um es dann den Verlegern als interessante Dokumente des Lebens vorzulegen. Da hatte einmal ein Zahnarzt aus Venedig dem Verlag die Tonbänder gebracht, auf denen er das Gezänk mit seiner Frau aufgenommen hatte. Faules, stumpfsinniges Volk, das man mit einer dieser Peitschen, die bei dem Seiler hingen, aus dem Hause jagen sollte. »Da ist es. Das meiste ist schon getan. Es liegt in dieser Kassette«, schienen die Blicke zu sagen, schlau und eitel; um den Rest, den mit Liebe und zermürbender Mühe zu bewerkstelligenden Übergang vom gesprochenen zum geschriebenen Wort, mochten sich die bloß Ausführenden, wie etwa er, Monguzzi, kümmern! Was wußten sie, diese Faulpelze, von der schrecklichen Tyrannei des bedruckten Papiers, von der minu-

ziösen und mühsamen Arbeit, der Kärrnerarbeit, die hinter jedem Buch stand? Was interessierte sie, die ohnehin an einen großzügigen Umgang mit Fakten und Daten gewöhnt waren, daß ein Brief von Oderici vom 12. Januar 1887 auf einen Vorfall anspielte, der sich in Wirklichkeit am 14. Januar, also erst zwei Tage später ereignet hatte?
»Los, vorwärts«, sagte Rossignolo, »wir wollen nicht noch mehr Zeit verlieren.«
Die Zeit, diese quälende Zeit mit dem Gewicht eines Dickhäuters und dem schnellen Sprung der Katze . . .
Mit der plötzlichen Entschlossenheit der Schüchternen trat Monguzzi wortlos wieder auf den Kirchplatz zurück und war bereits am Gitter, als Rossignolo ihn zurückrief.
»Was machst du denn? Wohin willst du?«
»Ich suche eine Bar. Geh du nur in die Kirche!«
Doch er sah, daß Rossignolo ihm kopfschüttelnd folgte. Mochte er doch den Kopf schütteln, bitte! Was kam es auf fünf Minuten mehr oder weniger an? Man mußte sich ohnehin von einer Verspätung zur anderen durchschlagen, schier erdrückt davon und immer im Schatten gewaltiger Verzögerungen – um Wasser mit dem Sieb zu schöpfen. Der Priester war mit schuld an der Verzögerung, mit der der Briefwechsel Crispi-Oderici erschien, aber seine Tonbänder lagen dafür ebenfalls seit Monaten in einem Regal, wo sie Staub ansetzten. Aber dann hatte jemand Calamassi davon erzählt, Calamassi, der seit drei Jahren im ständigen Wechsel von Aufschub und zügiger Arbeit an einem Essay über *Die nicht delegierten Entscheidungen, Geschichte und Geschichtsschreibung* schrieb. Monate darauf telefonierte Calamassi, um sich die Kassetten schicken zu lassen und sie sich einmal kurz vorzuspielen. Wieder Monate, in denen sich der Staub auf die Kassetten legte, Monate des Schweigens. Endlich telefonierte er wieder, um mitzuteilen, daß ihm die Tonbänder in der Tat nützen könnten und er vielleicht einen Teil davon für das letzte Kapitel seines Buches verwenden würde. Wer, was, wie? Niemand erinnerte sich mehr, wovon die Rede war. Man mußte sich wieder, mit Pausen und Unterbrechungen, von einem Büro zum andern durchfragen, bis man auf Monguzzi stieß. Er war derjenige, welcher; er war der, der die Verantwortung trug und über alles Bescheid wußte. So durfte er denn auch, bitte, den Autor aufsuchen und ihn informieren, den Kontakt wieder aufnehmen, sich ein bißchen umsehen und umhören . . .
Und so hatte Monguzzi, meinte Monguzzi, jedes Recht, bis zu der Bar da hinten zu gehen, dort ein Mineralwasser zu bestellen und gegen dieses Gefühl von Angst, das dieses düstere Viertel mit seinen finsteren engen Gassen in ihm erregt hatte, seine Tabriumkapsel zu nehmen.

5

Auf ihrem Weg durch die Gassen der Altstadt, mit ihrer kostbaren Last für den unentbehrlichen Celestini – er war der einzige in Turin, der es verstand, den abgebrochenen Henkel einer Empire-Amphore kunstgerecht wieder zu befestigen –, bemerkte Signora Guidi plötzlich einen scharfen Wachsgeruch und sah zugleich, nur ein wenig zurückgesetzt zwischen den schwarzen, abblätternden Häuserfassaden, eine Kirche. Aus der Tür waren gerade zwei Frauen mittleren Alters getreten, die nun ihren Schleier wieder in der Handtasche verstauten.
Signora Guidi blieb unentschlossen stehen. Ihre Frömmigkeit hatte etwas Sporadisches; von Zeit zu Zeit ging sie in die Kirche, und da sie sich mehr oder weniger in der Nähe der *Consolata* befand, dachte sie einen Augenblick daran, sie aufzusuchen und fünf Minuten in dieser feierlichen, funkelnden heiligen Pracht zu sitzen, für deren Zauber sie stets empfänglich gewesen war. Aber sie hätte noch weiter gehen müssen, wenn auch nicht viel weiter, und sie hatte nach Celestini noch mehrere Besorgungen zu machen.
Die beiden Frauen entfernten sich in entgegengesetzten Richtungen, und Signora Guidi, die ihr Paket mit beiden Händen trug, stieß die Tür mit der Schulter auf und trat in die ihr unbekannte Kirche. Sie befand sich plötzlich in einer tiefen, eisigen Dunkelheit, in der nur die Flammen unzähliger Kerzen als leuchtende Punkte standen. Ein wenig überrascht von dem starken Kontrast von Schatten und Feuer, aber mit der vagen Vorstellung, daß es sich hier um einen Schaden an der elektrischen Anlage – wenn nicht um die Notwendigkeit, Energie zu sparen – handelte, ging Signora Guidi im Mittelschiff weiter und setzte sich aufs Geratewohl auf eine Bank der rechten Seite.
Die Kirche war fast leer, eiskalt und kahl. Hinten, in der Nähe des Altars, sah sie einen verworrenen Aufbau von Brettern und Rohren, ein Gerüst, das sich nach oben zu in der Finsternis der Kuppel verlor. Aha, ein Baugerüst, dachte Signora Guidi, da wird irgend etwas ausgebessert oder erneuert.
Sie wollte gerade ihr Paket neben sich abstellen und zu einem kurzen Gebet niederknien, als sie spürte, wie eine schwere Hand sich grob auf ihre Schulter senkte. Zugleich vernahm sie eine Männerstimme, nicht laut, aber sehr sicher, ja autoritär und nicht ohne einen drohenden Klang.
»Was tust du hier?«
Die Dame wandte sich um und sah, ganz nahe und furchterregend, einen abgeschnittenen Kopf vor sich. Ihre Verblüffung, ihr Entsetzen und das absolut Gespenstische der Erscheinung dauerten nur einen

Augenblick. Dann begann ihr Herz wieder zu schlagen, die Welt wurde wieder normal. Der Kopf hatte eine weiße Stütze, den Halskragen des Priesters, und darunter war das Priestergewand, unsichtbar vor dem finsteren Hintergrund, und dazu, beruhigender als alles andere, strömte die dunkle Gestalt einen nur allzu natürlichen, irdischen Geruch aus – den eines selten gewaschenen Körpers.
Es folgte nun, was Signora Guidi später, wenn sie davon erzählte, einen völlig wahnsinnigen Dialog nannte.
»Ich habe gebetet«, rechtfertigte sie sich, noch etwas kurzatmig und befangen, »ich bin in die Kirche gekommen, um zu beten...«
»Bete, Weib, bete!« befahl der Priester. »Aber geh an deinen Platz, jeder muß an seinem Platz bleiben, oder wollen wir, daß die große Unzucht uns alle in ihren Strudel reißt?«
Ohne ihre Antwort abzuwarten, schob er seine Hand unter ihren Arm, und in wenigen Sekunden fühlte sie sich von seinem eisernen Griff emporgehoben, vor ihm hergetrieben und zu den Bänken auf der linken Seite geschleppt.
»Hier die Frauen«, sagte der Priester, »dort die Männer! Wenn Gott gewollt hätte, daß man sie verwechseln kann, hätte er sie gleich geschaffen! Runter, auf deinen Platz!«
Und mit einem letzten, energischen Stoß drückte er sie auf die Bank, als drücke er einen widerspenstigen Deckel auf den Topf.
Bestürzt versagte sich die Dame jede Reaktion; nicht im Traum dachte sie daran, zu protestieren.
»Ich habe es nicht gewußt«, stammelte sie wie gelähmt.
Die Erklärung kam ihr jäh, wie ein schrecklicher Blitz. Nur mir, dachte sie hysterisch, nur mir konnte so etwas passieren – in eine Kirche zu gehen, die ich nie zuvor gesehen habe, gerade in dem Augenblick, in dem der Pfarrer einen Wahnsinnsanfall hat. Hilfesuchend blickte sie um sich. Vielleicht war es ein Irrer, der sich als Priester verkleidet hatte, und wenn sie jetzt laut um Hilfe rief, würde der echte Pfarrer... Aber ihr Paket, das sie auf der anderen Bank hatte liegenlassen, bewahrte sie vor einer noch absurderen Szene.
»Mein Paket!« rief sie und zeigte mit dem Finger in die Richtung, wo sie es gelassen hatte. Sie tat es eher, um sich an etwas Normales und Vertrautes zu klammern, als in der Absicht, die Aufmerksamkeit des Geisteskranken abzulenken.
Der Priester drehte sich um und sah in die angegebene Richtung, dann verzog sich sein Gesicht zu einem Schmunzeln. Seine Hand kniff freundschaftlich in ihre Schulter, und die undeutliche Gestalt verschwand mit einem Rascheln. Einen Augenblick später war er zurück, groß, schwarz, phantastisch.

»Hab keine Angst!« Er reichte ihr das Paket. »Das Haus Gottes ist die sicherste Zuflucht.«
»Vielen Dank!« hörte sie sich sagen.
»Bist du neu hier?« fragte der Priester, den Blick auf ihren Breitschwanzmantel mit den Aufschlägen aus Otternfell gerichtet. »Ich habe dich noch nie gesehen.«
»Ich gehöre zu einer anderen Gemeinde«, hörte sich Signora Guidi wie unter dem Blick des Sheriffs in einem Westernfilm antworten.
»Du bist in die Kirche gekommen, ohne dich mit Weihwasser zu bekreuzigen«, sagte der Priester. »Ich habe dich gesehen.«
»Weil ich das Paket zu tragen hatte«, hörte sich Signora Guidi erklären, völlig befangen in dem Fieberwahn der Situation.
»Geh und benetze deine Finger«, sagte der Priester mit Strenge. »Die Haut, nicht deine Handschuhe!«
Gänzlich verwirrt vertraute Signora Guidi ihr Paket wieder dem Priester an und fand irgendwie die Kraft, sich zu erheben und Schritt für Schritt bis zum Weihwasser zu gehen. Gehorsam streifte sie den Handschuh ab, und erst in diesem Augenblick wurde ihr bewußt, daß nur drei Meter weiter die Tür, die Straße, die Vernunft lockten. Aber sie ließ die Gelegenheit ungenutzt.
Ihr Schutzengel, so berichtete sie später, kam ihr zu Hilfe mit einer ausgefallenen touristischen Erinnerung – an den groben Gesichtsausdruck und die aggressive Stimme eines Pariser Gastwirts, Jean oder Jules oder François, der vor Jahren einen aufsehenerregenden Erfolg hatte, indem er seinen vor Entzücken jauchzenden Gästen Unverschämtheiten sagte, sie beschimpfte und anpöbelte. Genauso war dieser Priester!
Die ganze Angst dieser furchtbaren Minuten des Weltuntergangs löste sich nun in einer Regung fast von Sympathie. Ein Landpfarrer, der schrie und losdonnerte, immer aufgelegt zum Kartenspiel, zum Glas Wein, zum derben Scherz, und der sich im Gespräch mit den jungen Frauen und Mädchen seines Heimatdorfes gern ein bißchen gehen ließ. Genauso war der Stil dieses Priesters, wenn sie auch Zweifel hatte, ob er in der Stadt seine Wirkung tat, zumal heutzutage. Aber vielleicht bei einem gewissen Typ von Menschen . . .
Signora Guidi entdeckte, daß mit der Klarheit des Verstandes auch ihre Fähigkeit, sich zu entrüsten, zurückgekehrt war. Wütend – und glücklich, es zu sein – ging sie auf diesen unsäglichen Flegel zu, der inzwischen tatsächlich die Frechheit gehabt hatte, das Paket zu öffnen und sich für den Inhalt zu interessieren.
»Was tun Sie da?« fauchte sie ihn an und fügte giftig hinzu: »Schämen Sie sich nicht? Haben Sie schon so früh was getrunken?«

Aber der Priester lächelte nicht. Er rechtfertigte sich auch nicht, beteuerte nicht, es sei nur ein Scherz gewesen. Vielmehr zog er die mit Dukatengold vergoldete Amphore aus dem Papier und drehte sie in seinen mächtigen Händen.
»Gold«, murmelte er.
Mit starrem Blick musterte er Signora Guidi.
»Du bist reich«, sagte er, »aber du wirst arm sein.«
Er legte den Krug in das Packpapier zurück und gab ihn der Eigentümerin wieder. Dann entfernte er sich ins hohle Dunkel.
Signora Guidi verließ die Kirche. Sie vergaß, sich zu bekreuzigen, sei es mit, sei es ohne Weihwasser, und schon bald darauf machte sie bei Celestini ihrem Herzen Luft, übrigens inzwischen von dem Vorfall bereits amüsiert. Aus den Tausenden von Scherben, die seit Jahren hier darauf warteten, wieder zusammengefügt zu werden, hatte Celestini zwei ausgewählt, an denen er nach allen Regeln seiner Kunst arbeitete. Den Kopf gesenkt, den Rücken gebeugt und nur alle fünf Minuten ein Wort von sich gebend, erklärte er ihr, daß die Kirche, die sie besucht hatte, Santa Liberata hieß und daß der Pfarrer, ein gewisser Don Pezza, tatsächlich etwas sonderbar war.

6

Kommissar Santamaria blätterte noch einmal in der kleinen Monatsschrift »Dazugehören« von der letzten bis zur ersten Seite zurück. Er hatte keine Lust zu klären, auf welchen Begriff genau sich das Zeitwort bezog, ob es Gott war, der zu den Gläubigen gehörte, oder umgekehrt; ob es die Christen waren, die der Gesellschaft zugehörten, oder die Gesellschaft den Christen, ob die Zugehörigkeit die Kirche betraf, die Stadt, die Trambahn oder nicht vielmehr das ganze Universum. Wahrscheinlich ein bißchen von allem. Bestimmte Wörter waren so etwas wie ein *Upim*-Warenhaus geworden; man fand in ihnen alles mögliche, vom Reibeisen bis zum Perserteppich. Aber in jedem Fall bewies das häufige Vorkommen des Ausdrucks »Bewußtmachung« in den Überschriften und Inhaltsangaben der einzelnen Beiträge, daß auch dieses Blatt von einer »tiefgreifenden Unruhe« kündete, wobei die, welche sich in der Gemeinde des Don Pezza manifestierte, nicht einmal die ungewöhnlichste zu sein schien.
Der Mann mit der Mistgabel und der Bierflasche hatte sich freilich nicht darauf beschränkt, mit Hilfe einer Gruppe von Freiwilligen die öffentlichen Anlagen in einem Stadtviertel an der Peripherie von Turin zu säubern. Diese umweltfreundliche Unternehmung, an drei Samsta-

gen wiederholt und dann infolge offiziöser Proteste der Gewerkschaft der Straßenkehrer wieder aufgegeben (das Dossier enthielt Fotokopien des diesbezüglichen Briefwechsels), war nur eine der ersten Initiativen des Pfarrers von Santa Liberata gewesen. Offenbar war er ein sich unablässig weiterentwickelnder Mann, der verblüffend häufig Gelegenheit zu Bewußtmachungen fand.

Da gab es eine Diskothek in einem Keller der Via Bonelli (Meldung der Feuerwehr, die sie nach vierzehn Tagen geschlossen hatte), in der man ausschließlich religiöse Musik zu hören bekommen hatte; ferner eine Flugblattaktion und eine (genehmigte) Demonstration für einen irischen Priester, in dessen Haus in Belfast man 114 Kilogramm Sprengstoff gefunden hatte; dann die Organisation von »bipolaren« Rundgesprächen zwischen »Nichtsehenden« (Blinden) und »Hörbehinderten« (Taubstummen) zwecks Erarbeitung einer »gemeinsamen Strategie«; oder das (von der Direktion der ehemaligen psychiatrischen Klinik von Collegno zurückgewiesene) Ersuchen, mit einer von Schizophrenen verkörperten »Lebenden Krippe« auf eine kurze Tournee durch Piemont zu gehen; und schließlich fehlte nicht ein Bändchen mit Versen (*Der übersehene Bruder* von Alfonso Pezza, Verlag der Eichel, Como), das ein eifriger Wachtmeister (man konnte nie wissen!) den übrigen Dokumenten hinzugefügt hatte.

Du, mein entrechteter Bruder, der du
die müden Augen hebst,

las der Kommissar und hob die Augen von dem Bändchen, das er zuklappte.

Die Polizei hatte sich in keinem Fall um diese mannigfaltigen Tätigkeiten zu kümmern brauchen, die man als die unruhige Suche eines kämpferischen Geistes oder auch als den unsicher tastenden Tatendrang eines Ehrgeizigen interpretieren konnte, die aber im einen wie im andern Fall harmlos waren. Hätte dieser Pezza hier haltgemacht, wäre niemand im Polizeipräsidium auf die Idee gekommen, eine Akte über ihn anzulegen. Aber Pezza hatte es hierbei nicht bewenden lassen. Es hatte weitere Bewußtmachungen und neue Entwicklungen gegeben. Ja, es war zu den »Sondermessen« am Freitagabend gekommen.

Der Kommissar war ein paarmal auf seinem neuen, mit mühelos gleitenden Stahlkugeln versehenen Sessel vor- und rückwärtsgerollt; aber dann stand er auf und trat ans Fenster. Das Bild, das es in seinem Ausschnitt bot, schien mit den Büromöbeln mitgeliefert worden zu sein, so unveränderlich war es in seiner kaum zu beschreibenden grauen Eintönigkeit. Kahle schwarze Bäume, farblose Hausfassaden, ein bedeckter Himmel, Nebel. Was ist Gott wirklich, fragte sich Santamaria ohne falsche Bescheidenheit.

Von einem professionellen Gesichtspunkt aus gesehen, schien sich für den schwierigen Fall nur eine einzige Analogie anzubieten. In einsamer Ferne, rätselhaft und unnahbar war der *Große Mafioso* noch nie mit unverhülltem Gesicht gesehen worden; aber Seine unermeßliche Macht offenbarte sich blitzartig allenthalben, und jedermann wußte, daß er keinen Schritt tun und keine Hand bewegen konnte, ohne daß Er es auf der Stelle erfuhr. Aber auch andere charakteristische Eigenschaften stimmten überein: die maßlose Grausamkeit, die schrecklichen Denkzettel, die Er Feinden und Verrätern erteilte, aber das alles wieder gemildert von zartester Nachsicht, von plötzlichen, fast launenhaft zu nennenden Anwandlungen von Großmut gegen Witwen, schlichte Seelen und Kinder.
Man hielt die Existenz eines von Ihm gefaßten geheimen Plans für sicher, so fein, genau und verwickelt, daß keiner je im Ernst glaubte, sein letztes Ziel erforschen zu können. Aber viele versicherten, gewisse Teilabschnitte, Zusammenhänge, Einzelheiten und begrenzte Motive erkannt zu haben, und andere – Wichtigtuer, Profitsucher, Schwärmer und Verrückte – versuchten ständig, sich in den Gang der Dinge einzuschalten, indem sie sich selbst als die direkten Vollstrecker Seiner Befehle und als die Interpreten Seines wahren Willens ausgaben, während wieder andere, gutinformierte Beobachter, zweideutige Gerüchte verbreiteten über Sein trauriges, einsames Alter, Sein unaufhaltsames An-den-Rand-Gerücktwerden, ja Seinen Tod.
Eine verworrene Situation, dachte der Kommissar, während er langsam an seinen Platz am Schreibtisch zurückkehrte und die Akten wieder aufnahm. Wenn er auch kein definitives Urteil abgeben wollte (ein Theatercoup, ein spektakuläres Comeback, eine sensationelle Demonstration seiner Stärke waren immerhin denkbar), so schien ihm doch alles in allem und aus einer gewissen Distanz gesehen, daß der Große Boß nicht mehr der alte war. Anders ließe sich auch kaum erklären, daß Alfonso Pezza und andere gleich ihm sich erkühnten, so selbständig aktiv zu werden und sich Freiheiten herauszunehmen, die früher undenkbar gewesen wären, und die damit der alten Regel zuwiderhandelten, nach der die Geschäfte des Allerhöchsten Auftraggebers in einer Weise zu besorgen waren, die die Aufmerksamkeit der Polizei so wenig wie möglich auf sich zog.
Die Freitagabend-Messen, mit denen Don Pezza in seiner Kirche vor zwei oder drei Jahren begonnen hatte, waren jeweils einer anderen Kategorie vom Schicksal benachteiligter Menschen gewidmet. »Für unsere im Ausland arbeitenden Brüder«, hieß es in einem der hektographierten Blätter, »Für unsere behinderten Brüder« in einem anderen. Das Thema des *Bruders* schien dem Dichter-Priester, obwohl es nicht

besonders originell war, sehr am Herzen zu liegen, ohne daß er in der ersten Zeit über gewisse Grenzen hinausgegangen wäre. »Für unsere arbeitslosen Brüder«, las der Kommissar, und auch »Für unsere Brüder im Gefängnis«. Routineangelegenheiten. Nichts, was einen Ordnungsdienst erfordert hätte oder auch nur die Anwesenheit von ein paar Beamten in Zivil, die man diskret in der Nähe des Weihwasserbeckens postierte.

Aber plötzlich geschah es, daß Pezza, offensichtlich infolge einer neuen Wendung, einer neuen Entwicklung, etwas innerhalb seiner Grenzen durchaus Originelles brachte. »Messe für unsere Brüder, die Millionäre«, las der Kommissar mit einem Lächeln. Er erinnerte sich, daß er schon damals, zur Zeit des »Mäuseskandals« im vorigen Jahr, gelächelt hatte, als der Weg des Pfarrers schließlich doch den der Polizei gekreuzt hatte.

Der Einfall mit den Millionären hatte ein gewisses Aufsehen erregt. Der Priester hatte vor verschiedenen katholischen und religiös nicht gebundenen Journalisten Erklärungen abgegeben (Zeitungsausschnitte in der Anlage). Aber hinter den frommen, von Don Alfonso formulierten christlich-marxistischen Banalitäten (»Wir sollen nicht gegen die Reichen, sondern gegen den Reichtum kämpfen« oder »Christus widerspricht der Akkumulation des Kapitals«), hinter den die Polizei beunruhigenden Fragen (»Was zum Teufel will dieser Pezza eigentlich? Ist er ein Fanatiker oder ein Scharlatan? Handelt er in gutem Glauben oder in böser Absicht?«), hinter all der Zweideutigkeit und Ratlosigkeit, hinter allen Herausforderungen und Entwicklungen stellte sich immer wieder die Frage nach Gott.

In einer unbeständigen und verrückten Welt wollten die einen, daß zumindest Er an seinem alten Platz bliebe, die andern dagegen, daß er mit der Zeit ginge. Aber die Welt war zu allen Zeiten den Zeitgenossen unbeständig und verrückt erschienen, und so verlor sich die Frage unter allen anderen unlösbaren Problemen, unter den ewigen Sprüngen des Lebens. Es gab keinen guten Glauben und keinen bösen Willen, niemand hatte recht, und niemand hatte unrecht. Pezza spielte seine Rolle, indem er den Gott der Votivgaben, der Rosenkränze und Heiligenbildchen ablehnte und statt dessen seine aufregenden Sondermessen organisierte, diese »Polydialoge« mit der Gemeinde, die in einer von ihm so genannten »Arbeitskapelle« stattfanden. Die andern dagegen, auch sie ihrer Rolle gemäß, fanden diesen Gott possenhaft, nichtsnutzig und für die Werbung erdacht; sie protestierten gegen die Messen »für unsere Brüder, die Taschendiebe«, »für unsere Schwestern, die Huren« und »für unsere Brüder, die Transvestiten«. Gegen letztere hatten sich während der heiligen Handlung Rufe erhoben wie »Pfui!« und »Schämt euch!«, und unbekannte Provokateure (oder Spaßvögel?) hatten eine unbestimmte Anzahl von Mäusen in die Kirche gebracht. Die Folge waren Tumulte und Raufereien, und die Transvestiten ergriffen (wie ein Zeuge berichtete) die Gelegenheit, lauter als alle anderen zu schreien und, von Schrecken gepackt (oder sich so stellend), auf die alten Kirchenbänke von Santa Liberata zu klettern.

Der Skandal war enorm und gab vor allem dem Pfarrer zu denken. Er sprach von dunklen Machenschaften, von einer Verleumdungskampagne, von einem Knüppel, der ihm zwischen die Beine geworfen worden sei und von einer gegen ihn gerichteten Verfolgungswut. Aber, wie vorauszusehen, er versicherte: »Ich werde meinen Weg weitergehen.« Statt dessen kam es anders.

Nach der Mäuseaffäre, Anlaß für die Polizei zu behutsamen und offenbar erfolglosen Nachforschungen, war ein paar Monate lang nichts Ähnliches mehr vorgefallen.

Neugierig geworden, überprüfte Kommissar Santamaria die Daten. Der Skandal hatte sich im vergangenen März zugetragen, und kurz darauf war die Reihe der »Sondermessen« abgebrochen worden. Die »Freitagabend-Messen« wurden zwar fortgeführt, aber ohne alles »Besondere«. Keine Brüder mehr und keine Polydialoge mehr, keine Arbeitskapelle mehr. Seit fast einem Jahr – von April bis Februar – hatte Pezza nicht mehr von sich reden gemacht.

Verblüfft betrachtete der Kommissar eines der letzten hektographierten Blätter mit der Datumsangabe vom Februar. Es enthielt eine Aufzählung biblischer Textstellen: *Jeremia* 31,35. *Prediger Salomo* 3,15. *Hesekiel* 7,2. *Die Offenbarung des Johannes* 6,12. Kurz und knapp. Ganz traditionell. Eine Reihe normaler Predigten, jeweils am Freitagabend gehalten. Vermutlich hatte da das Ordinariat energisch interveniert, und der rastlos suchende Priester hatte sich wohl wieder untergeordnet.

Aber warum begannen dann plötzlich von neuem die Scherereien? Was bedeuteten der neue Tumult, der neue Skandal, die Prellungen und Hautabschürfungen, die Unbekannte am vorigen Freitag Don Pezza beigebracht hatten?

Der knappe Bericht der Beamten der Stadtpolizei von der Via Garibaldi, die, erst durch »die Öffentlichkeit« informiert, zu spät am Tatort erschienen waren – dieser Bericht versprach keine Antwort auf diese Frage.

7

Die Hirngespinste des armen Monguzzi, dachte Rossignolo, als sie sich nun beide endlich auf den Weg zur Kirche machten, waren schlechthin unkontrollierbar geworden. Es tat weh zu sehen, wie ein Kollege sich in einen solchen Zustand brachte, aber es war eine unleugbare Tatsache, daß der Verlag darunter litt. Man konnte nicht die Kontakte mit Autoren und Mitarbeitern jemandem anvertrauen, der in jedem seinen persönlichen Feind sah, der sich zwischen ihn und den Briefwechsel Crispi-Oderici stellte. Ein Glück, daß er, Rossignolo, daran gedacht hatte, Monguzzi bei seiner Pezza-Mission zu begleiten, auch wenn er dafür eine Reihe von Briefen und Telefongesprächen aufschieben mußte.
»Sei unbesorgt, ich spreche mit ihm«, beruhigte er ihn zum drittenmal.
»Das möchtest du, aber das Sprechen besorgt er allein«, erwiderte Monguzzi melancholisch. »Als er damals zu uns kam, konnte ich ihn nicht mehr loswerden.«
»Aber hier sind wir die Besucher«, erinnerte ihn Rossignolo. »Wir können gehen, sobald die Sache erledigt ist.«
»Er wird auf mich wütend sein, weil wir ihn die ganze Zeit haben warten lassen. Als ob es meine Schuld –«
»Nach einem Jahr wird er sich selbst an dein Gesicht nicht mehr erinnern, verlaß dich drauf!«
»Hoffentlich.«
»Na los, komm jetzt, es passiert schon nichts.«
Das Innere der Kirche war dunkel und uninteressant, aber darüber wunderte sich Rossignolo nicht. Er hatte durchaus verstanden, daß dieser Pezza seine Erneuerungsaktion mit Intelligenz und auch Eleganz durchführte, ohne in ein auffälliges und oberflächliches Übermaß zu verfallen. Nach außen keine Publizität (dieses hektographierte Blättchen war ein Meisterwerk des *understatement*) und im Innern keine stilistische Revolution. Übrigens konnte man Kirchen dieser Art überhaupt nicht verändern. Entweder man riß sie vollkommen ab, oder man ließ sie, wie sie waren, mit ihren drei Schiffen, den Kapellen rechts und links, den Statuen im reinsten Saint-Sulpice-Stil, den Bildern mit den vielen Lilien und Aureolen, den Stationen des Kreuzwegs in Stuck, der Decke ... Die Decke sah man nicht, es war zu dunkel.
»Nimm deine Baskenmütze ab, Monguzzi«, ermahnte er seinen Kollegen, der sie in provinziellem Jakobinertum auf dem Kopf behalten (oder vergessen?) hatte.
Monguzzi gehorchte, ahmte Rossignolo aber nicht nach, als dieser, gerade weil er ungläubig war, zwei Finger in das eisige Weihwasser tauchte und sich korrekt bekreuzigte. Wenn man zu Gast war, war man

etwas Höflichkeit schuldig. Außerdem hatten Weihwasserbecken, Kerzen, Beichtstühle und Kanzeln nach dem Verlust ihres einstigen Ansehens jetzt etwas gewonnen – einen eigenen Charme, etwa wie die Teile einer kolossalen und rührend altmodischen Dampfmaschine. Es fehlte der Geruch des Weihrauchs, dessen Gebrauch nunmehr auch hier abgeschafft worden war, doch dafür gab es eine Menge Kerzen aller Art. Ja, es gab sogar nichts als Kerzen, man sah sie mehr oder weniger überall. Das elektrische Licht fehlte gänzlich.
War es ein Zufall oder Absicht, fragte sich Rossignolo.
Er ging zwischen den beiden Bankreihen weiter nach vorn, während Monga, unbewußt auf Zehenspitzen gehend, im linken Seitenschiff Deckung suchte; er hielt sich immer in der Nähe der dicken Säulen und wandte, wie ein Kirchendieb, den Kopf bald hierhin, bald dorthin.
Vor der Apsis des Hochaltars stand ein doppeltes Gerüst, das auf beiden Seiten fast den ganzen Raum einnahm und auf dem sich ungewisse Schatten und schwankende Laternen bewegten. Hier waren Restaurierungsarbeiten im Gange, wenn man auch nicht sah, was da zu restaurieren die Mühe lohnte. Wahrscheinlich mußte die Decke ausgebessert werden. Auf der rechten Seite ragte das Gerüst, Plattform über Plattform, in eine schwindelnde Höhe, wo es sich im Dunkel verlor.
»Pst! Pst!«
Dieses Zischen, das so vollkommen das eines Mesners oder eines alten Mütterchens nachahmte, konnte nur von Monguzzi kommen, und tatsächlich entdeckte er ihn ein Stück weiter vorn, wo er, am linken Arm des Querschiffs, im flackernden Kerzenschein stand und winkte.
»Schau mal!« flüsterte die Pseudobetschwester und zeigte auf eine der Kapellen.
Das Gitter war entfernt worden und ebenso der Altar, die Bilder und jeglicher Schmuck. Über den mit rohen Ziegeln gemauerten Raum senkte sich schräg ein großer, blecherner Rauchfang.
»Was ist das?«
»Ein Kamin, würde ich sagen.«
»Und wozu, zum Teufel, soll der dienen? Das wird doch nicht etwa die ›Arbeitskapelle‹ sein?«
»Vielleicht um die Kirche zu heizen.«
Wie Rossignolo bereits bemerkt hatte, war es in Santa Liberata eiskalt, und man sah auch keine Spur von Propangasöfen, die in vielen Kirchen eine zentrale Anlage ersetzten.
»Dafür dürfte er nicht bestimmt sein. Es würde nicht ausreichen.«
»Das Holz dafür ist aber da.«
Neben der einstigen Kapelle waren Kloben von Baumstämmen, Scheite und Reisigbündel aufgeschichtet; der Boden war mit Asche bestreut,

und die Ziegel waren von Rauch geschwärzt.
»Vielleicht spielen sie uns heute die Sonate für Feuerzange und Schürhaken«, murmelte Monguzzi.
Doch jenseits aller billigen Ironie, so überlegte Rossignolo, mußte doch hinter alldem ein Plan, eine bestimmte symbolische Bedeutung stekken. Die Kirche als häuslicher Herd? Die Kirche als einzige Quelle von Wärme und Licht in der Finsternis? Dann waren vielleicht auch all diese Lichter und am Ende auch das Gerüst . . .
Rossignolo ging hastig zum Hochaltar zurück – Monguzzi folgte ein paar Schritte hinter ihm – und stieg die beiden Stufen zum Chor hinauf.
Allerdings, es handelte sich hier keineswegs um ein nur vorübergehend aufgestelltes Baugerüst, sondern um einen für die Dauer bestimmten Aufbau, der offenbar bühnenbildnerische und allegorische Funktionen hatte. Die Arbeiterkirche, die Kirche als die ewige Baustelle der Seelen? Das rote Lämpchen des Allerheiligsten war eine Baustellenlaterne, die an einem Gerüst von Rohren hing; und der Hochaltar erschien zwischen den beiden ungleichen Türmen wie eingegliedert, eingeschachtelt in eine Art roh zusammengenageltes Schilderhaus. Auf der einen Seite stand auf einer querliegenden Planke ein großer eiserner Kasten, der halb an die alten beim Militär benutzten Kästen erinnerte, halb an die eines Klempners; doch aus dem auf die Vorderseite gemalten Kreuz – zwei grobe weiße Pinselstriche – zog Rossignolo den Schluß, daß es sich um das Tabernakel handelte.
»Du lieber Gott!« sagte Monguzzi. »Was bedeutet das?«
Rossignolo kam nicht dazu, ihm eine Antwort zu geben. Denn ein greller Lichtstrahl traf voll auf seinen Kollegen, und eine mächtige, gebieterische Stimme ertönte über ihren Köpfen:
»Monguzzi! Warum führst du den Namen des Herrn, deines Gottes, unnützlich?«
Monguzzi prallte zurück, und die Baskenmütze fiel ihm aus der Hand wie ein vom Blitz getroffener Vogel.
»Verdammt!« sagte er und bekam den Mund nicht mehr zu.
Eine der Gestalten, die sich auf der untersten Plattform des rechten Turms in einem Wald von Balken, Seilen, Laufstegen und Leitern bewegten, hielt eine Taschenlampe nach unten gerichtet und nagelte die beiden Besucher auf ihren Plätzen fest. Es war Pezza.
Rossignolo, der bei jeder Gelegenheit wußte, wie man sich zu benehmen hatte, war hier für einen Augenblick in Verlegenheit. Was konnte man in einer solchen Situation sagen? Er schickte sich zu einer stummen Gebärde mit dem dazugehörigen Lächeln an, als schon der Priester, der rasch den Mast heruntergeklettert war, auf sie zukam, sich

bückte, um die Baskenmütze aufzuheben und sie Monguzzi zu reichen. »Der liebe Gott hört alles«, sagte er, »und vergißt nichts.«
Monguzzi antwortete mit einem Gestammel, und da er offenbar außerstande war, seinen Kollegen vorzustellen, so besorgte dies Rossignolo selbst.
»Gut, gut!« sagte Don Pezza und legte ihm die Hand auf die Schulter, um ihn auf Armeslänge zu mustern, wie ein General einen hochdekorierten Veteranen. »Ausgezeichnet!«
Diese sinnlose Zustimmung schmeichelte Rossignolo ohne Grund. Der Mann hatte zweifellos etwas Eigentümliches, sozusagen etwas Primitiv-Magnetisches; er war ganz anders als der angespannte, hagere Intellektuelle, den man hätte erwarten können. Ein durch die Kutte noch betonter mächtiger Körperbau, ein breites Gesicht mit schweren Zügen, kurzgeschnittenes starres Haar.
Bei seinem akrobatischen Abstieg vom Gerüst hatte der Priester ein kleines dickes Kissen von Verbandmull und Pflastern in seinem Nacken erkennen lassen, und jetzt begann er unvermittelt, sich mit dem Zeigefinger rund um die verbundene Stelle zu kratzen.
»Ein Arbeitsunfall«, erklärte er, als er den Blick Rossignolos bemerkte. »Mit drei Stichen genäht. So was kann passieren.«
Und dabei verzog sich sein breites Bauerngesicht zu einem ungemein ausdrucksvollen und sympathischen Lächeln.
Das Gesicht Rossignolos, der in den Jahren, in denen er – vor den Prager Ereignissen – eingeschriebenes Mitglied der Kommunistischen Partei gewesen war, ein paar echte Arbeiter kennengelernt hatte, nahm darauf einen Ausdruck schmerzlicher Bestürzung an, wie er sich angesichts des harten Lebens der proletarischen Genossen geziemte.
»Ach ja, das glaube ich«, flüsterte er mit teilnahmsvoller Miene und hob unvorsichtigerweise den Blick bis zu den schwindelerregenden Höhen des rechten Turms.
Stolz auf seine Wunde oder auch auf den Turm, hatte Don Pezza offenbar auf nichts anderes gewartet.
»Kommt, seht's euch an«, forderte er sie auf, und mit ausgebreiteten Armen führte er sie in den labyrinthischen Unterbau des Gerüsts, wo sich im Schein der elektrischen Taschenlampe unter einer niedrigen Bretterdecke die Reihen der Rohre und Stangen verzweigten wie Stollen in einem Bergwerk. »Los, kommt – da ist die Leiter.«
Es hatte ein Weilchen gedauert, bis Monguzzi sich der Situation bewußt wurde und auf einmal die Sprache wiederfand.
»Ich kann das nicht«, protestierte er mit erstickter Stimme. »Ich klettere da nicht hinauf, ich bin nicht schwindelfrei!« Er drehte sich um und wollte zurückgehen, aber bestürzt blieb er vor dieser Mauer tiefer Fin-

sternis stehen, die ihn jetzt auf allen Seiten umgab.
Von Don Pezza kam ein leises Lachen.
»*Geht*«, zitierte er, indem er ein paar Schritte weiterging, »*geht, solange ihr Licht habt, damit euch nicht die Finsternis überrasche!*«
Plötzlich schaltete er die Taschenlampe aus.

8

Der Kommissar machte die Lampe auf seinem Schreibtisch an und las gewissenhaft noch einmal den Bericht der städtischen Polizei über die Vorfälle des vergangenen Freitags.

STADT TURIN

KORPS DER STÄDTISCHEN POLIZEI

Abteilung I »Garibaldi«

Wir Endunterfertigte, Wachtmeister Traversa, Ivano, und Berutti, Angelo, beide Angehörige der obengenannten Abteilung I, melden jeder für seinen Teil folgendes der zuständigen Dienststelle:
Heute, am 18. d. M., gegen 22.45 Uhr waren wir in dem unserer Aufsicht unterstellten Revier damit beschäftigt, gebührenpflichtige Verwarnungen auszustellen, die verschiedene dort vorschriftswidrig geparkte Wagen betrafen, als wir durch die Bevölkerung informiert wurden, daß in der nahegelegenen katholischen Pfarrkirche von S. Liberata gemeindefremde Elemente gegen den Pfarrherrn derselben, Pezza, Alfonso, Priester, geboren zu Bra am 14. 12. 1930, ansässig in Turin und wohnhaft in der Kirche selbst, Vicolo S. Liberata, keine Hausnummer, tätlich geworden waren.
Nachdem wir uns unverzüglich an Ort und Stelle begeben hatten, trafen wir dort mehrere Gemeindemitglieder und Mitarbeiter des Priesters Pezza, die bereits eingegriffen und die Täter in die Flucht geschlagen hatten, übrigens ohne verhindern zu können, daß genannter Pezza Verletzungen von nicht besorgniserregender Art davontrug, ebenso wie ein gewisser Priotti, Giuseppe, dort als Sakristan beschäftigt, der von kräftigen Fußtritten in die Leistengegend getroffen wurde.
Über die Identität der Angreifer, deren Anzahl drei oder vier betragen dürfte, waren keine Hinweise zu erhalten, da sich die Ereignisse im Dunkeln abspielten und zwar gerade, als Pezza sich nach dem Ende des Abendgottesdienstes, der jeden Freitag in obengenannter Kirche stattfindet, anschickte, die Seitentür der Kirche, welche ohne elektrische Beleuchtung ist, zu schließen.
Nachdem wir den Priester Pezza zur Aufnahme im Krankenhaus Martini Antica Sede (Via Cigna) gebracht hatten, da–

Der Kommissar unterbrach seine Lektüre und ging zwei Zeilen zurück. Ungläubig las er noch einmal: *»– welche ohne elektrische Beleuchtung ist.«* Beim ersten Überfliegen des Protokolls war ihm dieses überraschende Detail entgangen; vermutlich hatte er geglaubt, »welche« bezöge sich auf die Tür und die Stelle, an der der Überfall stattgefunden hatte.Doch wenn man sich an den Buchstaben des Textes hielt, hieß es, daß die Kirche insgesamt ohne elektrische Beleuchtung war.
Aber wie war das möglich? Er rief die Vermittlungsstelle an, um sich die Abteilung I der städtischen Polizei geben zu lassen. Plötzlich wurde er jedoch anderen Sinnes und bat, man möge ihm die Telefonnummer von Santa Liberata heraussuchen. Eine Pfarrkirche mitten im Zentrum von Turin würde doch wohl Telefon haben, auch wenn sie kein elektrisches Licht hatte?

9

»Es war eine Lampe angezündet, die leuchtete«, donnerte Don Pezza im Dunkeln, *»und für eine kurze Weile erfreutet ihr euch ihres Scheins.«*
Er machte eine lange Pause, während der Monguzzi sich ernstlich zu fürchten begann und die selbst Rossignolo unmöglich fand. Doch dann fuhr er fort, indem er ein Streichholz entzündete: *»Aber ich habe eine Lampe, größer als jene.«*
Die kleine Flamme ließ die Stufen und das Geländer einer Holztreppe erkennen, die zu einer Kanzel führen mochte, und der Priester näherte das brennende Zündholz einer großen Prozessionskerze, die mit dem geblümten Stiel schräg gegen den Geländerpfosten gelehnt stand.
»Wenn jemand in der Finsternis wandelt, strauchelt er, weil er nicht das Licht hat«, zitierte er weiter, während sich der Docht zischend entzündete. *»Aber wer mir folgt, wird nicht in der Finsternis wandeln.«*
Und die Kerze ergreifend, schickte er sich an, die Stufen hinaufzugehen, ohne seinen Gästen eine andere Wahl zu lassen, als ihm zu folgen oder unten in dem Labyrinth von Sackgassen zu bleiben.
»So, da wären wir. Was sagt ihr jetzt?« fragte er wie jemand, der sich einen netten Scherz erlaubt hat, als die beiden bei ihm angelangt waren.
Die kleine Treppe führte tatsächlich zur Kanzel, die so in das Gefüge von Stützbalken und Rohren eingebaut war, daß sie als Zugang zur ersten Plattform diente.
»Ingeniös!« sagte Rossignolo, der mit Erleichterung bemerkte, daß sie

auf dem weitläufigen Absatz nicht allein waren. Nicht weit von ihnen hantierten zwei Männer kniend mit einer Campinglampe. Ein dritter stieg, mit einer Laterne in der Hand, von der oberen Plattform über eine steile und schwankende Stiege hinunter.

»Ich muß schon sagen, das sind Priesterscherze!*« erklärte Monguzzi, dessen Erleichterung noch größer als die Rossignolos war, und er stimmte ein ausgelassenes Gelächter an. »Aber noch höher? Nichts zu machen, ich komme nicht mit!«

»Nur zu, ich stütze dich«, sagte wohlwollend der Priester, der zur Verblüffung Rossignolos sich durch die Grobheit seines Kollegen keineswegs beleidigt fühlte. »Was tätest du denn, wenn auch du hinter dir jene gewaltige Stimme vernähmest, die Johannes, dem Evangelisten, befahl: *›Steige da hinauf!‹*?«

»Ich bin nicht Johannes«, sagte Monguzzi, während er sich unwillkürlich umdrehte, »und auch nicht Tarzan. Nein, herzlichen Dank, da hinauf gehe ich nicht... Ich hab' keine Lust, mir eine Beule zu holen, wie Sie sie haben!«

Don Pezza lächelte nachsichtig. Die Kerze an einen Querbalken lehnend, näherte er sich den beiden knienden Männern, denen sich inzwischen der dritte mit der Laterne hinzugesellt hatte. Monguzzi benutzte den Augenblick, sich bedeutungsvoll mit dem Finger an die Schläfe zu tippen.

Rossignolo antwortete ihm mit einem Stirnrunzeln. Nein, das wäre doch zu simpel, wenn man in dem Priester nur einen Schwärmer oder Verrückten sehen wollte, wenn es sich hier auch natürlich um eine ungewöhnliche, komplexe Persönlichkeit handelte...

In der kleinen Gruppe unterhielt man sich leise, aber erregt; einzelne Worte wurden vernehmbar, wie »Beanspruchung«, »hält aus«, »hält nicht aus« und »haut durch«. Rossignolo, der inzwischen näher getreten war, sah, daß die beiden knienden Männer dicke Bretter zusammengebunden hatten, die sie nun an einen von oben herabhängenden Flaschenzug hängen wollten. Aber während der Pfarrer sie ermunterte, ans Werk zu gehen, schüttelte der dritte, der mit der Laterne – ein kleiner, untersetzter Mann in dunklem Kittel, bejahrt, aber noch kräftig, mit einem Kranz von gelblichen Haaren um den blanken Schädel – den Kopf und blickte mißtrauisch abwechselnd auf das Bretterbündel und den Flaschenzug und in die finstere Höhe, aus der das Seil herabhing.

»Das Seil wird vielleicht halten. Aber mit solchen Lasten riskieren wir, daß die Winde bricht!« Er hatte es im Dialekt gesprochen und wieder-

* Im Italienischen mit dem Doppelsinn: geistlose Scherze (Anm. d. Übers.)

holte es nun, die Besucher zu Zeugen nehmend, in der Schriftsprache. Der Pfarrer zuckte ungeduldig die Achseln.
»Also gut, Priotti, dann teilen wir die Ladung; wir können die Bretter ja auch einzeln heraufziehen. Wenn wir nur heute abend fertig werden! ... Denn morgen«, er wandte sich an Rossignolo, »wird *das Wort* von noch weiter oben kommen.«
»Ich verstehe«, sagte Rossignolo und fragte sich, ob er wirklich richtig verstanden habe. Viele Pfarrer, auch solche unter den weniger fortschrittlichen, hatten mit der Predigt von der Kanzel herab aufgehört und sprachen nun von den Chorschranken aus, wenn sie nicht gleich in den Mittelgang traten, um so die alte Kluft zwischen den Gläubigen und dem zelebrierenden Klerus, zwischen dem Schiff und dem Presbyterium, aufzuheben – während dieser nun allem Anschein nach in die Höhe stieg, um sogar von einem Turm herab zu predigen!
»Also ich gehe wieder nach oben«, sagte Priotti.
»Gut, bravo! Und sage nicht, daß ich dir nicht jedesmal nachgebe!« sagte Don Pezza mit einem Lächeln. Sich an Rossignolo und Monguzzi wendend, fügte er hinzu: »Priotti ist ein Dickkopf ersten Ranges, aber er ist eine Säule von Santa Liberata: Ministrant, Assistent, Sakristan, Glöckner –«
»– und Hausmeister, Lastträger, Handlanger, Laufbursche«, ergänzte Priotti, indem er seine Laterne in die Hand nahm und sich mit einem Augenzwinkern entfernte.
»Ein tüchtiger Bursche. Rentner, früher Facharbeiter, der lieber in die Kirche geht als ins Wirtshaus«, erklärte der Pfarrer.
Dann wandte er sich den beiden Knienden zu, die ihn, von unten her, mit offenen Mündern anstarrten.
»Nur zu, damit ihr fertig werdet!« kommandierte er. »Diese braven Arbeiter des Herrn«, fügte er hinzu, »sind auch leibliche Brüder ...«
Er legte die Hände auf ihre Köpfe, als habe er zwei Hunde vor sich.
»Bortolon, Piero und Bortolon, Paolo«, sagte er. Und mit einem unterdrückten Lachen stieß er beide Köpfe energisch gegeneinander. Dann ging er weiter, ohne sich noch einmal umzudrehen.
Vielleicht an grobe Scherze dieser Art gewöhnt, reagierten die beiden Brüder in keiner Weise. Aber Rossignolo fühlte immer stärker Ratlosigkeit. War dies eine echte kirchliche Kameradschaft oder vielleicht doch nur eine im Grunde paternalistische Geste?
»Der«, flüsterte ihm Monguzzi ins Ohr, »nimmt uns alle auf den Arm.«
Eine etwas stark vereinfachende These, wie gewöhnlich. Immerhin, das Benehmen des Pfarrers hatte etwas Undefinierbares und Verwirrendes. Wo blieb hier die neue Auffassung vom pastoralen Wirken als einem

paritätischen Austausch, von dem doch die in Santa Liberata aufgenommenen Polydialoge zu zeugen schienen? Sollte sich ein Historiker, ein Gelehrter von Rang wie Calamassi, so gröblich bei seiner positiven Bewertung dieser Tonbänder getäuscht haben? Jedenfalls wurde es Zeit, daß jetzt er, Rossignolo, die Sache in die Hand nahm, da Monguzzi offensichtlich nicht einmal imstande war, das Gespräch auf das Thema zu bringen.

»Hör mal, jetzt red' ich ein Wörtchen mit dem«, erklärte er seinem Kollegen, der wie gebannt die beiden finsteren und struppigen Brüder Bortolon betrachtete, die jetzt, da sie sich abmühten, die Knoten ihrer Last wieder zu lösen, offenbar in eine blinde Wut geraten waren und, fürchterlich mit den Zähnen knirschend, Grimassen zogen und eine Art von Winseln hören ließen, das nach wilden, knapp unterdrückten Flüchen klang.

Don Pezza hatte seine Kerze wieder aufgenommen und erwartete seine Besucher vor der Stiegenrampe, die zur zweiten Plattform führte.

»Auch wenn du den Dummen im Mörser mit dem Stößel zerstampfst, wird darum nicht seine Dummheit von ihm weichen«, scherzte er, mit dem Blick auf die Brüder Bortolon weisend.

»Sind die beiden geistig zurückgeblieben?« fragte Monguzzi unverblümt.

»Nein, nein, es war nur ein Gleichnis. Es sind zwei liebe Jungen, voll guten Willens, die sich vor keiner Arbeit drücken. Unbezahlbar für unsere kleine Gemeinde. Sie sind schon lange bei mir.«

»Seit den Zeiten der Sägenkonzerte und der Arbeitskapelle?«

»Ja, ja ...« Der Pfarrer ging über die Frage hinweg wie jemand, der eine Vergangenheit, die für ihn alles Interesse verloren hat, abtut. »Und jetzt helfen sie mir, die neue Kirche zu bauen – eine Kirche aus Eisen« – er schlug mit der Hand an eines der Stahlrohre des Gerüsts – »für ein eisernes Zeitalter. Mit Türmen bewehrt wie eine Kathedrale, befestigt wie eine Festung und zugleich – «

»Aber wo ist die Arbeitskapelle geblieben?« unterbrach ihn rücksichtslos Monguzzi. »Es ist doch nicht etwa die gewesen, in der jetzt ein Kamin angelegt ist?«

Don Pezza nickte, mit bedächtiger Zustimmung, den Blick plötzlich in eine unsichtbare Ferne gerichtet.

»Das Wort ist der Logos, und der Logos ist das Feuer«, erklärte er geheimnisvoll. »Darin ist kein Widerspruch. Die Arbeitskapelle war nur eine Stufe, ein Übergang. In der neuen Kirche – «

»Aber was sollen dann«, unterbrach ihn Monguzzi von neuem, »was sollen dann diese Tonbänder? Die Polydialoge?«

»Nichts, ihr könnt sie behalten. Es ist eine überwundene Phase. Notwendig, aber überwunden. In der neuen Kirche soll man nur noch das Wort hören, das von oben kommt, weil – «

»Verzeihung«, versuchte jetzt Rossignolo sich einzuschalten, »aber – «

»Weil«, fuhr Don Pezza fort, ohne ihn zu beachten, »nur das, was von oben kommt, auch nach oben führt – wie die Spinther oder der göttliche Funke, wie das heilige Pneuma, das als Flämmchen über den Häuptern der Apostel erschien.«

»Mit oder ohne Pneuma, ich bleibe unten«, erklärte Monguzzi grinsend.

Zur Genugtuung Rossignolos, der zwar etwas gegen das Wort von oben hatte, aber noch mehr gegen die taktlosen Albernheiten seines Kollegen, erboste sich diesmal der Priester.

»Du lachst, Monguzzi, und dein Herz ist voller Spott. Du denkst dasselbe, was die athenischen Spötter von Paulus dachten!«

»Aber ich«, protestierte Monguzzi, »bin aus Valenza Po!«

Eine Weile sah ihn Don Pezza schweigend an.

»Ein hübsches Städtchen. Ich bin aus Bra.«

»Ich weiß, Sie haben es mir schon beim vorigen Mal gesagt.«

So standen sie sich gegenüber, beide mit dem Anflug eines Lächelns, und Rossignolo wußte wieder einmal nicht, woran er war. Er hatte das Gefühl, ins falsche Kino gegangen zu sein. Irgend etwas stimmte nicht mit dem Programm überein. Die beklagenswerten Rüpeleien Monguzzis beleidigten diesen Pfarrer nicht; Pezza schien vielmehr instinktiv einen Ton, eine Methode des Umgangs mit ihm gefunden zu haben. Worin bestand die? War es eine Herausforderung? Oder ein Erkennen, ein ironisches Einverständnis, dessen Bedeutung ihm entging? Der Priester hatte sich daran gemacht, die gefährliche Rampe zu erklimmen, und, siehe da, dieser verflixte Monga folgte ihm, als sei das gar nichts, so ruhig und sicher, als habe er ganz seinen Höhenschwindel vergessen und, vor allem, seinen, Rossignolos, der nicht in Valenza Po, sondern in Acqui geboren war, und zwar als Sproß einer angesehenen Akademikerfamilie, weshalb er auch nicht auf dieselben Generationen von Gemüsegärtnern, Tagelöhnern oder Maurern zurückblicken konnte.

10

»Ich weiß es nicht, aber warten Sie einen Augenblick, ich hole Ihnen den Pfarrvikar«, hatte der Mann am Telefon gesagt. Und wie jemand – so erschien es wenigstens dem Kommissar –, der jede weitere Verantwortung entschieden ablehnt, hatte er hinzugefügt: »Ich kümmere

mich nur um unsere Jugendgruppe ...«
Er hörte, wie der Hörer auf den Tisch gelegt wurde, und es folgte das Geräusch sich entfernender Schritte. Plötzlich vernahm er einen dumpfen Schlag, begleitet von einem Klirren der Fensterscheiben, während im Hintergrund laute Schreie hörbar wurden ... Die Jungen der Jugendgruppe, die im Hof Fußball spielten, begriff Santamaria nach einem Augenblick des Erschreckens. Aber ... im Dunkeln? Oder bei Kerzenschein, fragte er sich und sah den bereits abendlich dunklen Himmel und die brennenden Straßenlaternen vom Corso Vinzaglio.
»Hallo? Was wünschen Sie?«
Vollkommen überrascht – er hatte keine Schritte gehört, und der Hörer war ohne Geräusch aufgenommen worden – vergaß der Kommissar zu fragen, wieso der angekündigte Pfarrvikar eine Frauenstimme hatte.
»Hier ist das Elektrizitätswerk, Störungsstelle«, wiederholte er mechanisch. »Es handelt sich um eine Überprüfung Ihrer Anlage. Sie haben uns ersucht –«
»Was für eine Anlage?«
Der Ton klang unverbindlich, kurz angebunden und ohne jede Spur der ängstlichen Ehrerbietung, die jeder Beamte, auch ein falscher und von welcher Störungsstelle auch immer, von seinem Kunden zu Recht erwarten durfte.
»Hören Sie«, sagte nun auch er in einem schroffen Ton, »mir liegt ein Schreiben von Ihnen vor, in dem Sie um Überprüfung der Anlage mit eventueller Auswechselung des Zählers ersuchen. Wenn Sie nicht auf dem laufenden sind, dann geben Sie mir bitte den –«
»Der Pfarrer ist beschäftigt. Von wann soll denn dieses Schreiben sein? Wenn es von uns kommt, dann müßte es schon einige Monate zurückliegen.«
»Das ist möglich. Wir sind hier leider ein bißchen im Rückstand mit –«
»Das ist Ihre Sache«, erklärte die Frau und brach plötzlich in Lachen aus. »Wir brauchen Ihr Licht nicht mehr. Wir haben das Feuer, den Logos, den göttlichen Funken, wie sollte uns da noch das Elektrizitätswerk etwas bedeuten? Guten Abend!«
»Einen Augenblick! Wenn ich Ihr Ersuchen annullieren soll ... Verzeihen Sie, aber mit wem spreche ich?«
»Caldani. Professoressa Emilia Caldani.«
Klick.
Eine Wahnsinnige. Ein Narrenhaus. Und er selbst war verrückt, sich mit dem Fall Pezza zu beschäftigen, dachte ärgerlich der Kommissar. Die ganze Angelegenheit Santa Liberata sollte doch eigentlich ausschließlich das Ordinariat interessieren. Es sei denn ...
Er merkte plötzlich, daß er den Hörer noch in der Hand hielt. Er legte

ihn auf und nahm sich den Bericht der städtischen Polizei noch einmal vor, und zwar von der Stelle an, wo er aufgehört hatte zu lesen.

Nachdem wir den Priester Pezza zur Aufnahme im Krankenhaus Martini Antica Sede (Via Cigna) gebracht hatten, da nämlich obengenannter Priotti sowie die Brüder Bortolon, Piero und Paolo, ebenfalls mit leichten Prellungen und beide wohnhaft im Ortsteil La Roggia (Nichelino), erklärten, ohne Hilfe nach Hause gehen zu können, stellte der Arzt Dr. Rattoli, Mario, bei Pezza eine Verletzung am Kopf fest, die jedoch nur lockeres Gewebe betraf und eine vermutliche Heilungsdauer von zehn Tagen nicht überschreiten dürfte, nach welcher Frist erst das Vergehen von Amts wegen strafrechtlich verfolgt wird (s. beiliegenden Befund), während der Priester erklärte, seinerseits auf die Ausübung seines Klagerechts zu verzichten.
Ausgefertigt, gelesen und abgeschlossen am o. a. Tage und o. a. Ort, unterzeichnen wir uns als

Wachtm. der städt. Polizei Traversa, Ivano
Wachtm. der städt. Polizei Berutti, Angelo

ZUSATZPROTOKOLL
Mit Bezug auf einige genauere Angaben wird vorstehendes Protokoll noch einmal geöffnet, um zu verzeichnen, daß nach Äußerungen, die uns zu Ohren kamen:
1. bei vorangegangenen Gelegenheiten der abendliche Gottesdienst gestört wurde durch feindselige Zurufe und das Werfen von Gegenständen, wie z. B. Eiern, in Übertretung des Paragraphen 405 des Strafgesetzbuches betreffs der Störung oder der versuchten Störung des Gottesdienstes;
2. der Priester Pezza und seine Mitarbeiter wie die oben genannten Brüder Bortolon und Priotti, sowie ein gewisser Serralunga, Domenico, von Beruf Matratzenmacher, selbst die zwangsweise Entfernung der Ruhestörer vornahmen, die, nach denselben Stimmen, unter den zahlreichen zwielichtigen Elementen zu suchen seien, wie Prostituierte, Transvestiten, Aktivisten von verschiedener politischer Färbung und wegen allgemeiner Vergehen Vorbestrafte, die der Priester Pezza in der Vergangenheit zu den genannten Abendgottesdiensten zwecks religiöser und sozialer Erlösung heranzuziehen pflegte.
Darauf hingewiesen, daß er sich zweckmäßigerweise an die zuständige Dienststelle der Polizei wenden solle wegen eines eventuellen Ordnungsdienstes in der Kirche und ihrer unmittelbaren Umgebung, verwies der Priester auf die einschlägigen Bestimmungen, die einen solchen Ordnungsdienst von der Zustimmung des Erzbischöflichen Ordi-

nariats abhängig machen, und erklärte, daß er für seine Person einen solchen Schritt aus unabdingbaren prinzipiellen Gründen ablehne.

Eben dieses Zusatzprotokoll mit all den mannigfachen Möglichkeiten von Zwischenfällen und, vor allem, von Scherereien, die es ahnen ließ, hatte die Aufmerksamkeit sowohl des Überfallkommandos (Kommissar De Palma) wie der Sittenpolizei (Kommissar Rappa) wie auch der Digos (Kommissar Cuoco) erregt. Es hatte den Anschein, daß Pezza mit seiner Vergangenheit brechen wollte und daß diese Vergangenheit – in Gestalt der im Protokoll aufgeführten »zahlreichen zwielichtigen Elemente« – sich gegen ihn auflehnte. Aber warum gerade jetzt, nach fast einem Jahr relativer Ruhe?

Freilich, der Überfall konnte auch mit der neuen Gewohnheit des Pfarrers zusammenhängen, Andersdenkende ohne Umstände zum Verlassen der Kirche aufzufordern und von Dialogen nichts mehr wissen zu wollen. Trotzdem überzeugte den Kommissar diese Erklärung, zumindest für sich allein genommen, nicht ganz, so wenig wie ihn die Hypothesen Cuocos, Rappas oder De Palmas überzeugten: ein Nachspiel des Mäusevorfalls oder ein marxistischer Rückfall des Priesters oder das Wiederaufflammen einer tiefgreifenden Unruhe ... Nein, wenn der Kommissar seinen Pezza kannte, dann hatte in den Monaten scheinbarer Ruhe und eines Lebens im Schatten (»Wir brauchen Ihr Licht nicht mehr.«) eine neue Bewußtmachung, eine soundsovielte Entwicklung und eine »Wende« stattgefunden, noch radikaler und kämpferischer als alle vorangegangenen.

»Was tun wir morgen abend? Stellen wir ihm einen Ordnungsdienst, ihm und seiner verdammten Kirche?« wollten die drei Kollegen, ein wenig ratlos, von Santamaria wissen. Aber die Frage, dachte Santamaria, mußte anders gestellt werden: Was für einem Gott (»Wir haben das Feuer, den Logos, den göttlichen Funken ...«) diente Don Alfonso Pezza, der Pfarrer von Santa Liberata, jetzt?

11

»Na, Monguzzi, willst du wirklich nicht höher hinaufsteigen?« kam von unten die Stimme Pater Alfonsos.

Der Matratzenmacher, der beim Licht einer Petroleumlampe auf einem Brett des oberen Absatzes saß und alte Säcke zusammennähte, drehte brüsk den Kopf und lauschte verdutzt. Er runzelte die weißen Augenbrauen über den tiefdunklen, glänzenden Augen. Monguzzi, dachte er und suchte in seinem Gedächtnis, Monguzzi ... Woran erinnerte ihn der Name?

Neben ihm bügelte die Frau des Kräuterhändlers die Säcke mit einem schweren, mit Kohle gefüllten Bügeleisen und schob sie ihm dann nacheinander zum Nähen zu.
»Was hast du?« fragte sie.
Monguzzi war der Name eines Bösewichts, wenn nicht gar der eines Dämons, überlegte der Matratzenmacher. Oder sogar einer der tausend Namen, die Achamoth führte, der Archont im Reich der Finsternis, der Erzfeind Christi und aller pneumatischen Menschen? In seinem angestrengten Bemühen, sich zu erinnern, und in seinem Haß auf den Erzfeind zog er die niedere Stirn noch krauser und umklammerte die lange, starke Nähnadel in seiner Hand so heftig, daß seine Knöchel so weiß wie seine Haare wurden.
»Domenico, was hast du?« fragte die Frau des Kräuterhändlers noch einmal. Dann zuckte sie die Achseln und machte sich wieder an ihre Bügelarbeit. Seitdem der Meister am Freitag vergangener Woche von Männern, die dem Fleisch verhaftet waren, überfallen und geschlagen worden war, sah Domenico überall den Schwarzen Egon. Aber auch ihr Mann und Priotti und die Brüder Bortolon, sogar der Ingenieur und die kleine Caldani hatten Angst, daß der Schwarze Egon hereingesprungen kam und alles zerstörte, bevor die Festung Christi vollendet war...
Kopfschüttelnd sah sie, wie der Matratzenmacher sich schweigend erhob, um vorsichtig nach unten zu spähen, wo Pater Alfonso sich mit jemandem unterhielt. Man mußte mehr Vertrauen zum Heiligen Pneuma haben, dachte sie, ohne die Ängste Domenicos und ohne die Zweifel ihres Mannes... Jetzt hörte sie das Kreischen der Winde, und als sie die schweren Bretter schwankend hinaufschweben sah, freute sie sich bei dem Gedanken, daß morgen das Wort aus noch größerer Höhe herabkommen würde.
»Heiliges Pneuma, schütze mich!« murmelte sie. »Heiliges Pneuma, erfülle meinen Mann etwas mehr!«
Der Matratzenmacher rührte sich nicht. Während er die beiden Männer beobachtete, die mit dem Meister sprachen, hatte er einen Schatten von der Kanzeltreppe steigen sehen, der hinter den ganz mit ihrer Last beschäftigten Brüdern Bortolon vorüberhuschte, um von neuem im Dunkel zu verschwinden. Aber an dem hinkenden Gang hatte er sofort den Ingenieur Vicini erkannt, und er erriet, daß auch er gekommen war, um aufzupassen.
Das konnte er nur gutheißen. Der Ingenieur, der wohl mit den Jungen von der Jugendgruppe sündigte (doch ohne sich zu beflecken, denn wer bei Gott ist, befleckt sich nicht), hatte ein gutes Auge und wußte das Böse zu erkennen. Don Alfonso dagegen sündigte zu wenig; er hatte zuviel Vertrauen; und die Brüder Bortolon, die zwar auch Pneumatiker

oder Geistmenschen waren, verstanden nur mit den Fäusten zu argumentieren. Sie hatten keine Ahnung, zu welchen Listen und Ränken die schwarzen Geister fähig waren, die Söhne der Finsternis wie dieser Monguzzi und sein Anhänger.

»Nein, nein, höher komme ich nicht«, wiederholte dieser Monguzzi.

»Und außerdem ist es spät geworden«, sagte der Akolyth. »Wir müssen ins Büro zurück.«

Aber das war nur eine List. Sie spiegelten dem Meister vor, daß sie gehen wollten, um sich um so leichter sein Vertrauen zu erschleichen.

»Wie ihr wollt. Und doch müßte euch dieser Turm und meine Predigt von diesem Turm mehr interessieren als diese alten Bänder . . .«

Was für Bänder? Aus der Fortsetzung des Gesprächs erkannte der Matratzenmacher, daß es sich um eine neue List Monguzzis handelte, um einen Vorwand, zu spionieren, denn auf den Tonbändern, die der Ingenieur Vicini einmal auf seinem Gerät hatte ablaufen lassen, war nichts, was den Schwarzen Egon interessieren konnte. Don Alfonso hatte damals noch nicht seine Vision gehabt, und die Feuerkapelle und den Turm mit seinen sieben Plattformen hatte es noch nicht gegeben.

»Die Dialoge könnt ihr drucken oder wegwerfen. Für mich zählt heute nur noch, wie schon gesagt, das, was von oben herabsteigt. Und aus der Höhe dieser sieben Stockwerke –«

Aber das durfte er ihnen doch nicht sagen, verdammt!, das mit den sieben Stockwerken! Begriff er denn nicht, daß die sich nur dafür interessierten?

»Wie ihr bemerkt haben werdet, sind die beiden Türme nicht gleich hoch. Und sie werden ungleich bleiben, weil unsere Kirche wie eine mittelalterliche Kathedrale ist: immer unvollendet, immer im Bau. Aber die sieben Plattformen des rechten Turms werden wie die Sieben Kirchen in Asien sein, die Johannes auf Befehl des Engels erleuchtete!«

Gott sei Dank! Wenn er ihnen sagte, die sieben Stockwerke seien die sieben Kirchen, bedeutete das, daß auch er ihnen mißtraute. Nur daß er jetzt, statt dazustehen und mit ihnen zu diskutieren, besser daran täte, sie auf der Stelle fortzujagen und sie mit den Worten des Johannes zu verfluchen: *Hinaus mit den . . .*

Krampfhaft die Nadel umklammernd, fühlte der Matratzenmacher, wie ihn das heilige Pneuma ganz erfüllte, und er konnte seinen Zorn nicht länger zurückhalten.

»Hinaus mit den Hunden!« brüllte er so laut, wie er nur konnte, und beugte sich drohend von der Plattform hinab. »Hinaus mit den Verbrechern, den Unzüchtigen, den Mördern, den – «

»Ruhig, Domenico«, sagte der Meister, ohne den Kopf zu heben. »Schön brav, oder ich rufe Signorina Caldani.«

12

»Der religiöse Glaube läßt sich definieren als das unlogische Vertrauen darauf, daß das Unwahrscheinliche sich ereignet«, erklärte Kommissar De Palma, als er eintrat.

Santamaria, der gerade die Nummer 214 wählte, um sich einen Kaffee zu bestellen, blieb mit dem Finger in der 4 stecken.

»Was ist los? Bist du auch unter die Theologen gegangen?«

»Ich nicht«, sagte De Palma und setzte sich. »Picco. Es ist ein Aphorismus von Picco.«

»O weh!«

Der Vizepolizeipräsident Picco hatte im Laufe seines Lebens eine große Anzahl von Aphorismen, Sentenzen und mehr oder weniger berühmten Denksprüchen gesammelt und im Gedächtnis bewahrt. Aber zuweilen fand er auch in diesen Maximen, mit denen er seine Rede auszuschmücken pflegte, nützliche Hinweise und präzise Empfehlungen für einen gerade anstehenden Fall, und in diesem besonderen Fall versprach der Hinweis nichts Gutes.

»O weh!« wiederholte Santamaria, »und was – Hallo! Einen Kaffee – das heißt – willst du auch einen? – Also zwei Kaffee, danke – Und was folgert er daraus?«

»Nichts. Aber er macht sich Gedanken wegen dieses Priesters, und er will wissen, was wir für morgen abend beschlossen haben. Er fürchtet, daß das Unwahrscheinliche eintritt.«

»Wer fürchtet?«

»Picco natürlich.«

»Aber wenn ich den Spruch recht verstanden habe, müßte das doch der Priester fürchten.«

»Nein, nach der Maxime hat der Priester das Vertrauen, deshalb lehnt er auch einen Schutz ab. Er hat der Polizei erklärt –«

»Ja, ich habe es gelesen. Ich bin gerade mit seiner Akte fertig.«

»Na und?«

»Ich weiß nicht. Es gibt keinen Tatbestand, der ein Verbot der Versammlung rechtfertigte.«

Überrascht blickte De Palma auf.

»Was für eine Versammlung? Ich hatte es so verstanden, daß nach dem Skandal des vergangenen Jahres sich nun alles auf eine Messe mit Predigt beschränkt.«

»Was nur beweist«, erwiderte Santamaria kopfschüttelnd, »wie unwissend du bist. Die Messe ist vor allem eine Versammlung, eine Gemeinschaftsfeier. Und was die Predigt angeht«, erklärte er und suchte das Blättchen »Dazugehören« heraus, »so ist die richtige Bezeichnung Ho-

molie – nein, warte, da haben wir's: Homilie. Jedenfalls sind seine Predigten jetzt sehr viel kürzer. Dann gibt es die Didache, das, was man früher einmal Lehre nannte, ich weiß nicht, ob du dich erinnerst.«
»Dunkel.«
»Und außerdem haben wir das Kerygma, welches –«
»Aber ich dachte, das Latein wäre abgeschafft?«
»Ist es ja. Deshalb sprechen sie heute Griechisch, damit wir es alle besser verstehen.«
»Man müßte zusätzliche Ermittlungen anstellen«, bemerkte De Palma grinsend. Als er sah, daß sein Kollege nicht darüber lachte, wurde er ärgerlich. »Hör mal, du wirst doch nicht behaupten wollen, daß wir damit noch mehr Zeit verlieren sollen? Bei alldem, was geschieht, und bei dem reduzierten Personalbestand –«
Er unterbrach sich. Das Reden über all das, was täglich passierte, einerseits, und den unzulänglichen Personalbestand andererseits, war bei der Polizei zu einer abgespielten Platte geworden, zu einem inzwischen so abgenützten und so ergebnislos erörterten Thema, daß es nicht einmal mehr gut genug war, um damit seinem Ärger Luft zu machen.
»Und dazu noch die ›Afghanische‹«, schloß er, auf die diesjährige Grippewelle anspielend, die unter der Zivilbevölkerung bereits im Rückgang begriffen war, deren Auswirkungen aber sich eben jetzt unter dem erschöpften Personal des Überfallkommandos und der Digos bemerkbar machten. »Wer ersetzt mir die Männer, die mit der ›Afghanischen‹ im Bett liegen? Weißt du, wieviel Stunden ich in dieser Woche geschlafen habe?«
Santamaria hatte in dieser Woche außer der eigenen Arbeit auch die von zwei anderen Kommissaren erledigen müssen. Er mußte auch einsehen, daß die Tatsachen keine weiteren Ermittlungen in Santa Liberata rechtfertigten, weder religiöse noch weltliche, und auch nicht, ungeachtet der Sentenz des Vizepräsidenten, einen regulären Ordnungsdienst. Wichtig, darin war er sich mit De Palma einig, war nur, daß Pezza selbst und seine Helfer nicht eine neue Aggression provozierten. Das war die einzige Gefahr.
»Dafür müßte eigentlich ein halbes Kommando ausreichen«, bemerkte De Palma abschließend, während er seinen Kaffee trank. »Zwei oder drei Mann in Zivil in der Kirche und die andern draußen als Verstärkung. Wenn du willst, werde ich das erledigen; du hast morgen deinen freien Tag, nicht wahr?«
Santamaria nickte verlegen. Gegenwärtig waren, auch ohne die afghanische Grippe, die 36 (oder 48?) dienstfreien Stunden in der Woche zu einer Vorkriegserinnerung geworden, zu einem fernen Märchen aus der Belle Epoque; jetzt war es schon viel, wenn ein kompliziertes und

leicht erschütterbares Vertretungssystem es zuließ, daß man auf alle zehn Tage einen freien Tag bekam. Und wenn es dann soweit war, hatte man immer ein Gefühl von Fahnenflucht und Drückebergerei und die Vorstellung, die Front und die Kameraden am Vorabend einer feindlichen Offensive im Stich zu lassen.

»Ja ... Dann kannst du mir am Samstag erzählen, ob sich etwas Unwahrscheinliches ereignet hat«, scherzte er, während er das Dossier wieder in den neben dem Fenster stehenden Aktenschrank legte.

Er schloß den Stahlschrank und sah für einen Augenblick aus dem Fenster hinaus in das neblige Dunkel.

»Was mich im Grunde am meisten ärgert«, sagte er, »ist, daß ich nicht weiß, was dieses Pneuma ist.«

13

Hätte es nicht am Ende noch die Szene mit dem Ingenieur Vicini gegeben, würde Rossignolo Santa Liberata mit dem Gefühl verlassen haben, daß dort der helle Wahnsinn regierte: der Rasende, der noch immer von oben herabbrüllte; dann eine Art Schwester oder Ordensfrau, schwarz und bebrillt, die herbeigeeilt kam und dem Rasenden mit dem Lineal drohte; und die Brüder Bortolon, die ein hohl klingendes Gelächter anstimmten, während der Pfarrer, nachdem er Monguzzi seine Kerze anvertraut hatte, sich mit einem weiteren biblischen Zitat verabschiedete.

Aber waren es wirklich Bibelzitate? Rossignolo, der aus literarischen Gründen die Heilige Schrift bewunderte, sie aber niemals las, hätte es nicht sagen können. In jedem Fall aber, dachte er, während er seinem Kollegen die Leiter hinab folgte, mußte man Calamassi den Rat geben, die Sache mit den Polydialogen nicht zu überstürzen. Pezza war ein unsteter Geist, wenn nicht gar verrückt (daher auch seine Sympathie für den Neuropathen Monguzzi). Das würde er Calamassi, falls er die Bänder verwenden wollte, ganz klar sagen müssen. Der Verlag konnte unmöglich –

»Wo lassen wir die?« fragte Monguzzi, als er die Kerze löschte.

Vom Unterbau des Turms aus waren sie unmittelbar in das Querschiff gelangt und von dort in das linke Seitenschiff mit seiner Reihe von kerzenerhellten Kapellen.

»Ich weiß nicht, laß sie doch hier – oder da – wo du willst ...« sagte Rossignolo ungeduldig. Dann blieb er stehen. Er drehte sich um, als er hinter sich ein Hüsteln und das Geräusch schleppender und hinkender Schritte hörte.

»Dr. Rossignolo? Dr. Monguzzi? Gestatten Sie!«
Ein blonder Mann mit Brille, um die vierzig, in Pullover und Tennisschuhen, trat lächelnd und ein wenig atemlos auf sie zu, eine Hand ausgestreckt, während er sich mit der anderen auf einen Stock mit Gummizwinge stützte.
»Ingenieur Vicini«, stellte er sich beflissen vor. »Ich habe es gerade erfahren! Ich wußte von nichts, stellen Sie sich vor! Nicht einmal, daß Don Alfonso – Ihnen diese Bänder zur Begutachtung überlassen hatte. Jedenfalls hätte ich nie zu hoffen gewagt ... Aber gestatten Sie, geben Sie sie ruhig mir«, sagte er mit ehrerbietigem Lächeln und nahm Monguzzi die Kerze ab. »Nie zu hoffen gewagt, sagte ich, daß ein Verleger von diesem Rang, von dieser kulturellen Bedeutung ... Und ich sage das nicht, um Ihnen Komplimente zu machen, glauben Sie mir, sondern weil ich Ihre Produktion stets mit dem lebhaftesten Interesse verfolgt habe ...«
Rossignolo erstarrte. Dieser Mann war nicht nur ein Irrer mehr, wie er im Nu begriff, sondern die Pest, der Fluch, die Geißel der Verlage: der klassische Halbintellektuelle, die tödliche Nervensäge, die – Er sah, wie Monguzzi mit kleinen Schritten zurückwich und sich schließlich, wie zufällig, zum Ausgang wandte, während der Ingenieur bereits von der demütigen Beweihräucherung zu Vorschlägen für eine »aktive, konkrete Zusammenarbeit« übergegangen war. Auch er hatte seinen Anteil an den Polydialogen gehabt (bemüht, wie er klarstellte, »sein Bestes« zu geben), ja, die Idee der Tonbandaufnahme war von ihm gekommen. Weshalb er auch jetzt, im Hinblick auf die Veröffentlichung –
»Das heißt, natürlich nicht jetzt!« scherzte er ein wenig gezwungen, als er bemerkte, daß Monguzzi nun ohne alle Rücksicht dem Ausgang zustrebte. »Sie haben es jetzt eilig, und auch ich habe hier meine Arbeit mit den Jungen von der Jugendgruppe. Aber dieser Tage – meinetwegen auch morgen, wenn es Ihnen recht ist – könnte ich in den Verlag kommen und das Material noch einmal ... prüfen, zusammenstellen ...«
Die Vorstellung, daß dieser Nervtöter in sein Büro kommen sollte, jagte Rossignolo einen Schauder über den Rücken.
»Ja, aber hören Sie ... Nein, entschuldigen Sie, wenn ich Sie unterbreche«, sagte er und hob die Stimme, »aber zunächst einmal ist die Publikation noch gar nicht beschlossene Sache. Und in jedem Fall würde es sich nur um ganz kurze Auszüge handeln, deren Auswahl –«
»Aber ich sagte ja gerade –«
»Deren Auswahl, lassen Sie mich ausreden, ausschließlich vom Verleger abhinge.«
Die gleichsam vereisende Wirkung seiner Worte sich zunutze machend,

grüßte er, bevor der andere sich von seinem Schrecken erholen konnte, und ging schleunigst durch das Seitenschiff hinaus. Diese verdammten Bänder konnte man ruhig wegwerfen, erklärte er Monguzzi, sobald er ihn auf der Straße eingeholt hatte. Und daß ihm niemand mehr etwas von Santa Liberata erzählte!
Monguzzi nickte zerstreut. Die Baskenmütze war ihm bis auf die Augen gerutscht, und er stampfte vor Kälte mit den Füßen. Forschend sah er nach rechts und links die dunkle Gasse hinunter.
»Was hast du, was schaust du da?«
»Nichts«, sagte Monguzzi, mit den Zähnen klappernd. »Aber wie kommen wir jetzt hier heraus? Weißt du den Weg?« Er sah Rossignolo fragend in die Augen.

Der Verleger telefonierte, als die beiden an seiner Bürotür auftauchten. Den Oberkörper zurückgeworfen, saß er in seinem Sessel, als genösse er lustvoll ein Sonnenbad, und diese Zurschaustellung von träger Muße sagte Monguzzi ohne weiteres, daß das Thema dieses Gesprächs nur Geld sein konnte. Von Rossignolo vorwärtsgeschoben, überschritt er die Schwelle des Büros, worauf beide vor dem Schreibtisch Platz nahmen. Jetzt blieb nur noch herauszufinden, ob der Chef Geld forderte oder umgekehrt eine Forderung abschlug.
»Ich brauche es nicht gerade dir in Erinnerung zu bringen«, sagte der Verleger mit zarter, ein wenig gekränkter Stimme, »aber wir sind ein progressiver Verlag, auf pluralistischer, genossenschaftlicher Basis . . .«
Dies war eine der Wendungen, mit denen üblicherweise eine dilatorische Absicht verbunden war, und Monguzzi fragte sich, wer wohl diesmal das Opfer war. Ohne eigentlich geizig zu sein, hielt der Chef die bloße Tatsache, daß man für ihn arbeiten durfte, für ein so wunderbares Privileg, daß es jede materielle Entlohnung überflüssig machte.
»Nein, Montag nicht«, wehrte er ab, inzwischen in fast horizontaler Lage auf seinem Sessel ruhend. »Ich habe eine Konferenz in Rom . . . Dann fahre ich auf einen Sprung nach Mailand, und Donnerstag – Donnerstag bin ich in Paris, wir müssen uns dort mit Claude treffen . . . Richtig, sagen wir nächste Woche, wenigstens im Prinzip . . . Natürlich, ich werde sehen, was sich machen läßt. Doch, auf Wiedersehen, natürlich. Auf Wiedersehen. Sei ganz unbesorgt. Auf dann!«
Er legte den Hörer auf, und vom blauen Himmel Ischias oder Positanos senkte sich sein Blick nach und nach auf Monguzzi und Rossignolo.
»Es ist unglaublich«, knurrte er, sich wieder aufrichtend, »was sich dieser Bursche . . .«
Wenn ihm auch die Vernunft sagte, daß kein Mensch von der Luft leben konnte, war seine unwillkürliche Reaktion, wenn ihm jemand

seine Rechnung präsentierte, stets Entrüstung und Verblüffung.
»Und ihr beide?« fragte er bissig. »Wieso kommt ihr erst jetzt?« Er zog seine Uhr aus der Westentasche und warf einen Blick auf das Zifferblatt.
»Wir waren in der bewußten Kirche, um mit dem Priester dort zu sprechen«, begann Rossignolo vorsichtig.
Aber Monguzzi begriff, daß es sinnlos war, und ihn überkam eine unendliche Entmutigung.
»Was für ein Priester, was für eine Kirche?« fragte der Verleger, gelangweilt die Worte dehnend.
Er hatte alles vergessen und jedes Interesse verloren. Es war, wie schon so oft, nur »so eine Idee« gewesen.
»Aber du hast uns doch selbst hingeschickt«, versuchte es Rossignolo noch einmal, der es nicht ertrug, wieder einmal hereingefallen zu sein. »Es war doch wegen der Tonbänder, die Calamassi auswerten wollte . . .«
»Was für Tonbänder? Wir haben hier eine Konferenz gehabt, wir haben hier den ganzen Nachmittag gesessen und gearbeitet, wir haben ein Programm gemacht!«
»Entschuldige, was für eine Konferenz?« fragte Rossignolo erbleichend. »Als du uns nach Santa Liberata geschickt hast, hat keine Konferenz auf dem Programm gestanden.«
»Eine Konferenz außer der Reihe«, sagte der Verleger mit einem grausamen Lächeln. »Wir haben die Lage hinsichtlich der Juni-Neuerscheinungen geklärt – und noch ein paar andere Sächelchen besprochen.«
Es gab Konferenzen im engeren und im erweiterten Kreis, es gab Schnellkonferenzen und technische Konferenzen, informelle Konferenzen und Vollversammlungen. Auch nur bei einer zu fehlen, war für Rossignolo soviel wie eine Amputation ohne Betäubung.
»Ach so«, stammelte er, »tatsächlich?«
Die Kehle war ihm wie zugeschnürt, und schwarze Vermutungen bedrängten ihn: finstere Intrigen waren hinter seinem Rücken angezettelt worden, mysteriöse Schaufeln hatten ihm den Boden unter den Füßen weggegraben.
»Einen Schnaps?« fragte der Verleger mit perfider Herzlichkeit.
Zwischen einem Stapel von Kunstbüchern und einer sechsbändigen Sozialgeschichte der Geographie schwebte ein Tablett mit Gläsern und einer halbvollen Flasche mit einer farblosen Flüssigkeit, dem Spezialschnaps, den ein Bauer aus den Langhe eigens für den Verleger brannte. Unverfälscht, aber von schlechtester Qualität, dachte Monguzzi.
»Nein, danke, nicht für mich«, sagte er, indem er sich mühsam erhob. Vielleicht würde er jetzt ein wenig arbeiten können; der Briefwechsel

Crispi-Oderici könnte um ein paar Manuskriptseiten vorankommen.

»Aber den Briefwechsel«, fragte er, »den habt ihr doch nicht etwa aufgeschoben? Ihr habt ihn nicht etwa aufs tote Gleis geschoben?«

»Da sei Gott vor!« beruhigte ihn grinsend der Verleger. »Einen solchen Streich würden wir dir nie spielen!«

Er stürzte seinen Schnaps in einem Zug hinunter und leckte sich die Lippen. Trotz seiner dünnen, schrillen Stimme war er ein großer, starker Mann, mit einem gewaltigen Prophetenbart, der ihm wie eine rauhe Tweedweste die Brust bedeckte. Monguzzi bekam für einen Augenblick Lust, zu sehen, was passieren würde, wenn er jetzt mit beiden Händen an diesem Bart zöge.

»Gut«, hauchte er, »dann kann ich also jetzt . . .«

Er machte einen Schritt zur Tür, dann noch einen, immer mit der Besorgnis, er könne zurückgerufen werden. Aber es kam kein Ruf, der ihn zurückhielt.

Verlorene Zeit, vergeudete, unwiederbringliche Zeit, dachte er, als er gebückt den Korridor betrat. Die Kirche, Pezza, der Gerüstturm, die seltsame Gemeinde von Santa Liberata – das alles hatte ihn angestrengt und verstört; aber vor allem hatte es ihm den Kopf vollgestopft mit Worten und Bildern, die sich nicht leicht wieder vertreiben ließen.

Aber nachdem er sein Büro betreten und auf alle Fälle die Tür abgeschlossen hatte, heiterte ihn der vertraute Anblick des auf seinem Schreibtisch aufgeschlagen liegenden Briefwechsels wieder auf. Letzten Endes, stellte er fest, als er sich setzte und sein kleines Arsenal von Kugelschreiber, Bleistiften und verschiedenen Radiergummis ordnete, war der heutige Tag doch nicht ganz vergeudet worden. Von heute früh bis zum frühen Nachmittag hatte er immerhin die Abschrift von drei Briefen Odericis aus Florenz gründlich überprüft, was ihm überdies, dank einem glücklichen Zufall, erlaubt hatte, einen Brief Crispis aus Neuilly richtig zu datieren. Außerdem hatte er verschiedene wichtige Anmerkungen hinzugefügt, so daß nur noch die Frage der vermutlichen Reise Odericis nach Asti offenblieb. Weshalb er jetzt . . .

Doch etwas hörte nicht auf, ihn zu beunruhigen. Es war, als ob unter den inzwischen verscheuchten Worten und Bildern eines war, er wußte nicht welches, das ihm einen dunklen Verdacht eingegeben hatte, einen noch vagen und namenlosen Zweifel, dessen Klärung ihm jedoch dringend erschien.

Da spielten ihm wohl seine Nerven wieder einmal einen Streich, dachte er und goß sich mechanisch ein halbes Glas Wasser ein; dann öffnete er das erste Schubfach seines Schreibtischs, wo er die Tabriumtropfen aufbewahrte.

14

In dem dichter werdenden Nebel fuhr der cremefarbene alte Volkswagen immer langsamer, bis er am Straßenrand, mit dem rechten Scheinwerfer nur wenige Zentimeter von einem Prellstein entfernt, hielt. Der Bleistifthändler beugte sich aus dem geöffneten Fenster und spähte aufmerksam nach hinten. Es waren keine Lichter anderer Wagen in Sicht, und die Straße schien auf eine weite Strecke hin verlassen zu sein, und doch sprang der Mann so rasch wie möglich aus dem Wagen, schloß ebenso rasch die Tür und verließ mit wenigen schnellen Schritten die Fahrbahn, um sich über den Stein zu beugen. Der graue Steinblock stand schief gegen den Graben geneigt und war von Brombeersträuchern halb verdeckt. Der Mann schob sie mit dem Fuß zur Seite und entdeckte, in den Stein geritzt und schon beinahe unlesbar geworden, die Aufschrift »Volpiano Km. 2«.

Er hatte sich verfahren.

Die Scheinwerfer des Volkswagens erhellten einen kurzen Abschnitt der asphaltierten Straße, und der Motor lief langsam in einer Stille wie auf freiem Felde. Doch das bedeutete nichts. Schon fünfzig Meter weiter konnte, unsichtbar im Nebel, eine Fabrik für Profileisen stehen oder auch ein Restaurant mit einer Tanzbar oder eine ganze Siedlung des sozialen Wohnungsbaus oder eine Erdölraffinerie. Überall zwischen Leini und Volpiano, zwischen Pianezza, Venaria, Alpignano, Orbassano und None, überall zwischen den alten Ortschaften des Festungsgürtels hatte die sich explosiv ausdehnende Stadt ihre Splitter verstreut und mit ihren Fetzen das Land übersät. Viehwege liefen neben vierspurigen Superautostraßen, und in Windungen verlaufende Straßen zweiter Ordnung verbreiterten sich zu den großen Verkehrsadern der Umgehungsstraßen; und Asphaltstraßen, die wie poliert waren, kreuzten Straßen mit höckerigen und rissigen Teerschichten, die noch schlecht und recht von radelnden Straßenwärtern geflickt wurden. In diesem komplizierten Geflecht von Krümmungen und Abzweigungen, von Gabelungen, Kreuzungen und Überführungen, von Eselsrückenbrücken und solchen aus Stahlbeton war die Orientierung auch bei Tage und ohne Nebel ein Problem geworden. Der Mann stieg wieder in seinen Wagen. Einen Augenblick dachte er daran, umzukehren, entschloß sich aber dann, bis Volpiano weiterzufahren und von dort aus den richtigen Weg wieder aufzunehmen. Die Uhr auf dem Armaturenbrett zeigte sieben Uhr. Vielleicht war in Volpiano die Kirche noch offen.

2. *Morgens um 4.20 Uhr weckte das Telefon*

1

Morgens um 4.20 Uhr weckte das Telefon Kommissar de Palma, der seit einiger Zeit im Wohnzimmer schlief, damit die Anrufe nicht auch seine allmählich hochgradig nervöse Frau weckten. Auf der Stelle hellwach, dachte De Palma sogleich an das, woran er zuletzt vor dem Einschlafen gedacht hatte: an die Kirche von Santa Liberata. Aber es dauerte nur einen Augenblick, und dann nahm für ihn der Tag einen ganz anderen Verlauf. Leise fluchend streckte er die Hand im matten Schein der kleinen Nachtlampe aus, die ganz nahe bei seiner Schlafcouch stand, damit er das Telefon sehen konnte.

»Dottore –« Es war die Stimme des Brigadiere Urru.

»Los! Sag schon!«

Vor einer halben Stunde, so erfuhr er, war in der Via Frejus ein Nachtwächter wie ein Idiot auf eine Gruppe von Männern zugegangen, die mit großen Koffern auf einen Lastwagen kletterten. Der Mann hatte zwei Kugeln in den Kopf bekommen. Aber das war sozusagen die Regel. Weniger der Regel entsprachen der Tod eines Trambahnfahrers und die Verwundung einer weiteren Person bei der Schießerei zwischen den flüchtenden Banditen und der Funkstreife, die die Verfolgung aufgenommen hatte. Inzwischen waren auch andere Streifen auf der Suche nach dem Lastwagen unterwegs; der Erkennungsdienst war bereits an Ort und Stelle, und der Untersuchungsrichter mußte jeden Augenblick eintreffen, um die Ermittlungen einzuleiten. Sollte Urru den Dottore abholen lassen?

Der Schirm der Nachtlampe war aus grünem Kunststoff mit einem aufgemalten Donald Duck. Ursprünglich hatte die Lampe im Zimmer der Kinder gestanden, als sie noch klein waren und Angst vor der Dunkelheit hatten.

»Also gut, ich komme herunter«, antwortete De Palma.

Hastig kleidete er sich an, noch immer leise Flüche und Verwünschungen ausstoßend, gegen niemanden im besonderen und gegen alle insgesamt. Auch ihm wollte es jeden Tag mehr so scheinen, daß er einen Krieg mitmachte; zwischen ihm und seinen Kollegen hatte sich dieser ewig fluchende, obszöne Ton der Frontsprache eingebürgert; außerdem war man stets unrasiert (er faßte sich an Kinn und Wangen und verzichtete darauf, sich zu rasieren), und die Augen waren ständig entzün-

det oder verquollen, ganz zu schweigen von der konstanten tödlichen Müdigkeit. Er gähnte und dachte an Santamaria, der heute seinen dienstfreien Tag in der Ftappe verlebte, der Glückliche!
Vor der Haustür stand das Auto, mit dem Brigadiere Pastorello auf dem Rücksitz. De Palma setzte sich neben ihn.
»Könnten das nicht wieder die aus Biella gewesen sein, Dottore?«
»Weiß ich doch nicht, woher soll ich das wissen?«
Pastorello erkannte, daß sein Chef noch nicht in Kampfstimmung war, und schwieg, während das Radio, gleichsam zur Unterhaltung der Truppe, den Überfall auf einen Taxifahrer im Viale Thovez und die willkürliche Beschädigung eines Rolladens im Corso Traiano meldete. Der Wagen fuhr ohne Sirene schnell durch die verlassene Stadt. De Palma gähnte – es dauerte zwei- bis dreihundert Meter weit – und dabei dachte er, daß auch dieser wie jeder italienische Krieg von der Art war, die nicht zu gewinnen ist. Aber – so tröstete er sich – die Polizei in der ganzen Welt hatte ihre Schwierigkeiten; aus dem einen oder anderen Grunde war sie überall nervös.
»Warum sagst du, es könnten die von Biella gewesen sein?«
Pastorello begann, seine Meinung darzulegen, und De Palma, den Kopf endlich frei von allgemeinen Betrachtungen, klammerte sich fast mit Erleichterung an seine unmittelbare soldatische Aufgabe.

Auch Kommissar Santamaria dachte, als er drei Stunden später in seinem Junggesellenbett erwachte, als erstes an den Priester Pezza. Auch er kam sich wie ein Soldat im Feld vor, und wie ein Soldat meinte er, als er erwachte, er habe nicht viel mehr als eine Minute geschlafen. Aber der Minuten waren viele vergangen, und in ihnen hatte der Priester Pezza Zeit gefunden, sich um ein gutes Stück zu entfernen, wie ein Reisegefährte im Eisenbahnabteil, der nach Stunden des Gegenübersitzens plötzlich seine ganze Fremdheit zurückgewinnt, sobald der Zug vor der Einfahrt in den Bahnhof langsamer zu fahren beginnt. Jetzt verschwand der Priester unter der Menge, und Santamaria verzichtete darauf, ihm zu folgen; man durfte nicht übertreiben, sagte er sich, als er den Gasbadeofen anzündete, der Mann war nicht interessanter oder mysteriöser als so mancher andere.
Denken wir nicht weiter an ihn, meinte der Kommissar, an ihn mit seinen Freitagen und seinem Pneuma, und kümmern wir uns um dringendere Angelegenheiten!
Aber heute, erinnerte er sich, im warmen Dampf der Dusche stehend, erwarteten ihn gar keine dringenden Angelegenheiten, sondern nur die kleinen, melancholischen Obliegenheiten eines dienstfreien Soldaten hinter der Front: Briefe schreiben, Geld abheben, Knöpfe annähen,

Wäsche kaufen. Und eventuell eine Frau.
Diese Aussichten weckten keine besondere Freude in ihm. Er wußte, daß er sich bis zum nächsten Tag überflüssig und unbehaglich fühlen würde, denn der Krieg hatte auch diese schlechte Eigenschaft, daß er jede Ruhepause unwirklich erscheinen ließ, so daß man sie nicht eigentlich genießen konnte. Um diese Zeit war De Palma bereits mit den ersten Funkstreifenaktionen beschäftigt, mit den ersten Angriffen oder Gegenangriffen des Tages, und beinahe beneidete Santamaria ihn. Was soll ich tun? Mir die Santa Liberata als Tourist ansehen? Er fragte es sich, als er sich zu rasieren begann. Aber sogleich verwies er sich diese vage Regung, die er in einem anderen Augenblick vielleicht als eine Art von Intuition angesehen hätte, als das Symptom einer Neugierde, die etwas zu bedeuten hatte. Allmählich, dachte er ironisch, werde ich ein Sklave meiner Arbeit, ein Sklave der Routine; ich kann nicht mehr ohne sie leben, ich bin schon wie ein Betriebsleiter geworden, ein Manager.
Mißgelaunt kleidete er sich an. Es ärgerte ihn, festzustellen, daß er, wenn er einmal an einem Morgen bequem zu Hause bleiben konnte, statt dessen nichts wie weg wollte. Aus dem Haus – wohin?
Zunächst einmal in die Bar und Kaffeerösterei von Benotto, um den ersten Kaffee des Tages zu trinken und die Überschriften der an der Kasse ausliegenden Zeitung zu überfliegen. (»Haben Sie gesehen, Dottore? Wir gehen hier noch alle vor die Hunde!«); dann weiter bis zur Via Pietro Micca, wo die Straßenbahnen jetzt noch im Morgennebel den vorderen Scheinwerfer, dieses bleiche Auge, eingeschaltet hatten und die Angestellten in schwarzen Trauben ausstiegen und sich, noch schlaftrunken, nach allen Seiten zerstreuten, um in den tausend Büros dieses Stadtteils zu verschwinden. Dann, gemächlich schlendernd, zur Via XX Settembre, zur Via Roma (vielleicht auch Via Lagrange), wo die ersten Jalousien lärmend hochgezogen wurden, die ersten Verkäuferinnen eintrafen und die Laufburschen die Schaufensterscheiben mit von eisigem Schaum getränkten Schwämmen blank rieben. Und dann zur Hemdennäherin in der Via Po (Treppe B, im Zwischenstock), die bestimmt die im vorigen Herbst bestellten Hemden noch nicht fertig hatte; darauf zu einem Café an der Piazza Castello, um einen Cappuccino mit ein paar Brioches zu sich zu nehmen; weiter, um nun, da die Schaufenster gereinigt waren, übrigens ohne allzu große Hoffnung, nach einem Paar anständiger, aber nicht unanständig teurer Schuhe zu suchen. Und dann, wenn er Lust hatte, zum Krankenhaus, wo der Kollege D'Amato lag, mit seinem an der Zimmerdecke aufgehängten Bein, das er sich bei einem idiotischen Unfall gebrochen hatte; und schließlich, es war unausweichlich, zur Bank, um den Kontostand zu

überprüfen und sich ein neues Scheckbuch geben zu lassen.
Aus dem Haus, natürlich! Weil es sinnlos war, zu Hause zu bleiben. Aber nur deshalb. Denn wo war der Spaß beim Ausgehen?

Als er zur gewohnten Stunde auf die Straße trat, hob der Bleistifthändler den Blick, um prüfend die graue Masse des Himmels zu betrachten, und stellte fest, daß sie sich seit gestern nicht verändert hatte. Nur die Kälte, meinte er, habe noch zugenommen, und der Rauhreif auf den nach Norden blickenden Dächern schien ihm heute noch dicker. Rasch ging er auf die überdachte Haltestelle zu und begann zu laufen, als er hinter sich das Geräusch des sich nähernden Trolleybusses hörte. Er stieg ein und nach nur drei Haltestellen wieder aus, um etwa hundert Meter zurückzugehen und dann in eine kleine Seitenstraße einzubiegen.
Vielleicht kommt heute noch Schnee, dachte er und bückte sich nicht ohne eine gewisse Anstrengung, um das Vorhängeschloß zu öffnen und den verrosteten Rolladen hochzuziehen, hinter dem ihn der alte Volkswagen mit seiner Ladung von Bleistiftkartons der Marke Jucca erwartete.
Er hatte einige Schwierigkeit, den Motor anzulassen, aber endlich funktionierte die Zündung, und der Motor sprang an; nachdem er das Auto herausgefahren und den Rolladen wieder geschlossen hatte, blieb er noch ein paar Augenblicke sitzen, die behandschuhten Hände am Steuer, und wartete, bis der Motor warmgelaufen war. Schließlich legte er den ersten Gang ein und fuhr los.

2

Die erste Messe war zu Ende, und die paar alten Frauen, die gekommen waren, gingen fort. Nur ein junger Mann und ein junges Mädchen gingen nicht. Er trat aus einer der rechten Bankreihen, sie aus einer der linken, und Hand in Hand näherten sie sich nun den Chorschranken. Don Pezza war bereits mit dem Ziborium auf dem Weg zur Sakristei, als er sie von der Seite her sah. Brüsk drehte er sich nach ihnen um.
»Brautleute?« fragte er mit einer Stimme, die nichts Gutes verhieß.
Eingeschüchtert blieben die beiden stehen und nickten mit dem Kopf.
»Brautleute und Analphabeten!« brüllte der Pfarrer. »Denn da draußen steht ganz groß geschrieben, daß ich Verlobte am Mittwoch und am Samstag empfange. Mitt-woch und Sams-tag«, wiederholte er, die Silben skandierend. »Verstanden?«
Aber als er sie so zerknirscht und beschämt sah, änderte er den Ton.
»Oder habt ihr einen besonderen Grund, einen Grund zu besonderer

Eile, daß ihr heute kommt?«
Die beiden tauschten einen Blick und verneinten mit einer Kopfbewegung.
»Gut«, sagte Don Pezza und schwenkte ungeduldig das Ziborium, das ihn am Gestikulieren hinderte. »Dann kommt also wieder, aber an den richtigen Tagen, verstanden? Euer Pfarrer ist mit Arbeit überhäuft, seine Verpflichtungen fressen ihn auf, und einen gewissen Stundenplan muß auch er einhalten, nicht wahr? Habe ich nicht recht? Ausgezeichnet! Dann geht jetzt, der Herr sei mit euch – und alles Gute!«
Er drehte sich um und brachte das Ziborium und die Paramente in die Sakristei. Darauf ging er in die Pfarrwohnung zurück.
»Brautleute!« murrte er, als er sich an den Küchentisch setzte. Wenn ihm etwas furchtbar auf die Nerven ging, noch mehr als die Unterweisung der Kinder im Katechismus, so waren es die zweimal wöchentlich stattfindenden Begegnungen mit den Brautleuten. Sobald wie möglich würde er auch die der Caldani andrehen. Er mußte sich auf seine Predigt konzentrieren.
Aber was war mit diesem Mistapparat los? Gestern abend funktionierte er noch großartig, und jetzt leuchtete nicht einmal das kleine Licht. Waren die Batterien schon leer? Ach nein, das war es, jetzt erinnerte er sich, als er das Tonbandgerät heranrückte: Man mußte erst hier drükken, dann da und dann warten, bis sich das ganze Band auf diese Seite hier zurückgespult hatte. Er schnitt sich, während er wartete, ein Käsedreieck zurecht und drückte es mit aller Gewalt in ein dickes Stück Brot hinein.
Er mußte sich, überlegte er kauend, an alle wenden, und zwar in der einzigen Sprache, die alle verstanden: in der Sprache der Angst. Nichts mehr von Aussprachen und Polydialogen, Arbeitsgemeinschaften und Rundgesprächen für ein humaneres Das und ein gerechteres Dies! An dieses Theater glaubte im Ernst niemand mehr, die Begeisterung hatte nachgelassen, der Rausch der großen Worte ging vorüber, war schon vorbei. Die letzten Berauschten sangen noch aus voller Kehle, aber nur, um sich Mut zu machen, denn jetzt saß ihnen allen die Angst im Nacken. Sie hatten alle die Hosen voll und kniffen den Arsch zusammen.
Jetzt hörte das Rauschen auf, und mit einem Klick rastete das Tonband ein. Don Pezza drückte auf die Wiedergabetaste.
»Und ich sah«, kam es in voller Lautstärke aus dem Gerät, *»da entstand ein großes Erdbeben, und die Sonne wurde schwarz wie ein härener Sack, und der Mond wurde ganz wie Blut.«*
»Hmhm«, spendete der Pfarrer mit vollem Munde Beifall, zufrieden sowohl mit dem Text (*Offenbarung des Johannes*, 6,12) als auch mit

der eigenen, auf dem Tonband aufgenommenen Stimme.
»*Und die Könige der Erde*«, fuhr die Stimme in einem drohenden und dröhnenden Crescendo fort, »*und die großen Herren und Kriegsobersten und die Reichen und die Machthaber sowie jeder Sklave und Freie versteckten sich in den Höhlen und in den Klüften der Berge . . .*«
Ein guter Anfang. Ein ausgezeichneter Start. Nichts war so gut wie unsere alte Apokalypse, wenn man einen Anfang brauchte, um Vernunft zu predigen.

3

Der Lieferwagen OM *Lupetto* der Brüder Bortolon stand mit seiner Ladung Glasscheiben fahrbereit unter dem Wetterdach gleich neben dem einstöckigen Häuschen. Schwägerin Romilda verstaute unter dem Sitz die große Einkaufstasche mit den beiden Essensbehältern und den beiden Broten sowie die beiden Flaschen für die Mittagsmahlzeit, darauf lief sie ins Haus zurück, blaugefroren und den schäbigen Mantel eng um ihren mageren, kaum bekleideten Körper gezogen.
In der Küche beendeten die Brüder ihr aus Milchkaffee mit eingetunktem Brot bestehendes Frühstück, und im nächsten Augenblick, wenn sie auch ihren Schnaps hinuntergestürzt hatten, würden sie verschwinden. Die Tasche hätten sie sich auch selbst hinaustragen können, dachte Romilda. Aber nein, sie wollten sich hinten und vorn bedienen lassen, bei Tag und bei Nacht . . .
Sie hängte ihren Mantel an den Haken und setzte sich, die knochigen Beine übereinanderschlagend, ans Fenster. Sie zündete sich eine Zigarette an. Bei Tag und bei Nacht, dachte sie. Eine schöne Religion! Eine schöne Nächstenliebe gegenüber der Witwe ihres Bruders!
Sie zuckte die Achseln. Sie betrachtete den türkisfarbenen Morgenrock mit Nylonspitze, den ihr die Schwäger zu Weihnachten geschenkt hatten, zusammen mit den Pantoffeln mit hohen Absätzen und Paillettengarnierung. Na ja. Ihr Bruder, das heißt, ihr Mann, hatte ihr nie etwas geschenkt. Und wenigstens arbeiteten sie, von früh bis spät rackerten sie sich ab.
»Nein«, begann sie, besänftigt und freundlich gestimmt. »Nein, dieses Wetter!«
Sie wies mit der Zigarette nach draußen.
»Glaubt ihr, es wird schneien?«
Aber die beiden hörten sie gar nicht.
»Romilda«, sagte der eine.
»– den Schnaps«, beendete der andere den Satz.

Mechanisch stand sie auf und ging ein paar Schritte auf die Kredenz zu. Doch dann machte sie plötzlich eine rasche Wendung und lief mit flatterndem Morgenrock auf den Korridor hinaus.
»Leckt mich doch am Arsch!« schrie sie mit erstickter Stimme, ohne sich umzudrehen.
Sie lief schnurstracks bis zum Abort.
»Leckt mich!« brüllte sie und schloß die Tür hinter sich ab.

Die Frau des Kräuterhändlers verließ den großen Raum, der, durch einen Vorhang unterteilt, als Wohnung und als Werkstatt diente, trat auf die Galerie im ersten Stock hinaus und klopfte an die Klosettür.
»Camillo?« fragte sie. »Laß es doch sein, du erkältest dich nur. Versuch es doch später noch mal.«
Kopfschüttelnd kehrte sie in ihre Wohnung zurück.
Ihr Mann erschien, mit düsterer Miene, als sie auf dem Bett saß und sich ihre Gummistrümpfe überstreifte. Er nahm von einem Haken neben der Wendeltreppe seinen schwarzen Kittel und schickte sich an, in den Laden hinunterzugehen. Aber dann blieb er stehen und betrachtete, düsterer denn je, seine Frau, die nun, nachdem sie die Filzpantoffeln beiseitegestellt hatte, ihre Schuhe unter dem Bett hervorholte.
»Mir tun heute die Hühneraugen so weh«, sagte sie, ohne seinen Blick zu beachten. Sie gab einen zischenden Laut von sich, als sie das schmerzhafte Manöver begann, mit den Füßen in die zerbeulten Schuhe zu schlüpfen. »Du wirst sehen, es gibt Schnee.«
»Gehst du jetzt schon weg?«
Sie wich seinem Blick noch immer aus.
»Also für deine Sache da«, sagte sie, »hör auf mich, da gibt es nur Pflaumenkompott. Die Dörrpflaume ist die Königin des Darms!«
»Wohin gehst du?«
Mit einem gezischten Schmerzenslaut stieß sie zum Abschluß der Prozedur mit den Fersen in die Schuhe und erhob sich.
»Ich weiß, was du denkst«, sagte sie, »ich weiß, daß du diese fixe Idee hast. Aber warum nur? Es ist ein Zeichen, daß du nicht mehr glaubst. Sag mir die Wahrheit: Glaubst du nicht mehr?«
Der Kräuterhändler band sich einen haselnußbraunen Wollschal um den mageren Hals. Er war ein steifes, hohlwangiges Männchen, mit Augen, die hinter den bifokalen Gläsern nur undeutlich und wie verschleiert zu erkennen waren.
»Ich glaube, was ich glaube«, sagte er, den Blick auf den abgenutzten Backsteinboden gesenkt. Er nickte dazu melancholisch zwei- oder dreimal, und mit einer Art finsterer Befriedigung wiederholte er: »Ich glaube, was ich glaube.«

»Früher«, sagte seine Frau mit einem Seufzer, »warst du nicht so. Früher warst du mit uns einig.«
»Früher war früher.«
»Und was ist jetzt anders geworden? Sind wir nicht alle Geschwister, vom Pneuma beseelt? Müssen wir nicht die Festung Gottes erbauen?«
Das Männchen hob den Blick mit einem plötzlich aggressiven, bösen Ausdruck.
»Schöne Erbauung!« zischte er giftig zwischen den Zähnen hervor. »Erbau dich nur tüchtig mit Bruder Domenico!«
Einen Augenblick schwieg seine Frau.
»Du bist ungerecht«, murmelte sie dann traurig. »Warum redest du so? Gestern haben wir den ganzen Tag gearbeitet, mit Domenico zusammen. Ich habe gebügelt, und er –«
»Gestern. Und die anderen Male?«
»Was hat das damit zu tun? Die anderen Male war es im Dienst Gottes; auch du weißt das. Die Seele, die in Gott sündigt, sündigt nicht.«
»Aber Hure ist Hure!« brüllte der Kräuterhändler. »Hure ist und bleibt Hure!« wiederholte er mit schrecklicher Stimme.
Verzagt setzte sich Signora Celeste wieder.

Auf dem Sattel seiner getreuen Gilera 250 bog Priotti in den gewundenen Weg ein, der hinunter zu den Gemüsegärten führte, die sich zwischen dem Ufer des Sangone und den letzten, noch unbebauten Ausläufern des Vororts La Roggia häuften.
In jedem dieser Gärten – kleine, unregelmäßige Grundstücke, durch Bretter- und Drahtzäune voneinander getrennt, die in diesem Niemandsland von Arbeitern und Rentnern bestellt wurden – stand ein Schuppen, in dem die Geräte aufbewahrt wurden.
»Im Januar mit der Hacke, im Februar mit der Hippe«, dachte Priotti, während er den Geräteschuppen öffnete. Aber als er die Hippe schon in der Hand hielt, kam er zu dem Schluß, der Pfirsichbaum und die beiden Mandelbäume könnten noch warten. Besser jetzt die Zwiebeln setzen, weil es vielleicht schneien würde: »St. Matthias bringt Schnee.«
Nur war leider der Boden von neuem gefroren nach dem letzten Umgraben; außerdem mußte er sich erst noch Dünger besorgen. Oder sollte er lieber den Zaun reparieren, an dem einige Bretter verfault waren, aus denen jetzt die Nägel herausrosteten? Oder das Wellblechdach in Ordnung bringen?
Die Wahrheit war, daß er heute keine Lust zum Herumwerkeln hatte, obwohl er bis zehn, halb elf – wenn er für gewöhnlich den Brüdern Bortolon bei der Arbeit Gesellschaft leistete oder sich mit ihnen und seinen Rentner-Freunden in der »Schwarzen Feder« traf – nichts zu tun

hatte. Sogar in der Kirche von Santa Liberata hatte er vor heute abend keine Pflichten. Das Gerüst war fertig, und mit der Verkleidung und Umhüllung hatte er nichts zu tun; die Säcke nähte Bruder Domenico mit der Schwester Celeste. Es sei denn, daß die Säcke nur ein Vorwand waren . . .

Für Celeste brauchte es allerdings schon einen guten Magen, sagte er sich, während er den Schuppen wieder schloß. Er stieg wieder auf die Gilera, noch ohne überlegt zu haben, was er tun wollte. Ihm hätte eher die Schwägerin der Brüder Bortolon als »Schwester« nicht schlecht gefallen, auch wenn sie keine Pneumatikerin war . . . Aber an Domenicos Stelle, dachte er mit einem vergnügten Grinsen, indes er den Motor anließ, wäre ihm auch die Signorina Caldani immer noch lieber gewesen, die war vielleicht sogar noch Jungfrau.

Auf der Marmorplatte des Nachttisches zwischen einem leeren Glas und einer Fotografie im Silberrahmen, die im Halbschatten nicht zu erkennen war, tickte der große Wecker der Professoressa Caldani auf neun Uhr zu. Der Stundenzeiger hatte schon seit einer geraumen Weile den des Läutewerks überholt und dabei in der kleinen Wohnung einen Lärm wie am Tage des Jüngsten Gerichts verursacht; aber das ältliche Fräulein, das bäuchlings auf dem unaufgedeckten Bett lag, im Morgenrock, und deren einer Arm über den Rand baumelte, hatte die Augen nicht geöffnet und sich auch nicht um einen Millimeter vom Fleck gerührt. Später hatte noch das Telefon zweimal, mit wütender Insistenz, geläutet. Um neun Uhr läutete es noch einmal, aber diesmal nur kurz, als erwarte der Anrufer (oder Wiederanrufer) nicht mehr, daß jemand den Hörer abnahm.

1

Don Pezza legte den Hörer auf.

Na schön, die Caldani konnte man für heute morgen abschreiben. Aber da er das Pfarrbüro nicht gut unbesetzt lassen konnte, blieb ihm nichts weiter übrig, als das Tonbandgerät hierher zu bringen und hier zu arbeiten zu versuchen, in der Hoffnung, daß ihn nicht allzu viele Besucher stören würden.

»Ach ja, wo hab' ich nur meinen Kopf!« Er wandte sich an die Vinzentinerin, die vor ihm saß. »Signorina Caldani ist heute früh im Erzbischöflichen Ordinariat und wird gewiß nicht vor Mittag hier sein.«

»Und die Binden für die Leprakranken?« erkundigte sich lebhaft die Dame vom St. Vinzenz-Orden. »Oder kommt es wieder zu einem Streit

wie um die Weihnachtsstollen? Sie wollen sich doch wohl jetzt nicht zurückziehen?«
»Wie bitte? ... Aber nein!« antwortete ungeduldig der Pfarrer.
Wenn ihm etwas ganz besonders auf die Nerven ging, nämlich noch mehr als die Unterhaltungen mit Brautleuten, dann war dies die Tätigkeit der verschiedenen, mit seiner Pfarrei zusammenarbeitenden karitativen Vereinigungen. Er fertigte die Vinzentinerin so schnell wie möglich ab, aber er war jetzt gereizt, und als er sich noch einmal den am Vorabend aufgenommenen Predigtentwurf anhörte, fand er ihn entschieden weniger gut als zuvor.
»Machen wir uns aufs Schlimmste gefaßt, Brüder! Dies ist die eigentliche Forderung der johanneischen Botschaft, sie lädt uns nicht dazu ein, die bequeme Trambahn der Illusionen zu besteigen, und sie hält uns nicht den Regenschirm leichtfertiger Hoffnung über den Kopf, sondern sie packt uns ohne Umstände und stößt uns unter die eiskalte Dusche des Schreckens. Eine –«
Mit dem erhobenen linken Zeigefinger drückte er Ablehnung aus, und mit dem rechten drückte er auf die Stop-Taste: Klick.
Nein, nein! Wirkungsvoll vielleicht als Bildersprache, aber diese »Botschaft« und diese »eigentliche Forderung« waren ein Schritt zurück, eine Rückkehr zur überwundenen Sprache der alten Tonbänder, ganz zu schweigen davon, daß »johanneisch« Anlaß zu Mißverständnissen mit Johannes XXIII. gab. Außerdem: Hatte er schlecht gehört, oder hatte er tatsächlich ...?
Er drehte das Band zurück:
»Machen wir uns aufs Schlimmste gefaßt, Brüder! Dies ist die –«
Klick.
Ein Lapsus, nur ein Versehen, aber er mußte etwas besser aufpassen. Die wahren »Brüder« könnten es übelnehmen. Und was die andern anging, die große Masse der Gläubigen, so nannte er sie schon geraume Zeit nur »Gemeinde« und sonst nichts. Und so mußte er sie auch weiterhin nennen, wenn er wollte, daß die große Masse der Gläubigen noch größer wurde.
Eine Herde, dachte er, während er auf einem Blatt Papier die zu ändernden Stellen notierte, eine Herde waren sie immer gewesen, und eine Herde wollten sie gern wieder werden. Sie verlangten nach Autorität, nach Ordnung und Disziplin. Man brauchte nur an den Erfolg zu denken, den er mit seiner Trennung von Männern und Frauen in der Kirche hatte ... Ebenso wie die Dialoge, die spontanen Begegnungen, die liberale Aufgeschlossenheit und anderer Unfug brachte auch eine wahllose Brüderlichkeit nichts mehr ein. Sie führte zu nichts, sie gehörte auch nur zu dem Schnickschnack, von dem inzwischen alle mehr

als genug hatten.
Er ließ das Band vorwärtslaufen und drückte auf die Wiedergabetaste.
»Eine heilsame Dusche, ein heiliger Schrecken, geliebte Gemeinde! ... Zittern vor Angst, das ist das Gebot des Johannes ... Und kommt jetzt nicht und sagt mir, daß ihr schon zittert, denn ich und der Evangelist werden es euch nicht glauben. Nein! Ich und der Evangelist wollen euch von hier oben aus mit schlotternden Knien sehen! Wir wollen hier oben euer Zähneklappern wie ein Kastagnettenschlagen hören! Wir wollen bis hier oben den Gestank eurer Angst riechen!«
Schwach. Zu unbestimmt. Mehr Realismus, mehr Entschlossenheit. Vor allem brauchte man konkrete Beispiele, präzise Bezüge zu ihrem Leben als furchtsame Schafe ...
Aber jetzt war nichts mehr zu hören außer dem monotonen winselnden Geräusch, dieser elektronischen Kantilene des weiterlaufenden Bandes. Was bedeutete das? Einen Defekt? Oder hatte er wieder etwas verkehrt gemacht? Auf die Idee, das Tonbandgerät wieder in Gebrauch zu nehmen, hatten ihn die beiden von gestern gebracht, Monguzzi und der andere. Aber technisch war er nie besonders geschickt gewesen; die Tonbandaufnahmen zur Zeit der Polydialoge und der Arbeitskapelle hatte immer Vicini gemacht.
»Tak – krak – schschsch – tschak tschak –«
Kleine, irgendwie vertraute Geräusche tauchten jetzt aus dem Hintergrundgewinsel hervor, begleitet von gelegentlichen Brumm- und Grunzlauten, als deren Urheber sich der Pfarrer schließlich selbst erkannte, und zwar sich selbst, als er am Waschbecken sich damit abmühte, den Verband zu wechseln. Er hatte offensichtlich das Band bei heruntergedrückter Aufnahmetaste weiter laufen lassen.
»Zick zick zick ...«
Jetzt erkannte er sogar das Geräusch der Schere, wie er Verbandmull und das Pflaster zuschnitt.
»Pop.«
Das mußte das Alkoholfläschchen sein, als er es entkorkte, um sich seinen Inhalt direkt auf den Kopf zu gießen.
»Uh – uh – uuuuuuuuuh!«
Diesem in einem fürchterlichen Crescendo ansteigenden Schrei folgte ein so donnernder und zugleich komplexer Fluch, daß der Priester selbst davon verblüfft war.
Jesusmaria, dachte er, zu spät die Stop-Taste drückend, hier muß ich *wirklich* etwas besser aufpassen!
Er stand eilig auf und ging in die Sakristei und darauf in die Kirche, um sich zu vergewissern, ob es jemand gehört haben könnte.

5

Sie betrat das Kaufhaus *La Rinascente* und war angenehm überrascht, es verlassen zu finden, abgesehen von einigen blank gestriegelten Kühen, die zwischen den Verkaufstischen der Parfümerieabteilung herumliefen. Sie hatten ein geschecktes Fell und kamen selbstverständlich aus der Einrichtungsabteilung, wo man sie hielt, um ihnen nach und nach das Fell abzuziehen und es zu verkaufen, diese weißbraunen Felle, die ihr gar nichts sagten, nicht einmal, wenn sie an die Mansarden ihres Hauses in Sansicario dachte, da waren die indonesischen Matten schon viel besser, wenn auch katastrophal, falls die Gäste, zum Beispiel, auf dem Fußboden miteinander schlafen wollten. Auch die Rolltreppen waren heute leer, was ihr weniger angenehm war; sie hatten immer etwas Beängstigendes für sie, wenn sie leer blieben; aber dann ging der Aufstieg aufs schnellste und schönste vonstatten, fast war es ein Flug, ein köstliches Hochgeworfenwerden. Aber in welches Stockwerk wollte sie eigentlich? Was mußte sie kaufen? Sie suchte in ihrer Handtasche, vielleicht hatte sie es irgendwo aufgeschrieben, aber in der Handtasche fand sie nur ein Marmorei und ein zerrissenes Foto von Thea als kleinem Kind. Aufblickend bemerkte sie eine Schaufensterpuppe in einem jadegrünen Nachthemd, mit Goldstickerei und einem langen Schlitz in der Mitte, einfach hinreißend; sie trat darauf zu und streichelte es und sah dabei das Preisschild: das Hemd kostete, es war unglaublich, nur 5490 Lire. Keine Verkäuferin, keine lebende Seele waren zu sehen, da entkleidete sie ärgerlich die Puppe und ging mit dem Hemd in eine der Kabinen, die aber natürlich auch eine Fahrstuhlkabine war, und hielt es sich an den Körper, ohne es anzuziehen, doch dann hatte sie es plötzlich an, und es stand ihr ausgezeichnet, märchenhaft wirkte es, wenn es auch ein bißchen nach Callgirl aussah, ja sagen wir ruhig, ein bißchen nach Porno. Sie zog es wieder aus, und mit einem Mal sank die mit Samt ausgekleidete Fahrstuhlkabine mit ihr, die vollkommen nackt war, in die Tiefe, und sie hatte nicht einmal Angst, schau doch, dachte sie, das ist ja der reinste Freud, nur daß am Ende des langen Falls der Ort der Ankunft selbstverständlich dunkel war; es war das Souterrain ihrer Bank, und, den Schlüssel in der Hand, ging sie zu ihrem Schließfach, um die Smaragde herauszunehmen, die Nummer war 2424, was selbstverständlich auch ihre Telefonnummer war, doch da stand eine gebeugte Gestalt, bei deren Anblick ihr das Herz bis zum Halse schlug, ein Mann mit einer Maske, der sich nach ihr umwandte und auf sie zuging, sie wich zurück, er kam näher, sie ging zurück, er ging vor, Schritt um Schritt in einer vollkommenen Stille, bis seine Maske fiel. Und es war selbstverständlich der verrückte Priester von gestern, mit dem Sauer-

stoffgebläse in der Hand, der jetzt näher kam, näher ...
Signora Guidi erwachte mit einem Schrei und fand sich schweißgebadet in ihrem Bett wieder; das Nachthemd war ihr bis zu den Achseln hinaufgerutscht. »Nein, so was!« sagte sie laut und vergegenwärtigte sich noch einmal die einzelnen Phasen und Szenen ihres Traums und ihre dabei erlebten wechselnden Gemütszustände. Aber vor allem bestürzten sie dieses grauenhafte jadegrüne Hemd, eine Farbe, die ihr miserabel stand, und der Priester von Santa Liberata.
Sie zog sich das Hemd bis zu den Knöcheln herab und läutete, um sich ihren Tee bringen zu lassen. Piera, das Mädchen, war drüben, wo man sie mit dem Staubsauger hantieren hörte. Ihre Tochter Thea, die studierte, aber nie zu einer Vorlesung ging, mochte wer weiß wo sein. Manchmal verließ sie das Haus um sieben Uhr früh, um in der Stadt spazierenzugehen. Und wo ihr Mann war, der zwischen Turin und seinen Baustellen im Mittleren Osten pendelte, mochte Gott wissen. Dieser Alptraum war doch nicht etwa eine telepathische Benachrichtigung? Sie glaubte nicht an diese Dinge, aber heutzutage hatten es alle mit Vorahnungen und dem sechsten Sinn ...
Sie erinnerte sich, daß es in ihrem Traum ein Preisschild und eine Schließfachnummer gegeben hatte; aber die eben noch unauslöschlich klaren Zahlen waren bereits aus ihrem Gedächtnis entschwunden. Piera würde allerdings nach einem solchen Traum im Lotto spielen: nackte Frau war 56 oder so ähnlich, Schlüssel 15, Juwelen 72. Und der Priester? Was war die Lottonummer für einen Priester?
»Ich habe von einem Priester geträumt«, sagte sie.
»Pfarrer 43«, sagte Piera, ohne zu zögern. »Ärger wegen Seitensprüngen in der Ehe.«
»Na hör mal!«
»Soll ich die Nummer für Sie spielen?«
»Nein, danke, ich wollte es nur wissen.«
Sie trank den Tee, verzichtete auf die erste Zigarette (nach vierzig zählte alles) und widmete sich dann mit Eifer ihren gymnastischen Übungen. Bei jeder Bewegung zerteilte sich der Traum wie ein Nebel und verwehte, so daß nach Ablauf der Viertelstunde nur die Neugier zurückgeblieben war, diesen verdrehten, beeindruckenden Priester wiederzusehen, der wohl oder übel diesen Traum in ihr ausgelöst hatte. Auch seine Predigten schienen ungewöhnlich zu sein; die Leute kamen von anderen Pfarrgemeinden, um ihn zu hören, wie ihr Celestini gesagt hatte. Sie ihrerseits hatte zu Thea gesagt, warum gehen wir nicht einmal hin, vielleicht wird es ganz amüsant ...
Nur, so fragte sie sich, *was* amüsierte Thea, *was* machte ihr Freude? Alles, sagte sie. Aber »alles« – war das nicht dasselbe wie nichts?

Von dem vielleicht etwas zu großen Nabel abgesehen, allzu sehr zur Schau gestellt unter dem goldenen und mannigfaltig ausgebreiteten Schleier der Haare, war die Heilige (im Katalog brutal als »Akt bis zur Hüfte« bezeichnet) überaus schön und elegant in ihrem *through look* à la Paco Rabanne, aber vor allem war sie unvergleichlich in ihrer halb himmlischen, halb zerstreuten Gelassenheit, mit welcher sie – einen Ellenbogen auf den nackten Fels gelehnt, die ein wenig geöffnete Hand erhoben, um den Nacken zu stützen – offenbar in vollkommenem Behagen inmitten einer Wüste, die man sich voller Dornen, Skorpione, Tausendfüßer und Schlangen vorstellen durfte –, mit welcher sie also in einem kleinen roten Büchlein blätterte. Nachdem Thea sie fünf Minuten lang betrachtet hatte, dachte sie, daß sie ihr gern in allem gleichen würde.
Nur, daß zum Unterschied von der heiligen Sünderin und Büßerin (*Die büßende Magdalena* gab der Katalog an, der das Tafelbild Giampietrino zuschrieb) sie, Thea, noch nichts besonderes zu bereuen hatte. Oder doch? Mit neunzehn Jahren war das schwer zu sagen. Sie wollte abwarten, bis sie wenigstens vierundzwanzig war (was das Alter des entzükkenden Geschöpfes auf dem Bild zu sein schien), um dann zu entscheiden, ob ja oder nein, und sich gegebenenfalls in die Wüste zurückzuziehen.
Sie blieb noch ein paar Augenblicke in dem großen Saal im Erdgeschoß des *Museo Civico*, wo sie sich bei jedem Besuch gründlich jeweils nur drei oder vier Bilder ansah. Beim Hinausgehen kam sie an einer heiligen Margaretha vorbei, die zwar ebenfalls wunderschön war und ein Buch in der Hand hielt, die ihr aber nichts sagte, und schließlich an einem Kircheninterieur mit der Heiligen Dreifaltigkeit von dem »Meister der Turiner Dreifaltigkeit«, das sie an das halbe Versprechen erinnerte, das sie ihrer Mutter gegeben hatte: sie zu begleiten, wenn sie zu der Predigt dieses Priesters ging.
»Natürlich nur«, hatte ihre Mutter ein wenig boshaft gesagt, »wenn du nichts Besseres vorhast.«
Aber Thea wußte nie im voraus, ob sie nicht am nächsten Tag oder sogar an demselben Abend oder schon in der nächsten Stunde etwas Besseres zu tun haben würde.

»Eine unverheiratete junge Frau ist heute viel freier und unabhängiger als in der Vergangenheit«, las Kommissar Santamaria. »Sie verfügt über zahlreiche Möglichkeiten, ihre Bildung zu vervollständigen.«
Und nicht nur darüber. Eine unverheiratete junge Frau, die er selbst kürzlich, im Zusammenhang mit einer Entführung, festgenommen hatte, verfügte über eine Luger und eine Beretta vom Kaliber 9, wäh-

rend eine andere, von noch nicht geklärter politischer Färbung, in ihrer Wohnung gar über eine Bazooka verfügte. Das Thema war jedenfalls hochaktuell, und der Kommissar – der mit der vagen Absicht, etwas über das Pneuma zu finden, an den Bücherständen unter den Arkaden der Via Po stehengeblieben war – fuhr fort, in der interessanten Publikation zu blättern.

Die Zeiten hatten sich sehr geändert, stellte die Verfasserin fest, aber nicht immer zum Besseren. Heute neigten auch Familienmütter dazu, »vor den Haushaltspflichten davonzulaufen, um Zerstreuungen und intensivere Emotionen zu suchen«, und das aus einer Fülle von Gründen, von denen nicht der letzte die Krise mit den Hausangestellten war. »Heutzutage muß man seine Worte mit Bedacht wählen, bevor man eine Bemerkung macht oder eine Anordnung gibt, weil man sonst Gefahr läuft, eine böse Antwort zu bekommen! Und es gibt kein Anzeichen für eine Lösung der Krise, im Gegenteil verschärft sie sich von Tag zu Tag ...«

Das Problem des Dienstpersonals bedrängte den Kommissar nicht, dank einer prächtigen Portiersfrau, die alle Tage in seine Junggesellenwohnung hinaufstieg, um aufzuräumen und sauberzumachen. Die Erziehung der halbwüchsigen Mädchen dagegen zog ihn unwiderstehlich an. Viele Mütter ...

Die Verfasserin schloß aus, daß »eine Mutter so weltfremd sein könnte, ihrer jungen Tochter einen jungen Hauslehrer zu geben, auch wenn der Unterricht unter ihrer Aufsicht stattfinden sollte«; aber sie versicherte, »viele naive oder unvorsichtige Mütter zu kennen, die ihre sechzehn- oder siebzehnjährigen Töchter Lehrern anvertrauten, die nicht mehr jung waren, doch noch in voller Manneskraft standen«. O weh, o weh! Diese Mütter vergaßen, »daß das junge Mädchen außerordentlich leicht vom anderen Geschlecht zu beeindrucken und zu beeinflussen ist«; sie bedachten nicht, daß »eine angenehme Männerstimme, ein Blitzen der Augen, der Duft einer Zigarette, ein freundliches Lächeln, ein vornehmes Auftreten und einschmeichelnde Manieren für ein junges Mädchen die tägliche Gegenwart auch eines Mannes in reifem Alter gefährlich machen können«.

Santamaria fühlte, wie er errötete. Sexuell war sein Interesse für minderjährige Mädchen gleich Null; seit vielen Jahren blitzten seine Augen nicht mehr in Gegenwart junger Mädchen, es sei denn, sie bereiteten ihm dienstlich Ärger. Dennoch konnte er nicht leugnen, daß er sich, abgesehen von den einschmeichelnden Manieren (denen er immer die direkte Art vorgezogen hatte, als Mann wie als Polizist), mit Vergnügen in dem potentiellen Verführer mit den angegrauten Schläfen erkannte. Fast verstohlen sah er sich um, als wäre der Gegenstand seines

Interesses ein Pornobuch oder eine obszöne Revue und nicht dieser geschmackvolle Jugendstilband mit dem Titel *Eva Regina, Das Buch für die Dame. Ratschläge und Lebensregeln für die Frau von heute,* Mailand 1906. Aber unter den zahllosen Mädchen von zwölf an aufwärts, die es in der Begleitung bärtiger junger Männer bereits zur Piazza Vittorio und dem nervenaufreibenden Lärm der sogenannten »Karnevals-Karussells« zog, sah er zum Glück keines, das ihn auch nur im entferntesten in Versuchung führen könnte.
Die Verfasserin hatte recht, die Zeiten hatten sich geändert.
Aber bis zu welchem Punkt? Wenn sich jemand etwa der Illusion hingab, das Alter könnte so etwas wie einen Zügel bedeuten, eine wirksame Verteidigung »gegen die natürlichen Instinkte und die Überraschungen des Gefühls«, so hatte Jolanda (das Pseudonym der auf dem Umschlag genannten Verfasserin) dafür nur beißenden, unbarmherzigen Spott übrig, weswegen denn auch der Kommissar, um gefährlichen Zwischenfällen vorzubeugen, sich dazu entschloß, ein bestimmtes Telefongespräch, das er am Nachmittag hatte führen wollen, auf halb zwei oder zwei Uhr vorzuverlegen. Um diese Zeit würde die Betreffende wach oder doch beinahe wach sein, und ihre Zusammenkunft würde (wie man aus dem Kapitel »Jenseits des Geheimnisses« ersehen konnte), wenn nicht mit der ausgesprochenen Billigung, so doch wenigstens mit einem nachsichtigen *ignoramus* Jolandas, die sich in gewissen Dingen durchaus weitherzig zeigte, stattfinden. »Je nun, meine Lieben, finden wir uns damit ab, daß der Mann seiner Natur nach Freiheit braucht und Freiheit begehrt. .... Eure Männer waren schon an so vielen Orten, an die ihr ihnen nie folgen könntet, und sie werden diese Orte immer wieder aufsuchen!«
Diese Anspielung wurde erläutert in einem kleinen Kapitel über die *Cafés chantants,* in dem sie »die extravaganten Frisuren, die frivolen Chansons, das dreiste Benehmen der kleinen Diven« beschrieb und auch die Gründe deutlich machte, warum »sich der leichtfertige Schwarm immer wieder mit neuen Elementen auffüllte, exotischen größtenteils ...« Zack! Vor genau dreiundsiebzig Jahren hatte Jolanda kraft einer schlechthin verblüffenden Intuition in einer australischen Stripteasetänzerin aus einem Nightclub die junge Frau identifiziert, die der Kommissar sich vorgenommen hatte, heute anzurufen.
Also (der Kommissar trocknete sich, bildlich gesprochen, die Stirn) aufgepaßt! So sehr hatten sich die Zeiten auch wieder nicht geändert, wie übrigens auch das Kapitel »Vor dem Geheimnis« bewies. Hier sprach die Verfasserin »eine delikate Frage« an (sollte man sehr jungen Mädchen das Geheimnis offenbaren oder nicht?), und zwar mit einem Mut, einer inneren Freiheit und Unvoreingenommenheit, die jeden

Fernseh-Pädagogen von heute nur mit Neid erfüllen konnte, und sie beantwortete sie mit einem entschiedenen Ja. Ja zur Offenbarung des Geheimnisses bei Beginn der Pubertät (es gab ja so viele Möglichkeiten, zu informieren, ohne zu verletzen! Jolanda wußte zum Beispiel von einem Mädchen, »das den Prozeß der Befruchtung durch das Studium der Botanik kennengelernt hatte«).

Doch nicht vor der Pubertät! Unter einer bestimmten Altersstufe konnte auch die Botanik, wegen einer möglichen psychischen Gefährdung, von Schaden sein. »Darum halte man den Kindern alle Bücher fern, die ungesunde Neugierde und krankhafte Phantasien in ihnen erregen könnten. Man überlasse ihnen auch keine Werke über Anatomie oder Naturgeschichte, die für Wissenschaftler bestimmt sind, und man habe ein wachsames Auge auf Wörterbücher und Konversationslexika . . .«

Der Kommissar warf sich seine ungesunde Neugierde vor und legte *Eva Regina* aus der Hand. Er trat an den nächsten Stand, an dem Neuerscheinungen auslagen, und schlug in dem zweiten Band (L–Z) einer weitverbreiteten Taschenenzyklopädie nach. Er fand natürlich *pneumatisch* und *Pneumokokken, pneumogastrisch* und *Pneumothorax*. Nur von *Pneuma* keine Spur. Vielleicht eine Vorsichtsmaßnahme des Verlags? Die beiden Bände waren ja, wie der Untertitel bekannte, *für alle* bestimmt.

6

Kaum hatte sich der Verleger, wie jeden Morgen um zehn Uhr, an seinen Schreibtisch gesetzt, als er die Hand unter seinen Bart schob und sich den obersten Hemdenknopf aufmachte. Aber statt wie sonst die zwei Körbe mit dem Posteingang und den dringenden Angelegenheiten an sich zu ziehen, starrte er mit einem Ausdruck der Betroffenheit und Ratlosigkeit vor sich hin. Seit einigen Tagen stand er vor einem Dilemma.

1970 hatte er sich auf präzise Anweisung seiner Sensibilität diesen gewaltigen Prophetenbart wachsen lassen, und jetzt hatte dieselbe Sensibilität seit ein paar Tagen mit der Mahnung begonnen, er möge zur Schere greifen. Doch der Verleger, der seinen imposanten Vollbart inzwischen liebgewonnen hatte, vermochte sich nicht zur Ausführung zu entschließen. Aber er empfand deshalb ein Unbehagen und hatte ein zunehmend schlechtes Gewissen.

Von seiner Sensibilität sprachen alle, als sei sie etwas von ihm Losgelöstes, eine launische Geliebte oder eine tyrannische Ehefrau, die man

verwöhnte, verfluchte, ertrug, der man aber auch, wie allgemein anerkannt wurde, nicht wenige glänzende Erfolge des Verlages zu danken hatte. Und er selbst sah in ihr so etwas wie eine in Abständen erscheinende sibyllinische Besucherin, der jedoch so unbedingt zu gehorchen war wie den »Stimmen« der heiligen Johanna. Diesmal aber gehorchte er nicht, sondern machte Ausflüchte und verlangte, Einblick in die Gründe für ein solches Opfer zu erhalten. Freilich, so warf er sich vor, hatte sich der Besitzer eines anderen majestätischen Bartes, der Patriarch Abraham, nicht so benommen, als ihm befohlen ward, zum Messer zu greifen. Man riskierte, für so ein Hinauszögern, für solche Lauheit im Glauben einmal teuer zu zahlen.
Natürlich würde er ihn sich abnehmen, sagte er sich, liebevoll über den wallenden Gefährten streichend, selbstverständlich, wenn er nur die Gründe für diese drastische Aufforderung erahnen könnte ... Handelte es sich hier einfach um eine ästhetische Empfehlung, um einen Ratschlag, der mit dem Wandel von Mode und Geschmack zusammenhing, oder stand dahinter eine Mahnung von politischer, philosophischer, sozialökonomischer Bedeutung?
Der Verleger lehnte sich in seinem Sessel zurück und versuchte, sich in einen passiven, empfänglichen Gemütszustand zu versetzen. Doch er empfing keine Botschaft, und nach ein paar Minuten erhob er sich schnaubend, ging um den eichenen Schreibtisch herum und stellte sich vor den hohen Spiegel, ein Produkt der »Neuen Formgebung«, das ihm ein fabelhafter Glaser aus der Via Vanchiglia, den nur er kannte, in einem einzigen Exemplar nach einem der seltenen Entwürfe von Van Doesburg angefertigt hatte. Der Spiegel zeigte ihm das Bild eines korpulenten, auffallend dickbäuchigen Mannes mit kurzen Armen und gespreizten Beinen, die platten Füße in Lackschuhe gezwängt; er trug einen dunkelblauen Anzug mit weißen Nadelstreifen.
Seine Anzüge mit Nadelstreifen – eine ironisch gemeinte Kapitalistenkleidung, zu der die Weste und die Taschenuhr mit der schweren goldenen Kette gehörten – würden wahrscheinlich zusammen mit dem Bart wegfallen müssen. Ebenso die langen Zigarren, die ihm sein Freund Ramón, ein kubanischer Vizeminister, einmal im Jahr von der Insel schickte. Aber auch diese Entsagungen waren im Grunde ohne Gewicht; er könnte sich ja irgendeine andere ausgefallene Koketterie ausdenken, irgendeinen phantasievollen ästhetischen Gegenzug, um sich dialektisch zu unterscheiden, sei es vom System, von der grauen Unternehmer- und Managergemeinschaft, sei es von den kleinen und mittleren Intellektuellen, denen er Arbeit gab.

Ein breites Lächeln erhellte das Gesicht Monguzzis, der nun, nachdem er das Rätsel der angeblichen Reise Odericis nach Asti gelöst hatte, noch einmal mit Vergnügen den Anfang dieses Briefes von Crispi las:
»Lieber Freund, was Sie mir über Ihre Reise nach Asti zu schreiben hatten, wundert mich ganz und gar nicht. Unter unseren Provinzen gibt es keine bigottere, unter unseren Wahlkreisen keinen zopfigeren. Aber lassen wir das. Vorgestern war ich bei Vecchioni in Meudon, und er sagte mir ...«
Nun, abgesehen davon, daß die kleine piemontesische Stadt ein solches Urteil nicht verdiente, ging aus keinem Brief Odericis hervor, daß dieser so weit nach dort oben vorgedrungen war, wo er keinerlei Wahlinteressen hatte. Seine Rundreise im Hinblick auf die Juni-Wahlen hatte sich auf die Toskana beschränkt und im besonderen – so präzisierte sein letzter Brief – auf Lucca und Grosseto. Was zum Teufel hatten da Asti und –
An dieser Stelle hatte Monguzzi vor einer halben Stunde die Erleuchtung gehabt und mit einem Schlag das Mißverständnis aufklären können.
In einem vorangegangenen Brief hatte Oderici von einem »kleinen Bauernhaus« in der Gegend von Signa gesprochen, das seine Frau in die Ehe gebracht hatte, und von seiner Absicht, sich dort nach den Wahlen auszuruhen. Nur, daß dieses Häuschen dringender Reparaturen bedurfte, für deren Erledigung alles von dem einzigen Maurer und Klempner des Ortes abhing, einem gewissen Stefanini. Aber dieser Stefanini, so schilderte es der Schreiber bekümmert und weitschweifig, machte nur immer ein Versprechen nach dem andern und beteuerte seinen guten Willen, indes er die Arbeit von einer Woche zur andern verschob, da er immer wieder neue Aufträge von einer (nicht näher beschriebenen) Familie Preti übernahm.
Aber dies alles stand in einem vorangegangenen Brief, den Crispi vergessen – oder nicht zu Ende gelesen – haben mußte; während sich Oderici in dem Brief über seine Wahlreise auf die folgenden Mitteilungen beschränkte:
»Ich besuchte die Provinzen von Lucca und Grosseto, wie ich glaube, mit gutem Erfolg. Diese Sitze scheinen mir jetzt schon gewonnen zu sein. Dagegen verzweifle ich an diesem verflixten Handwerker! Ich war vor ein paar Tagen dort und versuchte es mit allen möglichen Versprechungen und Schmeicheleien und entfaltete meine ganze Redekunst. Aber ich hätte mir die Reise sparen können. Er wird zu sehr von diesen Preti beansprucht.«
Das Lächeln Monguzzis zog sich jetzt bis zu den Ohren. In dem kuriosen Mißverständnis des aus Sizilien gebürtigen Staatsmannes – der den

störrischen Handwerker – *artigiano* – mit der rückschrittlichen Bevölkerung von Asti – *astigiano* – verwechselte und die rücksichtslosen Preti, voll parteiischem Eifer, mit wirklichen Priestern – *preti* –, nun, darin hatte man eigentlich den ganzen Crispi: Seine sprichwörtliche Zerstreutheit wie seine ihm angeborene egozentrische Art, seine sizilianische Heftigkeit wie seinen Antiklerikalismus und seine – im Grunde – antipiemontesische Einstellung ...
Mechanisch setzte Monguzzi hinter *zopfigeren* ein Sternchen und legte ein weißes Blatt in das Maschinenmanuskript ein, um in sauberer Schrift seine redaktionelle Anmerkung zu schreiben. Mit A. d. H., Anmerkung des Herausgebers, in Klammern gesetzt, würde er dann seine Fußnote kennzeichnen, um sie von den Anmerkungen zu unterscheiden, mit denen Crispi selbst seine Briefe so reichlich versehen hatte.
Aber wer war *H.?*
Der offizielle Herausgeber des Briefwechsels, der sich übrigens auf eine klägliche Abschrift beschränkt und ihr ein Vorwort von gravitätischem Schwachsinn vorangestellt hatte, war Garbarino, ein Privatdozent und halber Analphabet, dem diese Arbeit gegen Monguzzis Rat anvertraut worden war. *H.* war also offiziell Garbarino. Aber Monguzzi, der sich noch nie über die von ihm anonym und subaltern geleisteten Dienste beklagt hatte, empfand diesmal eine heftige Neigung zur Rebellion. Nicht, daß er den geringsten Wert darauf legte, dieses oder jenes Buch mit seinem Namen zu zeichnen; den eigenen Namen gedruckt zu sehen, war ihm sogar unangenehm – das gehörte zu seinen Phobien. Doch der Gedanke, diese köstliche neue Fußnote an jemanden wie Garbarino zu verschenken, der sich ihrer für seine ekelhafte Karriere bedienen würde, dieser Gedanke stimmte ihn melancholisch.
Geduld, seufzte er, den Kugelschreiber in die Hand nehmend. Im Grunde hätte ihm Schlimmeres passieren können: Zum Beispiel (ein Schauder überkam ihn) für Calamassi Pezzas Polydialoge vom Band abschreiben zu müssen, wenn der Verleger, nachdem er ihn erst mit Rossignolo in die Kirche von Santa Liberata geschickt hatte, das nicht glücklicherweise völlig vergessen hätte.
Aber hatte er selbst nicht etwas vergessen, vom gestrigen Abend? Etwas, was ihm weiterhin merkwürdig und zugleich wichtig erschien? Ja, davon war er überzeugt, und er glaubte auch, daß es jetzt die Erinnerung an Pezza gewesen war, die ihm dieses Gefühl eingab. Aber Pezza mußte nicht unmittelbar damit zu tun haben. Die Sache schien ihm vielmehr mit der Szene gestern beim Verleger zusammenzuhängen, und zwar mit dem Umstand, daß der Verleger vollkommen vergessen hatte, ihn, Monguzzi, zu Pezza geschickt zu haben. Was andererseits

gar nicht so merkwürdig war, wenn auch ein Glück im Hinblick auf den Briefwechsel . . .
Der Gedanke an den Briefwechsel gewann die Oberhand (denn was konnte wichtiger sein?), und Monguzzi schrieb voller Eifer: »Abgesehen davon, daß die kleine piemontesische Stadt nicht ein solches Urteil verdiente, geht aus keinem Brief Odericis hervor . . .«

7

Äußerlich gesehen, in seinem Büro am Schreibtisch im fünften Stock am Corso Marconi, schien der Ingenieur Sergio Vicini ein ganz normaler leitender Angestellter der Fiatwerke. Einer der ungefähr zweitausend leitenden oder mit Prokura ausgestatteten Angestellten der Fiat.
Er war normal gekommen, wie alle andern, mit einem normalen viertürigen Mirafiori S., und nachdem er den Wagen normal geparkt hatte, mischte er sich ganz natürlich unter den Schwarm der zu den Aufzügen strömenden Kollegen, tauschte hier einen Scherz aus, dort mit der gebotenen Jovialität einen Gruß (»Hallo, Verehrtester!«), und mit der schuldigen Ehrerbietung verbeugte er sich leicht vor Dr. Musumanno, als er ihm auf dem Gang begegnete. Kurz und gut, auch heute morgen war, wie an jedem Tag seit vierzehn Jahren, sein Benehmen geprägt von vollkommener Normalität. Nichts drang nach außen, noch war es je nach außen gedrungen.
Man findet in der Tat zuweilen diese außergewöhnlichen Wesen, die es vorziehen, sich unter dem Anschein der friedlichsten Mittelmäßigkeit und der trivialsten, ödesten Anonymität zu verbergen.
Übrigens war im Falle Vicinis die »Normalität« nicht ausschließlich vorgetäuscht. Aus einer alten Turiner Familie stammend, die dem Werk schon bedeutende Mitarbeiter gestellt hatte, war es Sergio Vicini mühelos gelungen, sich in den bürokratischen Apparat einzufügen, indem er sich nach und nach – wenn auch mehr wie von außen, als amüsierter und nachsichtiger Beobachter – aufrichtig für die verschiedenen vorgeschriebenen Etappen einer Laufbahn interessierte, die ihn bis zu seinem heutigen, nicht unbeträchtlichen Rang geführt hatte. Und in seiner Einstellung gegenüber den anderen, der Masse der wirklichen »Angestellten« der Fiatwerke, gab es ungeachtet des ungeheuren Abstands nicht den Schatten eines Überlegenheitsgefühls. Zuweilen sah er sich selbst als einen von ihnen.
So kann es denn niemanden verwundern, daß vom letzten Laufburschen (der in ihm den Herrn vom Zimmer 528 sah) bis zu Dr. Musumanno (der ihn überhaupt nicht sah) niemand am Corso Marconi arg-

wöhnte, wer in Wirklichkeit Ingenieur Vicini war.
Lediglich Signorina Quaglia, die Sekretärin, in die sich Sergio mit den Kollegen der Zimmer 526 und 530 teilte und die, ohne anzuklopfen, zwischen den Büros hin- und herging, hatte ihn einmal zu ihrer Verblüffung überrascht und in der Folge in seiner Gegenwart stets eine Spur von Unbehagen bewahrt. Aber auch sie hatte in dem Mann, den sie dabei überraschte, wie er am Fenster stehend onanierte, zweifellos nichts weiter als einen Onanisten gesehen; da sie von den beiden Tauben auf dem Fensterbrett nichts wußte, hatte sie den experimentellen, aufs Exhibitionistische zielenden Charakter des Akts nicht erfaßt, und erst recht nicht konnte sie alles übrige ahnen ...
Nein, Signorina Quaglia. Wer dieser obskure, hinkende Ingenieur ist, der auf eine undurchsichtige Weise der Direktion für die Koordinierung der Lagerungen zugeteilt war (und im Schoße dieses Gremiums den obskuren, vergessenen Lagerungen C), das weißt auch du nicht im entferntesten. Aber willst du es in zwei Worten wissen? Es ist ganz einfach.
Er ist ein Genius des Bösen. Ein Ungeheuer in Menschengestalt.

Nachdem er zu diesem befriedigenden Schluß gekommen war, wurde Ingenieur Vicini wie stets von Zweifeln gepackt, und wie stets begann er, sich mit Skrupeln zu quälen. Denn in der Praxis ...
Eine flatternde Taube setzte sich auf das Fensterbrett, und das Ungeheuer von Zimmer 528 zeigte ein gezwungenes Lächeln. Natürlich, natürlich! Und ob! Mit Tieren hatte er sich wohl zu schaffen gemacht, und an Tauben, Katzen, Fliegen, Eidechsen, lebenden Forellen hatte er sämtliche infantilen Grausamkeiten begangen, deren er fähig war, ganz zu schweigen von dem leichenschänderischen Experiment mit einer wieder aufgetauten Truthenne. Aber auch, was er mit Menschen, mit Kollegen zumal, getan hatte, war keine Kleinigkeit gewesen. Böses hatte er ihnen angetan, das konnte man ihm nicht abstreiten. Von der einfachen Gemeinheit bis zur abstoßenden Infamie, von der gelegentlichen Schweinerei bis zur ausgeklügelten Schändlichkeit hatte er es im Lauf der Jahre zu einer respektablen Liste gebracht. Es gab praktisch kein Laster, das ihm fremd geblieben war, keine Niedertracht, vor der er zurückgescheut wäre, keinen Schmutz, in dem er sich nicht nach allen Regeln der Kunst gewälzt hätte. Und ob!
Und doch (dies war der ewig wunde Punkt, der nie ganz beseitigte Schatten), und doch hatte bei all diesen Episoden im Augenblick der Verwirklichung immer etwas gefehlt.
Die Taube flog davon, zu den höheren Stockwerken hinauf, wenn nicht gar bis zur Dachterrasse, auf die Dr. Musumanno heute, wie an jedem

Freitagmorgen, genau um 11.30 Uhr steigen würde.
Warum quäle ich mich so, fragte sich das Ungeheuer aus dem Zimmer 528. Warum denke ich nicht lieber an Musumanno, an Don Pezza, an Santa Liberata, an diesen nicht ganz so unergründlichen Bezirk meines Lebens?
Doch alles verband sich unentwirrbar, unerbittlich. Die Qual und die Lust an der Qual gehörten zu seiner Persönlichkeit. Oder etwa nicht? Rastlos in sich zu graben, unbarmherzig die eigenen Impulse und Handlungen zu analysieren, das war doch für ihn ein unabweisbares krankhaftes Bedürfnis?
Und im übrigen verschafften ihm seine Beziehungen (oder besser: Nicht-Beziehungen) zu Musumanno nicht wenige Demütigungen, und erst gestern war er in Santa Liberata wie der letzte Dreck behandelt worden – von diesen beiden Verlagsleuten, einfältigen Angestellten, die in ihm nichts weiter gesehen hatten als ...
Nein, Herr Dr. Rossignolo. Dieser aufdringliche Hinkefuß von einem Betbruder, dieser Schleicher und Nervtöter, dieser Möchtegernautor, der seine auf Tonband aufgenommenen Konfessionen veröffentlichen will und der dir noch für heute seinen höchst lästigen Besuch angemeldet hat – nein, auch du, redlicher Rossignolo, bist meilenweit davon entfernt, die wahren Motive seines Besuchs, den geheimen Plan dahinter auch nur zu ahnen. Denn erstens war er ganz und gar kein Betbruder, und er kümmerte sich auch nicht um die Jugendgruppe. Oder, um genau zu sein ...
Das Ungeheuer von Zimmer 528 wurde unsicher bei dem Gedanken an den kleinen Annunziato, den Jungen aus Kalabrien, den er vor drei Wochen verführt hatte. Auch schon vorher hatte er sich (und ob!) bei den Knaben seinem schlimmen Spiel von Blicken, Anspielungen, flüchtigen Berührungen und zweideutigen Zärtlichkeiten hingegeben. Bis er bemerkte, daß die Verwirrung des kleinen Annunziato den rechten Punkt erreicht hatte ...
Unwillkürlich schauderte es ihn. Denn im Augenblick des Vollzugs waren, obwohl die bestmöglichen Umstände gegeben waren – die dunkle stinkende Ecke im Hof, die keuchende Eile, der grinsende, ungewaschene Junge aus dem Lumpenproletariat mit dem Knoblauchatem –, in diesem Augenblick also waren seine Empfindungen – zwecklos, es zu leugnen – nur die eines intensiven Ekels. Während er sich im Fall Marinas (eines ganz gewöhnlichen Mädchens, gut gewachsen, hübsch und gepflegt, aber hoffnungslos alltäglich) an den schlanken Schenkeln und sanduhrförmigen Hüften des Mädchens – zwecklos, es zu leugnen – bei weitem, aber bei weitem mehr erfreut hatte. Und auch wenn man in diesem ungewöhnlichen Umstand eine höchste Form der Perversion

sehen konnte, die Krönung einer Verdrehtheit, die ihrerseits sozusagen verdreht war, so daß sie, wenn man so wollte, wieder geradegerückt war, so spürte der Ingenieur dennoch immer wieder den Zweifel, den marternden, den mörderischen Verdacht, daß in Wirklichkeit, in der Praxis ...

Genug, dachte er mit einem Blick auf die Uhr und schickte sich an, sich nun für ein paar Stunden wie irgendein gewöhnlicher leitender Angestellter mit Tabellen und Zahlen zu beschäftigen. Genug! Auch heute würde ihm sein persönlicher Dienstplan reichlich Gelegenheit geben, sich zu bewähren, mit all der Schmach und Niedertracht, die dieser Dienstplan ihm bescherte: Von der demütigenden Zeremonie um 11.30 Uhr mit Musumanno bis zu dem Bittgang zum Verlag wegen der Tonbänder und bis zu seiner gewohnten militanten Teilnahme an den Freitagabenden von Don Alfonso Pezza.

8

»Ich weiß nicht, wie es kommt«, sagte Signora Guidi, »aber wenn man mit dir spricht, endet man immer bei Betrachtungen über das Leben.«

Sie sah sich mit einem Ausdruck um wie etwa eine Frau, die irrtümlich in die Herren-Toilette geraten war, dann senkte sie wieder den Blick auf Thea, die auf dem Teppich saß und sich einen Knopf an ihrem alten karierten Wintermantel annähte.

»Du fängst doch damit an, nicht ich«, sagte Thea und zeigte ihr dieses stille, rätselhafte Lächeln, das sie so erbitterte. »Aber ich habe nichts dagegen.«

»Kurz und gut, laß uns jetzt nicht vom Thema abkommen«, sagte ihre Mutter. »Ich habe heute morgen ein bißchen in mein Ausgabenbuch geschaut und dabei festgestellt ... Ja, weißt du eigentlich«, fragte sie mit anklagendem Ton und schwenkte das orangefarbene Notizbuch, »wann du das letzte Mal Geld gebraucht hast?«

»Ich habe keine Ahnung«, sagte Thea.

»Natürlich nicht, und auch nicht, wieviel ich dir gegeben habe, nicht wahr?«

»Nein. Das heißt, ja, ich weiß es nicht.«

Seufzend unterließ es Signora Guidi, das Sofa von den im bunten Durcheinander darauf liegenden Dingen freizuräumen – ein Schal, ein Teller mit einem Apfel, eine Schulmappe, eine Handtasche, Bücher, Keksdosen und ein aus den dreißiger Jahren stammendes Grammophon mit Kurbel –, und setzte sich, das Ausgabenheft auf den Knien, eben-

falls auf den Teppich.
»Also.« Sie kontrollierte noch einmal Datum und Betrag. »Ich muß dir schon sagen, ich war vollkommen perplex.«
Thea wickelte den Faden auf, stieß die Nadel unter dem Knopf hindurch und machte einen Knoten.
»Was heißt eigentlich *perplex*?« fragte sie und biß den Faden mit den Zähnen ab.
Verwundert blickte ihre Mutter auf.
»Was meinst du? Perplex – das weiß doch jedes Kind.«
»Aber ich wüßte gern die genaue Etymologie. Warte, ich sehe einmal nach.«
Sie stand auf.
»Da haben wir's!« entrüstete sich ihre Mutter. »Du bist pedantisch, langweilig und – Bleib hier, komm, ich finde das gar nicht komisch!«
Aber das Mädchen war bereits aus dem Zimmer, und Signora Guidi schloß enttäuscht ihr Ausgabenheft. Sie ist ganz wie Onkel Nicki, dachte sie, und sie wird genau wie Onkel Nicki enden.
Onkel Nicki hatte zwar kein Ende genommen, das man ehrlich als tragisch bezeichnen könnte. Er war nach einer verträumten Jugend in ein zerstreutes und laues Erwachsenenstadium getreten und lebte jetzt, nachdem er seine Anwaltskanzlei in Turin geschlossen hatte, von Rüben und Maronen in einem Dorf der Haute Provence, wohin er seit Jahren in die Sommerfrische gegangen war. Er malte nicht, er schrieb nicht und die Frau, die dieses aufregende Leben mit ihm teilte, war eine gewöhnliche französische Hausfrau namens . . . ja wie hieß sie doch?
»Wie heißt die Frau, die mit Onkel Nicki lebt?« fragte sie Thea, die gerade mit einem Lexikon zurückkam.
»Wie? Ach so – Louise.«
»Mit dir wird es noch ein Ende nehmen wie mit Onkel Nicki, mußte ich gerade denken. Du bist genau wie er.«
»O Gott«, sagte Thea nachdenklich, den Zeigefinger zwischen den Seiten des Lexikons, »aber Onkel Nicki ist sympathisch . . .«
»Nicht einmal mehr das ist er, denn er existiert gar nicht mehr. Als er das letzte Mal hier war, lächelte er nur die ganze Zeit. Es war beängstigend.«
»Nein«, sagte Thea, die inzwischen zu einem Schluß gekommen war. »Ich glaube nicht, daß wir uns gleichen. Im Gegenteil, ganz und gar nicht.«
»Du lächelst auch immer so viel und machst dabei ein so sanftes Gesicht, daß es mir kalt über den Rücken läuft. Außerdem habt ihr dieselbe Einstellung zum Geld. Es ist ja in Ordnung, daß man es nicht gar so wichtig nimmt und so weiter, aber so zu tun, als ob es – ich weiß nicht

was wäre ...«
»Zahlen? ... Scheiße?«
»Thea!«
»Ich wollte dir nur helfen, das Wort zu finden.«
»Also Makulatur.«
»Aber das ist es doch auch im Grunde? Papier, meine ich.«
Signora Guidi erhob sich ruhig und machte sich eine Ecke auf dem Sofa frei. Dann setzte sie sich mit übergeschlagenen Beinen.
»Weißt du, Thea«, begann sie mit ruhigem Ernst, »genau diese Dinge machen mich verrückt. Wie soll ich es dir erklären? Wenn du so etwas nur sagen würdest, um mich zu verblüffen und dich über mich lustig zu machen oder mich aus der Fassung zu bringen, was weiß Gott nicht schwer ist, nun, dann wäre ich ganz ruhig und machte mir nicht die geringsten Sorgen um dich. Und ich will dir noch mehr sagen ...«
Sie hielt inne. Der Satzanfang gefiel ihr nicht, er klang wie die Einleitung zu einer Predigt.
»Sieh mal, ich will dir keine Predigt halten, sondern dir nur ganz objektiv meinen Eindruck mitteilen, dir sagen, was ich denke, ohne dabei zu berücksichtigen, daß du meine Tochter bist. Das wirst du mir glauben, hoffe ich?«
»Natürlich, Mama.«
»Also gut, mir war immer das Genre ›gespielte Einfalt‹ zuwider, und ich habe nie die Leute leiden können, die es witzig finden, immer so zu tun, als ob sie nichts verstünden, nichts wüßten, und die immer aus allen Wolken fallen. Lucilla Brosio ist so. Wenn es regnet, rollt sie die Augen und ruft: Oh.. was bedeuten wohl all diese wunderschönen kleinen Tropfen? Geschwätzig und naiv. Wenn ich ihr Mann wäre, hätte ich sie längst erwürgt. Trotzdem, ich sage dir die Wahrheit –«
Sie unterbrach sich wieder, als ob ihr die Wahrheit plötzlich Angst machte.
»Siehst du, fast wäre es mir lieber, wenn auch du so wärest, wenn auch du mir die Naive nur vorspieltest. Weil du mir nämlich manchmal den Eindruck machst, ich weiß nicht recht, daß deine Einfalt echt ist. Verstehst du?«
Glücklicherweise – oder auch unglücklicherweise – bestand nicht im geringsten die Gefahr, daß ein solcher Zweifel ihre Tochter auch nur streifen und etwa eine Nervenkrise oder einen Minderwertigkeitskomplex heraufbeschwören konnte. Und das nicht, weil sie vielleicht an einem entgegengesetzten Komplex litte, einem Überlegenheits- und Überheblichkeitskomplex ... Nein, das Schreckliche an Thea war ihre bescheidene, sanftmütige, himmlische Gelassenheit, die Signora Guidi, vielleicht durch eine Ideenverbindung mit Santa Liberata, an die Kran-

kenschwestern der Cottolengo-Anstalt erinnerte, die ewig sanft und abgeklärt-heiter unter ihren geistig Behinderten, Katatonikern, unter ihren Irren wirkten ... Was doch aber – und sie blickte prüfend in dies abgeklärt-heitere Gesicht, das ihr zulächelte, und fühlte sich tief gekränkt –, was doch aber bedeutete, daß sie nach Meinung ihrer Tochter ...

»Es steht dir natürlich frei zu glauben, daß ich die Schwachsinnige bin«, bemerkte sie trocken.

»Nein, du hast recht, es gibt wirklich eine ganze Menge Dinge, die ich nicht verstehe«, bekannte Thea nachgiebig. »Und außerdem finde ich mich so ungebildet ...«

»Aber nein, das ist es nicht. Auch ich bin ungebildet, auch für mich sind eine Unmenge von Dingen ein Buch mit sieben Siegeln. Aber es ist ... die Art und Weise, etwas nicht zu verstehen ...«

»Ich verstehe nicht.«

Signora Guidi senkte den Kopf und vertiefte sich in die Betrachtung ihres Ausgabenheftes, sie zog in Erwägung, von diesem Punkt aus noch einmal frisch anzufangen. Aber die Lage hatte sich, wie es immer mit Thea ging, bereits zu sehr kompliziert. Jetzt bedurfte es eines weiten Umwegs, um wieder auf dieses beunruhigende Thema Geld zu kommen.

»Ich sagte«, erklärte sie, »daß es verschiedene Arten gibt, etwas nicht zu verstehen. Zum Beispiel – ja, das geht –, ich verstehe nichts von Elektrizität. Einverstanden?«

Sie wartete auf ein Zeichen der Zustimmung und fuhr fort.

»Gut. Trotzdem akzeptiere ich die Elektrizität, zahle meine Stromrechnung und weiß, daß irgend jemand bestimmte Maschinen oder Turbinen oder Kraftwerke oder weiß der Teufel was arbeiten läßt, und ich kümmere mich nicht weiter darum. Es ist etwas, was es gibt und was von allen benützt wird und was deshalb auch ich mit der größten Selbstverständlichkeit benütze.«

Zur Demonstration des Gesagten streckte sie die Hand aus und drückte auf den Schalterknopf einer Stehlampe, die neben dem Sofa stand. Die Lampe ging an.

»Und was tust du nun angesichts dieser Steckdose, dieser Schnur und dieser Glühbirne? Was tust du?«

»Was ich tue?«

»Du benimmst dich wie die Tochter des Urwalds, du willst wissen, ob dahinter ein großer Zauber steckt, du mußt bis auf Franklin und Edison zurückgehen und über Vorteile und Nachteile der verschiedenen Beleuchtungsformen diskutieren – Gas, Kerzen, Fackeln, Petroleum –, und schließlich wirst du dich entscheiden (falls du dich entscheidest), das Licht einzuschalten. Hast du mich verstanden?«

Sie schaltete die Lampe aus und wartete, immer mit der Befürchtung, daß Thea mit irgendeiner Sache kommen würde, die mit dem Thema nichts zu tun hatte, und daß alles wieder ins Unbestimmte, Unausgesprochene, Unentwirrbare zurückfiel.

»Du findest mich pedantisch?« faßte Thea zusammen.

»Pedantisch und anstrengend, soviel ist sicher. Und für eine Neunzehnjährige würde ich das nicht für einen besonderen Vorteil halten. Von allem anderen abgesehen, halte ich es für überflüssig, wenn ein Mädchen die typischen Fehler häßlicher Mädchen hat, das selbst im Gegenteil . . .«

Sie machte eine schmeichelhafte Pause, obwohl es vergebliche Liebesmühe war, ihrer Tochter bestimmte Schmeicheleien zu sagen oder auch nur anzudeuten, sei es, daß es ihr – wie es manchmal schien – nicht viel bedeutete, außerordentlich hübsch und gut gewachsen zu sein, sei es, daß sie es nur allzu gut selbst wußte.

Thea ging denn auch auf ihre Anspielung nicht ein.

»Ich bin nicht davon überzeugt«, sagte sie. »Pedanterie ist etwas ganz anderes. Bei mir kann man eher von Neugierde reden, wenn du so willst.«

»Neugierde!« Es war wie ein Aufschrei ihrer Mutter, die es – für ihre Person darauf erpicht, zu gefallen und umworben zu werden – Thea nicht verzieh, in gewisser Hinsicht zu wenig neugierig zu sein. »Aber du hast mich doch, um nur ein Beispiel zu nennen, niemals auch nur mit einem Wort nach meinem berühmten Flirt in diesem Sommer in Cortina gefragt, über den sich sogar dein Vater entrüstet hat!«

»Aber ich –«

»Ich weiß, du bist die personifizierte Diskretion. Aber um ein anderes Beispiel zu nennen, hast du je wissen wollen, was sich eigentlich zwischen den Bianchi von Balme und den Bianchi von Rueglio ereignet hat? Oder warum, besser gefragt, wegen welchen Mannes Marialivia Bo Mann und Kinder sitzenläßt und nach Südafrika geht? Oder für wieviel die Campi ihre Villa in den Hügeln verkauft haben? Das sind wirklich neugierige Fragen, und davon hast du nicht eine gestellt!«

»Meine Neugierde ist von anderer Art, ich interessiere mich für andere –«

»Deine Neugierde ist krankhaft.«

»Die Elektrizität ist nicht krankhaft, Mama. Sie ist eine ziemlich merkwürdige Sache, wenn man ein bißchen darüber nachdenkt, aber –«

»Nein, nein und abermals nein! Ich leugne, daß die Elektrizität etwas Merkwürdiges ist, weil dann auch warmes Wasser merkwürdig wäre und ein Regenschirm das Allermerkwürdigste! Was willst du tun, den

Regenschirm erfinden und morgen eine Türklinke und übermorgen die Filterzigarette? Wenn du anfängst, Dinge so anzusehen, als ob du sie noch nie gesehen hättest, wirst du Millionen, Milliarden von merkwürdigen Dingen finden. Im Leben –«

Am Lächeln Theas erkannte sie, daß sie sich wieder einmal von ihr hatte provozieren lassen.

»Schon gut, aber du bist schuld daran. Ich will nur sagen, daß man unendlich viel Zeit verliert, wenn man es macht wie du. Auf den Lehrsatz des Pythagoras ist schon Pythagoras selbst gekommen, aufs brillanteste. Und Generationen von Eskimos haben schon bewiesen, daß ein Pelz besser wärmt als eine Bluse von Saint-Laurent. Genug, Schluß, es ist sinnlos, weiter darüber zu sprechen. Und ich wiederhole dir, daß du, wenn du die von andern vor dir gemachten Erfahrungen nicht hinnimmst und statt dessen immer vom Nullpunkt ausgehen willst, dich dabei vielleicht gut unterhältst, aber deinen Mitmenschen damit ganz schön auf die Nerven gehst.«

»Papa hat noch nie gesagt, daß ich ihm auf die Nerven gehe.«

»Natürlich, denn er ist ja so gut wie nie da! Außerdem ist er dein Vater, und er sieht in dir immer noch das kleine Mädchen von sieben Jahren, täusche dich nicht darüber! Wenn er mit dir spricht, meint man, er spräche mit einem geistig zurückgebliebenen Geschöpf.«

»Mama, ich bitte dich!«

»Jawohl, eine Zurückgebliebene, eine Minderbemittelte! Er begeistert sich daran und sieht nur die Unberührtheit eines jugendlichen Geistes, der sich dem Leben öffnet. Aber mit neunzehn Jahren ist das nicht mehr Unberührtheit, es ist, entschuldige, geistige Zurückgebliebenheit! Und wo ist das Leben, dem du dich öffnest? Ich sehe es nicht. Aber ich sehe hier herein, und was entdecke ich da?«

Sie schlug mit dem Zeigefinger auf ihr Ausgabenheft und hielt es ihrer Tochter mit dramatischer Emphase vor die Augen.

»Ich entdecke«, sagte sie, die Silben skandierend, »daß ich dir Weihnachten das letzte Mal Geld gegeben habe, damit du dir das Kleid kaufen konntest, das du anhast. Danach hast du mich um keinen Centesimo mehr gebeten! Was ist los? Hast du ein Gelübde getan? Bist du geizig? Du bist doch nicht etwa ein Geizkragen geworden?«

»Aber nein. Ich habe nur nichts mehr gebraucht. Gerade nur das Kleingeld für Benzin und Zigaretten.«

»Natürlich!« pflichtete ihr Signora Guidi bei, die sich durchaus bewußt war, nun mitten in einer Predigt zu sein, sich aber entschlossen hatte, sie zu Ende zu bringen. »Selbstverständlich! Bei deiner Philosophie kann es keine Bedürfnisse geben, niemals! Kleider? Zusammengenähte bunte Stoffetzen. Handtaschen? Häute von toten Tieren. Juwelen? Mineralsplitter. Junge Männer sind dir langweilig. Freundinnen hast du nicht, Sport treibst du nicht mehr. Du bist nicht verliebt, denn ich hätte es gemerkt, du reist nicht, du gibst kein Geld aus. Du studierst ein bißchen und gehst ein bißchen spazieren, aber damit hört es auch schon auf. Was ist das für ein Leben? Da kannst du dich genausogut in einem Kloster einschließen.«

Ihr fiel wieder das Cottolengo-Spital ein, und ein Schauder packte sie.

»Oder steckst du vielleicht in einer mystischen Krise? Sag doch, durchlebst du zufällig eine mystische Krise?«

»Zum Beispiel?«

»Was weiß ich, der Welt entsagen, die reine Kontemplation, die Beziehung zu Gott, das Übliche ...«

»Nein, Mama, das ist es nicht. Es ist –«

»Oder hast du den Glauben verloren, glaubst du an nichts mehr? Das wäre auch schlimm, denn wohl oder übel –«

»Nein, es ist etwas komplizierter«, sagte Thea. »Das heißt, für mich ist es überhaupt nicht kompliziert. Es ist auch nicht das, was du eine Krise nennst, mystisch oder nicht. Ich fühle mich großartig, ich bin höchst zufrieden, es wird nur dann kompliziert, wenn ich es jemandem erklären muß. Und deshalb«, fügte sie mit lächelnder Entschlossenheit hinzu, »lese ich dir jetzt vor, was ich über *perplex* hier gefunden habe, und danach erzählst du mir, was im Sommer in Cortina passiert ist. Einverstanden?«

Sie öffnete das Lexikon und las: »*Perplex* [lateinisch-französisch; ›verflochten, verworren‹]: (umgangssprachlich) verwirrt, verblüfft, überrascht, bestürzt, betroffen. – Davon abgeleitet: *Perplexität*, die –«

Pedantin, dachte ihre Mutter, Pedantin und Dickschädel.

9

Pünktlich um 11.30 Uhr an jedem Freitag eilte ein Bürobote durch den langen Korridor im siebenten Stock des Hauses am Corso Marconi, bis er vor der drittletzten Tür stehenblieb und diskret anklopfte. Von drinnen rief eine Stimme: »Herein!«, aber der Bote blieb in der geöffneten Tür stehen und wartete, in der linken Hand eine Tüte aus dünnem weißem Papier.

»Aha! Bravo!« sagte vom Schreibtisch her Dr. Musumanno und unterbrach seine Arbeit, womit auch immer er beschäftigt sein mochte. Langsam erhob er sich zu seiner vollen Größe von einem Meter achtzig und schritt, gefolgt von dem Büroboten, durch den Korridor.

Aus einigen bereits halb geöffneten Türen kamen, unmittelbar nachdem er vorbeigegangen war, drei oder vier Angestellte, um ihm in respektvollem Abstand zu folgen. Andere, die aus den unteren Stockwerken gekommen waren, erwarteten ihn bereits, eine kleine schweigende Gruppe, vor dem Fahrstuhl.
Musumanno grüßte niemanden und sah niemanden. Allein mit dem Büroboten betrat er die Fahrstuhlkabine, um sie im achten Stock wieder zu verlassen. Von dort begab er sich auf die asphaltierte Dachterrasse und begann, in sich versunken, seinen kurzen, einsamen Spaziergang.
Diese Einsamkeit bestand freilich nur auf der Ebene des Gedankens, denn inzwischen waren ihm die andern über die Treppe oder mit anderen Fahrstühlen gefolgt und verloren nicht eine einzige seiner Bewegungen aus den Augen. Ursprünglich allerdings war die Einsamkeit Dr. Musumannos auf der Dachterrasse durchaus real gewesen. Aber erst einer, dann zwei und schließlich eine ganze Reihe von mehr oder weniger engen Mitarbeitern, ihm mehr oder weniger direkt untergeordneten Angestellten, hatten erfahren, was diese hochgestellte Persönlichkeit an jedem Freitagvormittag um 11.30 Uhr dort oben in aller Stille und Zurückgezogenheit tat, und mit ansteckender Spontaneität hatten sie die Gewohnheit angenommen, sich eben dort zu versammeln und an der kleinen, liebenswürdigen Zeremonie teilzunehmen.
In der Gruppe, die sich, um nicht zu stören, am Ende der Terrasse versammelt hatte, befand sich wie immer Ingenieur Sergio Vicini, Abteilung C der Direktion für Lagerungskoordinierung, der jetzt zwischen den Köpfen eines Bürodieners und eines stellvertretenden Direktors hindurch beobachtete, wie Musumanno genau in der Mitte der schwarzen Fläche stehenblieb, die Hand erhob und, wie um jemanden herbeizuzitieren, zwei oder dreimal den Zeigefinger krümmte.
Darauf stürzte der Bürobote auf ihn zu und reichte ihm die weiße Tüte Musumanno öffnete sie und entnahm ihr eine kleine Handvoll Krümel, die er sogleich zum Munde führte.
»Was ist das?« fragte er nach längerem nachdenklichen Probieren.
»Brioches mit Vollkornbrot und ein paar Grissini.«
Musumanno neigte zustimmend den Kopf.
»Bravo«, lobte er.
Der Bürobote, der den Auftrag hatte, die Mischung jeweils zu variieren und sich ab und zu eine neue auszudenken, zog sich befriedigt zurück.
Musumanno sah nach oben und ließ den Blick über den Himmel kreisen. Dann streckte er, mit der schlichten und feierlichen Gebärde des Sämanns, den Arm aus und streute die Krumen um sich herum auf den Asphalt. Sofort kamen die Spatzen.
In der Gruppe der Zuschauer, die fast wie Soldaten strammstanden,

hielt jeder den Atem an. Jedes Flüstern und Raunen war verstummt, obwohl ihr Chef, versunken in eine andächtige Sammlung, die nichts stören konnte, weiter lächelnd Krumen streute, als ob es auf der ganzen Welt nur ihn und seine kleinen pickenden Freunde gäbe. Als die Tüte leer war, knüllte er sie zusammen und warf sie fort.

Nach alter Gewohnheit beeilte sich ein Mann aus der Gruppe (der alte Delmastro), sie aufzuheben. Dr. Musumanno hatte dazu noch nie mit einem Wort oder sonst einem Zeichen Genugtuung oder Mißbilligung zu erkennen gegeben, aber man durfte annehmen, daß sein bekannter Abscheu vor Unordnung ihn auch hier nicht verließ. Wie man ebenso voraussetzen durfte, daß ihm die Zudringlichkeit und die Gier der Tauben mißfielen, die sich jetzt herandrängten. Ingenieur Vicini hatte sich als erster damit befaßt, und diese Aufgabe war nun sein Vorrecht. Er entfernte sich von den andern und begann, erst in der einen, dann in der anderen Richtung, den weiten, mit Krümeln überstreuten Kreis zu umschreiten. Mit erhobenem Stock drohte er den fetten grauen Eindringlingen und verjagte sie, gab aber gleichzeitig acht, nicht die kleineren Vögel zu erschrecken. Es war ein heikles Unterfangen.

Noch immer im Mittelpunkt des Kreises stehend, hatte Dr. Musumanno inzwischen seine russischen Zigaretten aus der Tasche gezogen, an die er sich seit seinem Aufenthalt in Togliattigrad gewöhnt hatte. Der junge Radici – das war seine Rolle – eilte mit dem Feuerzeug in der Faust herbei; doch wie stets war der Chef flinker gewesen, und beschämt kehrte der junge Mann an seinen Platz zurück, nicht ohne seine Schuhsohlen am Asphalt abzustreifen, um sie von den Krümeln zu befreien.

Musumanno rauchte ruhig, mit der ganzen Hand das überlange Mundstück umklammernd, als ob er die riesigen pelzgefütterten Handschuhe des russischen Winters trüge. Allein in diesen wenigen Minuten ruhiger Kontemplation schien er ein gewöhnlicher Sterblicher zu sein, und doch war dies merkwürdigerweise auch der Augenblick, in dem die Zuschauer besonders den Abstand empfanden, der zwischen ihnen und seiner marmornen Erhabenheit lag.

Ingenieur Vicini durchschnitt wütend die Luft mit seinem Spazierstock, wodurch er unter den Tauben nervöse Kursänderungen oder stürmische Aufflüge verursachte. Man durfte den Viechern keine Ruhe lassen, die sich jetzt auf der Brüstung des Dachgartens oder auch auf dem kleinen Schutzdach aus Kunststoff, das Musumanno für Regentage hatte anbringen lassen, niederließen, doch nur um bald darauf mit der dreisten Hartnäckigkeit eines Geierschwarms wieder zum Angriff überzugehen. Es war der Dschungel, dachte Vicini. In jeder Hinsicht: der Dschungel.

Die Zigarette war aufgeraucht. Musumanno warf das Ende mit dem langen Pappmundstück nach links, wo es wie immer bis zum Rand der Terrasse rollte und in die Dachrinne fiel.
Die Zuschauer sahen ihn ein letztes Mal den Spatzen zulächeln, ein letztes Mal zum Himmel blicken, sich dann brüsk umdrehen und mitten durch sie hindurch ins Haus gehen. Auch nicht das kleinste Zeichen deutete an, daß er ihre Gegenwart bemerkt hatte. Nach ein paar Sekunden folgten ihm alle.
Nur Ingenieur Vicini blieb noch auf der Terrasse und trat an die Brüstung. Düster dreinblickend, lehnte er sich an die Mauer und überließ es den verdammten Vögeln, selbst zu sehen, wie sie miteinander fertig wurden. Die praktische Ausführung hatte ihm eine Erkältung eingetragen, weil Musumanno es nicht der Mühe wert hielt, für diese kurze Arbeitsunterbrechung, diesen *break*, eigens den Mantel anzuziehen, und niemand hätte gern, indem er einen Mantel anzog, den Anschein erweckt, ihm unrecht zu geben.
Eine widerwärtige Szene, dachte Vicini, seinen Stock auf den Boden werfend, eine abstoßende, demütigende Farce. Und wenn auch die Geisteshaltung, mit der er an dieser Farce teilnahm und mit der er sich zum Komplicen machte, natürlich nicht die des gewöhnlichen Angestellten, des elenden, allein von schmeichelnder Unterwürfigkeit und gemeinem Interesse motivierten Lohnabhängigen war – wenn auch, also, sein Interesse höherer Art und die Erniedrigung durchaus vorgesehen, kalkuliert und gewollt war, so ließ sich doch in der Praxis der Unterschied nicht immer leicht ausmachen.
Das Spinnennetz von Fiktionen, Kunstgriffen, Vorspiegelungen und Machenschaften, in dem das Ungeheuer lebte (oder nur zu leben glaubte?), schien ihm in einem Augenblick wie diesem weniger unentwirrbar als gar nicht existent, auch schien es ihm als eine Fälschung, als ein traumhafter Zwang, unter dem er ohne vernünftigen Grund den Rükken beugte. Krümel, in der Tat! Ein Abbröckeln ohne Ende ...
Um ihn herum breiteten sich die tristen Dächer der Stadt bis zu den farblosen Hügeln, und hinter den Hügeln war die weite, multinationale Welt mit ihrem eigenen unendlichen Spinnennetz von Tochtergesellschaften, Fusionen, Angliederungen und Finanzierungsgesellschaften, das mit seinen Fäden Ozeane, Kontinente, ja die ganze Erde bedeckte. Aber er – wer war er, fragte sich Ingenieur Vicini beklommen. Wer war dieser regungslos auf dem Dach der Fiatwerke stehende einsame Mann wirklich?

3. Das linke Auge der Signorina Caldani

1

Das linke Auge der Signorina Caldani, starr und aufgerissen, funkelte jetzt im Halbdunkel, als es einen Winkel des Zimmers und die auf dem Nachttisch stehenden Gegenstände widerspiegelte. Durch die schlecht geschlossenen Jalousien und die offene Tür des Wohnzimmers drang mit zunehmender Stärke das graue Licht des Februartages, bis es allmählich auch die Ecke mit der Kommode und dem Stuhl vage erhellte, auf dem die Handtasche, die Handschuhe und das leichte schwarze Wollkleid, das die Professoressa gestern getragen hatte, lagen. Aber sonst hatte sich in der kleinen Wohnung nichts geändert. Der Wecker tickte noch immer in der Stille, der Körper auf dem Bett hatte sich nicht bewegt, das rechte Auge war geschlossen geblieben und an das Kopfkissen gepreßt. Das linke, starr auf die Marmorplatte des Nachttisches gerichtet, wandte sich unmerklich vom Glas zum Wecker, auf dem der Stundenzeiger die Eins überschritten hatte, und von da zu der verblaßten Fotografie im silbernen Rahmen, auf der jetzt ein altes Paar auf dem Petersplatz in Rom zu erkennen war. Und unmerklich bewegten sich die Lippen. Herr, dachte das alte Fräulein, erbarme dich!

Ein anderes Auge – es schien ein Auge zu sein – ging um diese Stunde über Turin auf, sehr hoch, perlfarben und nicht ohne einen Anflug von Drohung. In dem Musterviertel von Brussone erkannten es die kleinen Zwillingsmädchen, die gerade, mit Spuren von Tomatensauce um den Mund und auf den Handrücken, rennend das Haus verließen, sofort als das Auge eines Ungeheuers, eines Riesen, irgendeines Geschöpfs aus der Welt der Märchen oder Comics, jedenfalls unbestreitbar übernatürlich. Ein Weilchen blieben sie stehen, um es anzuschauen, wohl erstaunt, doch keineswegs erschreckt. Instinktiv wußten sie, daß das Auge es nicht gerade auf sie abgesehen hatte, und wenn Rossignolo dagewesen wäre (aber er saß statt dessen an der Theke einer Snack-Bar in der Nähe vom Hauptbahnhof und aß Safranreis) und wenn er von ihrer kindlich-realistischen Demut gewußt hätte, würde er sich zweifellos an den Philosophen Spinoza erinnert haben, dem zufolge Gott die irdischen Dinge ohne Haß und ohne Liebe gegen irgend jemanden ansieht.
Eine andere, ebenso zutreffende gebildete Beobachtung – wenn auch

auf bescheidenerem Niveau – machte ein jugendlicher Arbeitsloser, der in der Via delle Fuchsie, Nr. 18, im dritten Stock in der Wohnung Nr. 7 wohnte. Er hatte im Fernsehen einen alten Film mit dem Titel *Moby Dick* gesehen (von dem gleichnamigen Buch hatte er nie gehört), und als er jetzt aus dem Fenster sah, fühlte er sich an das Auge des weißen Wals erinnert, das boshaft aus dem Wolkenmeer herabblinzelte. Doch gleich darauf brüllte er wieder seine Mutter an, ohne Rücksicht darauf, was die anderen Mieter im Hause denken mochten. Übrigens war das Haus zu dieser Stunde – außer an Streik- und Feiertagen – halb leer. Keiner seiner Bewohner im arbeitsfähigen Alter war um die Mittagsstunde zu Hause, bloß ein paar andere Arbeitslose und der Mieter der Wohnung Nr. 4, der nur ausging, um in die Kirche zu gehen.

Der Reisende in Bleistiften, der täglich eine andere Strecke fuhr, war noch nicht bis zum Brussone-Viertel gelangt; er befand sich vielmehr auf der entgegengesetzten Seite der Turiner Peripherie. Als er den Po unterhalb von Vinovo erreicht hatte, war er umgekehrt und fuhr nun, mit häufigen Pausen, den weiten Halbkreis um die Stadt zurück. Alles, was er während seiner Fahrt von dem *Auge* sah, war ein blendender Schein auf dem Rückspiegel seines Volkswagens.

Romilda Bortolon brachte gerade den Kaninchen, die sie hinter ihrem Häuschen hielt, Gräser und schlaffe Salatblätter, als sich vor ihr im Osten das große graue Augenlid hob. Hatte sie es nicht gleich gesagt, daß sich das Wetter änderte, dachte sie und ging auf den Kaninchenstall zu.

Dem Wind, der den ganzen Morgen nur schwach aus dem Susa-Tal geweht und die weiß-roten Windsäcke auf dem Flughafen von Caselle kaum und auch nur zeitweilig aufgebläht hatte, war es nun doch gelungen, die Nebel- und Wolkenschichten, die über der Stadt lasteten, ein wenig zu zerstreuen, und aus der langsamen Verschiebung der gleitenden Massen war das *Auge* über der Stadt herausgetreten.

Obwohl das Phänomen aus verschiedenen Blickwinkeln zu beobachten war und obwohl das Fenster eines Bankgebäudes in der Via Arsenale es geradezu wie ein Bild im Rahmen darbot, wurde Kommissar Santamaria, der allerdings diesem Fenster den Rücken kehrte, nicht im geringsten davon beeinflußt. Mit dem Antragsformular für ein neues Scheckbuch vor sich auf der marmornen Platte des Schaltertischs, dachte er zwar an das Auge Gottes, aber bei ihm war diese Gedankenverbindung durch eine der kleinen Fernsehkameras ausgelöst worden, die zur Abschreckung eventueller Räuber im Schalterraum angebracht waren. Diese elektronischen Zeugen waren im Grunde ganz nutzlos, überlegte er; was man allenfalls brauchte, in den Banken so gut wie draußen, war das Auge Gottes. Aber Gott spielte nicht den Informanten. Er behielt seine Unterlagen, seine unvergleichliche universelle Kartei strikt für sich und würde sie niemals der Polizei zur Verfügung stellen. Der Kommissar unterschrieb das ausgefüllte Formular und schob es dem Angestellten zu, während das Auge der Fernsehkamera seine nutzlose Rotation von neuem begann und das himmlische Auge nach und nach aus dem Stahlrahmen des Fensters heraustrat.

Sogar in Santa Liberata und in der unmittelbaren Umgebung der Kirche wurde seine (oder Seine) Gegenwart, hier gewissermaßen als selbstverständlich vorausgesetzt, praktisch von niemandem wahrgenommen. Es war der pure Zufall, daß Signora Celeste, der ihr Mann verboten hatte, das Haus auch nur zum Einkaufen zu verlassen, gerade diesen Augenblick wählte, um sich auf eine allerhöchste, eine entscheidende Zeugenschaft für die Reinheit ihrer Absichten zu berufen.

»Gott ist mein Zeuge!« sagte sie und erhob sich, um nach dem ärmlichen, mit den Resten vom Vortag bestrittenen Mahl den Tisch abzudecken. »Gott sieht mich, Camillo!« beteuerte sie mit einem verzückten Blick zur Zimmerdecke und einem zweiten, unbestimmt hoffnungsvollen auf ihren Gatten.

Der Kräuterhändler deutete ein Kopfschütteln an, ein Kräuseln der Lippen, und hinter den Brillengläsern erriet man das zynische, eisige Lächeln eines Mannes, der die unanfechtbare Logik für sich hat. Gott mochte sie vielleicht sehen. Aber da sie, als Erwählte, doch alles tun und sich alles erlauben durfte, was brauchte Er ihr dabei noch zuzusehen?

Aber dieser Aspekt der Prädestination machte Don Pezza kein Kopfzerbrechen, obwohl der Matratzenmacher seit heute früh schon zweimal gekommen war, um ihm mit der Geschichte von Celeste und ihrem Mann, der seine Frau nicht mehr mit anderen teilen wolle, auf die Nerven zu gehen. »In diesen Dingen macht sich Gott seine Gedanken, und ihr macht euch eure«, hatte er beim erstenmal voller Geduld erklärt. »Seid ihr nicht Erwählte, habt ihr nicht den Funken, habt ihr nicht das Heilige Pneuma? Denkt nur an die, die es nicht haben und schon wegen einer einzigen unkeuschen Handlung in die Hölle kommen!« Beim zweitenmal hatte er ihn laut schimpfend fortgeschickt. Wenn Celeste nicht kam, die Säcke zu bügeln, dann um so schlimmer, dann bliebe die Treppe im Turm einfach ohne Teppich! Was erwartete der Schwachkopf von ihm? Daß er, Don Pezza, ihm die Säcke bügelte? Er solle sich doch von Priotti oder den Brüdern Bortolon helfen lassen, wenn sie rechtzeitig kamen! Der Matratzenmacher hatte sich indes damit abgefunden, selbst die Säcke zu bügeln, und jetzt hatte er sich, auf der zweiten Plattform sitzend, fieberhaft daran gemacht, sie zusammenzunähen. Wieder und wieder stieß er die dicke Nadel in die Jute, und jeden Stich begleitete ein so befriedigter wie fanatischer Laut, als ob die Stahlspitze jedesmal, mit grausamer Präzision, ins Auge eines bitter gehaßten Feindes stach. Die Finsternis würde nicht siegen, der Schwarze Egon nicht triumphieren. Aber wer war es und wo war er, unter welcher Maske verbarg er sich, der Schwarze Egon?

Nein, die Schwierigkeit lag für Don Pezza, der inzwischen mit seiner Predigt gut vorangekommen war, weniger im Auge Gottes als in dem des Ordinariats und des Erzbischofs. Dies war nicht der rechte Augenblick, sich Unannehmlichkeiten zuzuziehen, dachte er, als er, hinter der rußigen Fensterscheibe stehend, in den leeren Hof des Gemeindehauses blickte. Gewiß, sein Publikum hatte sich sehr vergrößert, das Interesse für Santa Liberata und ihren Pfarrer wuchs von Woche zu Woche, und trotzdem war er noch nicht, auch nicht im entferntesten, in einer so starken Position, daß er sich sehr weit hinauswagen könnte über die Offenbarung des Johannes und die geheimen Worte, die der »Bekannte des Paulus« in dem Brief an die Korinther gehört hatte, über die Archonten und die verborgene Weisheit des Paulus, mit der Dreiteilung der Seele in eine pneumatische, geistliche und fleischliche ... und über die Teilung der Gläubigen, nach Markus, in Eingeweihte und Nicht-Eingeweihte ... kurz und gut das Übliche – abgesehen von dem bißchen Kino, von diesen bescheidenen Inszenierungskünsten, die doch so wirkungsvoll waren mit den Kerzen und dem Urfeuer, dem siebenstöckigen Turm und der Treppe, die zum höchsten Ort führte, dem transzendenten, nur geistig wahrnehmbaren Ort, an dem das Pleroma, die Lichtfülle, der Äonen wohnte ...
Kopfschüttelnd wandte er den Blick wieder auf den staubigen, modrig riechenden Faszikel IV (Band 87), den er vor sich hatte.
»Aaa ooo zezophazazza jeozaza eee iii ...« las er laut, »zajezozoakhoe ooo uuu thoeozaozaez eee zzeezaoza khozaekheude tuxuaalthukh.«
Schade! Damit würde er sich alle Wege öffnen, nicht nur in Turin, auch im Ausland. Das war etwas anderes als das Latein von Monsignor X und Domherr Y. Nur daß eben einem einfachen Gemeindepfarrer die Hände gebunden waren, das war ja die Schwierigkeit, während er sich doch beeilen und mit Volldampf ans Werk gehen müßte. Die Sache lag ja ohnehin in der Luft. Jeden Tag konnte jemand kommen und ihm die Idee wegschnappen.

2

Wozu brauche ich eigentlich so eine Frau oder so ein Mädchen, fragte sich Graziano nicht zum ersten Mal. Und gleich darauf sah er – als ob er zum Beispiel mit seinem Porsche einen Lastwagen überholte und dahinter ein neues Hindernis entdeckte – sich einer nicht minder unbequemen Frage gegenüber: Warum frage ich mich das immer? Was kümmert mich das denn, verdammt noch mal?

Thea löste manchmal – jetzt zum Beispiel – diese Stimmung bei ihm aus.

Die hellen Vorhänge in dem kleinen Büro – drei Räume in einem Zwischenstock unter den Arkaden der Via Sacchi – wehten in einem ständigen leichten Wogen ins Zimmer. Es war ein altes Haus mit alten Türen und Fenstern, und durch die Ritzen drang ein kalter Luftzug in die überheizten Räume. Graziano, der vollkommen nackt war, fröstelte und trank mit einer Grimasse den letzten Schluck Birnengeist. Eigentlich schmeckte er ihm nicht. Im Bücherschrank standen auf einem der unteren Regale etwa zwanzig Flaschen Whisky, Rum, Grappa und Cognac der verschiedensten Marken – Geschenke von Lieferanten, Bekannten und Freunden. Warum mußte er ausgerechnet diese einzige Flasche Birnengeist heraussuchen, die gewiß nicht zufällig noch so gut wie voll gewesen war!

Irgendwie, dachte er, hing es mit Thea zusammen; ohne sie hätte er ihn nicht getrunken.

Bei Thea hatte man oft, wie nach manchen unerklärlichen Pokernächten, das Gefühl, als seien die Karten in Kombinationen gekommen, die jeder Regel spotteten, auch wenn sich die Regelwidrigkeit, der eventuelle Trick und Betrug, nie genau bestimmen und festnageln ließen. Für sich genommen und aus der Nähe betrachtet, wurde alles – angefangen mit der ersten Begegnung mit Thea vor sechs, nein, vor fünf Monaten – wieder ganz normal und vollkommen natürlich. Ein dummer Zwischenfall, ein zerbrochenes Schlußlicht beim Vor- und Zurückfahren in der unterirdischen Garage an der Piazza Castello. Nur, daß nicht sie auf ihn aufgefahren war! Er war es gewesen, der die Entfernungen schlecht abgeschätzt hatte, er, der sonst seinen Porsche wie ein Zirkushündchen auf den Millimeter genau beherrschte. Das Geräusch des kleinen Zusammenstoßes war durch den langen Betongang ungemein verstärkt worden, und Thea, die mit vollkommener Gelassenheit aus ihrem Auto gestiegen war, hatte interessiert und durchaus ohne spöttische Absicht bemerkt:

»Es hat richtig *crunch* gemacht, wie in den Comics.«

Über so was amüsierte sie sich.

Nein, sie lachte verhältnismäßig wenig. Sie war nicht der Typ, der sich den Bauch hielt und einen Lachkrampf bekam wie Rita. Aber auf ihre Weise amüsierte auch sie sich ständig. Der über den Glasrand schäumende Champagner erinnerte sie an eine platinblonde Perücke. Und einmal, als sie in einer Umarmung auf dem Diwan lagen, hatte sie gesagt, sie käme sich wie ein nicht richtig aufgelegter Telefonhörer vor. Und sie wußte alles über die Fluchtgeschwindigkeit der Küchenschaben, vor denen sie weder Angst noch Abscheu empfand. Sie hatte am Angeln Freude, und ab und zu ging sie tatsächlich mit sämtlichen Angelutensilien ans Po-Ufer und fischte dort mit ein paar alten Männern, die sie kannte.
Kindereien, Spiele für kleine Mädchen. Claudia, die zwanzig war, nur ein Jahr älter als sie, hatte schon eine Niederkunft und zwei Abtreibungen hinter sich, außerdem vier oder fünf Festnahmen, von allem andern ganz zu schweigen. Und Rita mit vierundzwanzig war nicht anders. Graziano dachte an die Frauen, mit denen er gewöhnlich zu tun hatte – Striptease-Artistinnen, Huren, Taxigirls, zweit- oder drittrangige Sängerinnen, auf der Durchreise befindliche Brasilianerinnen, Indonesierinnen und Negerinnen. Viele und spektakuläre Frauen und einige von ihnen ein wahres Phänomen im Bett. Nicht, daß Thea im Bett nichts getaugt hätte! Ganz im Gegenteil. Außerdem war auch sie ein sehr schönes Mädchen. Nicht gerade spektakulär, aber vielleicht nur deshalb, weil sie keinen Wert darauf legte, es zu sein. Ihr Make-up und ihre Art, sich zu kleiden und zu bewegen, waren ein anderes Genre.
Zum Beispiel war das Kleid, das er ihr heute ausgezogen hatte, aus einem sehr weichen grauen Stoff, und doch sah es irgendwie auch wie eine Art von Morgenrock oder Kittel aus. Und die dunklen Schuhe, die er ihr von den Füßen gestreift hatte, waren mit einer vergoldeten Schnalle versehen, die aber trotzdem weder funkelte noch billig wirkte.
Guter Geschmack, gute Klasse, dachte Graziano befriedigt, nichts, was allzu sehr die Aufmerksamkeit auf sich zog. Wie um sich dessen zu vergewissern, drehte er sich mit einem Lächeln um, denn die Schuhe standen ja neben dem Diwan; Thea war, ohne sie anzuziehen, aus dem Zimmer gegangen.
Aber er sah sie nicht. Irgendwie waren die Schuhe verschwunden.
»Was soll das heißen?« brummte Graziano.
Vor einer Minute waren sie noch da gewesen, einen halben Meter voneinander entfernt; er hatte sie mit einem flüchtigen Blick gestreift. Ein Schuh lag verkehrt herum, mit der Sohle nach oben.
»Thea!« rief er.

Keine Antwort.
Sie mußte wieder ins Zimmer gekommen sein mit der leisen Konzentration einer Katze und sich die Schuhe geholt haben, während er sich umgedreht hatte.
»Thea!« rief er noch einmal und ging ins nächste Zimmer und von dort unter einem Bogen hindurch ins Vorzimmer, von einem plötzlichen Zweifel befallen, sie könne fortgegangen sein, ohne Abschied und ohne Grund. Das hatte sie noch nie getan, es war nicht ihr Stil. Außerdem hatten sie den Nachmittag zusammen verbringen wollen; sie hatte ihn selbst gebeten, sie auf seiner Rundfahrt mitzunehmen.
»Was tust du noch immer als Wurm verkleidet?« hörte er die Stimme Theas in demselben Augenblick, als er bemerkt hatte, daß ihr Trenchcoat noch am Garderobenhaken hing.
Graziano wandte sich um, sah aber nur die offene Badezimmertür, die den engen, dunklen Korridor fast ganz versperrte.
»Ach, da bist du. Ich ziehe mich jetzt auch an.«
Eines der beiden Telefone im ersten Zimmer begann, schrill zu läuten, und eilig kehrte Graziano um. Am Ton erkannte er, daß es der alte schwarze Apparat war, der auf einem Hocker neben dem Schreibtisch stand. Er nahm den Hörer ab.
»Graziano.«
Eine Männerstimme sagte nur: »Ja.«
Dann begann sie, in sizilianischem Dialekt zu sprechen. Ab und zu antwortete Graziano, ebenfalls im Dialekt. Es dauerte nicht viel länger als eine Minute, dann legte Graziano den Hörer auf und setzte sich schräg auf den Schreibtisch. Er hörte, wie Thea vom Korridor in das hintere Zimmer ging und dort die Aschenbecher leerte; dann öffnete sie die Fenster und kehrte die Krümel zusammen. Sie hatten die Brötchen, die ihnen das Mittagessen ersetzten, in der Bar an der Ecke gekauft. Sie war ein ordentliches Mädchen, wohlerzogen, aufgezogen von Gouvernanten, Fräuleins, Ordensschwestern; man brauchte sie nur zu sehen.
Wenn er nur wüßte, begann sich Graziano von neuem zu fragen, warum zum Teufel sie darauf bestand, hierherzukommen, wo er doch eine bequeme, vornehme neue Wohnung in der Via Bardonecchia hatte? Oder sonst gab es auch Hotels, schön gelegen in den Hügeln oder auch auf dem Lande, wo er Freunde hatte, die keine Papiere sehen wollten und nicht wußten, was Neugier war. Aber alles hier auf diesem Diwan zwischen halb eins und zwei zu tun oder abends zwischen neun und zehn, das hatte doch keinen Sinn. Rita, Claudia und alle andern hätten sich bestimmt nicht die kleinen, wie von der Zimmerdecke erdrückten Fenster gefallen lassen oder die ungewaschenen Vorhänge, die abge-

nutzten tunesischen Teppiche, die kunstledernen Sessel, alles gebrauchte Dinge, bis auf die Tapeten, die aber auch nur billiges Papier waren.
Eine Laune, dachte Graziano, ein wunderlicher Einfall. Oder am Ende war sie im stillen auf die andern eifersüchtig. Und wenn es so war, hatte sie recht, denn Thea war praktisch die einzige Frau, die in dieses Büro kam. Die Wahrheit zu sagen, kam so gut wie niemand hierher. Er machte sehr wenig Gebrauch von diesem Büro; seine Geschäfte wickelte er ganz woanders ab.
Er sah auf die Uhr. Er mußte sich jetzt anziehen und gehen.
Er lief in das hinterste Zimmer und hob dort das Hemd und die Socken auf. Thea hatte alles in bester Ordnung zurechtgelegt, und jetzt machte sie sich im Badezimmer zu schaffen.
In der Via Sacchi hatte der Verkehr nach der Mittagspause wieder stark zugenommen; man hörte Autos, Busse und das Geräusch vieler Schritte unter den Arkaden. Graziano zog sich die Schuhe an, die ihm plötzlich übertrieben blank vorkamen und deren rötlicher Ton ihm unter den blauen Hosen doch irgendwie zu lebhaft schien.
Irgendwie, dachte er, irgendwie . . .
Einem plötzlichen Antrieb folgend, stand er auf und ging, die Krawatte in der Hand, auf den Korridor.
»Du!«
»Bist du fertig?« fragte Thea von der Diele her. »Was ist?«
Graziano sah sie von hinten. Sie hatte ihren Trenchcoat schon an und hielt den Kopf über die Tasche gebeugt, die sie umgehängt trug.
»Nichts«, sagte er. »Ich komme gleich.«
Und dachte, und nicht zum ersten Mal, aber wozu braucht sie eigentlich einen Mann wie mich, was hat sie von einem Typ wie mir?

3

Längs der Straße zwischen Orbassano und Stupinigi sah man Prostituierte vor einem kümmerlichen Feuer ein Brötchen essen. Aber Priotti, der vom Vereinslokal »Die schwarze Feder« kam und eigens diesen Umweg gewählt hatte, fuhr ohne anzuhalten weiter. Heute hatte er wirklich auf rein gar nichts Lust.
Schon erschien im Rahmen der Plastik-Windschutzscheibe der Gilera am Ende der Pappelallee die winterliche braune Gravüre vom Jagdhaus der alten piemontesischen Könige.
Beim Haltezeichen drosselte er die Geschwindigkeit, bog dann links ab und umfuhr die Parkmauer und den bronzenen Hirsch, der stolz und

befremdet vom Dach des Gebäudes aus den Verkehr überblickte. Lieferwagen, Kleintransporter und ausgediente Kombiwagen umfuhren den weiten Kreis, den die Mauer beschrieb, um eilig nach Piobesi, None oder Vinovo abzubiegen, inmitten einer Unmenge regenverwaschener Werbeplakate, kleiner Fabriken, Schuppen, Möbelfabriken und Restaurants mit prächtigen Schildern und trostlosen Innenräumen.
Priotti, der einmal in einem dieser Restaurants gegessen hatte, bereute nicht, bereits in der »Schwarzen Feder« harte Eier und Salami zu sich genommen zu haben (dort gab es nur abends warme Küche); und wenn er an die Frau dachte, seine Altersgenossin und außerdem eine halbe Verwandte, mit der er seit dreißig Jahren lebte, dann fand er, daß sie mindestens ebensoviel taugte wie die Huren von Stupinigi. Eigentlich war er ein häuslicher Mensch, dachte er, ein wenig gerührt, während er ungeachtet des starken Verkehrs auf einen schnelleren Gang schaltete und Gas gab. So fuhr er auf die dicht gedrängt stehenden Hochhäuser des sozialen Wohnungsbaus zu, die jetzt die alte Ortschaft von Roggia überragten. Ein häuslicher und ein religiöser Mensch.

4

Abgesehen von den Beziehungen, die nur noch seine Kollegen – und nicht einmal mehr die Priester – hartnäckig als »intim« schlechthin bezeichneten, bedurfte der Kommissar immer einer gewissen Anstrengung, um sich daran zu erinnern, daß Frauen Frauen waren. Die gleiche Anstrengung mußte er übrigens auch bei Ausländern, Jugendlichen, Juden, Carabinieri, Außerparlamentarisch-Oppositionellen und selbst bei Drogensüchtigen machen.
Außerhalb seiner Arbeit, aber oft auch bei der Arbeit, hatte er Mühe, die geläufigen Unterscheidungen – nach Art und Kategorie – zu gebrauchen, und in jedem Fall ließen ihn seine Aufmerksamkeit und sein Interesse für den einzelnen Baum auf der Stelle den Wald vergessen. Gespräche über die Frauen (oder die Deutschen oder die Taxifahrer) waren ihm wegen ihrer dogmatischen Ungenauigkeit zuwider, und bestimmte, vielen Frauen gemeinsame Verhaltensweisen befremdeten ihn immer wieder, wenn er unvermutet darauf stieß. Ach ja, sagte er sich dann, sie mag Pelze und Halsketten, sie interessiert sich für Männer, sie liest die Zeitschrift *Grazia*, weil sie eine Frau ist. Oder sogar: Schau nur, sie ist schwanger, es muß eine Frau sein.
Oder doch so ungefähr.
Nach seiner Meinung konnte man die Sache auch in einem für ihn günstigen Sinne deuten: Als Zeichen seiner Großzügigkeit und demo-

kratischen Vorurteilslosigkeit. Nur auf die Betroffenen wirkte es für gewöhnlich nicht so. Sie sahen darin vielmehr eine Gleichgültigkeit, die einer Ohrfeige gleichkam, und mit den Jahren war er dann auch dazu übergegangen, sich eine Anzahl von praktischen Verhaltensmustern, von festen Bezugspunkten zurechtzulegen, um wenigstens das Schlimmste zu vermeiden.
So hatte er zum Beispiel das Vorhandensein eines besonderen Mechanismus festgestellt und seinem Gedächtnis eingeprägt, eines wahren Naturphänomens, darin bestehend, daß nach dem »intimen« Verkehr, wenn die Gedanken des Mannes zu schweifen begannen und er etwa an die Wettervorhersage für morgen dachte oder an die Schuhe, die er in einem Geschäft in der Via Lagrange gesehen hatte, daß dann automatisch die weiblichen Sprechorgane unvermittelt, im Ton honigsüßer Inquisition, die Frage ausstießen: »Woran denkst du?«, eine Frage, auf die am besten mit einer Lüge zu antworten war, obwohl – daran brauchte man keinen Augenblick zu zweifeln – auch die Gedanken der Frau sich bereits auf die in einem Laden der Via XX Settembre gesehenen Schuhe richteten und es gerade dieser Umstand war, der ihr in bezug auf den Partner den Verdacht brutaler Gleichgültigkeit und eines zynischen, unverzeihlichen Materialismus eingab.
»Woran denkst du?« fragte die junge Frau neben ihm.
Der Kommissar, der die besten Vorsätze hatte, sich aber nicht immer danach richtete, glaubte, daß er in diesem besonderen Fall getrost die Wahrheit sagen könnte. Nicht die wörtliche Wahrheit, da ihn die Frage bei vagen Überlegungen über das Pneuma unterbrochen hatte, die sich einer australischen Striptease-Artistin nur schwer erklären ließen, aber doch eine freimütige und ehrliche Antwort. Denn noch einen Augenblick zuvor hatte er an die Schuhe in der Via Lagrange gedacht, die wirklich nicht übel und auch nicht zu teuer schienen, und das Geschäft konnte auch das Mädchen interessieren, weil es gleich hinter dem Hotel lag, in dem sie wohnte.
»An nichts Besonderes, ich dachte gerade an Schuhe, die ich . . .«, hob er an. Es war ein schwerer Fehler.

5

Graziano hatte ihr einmal gesagt, er sei »Vertreter«, aber Thea glaubte es nicht. Diese vage Berufsbezeichnung konnte vielleicht eine gewisse auffallende und stets auf den letzten Stand der Mode gebrachte Eleganz Grazianos erklären, auch, wohl oder übel, den schwarzen Porsche und die Art, wie er ihn fuhr. Auch das kleine Büro in der Via Sacchi, auch

das strahlende Lächeln, das er Verkäuferinnen und Kellnerinnen schenkte. Aber viele andere Dinge paßten nicht dazu, auch wenn sie es, in ständiger Polemik mit ihrer Mutter, ablehnte, es wichtig zu nehmen, womit die Leute ihr Geld verdienten. Ein Mensch war ein Mensch, und sein Beruf hatte im Grunde nur eine statistische Bedeutung.
»Musik?« fragte Graziano und hatte die Hand schon vom Steuer genommen. »Oder stört sie dich?«
Auf jeden Fall war er sehr liebenswürdig, immer rücksichtsvoll und zuvorkommend.
»Nein«, sagte Thea lächelnd, »mach nur Musik!«
Der Porsche war mit Radio, Kassettenrecorder und zwei Stereo-Lautsprechern ausgerüstet. Aber unter Musik verstand Graziano ausschließlich Popmusik. Er wurde ihrer niemals überdrüssig, kannte alle Bands, italienische wie ausländische, und wenn er still war, hörte er in Wirklichkeit keinen Augenblick auf, mit geschlossenen Lippen ein undeutliches melodisches Gesumm zu produzieren.
Mit der behandschuhten Hand drückte er auf eine Taste, und auf der Skala des Radioapparates begann ein roter Strich auf der automatischen Suche nach dem Sender sich langsam zu verschieben. Neben dem Radio war mit einem Magneten ein Lederrahmen am Armaturenbrett befestigt. Der Rahmen mit der Aufschrift in Gold »Denke an uns!« enthielt die aus einer Zeitschrift ausgeschnittene Fotografie von drei nackten Frauen. Graziano behauptete, selbst diesen Einfall gehabt zu haben, aber Thea glaubte es ihm nicht. Wahrscheinlicher war, daß er es im Auto eines anderen gesehen oder daß ihm jemand davon erzählt hatte und er es für den witzigsten Gedanken hielt, auf den je ein menschliches Gehirn verfallen war. Gewiß, das waren Vertreterspäße. Aber sie standen im Widerspruch zu anderen Äußerungen, wenn auch Thea nichts von der Logik ihrer Mutter hielt, nach der jemand, der das und das tat, unfehlbar so war, und jemand, der wieder etwas anderes tat, dann auch entsprechend anders war.
»Oh, hör! Hör mal das!«
Seine Hand flog auf, um den roten Strich festzuhalten, dann umklammerte sie den Schenkel Theas, während aus dem Lautsprecher eine fast hysterische Stimme schrie: »*Cornered rat, cornered rat, I'll fight for my love like a cornered rat!*« Und Graziano begleitete die Melodie mit freudigem Pfeifen und rhythmischen Kopfbewegungen.
Ein anderes Mal hatte er ihr gesagt, er sei Buchhalter. Ein kleiner Buchhalter, der nebenbei Vertretungen übernahm, um seine Einnahmen aufzubessern, oder auch umgekehrt; dies mochte seine nächtlichen Arbeitsstunden erklären. Aber es paßte nicht gut zusammen mit seiner stets nur zu gut gefüllten (krokodilledernen) Brieftasche und mit

seinem eisernen Schweigen über Kollegen und Kunden.
Der Porsche fuhr jetzt an den zahllosen Mysterien der Peripherie vorbei. Kahle Hochhäuser, die durch lächerlich geringe Unterschiede nur noch gleichförmiger geworden waren, säumten endlose breite Alleen, wie man sie jetzt in allen Städten der Welt fand. Aber Thea weigerte sich, in dieser ständigen Wiederholung der gleichen Fassade, in diesen unendlichen Reihen geschlossener Fenster den Sieg eines anonymen, platten und monotonen Plurals zu sehen. Im Gegenteil, sie meinte, daß nur so diese phantastische Verflechtung von Einzigartigkeiten, die sie immer um sich spürte und die das war, was ihr am Leben gefiel, in die Augen sprang. Hinter jedem Fenster ein anderes Gesicht, eine andere Stimme, eine andere Geschichte, die sich miteinander zu einer bunten Strähne verflochten, rot, gelb, orange, blau, wie die Drähte hinter dem Armaturenbrett, die einmal, als man versucht hatte, Mamas Wagen zu stehlen . . .
»*Cornered raaaaat!*« schlossen mit einem Schrei der Fahrer und die Stimme aus dem Radio.
»Das waren die *Horse Power*«, erläuterte Graziano, und es fehlte nicht viel, daß er mit der Zunge schnalzte. »Toll, nicht wahr?«
»Hat man dir schon mal den Wagen gestohlen?« fragte Thea.
»Den hier?«
»Den oder einen anderen.«
»Na und ob! Einen Alfa, den ich vorher hatte. Ich fand ihn ohne Räder in Villastellone wieder.«
Der Diskjockey gab jetzt, als habe er einen Hahn geöffnet, eine aufgeregte Abgeschmacktheit nach der anderen von sich.
»Ein schöner Beruf«, sagte Graziano, »du brauchst nur dazusitzen und von früh bis spät Musik zu hören. Ein Leben wie im Paradies.«
Er behauptete auch, Diplomkaufmann zu sein und außerdem an der Universität Volkswirtschaft zu studieren, aber er besuchte nie eine Vorlesung und ging in keine Prüfung. Thea glaubte es ihm, weil er, eitel wie er war, ohne Mühe ein weniger langweiliges Studium hätte erfinden können. Außerdem hatte er ihr eines Tages die Theorie der Mengenlehre mit passionierter Ernsthaftigkeit erklärt. Aber abgesehen davon, daß es, streng genommen, überhaupt keine langweiligen Tätigkeiten gab (oder alle waren es, einschließlich der des Diskjockeys), blieb die Tatsache bestehen, daß sich Graziano, zumindest ihr gegenüber, offenbar stets in einem schlichten, bescheidenen und farblosen Licht zeigen wollte, das nicht, aber auch schon gar nicht zu ihm paßte.
»Was hast du?« fragte Graziano, der ihren Blick auffing.
»Nichts. Warum?«
»Du hast mich angesehen.«

»Weil du so schön bist«, sagte Thea und gab sich Mühe, es ironisch klingen zu lassen.
»Ach so. Danke!«
Das Radio ließ jetzt einen Song hören, der dem vorangegangenen zum Verwechseln ähnlich war. Aber aus irgendeinem Grunde zog Graziano eine Grimasse, und mit ungeduldigem Finger setzte er die automatische Sendersuche wieder in Bewegung.
Der Porsche schlängelte sich zwischen den vor der Ampel haltenden Wagen hindurch, wartete kurz und fuhr dann los wie Achill in seinem ewigen Wettlauf mit der Schildkröte.
Der Fahrer dieses Wagens war allerdings ein sehr schöner Mann, aber das war nicht alles. Es gab sehr viele oder jedenfalls nicht wenige Männer und Jungen, die ihre Schönheit wie ein Supermarktwägelchen vor sich her schoben, jedes einzelne Stück – die Augenbrauen, die Nase, der Mund, die Hüften, die Schultern – gewissermaßen im Wert vermindert, da es so zusammengekratzt und austauschbar wirkte. Thea hatte manche von ihnen bewundert und auch geküßt, bevor sie fand, daß sie sich allzu sehr glichen. Aber Graziano hätte überhaupt nicht schön zu sein brauchen, seine Schönheit kam nur dazu, sie war nicht das Entscheidende, so wenig wie sein Beruf. Was für ein Gesicht er auch gehabt hätte, es wäre immer von derselben Vitalität beseelt gewesen, von derselben entschlossenen, umwälzenden und ganz und gar ichbezogenen Intensität.
Zwischen den Wohnhäusern erschienen nun immer öfter die niedrigen Gitter und spitzen Dächer von Fabriken und Manufakturen, auch ab und zu ein Rechteck aus braunem Gras, auf das sich der überlange und schablonenhafte Hals eines Krans hinunterließ. Die Stadt dehnte sich aus, und was blieb, war eine Art horizontale Archäologie: die Schichten lagen, gut zu erkennen, nebeneinander, das abgerissene Bauernhaus aus dem Barock, die Esso-Tankstelle, der Schornstein aus dem neunzehnten Jahrhundert, das Arbeiterhaus vom Beginn unseres Jahrhunderts, dann die kleine Villa um 1920 mit Garten und Goldfischen, dann wieder ein Bauernhof, eine Chevron-Tankstelle, ein verlassenes Zollhaus und so fort in immer weiteren Kreisen.
Aber Thea war entschlossen, sich von diesen Zeichen des Todes und der Auslöschung nicht niederdrücken zu lassen. Ichbezogen war auch sie, wenn das hieß: kein Nachtrauern, kein Erinnern und kein Grübeln. Auch kein Vorausblicken, sondern sich in den Porschesitz schmiegen, sich auf diese nicht näher präzisierte »Rundfahrt« um die Peripherie von Turin mitnehmen lassen, ohne sich zu fragen, was eigentlich der Mann am Steuer wirklich machte.

6

Der Brigadiere Pastorello hatte sich nicht geirrt. Die Banditen aus der Via Frejus, die aus Biella stammten und von einem Geometer aus Ivrea organisiert waren, waren im Oktober des vergangenen Jahres schon einmal, nach dem Mord an einem anderen Nachtwächter, festgenommen worden. Nur daß damals der Untersuchungsrichter nicht ganz zu überzeugen war. Die Polizei hatte sie aus Mangel an Beweisen wieder freilassen müssen.

Heute dagegen war die Sache besser gelaufen, wenn man von den beiden Toten absah. Einen der Banditen, der bei dem Schußwechsel verwundet worden war, hatte man in der Wohnung von Verwandten entdeckt. Er hatte ausgesagt, und dank seinen Angaben hatte man noch drei weitere Mitglieder der Bande verhaften und die Beute sicherstellen können. Die Indizien schienen diesmal also auszureichen – oder wenigstens der Geometer mußte diesen Eindruck haben, da er sich zusammen mit einem anderen in der kleinen Villa in Ivrea verbarrikadiert hatte und ein Blutbad anzurichten drohte.

»Wie steht's? Etwas Neues?« fragte über Sprechfunk der Vizepolizeipräsident Picco, der von Turin aus die Operation verfolgte.

Im Funkstreifenwagen hatte De Palma alle Mühe, die Augen aufzuhalten. Er warf einen fragenden Blick auf Pastorello, der seinerseits zur Villa hinübersah und mit einer Grimasse des Zweifels und einem Achselzucken antwortete.

»Es ist eine Sache von noch einer oder zwei Stunden«, sagte De Palma ins Mikrofon, »dann kommen sie von allein heraus.« Er hoffte, daß es wahr werden möge.

»Gut«, antwortete Picco beifällig. »Sehr gut! Ausgezeichnet!«

Aber es war nicht zu verkennen, daß sein Enthusiasmus durchaus relativ war. Das Nachmittagsblatt hatte – wie natürlich zu erwarten – bereits seine Verblüffung über die Ergebnisse des Erkennungsdienstes geäußert, nach denen die Kugel, die den Trambahner tötete, von den Banditen und nicht vom Überfallkommando abgeschossen wurde; dann hatte es jedenfalls die Zweckmäßigkeit von Verfolgungsjagden in den Straßen der Stadt bestritten; und wenn es auch der Hoffnung Ausdruck gab, daß die Operation einen erfolgreichen Abschluß fand, verfehlte das Blatt nicht, die Polizei daran zu erinnern, daß ihre erste Pflicht war, *vorzubeugen:* das war der Weg, dies die richtige Methode, sich die Anerkennung der Bürger zu verdienen.

De Palma betrachtete die bescheidene Aufstellung von Beamten rund um die Villa des Geometers: provokatorisch, würde die Zeitung erklären, wenn die Sache mit Toten und Verwundeten endete; ungenügend

und zudem schlecht verteilt, wenn es den Verbrechern gelang, zu entweichen. Und es wunderte ihn nicht weiter, als ihm Picco gleichsam zum Abschied die Dienstvorschrift für diesen Abend noch einmal ins Gedächtnis rief.
»Nicht zuviel Leute und nicht zuwenig, ich bitte sehr darum«, sagte mit Festigkeit der Vizepolizeipräsident, wie jemand, der nach langer Überlegung einen Rat erteilt. »Es handelt sich lediglich, das heißt, es handelt sich im wesentlichen darum ...«
»Vorzubeugen.«
»Richtig, indem wir unsere Anwesenheit spüren lassen. Aber, andererseits, ohne ... das heißt ...«
»Ohne allzu auffällig in Erscheinung zu treten.«
»Sie sagen es. Ich sehe, wir verstehen uns vollkommen«, stellte erfreut der Vizepolizeipräsident fest.
De Palma stellte das Mikrofon ab und befahl Pastorello, ihn nicht vor einer halben Stunde zu wecken, auch dann nicht, wenn die Banditen aus der Villà kamen und versuchten, sich freizuschießen.

7

Nach einem Geschäftsessen (mit lästigen, aber leider unentbehrlichen Geldgebern) und einer kurzen Mittagsruhe war der Verleger pünktlich um drei Uhr wieder an seinem Schreibtisch.
Einen Augenblick saß er gedankenverloren da, dann rief er seine Sekretärin, Signora Converso, um ihr ein Dankschreiben zu diktieren; es richtete sich an eine Gruppe von Häftlingen, denen er zu Weihnachten sechsundvierzig Bände aus seinen billigen Reihen geschickt hatte und die sich bei ihm mit einem Porträt Antonio Gramscis in Kork revanchiert hatten. Er legte Wert darauf, diese Art von Korrespondenz persönlich zu erledigen, zum einen, weil er es für ein gutes Mittel hielt, um zu dieser Tageszeit wieder in Schwung zu kommen, zum andern, weil ihm fremdes Mißgeschick aufrichtig naheging, vorausgesetzt, es war kollektiv und spielte sich in angemessener Entfernung ab. Dagegen ging ihm Signora Converso, eine Witwe, der im Leben alles fehlgeschlagen war (ein Sohn drogensüchtig, eine Tochter Diabetikerin und so weiter), nur auf die Nerven.
»Meine lieben Freunde«, diktierte der Verleger, »mit großer Freude empfing ich ... Nein, streichen Sie das ... Mit einem Gefühl lebhafter Wertschätzung empfing ich die schöne Skulptur, die ...«
Aber ging es denn an, von Skulptur zu sprechen, wenn es sich um ein

Bildnis in Kork handelte, fragte er sich, indem er sich über den Bart strich.

»Ich habe und so weiter und so weiter«, begann er von neuem, »den reizenden Gegenstand empfangen, den Ihre Geduld und Ihr Fleiß . . .«

Aber Gramsci konnte man unter keinem Gesichtspunkt als einen »reizenden Gegenstand« bezeichnen.

Resigniert beobachtete ihn Signora Converso, mit Augen, in denen sich die individuelle Leidenserfahrung von Jahren konzentriert hatte. Außerdem kleidete sie sich immer in Braun, eine Farbe, die der Verleger verabscheute.

»Sagen Sie, Signora, seien Sie doch so gut und holen Sie mir diesen Gramsci. Wo haben Sie ihn gelassen?«

»Drüben, in dem kleinen Flur«, sagte Signora Converso und stand auf. Beim Hinausgehen stieß sie mit Annibale zusammen. Er war der Portier, Laufbursche und nicht selten auch der Fahrer des Verlags.

»Ein Herr ist da«, flüsterte Annibale, der, aus Sorge, zu stören, immer nur ganz leise sprach.

»Was für ein Herr? Wer ist es?«

Annibale gab ihm eine Visitenkarte.

»Er sagt, er kennt Dr. Rossignolo.«

»Wenn er zu Rossignolo will, dann bring ihn zu Rossignolo, nicht wahr?«

»Dr. Rossignolo«, flüsterte Annibale, »ist nicht in seinem Büro.«

»Hm.« Der Verleger betrachtete die Visitenkarte.

Rechts oben sah man das Firmenzeichen der Fiat, und unten in der Mitte stand: *Dr. Ing. Sergio Vicini, Direktion für Lagerungskoordinierung.*

Der Verleger kannte keinen Vicini und hatte nicht die leiseste Idee, was Lagerungskoordinierung war; aber da er in Turin geboren war und dort immer gelebt hatte, ließ er dennoch ein »Aha!« hören.

In Gegenwart eines Angestellten, gleich welchen Grades, des großen industriellen Unternehmens dieser Stadt ließ sich kein Turiner – der nicht in einem unmittelbaren Abhängigkeitsverhältnis zu diesem Unternehmen stand – die Gelegenheit entgehen, zu sagen, was er wirklich von Fiat hielt.

»Laß ihn hereinkommen.«

Denn Fiat trug die Hauptverantwortung für die Degradierung, die Schmach und das katastrophale Elend, in das Turin gestürzt war. Die Fiat hatte sich ausschließlich und blindlings damit beschäftigt, so viele Automobile herzustellen wie möglich und dafür die größtmögliche Zahl von Käufern zu finden. Niemand bei der Fiat hatte begriffen, daß das Auto letztlich ein kulturelles Phänomen war und die Fiat daher die

Pflicht gehabt hätte...
»Gestatten Sie?«
Der Verleger erhob sich und drückte dem Ingenieur Vicini die Hand. Er sah vor sich einen Mann um die vierzig mit einem Kindergesicht, mit Spazierstock und Brille, der, noch bevor er sich setzte, etwas von Rossignolo, von irgendwelchen Tonbändern, von abendlichen Versammlungen, von Beteiligung und eventueller Zusammenarbeit sagte.
Er sprach rasch und sehr verworren, vielleicht aus Schüchternheit, vielleicht weil er den Verleger auf dem laufenden glaubte. Aber dieser erinnerte sich an nichts und begriff nichts, außer dem einen Wort: »Beteiligung«.
»Nehmen Sie Platz«, sagte er freundlich.
»Beteiligung«, von einem Angestellten der Fiat ausgesprochen, war ein sehr interessantes Wort. Wie jeder Turiner, war auch der Verleger insgeheim überzeugt, daß die Geschäfte der Fiat besser stünden, wenn der multinationale Koloß von ihm geleitet oder doch wenigstens inspiriert worden wäre. Und er hielt es für keineswegs ausgeschlossen, daß dies hier ein erster Sondierungsversuch war und daß diesem Vicini die Aufgabe einer behutsamen Erkundung, einer ersten indirekten Kontaktaufnahme anvertraut worden war, die auf die Herstellung einer wechselseitig anregenden und konstruktiven Beziehung abzielte.
»Ich würde vorschlagen, auch Rossignolo hinzuzuziehen, meinen Sie nicht auch? Da Sie sich ja bereits kennen. Haben Sie schon miteinander darüber gesprochen?«
»Ja, das heißt«, erklärte der Ingenieur, sehr auf seiner Hut, »ich habe gestern gewisse Andeutungen gemacht, aber nur in ganz allgemeiner Weise. Ich habe vielmehr –«
»Lassen wir ihn kommen«, sagte der Verleger entschieden und drückte auf die für die Converso bestimmte Taste. »Mal sehen, ob er inzwischen gekommen ist.«
Aber da fiel ihm ein, daß die Converso auf dem kleinen Flur war und ihre Zeit mit Gramsci verlor. Er rief Annibale. Keine Antwort. Er beugte sich der Notwendigkeit, selbst Rossignolo zu rufen, aber offenbar war er noch nicht erschienen. Dabei war es fast vier Uhr. Eine unmögliche, eine unerträgliche Situation.
»Was wollen Sie, ein bißchen Absentismus haben wir hier auch«, sagte er, bemüht, die Sache ins Scherzhafte zu ziehen.
Aber vor seinem geistigen Auge blitzte eine Vision von arabischen Sklavenaufsehern auf, die ihre unbarmherzige Peitsche über den Rükken seiner Redakteure schwangen. Das hatte man davon, wenn man sie wie Erwachsene behandelte, wenn man an ihr Verantwortungsgefühl, an ihr Berufsethos glaubte! Mit einem gezwungenen Lächeln stand er

vom Schreibtisch auf.
»Entschuldigen Sie mich einen Augenblick!« sagte er.
Eine schöne Blamage, dachte er, eine Demonstration völliger Unfähigkeit und verantwortungsloser Anarchie.
Sorgfältig schloß er die Tür hinter sich, betrat das Büro der Converso und ging von dort auf den Korridor, während ein gigantischer mongolischer Galeerenaufseher, nackt bis zum Gürtel, die Peitsche über den Köpfen der Redakteure schwang, wie sie es verdienten.
»Rossignolooo!« rief er laut.
Aus einem der Büros kam der junge Lomagno gesprungen, spindeldürr und zerfleddert wie eine schlecht geleimte Broschüre.
»Nicht da«, sagte er finster.
»Das sehe ich auch. Wo ist er?«
»Ich glaube, er mußte in die Bibliothek. Soll ich ihn suchen?«
Er log, er leistete dem Kollegen Beihilfe. Und obendrein in dem gewohnten verachtungsvollen, unwilligen Ton, den er, der Verleger, so amüsant gefunden hatte, als er ihn einstellte. Ein Junge allerersten Ranges, brillant begabt und sehr geeignet – so war er ihm damals erschienen. Jetzt sah er nur lange, schmutzige Haare, einen gräßlichen schwarzen Bart, schmierige Jeans und die Gestalt eines Hungerleiders.
Er sah einen Kosaken im Galopp näher kommen; doch im letzten Augenblick hielt der Reiter an und zögerte. Es gab zwei Bärte auf diesem Korridor.
Der Verleger erblaßte. War es möglich, daß seine Sensibilität den bevorstehenden Besuch des Ingenieurs vorausgewußt und ihm deshalb geraten hatte, sich den Bart abnehmen zu lassen, der in den Augen der Fiat nur als extravagant, wild und alles andere als vertrauenswürdig gelten konnte?
Aus dem gegenüberliegenden Büro trat Mariarosa, die Gauloise im Mundwinkel, und lehnte sich müde an den Türpfosten, wobei drei Fingerbreit nackte Haut zwischen Pullover und Hose sichtbar wurden.
»Was ist los, Chef?« nuschelte sie.
Der Verleger schloß die Augen. Noch eine Mitarbeiterin allererster Ordnung, eine Gelehrte von europäischem Rang; niemand kannte so gut wie sie die Geschichte der deutschen Gewerkschaftsbewegung. Aber warum nur hatte sie den Büstenhalter abgeschafft, wo es allenfalls ihr Problem gewesen wäre, diese beiden toten Maulwürfe da abzuschaffen, die ihr unter dem Pullover baumelten?
Eine feine Musterkollektion, da konnte man sagen, was man wollte. Ein feines Team, das er da der Fiat vorführen konnte, wo man so großen Wert auf Formen legte!
»Da ist er ja«, sagte Lomagno. »Beruhige dich!«

Der Kopf Rossignolos tauchte von der Treppe am Ende des Ganges her auf.
»Du, hör mal«, sagte Mariarosa, als sie ihm entgegenging, »ich meine, daß für das Vorwort zu den *Neuen Studien* von Putkammer allein Amighetti noch in Frage kommt. Es ist vielleicht nicht die ideale Lösung, aber –«
»Putkammer?« fragte Rossignolo mit gerunzelter Stirn.
Er erkannte den Verleger und begrüßte ihn mit einer zerstreuten Geste, worauf er sich heftig die bläulichvioletten Hände rieb.
»Amighetti ist Faschist«, erklärte Lomagno.
Seine zornbeseelte Konversation bestand, wie bei manchen sprechenden Puppen, aus einem halben Dutzend Ausdrücken, unter denen »Faschist« und »in dem Maße wie« am häufigsten vorkamen.
»Also nun wollen wir nicht gleich übertreiben«, sagte Rossignolo gelassen. »Amighetti hat seine Grenzen, die wir alle kennen, und ich gebe zu, daß man vom methodologischen Standpunkt aus ...«
Der Verleger schloß wieder die Augen. Und ich bezahle sie, dachte er, ich überschütte sie praktisch mit Gold.
»In meinem Büro«, sagte er voller Selbstbeherrschung, »sitzt ein Ingenieur von Fiat, der seit einer halben Stunde darauf wartet, dich zu sprechen.«
»Mich?« fragte Rossignolo und blinzelte. »Jemand von Fiat?«
Lomagno schnitt eine Grimasse, als wolle er auf den blauen Teppichboden spucken. In einer anderen Tür erschien Francisco, ein politisch verfolgter Südamerikaner, der aus seinem Land geflüchtet war (Argentinien? Chile? Venezuela?), unter Umständen, an die sich niemand mehr erinnerte, wie auch niemand mehr genau wußte, was für eine Arbeit er im Verlag verrichtete. Er war fast zwei Meter groß und lächelte immer, stumm.
Der Verleger musterte sie, einen nach dem andern, während er sich über den Bart strich. Es gab Augenblicke, in denen er sich doch und mit großem Nachdruck wieder versicherte, daß sie alle herausragende Persönlichkeiten waren, die außerhalb der gewohnten Bahnen dachten, kurz Menschen allererster Ordnung. Schließlich hatte er sie ja auch selbst ausgewählt. Aus dem Augenwinkel bemerkte er eine Gestalt, die, aus einer entfernteren Tür tretend, verstohlen dem kleinen Flur zustrebte.
»Monguzzi!« rief er laut.
Monguzzi wurde zur Statue.
»Monguzzi, wohin willst du?«
»Auf die Toilette.«
»Wir haben eine Konferenz.«

»Hier?« fragte Monguzzi. »Auf dem Korridor?«
»Drüben bei mir.«
»Aber heute ist doch Freitag!« protestierte Monguzzi. »Und die informelle Konferenz findet montags statt.«
»Dies ist nicht die informelle, sondern eine fliegende Konferenz.«
»Ich muß den Briefwechsel weitermachen«, sagte Monguzzi. »Ich muß mit meinem Briefwechsel vorankommen ...«
»Denk nicht an deinen Briefwechsel! Los, komm!«
Er machte einen Schritt und drehte sich dann wieder um. Sie waren wie die Kinder, die auf ihre Portion Eis warteten. Keinem von ihnen lag das geringste an Konferenzen; aber wenn einer von ihnen nicht zur Teilnahme aufgefordert wurde, litt er Qualen und zermarterte sich den Kopf; er stritt mit seiner Frau und entwarf lange Kündigungsschreiben. Die Macht war noch immer die Macht.
»Du nicht«, sagte der Verleger und sah Lomagno an. »Und du ...«
Er sah Mariarosa an, die sich den Nabel zu kratzen begann.
»Na ja, komm du auch.«
Und an der Spitze seiner kleinen Truppe marschierte er gegen die Fiat.

Der Ingenieur saß ruhig Gramsci gegenüber und schien durch all diese Leute, die da hereinkamen, keineswegs eingeschüchtert. Selbstverständlich nicht! Er mußte ja ein alter Konferenzhase sein, ein Mann vom Typ Exekutiv-Komitee. Der Verleger beobachtete, wie er Rossignolo vertraut und herzlich begrüßte, wenn dieser auch seinerseits mehr Überraschung als Wärme spüren ließ.
»Es hat gar keine Eile«, erklärte lächelnd Vicini, »aber was wir gestern abend besprachen ...«
Gestern abend! Und dieser Nichtsnutz von Rossignolo, den er speziell für die Public-Relations-Arbeit bezahlte, hatte nicht daran gedacht, ihn anzurufen und zu verständigen! Der Verleger hob die Gramsci-Büste ein klein wenig in die Höhe, um sie ein bißchen weiter nach hinten, auf die ersten *Studien* von Putkammer, zu stellen. Da sie aus Kork war, verursachte sie nicht das geringste Geräusch, aber Rossignolo entging dennoch nicht die irritierte Geste, und er reagierte darauf mit einem merkwürdigen Blick und einer unmerklichen Kopfbewegung.
» ... die Sache konkretisieren«, sagte Vicini gerade, »sie zum Abschluß bringen ...«
Und er schloß die Hand zur Faust, als würge sie ein Huhn.
Die »Sache« lag also bereits außerhalb des vertraulichen Gesprächs; wahrscheinlich handelte es sich schon um konkrete Vorschläge, um eine Form von *joint venture* in Verbindung mit diesen Tonbändern. Hatte Fiat sich entschlossen, den Sektor der audiovisuellen Medien mit

einzubeziehen? War dies das Projekt?
»Ah, da sind Sie ja auch. Wie geht es?« begrüßte der Ingenieur Monguzzi.
»Guten Tag«, sagte Monguzzi mit einem auffälligen Mangel an Enthusiasmus. Und das Gesicht dem Verleger zuwendend, blickte er zur Zimmerdecke. Francisco nahm unterdessen den Gramsci vom Schreibtisch und trug ihn lächelnd durchs Zimmer, um ihn auf dem ovalen Tisch abzusetzen, der an der Wand zwischen zwei Fenstern stand. Der Verleger, der gerade dort seine Konferenz abhalten wollte, warf Mariarosa einen verzweifelten Blick zu. Sie begriff im Nu, und mit schlürfendem Schritt holte sie die Büste von ihrem Platz auf dem Tisch und stellte sie auf eine Kristallkonsole.
Alle setzten sich, und jeder zündete sich eine Zigarette an. Mit Zustimmung musterte der Ingenieur den *Stab* des Verlages, doch es entging dem Verleger nicht, daß diese Sympathie nicht erwidert wurde. Monguzzi, der nur seinen Briefwechsel im Kopf hatte, zeigte eine Duldermiene. Rossignolo betrachtete mit halbgeschlossenen Augen das Fenster. Mariarosa wirkte noch mürrischer und ablehnender als sonst. Nur Francisco lächelte, aber der lächelte immer.
Das Schweigen wurde drückend.
»Ich freue mich«, begann der Ingenieur ein wenig zeremoniös, »Ihnen meine Idee mündlich darlegen zu können. Ich hätte es auch schriftlich tun können, aber ich meine, daß sich diese Dinge besser im persönlichen Kontakt, in der direkten menschlichen Beziehung behandeln lassen. Habe ich recht?«
Der Verleger stimmte ihm mit einem Kopfnicken zu. Diese Art der Annäherung war vollkommen, als persönliche Initiative getarnt, ohne die Firma Fiat hineinzuziehen. Ja, wenn nicht Fiat dahinterstünde, könnte man diesen Technokraten, diesen Mann mit dem Kindergesicht und dem ernsten, gesammelten, lebhaften Blick sogar für eine dieser durch nichts abzuschreckenden Nervensägen halten, für einen dieser geifernden, enthusiastischen Schwätzer, die der Schrecken jedes Verlags waren. Leute, die einem eine neue Übersetzung der *Fleurs du Mal* anboten oder eine Untersuchung über die Inflation, den Nazismus, den Stummfilm, oder Personen, die eine Riesenbiographie über Napoleon, über Mazzini oder eine Geschichte sämtlicher Religionen – oder Revolutionen – geschrieben hatten. Und dann die – und das waren die gefährlichsten –, die nur von sich selbst zu erzählen hatten und die das Gespräch mit den Worten eröffneten . . .
»Denn – auch wenn ich es selbst von mir sage – mein Leben –«
Bestürzt sah der Verleger seine Mitarbeiter an, und er las in ihren Augen Mitleid, Verachtung, Überheblichkeit. Aber nicht gegenüber

Vicini, sondern gegen ihn. Weil ihm mit seiner berühmten Sensibilität ganz entgangen war, was ihnen von Anfang an so sonnenklar gewesen war.
»– mein Leben«, fuhr der Ingenieur mit großem Ernst fort, in einer Atmosphäre gleichsam arktischer Kälte, zu erklären, »mein Leben ist praktisch ein Roman.«

8

Graziano kam aus dem Dancing-Restaurant (auch Pizzeria und Imbißstube) *Mexico* an der Straße zwischen Caselle und Leini und suchte seinen Porsche, den er, weit vom Eingang zum Restaurant entfernt, in einer Ecke des großen Parkplatzes abgestellt hatte. Thea hatte den Wagen nicht verlassen, und der Anblick ihrer Gestalt, wie sie ihn dort, ruhig und gelassen zurückgelehnt vor dem Hintergrund des bleiernen Himmels, erwartete, beschleunigte seine Schritte.
»Entschuldige bitte! Ich habe dich warten lassen.«
»Nur ein kleines bißchen.«
»Aber jetzt bin ich wieder da.«
»Fein«, sagte Thea mit dem gleichen Lächeln, mit dem sie ihn schon nach dem Hotel-Restaurant nebst Weinstube *La Fenice* – »Der Phönix« – und nach der Diskothek-Pizzeria *Galaxy* empfangen hatte.
Graziano küßte sie auf die Wange, dann nahm er ihre Hand und küßte auch sie. Er begriff, daß alles an ihrem Lächeln lag. Das übrigens kein verliebtes Lächeln war. Thea war nicht in ihn verliebt, das stand gar nicht zur Diskussion. Aber es war ein Lächeln ohne einen Hauch von Vorwurf, ohne Ansprüche, Forderungen, Prätentionen gleich welcher Art, ohne Schmollen, ohne Gelangweiltheit. Ohne Anstrengung.
»Es wird dir langweilig geworden sein. Aber du weißt, wie es mit diesen verflixten Bilanzen geht. Da ist die Mehrwertsteuer, da sind die Sozialabgaben bei den Gehältern ...«
Von jedem anderen Mädchen, das er kannte, hätte er schon von der ersten Station an etwas anderes zu hören – und zu sehen – bekommen. Zusammengepreßte Lippen und die Krallen (beides immer zu rot), und dann wäre es losgegangen, bist du noch nicht fertig, kümmere dich ein bißchen um mich, laß uns nach Turin zurückfahren, zu dem Kino, wo es den Film mit Paul Newman gibt, wo bleibt da der Respekt, du bist ein echter Flegel, du machst dir überhaupt nichts aus mir, für dich bin ich nur zum Vögeln gut. Kein Respekt. Herrgott.
»Ich habe mir die Möbel angesehen. Ist dir aufgefallen, wieviel es davon gibt?«

Graziano verließ mit dröhnendem Motor den Platz, an dem tatsächlich, neben dem *Mexico*, ein breites Schaufenster voller Schränke und Sofas zu sehen war.
»Es ist eine Möbelfabrik«, sagte er, ohne zu begreifen, die Hand schon am Radio.
»Eben. Ist dir aufgefallen, daß hier überall Möbelfabriken stehen?«
Graziano hatte sich nie darüber Gedanken gemacht, aber wenn er es sich jetzt überlegte, so war tatsächlich die ganze Peripherie von Turin davon überschwemmt – kilometerlang säumten Schaufenster die Straße, hinter denen Sessel, Schreibtische, Betten und Kronleuchter warteten.
»Wer soll die alle kaufen?« fragte Thea.
»Ich weiß nicht. Die Leute. Die einen Haushalt gründen.«
»Glaubst du denn, daß so viele Leute heiraten wollen?«
»Vielleicht. Jedenfalls muß sie doch jemand kaufen, sonst gäbe es sie nicht. Meinst du nicht auch?«
Die anderen Frauen hätten eine solche Merkwürdigkeit überhaupt nicht beachtet, sie interessierten sich ausschließlich für Kleider, Geschenke, Reisen, fährst du mit mir nach Paris, fährst du mit mir nach Venedig, laß uns zum Skilaufen fahren. Du lieber Gott!
»Gehen wir heute abend ins Kino?« fragte er.
»Ich kann nicht«, antwortete Thea. »Ich habe meiner Mutter versprochen ...«
Graziano bemerkte noch rechtzeitig in zweihundert Meter Entfernung die weißen Armbinden der Verkehrspolizei und bremste scharf. Hier war die Geschwindigkeitsgrenze und hier drohte eine gebührenpflichtige Verwarnung und eine Strafpredigt.
»Mußt du mit deiner Mutter ausgehen?«
»Nicht eigentlich, aber ich muß eine Abendmesse besuchen. Es ist eine Art Gottesdienst. Ich habe es ihr halb und halb versprochen.«
»Eine Familienangelegenheit?«
Thea lachte.
»Nein, es muß eher etwas wie ein Vortrag oder eine politische Versammlung sein. Es findet in der Kirche von Santa Liberata statt. Weißt du, wo sie ist?«
Für eine Sekunde begegnete Graziano dem Blick der beiden Verkehrspolizisten, die neben ihren graugrünen Motorrädern standen. Er zeigte eine Unschuldsmiene und den Gleichmut eines guten Gewissens. Das Tachometer wies genau eine Stundengeschwindigkeit von fünfzig Kilometern aus.
»Etwas Politisches?«
»Mehr oder weniger. Es ist der Priester, der diese etwas merkwürdigen

Versammlungen –«
»Wir können uns danach treffen und noch ins Kino gehen. Wann fängt es an?«
»Um neun. Aber es kann lange dauern, ich weiß nicht. Stell dir vor, da sitzen Frauen und Männer getrennt. So wie früher, glaube ich.«
»Was für eine Idee!«
Kurz vor Leini gab es eine Abzweigung nach links, und Graziano nahm sie mit einer brüsken Beschleunigung, nicht ohne einem himmelblauen Opel-Kadett von 1968 oder 69 um ein Haar den Weg abzuschneiden. Der Fahrer drohte wütend mit der geballten Faust, und seine Lippen formten unhörbare Flüche.
Auch das war schön an Thea, daß sie nicht aufschrie, daß sie nichts sagte und Vertrauen hatte. Sie begriff, daß er zu seinem Vergnügen und aus einem Bedürfnis heraus so fuhr und daß er ein guter Fahrer war. Sie ging ihm nicht mit Mahnungen zur Vorsicht auf die Nerven.
»Bist du mal in Venedig gewesen?«
»Ja, warum?«
»Nur so. Ich dachte, wir könnten einmal zusammen dorthin fahren.«
Thea antwortete nicht. Vor sich sah sie die Kurven der schmalen, eintönigen und gewundenen Straße, die, wie von einer Kinderhand mit dem Filzstift gezogen, zwischen den Bewässerungsgräben und den Reihen der Maulbeerbäume dem Gebirge zustrebte.
»Nach Venedig oder anderswohin«, sagte Graziano, »in eine andere Stadt. Wir unternehmen nie etwas zusammen, ich fahre nirgendwohin mit dir.«
»Es ist schon in Ordnung so, wie es ist«, sagte Thea lächelnd. »Ich bin mit dem, was wir unternehmen, zufrieden.«
Eine Kurve, eine kleine Brücke, wieder eine Kurve, und eine Frau auf einem Moped der Marke Guzzi, die gleichfalls aufs Gebirge zufuhr und sich dabei in der Mitte der Fahrbahn hielt. Graziano bremste, aber statt auf die Seite zu fahren und ihn vorbeizulassen, benahm sich die Frau auf dem Moped weiter so, als ob die Straße nur ihr gehöre. Graziano war im Begriff, ihr mit einem Druck auf die Hupe diese Illusion zu nehmen, als er sich mit einem Mal anders besann und sich damit abfand, mit dreißig Kilometer Stundengeschwindigkeit hinter ihr herzufahren.
»Wohin geht es jetzt?« fragte Thea gutgelaunt. »Ich finde diese Rundfahrt mit dir sehr amüsant.«
»Wir haben noch vier Stationen vor uns. Die erste kommt gleich hinter Caselette – ein Klub, der sich *La Chiocciola,* ›Die Schnecke‹, nennt. Nicht übel, der Besitzer war früher in Paris.«
Unschuldige Fragen, unschuldige Antworten. Aber er hätte keine Na-

men nennen dürfen, nichts präzisieren und erklären. Er hätte sie nicht mitnehmen dürfen, es entsprach nicht der Regel. Die Arbeit war die Arbeit, und die Frauen waren die Frauen, auch wenn Thea ein besonderer Fall war. Aber angenommen, es passierte einmal etwas, irgendein Betriebsunfall? Dann erkläre denen mal, daß die hier etwas anderes, eine Ausnahme, etwas irgendwie ganz Besonderes war!
Graziano berührte den hölzernen Knauf der Schaltung. Vor sich hatte er noch immer den breiten, vermummten Rücken der Frau auf dem Moped, einer Bäuerin oder Arbeiterin mit Kopftuch; auf dem Gepäckträger balancierte ein Pappkarton.
»Warum bleibst du hinter ihr?« fragte Thea.
»Ja, warum«, sagte Graziano.
Er drückte auf die Hupe. Die Frau fuhr sofort zur Seite, fast bis aufs Gras, und der Porsche fuhr rasch vorbei.
»Ein bißchen Musik, ist es dir recht?«
»Wunderbar.«
Es gab so vieles zu erklären, dachte Graziano, vieles deutlicher zu sagen. Und manches, das man vielleicht besser ließ, wie es war, unerklärt und unverdeutlicht, als existiere es gar nicht. Solange es gut ging.

9

Der Ingenieur fuhr fort zu sprechen. Er saß mit den andern an dem ovalen Tisch, der zwischen den beiden inzwischen dunklen Fenstern stand, aber es war, als sei er allein. Niemand sah ihm ins Gesicht, niemand machte eine Bemerkung oder stellte eine Frage. Jedes seiner Worte fiel wie ein zusammengeknüllter Lumpen auf einen Sandhaufen. Wie vorausgesehen, dachte der diabolische Heuchler. Ein erwartetes und genauestens kalkuliertes Fiasko.
Sein Leben (das heißt, dieses intime, verwirrende, freilich noch einseitige und trügerische Bild, das er soeben davon gezeichnet hatte) schien vielleicht der Roman eines kleinen frustrierten Betriebsangehörigen, aber was waren denn die da, wenn nicht *authentische* kleine frustrierte Betriebsangehörige, dazu Angehörige eines mittleren Betriebes? Von Menschen dieser Art konnte man nichts erwarten.
Übrigens informierten sie ihn, einsilbig und mit halben Sätzen, darüber, daß sie seine Tonbänder nicht mehr hätten und nicht genau wüßten, wo sie wären; sie würden sie aber suchen und sich wieder melden ... Der Verleger machte Miene, sich zu erheben, und Rossignolo spielte sogleich mit, indem er ostentativ auf die Uhr sah.
Sie wollten ihn so schnell wie möglich wieder loswerden. Für sie war er

eine Nervensäge, eine wahre Landplage, eine plärrende Laus. Die Demütigung war vollkommen, wie vorausgesehen.
Und doch, in der Praxis und im Endeffekt, fand das Ungeheuer aus dem Zimmer 528 in dieser moralischen und intellektuellen Vernichtung nur mäßigen Genuß. Zugegeben, er war mit einem geheimen Plan hergekommen, aus Gründen, die mit der verlegerischen Tätigkeit des Hauses nichts zu tun hatten. Aber die Idee mit dem Buch von auf Band gesprochenen Konfessionen, mochten sie auch einseitig sein, war doch gar nicht so schlecht; das Selbstporträt eines leitenden Fiat-Angestellten, auch ein trügerisches, war nicht zu verachten...
Das Ungeheuer ereiferte sich. Es fing noch einmal von vorn an, sprach noch einmal von Don Pezza, von Santa Liberata und von seinem Beitrag zu den Polydialogen, und es wußte nichts von den auf seinen Lippen platzenden Speichelbläschen, und es übersah, daß seine Zuhörer nach und nach aufstanden. Sein Charakter war so komplex und zweideutig, daß es zuweilen selbst nicht aus sich schlau wurde. Seine Motive standen im Widerspruch miteinander, und die Ziele, die es verfolgte, schlossen sich gegenseitig aus. Es wollte sich schmählich hinauswerfen lassen, aber in der Praxis begehrte es die Zustimmung seiner Zuhörer und die Aufnahme mit offenen Armen bei diesen Intellektuellen, die doch andrerseits klägliche Figuren waren, die reinsten Nullen, denen freilich, wenn sie gewußt hätten, mit wem sie es in Wirklichkeit zu tun hatten...
Schließlich blickte er selbst auf die Uhr; sei es, daß er diese schweigende Folter nicht länger ertrug, sei es, weil es tatsächlich spät geworden sein mußte, da es draußen dunkel wurde. Als er seinen Stock ergriff und aufstand, hörte er deutlich, wie alle erleichtert aufatmeten.

10

Hinter Ivrea verschwammen die Berge schon im Dunst des dunklen Nachmittagshimmels von fünf Uhr, als der Geometer und sein Jünger mit erhobenen Händen die kleine Villa verließen. Aber während der ganzen Zeit zuvor hatten sie beide aus dem Fenster geschrien, sich als Freiheitskämpfer bekannt und gefordert, mit dem und mit jenem unterhandeln zu können. Kommissar De Palma hatte auch nicht eine Minute Schlaf finden können.
Dagegen hatte sich in Turin der Kommissar Santamaria von der schrecklichen Szene mit der Stripteasetänzerin erholt. Übrigens eine nicht ungerechtfertigte und sogar in guter Absicht gemachte Szene, hatte er gefunden und der Tänzerin Blumen schicken lassen. Doch der

Rest des freien Tages, der Erholungspause, mit der er, wie ihm erst jetzt bewußt wurde, so gerechnet hatte, war nun gefährdet. Dunkle Gedanken, so dunkel, wie der Nachmittag bereits war, begleiteten ihn auf seinen letzten, unwichtigen Besorgungen. (Auf die »nicht üblen« Schuhe hatte er übrigens verzichtet und ging wieder zu einem Geschäft an der Piazza Castello zurück, wo die Schuhe allerdings hoffnungslos teuer waren.)
»Meine Verehrung, Herr Kommissar!« grüßte ihn freundlich ein Mann, der aus einer Bar kam.
Der Kommissar drehte sich um, aber der Mann war schon weit, ein Kopf inmitten der Passanten. Ein Mann aus seinem Haus? Ein Ladenbesitzer? Das Gesicht, das er nur einen Augenblick gesehen hatte, war ihm nicht unbekannt; aber getreu seinem Beruf, versuchte der Kommissar, dieses Gesicht unter den alten Bekannten der Polizei »unterzubringen«. Und richtig!
Es war ein Einbrecher, ein Spezialist im Aufbrechen von Tresoren und schwierigen Schlössern, schon mehrfach vorbestraft. Ein gewisser Canova. Ein Gesicht voller Falten, weit über die Fünfzig heute. Canova, Ettore. Mittelgroß. Nicht besonders sympathisch. Vor vielen Jahren hatte er De Palma und ihm gelegentlich Informationen geliefert. Wie er sich wohl jetzt durchschlug? Und warum er ihn gegrüßt hatte?
Der Kommissar versuchte, sich genau an den Ton seines Grußes zu erinnern. Ihm war ein Zweifel gekommen, er könnte einen Ton sarkastischen Übermuts mit Herzlichkeit verwechselt haben. Aber er sah keinen Grund dafür. Canova war nie einer von den »Harten« gewesen, und es war wenig wahrscheinlich, daß er es jetzt, in seinem Alter, geworden war.
Also die gute alte, dem Untergang geweihte »Unterwelt«, die den Gegner, mit dem sie so lange nach den guten alten Regeln gekämpft hatte, nun fast mit Anhänglichkeit grüßte?
Vielleicht, obwohl der Kommissar an die Geschichte von der »neuen« Kriminalität, der »neuen« Gewalttätigkeit nur bis zu einem gewissen Grade glaubte. Die Kriminellen waren, nach seiner Meinung, immer gewalttätig und immer »neu« gewesen, das heißt, um einen Schritt der Polizei voraus. Das war nur natürlich. Sie hatten allen Grund, nicht rückständig zu sein und unaufhörlich die Stellen zu suchen, an denen sich die Maschen der sozialen Ordnung gelockert hatten. Der Kriminalität von einst nachzutrauern, war ungefähr dasselbe, wie Heimweh nach den Aprikosen unserer Kindheit oder nach den endlos schönen Sommern einer vermeintlichen meteorologischen Vergangenheit zu haben. Natürlich konnte man die Frage auch offen lassen, ob der Geschmack der Früchte nicht tatsächlich anders war. Man konnte sogar darüber diskutieren, ob

diese meteorologische Vergangenheit tatsächlich so imaginär war. Und vor allem durfte man sich ganz allgemein fragen, wie lange noch bestehen würde, was bis jetzt noch bestand...

Der Kommissar kam an einem Geschäft vorbei, das mit Skiern vollgestopft schien, dann an einem voller verschiedener Käsesorten und schließlich an einem, das von Jeans und Texashemden überquoll. Das alles schien, *noch*, mehr oder weniger normal. Die Menschen blieben vor den Schaufenstern stehen, sie stiegen in die Trambahn ein oder aus, sie saßen am Steuer ihrer Autos, sie hoben den Kopf und sahen zum Himmel, der Schnee erwarten ließ, und sie überquerten schräg die Straße. *Noch* »funktionierte« alles mehr oder weniger, es »lief« und es schien mehr oder weniger so zu sein, wie es immer gewesen war. Das Zentrum von Turin an einem beliebigen Tag, an einem Arbeitstag eben. Aber diese ganze Normalität schien wenig überzeugend, irgendwie vorläufig und nur schlecht vorgetäuscht. Etwas fehlte: das leiseste Gefühl der Dauer.

In Ermangelung bestimmter sozialpolitischer Vorstellungen hatte sich der Kommissar ein vereinfachtes und ungefähres Bild von der Gesellschaft gemacht, die er sich – wenn er Gelegenheit hatte, darüber nachzudenken – als ein großes Spielkasino vorstellte, ein überfülltes Kasino, von dessen Kuppeln und Türmchen die Fahnen wehten. Die Besucher – gewinnsüchtige, furchtsame, gewissenlose und gelangweilte – setzten ihre wenigen oder vielen Spielmarken und wählten dafür – oder glaubten zu wählen – diesen oder jenen Tisch. Einige wechselten oft das Spiel, andere nie. Viele spielten allein und mit gerunzelter Stirn, und viele andere in lärmender Gesellschaft. Doch bei aller phantastischen Verschiedenheit hatten sie etwas gemein – jeder wußte, daß die unendlichen Kombinationen der Spiele von wenigen klaren Regeln bestimmt wurden. Das Rot und das Schwarz. Die Punkte auf den Würfeln. Die »Neun« des Bakkarat. Und dann, eines Tages, bemerkten sie, ohne recht zu verstehen, wie und warum es angefangen hatte, daß ein Spiegel zerbrochen war. Auf einmal ging ein Stuhl aus dem Leim, und der Teppich zeigte schwarze Brandflecken von Zigaretten. Zwei Kronleuchter gingen aus, und die Hemdbrust eines der Croupiers war von Wein befleckt. Das ganze Gebäude schien plötzlich verwahrlost und ohne Glanz.

Natürlich gab es immer Leute, die den Regeln die Schuld gaben. Warum nur eine Kugel im Roulette? Warum nicht zwei, drei, ein Dutzend? Warum sechsunddreißig Nummern und nicht vierundzwanzig oder fünfundsiebzig? Die Regeln waren alt, und niemand wußte mehr so recht, wie es zu ihrer Aufstellung gekommen war. Vielleicht waren sie wirklich lächerlich, willkürlich und ungerecht. Vielleicht waren sie ganz unnütz. Hier und da versuchte man es in den Salons mit Varianten, die ihrerseits bereits am nächsten Abend wieder abgeändert wurden. Da tauchten Würfel mit acht Seiten auf und Spiele mit dreiundneunzig Karten. Beim Roulette führte man neue Farben ein, Gelb, Blau und Grau. Erregte und zornige Stimmen erhoben sich allenthalben, und man bedrohte sich mit der geballten Faust. So mancher Spieltisch wurde mitsamt allen Jetons umgestürzt. Der eine versicherte von einem Erker aus, für immer das Risiko zu beherrschen, und der andere, von der Höhe einer marmornen Prunktreppe aus, leugnete, daß es überhaupt ein Risiko gab. Berechnungen, Theorien und immer abstrusere Systeme führten zu zweideutiger Widerlegung und zu unbeständiger Perfektion.

Die Mehrzahl der Spieler irrte verstört zwischen den Tischen umher; Croupiers für einen Tag forderten sie auf, an Spielen teilzunehmen, die in einem ständigen Wandel begriffen waren und bei denen das Prinzip von Gewinn und Verlust am Ende ganz verlorengegangen war. Es war die schlimmste Stunde. Durch die staubverkrusteten Scheiben des Oberlichts drang das bleiche Licht des Morgengrauens. Es zeigte von Erschöpfung gezeichnete Gesichter, stoppelbärtige Wangen, zerzaustes Haar und aufgelöste Schminke. Alle schauderten vor Kälte und einem Gefühl der Unsicherheit, denn sie wußten wohl, daß noch nie der Geist des Hasardspiels so unverhüllt geherrscht hatte. Ob wohl endlich die neuen Regeln gekommen waren? Schlechtere? Bessere? Insgeheim die gleichen?

Ja, es war die schlimmste Stunde, dachte der Kommissar, während er die Passanten der Via Accademia delle Scienze und der Via Battisti musterte. Man lebte schlecht ohne Regeln. Selbst die Falschspieler bedurften ihrer, um sie übertreten zu können, und so auch die Einbrecher wie Canova und die Kriminellen jeder Kategorie. Plötzlich fiel ihm der Priester Don Pezza ein, mit seinen Sondermessen und seinem unerklärlichen Pneuma. Auch die Priester, die sich doch auf zweitausend Jahre alte Regeln verlassen konnten, hatte die große Unruhe ergriffen. Sie hatten ihre Sicherheit verloren und begannen, an ihren altehrwürdigen Würfeln zu zweifeln. Er erinnerte sich an eine Sentenz, die nicht nur Picco, sondern auch der Polizeipräsident selbst gern zu zitieren pflegte: »Die Ordnung ist für den einzelnen immer eine Bürde. Aber die Unordnung bewirkt, daß er nach der Polizei oder dem Tod ruft.« Darauf erinnerte er sich, daß er die Bürde – oder zumindest die Unannehmlichkeit – des Ordnungsdienstes für Don Pezza auf De Palma abgewälzt hatte, und er fühlte sich noch niedergedrückter. Wäre es nicht besser, wenn er diesen tristen freien Tag abkürzte, um sich selbst um Santa Liberata zu kümmern, überlegte er. Und, vor allem, um die

Predigt zu hören? Die ihm vielleicht, man konnte nie wissen, die große Offenbarung bringen könnte.

Eine Gruppe von Arbeitern war damit beschäftigt, neue Scheiben in die Fenster des alten Cafés einzusetzen, und in dem hintersten Raum bekamen Signora Guidi und ihre Freundin Nicoletta zwischen Mahagoni, Marmor und Samt allmählich die Kälte an den Füßen zu spüren. Am Tag zuvor hatte ein nahegelegenes Kino die Kühnheit gehabt, einen den Feministinnen unangenehmen Film zu zeigen, und im Verlauf einer Protestdemonstration hatten die Feministinnen auch die Fensterscheiben eines Lederwarengeschäfts, eines Reisebüros und des eleganten Cafés für müßiggehende Damen eingeworfen.
». . . Nein und abermals nein. Schau«, sagte Nicoletta, »ich will Feministin werden, wenn ich einer von ihnen begegne, die weniger neurotisch ist als ich, einer, die keine unglückliche Kindheit zu bewältigen hat, dazu sechsundzwanzig Komplexe, zwei gescheiterte Ehen, Kinder, denen sie nichts bedeutet, einer, die nicht an Schlaflosigkeit leidet und sechzig Zigaretten am Tag raucht, auch wenn ich an manchen Tagen auf achtzig komme, es wird mit mir immer schlimmer, ich weiß nicht, ob du es bemerkt hast, aber ich bekomme allmählich Ticks, stell dir vor, ich habe zum Beispiel angefangen zu zählen, ganz gleich, was: Gardinenringe, die Streifen deines Kleids, ganz reizend, wo hast du es her, und reden wir nicht vom Parken, wenn ich keinen Parkplatz finde, heule ich einfach los und bekomme hysterische Zustände, ich muß jetzt einfach alles zu Fuß oder mit dem Autobus erledigen, sag du mir doch mal, nein, sag's mir nicht, ich lasse dich nicht zu Wort kommen, ich spreche immerzu, ich weiß, ich weiß, ich habe auch die Rederitis, ich habe einfach alles, aber was ich sagen wollte, ich habe wenigstens nicht meine geistige Klarheit verloren, ich bin eine ehrliche Neurotikerin, ich habe nicht die letzte Scham verloren, ich gebe nicht alle Schuld den Männern, die sind auch arme Teufel, habe ich dir eigentlich gesagt, daß ich nach meiner Trennung von David in einem Jahr fünfzehn, nein, warte, sechzehn sogenannte Liebhaber gehabt habe, du kannst dir nicht vorstellen, das Gejammer, diese un-end-li-che Langeweile, diese Phrasen, mein Gott, die Phrasen, die Geständnisse, die Posen, du hast ja keine Vorstellung, aber man soll mir nur nicht kommen und sagen, deswegen müssen die Frauen endlich den Kopf hoch tragen, was für einen Kopf, frage ich, erst muß man einen Kopf haben, um ihn hoch tragen zu können, und im besten Fall konzediere ich dir die Parität, die Gleichheit, aber das habe ich schon immer gedacht, eine blöde Frau ist genauso unerträglich wie ein blöder Mann, da gibt es nicht den geringsten Unterschied, hübsch, deine Tasche, sie muß auch sehr praktisch

sein, nein, ganz abgesehen davon, daß es einfach lächerlich ist, Fensterscheiben einzuwerfen, einen Höllenspektakel zu inszenieren, sich auf die Gleise zu legen und so weiter, und das alles bloß, damit auch Frauen Abteilungsleiter bei der Eisenbahn werden können, Bankdirektorinnen, leitende Angestellte der Fiat, stell dir den Stolz vor, die Gratifikationen, kurz und gut, was ich sagen wollte, als ob das das Problem wäre –«

»Aber Augusta zum Beispiel behauptet –« hoffte für einen Augenblick Signora Guidi einschieben zu können.

»Augusta ist ein Dummerchen, und damit ist jede Bewegung, Partei und Revolution, bei der sie mitmacht, schon von vornherein disqualifiziert, ich will sagen, sie ist die klassische Fliege in der Suppe, nein, du bist anderer Meinung, du lachst, aber erinnere dich, wie Augusta vor zwanzig Jahren war, vor zehn Jahren, ich weiß nicht, wie es dir geht, aber seit ich sie kenne, habe ich noch nie ein intelligentes Wort von ihr gehört, noch nie, du weißt, was niemals bedeutet, nie-mals! Nicht, daß Intelligenz glücklich macht, im Gegenteil, sieh mich an, die ich, man kann sagen, niemanden ertrage, und natürlich erträgt auch mich niemand, aber das heißt noch lange nicht, daß Dummheit glücklich macht, und tatsächlich sind Augusta und diese andere Fanatikerin Gea vollkommen unglücklich, sie sind geradezu *professionals* der Krise und des Lamentos, Stars des Zusammenbruchs und des Mißerfolgs, aber weißt du, für mich ist das Phantastischste dabei, daß es sich solche Geschöpfe in den Kopf setzen, die Gesellschaft zu lenken, die Welt zu verbessern, es ist so, als ob die städtischen Totengräber den Rummelplatz von Piazza Vittorio in Pacht nehmen wollten, nein, du findest das nicht, du lachst, aber würdest du etwa ein Beerdigungs-Institut damit beauftragen, Theas Hochzeit zu organisieren, übrigens nichts Neues diesbezüglich, nun, um so besser, je später sie damit anfängt, desto besser für sie, auch wenn ihr beide, ich meine, du und dein Mann, nicht schlecht gefahren seid, ihr habt beide eine gute Wahl getroffen, vielleicht auch deshalb, weil er immer unterwegs ist, vielleicht ist das das Geheimnis, daß man sich nicht zu sehr auf der Pelle sitzt, daß man einfach nicht die Zeit hat, sich gegenseitig auf die Nerven zu gehen, so oft mir auch Giulia erklärt, jedesmal, wenn er nach Hause komme, du weißt doch, daß Ascanio Monate und Monate in Kanada oder Brasilien ist, um seinen Vermouth zu verkaufen, also daß es jedesmal, wenn er heimkommt, furchtbar sei, wie wenn man die Ehe noch einmal von vorn beginne, sie muß jedesmal eine entsetzliche Anstrengung machen, um sich an die Sache wieder zu gewöhnen, aber natürlich ist sie nicht so ausgeglichen wie du, sie hat nicht deinen gesunden Menschenverstand, nein, entschuldige, im Ernst, laß mich das erledigen, schließlich habe ich dich in diese Eiskammer geschleppt, es ist ja ein wahres Wunder, daß wir uns getroffen haben, in Turin begegnet man sich doch nie, in der Hinsicht hat sich nichts geändert, trotz eingeworfener Fensterscheiben und trotz dieser Fanatikerinnen, weil, du verstehst, es sind nicht so sehr die zerbrochenen Scheiben, da würde ich eventuell auch noch mitmachen, nur um meinem Ärger Luft zu machen, sondern es ist der Fanatismus, der mich schaudern läßt, im Grunde hat er immer etwas, ich weiß nicht recht, Öliges, Klebriges, man meint immer, in eine FKK-Kolonie oder in einen Vegetarierklub geraten zu sein, sie haben immer diese beseelte Stimme, den mystischen Blick, ich will sagen, es ist nicht das *Böse* an diesen Menschen, das mir einen Schauder über den Rücken jagt, es ist das *Gute,* findest du nicht auch?«

Einen Augenblick hatte Signora Guidi mit dem Gedanken gespielt, Nicoletta zu der Messe an diesem Abend in der Kirche von Santa Liberata einzuladen, aber mit ihrem gesunden Menschenverstand hielt sie es dann doch für klüger, sich diesen »Fanatiker« lieber allein anzuhören. Allenfalls mit Thea, wenn sie sich am Ende doch entschlossen haben sollte, zu kommen.

Und so sagte sie nur ja, ja, das ist wahr, sie sind unerträglich, aber jetzt muß ich wirklich gehen.

Die Bestürzung der Passagiere hatte ihren Höhepunkt erreicht; die einen schluchzten, die anderen fluchten, und einige rauften sich die Haare aus. Eine kleine lustige Gesellschaft von Männern und Frauen, die bis vor kurzem noch gesungen und getanzt hatte, war verstummt. Sogar die abgehärteten Matrosen überließen sich der Verzweiflung. Allein ein altes Männlein mit schneeweißen Haaren, das am Bug des Schiffes auf einer Rolle Tauwerk saß, bewahrte seine Ruhe und betete still den Rosenkranz, während es mit heiter-gefaßtem Blick die riesigen Wogen betrachtete, die jeden Augenblick das Schiff in die Tiefe zu reißen drohten. Das alte Männlein war Wolfgang Amadeus Mozart.

Diese *pia fraus* hatte Don Pezza im Seminar gelernt. Die Geschichte bezeugte die Frömmigkeit, nicht aber den frühen Tod des großen Komponisten – und viele Jahre hatte sich Don Pezza ihrer in seinen Predigten bedient. Aber mit der Zunahme der Schulmeisterei und des angelernten Wissens hatte er sich schließlich gezwungen gesehen, auf sie zu verzichten. Viele Pfarrer hatten übrigens dieses Genre der Lehrfabel ganz fallenlassen, andere nahmen ihre Zuflucht zu weniger anfechtbaren, wenn auch ebenso imaginären Episoden aus dem eigenen Leben. Zum Beispiel: Als ich neulich durch die Anlagen des Parks X. ging (oder an einem Geschäft für Luxusartikel vorbeikam – oder in einem überfüllten Autobus saß), da . . . Aber in jedem Fall verlangte die Einbildungskraft ihren Teil, eine gewisse Erfindungsgabe war unerläßlich, um das Thema der Predigt einzuführen und die Aufmerksamkeit zu fesseln. Und nachdem Don Pezza nun mit redlicher Mühe die eigentliche Predigt aufgesetzt hatte, war er auf die Idee gekommen, ihr eine Art von Sketch, eine Szene aus dem täglichen Leben, voranzustellen. In der Pfarrwohnung, in die er sich nach der Ankunft von Signorina Caldani zurückgezogen hatte, konnte man so gut wie nicht mehr sehen. Und der Bleistiftstummel, mit dem er, nachdem er das Tonbandgerät beiseitegeschoben hatte, nun begann, große Bogen von kariertem Papier mit Zeilen zu füllen, dieser Bleistiftstummel schrieb kaum noch. Er hätte eine Kerze anzünden und einen Kugelschreiber suchen sollen. Aber mitgerissen von seiner Inspiration und besorgt, sie zu verlieren, fuhr er fieberhaft fort, im Dunkeln Seite um Seite zu schreiben.

11

Die Häusergruppe dort an der Kreuzung zeigte schon einige erleuchtete Rechtecke, und in der dichten Dunkelheit erkannte man deutlich das Schild einer Tabakhandlung und die auf Gelb geschaltete Verkehrsampel, die unaufhörlich blinkte. Sie war etwa hundert Meter entfernt, aber Thea schaffte es nicht, rechtzeitig dorthin zu kommen. Auf halbem Wege, vor einer verwahrlosten offenen Bretterbude, die wohl einmal die Haltestelle einer früheren Trambahnlinie gewesen war, hörte sie ihren Namen rufen. Sie drehte sich um.
»Thea!« rief Graziano noch einmal, von rotem Licht angestrahlt. Er winkte ihr, umzukehren, und ohne auf sie zu warten, eilte er auf den Porsche zu. Diesmal war er nur fünf Minuten fortgeblieben. An dem Schild auf dem Dach fehlte der letzte Buchstabe, das A. *La Lantern* stand da in großen roten Neon-Lettern. Die Wörter darunter, in kleineren und nicht erleuchteten Buchstaben, waren kaum zu erkennen: »Motel-Snack-Diskothek«.
»Ich wollte mir die Beine vertreten«, sagte Thea und stieg wieder in den Wagen ein. Graziano hatte bereits den Motor angelassen und fuhr schon an, als sie noch die Tür schloß.
»Ich muß wieder zurück«, erklärte er. »Ich hatte eben einen Anruf.«
»Nach Turin?«
»Nein, in ein Lokal, in dem wir schon waren. Da sind Leute, die ich sprechen muß.«
Er schaltete die Scheinwerfer ein. Auf der rechten Seite war, in weiter Ferne, aber doch ganz deutlich, ein einziger roter Punkt zu erkennen; es war das Katzenauge eines Fahrrads, das kein elektrisches Rücklicht hatte.

»Ein Glück, daß kein Nebel ist.«
»Das Wetter schlägt um«, sagte Thea. »Vielleicht bekommen wir Schnee.«
»Hoffentlich nicht.«
Aus einer entfernten Kurve tauchte ein Wagen auf, und Graziano blendete seine Scheinwerfer ab. Seine Hände und Finger bedienten die Instrumente gewandt und überaus flink. Die beiden Scheinwerfer näherten sich einander, dann entfernten sie sich voneinander und verloren den horizontalen Kontakt. Es war kein Auto, sondern zwei hintereinanderfahrende Motorräder.
»Schau dir die an«, murmelte Graziano.
Eine Streife der Verkehrswacht, dieselbe wie vorher oder eine andere, die massiv, mit Scheinwerferaugen, ins Dunkel eintauchte.
»Weißt du«, sagte Graziano, »ich dachte . . . vielleicht ist es besser . . .«
»Ja?«
»Da kommt noch vor . . . dem Lokal ein Ort, ich glaube, es ist ein Ortsteil von Rosta. Vielleicht finden wir da eine Bar, in der du auf mich wartest und etwas trinkst, während ich . . .«
»Schon recht.«
»Es ist nur . . . da, wo ich erwartet werde . . .«
Zwischen einem Zögern und dem anderen wandte er ihr kurz den Kopf zu und lächelte einen Augenblick.
»Es würde die Sache komplizieren, wenn sie dich mit mir sehen. Du verstehst, ich müßte dich vorstellen, kurz und gut, lauter unnötige Umstände. Die Leute kennen dich nicht . . . und dich würden sie ohnehin nicht interessieren, es sind Typen . . . Weißt du, es sind geschäftliche Angelegenheiten.«
»Natürlich.«
»Du entschuldigst, nicht wahr? Aber wenn wir es so machen, ist es einfacher, findest du nicht?«
»Selbstverständlich.«
»Ich glaube nicht, daß ich lange bleiben werde. Und du wärmst dich inzwischen ein bißchen auf, trinkst einen Schnaps oder einen Kaffee. Und ißt etwas. Hast du Hunger?«
»Nein«, sagte Thea.
Die Pappelreihen endeten, und die Scheinwerfer beleuchteten kleine zweistöckige Häuser mit einer schmiedeeisernen Laterne über der Haustür, rätselhafte Schuppen und über eine längere Strecke hinweg einen schlaff gespannten Drahtzaun, dann Gruppen von heimkehrenden Arbeitern, die einer hinter dem anderen den Graben entlanggingen. Graziano fuhr konzentriert und ohne die Hände vom Steuer zu nehmen. Das Radio schaltete er nicht an.

Nach dem Weggang des »Fiat-Menschen« erstickte der Verleger jeden Versuch zu einem Kommentar im Keime und lud mit einer Handbewegung die Gesellschaft ein, sich wieder zu setzen. Eine ganze Weile saß er nur da und strich sich über den Bart, während er hin und wieder den Blick auf die Wand gegenüber richtete. Aber seine keineswegs von Ratlosigkeit, vielmehr von ruhiger Konzentration kündende Miene deutete an, daß er einen bestimmten Gedankengang verfolgte, dessen Resultat die anderen nur geduldig abwarten konnten.

Rechts an der Wand gegenüber befand sich eine ukrainische Ikone, die er in Leningrad für zwölftausend Rubel erstanden hatte, und links, unter Glas, ein Stück von gelblichem Verputz, auf dem drei gewaltige rote Buchstaben allmählich verblaßten, die mit einem dicken Pinsel gezogenen Buchstaben RAN. Es war das Fragment einer revolutionären Parole, die er in Pau bei einem rührenden alten Mann entdeckt hatte, einem Madrider Emigranten, der dieses Mauer-Souvenir von der Belagerung seiner Heimatstadt im Jahr 1939 mitgenommen hatte. Vierzigtausend alte Franken.

Aber zwischen diesen beiden Glückstreffern war die Kristallkonsole, und jedesmal, wenn der Verleger den Kopf hob, fand er sich Auge in Auge dem Kork-Gramsci gegenüber. Auf einmal rebellierte seine Sensibilität, und sein noch vollständiges Gebiß entblößte sich zu seinem gefürchteten grausamen Lächeln.

»Aber was ist das da für ein Greuel? Wer hat diese Schweinerei dahin gesetzt?«

Und da er die schlechte diktatorische Gewohnheit hatte, den ersten, auf den sein Blick fiel, zu beschuldigen, zischte er sogleich:

»Monguzzi!«

Aber Monguzzi hatte in der Volksschule einen Lehrer mit der gleichen schlechten Gewohnheit gehabt und verlor nicht die Fassung.

»Schon gut«, sagte er. »Ich nehme ihn gleich fort.«

Er stand auf, um den Gramsci außer Schußweite zu bringen, worauf er sich unauffällig der Tür näherte. Er hatte sich erinnert, daß hier in Kürze die Konferenz über die neue, von Rossignolo zu betreuende Reihe *Le Piastrelle* – »Die Fliesen« – beginnen mußte.

»Kann ich also gehen?« fragte er halblaut. »Da ich ja sowieso hier –«

»Monguzzi, lassen Sie die Witze und gehen Sie auf Ihren Platz zurück!«

Das leise, angewiderte Knurren, die Entblößung der Zähne und der Übergang vom wohlwollenden und kollegialen *du* zum dienstlichen *Sie* ließen klar erkennen, daß der in seinem Gedankengang gestörte Verle-

ger einen beliebigen Vorwand suchte, um sich mit jemandem anzulegen. Aber Monguzzi beharrte eigensinnig auf seinem Standpunkt.
»Ich habe mit den *Piastrelle* Rossignolos nichts zu tun. Ich kann keinen Gedanken beisteuern, keinen Beitrag leisten, es wäre die reine Zeitverschwendung ...«
Wütend zog sich der Verleger am Bart, als wolle er sich ihn ausreißen. Mit erstickter Stimme brachte er nur ein Wort hervor:
»Sie ...«
Gehorsam kehrte Monguzzi auf seinen Platz zurück, aber das Übel war nun einmal geschehen, und es blieb nichts anderes übrig, als die unvermeidliche Szene zu ertragen. Die sich übrigens, wie stets, in absoluter Stille abspielte, da der Verleger, sobald er von einer starken Emotion wie dem Zorn gepackt wurde, vollkommen sein Ausdrucksvermögen verlor. Daraus ergab sich ein gleichsam telepathisches Schweigen, geladen mit einer Spannung, die nicht explodieren durfte.
Jetzt ist es soweit, dachten die andern am ovalen Tisch, jetzt macht er uns Vorhaltungen, daß wir die Zeit vertrödeln, zu spät zum Dienst erscheinen, auf dem Korridor herumstehen, rauchen und schwätzen ... Jetzt hetzt er die Polizeihunde auf uns ... jetzt schickt er uns mit Fußtritten im Laufschritt um den Häuserblock. Jetzt entläßt er uns alle ohne Gehalt und gründet einen neuen Verlag mit neuen Mitarbeitern, die noch erstklassiger sind als wir ...
Also, dachte der Verleger, jetzt denken sie, daß ich denke, was ich denke. Aber vor allem denken sie, daß ich meinem Ärger Luft machen und mich für meine Blamage rächen will, für den Bock, den ich geschossen habe mit diesem Fiat-Mann. Verdammt! Aber sie irren sich, an die sogenannte Blamage dachte ich überhaupt nicht mehr, die habe ich total vergessen. Im Gegenteil, ich sehe da überhaupt keine Blamage. *Est-ce qu'il y a eu* »Blamage«? fragte er sich auf französisch, in dieser rationaleren und logischeren Sprache. *Mais pas du tout.*
Jetzt sucht er sich davon zu überzeugen, daß seine Blamage keine war, dachten die anderen, er findet sich nicht damit ab, er will sich seinen Fehler nicht eingestehen, der Ärmste, das Wort bleibt ihm im Halse stecken.
Wie klein sie doch sind, dachte der Verleger, beschränkt und phantasielos. Als ob ich so ein armer Teufel wäre, der nur von Trotz und Rache lebt. *Sie* leben so, diese hysterischen Frauenzimmer. Daher habe ich objektiv vollkommen recht, wenn ich ihre Meinung ignoriere und mich im Recht fühle. *Pas de* Blamage. *Pas d'erreur.*
Er ist wie ein hysterisches Frauenzimmer, dachten die anderen, aber wir können uns über seine lächerliche Empfindlichkeit nicht gar zu sehr mokieren, denn, objektiv gesehen, ist er der Chef. Gott sei uns gnädig!

In freundlichem Ton brach der Verleger das Schweigen.
»Wer weiß, was er eigentlich wirklich wollte ...« sagte er, als führe er ein Selbstgespräch.
Wieder folgte eine lange Pause voller Spannung, doch ganz anderer Art als die vorangegangene.
»Nun, du hast es ja auch gehört«, sagte schließlich Rossignolo.
Gewiß, er hatte es gehört, und der Schein sprach gegen ihn. Der übliche Frustrierte, von einer Idee Besessene, der, nach allen Seiten seine Worte versprühend, anbot, seine vor Monaten in Santa Liberata öffentlich gemachten und auf Band aufgenommenen Bekenntnisse auszuwerten. Er machte sich anheischig, sie aus den Tonbändern, die den Priester selbst nicht mehr interessierten, herauszuschneiden und sie in eine »komplexere soziale und menschliche Dokumentation« zu integrieren, die dann wohl auch seine eigene Karriere bei der Fiat dargestellt hätte. Offenbar hatte er auch schon an einen Titel gedacht (*Ein leitender Angestellter sucht seine Identität,* würde ich vorschlagen ...) und natürlich auch an die passende Reihe *Soziologie aktuell,* die von Mariarosa Zonca betreut wurde. Mariarosa. Einfach lächerlich. Solche Dokumentationen wurden Mariarosa zentnerweise angeboten.
Aber die große Frage, dachte er – und strich sich liebevoll über den Bart –, das eigentliche Problem bestand darin, ob seine Sensibilität wirklich solcher Fehleinschätzung fähig war. Denn das würde bedeuten, daß sie überhaupt nicht mehr ganz zuverlässig war, daß sie zu streiken anfing – und dann: gute Nacht! Dann konnte er ebensogut den Laden schließen und statt dessen Kursbücher drukken. Für einen Augenblick stellte er sich Mariarosa vor, wie sie mit bemühtem Fleiß *Torino-Settimo-Chivasso-Santhià* auf der Maschine schrieb und die Anschlüsse nach Biella und Borgomanero vergaß!
War so etwas möglich? Vorstellbar? Denkbar? Nein, es war nicht möglich. *Pas de* Bock geschossen! *Pas d'erreur!*
»Wer hat eigentlich«, begann er entschlossen, »diese Bänder nun tatsächlich in der Hand?«
Wieder folgte ein bekümmertes Schweigen.
»Calamassi, nicht wahr?« sagte Monguzzi mit der Stimme des Verräters.
»Aber Calamassi ist in Pavia«, erwiderte prompt Rossignolo.
»In Cagliari«, verbesserte ihn Mariarosa.
»Hat er nicht einen Ruf nach Messina bekommen?«
»Nein, vielleicht im nächsten Jahr. Falls er nicht an die Universität in Mailand berufen wird.«
Der Verleger fand sich in diesem akademischen Verwirrspiel, in diesem Karussell der Lehrstühle, nicht zurecht. Er wußte nur soviel, daß die gute

Hälfte seiner Lektoren ihr Leben damit verbrachte, von einer Stadt in die andere zu eilen. Sie waren nie in Turin, wenn man sie brauchte.
»Aber er wird doch eine Mutter haben? Eine Frau, eine Familie, eine feste Adresse?«
»Das gewiß«, sagte Rossignolo.
»Und wo? In welcher Stadt?«
Niemand antwortete, und der Verleger begriff, daß diese Stadt Turin war.
»Also gut. Dann ruft bei der Familie an und laßt euch die Tonbänder aushändigen. Ich denke, es lohnt immer die Mühe, sie sich einmal anzuhören.«
»Aber wenn er sie zu Arbeitszwecken mitgenommen hat?«
»Dann werden wir ihm telegrafieren«, sagte der Verleger, »aber inzwischen werdet ihr, wird einer von euch . . .«
Lächelnd blickte er in die Runde. Das Kommando war noch immer das Kommando. O ja.
Sie senkten die Köpfe. Nicht ich, nicht ich, dachten alle.
»Mariarosa«, sagte der Verleger, »ich finde, du könntest –«
»Ich habe den Putkammer!« protestierte Mariarosa auf der Stelle. »Heute früh habe ich die Umbruchkorrekturen bekommen, und es bleiben mir nur vier Tage bis zur Ablieferung.«
Sie sah auf die Uhr und machte Anstalten, aufzustehen.
»Rossignolo?«
»Ich würde es gern tun, die Sache interessiert mich auch. Aber wenn ich mit der neuen Reihe vorankommen soll, du verstehst . . .«
Francisco lächelte, die verschränkten Arme auf den Tisch gestützt.
»Nein!« schrie Monguzzi. »Ich nicht! Ich habe den Briefwechsel Crispi-Oderici zu besorgen und bin schon ziemlich weit damit; er sollte ja eigentlich schon Weihnachten herauskommen!«
»Aber Monga«, sagte Rossignolo väterlich, »es ist doch nur eine Angelegenheit von einer oder zwei Stunden. Und den Briefwechsel kann man immer noch bis Ostern verschieben.«
»Aber er ist schon sechsmal verschoben worden! Ich weigere mich, ich kann unmöglich –«
»Haben wir ein Tonbandgerät im Hause?« fragte der Verleger.
»Nein!«
»Ich habe eins, Monga«, sagte Rossignolo. »Du kannst es dir in meinem Büro holen. Es ist ein Philips.«
»Ihr habt mich in die Zange genommen«, erklärte Monguzzi, »aber das ist nicht recht. Es ist nicht recht.«
»Na los«, sagte der Verleger begütigend, »stell dich nicht so an, Monguzzi. Schau, ich laß dich dafür auch gehen, ich dispensiere dich von

der Konferenz.«
Er zog seine Uhr aus der Westentasche.
»Noch nicht mal sechs«, stellte er fest. »Wenn du dich ranhältst, hast du noch eine gute Stunde für deinen Briefwechsel Zeit.«
Die drei andern lachten. Monguzzi erhob sich und verließ das Zimmer, ohne auch nur einen von ihnen eines Blickes zu würdigen – nicht einmal den Kork-Gramsci.

13

Thea steckte sich eine Zigarette an, aber nachdem sie ein Drittel geraucht hatte, fand sie den Geschmack zu fade; sie kurbelte das Fenster des Porsche herunter und warf den Rest hinaus. Sie hätte lieber eine von Grazianos Zigaretten geraucht, eine amerikanische, stärkere Sorte. Sie brauchte nur das Handschuhfach zu öffnen, in dem Graziano auch seine flache Whiskyflasche und einen zusammengeknüllten Plastikregenmantel aufbewahrte. Einmal hatte er, damit sie auf dem Weg vom Auto bis zum Kinoeingang nicht vom Regen durchnäßt würde, den Mantel aus dem Fach gezogen und ihn ihr um die Schultern geworfen, als sei es der Mantel des heiligen Martin.
Aber für den Augenblick war ihr die Lust am Rauchen vergangen. Sie würde später das Handschuhfach öffnen und mit der Hand nach den amerikanischen Zigaretten tasten. Ein wenig später. Nicht sofort.
Der Porsche stand auf einem etwa zwanzig Meter breiten Streifen, der die Straße auf eine weite Strecke hin wie ein leicht ansteigendes Ufer flankierte. Auf der Anhöhe standen große Mietskasernen des Typs »sozialer Wohnungsbau«, aber Thea konnte sie nicht sehen, weil Graziano den Wagen, ihn im Rückwärtsgang zwischen anderen Wagen hindurchmanövrierend, mit dem Kühler zur Straße hin geparkt hatte. Was Thea von ihrer erhöhten Stellung aus sah, war vor allem der nicht asphaltierte abfallende Randstreifen; er war voller Unebenheiten und tiefer Furchen von hart gewordenem Schlamm, voller Schrott und Müll aller Art. Dann waren da drei neue Straßenlaternen, drei Betonstelen, noch ohne Lampen, und der gelbe Mast einer Bus-Haltestelle. Dann, auf der anderen Seite der Straße, ein weiter Platz mit einer geschlossenen Tankstelle, dem strahlend erleuchteten Möbelhaus Marletti und dem in Dunkel getauchten Dancing-Restaurant *La Mezzaluna* – »Der Halbmond«.
Graziano hatte es sich drei- oder viermal anders überlegt. Nachdem er erst Thea in einer Bar hatte absetzen wollen, war er auf den Einfall gekommen, sie im Taxi nach Turin zurückzuschicken. Aber wo in dieser

Steppe bekam man ein Taxi? Also dann mit einem Autobus der Vororte, einen mußte es doch geben! Aber wer weiß, wie lange sie hätte warten müssen, allein und bei Nacht, mitten auf der Straße. Und wenn es auch noch zu schneien begann? Nein, nichts dergleichen, sie würde wie gewöhnlich im Auto auf ihn warten. Natürlich, wenn sich die Geschichte allzu lange hinzog, würde sie sich bei ihrer Mutter verspäten. Also besser die Bar, wo sie wenigstens zu Hause anrufen konnte. Doch die einzige Bar in dieser Gegend, zwei Kilometer von *La Mezzaluna* entfernt, war ein schmutziges Loch, wie man schon von außen erkannte, und gewiß von lärmendem, saufenden Gesindel besucht, das eine Frau ohne Begleitung belästigen würde.

Noch nie hatte Thea ihn so unentschieden und so nervös gesehen.

Am Ende hatten diese Mietskasernen hier mit der Autobushaltestelle das Problem gelöst. Nach einem raschen Kuß auf die Wange hatte Graziano sie erleichtert zurückgelassen, froh, daß ein Ausweg gefunden war: wenn es bei ihm gar zu spät wurde, konnte Thea mit dem Bus nach Turin zurückfahren. »Ich rufe dich jedenfalls morgen an«, hatte er gesagt und sich rasch entfernt. Thea hatte beobachtet, wie er die Straße überquerte, zwischen den Zapfsäulen der Tankstelle hindurchging und schließlich in dem dunklen Kubus von *La Mezzaluna* verschwand.

Vor dem Tanzlokal waren sechs Autos geparkt. Ein siebentes stand etwas weiter entfernt, quer zur Straße, im Licht der Möbelschaufenster. Und ein letztes befand sich am Rand der Tankstelle, halb von einer Tanne im Topf verdeckt, die noch von Weihnachten übriggeblieben war.

Dies genügte, sagte sich Thea. Eine konvexe Windschutzscheibe, auf der winzige Schneekristalle für die Dauer eines Augenblicks hafteten, und dahinter eine Straße, ein Platz, die Nacht. Mehr war nicht zu sagen.

Hinzufügen konnte man allenfalls den Namen des Ortes – ein unbestimmter Punkt der Turiner Peripherie – und die nähere Bestimmung der Zeit – diese letzten zwanzig Minuten, vielleicht auch eine halbe Stunde, die sie allein im Porsche verbracht hatte. Warum das? hätte zum Beispiel ihre Mutter gefragt. Nur so. Diese Manie, immer einen Grund suchen zu wollen, eine Ursache und eine Folge, einen Namen für jedes noch so kleine Ereignis des Tages, des Lebens. Nichts.

Sie konnte vielleicht zugeben, daß es einen Mann gab, der irgendwohin gegangen war und auf den sie wartete. Was für ein Mann? Wohin? Nichts. Ein Mann. Nackt. Ohne Papiere, ohne Etikettierung, mit dunklem Flaum über dem Nabel, an einem verlassenen Strand stehend. Am Lido von Venedig? Nein, auf einer namenlosen Insel, unauffindbar, unendlich fern. Nur so sah man einen Menschen wirklich, jeden Men-

schen. Indem man ihn sozusagen auszog. Ihn aus allem herausschnitt, ihn, mit anderen Worten, isolierte. Und seine innerste Essenz suchte, die authentische Zusammensetzung, die fast unsichtbare Formel am Ende der Aufschrift auf einem Medikament.
Ein blauer Autobus der Vorortlinien kam und hielt, klapprig und schnaubend, vor dem Haltestellenmast. Drei Männer und eine Frau stiegen umständlich aus und verschwanden im Dunkel, während der große Autobus seine Fahrt wieder fortsetzte, mit seinen trüben Fenstern und seinen schicksalsergebenen Fahrgästen hinter den Scheiben. Wer weiß, wann der nächste kam.
Jemand war in dem Auto, das in der Nähe des Weihnachtsbaums stand. Ein roter Punkt, ein glühendes Zigarettenende schnellte plötzlich aus dem Fenster, um nach kurzer, bogenförmiger Bahn hinter einem weißen Kanister zu verschwinden. Zwei Verliebte, die miteinander diskutierten, vielleicht auch stritten. Oder Pläne für die Hochzeit machten, die Einrichtung ihrer Wohnung berieten und von Betten, Gardinen und Sesseln sprachen, die das Möbelhaus Marletti ihnen auf Raten verkaufen würde. Kastanienbraun mit beige, gelb mit dunkelgrün.
Jetzt rauche ich noch eine Zigarette, dachte Thea. Entschlossen öffnete sie das Handschuhfach und fuhr suchend mit der Hand hinein. Das Zigarettenpäckchen fand sich sogleich, sogar zwei. Auch die Flasche war da, auch der Plastikregenmantel. Aber als sie damals, nach dem Kinobesuch, den Mantel wieder ins Fach gelegt hatte, war ihre Hand an einen metallenen Gegenstand gestoßen – und zurückgezuckt, da sie sofort in dem Gegenstand einen Revolver erkannt hatte. Und heute abend fehlte der Revolver. Er war einfach nicht da.
Thea dachte, daß dies nichts weiter bedeutete. Seit damals hatte sie das Handschuhfach nicht mehr geöffnet; Graziano konnte also den Revolver vor einer Woche oder vor einem Monat herausgenommen haben; sein Fehlen war kein Beweis, daß er ihn jetzt, in diesem Augenblick, bei sich trug, daß er ihn sich, nach dem Anruf in dem letzten Lokal, in die Tasche gesteckt hatte, während sie auf das Auto zugegangen war. Er hatte ihr zugerufen, aber nicht auf der Straße auf sie gewartet, sondern er war eilig in den Porsche gestiegen. Aber das war kein Beweis, es bedeutete gar nichts.
Und dann dachte sie, lieber Gott, was tut er in diesem *Mezzaluna*, was hat er dort vor, warum hat man ihn angerufen, mein Gott!

Die Windschutzscheibe des Volkswagens war mit winzig kleinen Punkten übersät. Der Bleistifthändler begriff zunächst nicht, worum es sich handelte. Er dachte vage an Smog-Staubkörnchen, an Fliegenflecke oder sonstige Insektenspuren und konzentrierte sich weiter auf den vor ihm liegenden Abschnitt der städtischen Allee. Doch dann erinnerte er sich, daß es ja Winter war und daß er schon zuvor, als er in Trana gehalten hatte, um einen Kaffee zu trinken, den Schnee in der Luft gespürt hatte. Nun fiel er wirklich oder machte jedenfalls den Versuch dazu, mit diesen noch recht dünn gestreuten leichten Kristallen, die aber ausreichten, nach und nach die Straße mit einer glitschigen Schicht zu bedecken. Das Tempo des Volkswagens mußte darunter leiden – nicht allein des Volkswagens freilich; auch andere Autos würden die gleiche Schwierigkeit haben.

Schnee. Nebel. Regen. Frost. Der Winter im Norden dauerte lange, und er hatte viele Monate lang Zeit, sich in seinen verschiedensten Spielarten zu zeigen. Der Bleistifthändler zündete sich eine Zigarette an, es war eine der letzten aus dem zweiten Päckchen an diesem Tage. Im Winter rauchte man mehr, zuviel, einfach weil einem das kleine Feuer zwischen den Fingern eine Illusion von Wärme schenkte. Dann wäre es eigentlich besser, Pfeife zu rauchen. Nur verlangte die Pfeife viel Aufmerksamkeit und eine komplizierte Handhabung; außerdem rief sie nach einem bequemen Sessel vor dem Fernseher, einem friedlichen Abend, einer behaglichen, ruhigen Wohnung.

Hinter der gesprenkelten Windschutzscheibe sah er drei große Mietshäuser in einer Reihe, mit erleuchteten Fenstern und dahinter Menschen, die gerade von der Arbeit heimgekommen waren, und Kindern, die ihre Schularbeiten machten. Unten, vor den Häusern, diente ein noch nicht asphaltierter Geländestreifen den Mietern bereits als Parkplatz. Autos und Mopeds krochen wie voller Mißtrauen über den rissigen Boden, fanden einen schrägen Halteplatz und entluden Frauen und Männer, alle mit irgendeinem Paket oder einer Tasche in der Hand, die auf die kleinen Leuchttafeln neben der Haustür zugingen und läuteten, sich zur Sprechanlage herabbeugten und eintraten.

Hundert, zweihundert neue Appartements und ein Stück einer städtischen Allee, so wie sie war, an eine Stelle zwanzig Kilometer von Turin entfernt verpflanzt. Links von den drei Häusern war Dunkelheit und freies Feld, rechts dagegen ein viertes, noch nicht ganz fertiggebautes Hochhaus, noch von den Resten eines Bauzauns umgeben, mit einer verlassenen Betonmischmaschine und Haufen von Kies und Ziegeln. Vor den Häusern, am Rand der Straße, waren vorsorglich eine Autobus-Haltestelle eingerichtet und drei Straßenlaternen aufgestellt worden. Nur fehlte der Haltestelle noch das Schutzdach – sie bestand allein aus einem in den Boden gerammten gelben Mast –, und die Lampen brannten nicht. Das E-Werk hatte sie noch nicht angeschlossen.

Der Bleistifthändler stellte sich vor, daß morgen, wenn es richtig schneien sollte, dieser leicht ansteigende Platz sich in einen Morast

verwandeln würde. Und er dachte auch, daß dann die Tanne, neben der er geparkt hatte, an eine Weihnachtspostkarte erinnern würde. Und daß er die Windschutzscheibe jetzt mit dem Scheibenwischer reinigen sollte.
Aber als er ohne Mühe erkennen konnte, daß ein zweiter Zigarettenstummel aus dem Fenster des schwarzen Porsche auf der anderen Straßenseite flog, sagte er sich, daß die Sicht noch ausreichend war, und frierend und geduldig rauchte er weiter seine Zigarette.

14

Eine knappe halbe Stunde, nachdem er den Verlag verlassen hatte, war Monguzzi schon wieder zurück. Die Mutter Calamassis hatte ihre Weinstube, die sie in der Via San Secondo betrieb, zusperren müssen, um in ihrer Wohnung die Tonbänder zu suchen. Glücklicherweise hatte sie sie sofort gefunden; ihr Sohn war die Ordnung selbst und pflegte alles zu registrieren, selbst die Anzüge, Schuhe und Wäsche, die er in der Wohnung ließ, während er seinem Lehrauftrag in Cagliari nachkam.
Mit seinem Paket von Bändern unter dem Arm und dem Tonbandgerät, das er aus dem Büro Rossignolos mitgenommen hatte, in der anderen Hand blieb Monguzzi einen Augenblick vor der Tür des Verlagschefs stehen, um zu lauschen. Vorzüglich! Da drinnen würden sie noch eine Weile zu tun haben, wenn sie jetzt noch einmal über den Titel der Reihe diskutierten.
Er trat in sein Büro und legte alles auf einem Stuhl ab. Ausgezeichnet! Er hatte sich nicht nur vor der Konferenz gedrückt, sondern er würde jetzt auch mit Pezzas Polydialogen keine Zeit mehr verlieren. Denn er hatte – seine Miene verzog sich zu einem Grinsen – eine nicht zu widerlegende Entschuldigung, sich auch nicht einen dieser Polydialoge anzuhören.
Und doch erregten diese Bänder irgendwie seine Neugier. Auch er hatte sich schon – und lange vor dem Verleger – die Frage gestellt, was dieser Bursche eigentlich wirklich wollte und warum er so großen Wert auf die Wiederbeschaffung der Bänder legte. Aber was zum Teufel scherte ihn das? War es möglich, daß er sich seit heute früh, nein, schon seit gestern abend ständig von Fragen, Zweifeln und Rätseln ablenken ließ, die mit seiner Arbeit nichts zu tun hatten? Und als er jetzt wieder an den Verleger dachte, das heißt, an etwas, was der Chef gesagt oder getan hatte, nachdem der Bursche gegangen war, da hatte er wieder das Gefühl, etwas versäumt oder nicht verstanden, nicht richtig gedeutet

zu haben ...
Wie durch telepathische Suggestion prägten sich ihm plötzlich und unverständlicherweise die Wörter HAUPTINDIZ – EXPLOSION – UNBEKANNTE REALITÄT ein; Monguzzi fuhr auf seinem Stuhl hoch. »Verdammt noch mal!« rief er erschreckt aus, auf die Gefahr, gehört und zu der Konferenz über die neue Reihe hinzubeordert zu werden, »verdammter Mist!« Was hieß da »unbekannte Realität«, dies war ein sicheres »Indiz« von regelrechter nervöser Erschöpfung. Weshalb er sich denn auch entschloß, sich nicht auf das Tabrium zu beschränken, von dem er auf der Stelle fünfzehn Tropfen nahm, sondern gleich morgen wieder mit der Phosphor- und Vitaminkur (in Form von Injektionen) zu beginnen, die er, törichterweise, mittendrin abgebrochen hatte.

15

Thea hatte recht, stellte Graziano fest, als er aus dem *Mezzaluna* herauskam. Auch hier gab es eine Fülle der verschiedensten Möbel, Wohnzimmer, Eßzimmer, Küchen, Kinderzimmer – es war, als fiele ein ungewisser Lichtstrahl auf ein fremdes, mögliches Leben. Aber das war nur so eine Idee; ein fremdes, ein anderes Leben als das eigene war nicht möglich – man müßte zu vieles ändern.
Er sah, wie Thea im Laufschritt die Straße überquerte; dann blieb sie zehn Schritt von ihm entfernt stehen, vor dem dunklen gläsernen Tankwartraum, in dem sich die Ölkanister zu Pyramiden stapelten.
»Du hast auf mich gewartet.«
Thea hielt ihm den Mund entgegen, um sich küssen zu lassen. Und dann fragte sie, ihn noch immer an sich pressend:
»Hast du geglaubt, du würdest mich nicht mehr finden?«
»Ich weiß nicht. Nein. Deine Nase ist kalt.«
Arm in Arm gingen sie bis zu den großen Mietskasernen auf der anderen Seite der Straße. Als er das Dach des Porsche im Dunkeln glitzern sah, sah Graziano zum Himmel.
»Schneit es etwa, oder was ist das?«
»Es hat angefangen, aber wieder aufgehört.«
»Du mußt doch vor Hunger umkommen?«
»Ja, ein bißchen.«
»Jetzt werde ich für dich sorgen«, sagte Graziano und öffnete die Tür für sie. »Ich bringe dich jetzt in ein Lokal, das ... Ißt du gern Fisch?«
»Sehr gern. Aber bist du denn mit deiner Runde fertig?«
»Ja, für heute ist es genug. Jetzt gehen wir essen, und danach bringe ich dich zu dieser Kirche. Vielleicht bleibe ich auch da, und dann gehen wir

ins Kino. Oder mußt du mit deiner Mutter zusammen nach Hause gehen?«
»Nein«, sagte Thea, »aber weißt du, diese Dinge ziehen sich leicht in die Länge, im allgemeinen sind sie stinklangweilig.«
»Da kann man nichts machen, ich werde auf dich warten. Du hast ja auch den ganzen Tag auf mich gewartet.«
»Du wirst müde werden.«
»Ich verstecke mich in einem Beichtstuhl und schlafe darin ... Oder willst du lieber, daß ich nicht komme? Willst du lieber nach Hause?«
»Nein«, sagte Thea, »ich bin nicht müde, du hast die ganze Zeit am Steuer gesessen, und ich habe nichts getan.«
»Paß auf, ich gehe jetzt mit dir in ein Lokal, das ich kenne und wo die Besitzerin selbst kocht.«
Aber nachdem sie ein paar Kilometer auf dem schlüpfrigen Asphalt zurückgelegt hatten, las Thea den Text eines Werbeplakats:
»Motel *Le Betulle* – ›Die Birken‹. Kennst du es?«
»Nein, wo ist es?«
»Noch einen Kilometer von hier. Kommst du da nie vorbei, wenn du auf deiner Rundfahrt bist?«
»Hab' nie davon gehört.«
»Dann gehen wir also jetzt hin.«
»Aber es wird scheußlich sein, und das Essen ist bestimmt ungenießbar. Wenn du es noch zehn Minuten aushalten kannst ...«
»Nicht um zu essen«, sagte Thea.
»Ah«, sagte Graziano.
Und dann: »Aha! Oho!«
Er lachte, und es sollte freudig-erregt klingen. Mit der Hand berührte er ihr Knie und strich ihr dann rasch über den Schenkel bis zur Leistengegend hinauf. Es war die falsche Gebärde, die nur für die anderen gut war. Schuld an diesem Fehler war nur seine Überraschung. Sonst wollte Thea nie mit ihm ins Hotel gehen, ihr paßte ausschließlich sein Büro in der Via Sacchi.
»Wahrscheinlich wird auch das Bett und überhaupt alles scheußlich sein«, sagte Graziano.
»Das macht nichts. Ich möchte mit dir schlafen.«
»Ich auch«, sagte Graziano. »Aber wie steht es mit dem Essen? Wenn wir hier haltmachen, haben wir nicht mehr Zeit, irgendwo –«
»Das macht nichts, wir werden auch im Motel etwas bekommen. Ich möchte mit dir schlafen.«
»Ich möchte auch mit dir schlafen«, sagte Graziano ernsthaft.
Er fuhr langsam und signalisierte mit dem Blinker, daß er rechts abbiegen wollte.

In gewisser Weise hatte er bei ihr immer Lust und nie Lust; und sobald er es getan hatte, war es irgendwie, als ob er es nicht getan hätte. Ein merkwürdiges Phänomen, das er, wie alles, was mit ihr zusammenhing, nicht, und nicht einmal Thea selbst, erklären konnte. Vielleicht hätte es sie traurig gemacht; sie hätte gedacht, sie sei nicht sexy oder so etwas. Aber das war es absolut nicht; es war nicht so, daß ihr irgend etwas gefehlt hätte. Es war vielmehr dies, daß man bei ihr –
»Hier ist es«, sagte Thea.
Die Scheinwerfer des Porsche trafen ein niedriges, garagenähnliches Gebäude hinter einer Reihe von verkümmerten Birken. Es war noch neu, hatte aber bereits ein schäbiges, vergammeltes Aussehen – ein Nachtquartier für französische oder belgische Reisegesellschaften, die vom Mont Cenis herunterkamen und am nächsten Morgen, ohne Turin zu berühren, zu den echt italienischen Städten weiterfuhren, Venedig, Pisa, Rom, der Sonne und den Pinien entgegen.
Eine Frau in mittleren Jahren, die so aussah, als ob sie noch nie in ihrem Leben Glück gehabt hätte, nahm ihre Papiere entgegen. Nachdem sie einen Augenblick überlegt hatte, streckte sie die Hand nach dem Schlüsselbrett aus und nahm einen der Zimmerschlüssel vom Haken.
»Angelo!«
Durch die halbangelehnte Tür hinter ihr drangen gedämpfte Geräusche von Knallerei, Holzschuhgeklapper und wildem Geschrei.
»Angelo!«
Ein mürrisch dreinblickender Junge erschien, den Mund von Krümeln umkränzt.
»Nummer siebenundzwanzig. Zeig ihnen das Zimmer.«
An den Haken fehlte kein anderer Schlüssel.
Graziano machte sich mit Thea und dem Jungen auf den Weg, kehrte aber nach ein paar Schritten wieder um
»Könnten wir etwas zu essen haben?«
»Das Restaurant ist geschlossen«, antwortete die Frau, ohne den Kopf von ihren Formularen zu heben.
»Aber haben Sie keine Bar oder so etwas? Vielleicht ein Sandwich?«
Die Frau blickte auf, und Graziano schenkte ihr ein strahlendes Lächeln.
»Sie können Kekse haben. Crackers.«
»Großartig!« erklärte Graziano mit Begeisterung.
Die Frau kam hinter ihrem Empfangsschalter hervor, drückte auf einen Hebel an der Schalttafel, und sogleich leuchtete im Hintergrund des Vestibüls, hinter in Dunkelheit getauchten Sesseln und Sofas, eine kleine rote Bar wie die Bühne eines Puppentheaters auf.

»Sehen Sie selbst, was da ist. Hier ist auch noch Schokolade.«
Die Frau reichte ihm eine braune Papiertüte, und Graziano steckte Kekse, Schokolade, drei Packungen gebrannte Haselnüsse, zwei Brioches der Marke *Dolceburro* und eine Nougatstange hinein.
»Was bringst du da alles mit«, sagte Thea, die dabei war, die geblümte Tagesdecke vom Bett zu nehmen.
Graziano stellte die Tüte auf einem Tisch ab und trat an den Heizkörper, um ihn prüfend zu betasten.
»Der ist ja fast kalt.«
»Das macht nichts.«
Ein Türflügel des Kleiderschranks aus falschem Mahagoni ging knarrend auf, wie von einem darin lauernden Gespenst aufgestoßen. Graziano schloß die Tür. Im Innern des Schranks sah er Kleiderbügel aus Draht, die nichts trugen, und er spürte den Geruch von Feuchtigkeit und Staub.
»Aber warum wolltest du ausgerechnet hierher kommen?«
»Ich habe es dir doch gesagt.«
Sie saß auf dem Rand des Doppelbetts, die Hände zwischen den Knien, als warte sie auf einem Bahnhof auf Gott weiß welchen Zug.
»Was hast du?«
»Nichts«, sagte Graziano. »Hast du dich in mich verliebt?«
Hinter ihm ging wieder, mit dem gleichen langsamen Knarren, die Schranktür auf.
»Herrgott!«
»Laß! Ich habe es auch schon versucht. Die bleibt nicht zu.«
Sie lächelte ihn an, streifte die Schuhe ab und legte sich zusammengekauert, mit dem Ellenbogen aufgestützt, aufs Bett.
»Meine Mutter sagt, sie hätte es gemerkt, wenn ich verliebt wäre.«
»Irrt sich deine Mutter nie?«
»Manchmal.«
Ich werde mit ihr schlafen, dachte Graziano, und nachher wird es irgendwie so sein, als ob ich es nicht getan hätte.
»Willst du, daß wir jetzt etwas essen?« fragte er. »Oder nachher?«
»Nachher«, sagte Thea. »Nachher.«

4. *Wenn ihm nicht, wider alles Erwarten, die Hemdennäherin gesagt hätte*

1

Wenn ihm nicht, wider alles Erwarten, die Hemdennäherin gesagt hätte, er möge vorbeikommen, da seine Hemden fertig seien, wäre Kommissar Santamaria an diesem Abend nicht noch einmal in die Via Po gegangen. Er wäre daher auch nicht mit seinen Paketen auf dem Heimweg am *Teatro Regio* vorbeigekommen und hätte mithin auch nicht die Theaterplakate bemerkt, auf denen für pünktlich 21 Uhr *Der Liebestrank,* ein Lustspiel in zwei Akten von Felice Romani, Musik von Gaetano Donizetti, angekündigt wurde, und zwar mit Marianne Stock-Gibson in der Rolle der Adina. Und so wäre er am Ende nicht pünktlich um 21 Uhr in die Oper von Donizetti gegangen, sondern hätte sich Don Pezzas Predigt angehört. »Was wieder einmal«, sollte später sein Kollege De Palma (der eigentliche Opernfreund, während Santamaria nicht einmal wußte, wer die Stock-Gibson war) scherzend bemerken, »die ›Macht des Schicksals‹ beweist.«
Die Anwesenheit des Kommissars in Santa Liberata hätte allerdings den Gang des Schicksals nicht um einen Millimeter ändern oder um eine Sekunde verzögern können. Und noch weniger hätte De Palma der Rat des Vizepolizeipräsidenten geholfen, wenn er ihm gefolgt wäre: »Wäre nicht ein ganzes Kommando, unter einem Maresciallo, besser? Mir scheint, ehrlich gesagt, ein halbes ein bißchen wenig, wenn auch Dalmasso . . .«
Aber De Palma war todmüde und dachte nicht im Traum daran, noch Zeit mit Pezza zu verlieren. In einer Stunde – jetzt war es sieben Uhr – würde der Brigadiere Dalmasso mit seinen höchst überflüssigen Leuten aufbrechen und sie folgendermaßen einsetzen: »Vier in Uniform draußen, aber unauffällig, und zwei in Zivil drinnen.«
Zugegeben, nicht alles war bereits um sieben Uhr entschieden. Alternativen blieben offen, ein Zaudern, eine Sinnesänderung, ein Zwischenfall, ein Mißverständnis waren noch möglich.
Zum Beispiel schlossen die Lebensmittelgeschäfte erst um halb acht, manche auch erst um dreiviertel acht. Hätte der Kräuterhändler im letzten Augenblick den inständigen Bitten seiner Frau nachgegeben und sie aus dem Hause gehen lassen, damit sie wenigstens einkaufen konnte, so hätte die Frau nicht gezögert, zu fliehen. Sie wäre zu dem Matratzenmacher gelaufen und hätte ihm geholfen (von den Brüdern

Bortolon war noch nichts zu sehen), den aus Säcken zusammengenähten Teppich auf der Treppe zum Turm besser zu befestigen. Dann wäre der Pfarrer nicht gestolpert, und seine Kerze wäre nicht erloschen; und die in diesem Dunkel unsichtbaren Zeiger der Schicksalsuhr wären nicht für einen Augenblick stehengeblieben.
Romilda Bortolon hätte ihrerseits darauf verzichten können, ihren müde von der Arbeit heimkehrenden Schwägern noch länger ein böses Gesicht zu zeigen, in welchem Fall die Schwäger sie nicht geohrfeigt hätten und sie nicht ihre Schwäger, um Vergeltung zu üben, ohne Abendbrot wieder hätte gehen lassen. Das hätte zwar einer bestimmten Person nichts genutzt, einer anderen jedoch das Leben gerettet.
Priotti dagegen hätte sehr gut zu Abend essen können. Seine Lebensgefährtin – auch sie im Ruhestand wie er – war eine vorzügliche Köchin, und wie jeden Freitagabend hatte sie auch diesmal etwas zu essen vorbereitet. Aber keiner der beiden hatte Hunger. Die Frau war wegen der bösen Geschichte von vor einer Woche besorgt, und auch er war, selbst wenn er es nicht zugeben wollte, unruhig und nervös.
»Meiner Meinung nach könntest du gut zu Hause bleiben«, sagte sie. »Sind nicht schon der Ingenieur und die andern da? Laß die doch wenigstens heute abend mal allein sehen, wie sie fertig werden!«
Priotti war unschlüssig. Im Grunde wäre er gern zu Hause geblieben; seine Teilnahme an der abendlichen Veranstaltung war nicht unbedingt notwendig. Don Pezza wäre es egal, ob er kam oder nicht. Was den Ingenieur betraf, so mochte der denken, was er wollte. Aber waren die Brüder Bortolon, ohne ihn, nicht imstande, wieder neues Unheil anzurichten? Bei den beiden war man nie ganz sicher.
Die Unentschlossenheit Priottis dauerte noch an, als dreißig Kilometer weiter Graziano zu Thea sagte, eigentlich würde er sie gern in diese Kirche begleiten, selbst wenn dort die Männer und Frauen getrennt sitzen müßten.
»Genügt es dir, mich von weitem zu sehen?« fragte Thea.
Graziano verschlug es die Sprache, denn sie lagen gerade in diesem Moment eng umschlungen im Bett. Er wurde sich der Situation bewußt, und seine Ratlosigkeit wuchs. War es schon so weit mit ihnen gekommen?
Hier konnte sich ein rettender Ausweg zeigen. Ein kleiner Zwischenfall (der Anwesenheit Grazianos zu verdanken) hätte, wenn Priotti zu Hause geblieben wäre, in eine Schlägerei ausarten können und damit die Polizei zum Eingreifen veranlassen, ja den Brigadiere Dalmasso bestimmen können, den Gottesdienst kurzerhand abzubrechen. Doch der Ausweg blieb unbeschritten. Lange bevor Thea und Graziano wieder in

den Porsche stiegen, machte Priotti seiner Unentschlossenheit ein Ende, schwang sich auf seine Gilera und fuhr nach Santa Liberata.

Auch im Büro des Verlegers überstürzten sich die Ereignisse. Die von Rossignolo vorgeschlagenen Texte für die neue Reihe – sie hatten übrigens bei niemandem Zustimmung gefunden, das gesamte Programm mußte neu überdacht werden, sogar der Titel der Reihe *Le Piastrelle* erschien nicht mehr so reizvoll – waren beiseite geschoben. In der Mitte des Tischs stand jetzt das Philips-Tonbandgerät neben den Bändern, die Monguzzi bei der Mutter Calamassis abgeholt hatte. Die Bänder, in Kassetten von neunzig Minuten Spieldauer, befanden sich in einem Schuhkarton, auf dem, von der Hand Calamassis, mit grünem Filzstift geschrieben stand: »Aufnahmen aus S. Liberata. Sehr interessant.«
»Sehr interessant«, sagte der Verleger ohne Betonung. Er kritisierte niemanden. Er beschränkte sich darauf, die Meinung von Prof. Livio Calamassi zu registrieren, einem Hochschullehrer von unbestrittener Bedeutung, einem der luzidesten Geister und der bestinformierten Männer unter den Außenlektoren des Verlags.
»Und Sie haben sich jetzt also die Bänder angehört? Haben Sie sich eine etwas genauere Vorstellung machen können?« fragte er Monguzzi.
Monguzzi antwortete mit einem kleinen idiotischen Lachen, das er mit einer bezeichnenden Bewegung des Kinns gegen die Tischmitte hin begleitete. Der Verleger nahm an, daß er damit auf die Überfülle des Materials hinweisen wollte.
»Natürlich«, erklärte der Verleger mit leicht gekünstelter Geduld, »ich erwarte ja nicht, daß Sie in so kurzer Zeit *alle* gehört haben.«
»Aber nein«, sagte Monguzzi und wiederholte seine Kopfbewegung. »Nur, das da sind Kassetten, und Rossignolos Tonbandgerät«, er deutete verschmitzt auf seinen Kollegen, »ist nur für Bänder eingerichtet.« Und jetzt gab er sich einem ausgelassenen Gelachter hin.
Der Verleger schloß die Augen und bedeckte das Gesicht mit den Händen. So verharrte er eine Minute.
Als er wieder um sich sah und reihum seine Mitarbeiter musterte, zeigte er wieder ein heiteres Lächeln.
»Manchmal«, begann er, und aus seiner Stimme klang vielleicht ein wenig Verwunderung, aber keineswegs Feindseligkeit, eher Sympathie und aufrichtige Zuneigung, »manchmal frage ich mich, ob mein Haus ein Verlag ist oder ein Kindergarten. Jetzt aber ...« fügte er nach einer Pause hinzu, während er auf die Uhr sah »... nein, es ist keine Zeit mehr, wir werden nachher in der *Birreria Bavarese* zu Abend essen. Jetzt könnt ihr gehen und vielleicht irgendwo ein Brötchen essen, und um fünf Minuten vor neun, nein, genau um sieben Minuten vor neun

treffen wir uns alle wieder«, und er wies auf den Schuhkarton, »vor der Kirche dieses Priesters.«
Monguzzi ließ einen klagenden, an ein Winseln gemahnenden Laut hören, aber niemand sonst sagte ein Sterbenswörtchen.
»Du verständigst Lomagno«, sagte der Verleger, an Mariarosa gewandt, »und du«, jetzt sprach er mit Rossignolo, »hast du dein Auto da?«
Rossignolo nickte bejahend.
»Dann bleibst du bei mir und fährst mich. Den Weg wirst du doch wenigstens wissen?«
»Ich bin doch schließlich gestern erst da gewesen«, antwortete Rossignolo pikiert.

2

Also ich rufe dich in jedem Fall morgen nachmittag an, oder wenn ich dich nicht erreiche, kannst du damit rechnen, daß ich um halb acht zu Hause sein werde, oder sagen wir, zwischen halb acht und acht, falls ich nicht hinterlassen habe, daß ich nicht zurücksein kann, und das würde dann bedeuten, daß wir uns so gut wie sicher dort um neun Uhr treffen. Einverstanden?
Signora Guidi hatte von dieser Erklärung, die ihr in einem Atemzug an der Haustür gemacht worden war, kein Wort verstanden, aber bei einem so pedantischen und die Geduld strapazierenden Mädchen wie Thea war es purer Wahnsinn, um nähere Erläuterungen zu bitten. Übrigens war ein solches Gewirr von Hypothesen und Wahrscheinlichkeitsrechnung, das doch einem ganz gewöhnlichen Turiner Nachmittag galt, nicht so sehr für Thea als für ihr Alter typisch. Es konnte ständig alles mögliche passieren, wenn man neunzehn Jahre alt war. Jedenfalls schien es so.
»Es ist gut«, sagte sie zu Piera, die ungeduldig auf Bescheid wartete. »Trag schon auf. Ich komme sofort.«
»Und die Signorina?«
»Wenn sie noch kommt, kannst du ihr etwas aufwärmen.«
Thea hatte sich den ganzen Nachmittag über nicht sehen lassen, und jetzt, zwanzig Minuten vor acht, befand sie sich vermutlich bei irgendwelchen Freunden, um Schallplatten zu hören (höchst anspruchsvolle oder widerlich triviale Musik – bei diesen jungen Leuten konnte man nie wissen . . .) oder um schulmeisterliche Diskussionen über weiß Gott was zu führen. Falls sie nicht ziellos durch die Stadt irrte.
Signora Guidi konzentrierte sich wieder auf den Brief an ihren Mann,

mit dem sie, gleich nachdem sie nach Hause gekommen war, begonnen hatte:
»Kurz und gut, man kommt immer weniger mit bei dem, was sie einem erzählt, die arme Nicoletta! Schade, denn dumm ist sie nicht. Thea will wieder ihren Zahnarzt wechseln, weil ihr jetziger sich weigert, ihr in allen Einzelheiten zu erklären, was er an ihren Zähnen macht. Wir haben uns noch nicht entschieden, wann – und ob überhaupt – wir nach Crans reisen. Denn sie hat eine Einladung nach Florenz, eine von den Lhomonds nach Monaco und natürlich auch eine nach Courmayeur. Und ich hatte eigentlich Elisabeth versprochen, ein paar Tage bei ihnen in Rom zu verbringen. Was tun? Das Ende wird sein, daß wir hierbleiben. Heute abend wollen wir jedenfalls zusammen in die Kirche gehen und eine Predigt (!) hören –«
Sie hielt inne. Sie hatte nicht mehr Zeit, die ganze Geschichte auf unterhaltende Weise zu erzählen, und andererseits war es zu schade, den Pfarrer von Santa Liberata nur in drei Zeilen abzutun.
»– aber ich erzähle dir alles im nächsten Brief. Es ist eine recht amüsante Geschichte, wenigstens bis jetzt. Ich muß jetzt Schluß machen, Piera wartet und klappert mit dem Geschirr.«
Sie fügte Grüße und Unterschrift hinzu, steckte den Bogen in einen Luftpostumschlag und schrieb die Adresse von dem letzten Brief ihres Mannes ab. Sie klebte eine Menge Briefmarken auf den Umschlag, weil sie nie wußte, wie viele nötig waren – die Baustellen Giacomos befanden sich immer in den unmöglichsten Ländern, wo man sich die Nachrichten noch mit dem Tamtam und Rauchwölkchen mitteilte.
Aber mit uns kommt es auch noch soweit, dachte sie, mit einem Blick auf die große Glaswand des Studios und der Vorstellung, wie sie in Trümmern aussähe. Und auf dem Weg ins Speisezimmer bewunderte sie mit vorweggenommener Nostalgie den ovalen Tisch, der angesichts der drohenden wilden Horden mit stoischem Gleichmut untadelig gedeckt war.

3

Unharmonische, zittrige Stimmen sangen die Hymnen der alten Liturgie. Als die alten Weiblein des Viertels die Kerzen in der Kirche bemerkt hatten, waren auch sie wieder erschienen – nicht viele, denn die Stadt war nach Sonnenuntergang zu gefährlich geworden, aber einige waren doch gekommen.
Der Ingenieur Vicini – er war soeben durch das geöffnete Seitentor eingetreten, an den Brüdern Bortolon vorbei, die im Vorraum Posten

standen – sah sie verstreut auf den hintersten Bänken der linken Seite sitzen: mit dem Schleier überm Kopf, den Rücken gebeugt, die Hände gefaltet und ganz hingegeben an die lateinischen Hymnen, die zu singen sie niemand aufgefordert, freilich auch nicht eigens davon abzubringen versucht hatte.
Der Ingenieur ging durch das Mittelschiff. Hier und dort saßen auch schon, obwohl es für den Gottesdienst noch viel zu früh war, Bewunderer des Pfarrers auf den Bänken; man erkannte sie an der Art, wie sie dasaßen: so demonstrativ dazugehörig und sich im eigenen Hause fühlend. In der einstigen Arbeitskapelle trug Domenico fleißig Holzscheite und Reisig zusammen, um das Feuer vorzubereiten. Priotti zündete Kerzen im rechten Seitenschiff an.
Von Don Pezza war nichts zu sehen; er mußte wohl noch im Pfarrhaus sein. Vicini ging durch die Sakristei ins Pfarramt und begrüßte die Professoressa Caldani, die am Schreibtisch in einem Manuskript blätterte.
»Da bin ich.«
»Besser spät als nie«, bemerkte trocken die Professoressa.
»Wieso? Es ist doch noch nicht einmal halb neun.«
»Das bedeutet, daß Ihnen nur noch eine gute halbe Stunde bleibt, um das alles hier auswendig zu lernen«, sagte sie und gab ihm das Manuskript, das aus einem guten Dutzend großer karierter Bogen bestand, die auf beiden Seiten mit der unregelmäßigen Handschrift des Pfarrers bedeckt waren.
»Was ist denn das?«
Die Caldani zuckte die Achseln.
»Sehen Sie sich es einmal selbst an«, sagte sie und verließ das Zimmer.
Vicini setzte sich die Brille auf und entzifferte mit Mühe das erste Blatt, dann das zweite. Beim dritten ging ihm auf, was ihn da erwartete, und verwirrt, ja fassungslos sah er sich um. Bis zu einem solchen Greuel hatte sich Don Pezza nicht einmal in seinen Polydialogen verstiegen.

4

Ein Dutzend Autos parkten in zwei Reihen unter dem Bikinimädchen, und Graziano, der eine letzte Lücke entdeckt hatte, beeilte sich, sie mit seinem Porsche auszufüllen.
»Lassen wir ihn hier stehen. Das geht doch?«
»Ja. Die Kirche muß dahinten sein«, sagte Thea.
Der Platz, im Grunde nur eine Verbreiterung der Straße, lag an der

Kreuzung zweier dunkler, krummer Gassen; Passanten, einzeln oder in Gruppen, strebten eilig vorbei und verschwanden hinter einer Ecke.
»Rauchen wir noch eine Zigarette?«
»Danke, ich nicht«, sagte Thea. »Aber rauche du nur ruhig.«
Über ihnen lagerte das Bikinimädchen mit trägem Lächeln am Strand, vor einem von blassen Segeln übersäten Meer. Es war fünf bis sechs Meter groß und hielt in der Hand ein Fläschchen mit Sonnenöl. Doch der Herbst- und Winterregen, der Nebel und die beizenden Dünste der Stadt hatten ihm die Sonnenbräune genommen, und die Kurven dieses vollkommenen Körpers waren von larvenhaft bleicher Tönung. Selbst der Sand war farblos, und der Bikini zeigte nur noch ein paar Flecke des ursprünglichen Blaus.
»Wie siehst du im Bikini aus?«
»Ich weiß nicht«, sagte sie mit einem Lachen. »Aber mehr oder weniger kannst du es dir doch vorstellen. Oder nicht?«
»Aber das ist nicht dasselbe. Ich meine, ich möchte dich gern im Bikini sehen.«
»Ich habe sie alle am Meer gelassen, glaube ich. Aber ich kann mir hier einen kaufen, wenn es dir Spaß macht.«
»Nein, ich wollte nur sagen ...«
Er stellte sich Thea im Bikini vor, in seinem Büro in der Via Sacchi oder in einem Motel der Vororte.
»Nein«, wiederholte er. »Aber wo ist das – am Meer?«
»In der Nähe von Santa Margherita. Wir haben dort ein Haus, das mein Großvater väterlicherseits –«
»Ist es schön da? Macht es dir Spaß?«
»Na, ich weiß nicht. Das Meer ist ziemlich verschmutzt, man sieht immer dieselben Gesichter und unternimmt immer dasselbe. Du weißt ja, wie das ist.«
Nein, er wußte das nicht. Was für Gesichter? Und was unternahm man?
Thea ließ sich nie lange bitten. Man brauchte sie nur etwas zu fragen, und schon erzählte sie – von sich, von ihrer Mutter, die nichts tat, aber trotzdem immer höchst beschäftigt war, von ihrem Vater, der ständig in Pakistan oder im Jemen war, von dem, was sie getan hatte oder gerade tat. Aber irgendwie war jedes ihrer Worte eine Tür, die sich auf eine andere Tür öffnete.
»Ich sehe dich nur selten. Wir sehen uns nur selten.«
»Findest du? Aber wenn wir doch den ganzen Tag zusammen sind! Na los, rauch deine Zigarette, dann wollen wir gehen.«
Graziano rauchte schweigend, den Blick auf das farblose und an mehreren Punkten zerrissene Meer und auf die kurvenreiche Reklameriesin

gerichtet. Was für Gesichter? fragte er sich wieder und überlegte, was für ein Gesicht wohl Theas Mutter habe.

Eine der vier Seiten der Kreuzung existierte nicht mehr, stellte der Bleistifthändler fest, als er aus einer der vier schmalen Straßen auftauchte, dort war jetzt ein Parkplatz, der als Provisorium nun schon seit einigen Jahrzehnten bestand. Im Dickicht des alten städtischen Zentrums waren mehrere solcher Lichtungen entstanden, wo bereits baufällige Häuser bei einem Brand oder einem lange zurückliegenden Luftangriff oder auch nur dank natürlichem Verfall eingestürzt waren, ohne daß über ihre definitive Verwendung entschieden worden wäre. Und so hatten, während die Männer in den Planungsbüros langsam an ihren Netzen webten, andere anonyme Bürokraten nach und nach die Beseitigung der Trümmer und darauf die Planierung und Asphaltierung des Terrains verfügt. Die Wände der angrenzenden Häuser waren durch massive Balken abgestützt worden, und die Fläche wurde an jeden vermietet, der dort ein Werbeplakat anzubringen wünschte.
Den freien Platz beherrschte, wie der Händler mit einem zerstreuten Blick bemerkte, eine halbnackte weibliche Figur, vermutlich die Hauptdarstellerin in irgendeinem Film. Aber darunter war für seinen VW kein Platz mehr, und auch in der Gasse, aus der er gerade gekommen war, bildeten die parkenden Autos eine an den Häuserwänden klebende kompakte Kolonne.
Jemand, der hinter ihm kam, gab ihm mit Blinkzeichen zu verstehen, er solle die Straße freigeben, und nach einigen Sekunden des Zögerns fuhr der Bleistifthändler betont langsam weiter. Er überquerte die Kreuzung und sah, daß in der rechten Querstraße, einer Einbahnstraße, die Reihe der parkenden Autos nicht bis zur Ecke reichte; ein Stück war noch frei und schien bereit, seinen VW aufzunehmen. Rasch umfuhr er den Häuserblock, bog dann in der erlaubten Richtung in die Gasse ein und fand den freien Platz wieder. Erst jetzt bemerkte er überrascht, daß das erste Fahrzeug in der Reihe ein Polizeiwagen war, der dort mit ausgeschalteten Scheinwerfern stand.
Der Händler überlegte, wie er sich verhalten sollte. Dann entschloß er sich, den Platz nichtsdestoweniger in Anspruch zu nehmen. Mit einigen wenigen Wendungen manövrierte er sich geschickt auf den freien Platz an der Mauer und stellte den Motor ab. Er hatte jetzt wieder den kleinen Parkplatz vor sich, über den das Bild der halbnackten Frau zu wachen schien. Aber es war nun doch keine Schauspielerin, sondern eine Badeschönheit, eine Reklame für eine Sonnencreme.
Hinter ihm wurde eine Wagentür zugeschlagen, und jemand kam mit schwerfälligen Schritten auf ihn zu. Er rührte sich nicht.

5

»Hochinteressanter Bau, eine sehr beeindruckende Kirche«, lobte der Verleger, der mit seiner kleinen Gruppe in einem Haustor gegenüber stand und nicht müde wurde, sich für das mittelmäßige Spätbarock der Fassade zu begeistern.

Natürlich, dachte Rossignolo zornig. Jetzt, wo er sie alle aus reiner Bosheit hierhergeschleppt hatte, beharrte er seiner Gewohnheit nach darauf, seine Tyrannenlaune mit höheren Motiven zu bemänteln.

»Ein kleines Juwel«, fuhr der Verleger fort und implizierte damit, daß dieses Juwel bis heute selbst den bedeutendsten Kunsthistorikern entgangen war. »Wir müssen unbedingt wiederkommen, um sie zu ...« Er schnalzte, auf der Suche nach dem Wort, mit den Fingern.

». . . fotografieren«, half ihm Mariarosa.

»Richtig. Am ersten Tag mit etwas Sonne müßt ihr mich erinnern, dann kommen wir her, um ein paar ...«

». . . Aufnahmen zu machen«, ergänzte Rossignolo mit zusammengebissenen Zähnen.

Wenn er mit ihnen unterwegs war, trug der Mann immer eine gewisse Zerstreutheit und blasierte Vergeßlichkeit zur Schau, die ihm erlaubte, sich die Worte zurufen zu lassen, als führte er mit ihnen eine Zirkusnummer vor. Mit den Fingern schnalzen, um sie durch den Reifen springen zu lassen, das war der wahre Zweck dieser anstrengenden Komödie.

»Gehen wir jetzt hinein?« fragte Rossignolo ungeduldig und schüttelte sich fröstelnd in seinem Regenmantel.

»Und wo ist denn der ... äh?« fragte der Verleger.

»Hier«, antwortete Monguzzi, der weiter hinten an einer geschützten Stelle an der Wand lehnte.

Noch weiter hinten standen zwei dunkel gekleidete Männer, zwei im Halbdunkel des Hausflurs fast unsichtbare Schatten. Waren es Hausbewohner, die im Begriff waren, auszugehen? Oder Messebesucher, die hier auf Freunde warteten?

Die kleine Gruppe überquerte die Straße und bahnte sich auf dem kleinen Kirchplatz einen Weg durch die Menge der Wartenden, die dort im Gespräch herumstanden, in die Kirche hineinschauten, wieder herauskamen, auf die Uhr blickten und den Eingang und die enge Vorhalle mit den kunststoffgepolsterten Türflügeln versperrten.

Rossignolo nahm das Gedränge zum Vorwand, sich zurückzuhalten und so einem kollektiven Einmarsch in die Kirche – im Stil eines Klassenausflugs – aus dem Wege zu gehen. Der Verleger blickte, wie Rossignolo bemerkte, forschend in jedes Gesicht, wohl in der Hoffnung,

erkannt zu werden, aber ebenso auch in der Furcht, daß ihm bei der »Entdeckung« von Santa Liberata jemand zuvorgekommen sein könnte. Ein paar Leute wandten zwar den Kopf nach der wuchtigen bärtigen Gestalt, aber glücklicherweise war niemand dabei, den er kannte. Offenbar legten die wenigen intelligenten Menschen, die es in Turin gab, keinen Wert darauf, sich unter diese, gelinde gesagt, zweifelhafte Gesellschaft zu mischen.
Respektable Herren in Wintermantel und Schal führten elegante Damen am Arm, die sich übrigens, als sie sich zum Eingang drängten, besonders rücksichtsvoll und liebenswürdig gegenüber den Messebesucherinnen von geringerem Stande benahmen, und die wieder – bescheidene Hausfrauen, Verkäuferinnen oder Angestellte, auch solche aus dem Süden; ein paar darunter trugen tatsächlich noch einen Schleier – lohnten es ihnen mit einem geschmeichelten Lächeln. Nur wenig Proletariat. Wenig »Andersgeartete«. Zwar sah man weiter vorn zwei auffällige blonde Perücken, aber damit war nicht gesagt, daß es Transvestiten waren. Ein Student im graugrünen Militärrock. Ein gleicher Rock an einem hochgewachsenen kahlköpfigen Mann – vielleicht ein Arbeiter, der von seiner Schicht bei der Fiat kam . . . Aber nein, es war, mit Adlernase und kleinem Schnurrbart, der typische Piemonteser Landadlige.
»Nehmen Sie Ihre Hände weg!« schrie mit schriller Stimme eine Frau, die schon durch die Kirchentür hindurchgegangen war.
Rossignolo war überrascht, denn es war nicht die Art Mariarosas (es war ihre Stimme), sich derart zu entrüsten, wenn ihr jemand – unwahrscheinlich genug – das Gesäß tätschelte.
»Raus! Es ist verboten!« hörte man rauhe Männerstimmen.
»Was verboten! Was heißt hier verboten!« kreischte Mariarosa.
»Komm, laß die doch!« – Rossignolo erkannte jetzt die Stimme Lomagnos in dem Durcheinander – »Laß die doch in ihrem eigenen Saft schmoren!«
Plötzlich wurden Rossignolo und alle, die dem Eingang am nächsten standen, mit Wucht zurückgedrängt. Die Menge der Wartenden wurde gleichsam von einem menschlichen Katapult, bestehend aus Lomagno, Mariarosa und den Brüdern Bortolon, den beiden Gehilfen Don Pezzas, geteilt.
»Ich pfeife auf den Laden hier!« brüllte Mariarosa.
»Komm weg, wir werden uns doch nicht provozieren lassen!« schrie der völlig verstörte Lomagno.
Im Kielwasser der vier kamen Francisco, Monguzzi und als letzter der Verleger, der Rossignolo mit einer Handbewegung heranwinkte.
Mitten auf der Straße hüpfte, wie auf glühenden Kohlen, Lomagno auf

und ab.

»Aber das ist doch der helle Wahnsinn, wo leben die denn eigentlich? Das ist ja reines Mittelalter hier!« ereiferte er sich sarkastisch.

Wie sich herausstellte, war die Ursache von alledem, daß Mariarosa die Kirche in Hosen betreten wollte. Die beiden Gehilfen Don Pezzas hatten sie darauf in grober Form aufgefordert, die Kirche wieder zu verlassen, da dieses Kleidungsstück in Santa Liberata nicht zugelassen war. Nach ihrem Protest hatten die beiden faschistischen Gorillas sie brutal an beiden Armen gefaßt. Lomagno war zu ihrem Schutz herbeigeeilt.

»Los, kommt!« rief er ihnen zu und stürmte mit gesenktem Kopf davon. »Nur weg von diesem Irrenhaus!«

Vor der Kirchentür war indessen der andere Gehilfe Don Pezzas erschienen, das Faktotum mit dem Kahlkopf, und bemühte sich nun, die beiden Gorillas wieder an ihren Jacken in die Kirche hineinzuziehen.

»Das ist doch einfach irrsinnig«, wiederholte ein übers andere Mal Mariarosa, »das ist Wahnsinn!« Francisco lächelte, und der Verleger . . .

Rossignolo sah, daß sich der Verleger nicht von der Stelle rührte.

Mit gesenktem Kopf, wie ein Bock springend, kam Lomagno zurück.

»Worauf wartet ihr noch?« fragte er, wild gestikulierend. »Los, nur weg von dieser Kloake!«

»Unerhört!« Mariarosa konnte sich nicht beruhigen. »Wo es doch nicht einmal in der Peterskirche verboten ist, in der römisch-katholischen apostolischen Basilika von Sankt-Peter . . .«

»Andererseits«, wandte bedächtig der Verleger ein, »wenn hier Frauen in . . . Dingsbums . . . unerwünscht sind . . .«

Er schnalzte zweimal mit den Fingern.

»Hosen«, half ihm Rossignolo gehorsam aus.

»Richtig. Und wenn es zu ihren Vorschriften gehört . . .«

Der Mund Lomagnos trat jetzt wie ein Tastorgan aus seinem Bart hervor.

»Ah, sehr gut! Bravo! Erst bringst du uns zu diesen faschistischen Provokateuren, und dann gibst du ihnen auch noch recht! Aber weißt du was? Es wundert mich gar nicht mehr. Es wundert mich überhaupt nicht! Schon seit längerem hat sich deine Einstellung –«

»Außerdem haben sie gar nicht das Recht dazu«, unterbrach Mariarosa. »Sogar in der Peterskirche, jawohl, in der katholischen Basilika –«

Ein Kreis von Neugierigen hatte sich um sie gebildet. Rossignolo, der längst begriffen hatte, wie der Hase lief, zog sich zur Kirchentür hin zurück.

»Jedenfalls«, sagte der Verleger, »seid ihr beide nicht verpflichtet, mitzukommen. Geht, wohin es euch beliebt. Das heißt, wir treffen uns alle so um elf, halb zwölf in der *Birreria Bavarese*.«

Entschlossen näherte er sich dem Eingang, gefolgt von Francisco. Plötzlich drehte er sich um.
»Wo ist Dingsda?«
»Ich bin hier«, antwortete Monguzzi resigniert. Er kam hinter einer Gruppe von Frauen hervor, die über den Vorfall debattierte.
»Also gehen wir jetzt«, sagte der Verleger. Und während sie hineingingen, hörte Rossignolo ihn wütend vor sich hinmurmeln: »Mit Hosen in die Kirche! Nicht mal ins Büro dürfte sie so kommen!«

Rechtsanwalt Quadrone ließ seine Meinung über den Vorfall nicht allein seine Frau wissen, sondern jeden in Hörweite seiner bei aller Gedämpftheit durchaus vernehmbaren Stimme. Die Frechheit und Unverschämtheit dieses Flittchens, das sich erfrechte, hier das große Wort zu führen! Seine Frau, die sechzehn Jahre jünger als er war und an dreihundert von dreihundertfünfundsechzig Tagen Hosen trug, gab zu bedenken, daß dieses Mädchen es vielleicht nicht besser gewußt hatte. Ach nein, nicht gewußt? Das wußte doch ein jeder von der Kirche Santa Liberata, wies eine der Schwestern Anselmetto, die zu den Getreuesten des Pfarrers gehörten, den Entschuldigungsversuch zurück. Nein, die Person hatte es sehr wohl gewußt und war eigens gekommen, um auch an diese Stätte der Zuflucht den Dreck und die Unordnung zu bringen, wie sie allenthalben herrschten. Professor Veglia, ein Röntgenologe, der Quadrone kannte und ihn für einen Dummkopf hielt, suchte unauffällig die Bänke auf der Männerseite zu erreichen, bevor Quadrone seiner habhaft werden konnte. Signora Possetto, Hausfrau, flüsterte ihrer Tochter Romina zu: »Ein Glück, daß du sie nicht angezogen hast, stell dir die Blamage vor!« Dellagiovanna, ein Diplomkaufmann, bemerkte, daß man in Italien heutzutage sogar noch in der Kirche polizeilichen Schutz brauche, nur daß die Polizei nichts und niemanden mehr schützte ...
Die Polizei, in Gestalt der als Zivilisten getarnten Beamten Muzzoli und Urru, hörte all diesen Bemerkungen unbewegt zu. Für sie war der Zwischenfall abgeschlossen, und so zog sie sich wieder hinter die zweite und dritte Säule des rechten Seitenschiffs zurück.
Muzzoli und Urru gehörten nicht zum Sicherheitsdienst, zur Digos, sondern zum Überfallkommando; mit dem Ordnungsdienst hatten sie nur gelegentlich Erfahrungen gemacht, und das nur im Falle von außergewöhnlichen Zusammenrottungen von Extremisten, von außergewöhnlichen Popkonzerten und außergewöhnlichen Besuchen italienischer und ausländischer Staatsmänner. Aber in eine Kirche hatten sie noch nie den Fuß gesetzt, außer in ihrer Eigenschaft als getaufte Katholiken (Urru war gläubig und praktizierender Katholik; Muzzoli neigte

eher zu der vagen Annahme eines höheren Wesens), und so fanden sie ihren Auftrag an diesem Abend peinlich und undankbar. Dazu kam, daß ihre Instruktionen ebenso ausführlich wie unklar waren; der Brigadiere Dalmasso hatte sie ihnen in jenem schneidenden und bestimmten Ton erteilt, den Unteroffiziere überall in der Welt annehmen, wenn sie selbst nicht ganz begriffen haben, was zu tun ist. Da hieß es, nicht auffallen, bei eventuellen Besonderheiten im Ablauf der Zeremonie nicht gleich hervortreten, aber, ohne sich als Polizei zu erkennen zu geben, eventuelle verdächtige Elemente, ob sie nun der gewöhnlichen Unterwelt oder dem politischen Extremismus angehören, im Auge behalten; eingreifen nur dann, wenn die Situation es unbedingt erheischen sollte, aber immer mit der äußersten Diskretion; und vor allem nie vergessen, daß der Priester Pezza ausdrücklich jeden polizeilichen Schutz abgelehnt hat und deshalb der Ordnungsdienst sozusagen nur insgeheim auszuüben ist.
So hatten sich denn Muzzoli und Urru, die von Anfang an hinter der zweiten beziehungsweise der dritten Säule des rechten Seitenschiffs versteckt auf ihrem Posten gewesen waren, insgeheim den Streitenden genähert, freilich nicht ohne sich zu fragen, ob dies ein Fall sei, der ihr Eingreifen notwendig machte. Und ebenso heimlich hatten sie zugesehen, wie dieses Mädchen (aber warum nur, waren Frauen in Hosen nicht längst in Kirchen zugelassen?) von zwei Kirchendienern oder Mesnern hinausbefördert wurde. Höchstwahrscheinlich waren es die beiden, die nach dem Bericht Dalmassos bereits am vergangenen Freitag in einen Krawall oder eine Prügelei verwickelt worden waren, zwei Brüder Bortolon, Pietro und Paolo. Und als jetzt noch ein dritter Sakristan (Priotti, Giuseppe?) zu ihrer Verstärkung erschienen war, verständigten sie sich insgeheim darüber, um einmal einen Anfang zu machen, diese drei Personen im Auge zu behalten.
Während sich die Kirche nun allmählich füllte, mußten Muzzoli und Urru erkennen, daß ihre gewöhnlichen Kriterien zur Identifizierung »verdächtiger Elemente« hier nicht verfingen.
An eine bestimmte Perspektive gewöhnt, an einen bestimmten Sektor der Kriminalität, bewegten sie sich zwischen einer Bar, die ein Treffpunkt für Waffenhehler und -verkäufer war, und einem Nachtklub, in dem sich die Dealer und Fixer trafen, zwischen einer heimlichen Spielhölle, einer von Zuhältern frequentierten Pizzeria und einer Garage, in der gestohlene Autos frisiert wurden, kurz, an Orten, an denen *jeder* verdächtig war. Hier aber mußten sie es mit der Universalität der Kirche aufnehmen, mit Damen im Pelz und farblosen Hausfrauen mit einem Tuch um den Kopf, mit bärtigen jungen und abgezehrten alten Männern – dazwischen ein paar Kinder –, mit armen Leuten und mit

aufgeblasenen Leuten, mit kranken und mit Zerstreuung suchenden Menschen, eben mit Menschen aller Art. Dazu kam, daß der ungewisse, flackernde Kerzenschein ihre typischen Merkmale ständig veränderte. Ein Galgenvogelgesicht wurde vom geheimnisvollen Helldunkel gleichsam geadelt; aus adretten Bürgern machte ein Schattenspiel finstere Schurken, während ein Dienstmädchen wie ein Filmstar aussah.
Signora Guidi, der keine Erfahrungen mit verdächtigen Bars und Pizzerien den Blick trübten, vermochte die Zusammensetzung des Publikums besser zu würdigen. Übrigens teilte es sich nicht nur in Männer auf der rechten und Frauen auf der linken Seite; es ließ auch eine gewisse gesellschaftliche Rangordnung erkennen.
Die auf den vordersten Bänken sitzenden Besucher waren zwar unterschiedlicher sozialer Herkunft, aber etwas einte sie: der verzückte und entschlossene Ausdruck. Es waren die Pezza-Fans, die auch kein einziges Wort der Predigt verlieren wollten. Signora Guidi erkannte unter ihnen einen Grafen Lazzerini, von den Lazzerini von Brusasco, und die Inhaberinnen der im Zentrum der Stadt gelegenen Textilwarenhandlung Anselmetto. Hinter dieser religiösen Elite hatte sich das elegantere mondäne Publikum versammelt, das wahrscheinlich, genau wie sie selbst, nur aus Neugier gekommen war. Auf den mittleren Bänken nahm ein vorwiegend kleinbürgerliches Publikum Platz, das jedoch nicht ohne geistige Ansprüche war – etwa der Typ der Abonnenten auf die Nachmittagsvorstellungen im *Teatro Regio.* Die Leute aus dem Viertel dagegen, die eigentlichen Gemeindemitglieder, begnügten sich mit den hinteren Bänken – alte Frauchen, Rentner, kleine Geschäftsleute (Celestini fehlte) und aus dem Süden zugereiste Familien.
Kurz, ein buntes Publikum und eine ungewöhnliche Atmosphäre, ein entschieden merkwürdiges Milieu, das die übliche Turiner Langeweile nicht aufkommen lassen würde. Schade, wenn Thea nicht käme.

Das Scharren, Trampeln und unaufhörliche Gemurmel der Besucher fand in der Apsis einen Widerhall und gelangte verstärkt zur Professoressa Caldani, die von der Tür zur Sakristei her beobachtete, wer hereinkam.
Die Kirche war voll, und noch immer kamen Leute; es waren jetzt schon mehr als beim vorigen Mal, stellte sie voller Stolz fest, freilich auch mit einem gewissen Unbehagen, einer unbestimmten Furcht. Der Zwischenfall vom vorigen Freitag hatte das ältliche Fräulein zutiefst verstört.
Rechts von ihr sprühte von Zeit zu Zeit ein Funkenregen aus dem großen Kamin in der ersten Kapelle im Querschiff. Vielleicht war das Wetter daran schuld, daß der Kamin heute nicht zog, oder vielleicht

war Domenico einfach zu ungestüm an die Arbeit gegangen. Er stand dort mit gespreizten Beinen und stocherte mit einem großen Schürhaken in der Glut. Unter dem Zischen des grünen Holzes, dem Knistern und Rutschen der Glut schien das gerötete und rußbedeckte Gesicht Domenicos fast einen diabolischen Ausdruck anzunehmen. Wenn er nur nicht heute abend wieder eine Nervenkrise bekam, hoffte die Caldani. Die Zornesausbrüche des Matratzenmachers gegen die der Sinnlichkeit ergebenen Menschen, die Feinde Gottes und die Mächte der Finsternis wurden allmählich besorgniserregend.
Außerdem galt es aufzupassen, daß die Brüder Bortolon es dort an der Tür nicht gar zu arg trieben. Sie hatten schon mit grober Unhöflichkeit eine Frau, weil sie Hosen trug, vor die Tür gesetzt, und Priotti hatte alle Mühe gehabt, zu verhindern, daß es zu einer Schlägerei kam. Sie hatte darauf Priotti gebeten, er möge die Brüder Bortolon sofort nach Hause schicken, wenn sie es weiter so trieben. Aber wäre es nicht besser gewesen, den Ingenieur mit der Überwachung zu beauftragen?
Aber schließlich hatte der Ingenieur Besseres zu tun, und rechtzeitig erinnerte sie sich, daß ihr Don Pezza diesen Punkt besonders ans Herz gelegt hatte. Doch als sie wieder ins Büro kam, sah sie, daß er das Manuskript beiseite geschoben hatte. Er wärmte sich, vor dem kleinen Holzofen stehend, die Hände und zeigte ihr ein zufriedenes Lächeln.
»Was ist los? Sind Sie schon fertig?«
»Mit dem ersten Teil, ja. Und vom Rest habe ich mir eine allgemeine Vorstellung gemacht.«
»Aber Don Pezza –«
»Seien Sie unbesorgt. Ich werde mir zu helfen wissen«, erklärte er lächelnd. »Übrigens fängt es gleich an. Kommen immer noch Leute?«
»In Scharen. Aber wenn Sie es wirklich zu Ende gelesen haben, wollte ich Sie bitten . . .«
Der Ingenieur hörte ihr zu und nickte zustimmend. Sie möge ganz unbesorgt sein.
»Machen Sie sich darüber keine Gedanken«, wiederholte er im Hinausgehen. »Dafür werde ich schon sorgen.«
Aber die Professoressa konnte sich nicht von ihrer Angst und Bangigkeit befreien, und es gelang ihr nicht, die innere Unruhe, die sich ihrer bemächtigt hatte, zu unterdrücken. Als sie nun die auf dem Schreibtisch liegengebliebenen Manuskriptseiten ordnete und die Gegenstände, die Vicini brauchen würde, dazulegte, wurde ihr bewußt, daß ihre Hände zitterten und daß sie nichts gegen dieses Zittern vermochte.
»Herr«, betete sie, während ihr Blick die große Tasche suchte, die sie auf einem Stuhl in der Ecke abgelegt hatte, »Herr, gib mir Kraft . . .«
Es war die Tasche, die sie jeden Freitag bei sich hatte und mit der sie auf

dem Weg zur Kirche ihre sparsamen Einkäufe für den nächsten Tag machte.
»Herr«, betete sie, »erbarme dich meiner!«

Für einen Augenblick blieb der Ingenieur an der Balustrade stehen, um die Menge zu betrachten, und sein Lächeln wurde zur Grimasse, zum vieldeutigen Grinsen. Das, was er in Kürze würde tun müssen, hatte ihn zunächst erschreckt und bestürzt – aber jetzt nicht mehr. Im Gegenteil, es war genau das, was getan werden mußte; er sagte es sich wieder und wieder, während er um die Chorschranken herumging und die Stufen vom Chor hinabstieg. Heute abend würde er bis zum Ende gehen.
Vom linken Seitenschiff aus, wo er sich langsam mit den anderen vorwärtsschob, erblickte ihn Rossignolo, der einen Augenblick befürchtete, daß dieser Plagegeist ihn und seine Kollegen suchte. Aber Vicini hatte sich schon dem Mittelschiff genähert; hinkend und mit dem Stock aufstoßend ging er den Gang zwischen den Bänken hinunter. Ob er sie nun gesehen hatte oder nicht, er war jedenfalls an diesem Abend mit anderen Dingen beschäftigt.
»Aber was macht der denn? Warum kommt er nicht?« fragte der Verleger, indem er sich umdrehte.
Übrigens meinte er diesmal nicht Monguzzi, der, obwohl eng an die Wand gepreßt, doch mit den andern weiter nach vorn drang, sondern Francisco, der vor einer Kapelle stehengeblieben war, die ein Bild von eindrucksvoller Einfältigkeit schmückte. Er stand dort bewegungslos und starrte das Bild an – eine heilige Therese in Verzückung –, als wolle er sie mit den Augen verschlingen. Dann trat er an das Geländer und beugte langsam die Knie seiner langen Giraffenbeine.
»Er ist eine Betschwester«, stellte Monguzzi grollend fest. »Den Verdacht habe ich schon immer gehabt.«
Die übliche Vereinfachung, dachte Rossignolo. Dabei lag es doch auf der Hand, daß der Background seiner in Südamerika verlebten Kindheit seine spontane religiöse Empfänglichkeit vollauf rechtfertigte. Die Suggestionskraft, die von diesem spanisch-barocken, gegenreformatorischen Dekor ausging, von diesen düsteren Kontrasten von Licht und Schatten . . .
»Hier kann er auf keinen Fall bleiben«, bemerkte Monguzzi, »wenn er schon auf den Knien rutschen will, dann muß er es drüben, auf der Männerseite, tun.«
Und er schob sich inmitten der allgemeinen Prozession weiter nach vorn, auf das Querschiff zu, übrigens auch, um sich ein wenig an dem »Urfeuer« zu wärmen.

Da war er wieder, der Monguzzi! Domenico, der Matratzenmacher, der sich gerade, mit einem vom Stapel genommenen Holzscheit in der Hand, aufrichtete, sah, wie Monguzzi vorbeikam, und das Blut schoß ihm ins Gesicht. Er war also zurückgekommen in die Santa Liberata (und zwar zusammen mit seinem Akolythen – ja, auch der war wieder dabei!), zurückgekommen gewiß zu einem tückischen Zweck, gewiß mit einem verhängnisvollen Plan, der Don Alfonso und dem Turm der sieben Stufen galt! Er war schon im Begriff, ihm nachzulaufen, ihn zu packen und hinauszuwerfen oder, besser noch, gleich ins Feuer, als er etwas bemerkte, was ihn noch heftiger erschreckte. Ein Mann von wuchtiger Gestalt, in einem langen schwarzen Mantel, mit dichten schwarzen Augenbrauen und langem schwarzen Bart, kam, mit wichtigem Gehabe, daher und schnalzte mit den Fingern, worauf sich der Akolyth ihm ehrerbietig zuneigte und ihm geheime Worte ins Ohr flüsterte. So waren also die beiden Dämonen nicht allein gekommen. Dieses Mal war Achamoth selbst dabei, der verfluchte Fürst der Finsternis, auch Jaldabaoth genannt oder . . .
Domenico, der noch immer das Holzscheit in den Händen hielt, war von seiner Entdeckung wie versteinert. Er mußte eigentlich stehenden Fußes eilen, um Don Pezza von der Gefahr zu unterrichten, aber das Entsetzen hatte ihn gelähmt. Oder war es ein Bann, ein böser Zauber der drei Gesellen? Nur mit Mühe gelang es ihm, das Scheit in den Kamin zu werfen; dann trat er zurück und suchte seine Augen vor dem Funkenregen zu schützen. Als er sich umwandte, waren die drei verschwunden, untergetaucht in der Menge, die sich durch das Querschiff bewegte. Aber vielleicht waren sie nie dagewesen, und alles war nur ein Trick und Betrug, um ihn abzulenken und vom Feuer fernzuhalten. Freilich, darauf fiel er nicht herein! Seine Aufgabe war es – und er griff wieder nach dem großen Schürhaken und stieß und stocherte in der Glut und schürte das Feuer –, seine Aufgabe war es, den Spinther, den göttlichen Funken, am Leben zu erhalten, der Santa Liberata und alle Pneumatiker beschützte.

Indessen strömten von den Seitenschiffen her neue Besucher in die Kirche. Eine gewisse, sozusagen touristische Besichtigung, ohne Trennung der Geschlechter, war vor dem Beginn des Gottesdienstes gestattet, wenn auch nichts weiter zu besichtigen war als die Kapelle mit dem Kamin und der siebenstöckige Turm. Diese beiden Attraktionen riefen ein allgemeines Flüstern hervor.
»Sehr schön, es erinnert an eine englische Taverne des siebzehnten Jahrhunderts«, hatte gerade der Verleger angesichts des Kamins geäußert und war dann neugierig weiter auf die Sakristei zugegangen.

Gereizt durch die Dummheit und das Unpassende des Vergleichs (warum das siebzehnte Jahrhundert und warum überhaupt englisch, da doch die alten englischen Schenken bekanntlich niedrige Decken hatten?), folgte Rossignolo dem Verleger nicht. In Wahrheit mußte der Flaneur doch bereits enttäuscht und gelangweilt sein, aber mit diesen kleinen Mätzchen versuchte er, Santa Liberata (das heißt, seinen albernen Einfall, hierherzukommen) zu »retten«, und er benahm sich nun so, als besichtige er die Kathedrale von Chartres oder die Abteikirche von Vézelay. Da hatten es Lomagno und Mariarosa besser gemacht, die saßen jetzt sicher friedlich in einem gut geheizten Kino. Vielleicht hatten sie das alles absichtlich getan, hatten sich vorher verabredet, wie sie es anstellen sollten, um weggeschickt zu werden. Diese Schufte! Er fühlte sich allein und verraten und empfand daher ein Bedürfnis nach Solidarität mit seinem Gefährten im Unglück. Er sah sich suchend um, aber der gute alte Monga hatte sich unsichtbar gemacht, vielleicht auch in der Befürchtung, sonst dem Pezza zu begegnen. Besser, er machte es ebenso, um weiteren historisch-ästhetischen Vergleichen dieser Art zu entgehen. Und sobald er sah, daß der Verleger, der zusammen mit anderen »Touristen« den Turm bewunderte, sich nun anschickte, in das dunkle Labyrinth der Rohre und Balken einzudringen, wo gestern der Priester den Scherz mit der Taschenlampe gemacht hatte, mischte sich Rossignolo langsam wieder in den Menschenstrom und ging das rechte Seitenschiff hinunter in Richtung auf die Tür.
Muzzoli und Urru hatten sich inzwischen auf ihren Posten hinter den Säulen davon überzeugt, daß sie sich ungeniert umsehen konnten, ohne deswegen aufzufallen. Denn gut die Hälfte der Anwesenden tat, und mit der größten Selbstverständlichkeit, das gleiche, man suchte und begrüßte sich; man beeilte sich, dem andern die Hand zu drücken, und unterhielt sich mit gedämpfter Stimme, gar nicht zu reden von dem Hin- und Herwinken zwischen den Bänken der rechten und denen der linken Seite, wo Männer und Frauen, sonderbar genug, getrennt saßen wie bei einer Beerdigung auf dem Lande.
Am Eingang hatte sich indessen die Situation beruhigt. Zu dem kahlköpfigen Sakristan und den beiden zu Handgreiflichkeiten neigenden Brüdern hatte sich nun ein Hinkender gesellt, ein Mann mit Brille, anständig gekleidet, und die vier zusammen führten die Kontrolle und Einweisung der noch eintreffenden Besucher mit größerer Rücksicht durch als zuvor. Zwar wies man noch ein paar Frauen in Hosen zurück, doch mit der gebotenen Höflichkeit, ja fast mit einer Entschuldigung. Ein Transvestit ging von selbst wieder, nachdem der Hinkende ihm in verbindlichem Ton Erklärungen gegeben und ihm freundschaftlich auf die Schulter geschlagen hatte. Und der Sakristan hatte persönlich eine

Hundertjährige, die in Begleitung ihres Enkels kam, aufgefordert, mit diesem zusammen auf der Männerseite Platz zu nehmen.
Allein, die beiden Polizeibeamten waren mit der Situation nicht zufrieden. Sie sahen sie, aufgrund einer berufsbedingt verzerrten Sehweise, als gefahrenträchtig, etwa im Sinne einer drohenden Konfrontation zwischen rivalisierenden Banden, wie man sie in einem Tanzlokal der Peripherie erwarten mochte. Aus der gleichen, professionell bedingten Einstellung behielten sie auch die dunkleren Winkel der Kirche im Auge, in deren einem, hinter ihnen, wie aus dem Nichts heraus zwei dunkle Gestalten erschienen waren – zwei dunkelgrau oder schwarz gekleidete Männer, die, den Schal bis unters Kinn um den Hals gebunden, offenbar keinen Wert darauf legten, gesehen zu werden. Bewegungslos standen sie zwischen dem letzten Beichtstuhl und der Rückwand der Kirche. Einer der beiden schien betagt, der andere mochte in mittleren Jahren sein. Ehrerbietig hielten sie den Hut an die Brust gedrückt und sahen sich weder um, noch wechselten sie ein Wort miteinander. Dies alles konnte jedoch Muzzoli und Urru nicht abhalten, gemäß ihrer professionell verzerrten Perspektive in ihnen Männer zu sehen, die etwas zu verbergen hatten.
Aber das Läuten einer Glocke lenkte nun die allgemeine Aufmerksamkeit auf den Chorraum. Eine Nonne – nicht eine wirkliche Nonne, wie Urru von seinem Posten an der dritten Säule aus sah, sondern eher eine Schwester von einem der Dritten Orden oder eine Dame vom Heiligsten Herzen Jesu, mit einem schwarzen Schleier über dem grauen Haar – war an die Chorschranken getreten und schwenkte die Altarglocke. Der Gottesdienst würde also sogleich beginnen. Die sich im Querschiff drängende Menge strömte zu den Bänken, und zwischen den beiden Seitenschiffen kam es zu einer wechselseitigen Bewegung: die Männer, die noch auf der linken Seite geblieben waren, gingen zur rechten hinüber und umgekehrt die Frauen von der rechten Seite zur linken.
»Ich bitte, sich zu beeilen«, sagte die Schwester an der Chorschranke.
»Ich bitte, sich zu beeilen«, wiederholte der bebrillte, einen Fuß nachziehende Herr, indem er sich an die »gemischten« Gruppen wandte, die noch am Eingang herumstanden. Und da es sich um Paare handelte, die wahrscheinlich zum ersten Mal und nur aus Neugier gekommen waren und sich nicht gern trennen wollten, fügte er etwas energischer hinzu: »Rein oder raus, aber bitte, beeilen Sie sich ...«

»Wie findest du meine Mutter? Schön, nicht wahr?« fragte Thea. Sie hatte ihre Mutter noch nicht begrüßt, da sie erst mit Graziano ein bißchen in der Kirche herumgehen wollte, aber als sie jetzt vom Turm zurückkamen, hatte sie sie ihm gezeigt.

»Schön«, sagte Graziano mit Überzeugung.
»Nun hör gut zu«, sagte Thea hastig, da hinter ihnen ungeduldige Stimmen zur Eile mahnten. »Ich werde ihr also sagen, daß ich mit Freunden zusammen bin und daß wir nachher noch etwas vorhaben, eine Verabredung irgendwo. Wir treffen uns also hier oder im Auto, das heißt, wenn wir uns nicht hier treffen, warte auf mich im Auto, verstehst du? Nur, wenn diese Predigt, oder was es sonst ist, gar zu lange dauert oder zu langweilig wird, gehe ich früher fort. Behalte mich also deshalb im Auge, nimm dir einen Platz, von dem aus du mich sehen kannst. Ich werde jedenfalls versuchen, dir ein Zeichen zu geben, dann kommst du mir nach, außer wenn auch meine Mutter gehen will. In dem Fall –«
Sie unterbrach sich, da sie eine Hand auf ihrer Schulter spürte, und zugleich sah sie, wie sich die Augen Grazianos zu einem schmalen Spalt verengten. Für die Dauer eines Augenblicks sah sie, wie sich auch auf die Schulter Grazianos eine Hand legte, aber auch, wie dessen Hände blitzschnell aus den Taschen seines Regenmantels fuhren. Aber das Ganze dauerte nur einen Moment. Schon im nächsten Augenblick fand sich Thea zugehörig zu einer schweigenden Gruppe von vier Personen, in der sich keiner mehr bewegte – weder sie noch Graziano, noch die beiden groben, struppigen Gesellen, die Graziano fest am Kragen gepackt hielt.
»Also«, sagte Graziano endlich und so, als frage er nur, wie spät es sei, »jetzt entschuldigen Sie sich bei der Dame, bitte.«
»Aber es war ja meine Schuld«, sagte Thea, indes die beiden, nachdem sie sich von ihrer ersten Überraschung erholt hatten, erstickte Laute von sich gaben, die mit Entschuldigungen nicht viel Ähnlichkeit hatten. »Laß sie in Ruhe. Komm, es ist ja nichts passiert.«
Graziano ließ die beiden los, und Thea atmete auf, zumal sich inzwischen noch zwei andere Personen eingemischt hatten. Der erste, ein Kahlkopf, forderte die beiden Struppigen auf, sofort nach Hause zu gehen, da es für heute nun genug sei. Der zweite, ein Flachsblonder mit Brille, der einen Fuß nachzog, zeigte Graziano und Thea ein geradezu kriecherisches Lächeln und begann dann, Phrasen zu stammeln über Ordnungsdienst, Weizen von der Spreu, die Regeln dieser kleinen Gemeinde, mißverstandenen Eifer und den Hunger als schlechten Ratgeber.
Soviel wurde klar, daß die beiden Eiferer zwei brave Jungen aus der Gemeinde waren (Jungen?), Arbeiter, die nach Feierabend in die Kirche kamen, um ein wenig zu helfen, und daß sie heute, um nur ja rechtzeitig zu erscheinen, sogar auf ihr Abendessen verzichtet hatten.
Wie wir, dachte Thea in erinnerungsseliger Zärtlichkeit. Und das halbe

Lächeln Grazianos ließ sie erkennen, daß auch er dasselbe dachte wie sie. Dann sah sie, wie er die noch volle Tüte mit allen Bestandteilen ihres großartigen Abendessens im Motel aus dem Regenmantel zog und sie mit einem fast biblischen Ernst den beiden »Jungen« überreichte. Diese brummten etwas, was vielleicht ein Dank war, und entfernten sich gegen die Tür hin, zusammen mit dem Kahlkopf, der nicht aufhörte, ihnen Vorwürfe zu machen.

Der Hinkende näherte sich Graziano.

»Lassen Sie uns das Friedenszeichen tauschen«, sagte er, mit biblischem Pathos auch er.

»Wie bitte?« fragte Graziano erschrocken. Doch er wich nicht schnell genug zurück, um zu verhindern, daß der andere, sich auf die Zehenspitzen stellend, ihn in die Arme schloß und ihn mit zur Schau getragener Demut auf beide Wangen küßte.

Mein armer Graziano, dachte Thea, winkte ihm rasch einen Gruß zu und eilte fast im Laufschritt durch die Kirche, entsetzt bei dem Gedanken, daß auch sie noch an die Reihe kommen könnte. Wohin habe ich ihn nur gebracht!

Diese sich rasch abspielende Szene hätte Muzzoli und Urru, auch wenn sie sie beobachtet hätten, nicht beunruhigt und noch weniger entsetzt. Eine freundschaftliche Begegnung zwischen den Helfern des Pfarrers und zwei angesehenen Gemeindemitgliedern, Wohltätern, die mit einem vielleicht ansehnlichen Geschenk für die Kirche gekommen waren. Jedenfalls sahen sie nichts, weil sie aufgehört hatten, den Eingang zu beobachten. Es kamen keine Besucher mehr, und alle hatten einen Platz gefunden. Jetzt wartete man nur noch auf den Pfarrer, damit der Gottesdienst beginnen konnte; und das gefürchtete Eindringen einer rivalisierenden Bande hatte nicht stattgefunden. Sie fühlten sich erleichtert.

Ein paar Säulen weiter vor ihnen, zu Füßen der Statue von Don Bosco, sahen der Verleger, Rossignolo und Monguzzi dem Fiat-Mann zu, wie er hinkend durch das Mittelschiff kam, mit Anstrengung die drei Stufen zum Chor hinaufstieg und, einen Fuß nachziehend, in der Sakristei verschwand.

»Der Mann verstellt sich«, sagte Monguzzi. »Vielleicht hinkt er nicht einmal.«

Der Verleger wandte diesen Verdacht sofort zu seinen eigenen Gunsten.

»Ich muß sagen«, ließ er hören, »es war schon heute nachmittag zu spüren, daß der mit . . . Dingsda . . . verdeckten Karten spielt.«

»Vielleicht ist er nicht einmal bei der Fiat«, bemerkte Monguzzi grin-

send. »Er hat uns alle hereingelegt, genau wie der Guerillakämpfer dahinten.«
Der Guerillakämpfer, das heißt, Francisco, war vor einer der Maria Immaculata geweihten Kapelle niedergekniet und betete, in sich zusammengesunken, das Gesicht fast auf den Boden gedrückt.
»Ich sehe da keine Unvereinbarkeit«, sagte Rossignolo. »In Südamerika ist die Religion, die Kirche –«
»Vielleicht ist er überhaupt nicht Südamerikaner«, sagte Monguzzi. »Vielleicht ist er Albaner. Oder er kommt aus Apulien!«
»Oh, la barbe!« zischte ihn der Verleger ärgerlich an. »Hört doch auf!«
Monguzzi verstummte sofort, vielleicht auch, weil der Fiat-Mann, ob echt, ob falsch, wieder an die Chorschranken getreten war und um Stille bat. Aber niemand hätte sagen können, was der Blick ausdrückte, den der »alte Monga« jetzt auf den Verleger warf. Bestürzung? Zitternde Erwartung? Plötzliche Entschlossenheit?

Der Fiat-Mann – echt oder falsch – entfernte sich vom Geländer und trat neben den Hochaltar. Der Augenblick näherte sich, die Kirche war überfüllt, und das Stimmengewirr ließ allmählich nach, bis ein gespanntes Schweigen eintrat. Aber als es nun so weit war, krampfte sich das Herz des Unglücklichen zusammen. Wer wird mich retten, dachte er schaudernd.

6

»Sammeln wir uns jetzt, bitte!« sagte Vicini am Hochaltar.
Es wurde ganz ruhig. In der nur von Husten unterbrochenen Stille hörte man die Kirchuhr die Viertelstunde schlagen und gleich darauf einen Lärm im Hintergrund. Jemand oder etwas schlug gegen die beiden Flügeltüren des Eingangs, die sich nun langsam öffneten, um zuerst einen Fuß sehen zu lassen, dann, begleitet von neuen Schlägen und dumpfen Stößen, einen großen unansehnlichen Koffer mit eisenbeschlagenen Kanten; es folgte ein Arm, der den Koffer hielt, das Knie, mit dem der Koffer hineingestoßen wurde, und schließlich, sich von der Seite hereinschiebend, der ganze Mann mit einem mächtigen Bündel unter dem anderen Arm, einem schäbigen Hut auf dem Kopf und mit einem langen, zerschlissenen Mantel voller Straßenschmutz am Saum.
»Oh«, rief Vicini laut vom Altar her, während sich alles neugierig umdrehte und die beiden Polizeibeamten sich anschickten, von ihren respektiven Säulen aus vorsichtig auf den Neuankömmling zuzugehen.
»Oh«, wiederholte Vicini, mit stärkerem Einsatz der Stimme jetzt und

den Ton freudiger Überraschung akzentuierend, »da kommt ein Wanderer!«
Der Mann ließ polternd seinen Koffer aus Vulkanfiber fallen und nahm ehrerbietig den Hut ab, um dann das Zeichen des Kreuzes zu machen.
»Ja«, antwortete er mit schlichter Natürlichkeit, »ich bin ein einfacher Wanderer und soeben in Babylon eingetroffen.«
»Ah«, sagte Vicini, äußerst bemüht, seine Teilnahme zu zeigen. Dabei war er sich selbst am besten bewußt, wie dürftig der dramatische Effekt dieses »Ah« war. »Und woher kommst du, Fremder?«
»Aus meinem Dorf im Gebirge«, erwiderte der »Fremde«. Mit zur Schau getragener Mühe nahm er seinen Koffer wieder auf und ging mit langsamen, auf dem nackten Fliesenboden hallenden Schritten dem Mann entgegen; es schien ein weiter Weg.
»Das ist er!« hörte man die Pfarrkinder auf den letzten Bänken raunen. »Er ist es.«
»Pst!« mahnten andere von den mittleren Bänken, nicht ohne ein komplizenhaftes Lächeln, indes ein Murmeln des Wiedererkennens durch die ganze Kirche lief.
»Ja, aus meinem bescheidenen Dorf im Gebirge«, wiederholte der Wanderer, mit kräftigerer Stimme jetzt, und er blieb am Ende des Mittelgangs stehen. »Aber sicher werdet Ihr Euch fragen«, fügte er nach einigem Zögern hinzu, »mein Freund, du wirst mich fragen ...«
Aus dem fordernden Tonfall und der unsicheren Pause, die darauf folgte, ging hervor, daß ihm der Ingenieur aus Verwirrung oder Vergeßlichkeit nicht das erwartete Stichwort gab.
»Nun!« donnerte der Wanderer, nun offenbar ungeduldig geworden, »was willst du mich fragen?«
Vicini mußte sich, mit hochrotem Gesicht, dazu bequemen, die karierten Manuskriptseiten aus der Tasche zu ziehen und mit zitternder Hand auseinanderzufalten. Es ist grausig, es ist abscheulich, dachte er, soweit heruntergekommen zu sein – zu einem drittklassigen Schmierenkomödianten im Vorprogramm! Aus reinem Masochismus diese lächerliche und unwürdige Rolle übernommen zu haben und sie dabei nicht einmal zu beherrschen! Er setzte sich – die äußerste Demütigung – die Brille auf und las hastig vor, was in seinem Manuskript stand: »Oh, da kommt ein Wanderer!«
Man hörte mißbilligendes Gemurmel, in das sich unterdrücktes Lachen mischte.
»Phantastisch«, bemerkte Signora Guidi, zu ihrer Tochter gewandt, »was habe ich dir gesagt?«
Der Verleger, der zunächst den kleinen Auftritt für wahr gehalten hatte, erriet nun, wie es sich wirklich verhielt. Er interpretierte die

Szene nun ganz im Sinne eines geistlichen Spiels, eines Jacopone da Todi, im Sinne von ...
Er schnalzte ungeduldig mit den Fingern.
»Oberammergau«, sagte Rossignolo.
Richtig! Und in diesem Sinne waren der naive Text und die extreme Primitivität der Darbietung gewiß beabsichtigt. Sie waren gewollt.
»Und warum bist du nach Babylon gekommen?« las der Ingenieur, der endlich die Anschlußstelle gefunden hatte. »Was suchst du in dieser großen, modernen Stadt?«
»An einem Kreuzweg fand ich ein Kind«, begann der Wanderer zu erklären.
»Ein gewöhnliches Kind?«
»Ja, oder so schien es mir, und es hat mir gesagt, daß ich hier das wahre Licht, den Funken des wahren Glaubens finden werde. Aber –«, und er sah mit aufgerissenen Augen um sich, »ich sehe um mich herum nur eine furchtbare Finsternis. Wer wird mich durch dieses Dunkel führen? Bist du der Wächter in dieser Nacht?«
»Von welcher Nacht sprichst du?« fragte Vicini und blickte sich verwundert um.
»Aaah!« stöhnte der Wanderer und hob die Hände zum Himmel empor. »Da leben sie in der Finsternis und wissen es nicht! Sollte mich das Kind denn getäuscht haben? Und wer wird mich jetzt retten?«
Vicini wandte sich wieder seinem Text zu und trat, Hochmut vortäuschend, an den Frager heran.
»Ich bin ein Wächter Babylons«, erklärte er barsch. »Was ist also dein Anliegen?«
»Mich in diesen Ruinen zurechtzufinden! Das Heil und das Licht zu finden!«
»Hier ... sind keine Ruinen«, las Vicini nicht ohne Mühe weiter, denn der Text und die Handschrift wurden immer unleserlicher, »und elektrischen Strom gibt es hier, soviel man will. Hier strahlt das Licht ... der Vernunft und des Fortschritts. Willst du vielleicht unsere arbeitsame Stadt verleumden? Aber du«, las er, Argwohn in seiner Stimme, »du scheinst mir ein verdächtiges Individuum zu sein ... er packt ihn.«
Erst nachdem er die letzten Worte laut gelesen hatte, begriff Vicini, daß sie eine Regieanweisung waren. Er stand wie gelähmt.
»Pack mich!« zischte Don Pezza. Doch dann entschloß er sich, selbst zu handeln. Energisch stieß er den angeblichen Wächter, der ihn überhaupt nicht angerührt hatte, zurück und rief dabei mit schrecklicher Stimme: »Weiche von mir!«
Vicini verlor fast das Gleichgewicht und landete an der Chorschranke. Um sich Haltung zu geben, griff er wieder nach seinem Text.

Don Pezza wandte sich an die Versammlung.
»Doch der arme Wanderer«, kündete er an, »sollte noch alles mögliche erleben!«
»Jetzt hat er sich objektiviert!« stellte der Verleger mit rascher Auffassungsgabe fest.
»Das sind alte Bühneneffekte«, erklärte Rossignolo verächtlich. »Das machte man mal vor einem halben Jahrhundert.«
Doch der Aufbau der Fabel, auf drei sich kreuzenden Zeitebenen spielend, erinnerte, wenn auch nur entfernt, an die Experimente des »dischronischen Theaters« der Krakauer Gruppe. Sollte dieser lästige Patron wirklich ...?
»Während Fledermaus und Eule unheimlich flattern und schwirren und Skorpione und eklige Reptilien ihr raschelndes Wesen treiben«, deklamierte keuchend der Schauspieler und Erzähler in einer Person, der sich übrigens mit seiner Last wieder auf den Weg machte und bald angstvoll nach oben, bald voller Abscheu zu Boden sah, »machte sich der Wanderer wieder auf den Weg, wobei er noch einmal in den Ruf ausbrach: ›Wer wird mich erretten?‹ Um ihn herum flammten Brände auf, fanden Plünderungen statt und brüllte eine rasende Menge ... Aber niemand schien sich darum zu kümmern. Die Menschen liefen, auch wenn sie in ihrem Herzen erschreckt waren, ohne mit der Wimper zu zucken unter den zerfallenen Arkaden herum, die einst der Ruhm dieser stolzen Stadt gewesen waren ...«
»Das ist Turin!« raunte eine der Schwestern Anselmetto von ihrem Platz nahe dem Mittelgang aus.
»Es ist symbolisch zu verstehen«, flüsterte Rechtsanwalt Quadrone von der Bank gegenüber. »Turin, Mailand, Bologna, eine beliebige Stadt.«
»Ja, aber vor allem Turin.«
»Wer bist du, der auf diesem großen Platz traurig und verloren herumirrt, indes das Volk feiert? Was bedrückt dich?« las, am Chorgitter stehend, der einstige Wächter Babylons.
»Und wer«, fragte der Wanderer, »bist du? Was bedeutet das rote Tuch, das du in der erregten Menge schwenkst?«
Vicini, der keineswegs ein rotes Tuch schwenkte, begann, wie rasend in allen Taschen zu suchen. Nichts. Er mußte es in der Sakristei vergessen haben. Nun, um so besser, dachte er und zog sein weiß-blau kariertes Taschentuch aus der Tasche und schwenkte es, nachdem er sich zuvor den Schweiß damit abgewischt hatte. Noch eine Stufe tiefer gesunken, noch ärger die Schande ...
»Ich bin ein erprobter Demagoge«, versicherte er. »Schließ dich uns an, und all deine materiellen Probleme sind gelöst.«
»Aber die Probleme der Seele?« fragte voller Demut der Wanderer.

»Hirngespinste! Überholtes Zeug!« rief der Demagoge.
»Aber hier, sehe ich, geht alles zugrunde!«
»Nur, um es besser wieder aufbauen zu können, in Harmonie und Eintracht.«
»Aber ich höre«, bemerkte der Wanderer und hielt sich die Hand hinters Ohr, »ich höre nur Schreie des Hasses und der Rache.«
»Genug jetzt mit deinem ›Aber‹! Allein dein Verhalten beweist, wie nötig ein gewisser Zwang ist. Kameraden, nehmt ihn fest«, entzifferte der Demagoge mit Mühe und deshalb ohne den notwendigen Nachdruck.
Der Wanderer begann jetzt, erschreckt im Kreise herumzulaufen, auf der Flucht im flatternden Mantel.
»O weh!« rief er verzweifelt aus, »wer rettet mich vor denen da?«
»Er meint die Kommunisten«, bemerkte der Advokat Quadrone beifällig.
»Kommunisten, Sozialisten, Radikale, all diese Leute«, ergänzte jemand, der hinter ihm saß.
Rossignolo wandte sich ironisch lächelnd an den Verleger. »Verstehen Sie jetzt, was für eine Ideologie hinter der Sache steht?«
»Es kann doch noch eine . . . Dingsda . . . kommen«, stammelte der Verleger.
Er schnalzte die Finger in Richtung auf Monguzzi, aber der reagierte nicht. In Gedanken versunken und den Blick gesenkt, drehte er langsam, wie einen Rosenkranz, seine alte Baskenmütze zwischen den Fingern.
»Peripetie?« fragte Rossignolo skeptisch. »Das sollte mich wundern.«
Über diese Peripetie, vielmehr über eine plötzliche mögliche Störung der Ordnung, machten sich auch die beiden Polizeibeamten Gedanken. Man begriff nicht ganz, ob das, was da vor sich ging, eine Diskussion war oder eine öffentliche Vorstellung (für die allerdings keine Genehmigung vorlag) oder schon die Predigt selbst. Aber bis jetzt hatte sich noch kein Protest aus den Reihen des Publikums erhoben, im Gegenteil, alle Gesichter hatten einen lächelnden und zufriedenen Ausdruck. Hier herrschte eine gute Atmosphäre. Aus Gewissenhaftigkeit drehten sie sich um und warfen einen Blick auf die beiden dunklen Gestalten, die sich offenbar inzwischen nicht von der Stelle gerührt hatten. Außer den beiden stand niemand in der dunklen und kalten Ecke nahe dem Portal. Nachdem der Mann mit dem Koffer erschienen war – bei dem es sich, wie die beiden inzwischen begriffen hatten, um Don Pezza selbst handelte –, war niemand mehr hereingekommen oder hinausgegangen. Tatsächlich bestand, wie sie sich immer wieder sagten, die einzige Gefahr in einem zu weit gehenden Eifer der Helfer. Aber die beiden

Brüder hatten sich nicht mehr sehen lassen; der Heizer war noch immer am Werk, wenn man nach den dumpfen Explosionen und den sprühenden Funken urteilen durfte; und dieser Priotti stand ruhig an einem der Pfeiler.
»Und wem wird er, deiner Meinung nach, jetzt begegnen?« fragte Signora Guidi.
»Er hat bis jetzt den Vulgärmaterialismus und den dialektischen erledigt«, sagte Thea. »Jetzt dürften entweder die Maschinen oder der Sittenverfall an der Reihe sein. Vielleicht gerät er jetzt in ein Bordell.«
»Das wäre großartig!«
Der eben noch auf der Flucht befindliche Wanderer war wieder sozusagen zu einer normalen Gangart übergegangen, die aber eine zunehmende Erschöpfung verriet. Schließlich warf er sich schmerzerfüllt auf die Knie, eine Beute seiner Zweifel und seiner Entmutigung.
»Ach, warum habe ich auf das Kind gehört? Wo ist das Licht, das mir der Knabe versprochen hat?«
Mit einem ausgezeichneten Gefühl für Timing begann der Ingenieur Vicini, eine Taschenlampe immer wieder an- und auszuknipsen.
»Aber was sehe ich dort blinken? Siehe da, der Funke des Herrn!« rief der Wanderer und erhob sich freudig. »So ist mein Gebet nicht vergeblich gewesen!«
»Ja«, sagte Vicini in dem gleichen freudigen Ton. »Ich habe gehört, daß du in Schwierigkeiten warst, und ich bin hier, um dir zu helfen. Ich arbeite als Priester in dem Tempel des Lichts, den du dort zu deiner Rechten siehst.«
Er richtete den Strahl seiner Taschenlampe auf das dunkle Labyrinth zu Füßen des Turms.
»Aber ich sehe dort«, sagte der Wanderer und legte die Hand schirmend über die Augen, »ich sehe dort Männer und Frauen zwischen den gestürzten Altären und abgebrochenen Kreuzen miteinander tanzen und mit Ziegen und Wildeseln Unzucht treiben und Brennesseln und Dornen essen. Wie kann ein solcher Ort ein Gotteshaus sein?«
»Das ist doch kein Problem. In den Tempeln von Babylon ist man nicht so heikel«, erklärte der Priester und schwenkte die Lampe im Kreise. »Wir haben alle Unterschiede, allen Abstand und alle Rangordnung abgeschafft und natürlich jeden Schatten und jedes Geheimnis. Wir haben alles vereinfacht und transparent gemacht, wir können über alles diskutieren und debattieren, weil hier keiner mehr weiß als der andere. Außerdem garantieren wir das Heil allen ohne Unterschied, die an uns glauben.«
»Aber ich habe sagen hören, daß nur wenige auserwählt sind.«
»Heute nicht mehr! Bei uns sind alle gewählt, demokratisch selbstver-

ständlich, und jeder hat das Anrecht auf einen unentgeltlichen Berechtigungsschein für die Erlösung. Ich schätze mich glücklich, auch dir einen solchen Schein anbieten zu können.«
Er holte aus seiner Tasche einen Fahrschein der städtischen Straßenbahn und reichte ihn dem Wanderer, der jedoch voller Abscheu zurückwich. Dann warfen beide einen verstohlenen Blick zur Tür der Sakristei hin, wo jetzt die Caldani, mit einem Glöckchen bewaffnet, hätte erscheinen müssen. Doch niemand ließ sich dort sehen, und der Wanderer mußte wieder improvisieren:
»Ich höre eine Glocke . . .«
»Oh, das gilt mir, ich muß eilen und einer vorehelichen Beziehung den Segen geben!«
Seine Lampe schwenkend, ging der babylonische Priester auf den Turm zu und verschwand in dem Labyrinth. Der Wanderer aber begann von neuem schmerzerfüllt seinen Weg.
»Falscher Priester! . . . Mit einer Glaubenslehre für Menschen, die der Sinnenlust untertan sind! Eine Kirche ohne Visionen und ohne Erleuchtung! Deine Tage sind gezählt, und du weißt es nicht!«
»Aber er ist auch gegen seine eigenen Leute aufgebracht«, flüsterte der Verleger. »Worauf will er eigentlich hinaus?«
»Auf die weltliche Macht, verlaß dich drauf«, sagte Rossignolo.
»Aha. Das ist interessant.«
Rossignolo schnitt eine Grimasse. Die Sache nahm jetzt ihren Lauf, voraussehbar und automatisch, und es hatte gar keinen Sinn, noch zu bleiben. Er drehte sich nach dem braven alten Monga um, aber der war schon wieder wer weiß wohin verschwunden. Die Priester von Valenza Po mußten ihm wohl die Kunst des unbemerkten Verschwindens während einer Predigt beigebracht haben. Auch Francisco befand sich nicht mehr am alten Platz, jetzt betete er vor einem Heiligen Herzen, ohne sich im geringsten um die Litanei Don Pezzas zu kümmern.
»Wer wird mich erretten? Wer wird mich aus dieser dunklen Nacht befreien?«
»Ich«, antwortete eine schwache Stimme aus dem Dunkel, und Vicini kam, leicht auf seinen Stock gestützt, mit kleinen schüchternen Schritten näher.
»Mein Gott, jetzt spielt er das Kind«, flüsterte Thea.
»Das kann nicht dein Ernst sein!« hauchte ihre Mutter konsterniert.
Aber die Schrittchen des Ingenieurs und sein schwachsinniges Lächeln konnten, in diesem Zusammenhang, nichts anderes bedeuten.
»Das Kind vom Kreuzweg!« rief in der Tat jetzt der Wanderer überrascht aus. »Wie kommt es, daß ich es hier wiedertreffe? Hat es wohl seine Täuschung bereut und will es mich jetzt auf den rechten Weg

zurückführen?«
Das mutmaßliche Kind nahm ihn, nachdem es erst seinen Text konsultiert hatte, sanft an der Hand.
»Wanderer, ich habe dich nicht getäuscht«, sagte der »Knabe« mit gräßlicher Fistelstimme, »aber ich habe dich auf die Probe gestellt, die Probe des Irrtums und der Finsternis, und du hast sie bestanden. Jetzt bist du reif für das wahre Licht.«
»Welche Sprache! Wieviel Weisheit bei einem einfachen Kind! Doch«, und hier wandte sich der Wanderer verdutzt an die Versammlung, »ist es wohl wirklich ein Kind? Mir scheint es von einem Licht überflutet, das nicht von dieser Welt ist ...«
Es gab noch eine letzte Stufe hinabzusteigen, dachte Vicini mit schmerzerfüllter Wollust, und er würde sie hinabsteigen. Um so berauschender würde am Ende die Befreiung sein. Er würde unter allen stehen und gerade deshalb über allen.
Er konnte sich kaum noch übertreffen, und doch, als er nun seine Brille abnahm und den Blick nach oben richtete, liebevoll die Arme ausbreitend, da erreichte der »Knabe« den Gipfel einer unerhörten, absoluten und nicht mehr zu übertreffenden Albernheit.
»Ich bin ein Engel des Herrn«, erklärte er schlicht.
Der Wanderer warf sich ihm zu Füßen.
Die Gemeinde hielt den Atem an. Thea wagte nicht, ihre Mutter anzusehen, aus Furcht, mit ihrem Lachen herauszuplatzen. Aber diese unterdrückte Lachlust rächte sich durch ein stechendes Hungergefühl in ihrem Magen. Wenn doch Graziano nicht die ganze schöne Tüte verschenkt hätte! Wie gern würde sie jetzt ein bißchen Nougat oder Schokolade und auch ein paar Waffeln knabbern ... Sie drehte sich nach ihm um und lächelte, als sie ihn sah, wie er, den Kopf in beide Hände gestützt, dasaß. Weiß der Himmel, wie er sich langweilte, der Ärmste, und wieviel er überhaupt von dieser unglaublichen Vorstellung verstand! Aber nachher würde sie ihm alles genau erklären, so wie jetzt der Engel dem Wanderer den Weg des Heils erklärte.
»In dieser Stadt lebt ein mutiger Priester, ein einfacher Gemeindepfarrer, der sich der allgemeinen Auflösung zu widersetzen sucht. Noch sind es wenige, die auf ihn hören, wenige, die ihm folgen, doch er ist erfüllt von jenem Pneuma, das den Apostel Paulus in den dritten Himmel erhob, und auch er hat die große Stimme gehört, die ...« Hier blätterte der Engel die Seite um und räusperte sich ganz unfeierlich.
»Jene große Stimme«, kam ihm der Bettler energisch zuvor, »die dem Evangelisten Johannes befahl: ›Steige herauf!‹«
»Denn das Wort des Herrn muß von oben kommen«, erläuterte Vicini, nun wieder mit neutraler Erwachsenenstimme, »und darf sich nicht mit

den törichten oder gotteslästerlichen Stimmen hienieden vermengen.«
Der Wanderer nickte. Doch es war nicht zu übersehen, daß ihn die platte und farblose Vortragsweise des andern nicht befriedigte, ja, daß dieser Ton, in dem man vielleicht den Wetterbericht verlesen konnte, den Aufstieg des einfachen Pfarrers unglaubwürdig machte.
»Etwas mehr Schwung!« hörte man ihn denn auch auf den vordersten Bänken zischend fordern.
Mit feierlicher Gebärde wies der Engel auf den Turm.
»Diese mit Türmen bewehrte Kathedrale ist seine Kanzel: eine Kirche aus Eisen für eine eiserne Zeit!« So deklamierte er voll guten Willens, doch unfähig und hoffnungslos langweilig. »Und von dort oben spricht er und von dort oben läßt er den alten Ruf erschallen, den wir heute wieder in jeder Kirche hören möchten: ›Denn draußen . . .‹«
»Denn draußen sind die Hunde«, kam ihm der Wanderer noch einmal zuvor. »Und die Zauberer! Und die Unzüchtigen! Und die Mörder! Und die Götzendiener! Und jeder, der die Lüge liebt und übt!«
Muzzoli und Urru zuckten beim Anhören dieses aus voller Lunge herausgeschrienen 15. Verses aus dem 22. Kapitel der Offenbarung des Johannes peinlich berührt zusammen. Zumal die Erwähnung der Mörder alarmierte sie.
Rossignolo erkannte, daß sich Don Pezza jetzt der entscheidenden Wende seiner Show näherte, aber auch, daß er alle Rollen auf seine Person zu vereinigen gedachte – wie in dem monomultiplen Theater Hans Zekkes. Oder war es vielleicht die paläomimetische Theorie Ruiz-Meyers, die hier Pate stand? Nun, wie auch immer, er erwartete, diesen Komödianten bald im Augenblick der Peripetie zu sehen, dem Augenblick, da der Autor, Schauspieler und Priester in einer Person sich – es war unvermeidlich – gezwungen sah, seine dreifache Rolle aufzugeben, um . . . Aber statt dessen ließ Don Pezza ohne jede Rücksicht auf die innere Logik seiner Show erkennen, daß er ohne Umstände statt dessen den Ingenieur aufzugeben gedachte.
»Aber du, mein Engel«, improvisierte er grob, »hast gewiß hier in Babylon noch tausend Dinge zu erledigen, gewiß eine Unmenge von Verpflichtungen! Geh nur, laß dich nicht aufhalten!« Er entriß ihm das Textbuch und verabschiedete ihn mit einer Gebärde unverhüllter Verachtung.
Der Engel erbleichte. Einen Augenblick blieb er zögernd stehen und warf, es war zum Lachen, einen Blick auf die Uhr.
»Tatsächlich, es wird Zeit, daß ich verschwinde«, sagte er kichernd. Aber bevor er ging, suchte er in seinen Taschen und förderte etwas hervor, was er Don Pezza vor die Füße warf. Es schlug hart auf und rollte ein Stückchen den Boden entlang. »Die Kerze.« Er lachte spöt-

tisch. »Vergiß nicht, o Wanderer, die kommt auch noch im Text vor.« Dann wandte er sich um und zog sich eilig zurück, verschwand wieder in dem Dunkel, aus dem er gekommen war.
Verdammter Widerling, dachte Don Pezza, während er sich bückte, um die Kerze aufzuheben, verlaß dich noch einmal auf diesen Kretin! Doch für den Augenblick konnte er weder auf ihn noch auf sonst jemanden verzichten. Er mußte vorlieb nehmen mit dem, was er hatte. Er richtete sich wieder auf, drohend und achtunggebietend, so daß das aufkommende Gelächter verstummte, und er zeigte den Gegenstand, den er soeben aufgehoben hatte.
»Sehr richtig. In unserem Text kommt auch das hier vor.« Und er ließ sie sehen, was er in der Hand hielt. »Eine alte, verrostete, unbrauchbare Zündkerze, aus der kein Funke mehr sprühen wird. Sie ist das vollkommene Symbol für den Zustand, in dem ihr euch heute befindet.«
Er stieg die Stufen zum Chorraum hinauf und fuhr, die Zündkerze schwenkend, fort:
»Ihr habt den Spinther, den Funken des alten Glaubens, eingetauscht gegen diesen elenden Gegenstand aus Metall und Steingut, und nun fürchtet ihr, daß er nicht mehr zündet. Fürchtet ihr nicht, bald zu Fuß gehen zu müssen, weil es kein Benzin zum Fahren gibt, im Kalten zu sitzen, weil das Heizöl knapp wird, und im Dunkeln, weil der Strom ausfällt? Nun«, sagte er voller Verachtung, »ihr könnt sicher sein, daß es so kommen wird. Noch besser: Überzeugt euch, daß es bereits so ist.«
Er warf den Kopf zurück, als wollte er die Höhe des Turms abschätzen.
»Keine Kleinigkeit, der Aufstieg wird lang und mühsam sein, und nicht viele werden ihn schaffen«, sagte er, den Blick wieder auf die Gemeinde gerichtet. »Aber die Grundbedingung ist die Erkenntnis, daß hier unten das tiefste Dunkel, die absolute Nacht, herrscht. Wehe dem, der noch an das Licht der Vernunft glaubt, wenn die Mysterien des Glaubens zerstort sind! Wehe dem«, und seine Stimme war voll schneidenden Hohns, »der da noch zu den Experten und Soziologen läuft, zu den Politikern und jenen Priestern, die es mit ihrem Amt nicht so genau nehmen, und der sie bittet: ›Befreie mich rasch von meinen Zweifeln und löse mein Problem!‹ Aber was für Zweifel, was für Probleme! Auf die Knie fallen sollt ihr! Kniet nieder im Dunkeln, zittert vor Angst und Grauen und wiederholt flehend den Ruf Jesajas . . .«
Ein paar Sekunden hielt er seine Zuhörer in atemloser Spannung, bis er, während tatsächlich viele seiner Zuhörer niederknieten, den Kopf erhob, nach oben, bis zur Höhe des Turms, blickte und mit rauher Stimme fragte: »*Wächter, wie weit ist die Nacht?*«
Sein Ruf hallte lange nach. Er löste allgemeines Erschaudern aus, eine

Welle ungeduldiger Erwartung. Den ersten Stoß hatte er ihnen versetzt – nun zum zweiten! Er verschwand unterhalb des Turms, steckte die Zündkerze in die Tasche und nahm die Streichhölzer heraus. Dann tastete er nach der Wachskerze, die er aus ihrem Halter nahm, zündete sie an und stieg damit bis zum ersten Absatz des Gerüsts. Nun zeigte er sich am Geländer.

»Aber der Wächter kündet nicht den Morgen an und verspricht nicht den Tag. O nein. Der Wächter mahnt, daß die wahre Nacht, die lange Nacht von Babylon, kaum erst begonnen hat. Und er verkündet, daß alle, die aus dieser Nacht herauswollen, vorher sieben Hemden durchschwitzen müssen: nicht weniger als sieben, die Zahl der Todsünden, der ägyptischen Plagen, der Tage der Schöpfungsgeschichte, der Kirchen des Ostens und die der Plattformen dieses Turms hier oder der Engel aus der Offenbarung!«

Rasch trat er zurück und ging wieder weiter, indem er mit der Kerze den aus Säcken genähten Läufer beleuchtete, der auch die zweite Treppe bedeckte. Das Thema war also herausgestellt . . . Jesaja und die Offenbarung taten ihre Wirkung. Und auch das Spiel mit Worten und Zahlen, noch nichts war allzu gewagt und unverhüllt, indessen . . . Verdammt! Nein, dieser Fluch war ihm nicht entfahren, aber die Kerze war ihm aus der Hand gefallen, und viel hatte nicht gefehlt, daß er selbst gestürzt wäre, denn er war über eine wulstige Stelle im Läufer gestolpert. Leise vor sich hinfluchend, bückte er sich und tastete nach der Kerze. Er hatte nicht wenig Mühe, den wachsgetränkten Docht, der sich nicht aufrecht stellen ließ, wieder anzuzünden. Als er die zweite Plattform erreichte, vibrierte er vor zorniger Erregung; er brannte darauf, sie am Kragen zu packen.

»Aber da höre ich schon euren Protest«, klagte er sie an, obwohl sich doch niemand gemuckst hatte. »Ich höre, wie ihr den Wächter ruft und ihm die Ohren volljammert: ›Hallo, hallo! Wächter?‹« Er spottete, mit schluchzender Stimme, während er die Kerze von der rechten Hand in die linke nahm und die rechte an sein Ohr legte, »›beeile dich mit dem Licht, um Himmels willen, und verkünde uns den Tag, hol uns hier heraus!‹ . . . Und der Wächter antwortet . . . Wißt ihr, was der Wächter antwortet?«

Noch sagte er es ihnen nicht. Besser, allmählich vorzugehen und jede Plattform des Turms zu besteigen, jedesmal eine Stufe weiter oben neu zu beginnen. Atemlos kletterte er hinauf, die Kerze in der Hand. Die Menschen da unten hatten die Köpfe zurückgelehnt. Atemlose Stille herrschte, niemand rührte sich.

»›Siehe, da sind sie!‹ ruft der Wächter. ›Da sitzen die Ex-Bürger von Babylon! Die einmal an die Vernunft und den Fortschritt glaubten! Sie wollten ihre Stadt nach Menschenmaß wiederaufbauen, und da stecken sie nun, natürlich, im Dreck. Aber worüber beklagen sie sich denn? Wo ist ihre Logik, frage ich sie.‹ Das antwortet ihnen der Wächter«, rief Don Pezza laut und schlug mit der Faust auf ein Rohr des Gerüsts. Seine Worte fielen wie Steine auf sie herab. Er steinigte sie gnadenlos. »›Aber Wächter, Wächter‹«, sagte er wieder im Falsett, mit plärrendem Spott. »›Wir haben in gutem Glauben geirrt! Wir sind fromm, wir sind immer zur Messe gegangen und wir lieben Gott . . .‹ Und der Wächter der Nacht antwortet euch: ›Was für ein Glauben? Was für ein Gott?‹« Nun los, ausgeholt zum zweischneidigen Schlag! »›Was für ein komischer Gott ist denn euer Gott?‹«

Weiter nach oben. Das Ganze lief gut, besser, weit besser als das, was er am Morgen vorbereitet hatte. Die Begeisterung dörrte ihm die Kehle aus. Fiebrig erregt und schweißgebadet beugte er sich vom Geländer der vierten Plattform herab.

»Ihr habt euch einen Gott nach eurem Bilde gemacht, nach dem Bild eurer eigenen Verruchtheit und Torheit, einen Gott aus Zuckerwatte, einen zimperlichen, verweichlichten und impotenten Gott, der jeden Schlag einsteckt und sich von jedem an der Nase herumführen läßt! . . . Ach nein, meine Lieben! Wenn ihr aus dieser Nacht heraustreten wollt, müßt ihr euch vor einem anderen Gott auf die Knie werfen, und vor anderen Engeln, anderen Mächten . . . Ihr müßt die Archonten des Lichts und nicht den der Finsternis anbeten.« Hier bewegte er sich auf des Messers Schneide. Aber auch wenn jemand dem Ordinariat über ihn berichtete, könnte man ihm allenfalls ein paar herausgerissene Worte ankreiden. Im übrigen deckte die Koppelung mit der Apokalypse alles. »Die Apokalypse! Das ist die schreckliche Wirklichkeit, auf die ihr jetzt gestoßen seid und mit der ihr zu rechnen habt, die Apokalypse!« Und er hielt die Kerze hoch und schwenkte sie, um so die Menge zu hypnotisieren, sie mit der Flamme zu fesseln. »Aber was bedeutet Apokalypse? Bedeutet es nur Zerstörung, Untergang, Gemetzel, Katastrophe? Gewiß, durch die Katastrophe müssen wir hindurch, man kann ihr nicht mehr ausweichen. Aber was bedeutet wörtlich das griechische Wort Apokalypse?«

Es galt jetzt, das Gleichgewicht zwischen Beschimpfung und Katechismus zu wahren. Da war der Pfeiler der Tradition und da der Blitz der Erneuerung. Gleichgewicht und Vorsicht, immer einen Schritt nach dem andern machen und einen Fuß vor den andern setzen; ein solider Turm mit fest genagelten Stufen, aber die Höhe hier oben, auf der fünften Plattform, spürte man in den Beinen. Der Mantel wog schwer auf den Schultern. Er zeigte sich am Geländer und schöpfte Atem, während er die Menschen unten eine lange Weile schweigend musterte.

»Apokalypse«, sprach er langsam, »bedeutet ›Enthüllung‹, die Enthüllung von Mysterien und die Erscheinung von verborgenen Dingen.« Eine doppelsinnige Anspielung. Wer es bemerkt, der soll es ruhig bemerken. Aber jetzt wieder ein Blitz.
»Doch erwarten wir nicht, meine Kinder, daß Gott alle seine Geheimnisse an die große Glocke hängt! Am Anfang war das Wort, der Logos, sagt Johannes. Aber er sagt nicht, wie dieses Wort lautet. Und als Paulus im dritten Himmel war, an diesem fernen Ort der ihm zuteil gewordenen Offenbarung, nun, hat er da etwa den Korinthern alles ausgeplaudert, was er gesehen und gehört hatte? Nein, er berichtete nur, geheimnisvolle Worte gehört zu haben, die zu wiederholen ihm verboten war.«
Zurück. Zur Treppe. Sachte. Nur nicht das Gleichgewicht verlieren. Die Muskeln wollten nicht mehr. Und wenn er eine Plattform übersprang und gleich bis zur obersten stieg? Doch. Ein Überraschungseffekt. Ein Knie nach dem andern gebeugt, einen Fuß vor den andern gesetzt. Für den nächsten Freitag mußte er besser trainieren. So kurzatmig. Und das Herz. Die Jahre lassen sich nicht verleugnen.
Aber als er sich vom obersten Geländer herabbeugte und in der Tiefe die Menge der erhobenen Augen und Gesichter sah, da löste sich gleichsam die Schwäche seines Körpers von ihm, und ein nie gekannter Überschwang des Gefühls gab ihm seine Kraft wieder, seine mächtige Stimme und den unbezwingbaren rhetorischen Elan.
»*Quid noctis?*« fragte er mit Donnerstimme. »Wie weit ist die Nacht?«
Jetzt hielt er sie so fest, wie er die Kerze in der erhobenen Faust hielt.
»Der Wächter der Nacht, meine Gemeinde, ist auch der Wächter ihrer Geheimnisse. Er kennt die rettenden Worte und die geheimen Wege, die in dem ewigen Kreislauf von Licht und Finsternis wieder nach oben führen. Er besitzt die Schlüssel zum Pleroma, dem funkelnden Bereich, in dem die oberste Versammlung tagt, das Plenum der Engel und Erzengel, der Mächte und –«
Er brach ab, da er ein Murmeln hörte (keine Worte, er begriff nicht, was es war), und hob jäh den Blick. Wer murmelte da oben, über ihm? Und in diesem Augenblick erschien ihm der Spinther, der Archont des Lichts, der gekommen war, um dem irdischen Kreislauf des Don Alfonso Pezza, Pfarrer von Santa Liberata, ein Ende zu machen.

5. *Als die Kirche für einen Augenblick*

1

Als die Kirche für einen Augenblick plötzlich taghell beleuchtet war, konnte jemand vielleicht – für den Bruchteil einer Sekunde – sehen, wie die dunkle Gestalt an den Rand der Plattform geschleudert wurde. Aber schon im selben Augenblick erloschen fast alle Kerzen. Und während eine dichte Explosionswolke aus Staub, Kalkbrocken und Holzsplittern von der Apsis her ins Querschiff, Mittelschiff und die Seitenschiffe zog, war es unmöglich, mehr zu erkennen.
Auf den Vergleich mit Simon dem Zauberer und seinem tragischen Flug vor den Augen der verdutzten Menge, die teils mit Schaudern, teils mit schlecht verhehlter Genugtuung zusah, kam der eine oder andere erst später und schmückte ihn dann phantasievoll aus. In Wirklichkeit sah niemand Don Pezza – oder das, was von ihm geblieben war – von der Höhe des Gerüsts fliegen und mit zerschmetterten Gliedern auf den Stufen des Presbyteriums landen.

Übrigens sahen nicht alle in dem bewußten Augenblick nach oben. Graziano zum Beispiel sah zur Seite, nämlich zu Thea und Signora Guidi hin. Die beiden Beamten in Zivil blickten in die Runde. Sie gaben sich Mühe, den Matratzenmacher, Priotti und die beiden grauen Gestalten nicht aus den Augen zu verlieren, ganz zu schweigen von den Brüdern Bortolon, die sich wer weiß wohin verdrückt hatten. Und was den Bleistifthändler anging, so blickte er – was er auch bis zu diesem Moment getan haben mochte – jetzt wieder auf die Straße, die vor ihm lag.
So sollten bei den ersten aufgeregten Verhören gerade die qualifiziertesten Zeugenaussagen fehlen: die, welche den die Ermittlungen führenden Beamten aller Wahrscheinlichkeit nach die besondere »Dynamik« dieses Attentates sofort hätten erklären können.
Der Verleger sollte die Dinge dann noch komplizieren, indem er (nicht ohne Grund) die Hypothese einer Perkussionsmine aufstellte, die »von oben, vielleicht von der Orgelempore« aus, geschleudert wurde. Während wieder andere (mit vorzüglichen Gründen) die entgegengesetzte Hypothese vertreten sollten, nämlich die einer Höllenmaschine mit Zündschnur oder aber einer Zeitbombe, die vorher an Ort und Stelle geschafft worden war.

Was die Beamten draußen auf der Gasse betraf, so suchten sie sich gerade im Augenblick der Explosion in ihrem Kleinbus bei geschlossenen Fenstern und Türen und mit laufendem Motor aufzuwärmen. Was sie hörten, war vor allem das Zersplittern der großen Kirchenfenster, dem ein langer, ohrenbetäubender Splitterregen in der ganzen Umgebung folgte.

»Ein Plastikbombenattentat, das wahrscheinlich einige Tote und zahlreiche Verletzte gefordert hat«, meldete sogleich der Brigadiere Dalmasso der Zentrale, ohne sich bei der Frage aufzuhalten, ob der Sprengkörper mit einer Zündschnur, einem Uhrwerk oder sonst wie ausgerüstet war. Sobald er aus seinem Kleinbus gesprungen war, dachte er an nichts anderes, als zu tun, was man mit vier Mann in Erwartung von Verstärkungen und Krankenwagen nur tun konnte.

Und das war sehr wenig.

»Einer Panik zuvorkommen und zugleich Erste Hilfe leisten.« Dafür war es zu spät. Der Eingang der Santa Liberata war bereits von einer hysterisch schreienden Menge blockiert, da alle gleichzeitig hinausdrängten, und die kleine Seitentür war fest verriegelt.

»Den Zustrom von Neugierigen verhindern, aber ebenso auch die Entfernung der zur Tatzeit Anwesenden.« Leicht gesagt, wenn die Anwesenden unter Schockeinwirkung stehen und die Neugierigen bereits von allen Seiten herbeiströmen! Immerhin, man konnte es versuchen. Der Brigadiere beorderte je einen Mann an die drei Zugänge zur Zone und stellte sich selbst mit dem vierten vor das Portal, wo er die Räumung der Kirche zu beschleunigen suchte und die Herauskommenden nach rechts auf den freien Platz dirigierte.

»Nach dort bitte! Nicht am Eingang stehenbleiben! Bitte, sich dort drüben zu sammeln. Bitte die Ruhe bewahren . . . Da entlang!«

Die Leute hörten nicht auf, sich gegenseitig zu stoßen, um herauszukommen; die beiden Beamten in Zivil waren nirgends zu sehen, und die ersten Sirenen waren noch weit.

»Gegebenenfalls eine Ausweiskontrolle durchführen und jeden Verdächtigen sofort festnehmen.« Aber eben in Erwartung einer eventuellen Ausweiskontrolle, die der Brigadiere nicht allein vornehmen konnte, hatte er auch keinen Verdächtigen, den er festnehmen konnte. Außer den beiden, die . . . Plötzlich erinnerte er sich.

»Der schwarze Egon!«
Merkwürdigerweise hatte Signora Guidi keine Angst gehabt, bis plötzlich irgendwo im Dunkel jemand diesen vollkommen verrückten Warnruf ausstieß.
»Rettet euch vor dem schwarzen Egon!«
Bis zu diesem Augenblick hatte Signora Guidi mit ihrem gesunden Menschenverstand nur daran gedacht, sich nicht von den Flüchtenden umreißen zu lassen; mit einer Hand hielt sie sich an der Bank fest und mit der anderen nicht minder fest am Arm ihrer Tochter. Aber jetzt, wo das Durcheinander an der Tür auf dem Höhepunkt war, fühlte auch sie sich plötzlich von Panik und einem krampfhaften Zittern erfaßt.
»Achtung!«
Hier auf den Bänken des Querschiffs hatte sich von einem Schrei des Wahnsinnigen zum andern Stille eingestellt. Es war vollkommen dunkel. Vom »Urfeuer« in der Kapelle zur Linken war nur ein tiefroter Kreis mit einem dunklen Aschenornament geblieben.
»Der schwarze Egon ist da!«
Die Stimme kam von der Apsis her, sehr laut und tief, mit dem grotesken Widerhall eines Bahnhofslautsprechers.
»Herr Jesus, hilf uns!« seufzte Signora Guidi. »Thea, komm, schnell!«
Aber die Beine versagten ihr den Dienst.
»Mama, es ist ein Irrer«, sagte Thea. »Hier ist kein Egon. Setz dich für einen Augenblick wieder.«
Wie stets bewirkte die kaltblütige Pedanterie ihrer Tochter, daß sie sich aufs äußerste gereizt fühlte, zugleich aber auch beruhigt war. Sie tastete mit den Händen nach der Bank hinter ihr und setzte sich wieder.
»O Gott, was für ein Graus«, sagte sie, mit den Zähnen klappernd und tief Atem holend. »Was ist eigentlich passiert, was meinst du? War das eine Bombe? Was für ein Schock! Du hast doch gewiß auch Angst bekommen?«
»Eine entsetzliche Angst«, sagte Thea und drehte sich um. »Graziano?«
Mit Hilfe der spärlichen Flamme eines Feuerzeugs inspizierte hinter ihnen ein Mann die Bänke.
»Thea, da bist du ja!« Er kam näher. »Ist alles in Ordnung? Wie geht es der Signora?«
»Sie ist ein bißchen durcheinander, wie sich denken läßt. Aber es ist nichts Ernstes«, sagte Thea. »Mama, das ist mein Freund Graziano.«
»Sehr angenehm«, sagte Graziano.
»Wie geht es Ihnen«, sagte Signora Guidi mechanisch. Sie fühlte sich hin- und hergerissen zwischen dem Gefühl einer entschiedenen Erleich-

terung (ein kräftiger und entschlossener junger Mann – das sah man sogar beim Licht eines Feuerzeugs –, dieser wie von der Vorsehung gesandte Freund ihrer Tochter) und dem heftigen Wunsch, eben diese Tochter zu ohrfeigen. »Nicht mehr durcheinander als andere auch. Wir warteten nur darauf, daß es hier etwas leerer wird«, erklärte sie knapp und erhob sich.

»Jedenfalls ein Glück, daß du uns gefunden hast«, sagte Thea. »Glaubst du, daß man jetzt herauskommt, ohne zu Tode getrampelt zu werden?«

Graziano blickte zur Tür und löschte das Feuerzeug, das sich nur unnütz verzehrte und ihm die Finger verbrannte. In den noch immer gewaltigen Spektakel am Portal mischten sich jetzt von der Straße her Sirenengeheul und knappe polizeiliche Kommandos.

»Besser, wir gehen durch die Sakristei«, sagte er, indem er Thea das Feuerzeug anvertraute und die beiden Damen am Arm nahm. »Gehen wir hier lang ... Können Sie etwas sehen?«

»Genug.«

Zwischen den beiden Bankreihen bildete der nackte Steinfußboden in dem durch die hohen zerbrochenen Fenster fallenden nächtlichen Schein eine geisterhafte Spur, die bis zum Chor und Hochaltar führte, den sie als eine weißliche Masse ausmachen konnten.

»Achtung, da müssen Stufen sein«, sagte Graziano.

Thea knipste das Feuerzeug an, dessen Flamme für die Dauer eines Augenblicks die beiden Stufen zum Chorraum erhellte, löschte es aber sogleich wieder.

So konnte Signora Guidi zu ihrem Glück nicht das düstere blutige Hindernis zu ihrer Linken erkennen. Vielmehr weckte die Situation, als sie langsam auf den Altar zugingen, in ihr die bizarre Vorstellung von einem allerdings sehr reduzierten, allein aus dem Brautpaar und der Schwiegermutter bestehenden Hochzeitszug. Merkwürdig, daß Thea ihr nie von diesem Graziano etwas gesagt hatte, denn es sah nicht so aus, als kennten sie sich erst seit heute abend. Sie machten im Gegenteil den Eindruck, als ob ... Und es konnte auch kein Kommilitone sein, denn er war sicher einige Jahre älter als sie. Ob sie wohl schon ...

Thea blieb stehen.

»Entschuldigt einen Moment«, sagte sie leise, fast atemlos. »Laßt uns einen Augenblick stehenbleiben.«

»Was hast du?« fragte beunruhigt ihre Mutter. »Thea, was ist los? Ist dir schlecht?«

»Nein, es ist nichts. Meine Beine sind nur ... Nichts, es ist schon vorbei. Ich bin scheint's auch ein bißchen durcheinander«, sagte Thea mit einem zaghaften Lachen. »Es ist nur die Aufregung.« Sie lachte noch einmal und machte Anstalten weiterzugehen. »Graziano hat mich kompromittiert, aber jetzt führt er mich zum Altar. Die Heirat macht alles wieder gut.«

Aus dem etwas zu lauten Lachen Grazianos (der erst einen Augenblick gezögert hatte) und aus seinem verlegenen Scherz (»Ich führe dich zum Altar, aber nur, damit du eine Kerze stiften kannst, oder?«) ersah Signora Guidi, daß sie also tatsächlich schon miteinander im Bett gewesen waren. Es rührte sie im Gedanken an Thea (sie war doch noch so ein Kind), und eigentlich mißfiel es ihr keineswegs, wenn sie an die Wahl des Partners dachte (ein tadelloser junger Mann), aber es beschämte sie in ihrer Eigenschaft als Mutter, weil sie doch immer überzeugt gewesen war, sie würde es ihrem Kind sofort anmerken, wenn es soweit war.

Der Fußboden war mit Kalkstückchen und anderem Schutt übersät. Noch bevor sie bis zum Altar vorgedrungen waren, stolperten sie über einen von den Stufen gestürzten Kandelaber.

Graziano hob ihn auf. »Da, wenn du deine Kerze anzünden willst . . .«

Es war eine große, dicke Wachskerze; sie kam nur langsam und mit einem prasselnden Geräusch zum Brennen. Sie erhellte allmählich die Apsis und auch das dunkle Labyrinth unter dem turmartigen Gerüst zu ihrer Rechten, das in unmittelbarer Nähe über ihnen aufragte. Nur wenige Schritte weiter befand sich links die Tür zur Sakristei.

»Christus!« entfuhr es Graziano.

»Madonna!« sagte Thea.

Signora Guidi hielt sich die Hand vor den Mund, um nicht zu schreien.

Vom Altar her betrachtete sie der Matratzenmacher mit irrem Blick und offenem Mund; seine borstigen Haare waren kranzförmig geschnitten und die gebleckten Zähne grinsten wahnsinnig.

»Der Egon ist gekommen!« brüllte er aus Leibeskräften. »Der Egon! Der schwarze Egon!«

Die eine oder anderthalb Minuten, die nötig waren, um durch die Tür zu gehen, die Sakristei zu durchqueren, über einen kurzen Korridor zu laufen und durch eine zweite Tür wieder hinauszugelangen, und zwar unmittelbar auf den Parkplatz, nicht weit von dem Porsche, diese Zeit benutzte Signora Guidi, um zur heiligen Liberata zu beten, daß sie ihr, zumindest für diesen Abend, weitere Aufregungen ersparen möge.

Doch ihr Gebet fand keine Erhörung. Kaum hatte Graziano die Autotür für sie geöffnet, als sich Brigadiere Dalmasso grob einmischte. Sie packte er an der Schulter und ihn forderte er auf, die Hände hochzuheben.

»Und du bleibst auch stehen und rührst dich nicht«, drohte er Thea, die ein wenig beiseite stand.

Graziano seufzte kopfschüttelnd, während ein zweiter Beamter ihm die Pistole abnahm.

»Brigadiere, was zum Kuckuck wollen Sie von mir?«
»Und zum Kuckuck, was sind das überhaupt für Manieren?« fragte ihn Thea.

3

Die Stock-Gibson wandte sich entschlossen dem Bariton zu.
»Wohlan, Belcore! Man rufe den Notar!«
»Herr Doktor, Herr Doktor! Zu Hilfe! Zu Hilfe!« raste der Tenor.
Dr. Santamaria schickte sich an, in den Beifall am Ende des ersten Aktes mit einzustimmen, obwohl ihm die Aufführung (soweit er darüber urteilen konnte) nicht besonders gelungen schien und das Bühnenbild ihn, offen gesagt, ratlos machte.
»Zugegen auf dem Fest«, so versicherten indessen gemeinsam die Stock-Gibson, der Bariton und der Chor, »wird Amor selber sein.«
Doch der Tenor (»Die wilde Erregung Nemorinos steigert sich noch«, lautete in seinem Libretto die Regieanweisung) schloß mit einer neuen, flehentlichen Bitte um Hilfe.
»Mich mißachtet der Sergeant, ach, sie treiben mit mir Scherz«, klagte er in den höchsten Tönen, »keine Hoffnung hat mein Herz. O Doktor, Doktor! Zu Hilfe! Ach, erbarmt euch mein!«
Das war nun praktisch ein Notruf, dachte der Kommissar und lächelte, während der erste Beifall aufrauschte. Für einen Augenblick fühlte er sich versucht, im Büro anzurufen und zu hören, ob De Palma ihn vielleicht brauchte. Die Stock-Gibson schien, unter anderem, auch leicht erkältet, und das rief ihm in Erinnerung, wie viele von der afghanischen Grippe befallene Kollegen im Polizeipräsidium fehlten.
Aber dieser *Liebestrank* war, wie auch immer, ein Vergnügen, fand er, während er sich am Händeklatschen beteiligte. Und gerade De Palma sähe es lieber, wenn er bliebe, damit er ihm, De Palma, morgen erzählen konnte, wie es gewesen war. Und wie viele Vorhänge die Gibson und wie viele der Dirigent gehabt habe ... Er benutzte die Pause, um einen Kaffee zu trinken.

4

Vizekommissar Tatò, der Beamte vom Nachtdienst bei der provisorischen Einsatzzentrale, wußte nichts von den Freitagabenden in Santa Liberata; er konnte nicht beurteilen, ob die Abstellung von acht Mann zur Sicherung – den Unteroffizier und den Fahrer mitgerechnet – aus-

reichend gewesen war, doch diese Frage ging ihn auch gar nichts an. Für ihn war allein von Bedeutung, daß die Stellung eines Notkommandos reibungslos geklappt hatte.
Es hatte hervorragend geklappt.
Schon nach einer Viertelstunde – der Beamte sah auf die Uhr –, nein, knapp dreizehn Minuten nach erfolgter Meldung war ein dichter Polizeikordon gebildet worden, der Tote hatte eine Wache bekommen, und die Ambulanzen sammelten die Verletzten. Und während ein Spezialkommando Kabel aufrollte und in der Kirche Scheinwerfer anbrachte, schritten auf dem Platz seitlich des Gebäudes Beamte des Überfallkommandos zu einer systematischen Erfassung der Anwesenden.
»Ihre Papiere, bitte!«
»Irgendein Dokument, wenn ich bitten darf.«
»Bitte hier entlang...«
»In unser Büro, um ein paar Fragen zu beantworten... Eine Angelegenheit von ein paar Minuten...«
»Aber nein, wenn uns jemand irgendeinen Hinweis geben kann, schikken wir ihn sofort nach Hause...«
»Nein, wenn Sie uns nichts über die Umstände des Tathergangs zu sagen haben, können Sie gehen... Sie auch, Signora... gewiß, gegebenenfalls werden wir Sie rufen lassen...«
»Ihre Papiere, bitte!«
Ausgezeichnet. Dr. Tatò empfand Genugtuung.
Brigadiere Dalmasso trat auf ihn zu, salutierte und begann, ihm leise etwas zu erklären.
Immer besser. Auch wenn die näheren Umstände der Tat noch zu klären blieben (was nicht seine Aufgabe war), so hatte man doch schon *operative Ergebnisse* aufzuweisen: drei Verdächtige, und allem Anschein nach vorbestraft. Man hatte sie festgenommen, als sie in einem Straßenkreuzer zu verduften suchten.
Außerdem war, so berichtete der Brigadiere weiter, eine andere Person, die bereits in die vorangegangenen Zwischenfälle verwickelt war, nach der Explosion von den beiden Beamten in Zivil gestellt worden; und nachdem der Mann die beiden Beamten mit einem Gegenstand angreifen wollte, waren sie zu seiner sofortigen Verhaftung geschritten. Zwei weitere Individuen, die durch ihr Verhalten Verdacht erregten, hatten sich vorsätzlich zwischen den Bänken versteckt, weshalb sie jetzt, zusammen mit einem Dritten, der Anzeichen von Geistesgestörtheit aufwies, darauf warteten, mit den übrigen in den Gefängniswagen zu steigen.
Vorzüglich, bemerkte der Beamte beifällig, mochten sie denn die grüne Minna besteigen! Aber den Geistesgestörten könnte man vielleicht bes-

ser mit einer der Ambulanzen transportieren. Was für Anzeichen waren es denn?
Er sprach von einem schwarzen Egon und – falls er, der Brigadiere, richtig verstanden habe – von Autoreifen oder Pneumatiks. Offenbar schrieb er den Tod Don Pezzas einem geplatzten Autoreifen zu.
Gut, er mochte denn, da man Platz hatte, mit einem der Ambulanzwagen fahren. Was die beiden betraf, die sich versteckt hatten, wollte er wissen, ob man ihre Identität feststellen konnte, oder ob sie keine Ausweispapiere bei sich führten.
Der Brigadiere wußte nicht, ob sie Papiere hatten oder nicht; jedenfalls hatten sie sich geweigert, sie zu zeigen, und vielmehr verlangt, mit einem höheren Beamten zu sprechen. Sollte er sie – und er wies auf zwei graue Gestalten, die jetzt von einigen Beamten zum Gefängniswagen eskortiert wurden –, sollte er sie hierher bringen?
Der Vizekommissar Tatò breitete mit verzweifelter Miene seine Arme aus. Mit seiner bescheidenen Größe von einem Meter achtundsiebzig habe er Angst, in den Augen der beiden Herren nur ein kleiner Beamter zu sein ... Hahaha, lachte er laut heraus, stolz auf den guten Witz und in der Erwartung, daß auch der Brigadiere lachte, hahaha.
Aber der Brigadiere Dalmasso lachte nie. Er grüßte und gab den Beamten das Zeichen, die beiden Individuen in den Arrestantenwagen zu setzen. Dann, während der Schnee dichter zu fallen begann, schloß er sich voller Eifer den Kollegen an, die weiter Ausweise kontrollierten.
»Ihre Papiere, bitte!«

5

Der VW stand auf einer Überführung. Der Bleistifthändler hatte die Scheinwerfer ausgeschaltet und schaute, sich zum rechten Wagenfenster neigend, hinab. Von Zeit zu Zeit sah er auch hinter sich, um festzustellen, ob ein Wagen kam. Aber um diese Stunde, zumal bei dem immer dichter fallenden Schnee, blieb die Straße leer.
Als man nichts mehr sehen konnte, richtete er sich wieder auf und fuhr langsam weiter, ohne die Scheinwerfer wieder einzuschalten, und machte nach ein paar Dutzend Metern auf einer Ausweichstelle halt. Dann stieg er aus und kehrte, rasch ausschreitend, um.
Hinter dem Güterbahnhof strahlte von einer hochgebauten Schnellstraße eine Doppelreihe Laternen ihren Schein bis hierher aus; sie tönte den fallenden Schnee blau und erhellte noch vage die Straße, den Platz hinter der Mauer und ein langgestrecktes dunkles Ziegelgebäude im Hintergrund. Auch die offenstehende Gittertür und der Zaun waren

in diesem Abschnitt beleuchtet.
Doch weiter hinten, dort, wo die Straße aufhörte und auch die Mauer an einer Böschung endete, war der Platz vor dem Ziegelgebäude dunkel. Hier war der Drahtzaun fast ganz zerstört. In dem niedrigen, verfallenen Mauersockel staken nur noch ein paar verrostete, vom Schnee bedeckte Zaunreste, über die er mühelos hinüberklettern konnte.

6

»Hallo . . . Dr. Santamaria? Ich verbinde mit Dr. De Palma.«
Soeben war der Kommissar nach Hause gekommen. Schon auf der Treppe hatte er das Telefon läuten hören, und angesichts der Stunde – es war gerade Mitternacht – hatte er gleich ein ungutes Gefühl gehabt: Krawalle in Santa Liberata . . . folgenschwere Zusammenstöße zwischen Anhängern und Gegnern des Pfarrers . . . acht Beamte waren zu wenig gewesen . . .
Doch es genügte, daß der Kollege begann: »Du weißt doch – dein unglückseliger Priester?«, um ihm die plötzliche Gewißheit zu geben, daß . . .
»Was ist geschehen? Ist er tot? Haben sie ihn umgebracht?«
»Ja. Also dann weißt du schon von der Explosion?«
»Nein, ich weiß nichts. Erzähle!«
Und nach und nach beim Anhören dieses dürren Berichts hatte er auch diese Gewißheit: daß er nichts von Don Pezza und seinen verdammten Freitagen begriffen hatte. Aber was hätte er denn begreifen sollen? Und wieso hatte er dieses Gefühl, daß er sich hatte »verhexen« lassen? Verhexen von wem?
»Bis jetzt«, schloß De Palma, »weiß man noch nicht einmal genau, wie das Attentat vor sich gegangen ist. Nur soviel steht fest, daß wir die ganze Nacht damit zu tun haben werden.«
»Was soll ich machen? Gleich kommen oder erst zum Tatort?«
»Komm lieber gleich her. Es sind ein Haufen Leute hier, die uns etwas sagen können, und ein paar vorläufig Festgenommene sind zu vernehmen. Am Tatort ist schon Cuoco mit seinen Spezialisten.«
»Gut, ich komme sofort.«
Er legte den Hörer auf und schaltete die Schreibtischlampe aus, ohne jedoch sogleich aufzubrechen. Beim Schein der Straßenlaterne, die fast genau seinen Fenstern gegenüber die Kreuzung der Via Mercanti mit der Via Barbaroux beleuchtete, betrachtete er den großen quadratischen Raum mit seiner von dicken Balken durchzogenen Decke und den weiß

getünchten Wänden, der ihm als Arbeits- und Wohnzimmer diente: nur wenige dunkle, nüchterne Möbel; eine Atmosphäre von Sakristei, etwas Mönchisches, Asketisches, wie ihm einmal jemand gesagt hatte ...

Mit einem Schulterzucken raffte er sich auf, irgendwie irritiert durch diese Erinnerung, aber auch durch seine läppischen theologischen Tüfteleien von gestern. Er verließ das Haus. Tatsächlich wurde es ihm erst an der Haustür klar, als er zum Himmel hinaufsah und sich trotz dem Schnee entschloß, die paar Minuten Weg zu Fuß zurückzulegen, daß, jedenfalls war das jetzt seine Meinung, Gott mit dieser Pezza-Geschichte nichts zu tun hatte. Und schon gar nichts mit seinem Tod. »Er hat mit dem Fall nichts zu tun. Ein eisernes Alibi. Am Abend des Freitags, den 25. Februar, befand er sich nämlich ...«

Der Kommissar blieb stehen und ging dann langsamer weiter, teils wegen der glatten, rutschigen Straße, teils aber auch wegen der verwirrenden Aussichten, die ein solches Alibi eröffnete, wenn man es kontrollieren wollte.

Wo befand sich Gott, wenn er sich nicht in der Umgebung seiner Schöpfung aufhielt und sich mit den Blättern auf den Bäumen und den Menschen beschäftigte? Zwischen zwei Auftritten, zwischen Belohnungen, Gnadenerweisen, Bestrafungen und anderen Obliegenheiten mußte er doch irgendwo sein, sozusagen einen zweiten Wohnsitz haben und irgendein spezielles Hobby.

Das Privatleben Gottes – noch niemand hatte versucht, es sich auszumalen, niemand dachte daran, nicht einmal die Gläubigen. In einer Mischung von Egoismus und Trägheit begnügte man sich mit ein paar allgemeinen Etikettierungen wie *allmächtig, allwissend, ewig* und so weiter. Insgeheim hielt man Ihn nämlich für unfähig, zu überraschen. Man glaubte, daß man längst alles über ihn wisse.

»Brrr!« sagte eine Prostituierte, die soeben an der Ecke des Corso Siccardi aus einem Auto gestiegen war. Darauf begann sie so etwas wie ein selbsterfundenes Walzerlied vor sich hinzuträllern: »Wer ... läuft mit mir Ski? Wer läu- läu- läu- läu- läuft mit mir Ski?«

Sie schlenkerte mit der Handtasche, und die hochgetürmte schwarze Frisur funkelte wie von dichtem, glitzernden Flitter.

Es fehlte wenig, daß der Kommissar nicht stehenblieb und sie fragte, ob sie vielleicht einmal in Santa Liberata gewesen war, ob sie Don Pezza gekannt hatte, und was sie von ihm hielt. Aber das hätte er gestern tun müssen – das Viertel durchstreifen, mit den ständigen Besuchern der Kirche sprechen, sich über den Mann informieren, ihn persönlich aufsuchen, sehen, wie er sich bewegte, hören, was für eine Stimme er hatte. Statt dessen hatte er sich mit dem Dossier begnügt, auch er war

an der Oberfläche geblieben, als sei der Priester ganz in dem abstrakten braunen Aktendeckel enthalten: Pezza, der Umweltschützer; Pezza, der Menschenfreund; Pezza, der Soziologe; Pezza, der Dichter . . . Aber was tat dieser Pezza außerdem, da, wo ihn diese Etikettierungen nicht mehr erfaßten?
Wenn er es sich jetzt, wo es zu spät war, überlegte, begriff er, daß er im Grunde bereits gestern gewußt hatte, daß er über den Pfarrer von Santa Liberata noch längst nicht alles wußte. Ein Satz unter den vielen, die er sich die Mühe gemacht hatte, über ihn zu lesen, mußte ihm das Gefühl gegeben haben, daß noch etwas dahinter steckte. Aber was? Ein Doppelleben?
Nein, so deutlich war es nicht gewesen. Nur ein Gefühl, daß dieser Pezza ein eigenes Leben führte, sozusagen auf eigene Rechnung. Schöne Entdeckung! Gut gesagt!
Auf der Via Cernaia wühlten die Autos in beiden Richtungen braune Schlammassen auf, und unter den Arkaden brachten es die wenigen Passanten auf geheimnisvolle Weise fertig, nach allen Richtungen Tausende von sich kreuzenden oder übereinander gelagerten nassen Spuren zu hinterlassen. Auch nur einer dieser verwirrenden Spuren zu folgen, wäre unmöglich gewesen.

7

Es war ungefähr so aufregend wie das Warten in einem Flughafen, dachte Rossignolo, der allmählich die Müdigkeit in allen Gliedern spürte. Diese Tristheit der Zimmer und Flure, der Menschenmenge, der verlorenen Blicke ins Leere, der im Neonlicht fahl gewordenen Gesichter und der aus Langeweile und Ungeduld angezündeten Zigaretten. Und dies Gefühl, nur ein Gegenstand unter Gegenständen zu sein, ein Paket, ein Frachtstück, hin- und hergeschoben nach dem Belieben uniformierter Männer, die von Zeit zu Zeit hereinschauten, ohne jemanden zu sehen – schäbige Wichtigtuer. Und alles war so voraussehbar, besser gesagt, alles war, wie vorausgesehen. Von ihm, jedenfalls. Wie konnte eine Nacht im Polizeipräsidium schon sein, wenn nicht so?
Er rutschte auf dem harten Stuhl aus hellem Holz hin und her, der auch wie vorausgesehen war, so wie die Neonröhren, der grünliche Ton der Wände und das von kurzen Pausen unterbrochene Geklapper der Schreibmaschinen hinter angelehnten Türen. Im Flughafen waren die Sitze immerhin gepolstert.
Der Verleger, der auf einem gleichen Stuhl neben ihm saß, wandte sich ihm zu, mit einem Lächeln, als ob er dieses so gelungene Fest persön-

lich organisiert hätte. Und in einem gewissen Sinn war es ja auch wahr, dachte Rossignolo, ohne das Lächeln zu erwidern. Die Bombe war explodiert, um ihm recht zu geben und seine verflixte Sensibilität zu belohnen. Als sie sich nach der allgemeinen Flucht draußen vor der Kirche wiedergefunden hatten, da hatte der da schon sein kleines triumphierendes Lächeln aufgesetzt, das so dauerhaft wie eine Narbe war. Noch nach Jahren würde er sich damit brüsten. Während seine bornierten Mitarbeiter, die doch den Priester persönlich gekannt hatten, überhaupt nichts begriffen, war er allein imstande gewesen, rein intuitiv etwas zu erfassen, aufzufangen, zu *spüren* ...

Im Büro befanden sich außer ihnen noch ein halbes Dutzend schweigender Zeugen, die es sichtlich schon bereuten, sich zu dieser nächtlichen »Zusammenarbeit« mit der Polizei bereit gefunden zu haben. Nicht so der Verleger. Wohlig eingehüllt in den Mantel seiner Eitelkeit, ließ er sich gefügig genau wie alle andern behandeln, beschwerte sich nicht darüber, warten zu müssen, und verzichtete darauf, seinen Namen und sein Prestige in die Waagschale zu werfen. Jetzt fügte er seiner »Sensibilität« noch etwas hinzu, was man als Bürgersinn, als bescheiden-demokratische Haltung bezeichnen mochte. Und gleichsam als Krönung des Ganzen, wie die Schlagsahne auf der Torte, hatte er seine Theorie.

Rossignolo empfand plötzlich – war es eine Assoziation? – gewaltigen Hunger. Er stellte sich vor, wie Lomagno und Mariarosa jetzt in der *Birreria Bavarese* saßen und mit Francisco (der sich nach dem Anschlag still und unauffällig verdrückt hatte) und mit Monguzzi (der sich vielleicht schon vorher aus dem Staub gemacht hatte) *agnolotti* herunterschlangen, köstliche kleine mit Fleisch gefüllte Teigtäschchen. Und alle zusammen rekonstruierten mit Behagen, zwischen einem Schluck und einem Bissen, die verwünschte Verkettung von Umständen, den gestrigen Besuch in Santa Liberata, den heutigen des schleimigen Vicini, die Blamage des Verlegers und wie er sie seine Angestellten entgelten ließ, und dann der arme Rossignolo (gib mir bitte den Schinken, willst du keine Artischocken?), der wie gewöhnlich wieder einmal herhalten und versuchen mußte, diesen entfesselten Exhibitionisten am Ärmel festzuhalten.

Ein Beamter mit dickem Bauch und grauen Haaren, ein richtiger Opa, erschien, um einen der Zeugen abzuholen; wer weiß, was für unverständliche Befehle er ausführte. Es herrschte große Konfusion im Polizeipräsidium. Bei ihrer Ankunft hatte sie ein Beamter zunächst in ein Büro geführt, später holte sie ein anderer ins nächste Büro in einem anderen Stockwerk, damit sie eine erste kurze Aussage machten. Der Verleger hatte angefangen, etwas von einer Theorie verlauten zu las-

sen, aber der Beamte, in Zivil und eilig und unpersönlich, ließ sich nicht darauf ein. Vorname, Familienname, eine kurze Eintragung im Telegrammstil, und weiter, in dieses dritte Büro, um wieder zu warten und die Beine abwechselnd übereinanderzuschlagen und wieder auseinanderzunehmen.
»Ein Erlebnis«, hatte der Verleger gemurmelt, während man sie in diesem trostlosen Zirkus hin- und herschickte.
Aber nicht die Neugier war es – Rossignolo hatte es klar erkannt –, die den Verleger veranlaßte, seine Blicke gierig nach allen Seiten schweifen zu lassen. Es war die Hoffnung, eine Schar von Journalisten, Fotoreportern, Kameramännern vom Fernsehen auftauchen zu sehen, damit sie Kenntnis nähmen von seiner kühlen Beobachtungsgabe, seinem untrüglichen Blick und seiner Begabung für folgerichtiges Denken, um ihrerseits der Welt davon Kenntnis zu geben. Der lächerliche Pfau hatte sich dermaßen in seine Wichtigtuerei hineingesteigert, daß er schon von diesem hundsgewöhnlichen Mordanschlag als von dem »Fall Pezza« sprach, den natürlich, wohlgemerkt, *er* aufklären würde.
Unwillkürlich schnaubte Rossignolo angewidert durch die Nase.
»Wie bitte?« fragte der Verleger.
»Oh, nichts. Nichts«, sagte Rossignolo.

8

»Der Verrückte – hast du ihn schon, Pietrobono?« fragte De Palma die Polizeiassistentin, die aushilfsweise Sekretärin für ihn spielte.
»Ich habe geschrieben: ›Der Verrückte mit dem Egon. Zu überwachen.‹«
»Ah ja. Dann noch die Sache mit dem Autoreifen. Schreib: Sobald möglich.«
»NB. der Verrückte: Sobald mögl. Verhör weg. angebl. geplatzten A'reifens«, schrieb die Pietrobono in ihr Heft.
»Dann notiere: Ordinariat.«
»Aber kümmert sich darum nicht schon der Herr Polizeipräsident? Es scheint, daß der Erzbischof außer Hause ist, aber . . .«
»Schreib und widersprich nicht, Pietrobono. Ich will sie persönlich hören. Oder auch Santamaria. Ja, schreib: Das Ordinariat für Kommissar Santamaria, vielleicht morgen früh.«
»Erzbisch. Ordinariat S'maria morg. fr. schreibe ich und widerspr. nicht«, schrieb pikiert die Pietrobono.
»Dann . . . ach ja: die Geschichte mit dem Verleger. Haben wir die schon notiert?«

»Ich glaube nicht . . . Nein.«
»Dann notieren wir sie«, sagte De Palma. »Bezüglich . . .« Er überlegte, rieb sich die Augen und sah von neuem in die Aufzeichnungen Dalmassos, in den dürftigen Bericht des Erkennungsdienstes und in die Protokolle der ersten summarischen Zeugenaussagen. »Ich weiß nicht . . . Warten wir auf Santamaria.«
»Verl. Geschichte?« schrieb die Pietrobono mit einem Fragezeichen.
»DP«, schrieb sie dann in eigener Sache weiter, da ihr dieses Heft auch als Tagebuch diente, »hat moment. Augen geschlossen, in Erwart. v. S. – Völlig ersch . . .«
»Hallo?« Sie hatte den Hörer abgenommen. »Nein, nicht da. Er ist nicht im Hause.«
»Völlig erschöpft, der Ärmste, obwohl sonst ein M. von Eisen. – Die ergebene Endunterz. beschützt mit wild. Entschloss. seine Ruhe und fühlt sich fast versucht, die müde Stirn mit ihr. leicht. kühl. Händchen zu liebkos. – Aufgepaßt, Pietrobono! Der harte Dienst bei d. Poliz. gestattet keine Manifest. mütterl. oder sonst. Gefühle. – Da kommt S.«
»Pst! Er ist ein bißchen eingeschlummert. Wo kommen Sie denn her?« fragte sie leise Santamaria.
»Aus dem *Teatro Regio*«, antwortete er. »Etwas dagegen?«
»Was gibt's?« De Palma raffte sich auf. »Ah!« sagte er und strahlte übers ganze Gesicht.
Und alle Mühe und Müdigkeit, die ganze Verbitterung über wieder eine Nacht »an der Front« fielen wie durch Zauber von ihm ab.
»Ah!« wiederholte er, mit einem verzückten Lächeln, das die Pietrobono schlechthin schwachsinnig fand. *»Der Liebestrank!«*
Er schickte einen Wachtmeister, der aus dem Zimmer nebenan erschien, mit einer Geste wieder zurück und trommelte mit dem Finger rhythmisch auf ein Bündel von Protokollen, das vor ihm auf dem Tisch lag.
»Tatà . . . tatatà . . . tataaaa . . .« trällerte er, vermutlich in Anspielung auf die Ouvertüre.
Ihn verklärte ein Ausdruck, der nur dem eines aus dem Süden emigrierten Italieners beim Anblick einer Ansichtskarte vom Vesuv vergleichbar war; und tatsächlich schien ja auch die Oper, dachte Santamaria, für ihre Liebhaber eine Art von Heimat im geographischen Sinne zu sein, ein Land von so klar umrissener Existenz wie England oder Venezuela.
»Manchmal«, gestand nachdenklich der »Emigrant«, offenbar bedrückt von der Schwierigkeit seines Dilemmas, »ja, zuweilen bin ich versucht, Donizetti . . . Donizetti über Rossini zu stellen.«
Er senkte den Blick auf seine Schreibstubenpartitur, und seine Miene

trübte sich wieder, als er die Akten durchblätterte.
»Also, haben wir jetzt alles?« fragte er die Pietrobono.
»Ich weiß nicht. Das letzte, was ich geschrieben habe, ist: ›Verlegergeschichte?‹«
»Schon gut«, nickte De Palma, und sein Blick ging wieder ins Weite. »Aber sag mal«, wandte er sich an Santamaria, der damit beschäftigt war, seinen durchnäßten Mantel aufzuhängen, »was für einen Eindruck hat eigentlich die Stock-Gibson auf dich gemacht? Hat sie dich überzeugen können? Wenn man nämlich einmal die Carteri gehört hat . . .«
»Carteri oder Caldani?« fragte boshaft die Pietrobono. »Ich habe hier stehen: ›Die Caldani hören.‹«
»Da hast du schlecht daran getan, denn im *Liebestrank* . . . Nein, im Ernst, als Mimi kann ich sie mir noch vorstellen, aber die Stock als Adina! Habt ihr nie den *Liebestrank* mit der Caldani gehört?«
»Caldani oder Carteri?« fragte Santamaria mit einem Augenzwinkern für die Pietrobono.
De Palma bekam für einen Augenblick den Mund nicht zu. In seiner Opernheimat, in der seltsame und mystische Gesetze herrschten, bestand kein Unterschied zwischen den Personen des Stücks und ihren Darstellern: die Zigeunerin, der Prinz, die Magd, der Verräter, der Mönch, sie alle wurden eins mit den Sängern, die sie verkörperten; sie glitten ständig aus einer sinnlichen in eine imaginäre Existenz; auch die Orchesterdirigenten besaßen diese Art von doppelter Nationalität, mit zuweilen irreführenden Auswirkungen.
»Ach so«, sagte er schließlich, »entschuldige! Jetzt also zur Caldani! Ich war gerade im Begriff, die Sache etwas zu ordnen . . .«
Er preßte die Hand an die Stirn. Einer der drei Apparate läutete, und auf einen grimmigen Wink von ihm antwortete die Pietrobono, daß Dr. De Palma noch nicht wieder erschienen sei.
»Die verlangen jetzt schon ein Resümee, eine erste Zwischenbilanz, verstehst du?«
Aber die Tirade gegen den Polizeipräsidenten, den Vizepolizeipräsidenten, den Staatsanwalt, die Journalisten usw. kam nicht. Die Entrüstung des armen, unter Streß stehenden Polizisten konnte sich ein Polizist, der wirklich unter Streß stand, nicht erlauben.
Santamaria setzte sich.
»Kurz und gut, wie steht's?« fragte er.
Die Pietrobono, seit drei Jahren bei der Polizei und im Begriff, ihr Inspektor-Examen abzulegen, hatte sich das Recht auf einen gewissen professionellen Pessimismus erworben.
Sie schnalzte skeptisch mit der Zunge.

»Weib, hüte deine Zunge!« fuhr De Palma sie an. Aber seine Worte, empfand er plötzlich, klangen wie aus einem Bellini- oder Verdi-Libretto, und er summte, nicht ganz sicher, eine Begleitung dazu. Jetzt fürchtete der Kommissar, daß sein Kollege in einer Euphorie aus Übermüdung anfangen würde, in der abstrusen und anstrengenden Sprache der Opernlibretti zu sprechen. Aber es war schon vorbei.
»Also der Verleger. Sehen wir mal zu. Was hast du sonst noch, Pietrobono? Hast du diesen Maresciallo, wie heißt er noch? Hast du den Ingenieur? Ordnung ist die Hauptsache.«
»Und die Logik«, sagte das junge Mädchen.
»Pietrobono, machst du dich über mich lustig? Lies noch mal das Ganze vor, dann hört es auch Kommissar Santamaria und ist gleich auf dem laufenden.«
Die Pietrobono neigte den Kopf mit der ganzen Masse ihrer krausen schwarzen Haare über das Heft und begann, in einem sorgsam neutral gehaltenen Ton, mit dem sie sich von ihrem Text gleichsam distanzierte, zu lesen:
Absolute Priorität Zeugenaussagen zur Explosion. – Beichtstuhlzwischenfall und Festnahme Sakristan klären. – Feststellung Personalien angeblich hochgestellter Persönlichkeiten, die sich versteckten (hat Zeit). – Anhörung Carabinieri über den VW. – Ermitteln, was es mit Mafioso und zwei Huren auf sich hat (Santamaria). – Suche nach der Caldani, Vernehmung (Brigadiere Mattei). – Fiat-Ingenieur (idem). – Der Verrückte mit dem Egon: bewachen und so bald wie möglich über angeblichen geplatzten Reifen vernehmen. – Erzbischöfliches Ordinariat (S'maria morgen früh). – Verlegergeschichte?
De Palma, der den Kopf mit halbgeschlossenen Augen hin- und herbewegte, war der Vorlesung gefolgt, als hätte er eine seiner Lieblingsarien gehört oder zumindest eine Nacherzählung des ersten Akts. Er richtete sich auf.
»Also, das ist, mehr oder weniger, alles. Du hast verstanden?«
»Nichts«, sagte Santamaria.
»Eben.«
»Wir tappen im dunkeln«, erklärte die Pietrobono süffisant.
»Pietrobono! Erspare uns deinen Zynismus!«
»Aber ich sagte doch nur...«
»Sei still. Mach dich lieber nützlich, lüpfe deinen werten Hintern, geh zu Maresciallo Biazzi und –«
Er unterbrach sich, um auf einen Knopf auf seinem Tisch zu drücken. Der Wachtmeister von vorhin erschien von neuem.
»Was gab es denn?«
»Der Staatsanwalt. Er sagt, daß er jetzt direkt an den Tatort geht und

dann bei uns vorbeikommen wird.«
»Ausgezeichnet.«
Er fing die Pietrobono, die schon an der Tür stand, ab, hob eine Hand und fragte drohend: »Wo willst du denn hin?«
»Zu Biazzi.«
»Ach ja, richtig, eine gute Idee! Also keinen Kaffee! Schluß mit Kaffee, geh zu Biazzi und sieh zu, was du mit deinem Charme bei ihm herausholst: Whisky, Grappa, Likör, jedenfalls irgend etwas Stärkeres, einverstanden?«
»Vielleicht auch einen Magenbitter?« fragte die Pietrobono.
»Pietrobono!« zischte De Palma.
Das Mädchen verschwand eilig, und De Palma wandte sich brüsk wieder dem Wachtmeister von der Vermittlung zu.
»Was ist los? Was willst du?«
»Der Staatsanwalt . . .«
»Mach, daß du wegkommst, das weiß ich doch schon . . . Halt, warte«, rief er ihn zurück. »Was sagt der Erkennungsdienst? Sagt er überhaupt etwas?«
»Nichts, Dottore. Noch nichts Konkretes.«
»Dann geh wieder an deine Apparaturen zurück. Aber sobald du etwas hörst, komm zu mir mit Flügelschuhen, eile, fliege und laß dich von niemandem aufhalten!«
Er sah auf die Uhr.
»Es ist halb eins, und alles geht gut«, erklärte er, zu Santamaria gewandt. Es klang etwas unvermittelt.
»Bist du müde?« fragte der Kommissar.
Sie sahen sich ins Gesicht.
»Ich bin auf den Knien, aber noch nicht am Boden. Ich funktioniere noch«, stellte De Palma seine Diagnose. »Heute früh haben sie mich um vier Uhr aus dem Bett geholt, aber ich kann mich noch eine Weile auf den Füßen halten. Also höre: das Attentat . . .«
»Politisch?«
»Was weiß ich! Bisher hat sich noch niemand dazu bekannt, und Cuoco glaubt nicht recht daran. Aber natürlich stellen die auch die üblichen ›Ermittlungen nach allen Richtungen‹ an . . . Aber das, was uns alle blockiert, der fehlende Ausgangspunkt sozusagen, ist der Umstand, daß wir immer noch nicht wissen, *was* den Priester getötet hat, womit er in die Luft gesprengt wurde. Wie können wir unter diesen Umständen –«
Das Telefon läutete. De Palma ergriff rasch den Hörer und sagte im selben Atemzug: »Ist nicht im Hause.« Dann legte er den Hörer wieder auf.
»Wie können wir unter diesen Umständen«, wiederholte er, »ich sage

nicht, eine erste Zwischenbilanz vorbereiten für . . .« er zeigte mit dem Kinn auf den Apparat, »überhaupt vom Fleck kommen – mit *dem* Zeug da?«
Er wies mutlos auf das Notizheft der Pietrobono, das Santamaria an sich gezogen hatte, um es sich näher anzusehen, und gähnte. »Ah«, seine Miene hellte sich auf, als er die Pietrobono mit Whisky, Eis und Pappbechern wiederkommen sah. »Siehe die Magd, siehe die Jungfrau von der Via Grattoni!«
»Mein Privatleben geht nur mich was an«, sagte die Pietrobono. Sie stellte alles auf den Tisch und nahm dem Kommissar ihr Heft vor der Nase weg. »Das gehört nicht in jedermanns Hände.«
»So wenig wie der Text der *Turandot*«, sagte Santamaria. »Aber ich finde es, wie übrigens alle Libretti, etwas unklar. Wenn du versuchen würdest, mir davon eine Zusammenfassung zu meinem Privatgebrauch anzufertigen?« bat er seinen Kollegen, der sich mit dem Eis zu schaffen machte. »Dann könntest du auch nach Hause gehen.«
»Ein Resümee des ersten Akts? Santamaria, du bist großartig!« De Palma schien begeistert. »Dir den ersten Kelch! Ist er nicht großartig, Pietrobono?« fragte er laut zwischen einem und dem nächsten nicht enden wollenden Gähnen.
Besorgt betrachtete ihn die Pietrobono.
»Ja«, sagte sie, nahm den ersten Becher und reichte ihn Santamaria. »Aber das Resümee kann ich ihm auch machen, wenn es Ihnen recht ist.«
»Nein. Ausgeschlossen. Du kannst es nicht. Du hast nicht die Technik! Um alles von Anfang an richtig zu resümieren, muß man . . .«
Er stand auf und begann, im Zimmer auf und ab zu gehen.
»Erster Akt, erster Auftritt«, sagte er, sich die Hände reibend. »Der Priester, Don Alfonso, getrieben von innerer Unruhe und maßloser Geschäftigkeit, geht der Polizei schon seit einiger Zeit auf die Nerven. So daß sich der Berühmte Doktor De Palma mit ihm beschäftigen muß, ein Polizeibeamter, dem allerdings in seinem Herzen die ganze Angelegenheit piepegal ist. So kommt es nun zu der Nacht, in der sich die Tragödie ereignet. Das heißt, zunächst ein Schritt zurück: am Freitag zuvor . . .«
Er sah auf dem Schreibtisch sein noch unberührtes Glas und gab es der Pietrobono. Er schenkte sich ein anderes Glas ein.
»Trink, Rosmunda! Dies ist ein Befehl.«
»O Dottore, Sie haben mir soviel eingeschenkt?« quiekte die Pietrobono.
»Also, am Freitag zuvor wurde Don Alfonso in der Dunkelheit des Gotteshauses von geheimnisvollen Gegnern verprügelt, weshalb De

Palma, um weiteren Zwischenfällen vorzubeugen, sich entschließt, ihm einen Streifenwagen mit sechs Statisten in Uniform zu schicken, dazu zwei Mann vom Überfallkommando, Muzzoli und Urru, als Zivilisten verkleidet ... Kannst du mir folgen?«

»Ich folge dir«, sagte Santamaria.

»Diese beiden, zwei Einfaltspinsel, zwei Dummköpfe erster Güte, hätten theoretisch die Möglichkeit gehabt, dem Schicksal in die Zügel zu fallen oder doch wenigstens die Ehre der Polizei zu retten. Aber die beiden achten auf alles außer auf Don Alfonso, so daß dieser nicht nur in die Luft gesprengt wird, sondern auch unbekannt bleibt, wie das geschehen ist, wie es die Mörder angestellt haben, ihm die Bombe unter den Hintern zu praktizieren ... Nein«, er kam der Frage Santamarias zuvor, »der Erkennungsdienst hat keine Spur von Drähten oder von einer Zeitbombe gefunden. Ich habe mir die Stelle angesehen, von der aus er predigte, eine Art Gerüst, das bis zur Decke reichte, so daß ein Wurf mit der Hand von unten her ebenfalls auszuschließen ist.«

»Nicht schlecht, dein Libretto«, sagte Santamaria.

»Ein echtes Rätsel!« sagte die Pietrobono und klapperte mit den Wimpern.

»Was ist los, Pietrobono? Bist du schon blau?« fragte De Palma. Aber in Wirklichkeit konnte er sich kaum noch auf den Beinen halten. Er ließ sich wieder auf den Stuhl fallen. »Da gäbe es«, fuhr er fort, »die Theorie des Verlegers, nach der der Sprengkörper von oben kam. Aber dann«, er suchte aus dem Bündel die beiden Meldungen heraus, »ist die Theorie des Verrückten genauso gut. Lies du das auch einmal. Hältst du es für angebracht, der Sache nachzugehen?«

Santamaria las.

»Wenn wir nichts anderes haben, selbstverständlich. Allerdings ...« er zögerte verwirrt. Ein geplatzter Reifen, vor allem in Verbindung mit einem »schwarzen Egon«, versprach kaum, viel Licht auf die Dynamik des Attentats zu werfen. Aber dieser Pneu ... Er zuckte die Achseln.

»Ja, wenn der Verrückte jetzt im Krankenhaus ist, hören wir uns den Verleger an. Ist er mit den anderen zusammen unten?«

De Palma streckte die Hand aus und tastete nach dem Telefon.

»Ja. Also dann sage ich jetzt ...«

»Warte, ich gehe selbst hinunter. So kann ich mir gleich auch die anderen ansehen. Wenn ich es für lohnend halte, bringe ich ihn dir herauf. Wenn du dich inzwischen mit den Festgenommenen beschäftigst, vielleicht mit dem Sakristan, vielleicht ...«

»Gut«, sagte De Palma. »Das heißt«, und er fuhr sich mit der Hand über die Augen, »ich weiß nicht, ob es so gut klappen würde ... Im Augenblick mach du einmal weiter.«

9

Von der Straße her hörte er sich nähernde Stimmen, dann das Geräusch der Haustür, die geöffnet und wieder geschlossen wurde. Monguzzi erstarrte. Das waren »sie«, dachte er aufgeregt, und das Herz schlug ihm bis zum Halse. Sie hatten herausbekommen, wo er geblieben war, und kamen jetzt, um ihn zu holen. Es dauerte eine ganze Weile, während der auf der Treppe kein Schritt und keine Stimme zu hören waren, bis er einsah, daß es sich um die zweite Haustür des Gebäudes gehandelt hatte, die zu den Wohnungen in den oberen Stockwerken führte.
Aber zugleich verwünschte er sich wegen seiner Unvorsichtigkeit, wegen des Risikos, das er auf sich genommen hatte, indem er nach seiner Entdeckung noch oben geblieben war, ohne Notwendigkeit an diesem Tisch, zwischen diesen Wänden, verweilte.
Gewiß, endgültig hatte er sich noch nicht entschlossen. Morgen wollte er noch einmal darüber nachdenken. Aber er hatte jetzt den ausschlaggebenden Beweis in Händen. Die dritte Bombe ...
Hastig goß er sich ein halbes Glas Mineralwasser ein und nahm eine Tabriumkapsel, dann machte er sorgfältig sein Paket fertig und stellte Flasche und Glas wieder in den Schrank. Mit einem Blick vergewisserte er sich, daß er alles in Ordnung zurückließ.
Gut, hier hatte er jetzt nichts weiter zu tun. Er löschte das Licht und tappte zum Fenster, um die Läden wieder zu öffnen, die er vorhin geschlossen hatte, damit ihn das Licht nicht verriete. Er bemerkte nicht einmal, daß es draußen schneite. Er dachte nur zwanghaft, wie besessen – dabei vollkommen ruhig dank der Wirkung des Tabriums –: die dritte Bombe. Die *dritte* Bombe ... Und wenn man bedachte, daß er seit gestern die Wahrheit sozusagen vor der Nase hatte. Der trug einen Bart, weil ...
Er wandte sich um und ging tappend auf den Korridor hinaus, an den leeren Zimmern vorbei, ins dunkle Treppenhaus.

10

(Aus dem Notizheft der P'bono)
DP zusammengebrochen trotz Wiski oder grade desweg., legt sich für ½ Stunde ins Zimmer nebenan. – S'maria nach unten, persönl. Zeugenaussagen Explosion überprüfen. – Schreiberin dieses öffnet Fenster wegen Rauch u. schließt eiligst wieder wegen Kälte. – Dichter Schneefall. – Wiski Biazzi nicht 10 Years Old, aber trinkb.

Brig. Mattei meldet, Prof. Caldani u. Ing. Vicini noch nicht in resp. Wohnungen zurückgek. Wenigstens keine Reaktion auf Tel. od. Türklingel. – Fragt, ob ermächtigt, Schlüssel für Wohnung von jeweilig. Hausmeister zu fordern. – Sage ihm, soll sich später noch mal melden.
Posten im Krank'hs. meldet, Verrückter m. Beruhig'mitteln vollgestopft, nicht vernehm'fähig vor m.früh. – Erkennungsdienst: Nichts Neues. – Cuoco: tappen im dunkeln. – Vizepol'präs. noch zweimal tel.: dringt auf 1. Resümee!
Kommando Carabinieri bittet tel. Nachr. gelben VW, letztes Mal Nähe S. Liberata gesichtet. – Schreiberin erklärt m. groß. Geduld, daß wir sie um Nachr. VW gebeten haben! – Unglaubl., wie Elitetruppe immer wieder versteht, alles durche'a'zubringen! Phänomen m. Ansicht darauf zurückzuführen, daß Car. keine Frauen aufnehmen.
Gieße mir 1 Fingerbr. Wiski ein, dann Schluß. Die späte Stunde und Situation – Intim. mit groß. Chefs – erfordern höchste Selbstkontrolle. Aufgep., P'bono! – (Ernste Frage: Ist die von gen. Chefs ausgehende Anz'kraft ihrem Dienstgrad od. phys. u. moral. Qualitäten zuzuschreiben? Angenommen, P'bono wäre einfache Carabinieri-Anwärterin: würde sie sich ebenso versucht fühlen, sich zu ihrem Major od. Oberstlt. auf das Sofa nebenan zu legen?)
Wieder Anruf Mattei, bittet um Instrukt. – Wieder Anruf auch Vizepol'präs. und Carab. – Noch ½ Fingerbr. und stop!
S'maria wieder oben, mit bärtig. Mann, wirkt bedeutend (Verleger?) und jungem Mann, nicht identifizierb.; er bittet beide, ein paar Min. im Vorzimmer zu warten. – Fragt, ob Neues vom Erkennungsdienst oder sonst irgendw. Neuigkeiten. Gibt versch. Anweisungen. – Aufklär. Mißverständnis Carab. um VW: VW interess. auch sie und besonders das Komm. Rivoli, aber im Aug. nichts Neues. – Mattei: Keine Ermächtig., in Wohn. einzudringen, aber soll Überwachg. fortsetzen. – Zeugenaussagen zur Explosion: alle negativ, bis auf Mann mit Bart (handelt sich tats. um den Verl. mit seinem Sekretär od. Assistenten), aber S'maria hat noch nicht begriffen, was er gesehen od. n. geseh. hat. – Schreiberin schlägt untertänigst vor, erst Sakrist. od. Mafioso zu vernehmen, findet aber kein Gehör bei S'maria, der ihr vielmehr sagt: Los, los, laß sie reinkommen, P'bono! – Sie hereingebeten und ich bin schreibbereit. Aber was soll ich schreiben? Man versteht ja nicht, was er sagt! – S'maria bereut offens., ihn heraufgeholt zu haben (aber Strafe muß sein). – Sogar s. Sekretär ersichtl. erschüttert. – Verl. spricht von einem Geheimgang!!! Dann ist er ja noch verrückter als der andere ...

»Ein Geheimgang«, wiederholte Santamaria mit müder Stimme. »Sie wollen sagen, daß der Attentäter durch einen Geheimgang gekommen sei?«
Dem Verleger konnte der resignierte Ton nicht entgehen.
»Ich gebe es zu bedenken«, präzisierte er trocken. »Ich stelle eine Hypothese auf.«
»Ich verstehe. Ja, ein sehr nützlicher Tip«, sagte der Kommissar, bemüht, Interesse zu zeigen. »Wir werden nachforschen. Aber der Hauptpunkt Ihrer Aussage, wenn Sie erlauben, schien mir ein anderer.« Er blickte in das Protokoll. »Sie haben erklärt, Sie hätten einen bestimmten Grund zu der Annahme –«
»Zu der Folgerung«, verbesserte der Verleger.
»Zu der Folgerung, daß der Sprengkörper von oben herabgeschleudert wurde.«
»Genau. Aber weil weiter oben als der Prediger ... ich will sagen, da sich der Prediger bereits ...«
»Sehr weit oben befand«, ermunterte ihn der Kommissar fortzufahren.
»Richtig. Und da über ihm nur noch die Decke war, habe ich den Schluß gezogen, daß sich in der Decke ...« er schnalzte mit den Fingern, bemüht, das richtige Wort zu finden, »in dem ...«
»Hohlraum«, sagte Rossignolo, »in dem Zwischenraum zwischen Dach und Decke.«
»Richtig. Genau. Wie ich sagte, ich zog den Schluß auf die Existenz ...«
»Eines Geheimgangs«, sagte Santamaria und nickte zustimmend. »Sehr richtig. Aber der ganz bestimmte Grund, aus dem Sie –«
»Nein«, sagte der Verleger, »statt von einem Grund spreche ich lieber von einem Kontext. Und noch genauer vom Stil. Denn Santa Liberata ist, wie Sie gesehen haben werden, barock. Reines piemontesisches Barock. Nun ...«
Die Pietrobono bekam einen Hustenanfall. Der Verleger, der sie bis zu diesem Augenblick vollkommen ignoriert hatte, schenkte ihr einen zerstreuten Blick. Santamaria beugte sich über sein linkes Handgelenk und gab sich noch anderthalb Minuten – neunzig Sekunden auf seiner Uhr –, bevor er auf diesen einzigartigen Zeugen und seine »genau begründete Annahme« verzichtete.
»Nun«, fuhr der Verleger fort, »in einer barocken Kirche geheime Gänge, Treppen, in den Mauern und sogar in der Decke versteckte Räume zu vermuten, hat nicht nur rein objektiv ... wie soll ich sagen ... nichts ...«
»Seltsames«, half Rossignolo.

»Nichts Seltsames, genau, es steht vielmehr in einem Kontext mit dem, was ... kurz, es trägt gerade der Freude am Bizzaren und Überraschenden Rechnung, an diesem ganz ausgeprägten architektonischen Stil, den man ... objektiv definieren könnte als ...«

»Barock«, sagte Santamaria und zählte die Sekunden. »Aber könnten Sie mir nun, abgesehen von dem objektiven Kontext, sagen, was es war ... subjektiv, sozusagen, was Sie an einen von oben geworfenen Sprengkörper denken ließ? Haben Sie vielleicht diesen Sprengkörper gesehen?«

»Ich?« fragte der Verleger befremdet, ja fast beleidigt.

Fünfundfünfzig Sekunden. Aber es lag vor allem an der Meinung, die dieser Mann von sich selbst hatte – begann Santamaria einzusehen –, die es ihm unmöglich machte, sich auf banale Einzelheiten einzulassen, sich zu einer schlichten Auskunft zu verstehen, zu einer Feststellung, wie sie im Bereich jedes gewöhnlichen Zeugen lag. Er war vielmehr der Spezialist blitzartiger Intuitionen und komplizierter Schlußfolgerungen.

»Ich?« wiederholte der Verleger. »Ich habe nicht mehr gesehen als alle andern. Aber da es Pezza gesehen hatte, habe ich nach allem, was ich Ihnen schon erklärte, daraus den Schluß gezogen ...«

Das Telefon läutete. Santamaria nahm den Hörer ab und legte ihn auf den Tisch, ohne sich zu melden.

»Entschuldigen Sie«, wandte er sich an den Verleger, »ich verstehe nicht. Was sollte denn Don Pezza gesehen haben?«

»Den Sprengkörper, was sonst? Darüber besteht kein Zweifel. Und angesichts dieses ... dieses einfachen, wie soll ich mich ausdrücken ...«

»Umstands«, sagte Rossignolo.

»Genau. Nur ein einfacher Umstand, den ich jedoch, den ich, also schlicht gesagt«, erklärte der Verleger in einem selbstgefällig dozierenden Ton »... ich hatte den Einfall, ihn mit dem Stil der Kirche in Verbindung zu bringen.«

»Aber ...« erkühnte sich die Pietrobono, nach acht Sekunden Schweigen, zu sagen.

Der Kommissar verzichtete darauf, weiter zu zählen. Er legte den Hörer wieder auf.

»Ich verstehe«, sagte er. »Nun, jedenfalls habe ich den Eindruck, daß wir jetzt zu dem entscheidenden Punkt gekommen sind. Nur ... Überlegen wir einen Augenblick. Sie sagen, Pezza habe den Sprengkörper kommen sehen. Daran, sagen Sie, bestehe kein Zweifel. So wie auch Sie«, er wandte sich an Rossignolo, »versichern, es handle sich um eine Tatsache. Aber warum?«

»Weil es offensichtlich war«, erklärte der Verleger mit Herablassung.

»Es war offensichtlich für jeden, der da war.«
»Gut. Aber, sehen Sie, wir waren nicht da«, wagte die Pietrobono, mit gesenktem Kopf, zu bemerken.
Obwohl von ihrer Einmischung ein wenig überrascht, wandte sich der Verleger nach ihr um und richtete nun, mit demokratischer Höflichkeit, das Wort auch an sie.
»Also passen Sie auf. Wir wollen einmal rekapitulieren oder, besser gesagt, rekonstruieren . . .«
»Die Szene rekonstruieren«, sagte die Pietrobono.
»Genau. Also der Prediger, das heißt, Don Pezza, ist bei seiner Predigt, als unversehens etwas eintrat . . . sich etwas ereignete . . .«
»Die Explosion.«
»Nein«, sagte der Verleger. »Das heißt«, erläuterte er stirnrunzelnd, »nicht eigentlich. Tatsache ist . . .«
Aber der Auseinandersetzung mit einfachen Tatsachen war er offensichtlich nicht gewachsen. Deswegen wandte er sich mit einer ungeduldigen Geste an Rossignolo, damit dieser den Sachverhalt klarstellte.
Rossignolo betrachtete einen Augenblick seine Fingernägel.
»Tatsache ist, daß, als es zur Explosion kam, der Priester nicht *predigte«*, erklärte er im Ton objektiver Zurückhaltung.
Er richtete den Blick auf den Kommissar ebenso wie auf die Pietrobono, als wollte er sich vergewissern, ob sie seine Mitteilung in sich aufgenommen hatten.
»Vielmehr«, fuhr er fort, »unterbrach sich Don Pezza plötzlich in seiner Predigt, und zwar mitten im Satz, ja mitten im Wort, und hob das Gesicht unvermittelt nach oben, zur Decke, als habe er dort etwas gesehen oder gehört. Es folgte eine sehr kurze, doch auffällige Pause, während der Don Pezza nach oben blickte. Und am Ende dieser kurzen Zeitspanne ereignete sich die Explosion.«
Er – auch er – machte eine demonstrative Pause.
»Vielleicht«, fuhr er mit einem Blick auf den Verleger fort, »hätte man hiermit beginnen sollen. Es ist ein Punkt, den Ihnen jeder bestätigen kann. Was nun das Barock betrifft –«
»Danke«, unterbrach ihn der Kommissar, »einen Augenblick . . . Ruf Santa Liberata an«, wandte er sich an die Pietrobono, »und laß dir Cuoco oder irgend jemanden vom Erkennungsdienst geben.« Er erhob sich. »Wenn Sie nichts dagegen haben«, sagte er zu Rossignolo, »würde ich Sie bitten, zusammen mit ein paar anderen Zeugen noch einmal in die Kirche zu gehen, um uns dort an Ort und Stelle die Situation zu erläutern.«
Rossignolo nickte mit kühler Höflichkeit, während auch er sich erhob.
Nur der Verleger blieb sitzen und strich sich über den Bart; er schien

dieser läppischen Überprüfungen und Erläuterungen ernstlich überdrüssig zu sein.
»Nun gut«, fuhr er fort. »Nachdem dieser Punkt nun geklärt ist...«
Nicht einmal jetzt, erkannte Santamaria, hatte der Mann begriffen, daß eben dies der Punkt war, auf den es ankam.

12

In Santa Liberata waren die Ermittlungen der Digos nicht eigentlich an einen »toten Punkt« gelangt. Sie befanden sich vielmehr in einer Phase, wie sie nicht selten nach einem Attentat eintrat und in der man sich an alles mögliche klammerte.
In der Pfarrwohnung hatte sich Kommissar Cuoco selbst umgesehen und persönlich die Papiere des Toten durchsucht, freilich ohne etwas zu finden, was dem Mordanschlag (zu dem sich bisher noch niemand bekannt hatte) einen bestimmten politischen oder sonstigen Hintergrund geben könnte. Im Gemeindeamt befand sich außer den zu erwartenden Registern und Akten der Pfarrei ein Tonbandgerät, auf dem Don Pezza seine Freitagspredigt vorher aufgenommen hatte (karierte Briefbogen mit Notizen zu seiner Predigt hatte man in seiner Tasche gefunden). Und im Keller lagerten, wie ihm die mit der Durchsuchung beauftragten Beamten berichteten, Bündel über Bündel von alten Papieren und alten Zeitungen sowie Kisten voller Schrott. Dabei schien es sich allerdings um die Ergebnisse von Haussammlungen zu handeln, wie sie von den Pfarreien veranstaltet werden. Nichts Verdächtiges also.
Unter diesen Umständen und auch angesichts der Erfolglosigkeit aller die »Dynamik« des Mordanschlags betreffenden Nachforschungen hatte es wenig Sinn, jetzt die üblichen Haussuchungen bei gewissen Gruppen und Grüppchen vorzunehmen und mit den üblichen Vernehmungen und Alibi-Überprüfungen politischer Extremisten zu beginnen. So schien es trotz allem immer noch das Vernünftigste, in Anwesenheit des von Santamaria angekündigten Zeugen die Szene im Augenblick der Explosion zu rekonstruieren.
Der Leiter der Antiterror-Gruppe äußerte höfliches Einverständnis.
»Ausgezeichnet! Hören wir also diesen Zeugen«, sagte er mit feinem Lächeln.
Das Lächeln deutete an, daß von Zeugen, die das Polizeipräsidium gefunden hatte, nicht gerade viel zu erwarten war.

13

»Wer von Ihnen ist Rossignolo?« fragte Kommissar Cuoco die kleine Gruppe von Zeugen, zu der außer Rossignolo der Rechtsanwalt Quadrone, die Damen Anselmetto und ein Individuum von dürftigem Aussehen, mit einer großen Warze auf der Nase, gehörten.
Mit zurückhaltender Langsamkeit hob Rossignolo den Finger. Wenn der Bulle vielleicht glaubte, daß er wie ein Rekrut vor ihm strammstehen würde . . .
»Ah, gut«, sagte Cuoco. »Die Zentrale hat mich von Ihrer Aussage unterrichtet. Und hier«, er wies auf den Offizier von der Antiterror-Gruppe, auf die Uniformierten vom technischen Einsatz, die die Scheinwerfer bedienten, und auf einen weiteren Carabiniere, der im Begriff war, auf den Turm zu steigen, »sind wir jetzt bereit für die Überprüfung des Tatorts.«
»Bereit für die Überprüfung«, wiederholte der dem kleinen Trupp beigegebene Unteroffizier in dem mahnenden Ton, in dem ein Reiseführer seine Gruppe von Erlebnis-Touristen aufmuntern würde.
Quadrone und die Damen Anselmetto nickten eifrig, und der Mann mit der Warze stand beinahe stramm.
Rossignolo zögerte. Seine Aussage war eine Sache, die absurden Albernheiten, die der Verleger – der große Experte und Superzeuge! – über das Barock von sich gab, eine andere. Er hatte ihn sprechen lassen, um sich den Spaß zu machen, die Geschichte nachher überall zu erzählen. Doch jetzt war es vielleicht besser, etwaigen Mißverständnissen vorzubeugen. Von Barock konnte in Santa Liberata nur noch bei der Fassade und allenfalls bei der Orgelempore die Rede sein. Alles andere war reines neunzehntes Jahrhundert, wie jeder selbst sehen konnte.
»Einen Augenblick«, sagte er und hob die Hand. »Ich möchte zunächst einmal richtigstellen, daß der Stil der Kirche –«
»Ich weiß schon, ich weiß schon«, unterbrach ihn eilig Cuoco. »Aber jetzt handelt es sich vor allem darum«, fügte er, sich an die andern wendend, hinzu, »die genauen Umstände der Explosion zu rekonstruieren.«
»Die genauen Umstände«, unterstrich der Reiseführer.
Mit einem Achselzucken trat Rossignolo ein wenig zurück.
»Ja und? Bist du oben?« rief Cuoco zum Turm hinauf, wo der Carabinieri-Gefreite, mit einer Wachskerze in der Hand, auf die oberste Plattform kletterte, um dort das Opfer des Mordanschlags zu verkörpern.
»Beinahe, Herr Kommissar«, rief der Mann hinunter. »Da – jetzt bin ich oben.«
»Also geben Sie acht, wir fangen an«, erklärte der Unteroffizier den

Zeugen.
»Los, fang an!« rief Cuoco.
Auf der versengten und beschädigten Plattform stand der Carabinieri-Gefreite an dem eingedrückten Gitter und hob die Kerze hoch. Er begann zu zählen.
»Einundzwanzig, zweiundzwanzig, dreiundzwanzig, vierund...« Er unterbrach sich, hob mit einem Ruck den Kopf und fuhr fort: »zwanzig!«
»Nein«, brüllte Cuoco von unten, »du hast mal wieder nichts kapiert. Du mußt in der Mitte von ›zwanzig‹ aufhören und gleichzeitig den Kopf heben. ›Einundzwanzig, zweiundzwanzig, dreiundzwanzig, vierundzwan-‹ und hopp! Hoch den Kopf! Verstanden? ... Nein, du mußt entschuldigen«, wandte er sich an den Offizier der Antiterror-Gruppe, »entweder machen wir eine einigermaßen präzise Rekonstruktion, oder wir lassen es gleich bleiben, meinst du nicht auch?«
»Einverstanden«, sagte der Offizier. »Also noch einmal von vorn!«
»Achtung, wir fangen noch einmal an«, rief der Unteroffizier den Zeugen zu.
»Einundzwanzig, zweiundzwanzig, dreiundzwanzig, vierundzwan- ... und hopp!« brüllte der Carabinieri-Gefreite und warf zur gleichen Zeit den Kopf hoch.
Cuoco schüttelte entmutigt den Kopf, ließ es aber auf sich beruhen, um den Kollegen von den Carabinieri nicht zu verärgern.
»Gut, in Ordnung, bleib so stehen«, rief er dem Carabinieri-Gefreiten zu, um sich dann an die Gruppe der Zeugen zu wenden. »Nun, hat er so den Kopf gehoben?« fragte er den Rechtsanwalt Quadrone. »Ist das die richtige Stellung?«
»Mehr oder weniger, ja. Er hat vielleicht eine Sekunde lang so gestanden«, antwortete der Rechtsanwalt.
»O ja!« riefen die Damen Anselmetto eifrig, »vielleicht auch zwei Sekunden!«
»Zwei«, sagte der Mann mit der Warze.
»Über die Zeit sprechen wir nachher, jetzt wollen wir die Stellung genau bestimmen«, sagte Cuoco, indem er sich Rossignolo näherte, der sich im Hintergrund gehalten hatte. »Was sagen Sie dazu?«
»Ja, hören wir euren Superzeugen«, sagte der Carabinieri-Offizier, der nun seinerseits hinzutrat. »Was sagen Sie dazu, Herr ...«
»Doktor Rossignolo«, sagte Rossignolo kühl. »Ich denke gerade nach.«
Er hatte sehr genau den hänselnden Ton des Offiziers registriert, und es erbitterte ihn, jetzt auch noch mit dem unverantwortlichen, exhibitionistischen Hanswurst und Ignoranten, der sein Arbeitgeber war, ver-

wechselt zu werden – der seinerseits, stolz auf seinen Erfolg als Barockkenner, im Polizeipräsidium geblieben war, um sich dort wichtig zu machen, Betrachtungen anzustellen und weiß Gott was von sich zu geben ... Andrerseits war er nun einmal hier und wollte sich auch nicht gern mit den anderen, geistig unbeholfeneren Zeugen in einen Topf werfen lassen. So hielt er denn seine Hand schirmend über die Augen und musterte mit kritisch gelassenem Blick den Carabiniere dort oben auf dem Turm.

»Natürlich fehlt der Schatteneffekt«, bemerkte er. »Die Beleuchtung war ganz anders. Ich würde in jedem Fall die Scheinwerfer etwas abblenden.«

»Eine richtige Beobachtung, blenden wir also etwas ab«, sagte Cuoco zu dem Carabinieri-Offizier, der über die Scheinwerfer verfügte, und sagte es in einem Ton leiser Genugtuung. (Nicht *immer* waren die Superzeugen der Polizei die Superdummköpfe, wie man unter Carabinieri etwas plump zu scherzen beliebte.)

»Scheinwerfer um dreißig Prozent abblenden«, befahl der Offizier. »Etwa so?« fragte er Rossignolo.

»Sehr gut«, antwortete Rossignolo. »Aber die Haltung ist nicht ganz ... nein, die Kopfhaltung stimmt nicht ... Hören Sie«, rief er jetzt direkt zu dem Mann auf dem Turm hinauf, »heben Sie den Kopf noch ein bißchen an, und dann eine Idee weiter nach rechts ... nein, etwas weniger ... so ist es gut.«

»Ja«, riefen die Damen Anselmetto aufgeregt. »Genau so hat er den Kopf gehalten! Er hat aufgehört zu sprechen und genau so nach oben gesehen!«

»Das kann ich voll und ganz bestätigen«, erklärte Rechtsanwalt Quadrone. »Einen Augenblick vor der Explosion hob das Opfer unvermittelt den Kopf und starrte genau auf den Punkt, auf den jetzt unser junger Mann dort oben blickt. Was sah er dort?« fragte er nun mit dröhnender, ja fast drohender Stimme (ganz der berühmte Anwalt, der ans Ende seines Plädoyers gekommen ist) seine imaginären Geschworenen, zu denen ihm die Anwesenden wurden. »Was hat er dort gesehen?«

Cuoco sah wieder zum Turm hinauf.

»Du, was siehst du dort?« fragte er laut rufend den Gefreiten.

»Was ich sehe?« brüllte von oben der Gefreite hinunter.

»Na, Esposito, sag's schon! Was siehst du?« rief der Carabinieri-Offizier hinauf.

»Einen Engel, Herr Leutnant«, schrie der Gefreite.

Er habe Dalmasso gerufen, schloß der Fahrer des Streifenwagens, der in seiner Meldung alles *spezifiziert* habe. Weitere Einzelheiten wüßte er nicht, und er habe keine Ahnung, was aus dem VW geworden sei.
Aber, so wollte Santamaria wissen, welchen Eindruck habe er gehabt, als der Fahrer des VW weiterfuhr? Daß er nur etwas weiter vorn parken wollte? Oder sich vielleicht doch entschlossen habe, es aufzugeben und wegzufahren?
Das sei schwer zu *spezifizieren*, antwortete der Fahrer des Streifenwagens. Er habe angenommen, daß er nur ein Stück weiter parken wollte, aber er habe es angenommen, weil es ihm selbstverständlich schien. Und nicht aus einem *spezifischen* Grunde ...
»Gut. Du kannst also jetzt nach Hause gehen«, sagte Santamaria. »Wer ist noch unten?«
»Nur die vorläufig Festgenommenen und solche Zeugen, die keinen Ausweis bei sich hatten, oder solche, bei denen sich herausgestellt hat, daß sie vorbestraft sind.«
Der Kommissar dachte an die Messen »für unsere Brüder, die Strafgefangenen«, an den Zwischenfall mit »unseren Brüdern, den Transvestiten« und an die Prügelei vom vergangenen Freitag ... Aber es gab inzwischen so verschiedenartige und dabei so gleichmäßig auf alle möglichen Kreise und Schichten verteilte Vorstrafen, daß sie an und für sich nicht mehr viel bedeuteten.
»Was für Vorstrafen? Weißt du es?«
»Nein, Dottore. Damit hat sich Dr. Tatò *spezifisch* beschäftigt.«
»Schön. Dann gute Nacht!«
Wie auch immer, es war besser, eine Überprüfung vorzunehmen, bevor er auch die nach Hause schickte. Dann mußte er De Palma für die Konferenz beim Polizeipräsidenten wecken, welches Resultat auch immer die »Rekonstruktion« in Santa Liberata ergeben hatte. Und dann waren die vorläufig Festgenommenen zu vernehmen ... Es würde eine lange Nacht werden, dachte der Kommissar mit einem Blick auf die Uhr.
»Wie geht's, Pietrobono? Hältst du noch durch?« fragte er. Sie schrieb in ihrem Heft. »Aber was schreibst du da eigentlich?«
»Schwer zu *spezifizieren*, Dottore!« antwortete sie mit einem leisen zweideutigen Lachen.

Sie standen jetzt zu fünft auf der Plattform, der Feuerwerker und Rossignolo mitgerechnet, dieser als vermeintlicher Experte für die architektonischen Vexierspiele und Täuschungen des Barock. Der Engel befand sich ein paar Meter weiter oben, in einer Kappe des Gewölbes. Mit Kopf und Schultern trat er aus einem üppigen korinthischen Kapi-

tell und stieß, genau wie seine drei gemalten Kollegen in den symmetrischen Kappen, drohend in eine gewaltige goldene Posaune.
»Ich verstehe zwar nichts von Barock«, erklärte der Carabinieri-Offizier, »aber an dieser Decke sehe ich nicht, wo es da geheime Gänge oder sonstige Fallen geben könnte.«
Die Scheinwerfer waren wieder auf ihre volle Stärke aufgeblendet und erleuchteten taghell den verdächtigen Sektor. Unter dem blauen Gewand des Engels erkannte man an den Stellen, wo infolge der Explosion der Mörtel abgebröckelt war, ganz deutlich die Backsteine des Gewölbes.
»Das wäre das Kapitell«, sagte Cuoco und wies Rossignolo mit einer Gebärde darauf hin. »Wenn ich nicht irre«, fügte er mit feinem Lächeln hinzu, »ist es korinthisch.«
»Aber auch in *Trompe-l'oeil*«, sagte Rossignolo und gab ihm das Lächeln zurück. »Sehen Sie einmal genau hin!«
»Heißt das leer ... beweglich?« fragte der Carabinieri-Offizier verblüfft.
»Es heißt vorgetäuscht, nur gemalt«, klärte ihn Rossignolo mit Herablassung auf. Wieder etwas zum Erzählen, jubelte er innerlich. Verleger und Ordnungsmacht vereint durch die gleiche monumentale Ignoranz! »Und im übrigen würde ich persönlich« – und er betonte *persönlich*, gewillt, sich nicht länger für fremde Äußerungen verantwortlich machen zu lassen – »nicht behaupten, daß diese Art von Architektur viele Tricks und Täuschungen zuläßt.«
Der Carabinieri-Leutnant blickte überrascht auf und ließ die Sache dann achselzuckend auf sich beruhen. Da stieg einer also im rechten Augenblick von seinem hohen Roß wieder herunter! Typisch für diese Superzeugen der Polizei.
»Aber was sagen Sie da?« fragte Cuoco.
»Ich sage«, entschloß sich Rossignolo, »daß –«
»Nein«, unterbrach ihn der Sachverständige vom Erkennungsdienst, »den Trick habe ich zwar noch nicht begriffen, aber es muß ihn geben. Hier«, er stampfte mit dem Fuß auf den Boden der Plattform, »ist der Sprengkörper nicht gewesen; er ist auch hier nicht explodiert, weil es keine Spuren von einem Aufschlag gibt. Aber das Opfer wurde total getroffen! Also ...«
Er blickte zur Decke, und mit einem Achselzucken resignierte auch er. Von unten rief ein Polizeibeamter herauf. Kommissar Cuoco werde so bald wie möglich zur Konferenz mit dem Herrn Polizeipräsidenten in der Zentrale erwartet.
»Ich komme«, rief Cuoco hinunter. »Aber hören Sie mal«, wandte er sich an Rossignolo, während sie zusammen hinunterstiegen, »haben

Sie uns zum besten gehabt? Hieß es bei Ihnen nicht Barock hier, Barock da, und nun kommen Sie und sagen ...«

»Aber ich erklärte Ihnen doch gerade«, stammelte Rossignolo – und er spürte, wie er vor Wut und dem Gefühl der Demütigung erblaßte –, »daß ich persönlich ... daß, kurz gesagt, diese Kirche, von der Fassade abgesehen, in Wirklichkeit ...«

Er war so erregt, daß er beinahe die Treppe heruntergefallen wäre. Der andere mußte ihn am Arm stützen.

»Na, lassen wir es gut sein«, sagte Cuoco, sich besänftigend. »Ich für meinen Teil«, und er blieb stehen, um von der fünften Plattform aus das strenge, nüchterne Innere der Kirche zu betrachten, »würde sagen, daß dies reinstes neunzehntes Jahrhundert ist. Aber natürlich ist niemand verpflichtet, etwas davon zu verstehen.«

(Aus dem Notizheft der P'bono)

Mutterseelenallein, während in Ermittl. Stillstand eingetreten ist. – Die Zeugen, bei denen sich herausstellte, daß Vorstraf. nur weg. norm. Übertretg. Devisenverord. oder harml. Steuerhinterz. verhängt, nach Hause geschickt. – Kommissar Cuoco meldet, Rekonstruktion im wesentl. neg. Erfolg, geht hinauf zur großen Konferenz beim Pol. Präs. – S'maria und Berühmter Dr. DP (teilweise aus Koma erwacht) gehen auch zur Konf. – Benütze Gelegenheit zu kurzer Yoga-Atemübung und Baumfigur, schlecht ausgeführt. – Ich müßte ernstl. wieder anfangen, aber keine Zeit (außerdem: ist Seelen- und Sinnenfrieden wirkl. bei jed. Gelegenh. wünschenswert?) – Vielleicht maßvolle Karate-Übungen m. Charakter eher entsprechend. – Aber wie ist m. Charak. wirklich? – Zu viele innere Widersprüche. – Mein intermittierender Verlobter Ugo beurteilt mich als leidenschaftl. Geschöpf, aber gleichzeitig kalt berechnend. – Dagegen der Schönste (wie schon Roberto II) fand mich im Grunde traurig, melanch. – Was weiß ich! (Uff!) – Schon ¾ zwei! Herrg.! Wie lang zieht sich diese Konf. noch hin!

14

Zeit war vergangen und Zeit verging, aber Thea bemerkte es kaum. Sie nahm kaum das kahle, grell beleuchtete Zimmer wahr, die dicken Gitterstäbe vorm Fenster, die beiden dunklen regungslosen Männer auf der Bank gegenüber und den Posten, der neben der halboffenen Tür zum Korridor saß.

Zwei, vielleicht auch drei Stunden, in denen sich Thea verbissen und leidenschaftlich die Geschichte der Literatur, des Dramas und des Films im Geist vergegenwärtigte. Der Verdacht und dann – mit Verknüpfungen, Erinnerungen und Vergleichen – die Gewißheit einer außerordentlichen Offenbarung. Siehe, die Plejaden gingen vor dem Fenster der Sappho unter. Kalypso grüßte Odysseus zum letzten Mal. Stendhal galoppierte in der Nacht nach Mailand und eilte die Freitreppe eines Palasts hinauf. Julia erschauerte beim Gesang der Lerche. Jean Gabin und Michèle Morgan im schwarzen Regenmantel umarmten sich unter der Brücke, und Natascha schmiegte sich in die Arme des Fürsten André.

Bravo, dachte Thea und meinte sie alle.

Die Sache – heute nacht begriff sie es endlich – war unsagbar, mit Worten nicht auszudrücken. Doch die hatten es gewagt, hatten sich bemüht und sich mit bewunderungswürdigem Mut und gutem Willen geschlagen. Dabei hatten sie sich an alles geklammert, an den Mond, an die Seele, an eine Gebärde, an einen Reim, an eine Locke, ans Geschlecht, an ein Paar Handschuhe. Und sie hatten alles hineingezogen: das Meer, Alabaster, Wasserfälle, Orkane, Vulkane, Veilchen, Perlen und Flammen.

Die Liebe, dachte sie. Das war es.

Und es geschah also noch immer. Es geschah immer. Unter Umständen, die man bisher für die ungünstigsten, um nicht zu sagen, für die unmöglichsten hielt, geschah es immerzu.

Die Liebe. Ja. Aber selbst wenn man einmal sie und Graziano (Graziano?) aus dem Spiel ließ, handelte es sich doch immer unleugbar um ein Phänomen mit erschütternden, unerhörten, extremen Folgen. Allein, daß es überhaupt auf dieser Erde existieren konnte, neben den zahllosen kläglichen Dingen, die nicht die Liebe waren, das hatte doch schon etwas Schwindelerregendes ... Neugierig betrachtete sie die beiden grauen Männer ihr gegenüber und den gleichmütigen Wachtposten. Konnten sie es sehen? Wußten sie es auch?

Sie sahen eigentlich nicht so aus. Aber es mußte doch jemanden geben, der es wußte, und doch sah niemand so aus, als ob er es wirklich bemerkt, es je richtig zur Kenntnis genommen hätte. Warum hat mir nie jemand davon gesprochen, fragte sie sich mit plötzlicher Entrüstung. Warum hat man mir erklärt, wie die Kinder auf die Welt kommen, aber nichts von der phantastischen Wahrheit gesagt! Es war schändlich! Es war unglaublich!

Ihre Miene verdüsterte sich. Sie meinte jetzt, eine gewaltige arglistige Verschwörung zu erkennen. Denn gesprochen wurde ja durchaus davon, und eher zuviel. Daran – sie sah es jetzt – konnte es nicht liegen. Ach, die Liebe! sagten sie mit einem Seufzer. Ach, die Liebe! Und hoben die Augen zum Himmel. Oh, die Liebe! mit einer Grimasse. Es wurde viel davon gesprochen, das war nicht zu leugnen. Aber immer in Abkürzungen, Anspielungen, Andeutungen, Beschönigungen und Gleichnissen. Wie von einem unerhörten Skandal, den die Klugheit gebot, soweit wie möglich und mit allen Mitteln zu bagatellisieren, zu verwässern, zu verharmlosen. Der Triumphwagen der Göttin wollte mitten in Turin niedergehen, und sie richteten ihm einen schönen Hangar auf dem Flugplatz von Caselle ein. Dies mußte der Sinn und geheime Zweck der ekelerregenden Albernheiten über das Thema Liebe sein. Die Reklame. Die Fotoromane. Die Schlager, die Graziano so gefielen (Graziano?).

Es war eine unhaltbare Situation. Wenn man einmal wußte – so wie sie es jetzt wußte –, daß es die Liebe gab, mußte man ihr auch gebührend Rechnung tragen. Aber wie? Thea wußte es nicht, doch sie hatte das Gefühl, daß dieses abstrakte, schmucklose Zimmer mit der nackten Holzbank der ideale Ort war, um darüber nachzudenken.

Schon packte sie die Furcht, man könnte kommen und sie aus ihrer Konzentration herausreißen.

»Wie spät«, begann sie mit zu lauter Stimme zu fragen – oder schien es ihr nur so nach dem langen Schweigen? –, »wie spät ist es, bitte?« wiederholte sie leiser.

»Das Sprechen ist verboten«, sagte der Posten ohne Strenge.

Einer der beiden dunkelgekleideten Männer hatte schon die Uhr an der Kette aus der Tasche gezogen. Von der Seite blickte er zu seinem Begleiter hin, und der senkte unmerklich die Lider. »Zehn Minuten vor zwei«, sagte der erste.

»Das Sprechen ist verboten«, wiederholte der Posten ärgerlich.

Der zweite Mann, der auch der ältere war, lächelte Thea kaum merklich zu.

Vielleicht wußte der Bescheid, dachte sie auf einmal. Vielleicht auch sein Kamerad. Und ebenso der Posten und die anderen Polizisten vom Präsidium und dieser Priester, der von seinem Turm geflogen war, und alle Menschen, die in der Kirche waren, alle Turiner und alle Bewohner der Erde. Vielleicht gab es auch gar keine Verschwörung, sondern nur eine schreckliche Ohnmacht, die Unmöglichkeit, alles zu sagen, aufrichtig und ernsthaft zu erklären ... Jetzt begriff sie die Schwierigkeit, die sie alle hatten, gut.

Aber ihre Mutter, Herrgott, hätte ihr doch wenigstens eine Andeutung machen können, nur ein halbes Wort, um ihr die Augen zu öffnen. Dagegen bloß: Ratschläge und Warnungen, Informationen über Pille, Abtreibung, Geschlechtskrankheiten, Drogen ...

Doch dann wurde Thea weich. »Wenn du verliebt wärst, hätte ich das sofort gemerkt«, hatte sie ihr erst gestern noch gesagt. Arme Mama, sie

hatte keine Ahnung. Weil es vielleicht Menschen gab, die wirklich nichts wußten, die nie soweit gekommen waren, nie den gewaltigen, unmöglichen, wunderbaren gläsernen Berg gesehen hatten, ihn einfach nicht sahen.
Arme Mama, dachte sie, aber wie soll ich es ihr dann erklären?

Verliebt, dachte Signora Guidi, vierzig Zentimeter von ihrer Tochter entfernt, und verliebt in einen Banditen, einen Kriminellen, einen Mafioso, einen Killer. Mit Porsche und Pistole. Oder war es ein Zuhälter? Ein Drogenhändler? Auf jeden Fall das absolut Schlimmste, was passieren konnte.
Zum hundertsten Mal in diesem Alptraum von einer Nacht (und niemand sollte kommen und ihr sagen, es sei kein Alptraum) rückte sie mit den Schultern von der Wand ab, an die sich – auf der anderen Seite – Thea anlehnte. »Eine geängstigte Mutter«, unterschrieben so nicht die Frauen, wenn sie sich an eine Zeitung wandten, weil ihre Tochter in der Gosse gelandet war oder in einer Clique von Drogenabhängigen? Wo habe ich etwas falsch gemacht, fragten sich diese schmerzgeprüften Mütter, was habe ich falsch gemacht?
Signora Guidi fragte es sich nicht mehr. Festgenommen, mißhandelt, hierhergeschleppt und nach einer Leibesvisitation in eine verlauste Zelle geworfen (na ja, mehr oder weniger), wo man sie jetzt stundenlang modern ließ, hatte sie Zeit genug gehabt, um die Wahrheit zu erkennen. Ihr Fehler war gewesen, nicht begriffen zu haben, daß Thea, so pedantisch in ihrer übertriebenen Gewissenhaftigkeit, erschöpfend in ihrem Wissensdrang und jeder Ungenauigkeit abhold, wie sie war, sich genau so auch verlieben würde: gründlich, von A bis Z. Die große Leidenschaft. Das Schicksal hat uns füreinander bestimmt. Liebe und Tod.
Und warum hatte sie von der Geschichte nicht früher etwas gemerkt? Nun, gerade deshalb, weil Thea zu gut erzogen worden war: aufrichtig, daß es schon lästig war, offen und unfähig zu Ausflüchten und Heuchelei. Was konnte denn eine Mutter in einer Tochter von so transparentem Charakter entdecken?
Die Frage, warum sie sich ausgerechnet mit diesem Unterweltstyp (abgesehen davon, daß er unleugbar ein hübscher Junge war) eingelassen hatte, war kaum von Bedeutung. Wahrscheinlich war es zunächst reiner Zufall gewesen. Und dann kam die Neugierde hinzu. Sie wollte unbedingt wissen, wie er war. Gleichsam »wissenschaftlich« angezogen vom Anderen, Ungewöhnlichen. Und dann: Gute Nacht! Wer stoppte sie jetzt noch?
Aber man mußte sie irgendwie zur Besinnung bringen, und leider fiel

ihr diese Aufgabe zu. Einstweilen wollte sie ihren Mann nicht in Anspruch nehmen. Zwecklos, einen geängstigten Vater in die Sache hineinzuziehen, der erst auf dem Rücken eines Maulesels vom Gebirge herabjagen mußte, um in Karatschi oder weiß der Teufel wo sonst das erste Flugzeug zu nehmen. So bald wie möglich mußte sie (stundenlang) mit Thea, mit diesen unsichtbar bleibenden Polizisten, mit den Rechtsanwälten sprechen und sich ein Bild davon machen, wie ernst die Situation war ... Sie lehnte sich wieder an die Wand, und zum hundertsten Mal in dieser Nacht des Wahnsinns fragte sie sich, ob es nicht vielleicht etwas noch Schlimmeres als das absolut Schlimmste gäbe. Nämlich wenn ihre Tochter durch diesen Mann auf irgendeine unwahrscheinliche Weise mit diesem Attentat, mit diesem Mord, etwas zu tun hätte. Und zum hundertsten Mal sagte sie sich, daß doch sie selbst ihrer Tochter erst von dieser Kirche erzählt und diese teuflische Abfolge von Ereignissen in Gang gesetzt hatte. Eine geängstigte Mutter? Auch – und vor allem – eine idiotische Mutter, dachte sie.

Graziano rauchte, ruhig, gelangweilt, aber auch mit einem Gefühl, als ob ihm etwas fehlte. Er war weder müde noch hungrig. Zu warten verstand er, und die Polizei und das Polizeipräsidium konnten ihn nicht im geringsten erschüttern, und noch nie so wenig wie in diesem Fall. Mit der kühlen Vernunft, um derentwillen er allgemein geschätzt wurde, hatte er die Angelegenheit bereits unter ihren verschiedenen Aspekten überdacht und die verschiedenen alternativen Antworten gefunden. Man hatte ihn also geschnappt: entweder 1.) weil ihm jemand den ganzen Nachmittag gefolgt war (und wer das war und welche Gründe er dafür hatte, mußte er herausbekommen), oder 2.) weil ihn in der Kirche jemand erkannt hatte; dann war die Wahrscheinlichkeit groß, daß es sich um jemand von der Polizei handelte, der seine Gründe hatte, sich dort aufzuhalten. Aber wenn er noch einmal gründlich alles überlegte, so hatten sie gegen ihn höchstens zwei Karten in der Hand: 1.) der Umstand, daß er sich am Ort des Verbrechens befand – ein Umstand, der selbst in den Augen der Polizei nur als Zufall gewertet werden konnte – ein etwas merkwürdiger Zufall, aber ein Zufall; 2.) die Pistole, für die er eine allerdings auf seine sogenannte Bücherrevisors-Kanzlei beschränkte Lizenz besaß. Keine großartigen Karten, und schon gar keine Trumpfkarten. Also ein kleiner, leicht beizulegender Betriebsunfall. Also kein Grund zur Besorgnis. Außer diesem unbestimmten Gefühl einer Entbehrung.
Es blieb das Problem mit dem Mädchen. Aber das war es ja gerade: Es war kein Problem mehr. Innerlich hatte er sie schon abgeschoben. Mit ihr hatte er drei Fehler begangen: 1.) sie heute auf seiner Tour mitge-

nommen zu haben; 2.) mit ihr in die Kirche gegangen zu sein, aber das war die unvermeidliche Konsequenz von 1; 3.) daß er sie mit ihrer Mutter nach Hause fahren wollte, aber das war die unvermeidliche Konsequenz von 2.

Das Resultat: Ende der Angelegenheit. Da aber dieses Ende von Anfang an unvermeidlich und vorausgesehen war, machte es jetzt wenig aus, daß es heute nacht gekommen war und nicht einen Monat früher oder einen Monat später. Es war ein Vergnügen gewesen. Es war richtig schön gewesen, solange es gedauert hatte. Andererseits endeten nun einmal diese Mädchengeschichten irgendwie immer an einem bestimmten Punkt. Diese spezielle Geschichte hier, mit diesem speziellen Mädchen, hätte er eigentlich gern noch ein Weilchen fortgeführt; an und für sich war er ihrer noch nicht überdrüssig gewesen. Aber nun war es einmal so gekommen, da war nichts zu machen. Eine schöne Erinnerung.

Er begann mechanisch, einen Song vor sich hinzusummen, und auf einmal wußte er, daß das, was ihm gefehlt hatte, das Radio war. Ein bißchen Musik hätte ihm in diesem Augenblick gutgetan. Ein nettes Nachtprogramm mit weichen Negerinnenstimmen und einschmeichelnder Klaviermusik. Er lächelte und fuhr mit der Hand zärtlich eine gedachte Linie entlang.

Der Wachtposten drehte sich um und betrachtete ihn.

Aber was sage ich da, was denke ich da, fragte er sich, plötzlich verzagend. Was für ein Mädchen denn?

Es ist Thea. Kein Mädchen. Thea.

15

»Kurz und gut«, schloß der Polizeipräsident, nachdem man den Fall in allen seinen Punkten bis zum Erbrechen durchdiskutiert hatte, »der Pfarrer wurde von einem Ufo getötet.«

Der Vizepolizeipräsident Picco, der das Kommuniqué für die Presse vorzubereiten hatte, zog die Hypothese für einen Augenblick in Erwägung.

»Nun, schließlich und endlich ...« scherzte er, für jede Hoffnung empfänglich.

»Es wäre die beste Lösung«, sagte der Staatsanwalt wie im Selbstgespräch. Dann schloß er den Ordner mit seinen Notizen, legte ihn in seine elegante lederne Aktenmappe und ließ das Schloß hörbar einschnappen. Er gehörte übrigens nicht zu den Staatsanwälten, die die Arbeit der Polizei nur behinderten und verzögerten, indem sie ihr

vorschreiben wollten, in welcher Richtung sie zu ermitteln hätte.
»Nur, daß niemand dieses Ufo gesehen hat«, sagte der Polizeipräsident. »Und das«, fügte er beiläufig hinzu, »obwohl ...«
Er sah der Reihe nach Picco und seine drei Kommissare an, während sein *obwohl* noch unverhallt über ihnen schwebte.
De Palma bekundete noch einmal, im eigenen wie im Namen seiner Kollegen, seine Reue. Ja, der peinlichste Punkt war, daß sie der Presse gegenüber eingestehen mußten, daß die näheren Umstände des Mordanschlags, sozusagen seine einfachste Dynamik, noch immer ein Geheimnis waren, obwohl sich die Polizei an Ort und Stelle befunden hatte.
»Und nicht etwa zufällig, sondern um das Opfer zu schützen«, bemerkte der Staatsanwalt in einem Ton, als wolle er sagen: »Da sieht man wieder, wohin blinder Eifer führt.«
Andererseits, fügte er, unvoreingenommen und offenbar im Begriff, aufzustehen, hinzu, müsse man heute immer mit widrigen Zufällen rechnen. Man müsse verstehen, daß eine Polizei, die ständig alles und jeden schützen sollte, am Ende niemandem mehr ihren Schutz garantieren konnte.
»Die Schwäche«, sagte Picco, und er zitierte damit einen Ausspruch, den er regelmäßig in seine für die Medien bestimmten Kommuniqués einflocht und den die Medien regelmäßig ignorierten, »provoziert den Krieg.«
Der Polizeipräsident stimmte mit einem Kopfnicken zu und erhob sich; er verabschiedete sich von dem Staatsanwalt, der sich beeilt hatte, es ihm gleichzutun.
»Nun gut«, wandte er sich abschließend an die anderen, in einem knappen, entschiedenen Ton, der dieses Nichts von einem Ergebnis ihrer Schlußfolgerungen kompensieren sollte, »wenn Sie mir sagen, daß es bisher bei Ihren Verdächtigen noch keine Verdachtsmomente von einem gewissen«, er hob einen imaginären Ziegelstein hoch, »Gewicht gibt ...«
»Es fehlen echte Tatverdächtige, und es fehlen echte Indizien«, erklärte De Palma. »Und in jedem Fall, solange nicht das Ufo ... ich meine, der Sprengkörper, sagen wir, die genaue Beschaffenheit des Sprengkörpers ...«

»Weißt du, das Ufo lassen wir einmal beiseite und arbeiten weiter mit dem, was wir haben«, sagte Santamaria, als sie wieder in ihr Büro zurückkamen. »Zum Beispiel dem Porsche, auch wenn der Volkswagen ... Noch nichts Neues über den VW?« fragte er die Pietrobono.
»Nichts, meine Herren.«

De Palma zuckte die Achseln.
»Mir wäre die Fiat noch lieber, ich meine den Fiat-Ingenieur. Oder die Vizepfarrerin, falls ...«
»Nichts, auch die sind unauffindbar«, sagte die Pietrobono. »Mattei versucht es immer wieder, aber entweder sind sie nicht nach Hause gekommen, oder sie antworten nicht auf das Läuten!«
»Dann der Sakristan.«
Wie bedrückt von der Vergeblichkeit alles Tuns zog De Palma eine Grimasse.
»Die Geschichte mit dem Beichtstuhl?«
»Also daß da ein Zusammenhang mit dem Attentat besteht, wie diese beiden Weihnachtsmänner sagen, kann ich mir schwer vorstellen. Immerhin ist da einer, den wir uns anhören können.«
»Einverstanden. Hören wir den Sakristan«, sagte De Palma mit tonloser Stimme. An die Pietrobono gewandt, wies er mit dem Kinn aufs Telefon, bevor er sich mit bedrückter Miene wieder setzte.
»Vielleicht ist es gerade er gewesen«, versuchte ihn die Pietrobono aufzumuntern, nachdem sie telefoniert hatte. »Entweder er oder dieser Verleger.«
»Der Kreis verengt sich«, spendete Santamaria ihr Beifall. »Bravo! Jetzt fehlt uns nur noch das Motiv, und dann können wir nach Hause gehen.«
»Aber das ist die Macht des Schicksals, Dottore!« sagte fröhlich die Pietrobono, die inzwischen wieder an der Whiskyflasche gewesen war. »Das Motiv ist immer dies: die Macht des – Nein, nein!« kreischte sie erschreckt unter dem Blick De Palmas, der den Kopf erhoben hatte und sie, mit zusammengekniffenen Augen, fixierte. »Tun Sie mir nichts!«
Aber die Miene De Palmas hellte sich auf.
»Natürlich war er es! Was heißt hier politisches Verbrechen, was heißt hier Mafia! Denn«, er begann zu strahlen, »nehmen wir einmal an, er hat eine Tochter.«
»Der Verleger?« wagte die Pietrobono zu mutmaßen.
»Aber wieso Verleger? Der Sakristan natürlich. Die Tochter des Sakristans.«
»Richtig«, sagte Santamaria. »Darauf hätten wir gleich kommen können.«
»Also dann hört mir gut zu«, sagte De Palma und stand sogar wieder auf. »Don Alfonso, ein dem Sinnengenuß ergebener Priester, weiß nicht, daß sein alter Mesner eine Tochter hat. Denn Priotti, der den lüsternen Charakter des Pfarrers kennt, hält die Existenz des jungen Mädchens, das in reiner Unschuld in einem verlassenen Beichtstuhl lebt, sorgfältig vor ihm verborgen; nur am Freitagabend verläßt sie ihr

Versteck, um ein Bad zu nehmen.«
»Im Taufbecken?« fragte die Pietrobono, die anfing, sich für die Geschichte zu begeistern.
»Genau. Und dort überrascht Don Alfonso sie in einer Sturmnacht und tut ihr Gewalt an. Aber er wird nun seinerseits überrascht von Priotti, der sich unter dem Schutz der Dunkelheit genähert hat und ihm nun mit einem dicken Michelin-Reifen, will sagen, Pneumatik, einen Schlag auf den Kopf versetzt. Die Folge ist eine wilde Rauferei, die durch die Ankunft einer Schar von Gemeindemitgliedern beiderlei Geschlechts und von Polizisten des Garibaldi-Reviers ein Ende findet. Und so hätten wir den Krawall vom vergangenen Freitag erklärt.«
»Aber dann«, sagte Santamaria, »waren die, deren Flucht die Anwesenden beobachteten, nicht die Angreifer?«
»Aber keineswegs. Es war die Tochter, die das allgemeine Durcheinander zur Flucht mit dem reichen Verleger und dessen Gehilfen ausnutzte, die gekommen waren, um Barockforschungen zu treiben. Doch der Alte schwor Rache, und am nächsten Freitag – Herein!« sagte er zu Dalmasso, der die Tür geöffnet hatte, aber zögerte, mit seinem Gefangenen einzutreten, »stellt euch da hin. Am nächsten Freitag«, fuhr er nach einem halb flammenden, halb enttäuschten Blick auf Priotti fort, den er sich vermutlich älter vorgestellt hatte, »startet die Operation Ufo, und der schändliche Verführer büßt vor aller Augen seine Missetaten.«
»Das erklärt aber noch nicht, wie die Explosion vor sich gegangen ist«, sagte Santamaria.
»Nein, aber es erklärt die Schlußszene, als der Sakristan, nachdem er seine Rache geübt, sich ins Kämmerlein der Tochter, will sagen, den Beichtstuhl zurückzieht, wo er dann von den Männern des Berühmten De Palma ergriffen wird.«
Er drehte sich nach Priotti um, der ihn mit offenem Munde anstarrte.
»Nur daß unser Sakristan«, fuhr er drohend fort, »statt sich zu ergeben, zu gestehen und seine zahlreichen mildernden Umstände ins Feld zu führen – nun, was tut er? Er leistet den Beamten Widerstand, greift sie mit einem stumpfen Gegenstand an und hüllt sich dann in ein obstinates Schweigen, das seine Lage nur verschlimmern kann.«
»Er hat sich auch der Beamtenbeleidigung schuldig gemacht«, sagte Dalmasso, der, man wußte nicht, warum, einen großen Schlüssel aus der Tasche gezogen hatte. »Nachdem die Beamten sich ausgewiesen hatten, hat er sie mit obszönen und beleidigenden Ausdrücken beschimpft, welche –«
»Moment mal«, unterbrach ihn Priotti und hob die Hand. »Einen Augenblick«, wiederholte er und streckte vor den beiden Kommissaren

den Daumen in die Höhe. »Absatz eins: Es kann gut möglich sein, daß sich die beiden Beamten ausgewiesen haben, aber in diesem Gehäuse von einem Beichtstuhl habe ich nicht einmal etwas verstehen können, ich dachte sofort, es wären dieselben wie das vorige Mal, und deshalb habe ich mich gewehrt. Zweitens«, sagte er und streckte nun auch den Zeigefinger aus, »hatte ich meine Aufgabe zu erfüllen, nämlich die Sicherheit des Publikums zu garantieren.«

»Und die hast du erfüllt, indem du dich in einen Beichtstuhl verkrochen hast?« fragte Dalmasso grimmig.

Priotti lachte laut heraus.

»Hören Sie, Chef«, wandte er sich, halb untertänig, halb väterlich an De Palma, »hören Sie, Herr Kommissar, ich weiß nicht, was die Ihnen erzählt haben. Aber wenn Sie erlauben . . .« er strich sich mit der Hand über das mit blauen Flecken übersäte Gesicht (Muzzoli und Urru mußten ihn ziemlich hart angepackt haben), zeigte auf einen Stuhl und setzte sich schwerfällig. »So, jetzt werde ich es Ihnen erklären.«

Obwohl erschöpft und mit nuschliger Stimme sprechend (das Gebiß mußte ihm ruiniert worden sein), äußerte er sich beträchtlich artikulierter als der Verleger, und zum Erklären brauchte er nicht viele Worte zu machen. Nach der Explosion – über die er nichts sagen konnte, weil er zu diesem Zeitpunkt zwischen den Bankreihen unterwegs war – wandte er dem Turm den Rücken. Er hatte sich sogleich aus der brüllenden Menge, die nach dem einzigen Ausgang drängte, gelöst, um rasch zu der Seitentür zu laufen und diese zu öffnen.

»Denn, wie Sie besser als ich wissen, muß es in jeder Kirche einen Notausgang geben, der während des Gottesdienstes geöffnet bleibt. Den jedoch Ihr ergebenster Diener geschlossen hielt. Und warum?« fuhr er, der Frage zuvorkommend, fort. »Im Gedanken an den vorigen Freitag, da nämlich durch diese Tür die Angreifer hereingekommen und auch wieder entwischt waren . . . Die Geschichte von dem Überfall habe ich schon der städtischen Polizei erklärt, aber wenn Sie wollen, erkläre ich sie Ihnen auch.«

»Vielleicht nachher. Jetzt bleiben wir erst einmal bei dieser Tür«, sagte De Palma, indes er ratlos auf den großen Schlüssel in der Hand des Brigadiere sah. »Wenn du aber die Tür öffnen gehen wolltest, was hattest du dann im Beichtstuhl zu suchen? Warum hast du dich darin versteckt?«

Auch Priotti warf jetzt einen Blick auf den Schlüssel. »Weil«, begann er, »Absatz eins: Der Beichtstuhl steht in der Nähe der Tür. Zweitens: In dem Beichtstuhl gibt es einen Nagel; an dem hängt der Schlüssel. Ich hatte ihn dort gerade abgenommen«, sagte er, demonstrativ die Faust erhebend, »als diese beiden über mich herfielen. Und da«, er illustrierte

seine Worte energisch weiterhin, indem er die Faust abwechselnd auf das linke und das rechte Knie fallen ließ, »habe ich mich gewehrt.«
Ein kurzes Schweigen trat ein.
»Wir können alle irren«, schloß Priotti mit einem Grinsen, das seinen zerknirschten Ton Lügen strafte. »Aber«, fragte er, nun auch an Santamaria und die Pietrobono gewandt, die schamhaft ihre Augen niederschlug, »sagen Sie mir selbst: Wer hat zuerst geirrt?«
De Palma seufzte. Er streckte die Hand aus, um sich von Dalmasso den Schlüssel geben zu lassen.
»Das also war der stumpfe Gegenstand?« fragte er und drehte ihn hin und her, bevor er ihn Dalmasso zurückgab.
Der Unteroffizier nickte reumütig.
»Gut, gut«, sagte De Palma. Dann lächelte er Priotti zu und sah ihn einen Augenblick ruhig an.
»Haben Sie Kinder, Signor Priotti?«
»Kinderloser Witwer«, antwortete Priotti. »Meine selige Armanda hatte die Gebärmutter ...«
»Schon gut«, sagte De Palma. »Also Signor Priotti hat keine Kinder, und er hat sich auch nicht versteckt. Aber«, und er konzentrierte sich in dem Bemühen, sich zu erinnern, wobei er den Blick wieder auf den unglücklichen Brigadiere richtete, »haben wir nicht noch zwei andere, die sich auch versteckten?«
»Hinter einer Bank in den letzten Reihen«, präzisierte der Unteroffizier. »Aber bereits während des Gottesdienstes«, fügte er unter dem skeptischen Blick De Palmas hinzu, »hatten die Beamten Muzzoli und Urru ihr verstohlenes Wesen beobachtet. Dazu kam ihr unbegründetes und verdächtiges Verweilen am Ort noch nach dem Attentat sowie ihre Weigerung, ihre Personalien anzugeben.«
De Palma fuhr sich mit der Hand über die Augen.
»Verstohlenes Wesen?« fragte er resignierend. »Ja, Dalmasso, ein verstohlenes Wesen ist freilich schlimm ...«
Der Brigadiere erwiderte nichts. In seiner Ecke räusperte sich Priotti und kam ihm unerwarteterweise zu Hilfe.
»Aber es stimmt; sie machten diesen Eindruck. Sie sind auch aufgefallen: zwei mit hochgestelltem Mantelkragen, den Schal bis hier, die sich immer im Hintergrund gehalten haben, hinter allen andern. So daß ich einmal hingegangen bin, um sie mir aus der Nähe anzusehen.«
»Und da?«
»Nichts. Ich habe sie nicht genau sehen können, weil es da, wo sie saßen, nicht einmal eine Kerze gab. Aber es waren in jedem Fall ältere Herren, die nichts gemein hatten mit denen von neulich.«
»Aber Sie haben doch die von neulich auch nicht genau gesehen«,

wandte Santamaria ein.
»Ich habe sie überhaupt nicht gesehen, da sie uns von hinten überfielen, gerade als wir die Kerzen löschten. Aber ihre Prügel habe ich gespürt! ... Nicht«, er lächelte schlau, »nicht, daß ich mich nicht auch zu wehren wüßte, wenn es nötig ist.«

(Aus dem Notizheft der P'bono)
Dieser Sakrist. (der übrigens allem Ansch. nach nicht wirkl. Sakrist. ist, sondern nur die Funktion eines solch. erfüllt) überzeugt mich nicht sehr. – Will genau wissen, daß Abs. 1, Attentäter ident. mit den Urheb. d. Überf. neulich. – Abs. 2, Urheber seien zu such. unter verschied. unerwünschten Elementen, die d. Pfarrer einst in S. Lib. empfing, zwecks Dialogs und/od. Bekehrung.
Es handelte sich demnach um Rache v. Extrem., nicht zur Pfarrgem. gehörig, aber gegen neue Pred. des Pfarrers. – Aber wer sind diese Extrem.? – Pseudosakr. beginnt wieder, Abs. 1 & 2, beschränkt sich aber prakt. auf Wiederholg. s. Erklärg. vor städt. Pol. Garib.-Rev. – Bezügl. »neue Pred.« erklärt er, daß DP (Don Pezza, nicht Berühmter DP) neue Wege ging nach Erscheinung v. Madonna od. ähnl., erklärt sich aber für zu unwissend, um genauer erklär. zu können. – Empfiehlt statt dess., Pfarrvikarin Prof. Caldani zu hören (die übrigens ebenfalls, wie es scheint, nicht wirkl. Pfarrvik. ist, sondern nur die Funktion einer solch. übernommen hat) od. Ing. Vicini.
Schön, aber wo sind Ing. u. Professoressa? – Er sagt, er habe keine Ahn. und daß beide die Kirche vor der Expl. verließen – Und s. Helfer, die Brüder Bortolon? – Auch sie gingen vor der Expl., sogar vor Beginn des G'dienstes, weil die Prof. ihren Ordnungseifer übertrieb. fand und es für besser hielt, sie nach Hse. zu schicken. – Vielleicht (fragt er schlau) könnten sie jetzt auch ihn nach Hause schicken?
DP (Berühmter DP, nicht Don P.) fragt, ob er and. verdächt. Individuen beobachtet, außer den beiden, die sich versteckten. Er verneint. – S'maria fragt, ob er mittelgr. Mann in mittl. Jahren, von kräftiger Gestalt, kunstledrn. Jacke, gestreift. Hemd, kariert. Mütze, gesehen habe, der mit VW zu S. Lib. gekommen. Er verneint.
Kurz und gut, er sagt nichts. – BDP (Berühmter DP) scheint geneigt, ihn wegzuschicken. Sagt, daß er jetzt Porsche hören will. – Aber S'maria sagt: Noch einen Moment. – Er fragt: Ist es wahr, Sig. Pr., daß Don P. vor Madonnenerscheinung und dem Beginn der neuen Predigtweise ... – Da fällt mir gerade ein, unterbricht Pr., daß Erscheinung nicht Madonna, sond. Joh. der Evangelist war. – Macht nichts, antw. S'maria, aber ist es wahr, daß Don P. die Freitage verschied. Kateg. uns. Brüder, wie Strafgef., Transvestiten, Drogenabh., widmete? – Was das

angeht, auch uns. Brüdern, den Dieben, uns. Schwest. den Huren. – Und, fragt S'maria, uns. Brüdern den Mafiosi nicht? – Priotti lacht, nein, den Brüdern Mafiosi nicht, aber nur, weil der arme Don P. nicht an sie gedacht habe. Hätte er an sie gedacht ...
Schon gut, sagt BDP. – Noch einen Augenblick, sagt S'm., aber die Geschichte von Erscheinung und die Sache mit Pneuma, Funken und diesem Egon würde ich lieber von Sig. Priotti selbst hören. – Ausgezeichnet, sagt BDP, der offensichtl. Sig. Pr. allmähl. satt hat, aber dann gehe ich inzwischen und schaue mir Bruder und Schwestern Porsche an u. event. auch unsere Brüder, die Verstohlenen, dann sehen wir, wen wir besser als ersten vernehmen. – P'bono, sagt er barsch, hör mit Deinem Schreiben auf und komm mit. – Ich komme, schreibt Schw. P'bono, ich fliege! – (Ich fühle, ich liebe ihn).

16

Thea versuchte, sich das Polizeipräsidium im Querschnitt vorzustellen, wie ein Modell oder ein Puppenhaus: die Treppen und Treppchen, die Zimmer von verschiedener Größe, in denen von Zeit zu Zeit eine große Hand die Figuren hin- und herschob ... Wer weiß, wo sich in diesem Augenblick die Figur Graziano befand?
Da hatte sie ihm eine schöne Suppe eingebrockt, dachte sie. Jemand wie Graziano konnte es sich nicht leisten, sich am Ort eines Attentats festnehmen zu lassen, obendrein mit einer Pistole. Natürlich würde sie bezeugen, daß er nichts damit zu tun hatte, daß er gar nichts damit zu tun haben konnte, denn nach Santa Liberata hatte sie ihn gebracht. Aber würden sie ihr glauben? Und da er ihnen nun schon in die Hände gefallen war, würden sie ihn nicht so leicht wieder loslassen. Es konnte auch sein, daß Graziano gesucht wurde, daß er schon seit längerem wegen anderer Dinge verfolgt wurde oder daß sie ihn überwacht hatten in Erwartung einer günstigen Gelegenheit, ihn in die Zange zu nehmen. Und jetzt war die Gelegenheit gekommen, und sie selbst hatte dafür gesorgt, hatte ihnen Graziano praktisch auf silbernem Tablett serviert.
Ich werde es auch von Mama bezeugen lassen, beschloß sie; schließlich war sie die eigentliche Ursache, sie hatte die moralische Verpflichtung, etwas für ihn zu unternehmen. Sie würde sie auch veranlassen, Papa zu informieren, der sogleich sämtliche Anwälte und Richter, die er kannte, mobilisieren würde.
Sie fühlte sich von einer unbezähmbaren Energie erfüllt – aber plötzlich war die Energie entwichen. O ja, sie würden Himmel und Hölle in

Bewegung setzen, aber nur, um ihr aus der Klemme zu helfen! Für Graziano rührten sie gewiß keinen Finger, im Gegenteil. Je länger er im Gefängnis saß, desto besser, von ihrem Standpunkt aus. Oder sie würden versuchen, ihn wieder nach Sizilien verfrachten zu lassen ...
Bei dem Gedanken an Sizilien kehrte ihre Energie zurück. Graziano war gewiß ein Mitglied der Mafia, und die Mafia schützte die Ihren wie ihre Söhne; das sagten alle: der Film, die Bücher, die Zeitungen, die Erhebungen über den Süden. Es war keine Legende, es gab Beweise. Sobald einer der Ihren verhaftet wurde, setzte sich die gesamte Organisation in Bewegung.
Bereits im Augenblick der Verhaftung (lag nicht Santa Liberata in einer Zone von Immigranten aus dem Süden?) waren vermutlich geheime Beobachter Zeugen der Szene geworden und hatten die Nachricht den Chefs hinterbracht. Schon während des Transports dürfte Graziano ein Signal empfangen haben, ein kleines Zeichen des Einverständnisses. Und im Innern des Polizeipräsidiums waren sicher bereits von Wand zu Wand chiffrierte beruhigende Botschaften zu ihm gelangt: dreimal klopfen, zweimal, fünfmal ... Die Zigaretten, die Brötchen, das Geld waren schon unterwegs. Vielleicht auch eine Feile. Oder, wahrscheinlicher, die gerissensten Rechtsanwälte, die sich in allen Spitzfindigkeiten und Tricks auskannten. Oder, noch wahrscheinlicher, die verborgenen, allmächtigen Beschützer, die hochgestellten, unverdächtigen Persönlichkeiten, die ...
Thea betrachtete die beiden dunkelgekleideten Herren, die ihr gegenübersaßen; eigentlich sah sie sie erst jetzt richtig. Dunkelgekleidet. Vollkommen reglos. Absolut undurchdringlich. Der ältere der beiden, es war der, der ihr zugelächelt hatte, mochte fünfundsechzig Jahre alt sein. Ein weißer, fein gemeißelter Kopf, Adlernase, schmale Lippen. Augen, aus denen Geduld, aber auch große Festigkeit sprachen. Ein eiserner Wille. Offenbar gewohnt, zu befehlen.
Der andere, ihm offensichtlich untergeordnet, war etwa zehn Jahre jünger, doch auch er schien zu den lenkenden Figuren, zu denen, die die Drähte in den Händen hielten, zu gehören. Gewiß nicht zu denen, die sich je die Hände selbst schmutzig machten. Aber er zeigte nicht die gleiche Selbstbeherrschung wie sein Chef, er bewegte oft den Kopf und die Füße, faltete die Hände und nahm sie wieder auseinander; zweimal hatte er schon dem Wachtposten etwas zugeflüstert. Aber der hatte sich darauf beschränkt, den Kopf zu schütteln. Man sah, daß er nur mit Mühe seine Ungeduld beherrschte.
Der Chef dagegen hatte noch nicht den Mund aufgetan, so wenig wie er sich vom Fleck gerührt hatte. Es war, als nehme er gar nicht wahr, wo er sich befand. Gleichmütig. Von eisiger Kühle. Überlegen.

Und doch hatte er ihr unmerklich zugelächelt.
Aufs höchste erregt, senkte Thea den Blick. Diese beiden Männer, die sie, soweit sie sich erinnerte, in der Kirche nicht gesehen hatte, waren erst nach ihr in dieses Zimmer gebracht worden. Eine ganze Weile später. Und warum gerade in dieses Zimmer? War es denkbar, daß sie bereits alles über sie und über die Bedeutung ihrer Zeugenaussage für Graziano wußten und eben deshalb gekommen waren? Natürlich war es denkbar, es war sogar wahrscheinlich. Und das Lächeln hatte Einverständnis und Ermutigung bedeutet, die Aufforderung, ruhig zu bleiben, und das Signal für: alles in Ordnung, alles unter Kontrolle, wir sind da.
Sie hob den Kopf und nahm sich vor, nun ihrerseits unmerklich zu lächeln, um dem Chef zu erkennen zu geben, daß sie begriffen hatte. Übrigens war sie in dieser stummen Sprache der Mafia nicht bewandert, aber fraglos würde er –
Der Posten sprang auf. Thea und die beiden Dunkelgekleideten wandten den Kopf. Ein hagerer, hochgewachsener Mann in Sportsakko und tabakfarbenem Polohemd, schlecht rasiert, mit geröteten Augen und einer ausgegangenen halben Zigarette im Mundwinkel, war unvermittelt ins Zimmer getreten. Ihm folgte eine Polizistin in Uniform, ein mageres junges Mädchen mit einem Lockenkopf, einer etwas zu langen Nase und mit lebhaftem Gesichtsausdruck.
Der Mann, gewiß auch ein Polizist, Kommissar oder so etwas, umfaßte mit einem flüchtigen Blick die Anwesenden, bevor er ihn auf Thea ruhen ließ. Aber plötzlich lenkte er ihn zurück auf die beiden regungslosen Gestalten.
Thea entging nicht, wie er auf den Schlag reagierte. Der ganze Körper erstarrte, und das Gesicht verzog sich schmerzhaft, so daß sich die Falten verdoppelten, und ein verdutztes, stummes *Oh* bewirkte, daß ihm beinahe die Zigarette aus dem Munde gefallen wäre.
»Rausführen, rasch!« sagte er heiser zu dem Posten und deutete mit der Hand auf Thea.
Während der Posten sie fest am Ellbogen packte und sie hinausführte, drehte sich Thea noch einmal um. Und da sah sie als letztes, wie sich der Polizist ehrerbietig dem alten Mafiaführer näherte, der ihn, ohne seine Haltung um einen Millimeter zu verändern, von unten nach oben, mit unendlicher Nachsicht und unendlicher Ironie, ansah.

17

Wie der Gerichtsmediziner am Telefon erklärte, hatte die Obduktion ergeben, daß der Sprengkörper in einer »Entfernung von einem, höchstens anderthalb Metern vom Opfer« explodiert sei, »aber über ihm«.

Santamaria, eben noch mit der Offenbarung des Johannes beschäftigt, hatte die flüchtige Vision eines Feuerwagens, der bei seiner Fahrt über dem Haupt des Don Pezza explodierte.

»Das würde also die Zeugenaussagen bestätigen«, sagte er, mit einer Geste der Verabschiedung für Priotti und einem Wink für Dalmasso, diesen hinauszubegleiten, »nach denen –«

Da sah er, wie plötzlich die Tür des Büros aufgerissen wurde und die Pietrobono atemlos hereinstürzte. Sie warf ihm einen fassungslosen Blick zu und hob die Hände zum Himmel wie eine rechte Unglücksbotin.

»Raus mit euch, sofort raus!« ordnete sie, sich im Kreise drehend, an und durchschnitt die Luft mit dem Arm etwa wie ein Verkehrspolizist, der den rückflutenden Verkehr nach den Ferragosto-Tagen regelt. Dalmasso und Priotti eilten denn auch, folgsam und verblüfft, zur Tür. In der anderen Tür, der zum Nebenraum, erschien der Brigadiere von der Vermittlung, aber sie schob ihn mit beiden Händen zurück. »Nein, nicht jetzt! Nachher!«

»Hallo?« fragte am Telefon der Gerichtsmediziner.

»Entschuldigen Sie einen Augenblick, Professore«, sagte Santamaria. »Was ist denn los? Doch nicht etwa eine Inspektion?« fragte er die Pietrobono.

»Dottore«, antwortete sie und musterte mit verstörtem Blick den Raum. »Wenn Sie wüßten, wer uns ins Netz gegangen ist!«

»Was für ein Netz? Was sagst du da? . . . Entschuldigen Sie, Professore, könnten Sie sich bitte direkt mit Kommissar Cuoco in Verbindung setzen? Ich gebe das Gespräch zurück an die Vermittlung.«

Die Pietrobono rückte einen Stuhl, nahm einen mit Zigarettenresten angefüllten Aschenbecher vom Tisch und stellte ihn ratlos wieder hin.

»Und dieser Rauch!« klagte sie, auf das Fenster zugehend.

»Aber was ist eigentlich los? Wer –«

»Ich weiß nichts, ich sage nichts, ich habe niemanden gesehen«, sagte die Pietrobono.

Damit rannte sie fort, als gelte es, aus dem Schloß der Vampire zu fliehen.

Santamaria erhob sich und ging um den Schreibtisch herum. Wer zum Teufel war hier im Anzug?

Zuerst kam De Palma, der aber vermied, ihn, Santamaria, anzusehen. Er hielt die Tür auf und sagte: »Bitte!«
Zwei dunkelgekleidete Männer erschienen: einer, den der Kommissar nicht kannte, mit einer Miene zwischen erschöpft und zusammengenommen; der andere, den der Kommissar sofort erkannte, zeigte unbefangene Neugier und schien in bester Form, obwohl er der ältere der beiden war.
»Ah«, sagte er, als beträte er ein Museum, »und das hier ist Ihr Büro ... und das ist Ihr Kollege ... Guten Abend. Oder sollte ich nicht eigentlich guten Morgen sagen?«
De Palma und Santamaria stimmten beide ein kleines, etwas verlegenes Lachen an.
»Ich schlug das Büro des Herrn Polizeipräsidenten vor, das zumindest ein wenig mehr Bequemlichkeit geboten hätte«, erklärte De Palma, »und da unglücklicherweise ... die Herren ... die ganze Zeit über auf einer Bank gesessen haben, unten ...«
»Aber das hat doch nichts zu sagen«, erklärte freundlich der ältere der beiden »Herren«, »und wie die Dinge liegen, ist es für uns doch interessanter und, ich möchte sagen, nützlicher, mit jemandem zu sprechen, der die Ermittlungen unmittelbar führt, meinen Sie nicht?«
De Palma blieb die Antwort schuldig, er schien vollkommen benommen.
Vielleicht täuschte er diese abgrundtiefe Beschämung vor, aber wenn sie nicht gespielt war, hätte ihm niemand vorwerfen können, er übertreibe. Es war in der Tat eine Sensation. Die Fische, die ihnen ins Netz gegangen waren, durfte man mit Recht »große Tiere« nennen.
»Darf ich diesen Stuhl nehmen?« fragte in das Schweigen hinein der Weißhaarige.
»Oh, verzeihen Sie, Eminenz«, sagte De Palma, »nehmen Sie bitte Platz!«
Ruhig, in heiterer Gelassenheit und nicht ohne Eleganz, nahm der Kardinal-Erzbischof von Turin Platz.

6. Diese Monsignori, diese Purpurträger

1

Diese Monsignori, diese Purpurträger, diese Kirchenfürsten hatten ihre Stelle nicht im Toto gewonnen. Die Schule, dachte Santamaria, ließ sich nicht verleugnen.
Ein paar Worte der Nachsicht und Teilnahme, ein paar Wendungen, die sich angenehm durch Takt auszeichneten, genügten, um die Rollen radikal umzukehren. Als erstes wurde der unerhörte Fauxpas der Polizei zu einem kleinen Mißverständnis heruntergespielt und zugleich das Opfer dieses Mißverständnisses vom Erzbischof zum einfachen Menschen, zum schlichten Christen unter Christen, herabgestuft, der damit auch allen Zwischenfällen, Überraschungen und Unannehmlichkeiten (einschließlich der durch die Polizei verursachten) ausgeliefert war wie den tragischsten Ereignissen, die in diesen düsteren und schmerzlichen Zeiten jedem zustoßen konnten (trotz der Polizei, wie sich immer von selbst verstand). Nachdem Seine Eminenz sich derart über die Ebene des bloß Ephemeren erhoben hatte – ein Zug, der ihm zugleich erlaubte, in der anonymen Menge unterzutauchen –, begann sie mit sachlich-kühler Besorgtheit und im reinsten Stil einer Waisenhausbesichtigung das Verhör mit Bruder De Palma und Schwester Santamaria.
Noch keine Verhaftung bis jetzt? Noch kein ernstzunehmendes Indiz? Ah so – dann schloß man also keine Hypothese aus, weder die eines politischen Terrorakts, bestimmt, die ganze Kirche zu treffen, noch die einer persönlichen Rache, noch die Tat eines Wahnsinnigen, noch auch die Möglichkeit eines Unglücksfalls, eines verhängnisvollen Unfalls, zum Beispiel, pyrotechnischer Natur? Nun, bei allem Unheil war der Herr so barmherzig gewesen, nicht zuzulassen, daß es weitere Opfer gab. Dieser Sprengkörper – dessen Art und Beschaffenheit der Erkennungsdienst wohl noch nicht festzustellen vermochte? Nicht einmal einen Mechanismus? –, dieser Sprengkörper hätte ein Blutbad anrichten können ... Es waren schlimme Zeiten, aber die Kirche hatte in ihrer tausendjährigen Geschichte weit schlimmere Augenblicke gekannt, ja sie war von weit tödlicheren Gefahren bedroht gewesen.
Der Kommissar war voller Bewunderung. Ein Schweigen, eine Abschweifung, eine Parenthese, Gemeinplätze, ein rasches Sich-vor-Wagen, dem sogleich der Rückzug folgt – das alles floß mit einer fast mechanisch ablaufenden Natürlichkeit, ohne auf ein Hindernis zu

stoßen.
Bis sich Seine Eminenz in einem Exkurs, in dem sie die Ermordung Pezzas praktisch ins frühe Mittelalter verbannte, unterbrach und auf das Mißverständnis zurückkam, das ihn, den Kardinal, heute nacht vor zwei Beamte des Polizeipräsidiums von Turin gebracht hatte. Ein Mißverständnis ohne Bedeutung, wie bereits gesagt, an dem man aber vor allem niemandem die Schuld geben dürfe, denn es hatte sich, angesichts der Umstände, um ein nur zu begreifliches Mißverständnis gehandelt. Nach dem tragischen Ereignis hätten er und sein Begleiter, Monsignor Ceci ...
Mit einer knappen Gebärde erteilte er das Wort Msgr. Ceci, damit er die näheren Umstände erkläre, und für einen Augenblick flatterte das Gespenst des Verlegers in das Zimmer.
Aber dieser Fall lag doch anders, mußte der Kommissar anerkennen, während Monsignore seine Erklärungen gab. Das Schweigen Seiner Eminenz war von verständlicher Zurückhaltung diktiert. Es komme ihm nicht zu, besonders zu betonen, daß nach dem Unglücksfall die Reaktion eines Erzbischofs nicht die einer panischen Flucht sein könne. Es sei auch nicht an ihm, zu schildern, wie ihn, in der noch von der Explosion zerstörten Kirche, frommes Pflichtgefühl dazu drängte, gemeinsam mit Msgr. Ceci hinter einer Bank niederzuknien, um sich lange im Gebet zu sammeln. Eben dadurch war das Mißverständnis bei den Polizeibeamten entstanden, und es hatte sich verschärft, als die Beamten sie nach ihren Personalien fragten.
Hier zögerte Monsignore. Er hüstelte, aber ein Blick des Erzbischofs ermutigte ihn fortzufahren. Tatsache war, erklärte er bedachtsam – und senkte die Stimme –, daß Seine Eminenz es aus naheliegenden Gründen für angezeigt gehalten hatte, das strikteste Inkognito zu wahren, besonders, wie nur natürlich, nach dem tragischen Ereignis.
Seine Eminenz gab ihre Zustimmung zu erkennen.
»Sie verstehen«, wandte sich der Erzbischof an die beiden Kommissare.
Sie hätten gern noch mehr verstanden, hatten aber keine andere Wahl, als ebenfalls ihre Zustimmung zu bekunden.
Daher erkläre sich auch, fuhr Msgr. Ceci fort, »die Weigerung, *coram populo* ihre Personalien anzugeben, noch dazu vor einfachen Polizisten ... deren Diskretion natürlich niemand in Zweifel ziehen wollte, aber denen vielleicht doch jener Takt, jener höhere Überblick und Scharfsinn fehlten, ohne den –«
Hier stoppte ihn der Erzbischof. Das Mißverständnis war vergessen, der unerhebliche Zwischenfall erledigt. Jetzt, erklärte er entschlossen, müsse auch das Mitgefühl mit dem Opfer der Hoffnung weichen, daß die Ermittlungen zu einem raschen Abschluß führen und die Tragödie

ihre volle Aufklärung finden werde. Dann aber müsse die Kirche nach alter Tradition neu geweiht werden.
Er schüttelte den Kopf.
»Nicht weniger als das Unglück an und für sich«, bemerkte er kurz, »trifft uns die Profanation, schmerzt es uns, daß im Hause Gottes Gewalt geschah.«
Zweifellos, überlegte Santamaria, bezog sich der Plural auf die Gemeinschaft der Kirche im ganzen. Aber gab er seinen Worten nicht zugleich einen Ton von Endgültigkeit, von abschließender Verlautbarung, eine Art päpstlicher Autorität, die einschüchtern wollte? Der Nachruf auf Pezza konnte jedenfalls nicht geschwinder kommen.
»Glücklicherweise«, sagte er, auch seinerseits den Plural gebrauchend, »hören wir, daß die Schäden an der Kirche nicht schwer sind. Eine alte Kirche, nicht wahr? Barock?«
Auch über das Thema der Schäden ging Seine Eminenz rasch hinweg. Nur die Fassade, lediglich die Fassade, stellte er richtig, das Innere wurde im vergangenen Jahrhundert umgebaut ... Ja, auch der verstorbene Pfarrer hatte einige kleine Änderungen angebracht, natürlich immer bei voller Respektierung ... Ja, der Kamin. Und auch dieser provisorische hölzerne Aufbau, beweglich und, die Wahrheit zu sagen, ein wenig bedenklich und gefährlich, so daß verhängnisvollerweise ... nein, natürlich, wenn der Erkennungsdienst einen Unfall ausschließt ... aber nichtsdestoweniger wäre es nicht ganz unangebracht, wenn man sich vor Augen hielte, wie wenig stabil dieses Gerüst war ...
Nachdem er sie einmal behutsam ins Spiel gebracht hatte, kam der Erzbischof immer wieder auf die Hypothese (oder war es ein Gebet?) des Unfalls zurück. Und was konnte man ihr schon entgegenstellen, solange der Erkennungsdienst mit leeren Händen dastand? Seine Eminenz, stellte Santamaria mit wachsender Bewunderung wie Beunruhigung fest, schloß die Partie, ohne selbst eine einzige Karte auf den Tisch gelegt zu haben.
»Aber doch eine merkwürdige Idee«, sagte Santamaria, wie im Selbstgespräch, den Blick aufs Fenster gerichtet, »dieser Turm! Und eine merkwürdige Persönlichkeit, der arme Don Pezza ...«
Die weißen Augenbrauen wölbten sich unmerklich, um das Wort »merkwürdig« zu beanstanden. Aber gleich darauf ließ ein jahrtausendealtes Lächeln diese Bemerkung eines Polizisten untergehen in einem Meer von Toleranz, Resignation und Verständnis.
»Wir wissen Bescheid«, murmelte Seine Eminenz.
Mehr wollte er nicht zugestehen. Er streifte seinen Begleiter oder Privatsekretär mit einem Blick, und dieser machte, mit einem verlegenen Hüsteln, Anstalten aufzustehen. Der Besuch im Waisenhaus war been-

det. Schwester Santamaria und Bruder De Palma konnten ganz ruhig sein, der Erzbischof würde nichts dem Pater Polizeipräsidenten sagen, er würde mit niemandem über das Mißverständnis sprechen. Das einzige, worum er in aller Bescheidenheit bat, war, daß er so inkognito das Polizeipräsidium verlassen könne, wie er es betreten habe, und daß man ihm einen zuverlässigen Fahrer gebe, der ihn ins Erzbischöfliche Palais zurückbringe, zu seinem kurzen Schlaf von drei oder vier Stunden, denn in einem gewissen Alter ...
In Wahrheit war es nun ziemlich klar geworden, daß alles, worum er bat, nur war, nicht sagen zu müssen, warum er es für nötig gehalten hatte, persönlich und insgeheim in die Kirche Santa Liberata zu gehen und zu sehen, was Don Pezza dort anstellte. So wollte er seine Partie beenden.
O nein, dachte der Kommissar. Auch er streifte mit einem Blick De Palma, der jetzt, nachdem er die Maske des über seinen Mißgriff bestürzten Tolpatsches abgeworfen hatte, wieder sein wahres Gesicht zeigte: das der Katze, die zusieht, wie ihr die fetteste Maus ihres Lebens vor der Nase entwischt. Es gab keine Möglichkeit, keinen Vorwand, keine nur denkbare Ausrede, um einen Kardinal-Erzbischof auf dem Polizeipräsidium festzuhalten.
»Was den Fortgang der Ermittlungen betrifft ...« sagte er, um Zeit zu gewinnen.
Aber Seine Eminenz breitete mit einer hieratischen Gebärde die Arme aus, und seine Miene ließ erkennen, daß er sich eher der Vorsehung als der Polizei anheimgeben wolle.
»Wir werden es uns jedenfalls zur Pflicht machen, Eure Eminenz auf dem laufenden zu halten«, erklärte De Palma. »Wir wissen, daß das Ordinariat bereits einen Vertreter nach Santa Liberata geschickt hat – oder im Begriff steht, es zu tun –, mit dem –«
»Wer ist das?« unterbrach ihn der Erzbischof.
»Wir wissen es nicht. Als wir das Ordinariat verständigten, sagte man uns dort ...«
Msgr. Ceci flüsterte seinem Oberen etwas ins Ohr, und dieser neigte zustimmend das blutleere, zarte Gesicht.
»Ich verstehe«, sagte er. Mit einem gewissen feierlichen Nachdruck wandte er sich wieder an die beiden Kommissare. »Gut, wer immer es sein mag, er wird mir unmittelbar berichten. Und wenn diese Angelegenheit in der gleichen Art auch seitens der tüchtigen Beamten, die die Ermittlungen anstellen, weitergeführt würde, ich meine, ohne Vermittler ...«
Es durfte also, so übersetzte sich der Kommissar den Text, nicht bekannt werden, ja unter keinen Umständen durfte es durchsickern, daß

der Kardinal-Erzbischof seinerseits gerade »direkt« über Pezza ermittelte, als dieser ermordet wurde. Und daß somit etwas in Santa Liberata vorging, was man wohl sehr »merkwürdig« nennen konnte.
»Eminenz«, versuchte er es auf gut Glück, »auch uns liegt daran, das Gerede und den Skandal zu vermeiden, und wenn Ihr inkognito erfolgter Besuch –«
»Skandal?« fragte der Kardinal erstaunt. »Aber den Skandal hat es doch schon gegeben! Der Skandal besteht darin, daß unser Bruder, ein armer Priester, im Angesicht seiner Herde, im Hause des Herrn zu Tode gebracht wurde! Und ich hoffe zum Wohl aller, nicht nur der christlichen Gemeinschaft und der Kirche, daß der Schuldige – sofern es einen Schuldigen gibt – nicht lange ungestraft bleiben wird, damit er nicht etwa seine unselige Tat anderswo wiederholen könnte.«
Gut abgewehrt und abgelenkt. Mit einem jahrtausendealten Hochmut und einer jahrtausendealten Kunst des Ausweichens. Da blieb nur übrig, in christlicher Demut das Haupt zu beugen vor dieser Vollendung in der Kunst, sich aus dem Staube zu machen. De Palma warf seinem Kollegen einen verzweifelten Blick zu. Mußte man sich so zum Schweigen bringen lassen? Mußte man unbedingt darauf verzichten, auch nur eine einzige Frage zu stellen?
Um der Ehre der Polizei willen stellte der Kommissar sie.
»Eminenz«, begann er mit der, wie er hoffte, gut nachgeahmten Schüchternheit eines Seminaristen, »dürfte ich Sie, nur zur Befriedigung meiner persönlichen Neugier, um eine kleine Erklärung bitten?«
Alle standen jetzt, und der Kardinal, kleiner als der Kommissar, neigte nichtsdestoweniger den Kopf, ein wenig schräg zu dem Fragenden hin, so als habe er nicht einmal einen Seminaristen, sondern allenfalls einen Ministranten vor sich.
»Ja?«
»Das Pneuma«, fragte Santamaria, »wäre das der Heilige Geist?«
Es entstand eine Pause. Augenscheinlich brauchte es eine gewisse Zeit, um herabzusteigen von der Ebene einer jahrtausendealten theologischen Gelehrsamkeit und eine für einen schlichteren Verstand faßliche Antwort zu formulieren. »Pneuma ist ein griechisches Wort, das soviel wie Hauch, Lebenshauch, Geist bedeutet. Und so kann der Heilige Geist auch griechisch Heiliges Pneuma genannt werden, ja er wird tatsächlich oft so genannt ... Es liegt durchaus in der Tradition.«
Aber auf den Grund der Frage einzugehen, vermied er erbarmungslos.
Santamaria stellte sich wieder schüchtern auf die Zehenspitzen.
»Ah so, ich konnte es mir nie erklären, wie ich mir auch jetzt noch nicht dieses Urfeuer und die sechsunddreißig Ego, ich meine, Äonen,

erklären kann, unter denen«, er lachte, »es anscheinend auch einen schwarzen gibt.«
Diesmal hob der Erzbischof ruckartig den Kopf, und für die Dauer einer Sekunde traf sein Blick den des Kommissars. Verzweiflung und ein großer, nachdenklicher Schmerz lagen in seinen Augen.
»Torheiten – ein Aberglaube, der nicht sterben will«, sagte Seine Eminenz, mit einer plötzlich todmüden Stimme. »Die Kirchenväter, die Apologeten, die großen Kirchenlehrer – sie haben durch Jahrhunderte diese Theologie der Verirrung bekämpft ... Aber diese Dinge sind vielleicht doch zu kompliziert«, fügte er nach einer Pause hinzu, »und zu fernliegend, als daß man jetzt darüber sprechen könnte.«
Er drehte sich nach De Palma um.
»Glauben Sie, daß ich jetzt ...?«
»Sofort, Eminenz. Bitte, kommen Sie. Maresciallo Biazzi wird Sie begleiten, einer unserer besten Beamten. Er wird dazu seinen Privatwagen nehmen.«
»Oh, ich möchte aber nicht –«
»Aber nein, das ist die einfachste und praktischste Lösung, von jedem Standpunkt aus.«
»Vielleicht«, räumte der Kardinal ein, »ja, vielleicht.«
Ein knappes Kopfnicken für Santamaria – und einen Augenblick darauf war das Büro leer. Der Kommissar blieb zurück mit dem Gefühl, daß soeben etwas verschwunden sei und sich wie in Luft aufgelöst habe. Mit dem Maresciallo Biazzi, dachte er. Wie ein Dieb in der Nacht – wie es in der Bibel steht.

»Kaum anzunehmen, daß er es war«, sagte De Palma, als er zurückkam. »Allenfalls der Ceci. Der Ceci kannte das Geheimnis und fürchtete für die Ehre des erzbischöflichen Amtes. Wenn man die Schuld entdeckte ...«
»Wessen Schuld? Und was für eine Schuld?«
»Die Schuld des zukünftigen Bischofs, der in seiner Jugend als Missionar in Algier ein Beduinenmädchen verführt hatte. Die Frucht dieser Verbindung, ein Knabe, wurde in der Wüste ausgesetzt, und ein afrikanischer Eremit namens Egon rettete ihn und zog ihn auf, um ihn dann unter dem Namen Alfonso Pezza auf die geistliche Laufbahn vorzubereiten. Don Alfonso wußte freilich nicht –«
Da ihm Santamaria anscheinend nicht folgte, brach er mit einer Grimasse ab und gestand, daß es wenig Grund zur Heiterkeit gab, wenn auch für den Augenblick das Schlimmste vermieden schien. Einen Kardinal-Erzbischof festzunehmen, war noch etwas anderes, als einen Minister hinter Schloß und Riegel zu bringen oder irgendeinen Präsiden-

ten der *Banca d'Italia.* Die geringste Indiskretion, das leiseste, von den Medien aufgegriffene Gerücht – und es wäre zu einem Skandal gekommen, wie man ihn noch nie erlebt hatte, eine Art Atombombenexplosion, und der *fall-out* wäre gänzlich auf das Polizeipräsidium niedergegangen.

Es klopfte an die Tür.

»Herein, Pietrobono!« rief De Palma.

Zögernd kam das junge Mädchen herein.

»Warum klopfst du, Pietrobono? Das ist doch sonst nicht deine Art. Oder willst du vielleicht unterstellen, es könnte hier jemand sein, den deine Augen nicht erblicken dürfen?«

Die Pietrobono senkte schamhaft die Lider und setzte sich wieder an ihren Platz.

»Im Gegenteil«, sagte sie und kritzelte etwas in ihr Heft, »ich schreibe sogleich zehnmal ab: Hier war niemand, hier war niemand, hier war ...«

»Sehr gut!« sagte De Palma. »Aber jetzt laß uns arbeiten.«

2

An der Kreuzung des Lungodora mit der Via Cigna fuhr der Funkstreifenwagen in dem immer dichter werdenden Schneefall so langsam, daß er fast zum Stehen kam. Dann aber bog der Fahrer vorsichtig auf die Brücke ein und gab wieder Gas. Das blaue Blinklicht verschwand in Richtung Corso Vigevano. Erleichtert atmete Ingenieur Vicini auf. Nicht, daß er bei einer eventuellen Frage nach seinen Dokumenten und so weiter etwas zu fürchten gehabt hätte, meinte er, als er sich von dem Laternenpfahl löste, an den er sich gepreßt hatte, und nun wieder seinen Weg auf der Uferpromenade fortsetzte. Was er in dieser dunklen, einsamen Nacht, bei diesem unaufhörlichen Schneegestöber, von einer Brücke zur andern in immer entlegenere Gegenden vordringend, suchte, das ging nur ihn allein etwas an. Aber im entscheidenden Augenblick war die Polizei ...

Der Funkstreifenwagen fuhr bis zur Piazza Ghirlandaio, zögerte dort und fuhr über die Via Fossata wieder zurück. Der am Steuer sitzende Streifenbeamte hatte Mühe, sich zurechtzufinden, obwohl er heute nacht schon zum zweiten Mal hier war.

»Die nächste links«, sagte Brigadiere Mattei. »Ja, richtig. Hier ist es.«

Der Fahrer brachte den Wagen vor dem Haustor zum Stehen. Er löschte das Blinklicht und die Scheinwerfer, wartete aber, bis der Brigadiere ins Haus gegangen war, bevor er auch den Motor abstellte. Mattei ging auf die einzige Treppe zu. Die Haustür hatte sich fast sofort geöffnet, und die Stimme aus der Sprechanlage hatte sich auf die Information: »Erster Stock« beschränkt, ohne zu fragen, wer da sei. Eine Frau im Schlafrock stand wartend in der Tür.

»Professoressa Caldani?«

»Kommen Sie!«

»Brigadiere Mattei. Wir haben vor kurzem telefoniert.«

»Ja, kommen Sie herein.«

Sie wandte ihm den Rücken und überließ es ihm, die Tür hinter sich zu schließen. Sie ging ihm auf dem kurzen Korridor voraus und schaltete im Wohnzimmer das Licht ein.

»Bitte ...«

Das Zimmer war mit einem geblümten Sofa und den Reststücken eines Eßzimmers eingerichtet; auf dem Tisch lagen Bücher und Schulhefte.

»Nehmen Sie Platz«, sagte sie, während sie sich selbst setzte und auf einen Stuhl an der anderen Seite des Tisches wies. »Sie kommen wegen ...?«

Ihr Blick war fragend, doch ohne Neugier, von der gleichen Teilnahmslosigkeit wie ihre Stimme eben am Telefon, als sie sich überraschenderweise bei dem soundsovielten Anruf schlaftrunken gemeldet hatte. (»Das Polizeipräsidium? ... Ob ich nicht wüßte? ... Nein, von keinem Unglücksfall ... Jetzt noch? ... Wegen dringender Informationen? ... Ja, bitte, kommen Sie ...«, hatte sie gesagt, wobei sie sich praktisch darauf beschränkt hatte, die Worte vom andern Ende des Drahts einfach zu wiederholen.)

Hier war kein Telefon zu sehen, so wenig wie auf dem Korridor. Der Apparat mußte sich also im Schlafzimmer befinden. Aber wie war es möglich, daß sie, wenn sie zu Hause war, auch wenn sie schlief, das Telefon nicht früher gehört hatte?

»Sie sind wohl sehr spät nach Hause gekommen?« fragte er. »Sehr spät«, antwortete sie.

»Aber Sie hatten doch die Kirche bereits verlassen, als es zu dem Zwischenfall kam?«

»Zwischenfall«, wiederholte die Professoressa.

»Ja, wie ich Ihnen bereits am Telefon andeutete, gab es ...«

»Einen schweren Zwischenfall«, sagte sie und nickte mit dem Kopf. Sie betrachtete ihre Hände. »Einen schweren Zwischenfall«, wiederholte sie benommen, »einen sehr schweren ...«

Sie hob langsam den Kopf und sah erst auf den Unteroffizier und dann auf die aufgestapelten Hefte und Bücher.

»Ja«, sagte sie. »Schreiben Sie ... schreibt ... Ein sehr schwerer ...«

Die Stimme wurde auf einmal undeutlich, und ihre Augen waren glasig und ohne Ausdruck.
». . . Zwischenfall«, hauchte sie. Dann fiel ihr der Kopf zwischen den Händen auf den Tisch, und die Stirn schlug hörbar auf.
Brigadiere Mattei, der früher bei der Abteilung für Rauschgiftbekämpfung gearbeitet hatte, war seitdem der Überzeugung, daß immer alles irgendwie mit Rauschgift zusammenhing. Im besonderen war dies auch seine Meinung über den Mordanschlag auf Don Pezza. Aber wenn er eine Alkoholvergiftung vor Augen hatte, konnte er sie sehr wohl von einer Drogenvergiftung unterscheiden.
Ohne sich sonderlich zu beeilen, ging er um den Tisch herum. Einen Augenblick fühlte er dem alten Fräulein den Puls, dann hob er ihr den Kopf und zog ein Augenlid hoch, um die Pupille zu prüfen. Die Frau war vollkommen weggetreten. Eine chronische Alkoholikerin, soweit er es beurteilen konnte. Whisky? Cognac? Grappa? Er sah sich ein bißchen um, öffnete das Buffet, bückte sich, um in ein niedriges Regal zu sehen, und suchte dann im Schlafzimmer weiter.
Barbera. Die Flasche stand auf dem Nachttisch, neben dem Telefon und der noch brennenden Lampe. Sie war noch fast voll. Aber wenn die Caldani bereits betrunken war, als sie zu Bett ging, hatte beim Erwachen das bißchen genügt. Es blieb nichts weiter übrig, als bis morgen früh zu warten, außer daß er jetzt die Wohnung durchsuchen konnte, da er nun schon einmal hier war. Und dann mußte er telefonieren. Es war zu entscheiden, ob auch die Caldani zu überwachen war wie der Irre im Krankenhaus, der noch unter der Wirkung von Beruhigungsmitteln stand . . . Aber eine komische Lehrerin, das mußte man sagen. Eine komische Pfarrvikarin. Eine komische Pfarrei, Santa Liberata!

3

Die Attentäter waren so unbekannt wie die Technik dieses Attentats, aber daran, daß es eine Wahnsinnstat war, bestand kein Zweifel – so widersprach sich selbst De Palma nach dem Anruf des Brigadiere.
»Eine Alkoholikerin? Das Haus voller Flaschen? Was Sie nicht sagen!«
Das reinste Irrenhaus. Eine Kirche, in der erstens: der Pfarrvikar eine Frau war und eine Säuferin obendrein; zweitens: der Pfarrer in die Luft gesprengt wurde, und in der, drittens: von einem gewissen schwarzen Egon die Rede war.
»Übrigens, war es Priotti, der dir etwas von diesem Egon gesagt hat?«
»Ja, aber es handelt sich nicht um einen Typ namens Egon«, sagte

Santamaria, »sondern um einen *Äon*. Eines dieser Pezza-Wörter, wie Pneuma und Logos. Die sechsunddreißig Äonen.«
»Von denen einer schwarz ist!«
»Der schwarze Egon!« rief die Pietrobono und hob den Kopf von ihrem Heft.
»Aber was ist ein Äon, Dottore?«
»Wir wissen es nicht. Aber ... die erwähnte Person wußte es.«
»Und hat sie es nicht sagen wollen?«
»Nein. Vielleicht sind es Tiere, große Hunde, die sie in diesem Geheimgang halten.«
»Aber warum sechsunddreißig?«
De Palma zuckte die Achseln.
»Aber von Hunden hat Pezza im Ernst gesprochen«, sagte Santamaria.
»Von Hunden und Mördern.«
Beinahe wäre De Palma nun doch geblieben und hätte eine letzte Anstrengung unternommen, um auf der Stelle diesen Mafioso zu vernehmen (»Hören wir uns einmal an, was er zu sagen hat, ja? Vergessen wir einmal den VW ...«), wenn er auch zugab, daß man von einem gewissen Grad der Müdigkeit an nicht mehr die Prioritäten erkannte und einem alles gleichermaßen wichtig und dringend vorkam (»Diese Schlafwandler vom Erkennungsdienst! Ja, wollen sie denn den Nobelpreis gewinnen mit ihrem Gutachten?«), ganz abgesehen von dem Risiko, nichts aus den beiden Huren vom Porsche herauszubekommen, die er an Santamarias Stelle in jedem Fall zuerst vernehmen würde (»Bring die beiden Huren herein, Pietrobono!«), denn dann würde man bessere Übersicht über den Fall gewinnen oder könnte sie sofort ausschalten, wenn sie mit der Geschichte nichts zu tun hatten, und würde nicht unter falschen Voraussetzungen arbeiten, aber vielleicht könnte man ja auch über sie dem andern auf die Schliche kommen, da die Frauen – nicht, daß er etwa einem Männlichkeitswahn huldigte, um Himmels willen! (»Davor bewahre mich Santa Liberata!«), aber wenn man die Frauen erst mal zum Reden bringen kann ...
Die Pietrobono hustete.
»Was soll dieser Husten, Pietrobono? Willst du vielleicht andeuten, willst du mir auf höfliche Weise zu verstehen geben, daß ich zuviel rede?«
»Aber nicht doch, Dottore!« protestierte die Pietrobono sittsam.
De Palma erhob sich.
»Du hast recht, ich gehe jetzt, die Bahn ist frei, die Inspektion vorüber ...«
Mit einem Seufzer empfahl er Santamaria, nach seinem Gutdünken zu verhören, wen er wollte; beim Erkennungsdienst nicht lockerzulassen

und ihn im Fall neuer Entwicklungen zu rufen. Sich die Augen reibend, verschwand er in dem Raum unter der Treppe, einer Kammer, in der ihm Biazzi in einem Fall wie heute ein Feldbett aufstellte.

4

Als, von der Pietrobono geleitet, die Frau des Mafioso eintrat, hatte Kommissar Santamaria plötzlich das Gefühl, wieder Seine Eminenz vor sich zu haben.

Diese anziehende, elegante, ja vollendete Dame vor ihm hatte zwar kaum irgend etwas Geistliches an sich; im Gegenteil, es fiel sogar schwer, sie sich als fromme Kirchgängerin vorzustellen. Aber das sollte eine praktizierende Prostituierte sein? Ein Straßenmädchen? Nur Dalmasso, der Schrecken des Ordinariats, war imstande, noch einen solchen Bock zu schießen. Trotzdem, in dem vorliegenden Fall ...

Um Zeit zu gewinnen, gab der Kommissar mit einer Gebärde zu verstehen, man möge sich einen Augenblick gedulden, und begann wieder, in einem Aktenheft auf seinem Schreibtisch zu blättern. Im vorliegenden Fall, überlegte er, waren die Umstände doch anders. Sie rechtfertigten sowohl die Festnahme als auch eine gewisse polizeiliche, bürokratische Anmaßung. Denn die vornehme Dame – was sie auch immer mit der Sache zu tun hatte – war festgenommen worden, als sie in den Porsche des Scalisi, Graziano, steigen wollte, nachdem sie zuvor mit ihm im *Mezzaluna* und darauf in dem Motel *Le Betulle* zusammengewesen war und ... Nein. Das war die Schlußfolgerung Dalmassos. Die Prostituierte (?) aus dem *Mezzaluna* und *Le Betulle* konnte auch die andere gewesen sein; und diese hier konnte direkt in die Kirche gekommen sein. Immerhin blieb die Tatsache ... Nichts. Solange sich der VW nicht wiederfand, ließ man besser alle Tatsachen auf sich beruhen. Vor der feinen Dame durfte er nicht gleich seine Karten aufdecken. Ohne Eile klappte er den Aktendeckel zu (der Akte über Scalisi, Graziano) und hob den Blick, um sie mit Strenge zu fixieren.

Auch die Pietrobono, die kerzengerade wie ein Soldat an der Tür stehengeblieben war, musterte, von ihrer krankhaften Neugier getrieben, die neue »Person« mit einer so verdutzten, ratlosen Miene wie eine Kassiererin, der man eine zweifelhafte Banknote präsentiert hat.

Schließlich brach die Ex-Prostituierte das Schweigen, indem sie absurderweise »Guten Abend« wünschte und, ihren Namen murmelnd, auf den Kommissar zuging und ihm die Hand entgegenstreckte, so daß dieser nur die Wahl hatte, die ausgestreckte Hand zu drücken oder zu küssen.

»Guten Abend«, antwortete der Kommissar, indem er sich automatisch erhob und ebenso automatisch die ausgestreckte Hand ergriff.
Aber nicht doch, dachte er gleichzeitig und verzieh es sich nicht, darauf hereingefallen zu sein. Diese vollkommene Unschuld, diese absolute Unbeteiligtheit, diese herrschaftliche, bezaubernde Ungezwungenheit – das alles war zu vollendet, zu unwahrscheinlich, um nicht vorgetäuscht zu sein. Und dasselbe galt auch – so versicherte er sich – von ihrer gesamten, ausgesucht zusammengestellten Kleidung: vorgetäuschte Damenhaftigkeit. Dazu gehörte dieser leicht abgetragene Tuchmantel, der sich über einer kostbaren blau und türkisgrün gemusterten Kaschmirbluse öffnete; die graue Wolljacke und der graue Rock; der sparsam und wie zufällig gewählte Modeschmuck; die sehr teuren blauen Schuhe und die weiche, abgegriffene Handtasche, die offenbar im letzten Augenblick, in aller Eile, ergriffen worden und daher (ein genialer Makel und ein unüberbietbarer Touch in der Kunst der Vortäuschung) schwarz war.
Mit einem Blick schickte der Kommissar die Pietrobono zurück an ihren Platz. Dann wandte er sich zeremoniös der Pseudo-Dame zu.
»Nehmen Sie bitte Platz«, sagte er, immer in dem Bewußtsein, wie nervenaufreibend es für solche theaterspielenden Personen war, sich an die Spielregeln zu halten und die Verstellung so lange wie möglich aufrechtzuerhalten.
Vom Strich allerdings war die nicht. Dalmassos Interpretation blieb unannehmbar. Aber vielleicht Managerin eines Edelpuffs, hinter der Fassade einer Boutique oder eines Schönheitsinstitutes? Oder eine Scheckbetrügerin? Oder war sie an einem Spielhöllenring, am Handel mit gefälschten oder gestohlenen Bildern beteiligt?
»Gestatten Sie mir eine neugierige Frage, gnädige Frau«, sagte der Kommissar im Ton einer respektvollen Hotelbekanntschaft, »erklären Sie mir bitte, warum Sie bei der Kälte, die gestern abend herrschte, keinen Pelzmantel angezogen haben?«
Von dieser unerwarteten Seite aus angegriffen, schien die falsche Dame einen Augenblick lang verblüfft. Aber sie parierte den Schlag überlegen, ohne etwa das Dutzend Pelze aufzuzählen, das sie zum Schutz vor Dieben und Straßenräubern, die sich ja heute vor den Augen der Polizei in der Stadt breitmachten, im Banksafe aufbewahrte.
»Sie haben recht«, sagte sie, mit einem kleinen, mißbilligenden Kopfschütteln, »aber ich habe nie die richtigen Sachen an, ich mache es regelmäßig falsch. Entweder bin ich zu warm angezogen oder zu leicht. Und außerdem habe ich es heute abend, das heißt, gestern abend, für diesen Kirchenbesuch für passender gehalten ...«
Sie ließ den Satz unvollendet und senkte den Blick auf ihren unauffälli-

gen grauen Rock.
In dieser angenehm modulierenden Stimme war nichts Herausforderndes, nichts Einschmeichelndes, sie war sexy, und, wahrscheinlich vom Rauchen, leicht heiser. Eine entwaffnende Schlichtheit, kaum korrigiert von einer Spur weltläufiger Selbstironie. Perfekt bis in die geringsten Einzelheiten, als wäre sie in Japan hergestellt worden.
»Und wieso sind Sie in diese Kirche gegangen?«
»Aus reinem Zufall, wenn ich so sagen darf.«
Natürlich.
»War es das erste Mal?«
»In einem gewissen Sinne, ja.«
»In was für einem Sinn?«
»Ich bin den Tag zuvor zufällig hineingegangen, und dann habe ich von verschiedenen Personen gehört, daß dort die Freitagspredigten interessant und merkwürdig seien ...«
»Was für Personen?«
»Mein Gott, Freundinnen. Celestini ...«
»Wer ist Celestini?«
Ein leises Lachen. Dem Kommissar kam es zum Bewußtsein, daß die Frau bisher weder gelacht noch auch nur gelächelt hatte. Offenbar darauf aus, bekümmert zu erscheinen, müde, mitgenommen, ein bedauernswertes Opfer im großen Sturm.
»Muß ich wirklich alles sagen? In allen Einzelheiten?«
»Das wäre am besten. Und wenn Sie mir ein Dokument zeigen könnten – Führerschein oder Personalausweis ...«
Sie kam der Aufforderung mit einer Selbstverständlichkeit nach, als gebe sie das Dokument einem Hotelportier, und fuhr, ohne mit der Wimper zu zucken, fort:
»Also hören Sie. Gestern nachmittag, das heißt, vorgestern, kurz gesagt, am Donnerstag, brachte ich eine Vase zu Celestini zur Reparatur. Celestini ist in seiner Art wunderbar, aber sehr ...«
Ohne zu unterbrechen, hörte sich der Kommissar die Geschichte der ersten Begegnung der Guidi, Costanza, geb. Brizio, Hausfrau, zweiundvierzig Jahre alt (aber sie sah höchstens wie fünfunddreißig aus), Farbe der Augen und der Haare braun, besondere Kennzeichen keine, mit dem verstorbenen Priester Pezza an. Ein wahres Meisterwerk an Zufälligkeit, Wahrscheinlichkeit und Harmlosigkeit. Und doch trug es die Erzählerin ohne alle innere Beteiligung vor, so als ob sie mechanisch eine vorbereitete Version wiederholte, an die sie selbst nicht glaubte. Oder auch wie eine witzige Anekdote, die sie schon zehnmal zehn Freundinnen erzählt hatte und die inzwischen ihren Witz verloren hatte. Aber dann ...

»Guidi«, sagte er, indem er ihr den Personalausweis zurückgab, in einem Ton, als suche er einen Namen unterzubringen, der ihm einmal bei einer Hochzeit oder in Breuil begegnet war.
Aber Signora Guidi fiel nicht darauf herein.
Sie schüttelte den Kopf. »Sie können mich nicht kennen, ich habe keine Vorstrafen.«
»Ach so!«
Diese gelassene Sicherheit ließ zwei Erklärungen zu. Entweder wußte diese Frau aus langer Erfahrung, daß die Polizei ihr praktisch nicht die geringste Verfehlung vorhalten konnte. Oder aber (Santamaria versuchte jetzt, sie ohne vorgefaßte Meinung gleichsam neu zu sehen) es handelte sich um eine authentische Dame, mit Garantie und Echtheitszertifikat von der obersten Aufsichtsbehörde für wirkliche Damen.
»Ich verstehe«, sagte er.
Einerseits hatte der Gedanke, daß es noch nicht gelungen war, Damen zu fälschen, etwas Beruhigendes. Andererseits drängte sich freilich eine Schlußfolgerung auf.
»Vielleicht habe ich schon von Ihrem Mann gehört? Was tut er?«
»Er projektiert Industrieanlagen, jetzt fast nur noch im Ausland. In Afrika, Brasilien, Pakistan und solchen Gegenden.«
»Ist er jetzt hier?«
»Er ist im Mittleren Osten.«
Da hatte man es wieder. An diesen Nebeneffekt der italienischen Krise hatte der Kommissar noch nicht gedacht: Das Land war ruiniert, nur eine Handvoll heldenhafter Unternehmer kämpfte draußen an fernen Fronten, um die Reste einer zerschlagenen Wirtschaft zu retten, und indessen ließen sich zu Hause ihre Frauen mit jungen Männern der Mafia ein. Das war die logische Schlußfolgerung, und sie hatte nichts Beruhigendes.
Es blieb nur noch die Möglichkeit (die Hoffnung), daß die Frau des Mafioso, die vom *Mezzaluna* und vom Motel, tatsächlich die andere war.
»Aber, verzeihen Sie die Frage, wie sind Sie in diesen Wagen gekommen?« So fragte er und war sich voll bewußt, damit ganz unverschämt der Verdächtigten zu helfen. Und während sie natürlich bestritt, je zuvor diesen »von der Vorsehung gesandten jungen Mann« gesehen oder gar gekannt zu haben, der sie im Dunkel und Durcheinander an der Hand durch die Trümmer geführt hatte, um sie dann heil, wenn auch benommen, in seinen Wagen zu setzen, da wurde ihm klar, daß hier jede Hilfe unnütz war und daß weder diese noch irgendeine andere Version stichhaltig sein würde.
»Der gute Samariter also«, kommentierte er, ohne die Ironie überzube-

tonen.
»Genau das habe ich auch gedacht!« sagte sie lebhaft – und fügte nach einem Augenblick hinzu: »Ist das so unglaublich?«
»O nein! So etwas kommt vor.«
Nicht nur sie, sondern, die Wahrheit zu sagen, alle waren etwas zu nachgiebig gewesen. Der Verleger, der aus reiner Neugierde gekommen war, um Pezza zu hören, hatte sich mit einer wahren Lammsgeduld verhören lassen. Seine Eminenz, auch sie nur neugierig, hatte ebenfalls die lange Wartezeit mit christlicher Demut ertragen. Und auch diese Neugierige hier hatte stundenlang gewartet, bis sie an die Reihe kam, ohne zu protestieren, ohne zu drohen, ohne die Namen einflußreicher Freunde zu nennen und ein halbes Dutzend Anwälte zusammenzutrommeln. In dem Gottesdienst Don Pezzas hatten sich in der Tat viele Menschen getroffen, die einen geduldigen und sanftmütigen Charakter hatten. Aber auch ein schlechtes Gewissen. »Sie können mir also nichts weiter über diesen ... Gentleman sagen? Sie haben nicht beobachtet, was er während der Predigt tat und wo er im Augenblick der Explosion war?«
»Nein, nichts. Schon deswegen, weil die Männer und Frauen in dieser Kirche ...«
»Ich weiß. Und auch nichts über die andere Frau, die mit ihm zusammen war?«
Diesmal kam etwas Starres in ihre Haltung.
»Mit ihm?« fragte sie, mit schmalen Lippen.
Auch noch eifersüchtig, dachte der Kommissar resigniert.
»Ich meine die andere Frau, die dort war und die neben dem Wagen stehend festgenommen wurde«, erläuterte er geduldig und betrachtete dabei seine Fingernägel. »Oder haben Sie sie nicht gesehen?« Er hob den Kopf und blickte sie wieder an.
Jetzt hatte sie den zugleich konzentrierten und verzweifelten Ausdruck einer Frau, die lange darüber nachgedacht hat, was sie für die Cocktailparty anziehen soll, und nun, wo es soweit ist, nichts mehr findet, was ihr gefällt. Der Kommissar erkannte: Jetzt war die Stunde einer bedeutsamen Wahrheit – oder Lüge – gekommen.
Und von einem der vielen Bügel wird endlich ein Kleid genommen, das ein wahres Wunder vollkommener Reinheit und Unschuld darstellt.
»Was soll sie damit zu tun haben?« bemerkte die Signora mit einem graziösen Achselzucken. »Sie war doch mit mir zusammen. Es ist meine Tochter.«
Aber als ob dieses Wort den äußersten Punkt bezeichnete, bis zu dem sich der Bogen spannen ließ, als ob es signalisierte, daß ihre Verteidigung mehr als ehrenhaft gewesen war und sie ihre Pflicht bis zum

äußersten getan hatte, legte nun die schöne Mama ihre schöne Hand auf den Rand des Schreibtischs und fuhr ohne Übergang fort: »Was hat sie sich da eingebrockt, Herr Kommissar? Wer ist dieses Individuum?«

5

(Aus dem Notizheft der P'bono)
S'maria runter, um Scalisi G. zu hören; läßt mich hier in zieml. peinl. Situation mit Guidi C. zurück. Glücklicherweise zeigt sich gen. Person nicht besonders erpicht, mit m. Wenigkt. ins Gespräch zu kommen (obwohl sie, zugegeben, auch nicht so ungehobelt ist wie groß. Verleger; hat mir sogar frdl. zugelächelt). – Jedenfalls tue ich sehr beschäftigt, mit wichtigen Tel'gesprächen und Notizen; aber im Grunde ist nichts zu notieren. – Erkennungsdienst: Dunkel.-Volksw.: Nebel.-Caldani:unveränderter Zust.
Die schöne C.G., muß ich im nachhinein sagen, hat mich nicht sehr überzeugt, geht mir sogar ziemlich auf die Nerv. – War das groß. Theater (das ich wohl bemerkte!), mit dem sie Berühmt. S'maria becircen wollte (der wie ein Idiot darauf hereinfiel), von der Sorge um ihre Tocht. diktiert? – Mein Eindruck ist vielmehr, daß die Mutter die schlimmere Hure von beid. ist und ihr Auge sofort auf S'maria warf zwecks angenehm. Stunden, während d. Gatte sich in Afrika od. Mittl. Osten abrackert. – Aber viell. ist mein Urteil beeinflußt durch die Zugehörigkeit der C. G. zur privilegiert. Klasse? – Feststeht: wenn ich zwischen Huren wählen muß, sind mir die aus nichtprivil. Klassen noch lieber.

6

Natürlich wäre es einfacher gewesen, wenn er sich den Scalisi ins Büro hätte kommen lassen, dachte der Kommissar, als ihm ein verschlafener und erkälteter Polizist umständlich die Tür zu der Zelle öffnete. Aber er hatte es für sicherer gehalten, selbst herunterzusteigen. Zur Abwendung weiteren Unheils. Aus Furcht, daß – so wie sich die Dinge bisher entwickelten – nicht der Mafioso, dessen Akte auf seinem Schreibtisch lag, sein Büro betreten würde, sondern der Botschafter der Vereinigten Staaten, der Chef des irakischen Geheimdienstes oder wer weiß wer. Indes – er erkannte ihn sofort nach dem Foto wieder – handelte es sich in der Tat um die bei Polizei und Carabinieri aktenkundige Person,

deren Kurzbiographie er soeben der Guidi vorgelesen hatte. Ein Killer? Ein Dealer? Ein Zuhälter? Mit wem, wollte die schöne Mama in ihrem Schrecken wissen, mit wem, zum Teufel, verkehrte ihre unverständliche Tochter in dieser unverständlichen Welt?
Aber nein, aber nicht doch! Die Mafia, die letzten Endes eine große Organisation war, um Geld zu machen, brauchte natürlich auch ihre Buchhalter, Rechnungsführer, Schatzmeister und Finanziers; und in dieser dank der Arithmetik verhältnismäßig neutralen Zone arbeitete Scalisi, Graziano, Sohn des verstorbenen Salvatore, geboren vor 29 Jahren in Palermo und seit seinem achten Lebensjahr wohnhaft in Turin. Keine Vorstrafen, außer drei vorläufigen Festnahmen: einmal im Verlauf der Ermittlungen über eine Schießerei vor einem Nachtlokal der Via Pio V., bei der es zwei Tote gegeben hatte (einen Marokkaner und einen Kalabresen), ein andermal bei einem Überfall auf einen Privatklub in Venaria (der Genannte hatte dabei leichtere Verletzungen an einem Bein davongetragen); und schließlich noch bei der Entdeckung von drei Tütchen Heroin in einem Restaurant in Vinovo, wo sich der Genannte (allerdings in dem Büro des Geschäftsführers) im Augenblick der Razzia befand.
Auf der Aktivseite, wenn man so sagen durfte, des Scalisi, Graziano, stand, daß er drei Jahre lang ganztägig in der Kanzlei eines Turiner Wirtschaftsprüfers beschäftigt gewesen war. Eines Turiners sizilianischen Ursprungs, genau gesagt. Aber der Wirtschaftsprüfer war authentisch.
Also ein seriöser junger Mann? Ein Angestellter und sonst nichts?
Ach nein, schöne Frau, zur Mafia gehörte er immerhin. Nur war er kein Mann der blanken Waffe – obwohl er sie im Bedarfsfall sicher geschickt zu handhaben wußte.
Der junge Mann ließ die stumme Musterung durch den Kommissar über sich ergehen, ohne seinem Blick mit der herausfordernden Miene des kleinen Kriminellen zu begegnen. Er saß auf seinem Schemel mit übergeschlagenen Beinen, die Hände um das Knie geschlungen, den Kopf erhoben und den Blick gelassen auf sein Gegenüber gerichtet. Zur Karriere im großen Familienunternehmen bestimmt, Gnädigste, vorausgesetzt, es gab keinen Arbeitsunfall.
Eigentlich hatte der Kommissar nur vorgehabt, ihm ein paar Fragen über das junge Mädchen zu stellen und dann wieder hinaufzugehen, um die Mutter mit mehr oder weniger Erfolg zu beruhigen. Aber vielleicht war es besser, zunächst zu versuchen, das Kaliber des Mannes, in jeder Beziehung, auszumachen.
»Jetzt treibt ihr also auch von den Kirchen eure Beiträge ein«, sagte er, indem er seinen sizilianischen Akzent etwas überbetonte.

Den schmeichelhaften Plural nahm Scalisi hin; er erhob ihn sozusagen stillschweigend in den Rang eines verantwortlichen Sprechers. Aber auf sein Entgegenkommen mit dem Dialekt reagierte er nicht.
»Warum? Verdienen die soviel?« fragte er gelassen in akzentfreiem Italienisch.
Er hielt dem Blick des Kommissars mühelos stand.
»Ich habe keine Ahnung, *du* bist der Buchprüfer. Vielleicht bist du sogar schon einmal bei diesem Priester gewesen, um dir seine Buchführung anzuschauen.«
»In dem Fall wäre *ich* nicht gestern abend wiedergekommen.«
»Du kanntest ihn also nicht?«
»Nein.«
»Du warst noch nie in seiner Kirche gewesen?«
»Nein.«
»Und warum bist du gestern gekommen?«
»Wegen der Predigt.«
Das Gespräch mit offenen Karten zwischen zwei Botschaftern war beendet.
»Laß das«, rief ihn der Kommissar zur Ordnung. »Mach dich nicht über mich lustig.«
»Wer macht sich lustig? Ich bin religiös.«
»Stell dich nicht dumm. Wir haben dich mit der Pistole erwischt.«
»Sie gehört mir. Sie ist sauber, ich habe dafür eine Genehmigung als Wertsachenträger.«
»Und hast du Wertsachen getragen?«
Aus dem Schweigen des Botschafters klang Verachtung für diesen elenden formalistischen Einwand.
»Aber wie auch immer«, bemerkte er schließlich, »der Priester ist nicht mit einer Pistole liquidiert worden.«
»Hattest du schon einmal etwas über diese Liquidierung gehört?«
Zur Überraschung des Kommissars überlegte sich Scalisi die Frage.
»Nein«, antwortete er, »aber ich kann mich darüber informieren.«
Das war ein Angebot. Warum? Im Austausch wofür?
»Was hast du gemacht, bevor du in die Kirche kamst?«
»Meinen üblichen Rundgang. Ich kann Ihnen die vollständige Liste der Lokale geben, in denen ich gewesen bin, falls Sie sie nicht schon haben.«
»Danke, die hat uns bereits dein Flittchen gegeben.«
Diese provozierende Information wurde mit Schweigen aufgenommen.
»Wieso hast du sie eigentlich heute mitgenommen?«
Das Schweigen dauerte an.
»Ein Leichtsinn«, antwortete der Kommissar sich selbst. »Eine mächti-

ge Dummheit.«
Schweigen.
Dies mußte der schwache Punkt des jungen Mannes sein. Aus Eitelkeit oder aus sonst einem törichten Grund hatte er die junge Guidi auf seine kleine Geschäftstour mitgenommen, und jetzt fürchtete er, daß die Sache bekannt wurde. Seine Karriere könnte darunter leiden.
»Bist du ihretwegen in die Kirche gekommen?« fragte der Kommissar mit gutmütigem Spott.
Der andere schwieg noch immer. Es mußte ihn, von allem anderen abgesehen, ganz schön ärgern, daß er wegen einer Frau geschnappt worden war.
»Was hat sie dir erzählt? Daß sie dich ihrer Mama vorstellen wollte?«
Die Augen Scalisis, deren Blick ruhig, wenn auch ausdruckslos, ja erloschen gewesen war, flammten plötzlich vor Zorn.
»Wenn Sie mit ihr gesprochen haben«, sagte er, jedoch ohne den distanzierten Ton aufzugeben, »dann wissen Sie auch, daß sie kein Flittchen ist.«
»So, was ist sie denn sonst?«
Der junge Mann antwortete nicht, fixierte jedoch den Kommissar mit unverhohlener Feindseligkeit.
»Was ist sie? Ein anständiges Mädchen? Ein junges Mädchen aus guter Familie? Aber ein anständiges Mädchen geht nicht mit jemandem wie dir. Das weißt du selbst, oder nicht?«
»Sie hat mit unseren Geschichten nichts zu tun«, sagte Scalisi mit einer erstaunlichen Modulation seiner Stimme. »Sie müssen sie gehen lassen. Sie hat nichts damit zu tun, Herr Kommissar. Sie müssen sie freilassen.«
Er schien geradezu erschreckt zu sein, der Kommissar verstand nicht recht, warum. Vielleicht hatte das Mädchen etwas zu sehen bekommen, was sie jetzt, aus Naivität oder Angst vor der Polizei, ausplaudern könnte? Vielleicht hatte Scalisi ihr aus Eitelkeit irgendein geheimes, bedeutendes Mafiageschäft verraten?
»Aber warum regst du dich ihretwegen so auf?« fragte der Kommissar.
Der junge Mann senkte nun den Kopf und den Blick.
»Lassen Sie sie gehen«, wiederholte er, den Blick auf die schmutzigen Fliesen gerichtet. »Sie ist ein ordentliches Mädchen.«

Haustelefonat: *S'maria sagt mir, daß er mit Tochter heraufkommt; soll deshalb mit Mutter ins Nebenzimmer gehen, unter dem Vorwand, ihre Erklärungen zu Protok. zu nehmen. – O. k. (P'b.)*

»Er hat nichts damit zu tun. Lassen Sie ihn gehen.«
»Er ist ein ordentlicher junger Mann, nicht wahr?« sagte Santamaria.
Entgegen dem, was er automatisch erwartet hatte, wirkte das »anständige junge Mädchen« weder verderbt noch liederlich, noch heruntergekommen. Sportlich-salopp gekleidet, ganz anders als ihre Mutter, aber gepflegt. Ebenso die Haare; und Hals, Hände und Ohren waren gewaschen. Ein klares Gesicht und leuchtende Augen. Und sie war ihm mit der Fügsamkeit einer verständigen Schülerin ins Büro gefolgt. Mit kühlem Interesse hatte sie sich umgesehen, etwa wie in einem vielleicht etwas düsteren Museum oder Laboratorium, in dem man aber doch irgend etwas lernen konnte.
Ach, diese Frische, dachte der Kommissar, als er jetzt beobachtete, wie zwei Grübchen erschienen; dieser Liebreiz ...
»Ein ordentlicher junger Mann? Nein.« Sie lächelte. »Jedenfalls nicht im landläufigen Sinne. Ich glaube, daß er zur Unterwelt gehört.«
Ach, diese Unschuld, dachte der Kommissar, die Unverantwortlichkeit, die Unberührbarkeit ...
»Stimmt das?«
»Es stimmt.«
»Aber im Ernst? Ich meine, ist er es wirklich professionell?«
»Ja.«
»Ist er überhaupt nicht Handelsvertreter?«
»Nein.«
Das ordentliche junge Mädchen bekam einen zärtlichen und schlauen Ausdruck.
»Er hat es mir nie sagen wollen, aber ich habe es geahnt.«
Als ob dieser Scalisi, Graziano, ihr bis jetzt nur verheimlicht hätte, daß er in der Schule immer abgeschrieben hatte oder daß er Angst vorm Fliegen habe.
»Und Sie haben immer ein Auge auf ihn? Sie überwachen ihn?«
Und die Aggressivität, dachte der Kommissar, indem er sich folgsam verhören ließ, diese freimütig gezeigte Erbitterung ...
»Sie beschatten ihn?« fragte sie beharrlich weiter.
»Sagen wir lieber, wir behalten ihn im Auge.«
»Aber er wird nicht wegen irgend etwas Besonderem gesucht?«
»Nein.«
»Er ist nicht aus dem Gefängnis ausgebrochen oder so etwas Ähnliches?«
»Nein.«
»Also Sie verdächtigen ihn wegen der Sache von heute abend, und das ist alles?«
»Mehr oder weniger, ja.«

Erleichtert atmete sie auf.
»Gott sei Dank!« sagte sie. »Denn wenn es nur deshalb ist, dann hat er jedes Alibi.«
»Gott sei Dank!« murmelte der Kommissar.
»Also, er war den ganzen Nachmittag mit mir zusammen. Das heißt, ich habe den ganzen Nachmittag mit ihm verbracht.«
»Ah so?«
»Ja, wir haben eine lange Spazierfahrt im Auto gemacht.«
»Wohin?«
»Ich weiß nicht, so rundherum. Er saß am Steuer, ich achtete nicht darauf.«
»Ich verstehe«, sagte der Kommissar.
Das junge Mädchen warf einen herablassenden Blick auf ihn. »Sie wollen sagen, daß ich lügen könnte, um ihn zu schützen?«
»Nein, nein, ich glaube es Ihnen gern.«
»Gegen Abend haben wir uns auch in einem Motel aufgehalten. ›Die Birken‹. Ich weiß nicht genau, wo das ist, aber Sie können es nachprüfen.«
»Wir werden es nachprüfen«, sagte der Kommissar, der fast ein schlechtes Gewissen hatte, weil er es bereits wußte.
Ach, dieser Schwung, dachte er, diese Aufopferung und wunderbare Hingabe der Jugend.
»Darf ich Sie noch etwas fragen?« sagte sie und deutete ein Fingerstrekken an, als säße sie in der Schule.
»Fragen Sie nur!«
»Diese Herren ... die beiden alten Herren, die unten mit mir zusammen warteten ...«
»Was für Herren?« unterbrach sie, etwas zu schroff, der Kommissar.
»Nein, nein«, beeilte sie sich errötend, die Frage zurückzuziehen, »ich weiß nicht, wer sie waren, ich habe sie gar nicht richtig gesehen, sprechen wir nicht mehr darüber!«
»Sie haben nichts mit der Sache zu tun, sie waren wegen einer anderen Angelegenheit hier«, erläuterte der Kommissar, mit einem Eifer, der etwas übertrieben schien.
»Gewiß, gewiß«, beruhigte sie ihn, »und übrigens habe ich sie nicht beobachtet, ich würde sie überhaupt nicht wiedererkennen, ich habe schon alles völlig vergessen.«
Oh, ich Schwachkopf, verfluchte sich der Kommissar, ich Idiot, ich unglaublicher Esel!
Auch ich hätte schlafen gehen sollen wie De Palma, dachte er wütend, jetzt rufe ich die Pietrobono und lege alles in ihre Hände.
Aber die Pietrobono war immer noch drüben, um das Protokoll der

Mama aufzunehmen, während hier ihre Tochter in ihrem Bericht fortfuhr, und zwar mit der ganzen Genauigkeit, Logik und unerbittlichen Pedanterie, die ihre bedauernswerte Mutter (wie gut er sie verstand!) ihm bereits geschildert hatte. »Wir sind in kein Restaurant gegangen, weil die Zeit dazu fehlte, sondern haben nur ein paar Sachen zum Knabbern, wie Erdnüsse und Kekse, gekauft, dann sind wir in die Stadt zurückgefahren, und so kamen wir schließlich in die Kirche. Denn die Sache mit der Kirche ist doch das, was Sie interessiert, nicht wahr? Das, was in der Kirche passiert ist.«
»Allerdings.«
»Gut. Hier können wir ganz unbesorgt sein. Die Idee kam von meiner Mutter, ich bin gekommen, um meiner Mutter einen Gefallen zu tun, ich hatte es ihr versprochen, und Graziano ist nur gekommen, weil er mich begleiten wollte. Meine Mutter wird Ihnen das ...«
»Ich habe mit ihr gesprochen«, erlaubte sich der Kommissar einzufügen.
»Sehr gut. Und sie hat Ihnen nicht gesagt, daß es ihre Idee war?«
»Doch, sie hat es mir gesagt.«
»Na, sehen Sie? Und wie haben Sie sie gefunden? Ich meine, wie geht es ihr? Wer weiß, was sie für ein schlechtes Gewissen hat, arme Mama! Sie dürfte ein bißchen mitgenommen sein, nicht wahr?«
»Ein bißchen.«
»Nun, da kann man nichts machen. Morgen muß ich ihr alles erklären. Sie wußte nichts von Graziano, ich hatte ihr nichts von ihm gesagt, auch weil ich selbst, bis heute abend, bis heute nacht, nicht wußte ...« Sie schien nachzudenken. »Ich meine, ich verstehe jetzt, daß ich es in Wirklichkeit wußte ...«
»Das von der Unterwelt?«
»Nein, nein, ich spreche von etwas anderem, es ist schwierig zu erklären ...«
Sie zögerte, die Lippen zusammenpressend, und der Kommissar fühlte, wie er geprüft, betastet, gewogen wurde – wie ein nicht eben vielversprechendes Rind von einem Viehzüchter.
»Sind Sie schon einmal verliebt gewesen?«
Dies war weder die Stunde noch der Ort, noch die passende Situation, dachte der Kommissar, nachdem er wieder zu Atem gekommen war. Aber wie könnte er böse sein wegen einer Frage, die ohne alle Frivolität und ohne die geringste ausweichende oder dilatorische Absicht gestellt worden war?
»Natürlich!« antwortete er in dem Versuch, sie zum Lachen zu bringen.
»Also dann wissen Sie«, fuhr sie ernst und konzentriert fort, »daß es

dabei eine Periode gibt, eine Phase großer Verwirrung, wenn ... beim ersten Mal natürlich, später weiß ich nicht ... das heißt, es ist nicht eigentlich Verwirrung, es ist so, wie wenn einer die Musik nur nach den Noten kennt. Nehmen wir an, einer wäre taub, könnte aber jede Partitur lesen, verstünde alles, doch immer nur auf dem Papier, und dann auf einmal wäre er nicht mehr taub, könnte hören – und dann werden alle die kleinen Zeichen Geigen, Flöten, Oboen und so weiter, und er entdeckt endlich, was Musik ist ... Ist es nicht so für Sie gewesen?«

Der Kommissar täuschte einen Versuch vor, sich zu erinnern.

»Ja, vielleicht ... Wissen Sie, es ist schon lange her.«

»Ich hätte ein anderes Beispiel wählen sollen. Nehmen wir also einmal an, Sie führten eine Untersuchung, und Sie haben viele Indizien, hier und dort verstreut, viele Einzelheiten ohne Zusammenhang, und plötzlich, in einem guten Moment –«

»Sehr richtig«, unterbrach sie der Kommissar, »genau so ist es. Aber man muß zu zweit sein, um zu diesem schönen Augenblick zu kommen, nicht wahr? Sie würden mir nicht dabei behilflich sein wollen?«

Das junge Mädchen lachte.

»Aber natürlich, Sie sind der Wächter und müssen mit Ihren Ermittlungen fortfahren, müssen den Fall lösen ... Wächter, wie weit ist die Nacht?«

»Wie bitte?«

»Nichts, entschuldigen Sie, es ist mir eingefallen, weil es Jesaja sagt.«

»Ah, Sie lesen die Bibel«, sagte Santamaria in einem unwillkürlich anklagenden Ton.

»Also nicht eigentlich. Die Sache mit dem Wächter kam in der Predigt von heute abend vor«, sagte sie mit einem Lächeln. »Aber wie furchtbar!«

»Die Predigt?«

»Das Attentat. Ich meine, der Knall war grauenhaft, wahrhaft zum Fürchten. Aber die Sache an und für sich, ich meine, der Flug dieses Unglücklichen, der einen Augenblick zuvor da oben stand, um zu predigen wie ...«

»Wie wer?«

Das junge Mädchen stand sogleich auf, reckte sich und hob den linken Arm hoch.

»So. Wie die Freiheitsstatue.«

Doch dann, von ihrem Genauigkeitswahn getrieben, ließ sie ihren Blick suchend in die Runde gehen; sie bemerkte den Regenschirm der Pietrobono neben der Zentralheizung, packte ihn an der Zwinge und stellte sich damit wieder in Positur.

»Wie er die Kerze in der Hand hielt«, erklärte sie, »hat er mich an die Freiheitsstatue erinnert... Wenn man davon absieht, daß es bei der Statue, wenn ich mich nicht täusche, der andere Arm ist, der die Fackel hält.«
»Ich verstehe«, sagte der Kommissar.
Und da sie schon dabei waren, stellte er die übliche Frage nach dem Ufo.
»Und vor der Explosion hat der Priester nach oben gesehen?«
»Ja, das stimmt. Er hat den Kopf so gehoben.«
»Gut.«
»A. P.«, sagte sie.
»Wie?«
»Die Initialen auf dem Schirmknauf«, sagte sie und senkte den Schirm.
»Es ist der Schirm unserer Assistentin Pietrobono, sie hängt sehr daran, er gehörte ihrer Mutter.«
»Ein Bernsteinknauf mit silbernen Initialen«, sagte sie, indem sie ihn musterte. »P. für Pietrobono und A. für...?«
»Danach können Sie sie später fragen, wenn wir Ihr Protokoll aufnehmen. Sie heißt Luigina.«
Als sie den Schirm wieder an seinen Platz stellen wollte, kam ihr der Kommissar zuvor.
»Nein, warten Sie einen Moment.«
»Warum?«
Der Kommissar fixierte sie, ohne sie wirklich zu sehen.
Was heißt hier Barock, was heißt hier Ufo, dachte er, während ihm plötzlich ein großes Licht aufging – ein wenig wie das, dachte er erschauernd, das Don Pezza gesehen haben mußte.
»Wollen Sie sich noch einmal für einen Augenblick wie die Freiheitsstatue aufstellen?«
Sie gehorchte.
»Heben Sie jetzt den Kopf, wie es der Priester getan hat... so... und jetzt sagen Sie mir, was Sie sehen.«
»Die Decke«, antwortete sie.
»Nur die Decke?«
»Nun, vor der Decke ist der Schirmknauf. Ich sehe den Knauf mit den Initialen.«
»Nichts da von Ufo«, sagte Santamaria. »A. P.!«
»Was haben die Ufos damit zu tun?«
Aber Santamaria hatte bereits auf eine Taste gedrückt und den Hörer abgenommen.
»Sie haben nichts damit zu tun«, sagte er, »so wenig wie irgendein Geheimgang. Sie können jetzt den Arm wieder fallen lassen, danke... Pietrobono? Hör zu, ruf Brigadiere Mattei und sag ihm, daß wir drin-

gend die Caldani verhören müssen; er soll sehen, ob er sie wach kriegen kann. Ferner den Sakristan, diesen Priotti. Ich glaube, er wohnt etwas abgelegen. Man wird einen Wagen schicken müssen, der ihn herbringen kann, es sei denn, er ist telefonisch zu erreichen. Besprich das mit Biazzi... Ach ja, sag mir doch noch, wie deine Mutter hieß... Andreina?... Andreina«, wiederholte er mit einem Lächeln für das junge Mädchen. »Gut. Und dann komm her und hol Signorina Guidi herüber, um auch ihr Protokoll aufzunehmen... Nein, das hat nichts zu sagen, das machst du nachher fertig... Sie werden eine Weile zusammensein, das macht nichts, beeile dich.«

Als die Pietrobono wieder hereinkam – sichtlich eingeweiht und ins Vertrauen gezogen, gleichsam beauftragt, eine Mutter und ihre Tochter, die das Schicksal getrennt hatte, wieder zusammenzuführen –, hatte der Kommissar bereits in Santa Liberata angerufen und sich den pyrotechnischen Sachverständigen geben lassen.

»Gehen Sie, bitte«, beschleunigte er den Abgang der beiden Frauen. »Hallo? Ich glaube, wir haben es. Es war eine Zeitbombe, mit Zündschnur«, sagte er ins Telefon. Lächelnd hörte er sich die Einwände des Sachverständigen an. »Ja, ich weiß, daß ihr keine Sprengkapsel gefunden habt und auch sonst nichts. Aber wieso sagt ihr, daß es keine Erklärung gebe, woher der Sprengkörper kam? Die gibt es sehr wohl, wenn der Sprengkörper plus Zündschnur die Kerze war! Das heißt: in der Kerze... Was für eine Kerze? Natürlich die große Altarkerze, die das Opfer in der Hand hielt!«

Am Apparat war jetzt Cuoco. Eigentlich hatte er gerade nach Hause gehen wollen, war aber nun begierig, mehr zu erfahren. Wie war die Geschichte mit der Kerze herausgekommen? Eine Geheiminformation? Oder hatte sich jemand zu dem Verbrechen bekannt? Und welche Beweise hatte man?

»Aber nein«, beruhigte ihn Santamaria, »auf die Beweise warte ich auch, von dieser verschlafenen Gesellschaft. Für den Augenblick ist das nur eine Hypothese von mir... eine meiner genialen Intuitionen, wenn du es lieber so nennen willst... Ja, und es würde nicht allein zu der Stellung passen, die das Opfer in diesem Augenblick einnahm, sondern auch die automatische Zündung der Lunte erklären, da... natürlich, die Kerze war schon angezündet, das hatte er selbst getan, aber nur den Kerzendocht, während dann an einem bestimmten Punkt... Selbstverständlich steckte die Sprengkapsel weiter unten! Ein perfektes Uhrwerk, wenn du dir einmal vorstellst... O ja, eine saubere kleine Arbeit... Nein, als er den Kopf hob, war dafür der Grund wahrscheinlich das plötzliche Prasseln der Zündschnur... kürzer als einen Zentimeter, stelle ich mir vor, aber auch darüber soll sich der Erkennungsdienst den Kopf zerbrechen ... Wir müssen inzwischen herauszubekommen versuchen, wer ihm die Kerze in die Hand gegeben hat, oder wo er sie aufgenommen hat ... Gewiß, irgendwie müssen wir noch einmal von vorn anfangen, wir müßten alle Zeugenaussagen noch einmal überprüfen im Lichte dieser neuen ... Ja, ja ... Ich werde jedenfalls jetzt noch einmal den Sakristan vernehmen, und würdest du wohl bei dieser Caldani hereinschauen, bevor du nach Hause gehst? ... Sie wird nicht viel Vernünftiges von sich geben, Mattei wird es dir erklären, aber sieh du nur zu, etwas über die Kerze von ihr zu erfahren. Was das übrige angeht, so werden wir morgen mehr von ihr hören.«

7

Brigadiere Mattei legte den Hörer auf und ging zurück ins Wohnzimmer, wo das alte Fräulein noch immer in derselben Haltung verharrte, mit Kopf und Armen auf dem Tisch ruhend. Der Brigadiere legte ihr eine Hand auf die Schulter und begann, sie behutsam zu rütteln. Aber sie reagierte nicht, ja sie atmete kaum. Von der Straße drang das Geräusch des angeworfenen Motors; der Fahrer brachte den Wagen zur Santa-Liberata-Kirche, um dort den Kommissar Cuoco abzuholen.
Die Ärmste, dachte der Brigadiere und gab es auf, sie wachzurütteln. Unter den über den Tisch verstreuten Büchern waren eine französische Grammatik und ein französisches Übungsbuch, die er erkannte, weil er die gleichen Bücher für seine Tochter gekauft hatte, die in diesem Jahr in die dritte Klasse der Mittelschule ging. Die Ärmste! Wer weiß, wie es dazu gekommen war, daß sie, eine Lehrerin und eine religiöse Frau, so weit herunterkommen mußte. Sie konnte keine Familie haben, lebte seit vielen, vielen Jahren einsam, wenn man nach den vergilbten Fotos auf dem Nachttisch urteilen durfte und den alten verblaßten Briefen, die in der Kommode zwischen geflickter Wäsche, einem Nähkorb und einer Schachtel mit Knöpfen lagen.
Während er die Situation überdachte und sich an die Wiederbelebungsversuche erinnerte, die er zuweilen bei Drogenvergifteten angestellt hatte, bekam er Lust zu rauchen, aber er verzichtete darauf. Die Professoressa rauchte selbst nicht – sie hatte keine Zigaretten in der Handtasche oder sonstwo, und nirgendwo war ein Aschenbecher zu sehen –, und sie mochte so betrunken sein, wie sie wollte, sie hatte zumindest ein Recht auf dieses Zeichen des Respekts. Wenn sie trank, war das ihre Sache. Wenn es dabei so weit mit ihr gekommen war, so war auch das ihre Sache. Sie machte nicht den Eindruck, die alte Lehrerin, daß sie

herumging und jammerte und etwas von anderen forderte. Und ihre Wohnung war blitzsauber. In der Küche . . .
Hier kam dem Brigadiere eine Erinnerung. Er nickte und ging in die Küche, um unter dem Ausguß nachzusehen. Ja, damit könnte es gehen. Aber zunächst . . . Er suchte in dem in die Wand eingelassenen Küchenschrank, wo er den Kaffee gesehen hatte, und füllte damit eine Kaffeemaschine. Er setzte sie auf den Herd und zündete das Gas an.
Als der Kaffee fertig war, trug er ihn zusammen mit einer Tasse, aber auch mit dem Flakon, den er unter dem Ausguß gefunden hatte, ins Wohnzimmer und stellte alles auf den Tisch. Er füllte die Tasse mit dem dampfenden Kaffee. Dann setzte er sich neben die Lehrerin, hob ihren Kopf und hielt ihr den offenen Flakon – auf dessen Etikett man las: *Spik-Salmiakgeist für Fußböden, Fliesen, Majolikakacheln, Badewannen* – unter die Nase.
»Signorina?« sagte er, als ihre Nasenflügel zu zittern begannen und in ihr Gesicht langsam ein wenig Farbe zurückkehrte. »Signorina?«
Draußen, unter dem Fenster, knirschte der Schnee unter dem zurückkommenden Funkwagen. Eine Autotür schlug zu. Signorina Caldani preßte schmerzlich Lippen und Augenlider zusammen.
»Signorina?« sagte Brigadiere Mattei freundlich. »Ich habe Ihnen Kaffee gemacht.«

Von den Brücken über die Dora nach Norden hin gegen die verlassenen eisigen Uferdämme der Stura hatte sich Ing. Sergio Vicini in dem unaufhörlichen Schneesturm, der ihn blendete, über geisterhaft im Neonlicht liegende Wege, Straßen und Alleen, getrieben allein von einem unerbittlichen Instinkt des Verderbens, mühsam und hartnäckig immer weiter durch den endlosen Tunnel der Nacht hindurchgearbeitet. Doch dann erschien ihm das Ziel in Gestalt von fernen Feuern. An verschiedenen Stellen durchbrach rötlicher Flammenschein das Dunkel vor ihm. Das Urfeuer, dachte er höhnisch. Er reckte sich auf und humpelte schneller weiter, im Gesicht das finstere Lächeln, das Lächeln des Engels des Bösen.

(Aus dem Notizheft der P'bono)
Meine zahllosen Irrtümer und Enttäusch. verdanke ich immer meiner unheilb. romant. Veranl.!
Bei Aufn. v. Protokoll hocheleg. Dame (Dame von Kopf bis Fuß, unleugbar – traumhaft angetan, es raubt mir den Schlaf – Schmuck v. Cartier – Bluse YSL, allerdings nicht mein Genre – märchenhafter Rock, ganz einf., glockig, durchgeknöpft, mit großer aufgenäht. Tasche – phantast. Schuhe, wenn auch Absätze nichts für mich, da zu niedrig

– Mantel m. weit. Aufschl. 1930 – Handtasche toll).
Wie gesagt, bei Protokollierung Erklärungen der Genannt. änderte ich nicht nur mein vorher. Urteil, sondern zog auch den Schluß, es hier mit einem klass. menschl. Drama zu tun zu haben: Ehemann auf und davon mit anderer, unter berufl. Vorwänden – Fehlen väterlicher Autorität und elterl. Zuwendung schuld, daß Tochter entfremdet, was d. Mutter Schuldkomplex verursacht, die ihrerseits wahrscheinl. Liebhaber, einen oder mehrere, hat. – Mutter entdeckt erst heute abend, daß Tochter Bezieh. mit Unterwelt; stirbt vor Angst, Verzweifl., Gewissensbissen, obwohl aristokr. Gelassenheit vortäuschend. – Wiedersehen der beid. Frauen in Gegenwart v. P'bono, die zwar innere Beweg. verbirgt, doch sich vorbereitet, mit T'tüchern, Getränken, Riechsalz, Trostworten, ihrer Weisheit und psychol. Erfahrung helfend einzugreifen.
Die Wirklichkeit: Umarmungen: null - Tränen: dito - Schreie: dito - Bezichtigungen: dito - Kalte Verachtung: dito - Langgehegter Groll: keine Spur - nicht einmal einfaches Lippenzittern. - Die ersten Worte der Tochter, wörtl.: »Bist du nicht vollkommen zerschlagen?« (!). – Wörtl. Antwort Mutter: »Ja, oder eigentlich nein, weißt du, es ist hauptsächl., daß sie hier keine einzige bequeme Sitzgelegenheit haben, es ist wie bei Rosy (?), findest du nicht?« – Ist dies der berühmte Stil der privileg. Klassen? - Hier fehlt mir jede Erfahrung. Die Mutter m. Wenigkt. (warum wollte S'maria Mamas Namen wissen?) hätte die arme Luigina mit Ohrfeigen bedacht.
Die Genannte war jedenfalls schwer enttäuscht, im Stil der nichtprivil. Klassen.
Konversation der 2 Ladies wurde ruhig u. mit vollk. Natürlichkeit fortgesetzt, man ließ auch m. bescheid. Wenigkt. teilnehmen. – »Verbringen Sie alle Ihre Nächte so? Ist die Arbeit schwer? Aber auch interess.? Ist Studium Voraussetz.? Urlaub? Gefahren usw.?« Die Zeit verging wie i. Flug.- Mutter und Tochter erzählten verschied. witzige Anekdoten und machten geistreiche, instrukt. Bemerkungen über Leben und Leute. - Kurzer Streit über Unsitte von hohen Stiefeln, schädl. für Füße (die Signora hatte recht), den Schauspieler De Niro (mir unsympathisch) und die Preise im Engadin (nie dagewesen).
Nach verwundener Enttäuschung: die 2 Ex-Huren alles in allem ungemein sympath. und amüsant. - Vielleicht fordert der Stil der privil. Klassen von Mitgliedern scheinbar frivole Haltung in Anwesenheit Fremder, zumal der Polizei, aber wenn wied. zu Hause, viell. Szenen wie gewöhnl. Sterbliche? - Nach Fertigstellg. u. Unterzeichng. Protokolle einte uns alle normale Müdigkeit und Erschöpfung dank vorgeschritt. Stunde (fast 3 Uhr!) -Bekam auf dem Korridor vorübereilen-

den Maresc. Biazzi zu fassen und bat um Nachschub seines berühmt. Wiskis mit 3 Gläs.- Fragte auch, ob es Neues gäbe. B. sagt nur, daß Sakrist. (telef.) nochmals verhört wurde und daß Cuoco Erklär. der Caldani entgegennahm. S'maria ist hinuntergegangen, um De Palma zu wecken.

8

Die Kerze konnte nur für Pezza bestimmt gewesen sein. Soviel ging aus den Zeugenaussagen sowohl Priottis als auch der Caldani hervor. Inzwischen war auch die verlegen und gewunden klingende Bestätigung des Erkennungsdienstes eingetroffen: Ja, es bestünden praktisch keine Zweifel . . . und praktisch waren sie sogar selbst bereits vorher allein darauf gekommen . . . aber technisch, wie sich in einem so einzigartigen Fall von selbst verstand, da es sich um ein absolut ungebräuchliches und unkonventionelles Gerät handelte . . . technisch, also, benötigte man noch . . .
Santamaria beugte sich zu dem Schlafenden herab und berührte ihn am Arm.
»Was ist?« De Palma fuhr hoch und griff tastend nach einem nicht vorhandenen Telefon. »Ach, du bist es. Was ist passiert?«
»Das Ufo«, sagte Santamaria. »Wir haben es.«
Er erklärte ihm, was geschehen war.
Auf seinem Feldbett sitzend, zeigte De Palma ein abwesendes Lächeln und nickte rhythmisch mit dem Kopf, als höre er einer seiner geliebten Opernarien zu.
»Eine Plastikbombe, als Kerze verkleidet«, sagte er und genoß dabei jedes Wort, »eine Dynamitkerze . . . Nun stell dir das vor.«
Er setzte die Füße auf den Boden und versuchte, ohne hinzusehen, in seine Schuhe zu schlüpfen.
»Und wo hat er sie in die Hand genommen?«
Das war es ja gerade. In der Theorie hätte er sie überall nehmen können, die Kirche war ja voll von solchen Kerzen. Aber tatsächlich hatte er sie am Fuße des Turms genommen und angezündet, bevor er, wie jeden Freitagabend, zur Predigt hinaufstieg. Die Kerze hatte ihren Platz am Fuß der Leiter, in einem Leuchter, und jedesmal, wenn er wieder herunterkam, steckte Don Pezza sie in den Leuchter zurück.
»Ich weiß nicht recht«, sagte De Palma.
»Natürlich, es war nicht immer dieselbe Kerze. Wenn sie zu weit herabgebrannt war, wurde sie ersetzt. Aber gestern abend war sie noch so gut wie unbenutzt. Die Caldani gab zu, sie am vergangenen Freitag

selbst ausgewechselt zu haben.«
»Die Caldani? Die Verrückte? Die Alkoholikerin?«
Santamaria schüttelte den Kopf. Die Kerze war immer an demselben Platz, zugänglich für jeden. Also konnte jedermann wissen, wozu sie im besonderen diente, und sie, wann er wollte, in jedem Augenblick vom vergangenen Freitag bis gestern abend vor der Predigt auswechseln.
»Die Todeskerze«, sagte De Palma grinsend, »die Fackel kannte kein Pardon.«
Wie er gerade merkte, war er mit dem rechten Fuß in den linken Schuh geschlüpft. Brummend bückte er sich. Als er sich wieder aufrichtete, reckte er sich und betrachtete seine zur Faust geballte Rechte.
»Wenn der Verleger nicht gewesen wäre«, meinte er nachdenklich, »hätten wir früher darauf kommen können. Er hat uns von der richtigen Fährte abgelenkt, mit seiner Falltür im Plafond. Mit seinem blöden Barock hat er unseren Blick in die Ferne statt auf das Nächstliegende gerichtet.«
»Ein perspektivischer Scherz«, sagte Santamaria, »ein barocker Einfall. Im Grunde hatte er nicht unrecht, auch wenn die Kirche anscheinend gar nicht barock ist.«
»Der Mistkerl! Der Ignorant! Wir sollten ihn einsperren, weil er den Gang der Ermittlungen behindert hat. Außerdem – ist er nicht Kulturexperte als Verleger? Dann hat er sich der Unterlassung von Amtshandlungen schuldig gemacht.«
Santamaria lachte. Vielleicht, meinte er, nachdem er den Fall Scalisi resümiert hatte, könnte man nun die beiden Guidi nach Hause schikken. Ihre Aussagen deckten sich, und es hatte tatsächlich den Anschein ...
»Das müssen wir uns noch einen Augenblick überlegen«, widersprach De Palma. Er stand nun endgültig auf und zog sich, nicht ohne einige Anstrengung, seine Jacke an. »Eine schlaflose Nacht hat noch niemandem geschadet.«
Sie verließen die Kammer und kehrten an ihre Schreibtische zurück. Als sie an dem anderen Büro vorbeikamen, bemerkte De Palma die Pietrobono mit den Damen Guidi und blieb stehen.
»Oh, was sehe ich? Ein Feministinnenkollektiv«, bemerkte er mit ironischer Ehrerbietung, indes Santamaria schon weitergegangen war.
»Laß sie in Ruhe, sie setzen das Protokoll auf«, rief er ihm zu.
»Pietrobono, werde nicht eingebildet! Bring uns den Kaffee!«
Als die Pietrobono mit den Papierbechern kam, hob De Palma den seinen hoch und betrachtete ihn nachdenklich.
»Nun stell dir einmal vor ... Wenn das jetzt um sich greift und wenn

dies ein Religionskrieg ist, können wir uns noch auf eine ganze Reihe solcher Überraschungen gefaßt machen: Trotyl im Tabernakel, Gelatit in der Monstranz, und Rosenkränze mit ... Ja, Pietrobono, du weißt es ja noch gar nicht, denk nur, die bei dem Verbrechen benützte Waffe war eine Plastikbomben-Kerze, eine Kerze mit einem Uhrwerk darin, verstehst du?«

»Ich verstehe nichts«, beklagte sie sich, »nie erklärt mir jemand etwas.«

Santamaria erklärte es ihr.

Der Pietrobono verschlug es den Atem, als habe sie die Madonna von Lourdes erblickt. »Aber dann«, brachte sie keuchend hervor, »wenn nicht mein Regenschirm gewesen wäre ...«

»Man dient der Polizei auch dadurch«, verkündete De Palma, »daß man mit dem Regenschirm ins Büro kommt ... Aber jetzt bring mir meinen Mantel, wir wollen raus, ein bißchen Luft schnappen.«

Das junge Mädchen lief so aufgeregt davon wie Bernadette in ihr Dorf, kam aus dem Umkleideraum mit dem Mantel zurück und raffte noch im Vorbeigehen ihren Schirm auf.

»A. P.!« Laut rief sie die beiden Buchstaben Santamaria zu. »Also deswegen wollten Sie den Vornamen meiner Mutter wissen.«

»Von dort oben wacht deine Mutter über deine Karriere«, sagte De Palma.

Mit einem erstickten Schrei der Entrüstung eilte die Pietrobono davon.

9

Graziano erkannte, daß etwas Neues eingetreten war, als der Polizist Santamaria zusammen mit dem Polizisten De Palma zu ihm kam. Aber die Neuigkeit ließ auf sich warten, die beiden wollten erst, wohl aus Gewohnheit oder Müdigkeit, den Verlauf seines Nachmittags noch einmal durchgehen, um zu sehen, ob er zu dem, was ihnen das Mädchen erzählt hatte, in Widerspruch geriet. Nur, daß Graziano aus ihren Fragen ersah, daß das Mädchen ihnen in Wahrheit gar nichts erzählt hatte, abgesehen von ihrem Aufenthalt in dem Motel *Le Betulle*. Doch die anderen Stationen und die anderen Namen hatte sie nicht ausgeplaudert.

Graziano unterdrückte die Heiterkeit, die in ihm ausbrach wie laute Popmusik in einer Bar. Obwohl er Thea um nichts dergleichen gebeten hatte, sprach sie nicht und verriet ihn nicht. Drohungen und Mißhandlungen hatten ihren Widerstand nicht gebrochen. Zwar war es ein unnützer Widerstand, denn diese Namen hatten kaum Bedeutung. Aber das konnte sie ja nicht wissen, und zwischen den beiden Wegen

hatte sie den schwierigeren gewählt; sie hatte *ihn* gewählt.
So fest er konnte, biß Graziano die Kiefer aufeinander, und um seine Hände ruhig zu halten, steckte er sie in die Tasche und ballte sie zur Faust. Ein phantastisches Mädchen. Ein mutiges und treues Mädchen. Ein Mädchen ...
Aber jetzt fingen die mit dem *Mezzaluna* an, und es war ihm klar, daß ihnen das jemand gesagt haben mußte. Aber ein anderer! Nicht Thea, wie die ihn glauben lassen wollten.
»Ja«, sagte er ohne Zögern, »da bin ich auch gewesen.«
»Und wer waren die andern?«
»Es waren ein paar Leute da.«
»Eine Konferenz auf hoher Ebene? Eine Gipfelkonferenz?«
»Wenn Sie so wollen.«
»Du hattest nicht gewußt, wer da war. Sonst hättest du nicht das Mädchen mitgenommen. Wie kam es, daß sie dich nicht vorher benachrichtigten?«
Das hieß doch, daß sie, wenn schon von nichts anderem, wenigstens davon überzeugt waren, daß Thea überhaupt nichts mit diesen Dingen zu tun hatte.
»Sie haben mir an einer anderen Stelle eine Nachricht zukommen lassen.«
»Also etwas Dringendes?«
»Mehr oder weniger.«
»Wurden wichtige Entscheidungen getroffen?«
»Wenn Sie es so nennen wollen«, sagte mit einem Lächeln Graziano.
»Wie zum Beispiel die, den Priester in die Luft zu sprengen?« fragten sie ihn mit einem Lächeln.
Sie erklärten ihm die Sache mit der Dynamitkerze. Das also war die große Neuigkeit. Graziano überlegte einen Augenblick. In seiner Situation war es vollkommen sinnlos, zu leugnen oder laut zu protestieren; entweder man hatte Karten in der Hand, oder man hatte keine.
»Und da hätten sie ausgerechnet mich geschickt, um die Kerze zu placieren?« fragte er, und es klang vernünftig und ohne Spott gesagt.
»Warum nicht?«
»Und dazu hätten sie sich plötzlich, im letzten Augenblick, entschlossen?«
»Vielleicht war Eile geboten. Vielleicht hatten sie erfahren, daß der Priester im Begriff stand, ihnen einen Streich zu spielen, und das galt es rasch zu verhindern.«
»Wenn es so eilig war, wäre es rascher mit der Pistole gegangen.«
»Aber nicht, wenn der Priester auf seiner Hut war und um Schutz gebeten hatte.«

»Und dann bin ich bis zum Schluß geblieben, um mich von euch schnappen zu lassen.«
»Du mußtest bleiben und dich vergewissern, ob alles funktionierte. Wenn etwas schiefging und der Priester davonkam, war es deine Sorge, ihn in dem Durcheinander umzulegen. Mit deiner Pistole.«
Diese Schweine erinnerten ihn daran, daß sie ihn mit der Pistole gefaßt hatten; damit konnten sie ihn bis zu einem Jahr einsperren. Lieber Gott, dachte er, ein Jahr ohne Thea.
»Ich erledige nichts Derartiges«, sagte er kopfschüttelnd. »Das gehört nicht zu meinen Aufgaben. Ich habe eine andere Arbeit.«
»Das wissen wir«, sagten beide. »Aber es war eilig.«
»Wie groß war diese Kerze?« fragte er.
»Du hast sie unter deinem Mantel versteckt«, antworteten sie wie aus einem Munde.
»Das Mädchen hätte es bemerkt.«
»Das Mädchen zählt nicht.«
»Nein? Und wer zählt dann? Vielleicht der, der mir vom *Mezzaluna* aus gefolgt ist?«
Jetzt konnten sie endlich mit ihrer Geheimnistuerei aufhören. Wenn es auf Thea nicht ankam, gaben sie selbst zu, daß ihnen vom *Mezzaluna* dieser andere etwas erzählt hatte.
»Ist es einer von euren Leuten?« fragte er.
Sie antworteten nicht.
»Du hast ihn nicht zufällig gesehen?« fragten sie ihn statt dessen.
Graziano wurde neugierig.
»Nein. Warum?«
»Hast du nicht gesehen, wer dir folgte?«
»Nein.«
»Ein hellfarbiger Volkswagen.«
»Nein.«
»Mit Reklameschriften darauf. Überleg mal genau.«
»Nein«, sagte Graziano. »Den Wagen habe ich nicht gesehen.«
Was interessierte sie so an diesem Volkswagen? Und warum fragten sie ausgerechnet ihn nach jemandem, der ihn beschattet hatte?
»Jetzt noch mal zu dieser Konferenz im *Mezzaluna*«, fingen sie wieder an. »Was habt ihr da gemacht?«
»Gearbeitet.«
»Was für eine Arbeit war das?«
»Arbeit ganz allgemein, keine besondere.«
»Ihr wart ganz unter euch?«
»Wir waren unter uns. Gewöhnliche Verwaltungsarbeit.«
Der Spitzel mußte ein Feind gewesen sein, soviel war sicher. Einer der

Kalabrier, Franzosen, Marokkaner, Jugoslawen, die aus Mailand kamen, oder ein Bolivianer aus Rom? Sobald er wieder draußen war, würde er es innerhalb von vierundzwanzig Stunden in Erfahrung bringen.
»Nicht so ganz gewöhnlich«, wandten sie ein.
»Ein kleines Problem«, sagte er lächelnd. »Ich könnte es Ihnen sogar erzählen.«
»Erzähl es uns doch«, sagten sie lächelnd.
»Dazu brauche ich eine Ermächtigung«, sagte Graziano und lächelte. »Wenn Sie mich herauslassen . . .«
»Ausgezeichnet.«
»Im Ernst.«
»Als du hinkamst, hatten sie schon angefangen?«
»Ja.«
»Und wie lange warst du dort?«
»Etwa eine Stunde.«
»Und danach bist du ins Motel gegangen?«
»Ja.«
»Zum Vögeln. Um deine Nerven zu entspannen.«
Nein, wollte Graziano sagen. Aber sie hätten es nicht verstanden, und so sagte er nichts.
»Oder auch, um zu telefonieren.«
»Nein«, sagte Graziano. »Die Frau vom Motel kann Ihnen bestätigen, daß ich nicht telefoniert habe.«
Die glaubten wohl, daß er die Verfolgung bemerkt und dann jemanden angerufen hatte, der den Spitzel im Volkswagen liquidierte. Aber das bedeutete doch, daß der Spitzel bereits liquidiert worden war. Daher ihre große Insistenz. Hier war die wahre Neuigkeit. Der Spitzel hatte seine saubere Arbeit geleistet, vielleicht per Telefon, doch dann hatte jemand daran gedacht, ihm den Mund zu stopfen. Man hatte ihn also irgendwo gefunden, mit abgeschnittener Zunge. Oder sie hatten den leeren VW gefunden. Oder den ausgebrannten Wagen mit dem verkohlten Spitzel drin.
»Und nach dem Motel hast du nirgends mehr Station gemacht. Auch nicht, um eine Kleinigkeit zu essen?«
»Nein.«
»Geradewegs in die Kirche?«
»Geradewegs in die Kirche.«
»Und hast du in der Kirche niemanden gesehen?«
»Nein.«
»Keine Freunde? Keine Feinde?«
»Niemanden.«

Sie musterten ihn noch einen Augenblick mit dieser halb spöttischen Miene, die sie immer dann annahmen, wenn sie nicht grob sein wollten oder durften.

»Natürlich ist es merkwürdig«, sagte der eine der beiden, aber so, als ob er, Graziano, gar nicht da wäre, »daß er gar nichts gesehen haben soll.«

»Der hat doch nur das Mädchen gesehen«, erwiderte der andere. »Er ist blind vor Liebe.«

»Erzähl mir nichts.«

»Doch, er ist verliebt in dieses schöne Mädchen da drüben. Aber wer weiß, ob auch sie blind vor Liebe ist?«

»Hoffentlich nicht. Hoffen wir vielmehr, daß sie etwas gesehen hat.«

Graziano, der in der Tasche die Fäuste immer fester ballte, hatte plötzlich ein Gefühl, als ob in seinem Kopf eine gewaltige Jukebox zu dröhnen begann.

Das also, das war die Neuigkeit!

Dies war kein Verhör zur Kontrolle, um ihm, wenn irgend möglich, ein Bein zu stellen. Die hier wußten nichts, und ihre Fragen waren wirkliche Fragen und wirkliche Bemühung um Information. Sie hatten es nicht auf ihn abgesehen, sondern auf den Spitzel. Und wenn sie den Spitzel suchten, dann, weil sie ihn im Verdacht hatten, das Dynamit in die Kirche gebracht zu haben. Das Schwein mußte versucht haben, ihn, Graziano, in diese Geschichte zu verwickeln. Aber damit hatte er kein Glück gehabt, die Polizei war nicht darauf hereingefallen und jagte jetzt ihn, den Spitzel.

Jetzt war alles klar.

»Wenn Sie mich herauslassen«, sagte er und holte seine Fäuste aus der Tasche, »dann finde ich Ihnen diesen Volkswagen.«

10

Ein Streifenwagen brachte sie nach Hause. Er fuhr ohne Schneeketten, und auf dem verschneiten Asphalt rutschte und schleuderte er entsetzlich. Aber Signora Guidi war zu erschöpft, um sich noch deswegen zu beunruhigen. Übrigens mußte es ein guter Fahrer sein, denn es gelang ihm immer wieder, den Wagen abzufangen und seinen unsteten Kurs wiederaufzunehmen. So von hinten gesehen, mit Schirmmütze und schwarzer Lederjacke, hätte er ein beliebiger Taxifahrer sein können. Auch das Radio erinnerte an ein Taxi. Aus dem Lautsprecher drangen Stimmen und Anrufe, die sich auf rätselhafte Vorfälle irgendwo weit weg bezogen, auch Zahlen und unverständliche Kennworte oder Adressen mit nie gehörten Straßennamen.

Aber das Schweigen jetzt, da die Polizeiassistentin nicht mehr bei ihnen war, lastete auf Signora Guidi.
»Ein sympathisches Mädchen«, sagte sie. »Und sie muß tüchtig sein.«
»Ja«, sagte Thea lächelnd. »Luigina Pietrobono. Wir sind dicke Freunde geworden.«
»Ob sie wohl mit den Pietrobonos verwandt ist, die wir vor zwei, nein, vor drei Jahren –«
»Nein, Mama«, sagte Thea.
Dann kam wieder das Schweigen, so lebendig und bedrängend wie ein großer Hund im Auto.
»Wieviel ich geraucht habe!« klagte Signora Guidi. »Seit Jahren habe ich nicht mehr soviel geraucht ... Ich möchte nur wissen, wie das die starken Raucher vertragen, die doch jeden Tag soviel rauchen.«
»Zum Viel-Rauchen kommen sie ja erst allmählich, so nach und nach«, sagte Thea. »Du wirst das auch noch schaffen.«
»Ich hoffe nicht.«
Aber es wird noch einmal so weit mit mir kommen, hätte sie gern geantwortet, wenn diese Geschichte so weitergeht. Ich werde noch, wie Nicoletta, dunkle Nikotinfinger bekommen. Und auch ich werde wie ein Maschinengewehr drauflos reden, wie verrückt.
»Trotz allem«, sagte sie, »diese Dynamit-Kerze, oder was zum Teufel es war, finde ich doch wahnsinnig aufregend. Ich meine ja, es tut mir natürlich leid um diesen armen Priester und so weiter, aber an und für sich genommen ... Wie haben sie das wohl angestellt?«
»Ich glaube, das ist ziemlich einfach«, sagte Thea. »Du machst ein Loch in die Kerze, ein schönes gleichmäßiges Loch mit dem Bohrer, und dann praktizierst du den Sprengkörper mit Zündschnur hinein. Im Grunde ist es so, wie wenn du eine Avocadobirne mit Crevetten füllst, so ungefähr.«
Signora Guidi stieß ihre Tochter an, indem sie mit dem Fußknöchel den Fuß Theas berührte. Was kam ihr nur in den Sinn, sich dermaßen sachverständig vor einem, das heißt, genauer, hinter einem Polizisten zu zeigen! Der doch sicher jedes ihrer Worte aufmerksam registrierte.
»Morgen früh rufe ich, sobald ich die Augen aufmache, die Rolfo an«, erklärte sie. »Eigentlich sollte sie am Nachmittag kommen. Aber vielleicht gelingt es ihr, mich noch vorher irgendwann einzuschieben.«
Die Rolfo war die Masseuse.
»Auch dir würde eine gute Massage nicht schaden.«
»Die Rolfo geht mir auf die Nerven«, sagte Thea. »Sie redet in einem fort von ihrem Mann.«
»Das glaube ich gern, die Ärmste! Bei all dem, was er ihr antut. Er hat sogar ihr Halskettchen von der Erstkommunion verkauft, und den

Kühlschrank, und ein Service ...«
»Und warum verläßt sie ihn nicht?«
»Das ist nicht so einfach. Eine Ehe –«
»Ist es hier?« fragte der Fahrer und drosselte die Geschwindigkeit.
Sie waren angekommen.
»Ja, hier ist es. Danke!«
Der Mann stieg aus und öffnete die Wagentür, genau wie ein Taxifahrer in alten Zeiten oder ein Privatchauffeur. Die einzige falsche Note war die Pistole in der großen Pistolentasche, die wie ein monströses Glied aus einem Schlitz der Lederjacke ragte. Er wartete höflich (oder argwöhnisch?), bis sie die Haustür öffnete, grüßte dann und stieg schließlich wieder in sein schneebedecktes bläulichweißes Auto.
»Oooh!« seufzte Signora Guidi mit vorgetäuschter Erleichterung, als sie den Vorraum betrat. In Wahrheit bemerkte sie sofort, daß alle Dinge im Hause, statt sie vertraut zu empfangen, in diesen wenigen Stunden eine Patina von Fremdheit angenommen hatten. Und fremder als alles war die Frau, die sie aus dem Spiegel ansah, bleich, mit Schatten unter den Augen.
Ich müßte mich den Tatsachen stellen, sagte sich Signora Guidi benommen, ich müßte sprechen, handeln. Sie stellte sich so etwas wie eine Flucht nach Ägypten vor: sie mit Thea, in eine Decke gewickelt, wie sie sie nach Lugano in Sicherheit brachte, um dort abzuwarten, daß sich die Dinge ein wenig klärten.
»Also jetzt nehmen wir erst einmal eine warme Dusche«, sagte sie mit einem Versuch zu heiterer Entschlossenheit, »und dann sehen wir weiter.«
Thea verschwand gehorsam in ihrem Zimmer. Sie ist erst neunzehn Jahre alt, dachte ihre Mutter. Müde spielte sie mit der Vorstellung, daß Kinder mit einer Art von Garantie auf die Welt kommen müßten, wie Elektrogeräte und Uhren, so daß man einfach den Hersteller anrief und reklamierte: Was soll das heißen, diese Tochter habe ich noch keine zwanzig Jahre, und Sie ...
Keine Garantie, dachte sie. Und ich stehe hier, dachte sie gerührt, ganz allein und wehrlos, und muß sehen, wie ich mit all diesen abscheulichen, katastrophalen Situationen fertig werde, und Giacomo ist zwanzigtausend Meilen weit fort, um den Familien in der Dritten Welt Wasser, Strom und weiß Gott was noch zu verschaffen. Da war der Mann der Rolfo auch nicht schlechter, der war zwar ein Dieb, ein Betrüger, ein Faulpelz, aber wenigstens immer zu Hause.
Nimm dich zusammen, ermahnte sie sich. Energisch ordnete sie ihre Frisur, warf den Mantel über einen Stuhl und ging in die Küche, um sich einen starken Tee zu machen. Sobald sie ihn getrunken hatte,

wollte sie dann Rechtsanwalt Girodi oder Ancona oder, noch besser, Rechtsanwalt Salle anrufen, diese Bulldogge . . .
Aber als sie an der angelehnten Tür zum Zimmer Theas vorbeikam, sah sie, daß drinnen alles dunkel war. Sie öffnete die Tür einen Spalt weit, und das Licht vom Korridor beschien schwach das junge Mädchen, das die Schuhe abgestreift und sich angekleidet aufs Bett geworfen hatte und auf der Stelle eingeschlafen war.
Signora Guidi trat näher und beugte sich, wie sie es in neunzehn Jahren Tausende von Malen getan hatte, über die Schlafende. Thea hatte sich auf eine Seite gelegt und schlief in der intensiven Art, wie Kinder schlafen, als sei der Schlaf eine Arbeit. Eine Strähne ihrer Haare fiel schräg über die Wange und bedeckte das Kinn und die Unterlippe. Behutsam nahm die Mutter die Haarsträhne auf und legte sie der Tochter hinters Ohr – und dachte dabei an die Anwälte, das Polizeipräsidium, die Zeitungen und an all die bornierten und erbarmungslosen Entstellungen, denen die anderen, alle anderen, dieses träumende Profil, dieses schlafende Mädchen unterwerfen würden.
Sie faßte den Entschluß, solange es möglich war, niemandem etwas zu sagen. Und sie mußte denken, daß der Beruf der Mutter heute der schwierigste Beruf von der Welt geworden war.
Bevor auch sie schlafen ging, strich sie Thea zart über die Wange und rief damit ein kleines Zittern des Erkennens hervor, ein Lächeln totaler, biologischer Dankbarkeit.

11

Der Verleger hatte den kleinen Transistor der Kassiererin in der *Birreria Bavarese* entführt, um ihn auf den eigenen Tisch stellen zu können. Aber bis vor kurzem nichts Neues über Santa Liberata. Keinerlei Hinweis auf einen Zeugen, dessen Name noch nicht genannt wurde, aber der mit seiner genialen Hypothese Ermittlungen in Gang gebracht hatte, die bedeutende Entwicklungen erwarten ließen . . .
Dann freilich hatte es Entwicklungen gegeben, aber sie schienen ihm mehr als fragwürdig, sehr simpel und, von allem abgesehen, ohne jedes menschliche Interesse. Der Verleger zog eine Grimasse, als die Station »Rund um die Uhr«, einer der ernsthaftesten und in seinem Nachrichtenteil gewissenhaftesten freien Sender, nun die Version der Polizei ganz unkritisch übernahm.
Eine Zeugin, deren Namen man noch nicht nennen wollte, glaubte bemerkt zu haben, daß die Kerze, die das Opfer in der Hand hielt, einen Augenblick vor der Explosion kräftiger geleuchtet habe, so daß sie an

die Freiheitsstatue im Hafen von New York erinnert worden sei. Diese Beobachtung hatte zur Lösung des Rätsels geführt. Der Sprengstoff, eine Gelatit-Patrone, befand sich in der Kerze und war mittels einer winzigen Zündschnur mit dem Kerzendocht verbunden. Die Folge war, daß zu einem gewissen Zeitpunkt die Zündschnur durch die Kerzenflamme selbst entzündet wurde, was die sofortige Explosion auslöste, die das tragische Ende des Priesters bedeutete.
Nach Meinung der Ermittlungsbehörden, so fuhr »Rund um die Uhr« fort, wirft die angewandte Technik ein neues Licht auf diesen Anschlag und eröffnet ...
»Was für ein Licht denn«, bemerkte der Verleger, halb verächtlich, halb fragend, und gab Rossignolo einen Wink, den Apparat abzustellen.
Rossignolo stellte ihn ab, und bevor er dem Verleger antwortete, löschte er seinen Durst mit einem kräftigen Schluck Bier.
Die *Birreria Bavarese* ging auf das Jahr 1936 zurück, als der Nazismus, wenigstens aus der Perspektive der Restaurants, noch als eine friedliche Angelegenheit erschien, die sich vor allem mit Tiroler Liedern verband. Aber trotz aller folgenden Ernüchterungen hatte das Lokal den Schweizer Milchladen, die Ungarische Konditorei und den Englischen Tea-Room überlebt, die in anderen historischen Augenblicken einen flüchtigen exotischen Hauch in die Gastro-Monotonie von Turin getragen hatten. Diese Langlebigkeit war gewiß nicht geheimen hitlerianischen Sehnsüchten in der Bevölkerung zu danken, sondern allein dem Umstand, daß die *Birreria Bavarese* von Anbeginn bis heute eines der sehr wenigen Restaurants der Innenstadt geblieben war, in denen man die ganze Nacht über etwas zu essen bekam.
»Das bedeutet praktisch«, sagte Rossignolo, »daß es jeder gewesen sein kann.«
»Diese Sardellen«, bemerkte der Verleger mit eisiger Strenge, »sind eine Schweinerei.«
Er wandte sich um, hielt mit dem bloßen Blick einen vorüberkommenden Kellner fest und zog ihn an den Tisch.
»Sagen Sie, halten Sie das für eine Sardelle?«
Er hob mit der Gabel eine Sardelle hoch, die eigentlich genau aussah, wie eine Sardelle auszusehen hatte, und ließ sie wieder in die dicke Petersiliensoße fallen.
»Hart, alt und zu dick ... Die sind doch nicht etwa aus dem Ärmelkanal?«
In den ersten Jahren hatte das Personal des Restaurants eine Art bayerischen Trachten-Look getragen, kurze grüne Jacken für die männlichen, Dirndl für die weiblichen Angestellten. Aber diese stilistischen Skrupel hatten sich nicht bloß als übertrieben, sie hatten sich als völlig

unnötig erwiesen. Die Gäste kamen in jedem Fall. So wurden wieder in gewöhnlichen weißen Jacken und gewöhnlichen schwarzen Schürzen die gewöhnlichen Vorspeisen der italienischen und speziell der piemontesischen Küche serviert, während das bayerische Element nur noch durch das (in Novara gebraute) Faßbier und (Mailänder) Würstchen repräsentiert wurde.

»Ich könnte es nicht sagen«, bekannte verlegen der Kellner, »aber ich kann mich erkundigen.«

»Gib doch mal her«, sagte Lomagno, »laß mich probieren.«

Er angelte sich eine Sardelle vom Teller des Verlegers, legte sie auf eine Brotscheibe und schob sich das Ganze mit einem heftigen Ruck in den Mund.

»Nämlich die Sardellen aus dem Ärmelkanal«, erklärte der Verleger, »zumal wenn sie nicht im ... äh ... optimalen Moment gefangen worden sind ...«

»Was für ein Theater wegen einer Sardelle«, brummte Lomagno mit vollem Munde. Dann machte er sich eine zweite zurecht und erklärte kameradschaftlich dem Kellner: »Geh ruhig wieder; der hat doch keine Ahnung.«

Der Verleger umfaßte seinen Bart mit beiden Händen, als wolle er ihn erwürgen.

»Wie ist dein Ziegenkäse?« fragte er Rossignolo.

»So so«, sagte Mariarosa, die gerade ein Stückchen davon gekostet hatte, »normal.«

Mit einem entschlossenen Schnitt teilte der Verleger einen der Ziegenkäse auf dem Teller Rossignolos in zwei Hälften und führte sich die Beute, sie auf dem Messer balancierend, zur Nase.

Nachdem er daran geschnüffelt hatte, sagte er: »Der hat nicht lange genug auf Stroh gelagert.«

Francisco streckte lächelnd zwei Finger aus und nahm eine schwarze Olive vom Teller Mariarosas.

Als sie sich gegen zwei Uhr alle hier, auf den sehr harten Bänken der *Birreria Bavarese,* einfanden, da hatten sie eine schöne Portion *agnolotti* gegessen und weiter nichts; so hatte der Verleger entschieden. Gegen drei Uhr bestellte dann der Verleger Backobst für alle. Und jetzt waren die Vorspeisen an der Reihe, denen, je nachdem, was ihm seine Sensibilität diktierte, ein Eis oder auch eine Brühe folgen würde.

»Wenn hier von einem Attentat die Rede ist«, sagte Lomagno, »dann kann nicht praktisch jeder der Täter sein.«

»Was weißt denn du davon«, sagte Mariarosa, »wir waren ja nicht einmal dabei.«

»Jedenfalls weiß man nicht, von welcher Seite es kommt«, sagte Rossi-

gnolo mit halbgeschlossenen Augen. Lächelnd griff er nach einer kleinen Zwiebel vom Teller Franciscos.
»Ach Quatsch: von welcher Seite!« sagte Lomagno. »Ein Faschist ist von Faschisten liquidiert worden. Diesmal wenigstens wird man das Verbrechen nicht der Linken in die Schuhe schieben können.«
»Und warum nicht?«
»Zu raffiniert.«
»Also nach deiner Meinung«, antwortete Mariarosa schnippisch, »ist die Linke nicht raffiniert genug. Sie ist nicht fähig, eine Plastikbomben-Kerze herzustellen.«
»Das habe ich nicht gesagt. Die Genossen, die sich für den bewaffneten Kampf entschieden haben, können auch einen Elefanten mit Dynamit ausrüsten, wenn sie es wollen. Aber die Sache ist die, daß sie es nicht wollen. Wenn sie das System angreifen, dann in aller Offenheit. Sie haben keinen Grund, zu solchen Praktiken ihre Zuflucht zu nehmen ...«
»Barocken Praktiken?« flüsterte Rossignolo.
Der Verleger, gerade im Begriff, mit der Gabel eine Artischocke vom Teller Lomagnos zu nehmen, hielt mitten in der Bewegung inne, sagte aber nichts.
»Ja, barocken Schnippeleien.«
»Da bin ich nicht eurer Meinung«, sagte Mariarosa, während sie eine Pfefferschote vom Teller des Verlegers nahm. »Putkammer spricht ausdrücklich von der Anwendung des sogenannten Spott-Effekts in der revolutionären Aktion.«
»Ich sehe den Spott nicht«, sagte Rossignolo. »Natürlich hätten sie den Pezza auch mit der Maschinenpistole umbringen können, doch im konkreten Fall hätte das ein unnützes Blutbad bedeutet, wenn man nämlich nur ihn eliminieren wollte. Also war die Plastikbomben-Kerze eine praktische, saubere und intelligente Entscheidung.«
»Was automatisch die Faschisten ausschließt«, bemerkte grimmig Lomagno, »und die Verantwortung wieder der Linken zuschiebt. Während doch alles darauf hinweist –«
»Aber was weißt du denn!« schrie Mariarosa. »Sei du doch still!«
»Über die Ideologie Don Pezzas«, sagte Rossignolo, »haben wir bereits zwei Stunden diskutiert, und wir können noch einmal zwei Stunden darüber sprechen. Aber worauf es jetzt –«
»Richtig«, sagte der Verleger, »die Konferenz über die Tonbänder wollen wir auf morgen früh vorverlegen. Und da wird uns die Anwesenheit Monguzzis natürlich von Nutzen sein, denn er hat ja diese Sache von Anbeginn an verfolgt.«
»Wann morgen früh?« fragte Rossignolo nach einer Weile, mit einem

Blick auf die Uhr.
»Um elf Uhr . . . und . . . achtundzwanzig«, kam ihnen der Verleger großmütig entgegen, »zumal es ja ein Samstag ist. Aber Monguzzi herbeizuschaffen, das übernehmt ihr?«
»Das ist kein Problem«, erklärte Rossignolo. »Der kommt am Samstag von selbst, wegen des Briefwechsels. Aber wenn er die Geschichte mit der Kerze hört, wird es ihm einen Schock versetzen. Da werden wir mit den Tabriumtabletten zur Hand sein müssen.«
»Warum?« fragte Mariarosa.
»Weil er ja – ihr könnt es nicht wissen – diese Kerze in der Hand gehalten hat.«
Der Verleger vergaß, weiterzukauen. Alle, bis auf Francisco, vergaßen zu kauen.
»Wann? Heute abend?« fragte Lomagno in zischendem Flüsterton.
Rossignolo sah ihn erstaunt an.
»Nein, gestern.«
Die andern hatten sich über den rohen Holztisch mit den unzähligen kreisförmigen Spuren abgestellter Gläser vorgebeugt.
»Schaut nicht so dämlich«, sagte Rossignolo und senkte doch unwillkürlich die Stimme. »Ich war die ganze Zeit mit ihm zusammen, und die Kerze hat ihm jedenfalls der Priester selbst in die Hand gegeben.«
Nachdenklich musterte er die beiden Wandmalereien gegenüber: aus dem Jahre 1936, bayerische Bauern und Bäuerinnen, die zwischen Bach und Gebirge zu Ziehharmonikamusik tanzten.
»Nein. Das ist absurd. Um uns seine Show vorzuführen, hatte Pezza seine Taschenlampe ausgeknipst. Dann nahm er die Kerze am Fuß der Leiter, zündete sie an . . . und bei ihrem Schein kletterten wir hinauf. Beim Abstieg aber gab er sie Monga, der sie ich weiß nicht mehr wo gelassen hat . . .«
»War das dieselbe Kerze?«
»Ja, das heißt, dieselbe, die dann jemand ausgewechselt hat. Die Kerze an der Leiter.«
Francisco nahm sich eine Bohne vom Teller Lomagnos.
»Du hast da eben etwas sehr Bedeutsames gesagt«, murmelte der Verleger. »Ich weiß nicht, ob du dir darüber Rechenschaft ablegst, daß du durch ein Wunder noch am Leben bist.«
»Aber ich bitte dich!«
»Der Mörder kann die Kerze schon vor mehreren Tagen ausgewechselt haben, seit dem vergangenen Samstag, wenn es richtig ist, was die Polizei erzählt.«
»Aber, entschuldige, warum mußt du mir meine ganze Omelette wegessen?« fragte Mariarosa.

Der Verleger lächelte spitzbübisch, und ein dreieckiges Stück Omelette mit Kräutern verschwand im Dickicht seines Bartes.
»Wenn die Kerze von gestern«, sagte Rossignolo, »schon die Kerze mit Sprengstoff war, warum ist sie dann nicht explodiert?«
»Das bedeutet, daß der Sprengstoff weiter unten saß und die Flamme ihn erst heute abend erreicht hat.«
Rossignolo musterte ihn ironisch.
»Das alles ist sehr hübsch in der Theorie«, sagte er, »so wie auch die Geschichte mit dem Geheimgang in der Theorie durchaus denkbar war. Aber das Wahrscheinlichste ist doch, daß der Täter die Kerze erst im letzten Moment ausgewechselt hat, damit sie von keinem andern als Pezza benutzt wird.«
»Aber du selbst hast gesagt, daß Pezza sie gestern angezündet hat, und zwar nur, um sich vor euch mit seiner Show zu produzieren. Es ist klar, daß er normalerweise seine Taschenlampe benutzte und daß normalerweise die Kerze bis gestern abend unbenützt an ihrem Platz gesteckt hätte. Euer Besuch am Donnerstag aber war ein Zufall, den weder der Mörder noch Pezza, noch sonst jemand hatte voraussehen können.«
»Außer dir, der du die beiden geschickt hast«, sagte Lomagno.
»Nur daß ich«, sagte mit feinem Lächeln der Verleger, »nicht voraussehen konnte, daß Pezza die Kerze anzünden würde, um die beiden auf den Turm zu begleiten.«
»Abgesehen davon, daß Monguzzi gar nicht mit hinaufgeklettert ist«, sagte Rossignolo.
Wieder beugten sich alle Köpfe über den Tisch nach vorn.
»Da hast du gerade etwas sehr Schwerwiegendes gesagt«, hauchte der Verleger, »etwas, was die Position Monguzzis erheblich belastet. Ich weiß nicht, ob du dir darüber klar bist. Monguzzi war der einzige, der mit dem Opfer in Kontakt stand, er hat die Kerze in der Hand gehabt ...«
»Aber doch erst später!« wisperte Rossignolo verzweifelt.
»Er hat die Kerze in der Hand gehabt, und er ist mit dem Opfer, das die brennende Kerze trug, nicht auf den Turm gestiegen. Außerdem hat er sich im Verlag sehr merkwürdig benommen ...«
»Was du nicht sagst!«
»Er hat sich merkwürdig benommen, und nachdem er erst jeden Vorwand gesucht hat, um nicht nach Santa Liberata mitzukommen, hat er sich dann bald davongemacht und ist, lange vor dem Attentat, verschwunden.«
Rossignolo beugte sich noch weiter vor.
»Na schön«, flüsterte er, »das ist alles sehr schwerwiegend. Und jetzt werde ich dir noch etwas sehr Schwerwiegendes sagen.«

Seine Augen waren jetzt nur eine Handbreit von den Augen des Verlegers entfernt, als er ihn, jede Silbe skandierend, fragte:
»Wenige Minuten, bevor der Gottesdienst begann, hast du dich von den andern getrennt, und in einem bestimmten Augenblick habe ich beobachtet, wie du unter das Turmgerüst gekrochen und in die Richtung der Leiter gegangen bist. Darf man erfahren, was du da unten gemacht hast?«
Der Verleger, der eine Scheibe Salami zwischen zwei Fingern hielt, die er vom Teller Franciscos genommen hatte, ließ sie auf den Teller Mariarosas fallen.

12

(Aus dem Einzimmerappartement der P'bono)
Nach anstrengend., aber auch hochbewegend. Nacht schicke ich mich an, z. Bett zu gehen, dachte unwillkürlich die Pietrobono, während sie den Wecker aufzog und ihn, wie üblich, auf acht Uhr eingestellt ließ (eine zukünftige Inspektorin konnte doch nicht – zumal in Zeiten der afghanischen Grippe – um die Überstunden feilschen).
Sie schlüpfte in ihren originellen, Ton in Ton gestreiften Pyjama – mattblau und glänzendblau – und dann unter die Decke ihrer Schlafcouch. Was trug wohl, dachte sie, als sie das Licht löschte, ihre Freundin Thea im Bett? Vielleicht eine Art Sack, der ihr aber wunderbar stand, wenn sie danach urteilen durfte, wie sie sich am Tage kleidete. Während ihre Mutter, und darauf wollte sie ihren Kopf wetten, phantastische durchsichtige Nachthemden trug. Hingegen De Palma... Es rührte sie, wenn sie an De Palma dachte, der nun endlich wirklich schlafen ging (»Alle ins Bett, Pietrobono!«) und den sie sich im Bad vorstellte, wie er sich, abgezehrt und erschöpft, in einem grobgestreiften Pyjama – praktisch einem Sträflingsanzug – die Zähne putzte. Allein Santamaria war noch mit Biazzi im Polizeipräsidium, aber bald würde auch er heimgehen. Der einzige, der nicht nach Hause kam, dürfte dieser Scalisi sein, den sie bisher noch nicht zu sehen bekommen hatte.
Der einzige?
Während sie hinausging, hatte Santamaria noch einmal mit den Carabinieri telefoniert, mit dem Kommando von Piazza Carlina und sicherheitshalber auch mit dem in Rivolo. Aber noch immer nichts über den Volkswagen. Er war nirgends aufgetaucht, niemand wußte etwas.

13

Endlich auf dem Heimweg, ließ der Kommissar vor Santa Liberata anhalten. Als er aus dem Auto stieg und vor der Kirche stand, empfand er kein Gefühl der Enttäuschung. Dies war einer der wenigen Vorteile seines Metiers.

Orte und Personen, von denen man zu viel gehört hatte und um die sich die Reaktionen, Spiegelungen, Variationen und Phantasien vervielfältigt hatten, erschienen immer glanzlos und skeletthaft, wenn man sie dann aus der Nähe sah. Doch nicht so der Polizei, die allenfalls in der entgegengesetzten Gefahr war, nämlich alles ins Niedrige abzuwandeln und von vornherein bei allem die fragwürdige Seite, die negative Variante zu suchen.

Gemessen an dieser Optik, an dieser sparsamen Ästhetik, präsentierte sich ihm Santa Liberata als ein Tatort von vergleichsweise respektablem Niveau. Die berühmte Barockfassade war, wie vorauszusehen, bescheidener und ausdrucksloser, als es im Polizeipräsidium geklungen hatte, und der Schnee, der jetzt spärlich und in feinen Flocken fiel, spannte einen Schleier von Verlassenheit vor ihr aus. Ein vermummter Polizist marschierte auf dem kleinen Kirchplatz auf und ab. Als sich der Streifenwagen näherte, blieb er stehen und sah scharf hin, in der Hoffnung, daß man ihm eine vorzeitige Ablösung geschickt hätte. Enttäuscht nahm er wieder sein langsames Auf-und-ab-Gehen auf, und unwillkürlich übernahm auch der Kommissar den Schritt des Postens, als er jetzt in den engen Gassen um die Kirche herum ging. Hin und wieder trat er auf die unter seinen Schritten zerbröckelnden Glasscherben, die die Explosion bis hier herausgeschleudert hatte.

Er traf auf einen zweiten Posten, der überflüssigerweise vor dem Nebeneingang stand, dessen Schließung Muzzoli und Urru veranlaßt hatten; der Schlüssel zu dieser Tür würde in die Geschichte der »uneigentlichen« Mordwaffen (der »stumpfen Gegenstände«) eingehen. Durch diese Gasse waren die geheimnisvollen Angreifer Don Pezzas vor einer Woche geflüchtet.

Etwas weiter weg war rechts ein freier Platz mit ein paar geparkten Autos. Darunter befand sich ein graugrünweißer Kleinbus mit dem Nummernschild der Polizei; vielleicht war es derselbe Mannschaftswagen, in dem vor ein paar Stunden Dalmasso und sein dürftiger Ordnungsdienst gekommen waren. Hier, unter dem etwas anachronistisch anmutenden Bild der Badenden, über dem jetzt eine dünne Schneeschicht lag, waren die beiden Damen Guidi in dem Porsche verhaftet worden.

Als er um die Ecke ging, bemerkte er einen dritten, fröstelnden Posten,

der, zumindest was das Attentat betraf, ebenfalls ein Anachronismus war. Als er Santamaria erkannte, deutete er ein Strammstehen an.
»Was ist das für eine Tür? Die zum Pfarrhaus?«
»Jawohl.«
»Ist noch jemand drin?«
»Nein, Dottore. Auch die vom Erkennungsdienst sind gegangen.«
Die Tür war nicht verschlossen. Der Kommissar stieß sie auf und trat in die Dunkelheit, die drinnen noch tiefer war.
»Hast du eine Taschenlampe?« fragte er, sich nach dem Posten umdrehend.
»Ja, Dottore.«
Richtig, es gab ja kein elektrisches Licht hier, sie hatten den Vertrag gekündigt. Wer weiß, wie sehr wohl der Urfunke auch seinen Gläubigen das Leben erschwert hatte!
Er stieg eine steinerne Treppe hinauf, folgte einem Gang, der im rechten Winkel abbog, und gelangte in einen Vorraum mit großen sechseckigen Fliesen, in dem sich, wie jahrhundertealte Spinnengewebe, Küchen- und Kirchengerüche miteinander verflochten. Zwischen zwei geschlossenen Türen stand ein das Urfeuer verleugnender Kerosinofen von gedrungener Form.
Der Lichtstrahl erhellte links einen Gang, den der Kommissar bis zu der Tür am Ende durchschritt. Die Toilette. Zum Pfarramt und zur Kirche mußte es irgendwo noch einen Verbindungsgang geben.
Er kehrte also um und blieb in der Mitte der schwarzen und weißen Sechsecke stehen, um die Wände und Winkel genau zu mustern. Er sah nur Türen, und in der tiefen Stille hörte er, wie ein Holzwurm seine endlosen Tunnel bohrte.
Auf gut Glück öffnete er eine der Türen. Das Schlafzimmer: flüchtig glattgezogene Bettücher und Decken, eine über einen Stuhl geworfene Hose, ein Waschbecken in einer Wandnische, eine Petroleumlampe, eine –
Der Aufprall, deutlich vernehmbar, wenn auch wie verschluckt von den dicken Mauern, war so stark, daß sein Finger automatisch auf den Schalterknopf der Taschenlampe drückte. Was war das gewesen? Ein Schneeblock, der sich von einem Fensterbrett gelöst hatte? Oder ein Balken, ein von der Explosion beschädigter Fensterrahmen, der erst jetzt nachgegeben hatte? Oder war das Geräusch von näher gekommen, vielleicht vom Zimmer nebenan?
Er schaltete die Taschenlampe wieder ein und ging vorsichtig in den Vorraum zurück. Man hörte nichts mehr, und übrigens waren ja alle gegangen, wie der Posten dort draußen gesagt hatte. Entschlossen stieß er eine der Türen auf. Eine leere Küche. Eine andere: ein Schrank.

Noch eine Tür.
Im gelblichen Lichtschein einer Petroleumlampe stand eine schattenhafte Gestalt vor einem offenen Bücherschrank und hielt einen dicken Band in den schwarz behandschuhten Händen. Das weiße Haupt wandte sich ein wenig, das feine Profil verdeutlichte sich, und die Lippen verzogen sich zu der Andeutung eines verschwiegenen Lächelns.
»Sie werden denken, daß ich Ihnen ins Handwerk pfusche«, sagte Seine Eminenz.
Die Lunge des Kommissars begann wieder zu arbeiten, und schuldbewußt zog er die Hand mit der Taschenlampe zurück, die er wie einen Revolver gezückt hatte. Das Herz schlug ihm bis zum Halse, und insgeheim empfand er rückblickend Nachsicht mit Muzzoli und Urru. Es hatte wenig gefehlt, und ein zweiter, noch unverzeihlicherer Fauxpas wäre geschehen.
»Ich bin an der Tür zum Pfarrhaus vorbeigekommen«, erklärte er. »Ich glaubte, es wäre niemand mehr hier.«
Diese halbe Entschuldigung zahlte ihm der andere mit gleicher Münze zurück, zweifellos, um ihm zu verstehen zu geben, daß er sich angesichts der Umstände keineswegs hier als der Hausherr fühlte. Aber er sei immer ein Frühaufsteher gewesen, und in seinem Alter brauche man ohnehin nicht viel Schlaf; zudem habe er sehr früh an diesem Morgen eine Verabredung, und da habe er gemeint, ein Augenblick der Sammlung in der Kirche, nach dem unseligen Vorfall ... Übrigens, gab es etwas Neues? Hatten die Ermittlungen einen Fortschritt gebracht?
»Der Anschlag galt dem Pfarrer selbst. Die Kerze, die er in der Hand gehalten hatte, war mit Sprengstoff gefüllt.«
»Herr des Himmels«, murmelte, das Haupt neigend, Seine Eminenz, aber im Ton eines Spezialisten, der einen für ihn alltäglichen, ja einen Routinefall kommentiert. »Und weiß man schon, wer der Täter war?«
»Wir suchen noch ... Aber, ehrlich gesagt, wir haben wenig in der Hand. Deshalb bin auch ich hierher gekommen, um mir vielleicht eine Vorstellung machen zu können, um die Luft der Kirche zu atmen, die Atmosphäre dieser Umgebung auf mich wirken zu lassen, wenn ich so sagen darf ... An dem Punkt, an dem wir jetzt stehen, kann alles mögliche eine Hilfe sein.«
Der Erzbischof antwortete mit einem offen abwägenden Blick. Wieviel konnte er sagen? Wieviel würde dieser Mann verstehen, der zwischen Räubern, Mördern, Meineidigen, Dirnen und solchen Leuten lebte, die in der Heiligen Schrift zu den weniger ansehnlichen Persönlichkeiten gehörten?
»Eminenz«, fragte ihn jetzt, mit leiser Stimme, Santamaria, »wie weit

ist die Nacht?«
Seine Eminenz lächelte.
»Setzen wir uns doch.«
Mit dem etwas ramponierten Wälzer, der ihm soeben aus der Hand gefallen sein mußte, trat er an den Tisch, auf dem die Lampe stand, und der Kommissar bemerkte, daß der Kardinal sein »Zivil« wieder aufgegeben hatte. Er trug jetzt das Priestergewand mit karmesinroten Knöpfen und einen schwarzen, locker fallenden Überwurf mit kostbaren weichen Reflexen.
»Bei Jesaja findet man oft so prächtige Bilder. *Custos, quid noctis?* . . .«
»Und wie geht es weiter?«
Eine zerstreute Geste der schwarz behandschuhten Hand.
»Nach der Nacht wird es Tag werden . . . Es ist nicht sicher, worauf sich der ganze Passus bezieht. Die Gelehrten sind da verschiedener Meinung. Aber die geläufige Auffassung ist die, daß es sich um einen Orakelspruch über den Fall Babylons handelt.«
»Wie ich hörte, hatte die heutige Predigt dasselbe Thema.«
»Ja, Babylon, das Ende der Welt, die Apokalypse . . .« Wieder eine Handbewegung, diesmal vielleicht des Überdrusses, und ein Seufzer, vielleicht des Mitleids. »Ein bestimmter Chiliasmus, der in unserer Zeit, aus dem Munde eines wortmächtigen Predigers, einer Persönlichkeit von ausgesprochenem . . .« Die schwarzen Handschuhe umklammerten den Tischrand. »Sagen Sie, was wissen Sie von Don Pezza?«
»Wir hatten ein kleines Dossier über seine verschiedenen, mehr oder weniger progressiven und sozialen Tätigkeiten. Aber es nutzt uns nicht viel, weil es überholt ist. Irgendwann scheint es bei ihm einen Wandel gegeben zu haben, einen Wendepunkt; irgend etwas muß seine Haltung, seine Einstellung vielleicht sogar zu Kirche und Religion geändert haben.«
Seine Eminenz bejahte mit einem Senken der Augenlider.
»Sind Sie religiös?«
»Nein«, sagte der Kommissar ohne falschen Stolz, »und ich weiß nicht mehr viel vom Katechismus und von der biblischen Geschichte, wie ich gestehen muß. Aber aus einigen Einzelheiten . . .«
Seine Eminenz stimmte in der gleichen Weise wie vorher zu.
»Auch das Ordinariat hat Don Pezza seit einiger Zeit beobachtet. Wir wußten von seiner enthusiastischen Rückwendung zu der ältesten Symbolik von Licht und Finsternis: der Spinther als der Urfunke, der Logos als reinigendes Feuer, das Pneuma als Hauch, als Lebensgeist, das sich der Trägheit und Finsternis der Materie entgegenstellt. Alles uralte Symbole des Christentums.«
Der Kommissar dankte mit einer Kopfbewegung. Er wußte, der Kardi-

nal würde ihm genau so viel sagen, wie er sagen wollte, und kein Wort mehr. Dennoch versuchte er es.
»Aber Sie sagten mir, daß zum Beispiel die Äonen nicht dazugehören ...«
Der andere schlug mit der Hand auf die alte Schwarte, die vor ihm auf dem Tisch lag.
»Nein«, antwortete er entschieden, »die Äonen und Archonten, genau wie das Pleroma und der Ewige Kreislauf, sind etwas anderes. Sie gehören zu theologischen Spekulationen, gegen die die Kirche seit Jahrhunderten ankämpfen mußte. Sie gehören zu einer Ketzerei.«
Obwohl Santamaria etwas Ähnliches erwartet hatte, verschlug es ihm nun doch den Atem.
»Pezza war also ... ein Ketzer?«
Selbst an diesem Ort und in dieser Nacht und sogar in Anwesenheit des Purpurträgers klang dieses Wort unangemessen und ein wenig nach Farce, es hatte den gleichen anachronistischen Geruch wie die blakende Petroleumlampe dort neben ihnen.
»Sagen wir, daß in letzter Zeit Don Pezza«, milderte der Kardinal ab, »sich von gewissen Aspekten anziehen ließ, nur oberflächlichen, nur äußeren, wie ich glaube – Aspekten der gnostischen Häresie, der großen Feindin des Irenäus, des Bischofs von Lyon«, er zeigte auf die Regale, auf denen sich noch mehrere aus dem Leim gegangene Bände stapelten, vermutlich ein Vermächtnis früherer Pfarrer, »und von Epiphanius, Hippolyt, Eusebios von Cäsarea ...«
Seine Stimme entfernte sich, und sein Blick streifte über die Reihen der schadhaften Einbände, irrte über diese verstaubten Dossiers der Anti-Ketzer-Abteilung, des Anti-Gnosis-Kommandos.
Aber all diese feierlichen, eindrucksvollen Namen sagten dem Kommissar nichts. Er hatte von der Schule her eine vage Erinnerung an die Häresie des Arius, an das Konzil von Nikäa (oder Antiochia?) und an die Kontroverse von Pergamon. Aber was hatten diese so lang vergangenen Auseinandersetzungen mit Pezza zu tun? Und was zum Teufel war diese gnostische Ketzerei?
»Was ist«, fragte er und unterdrückte den »Teufel«, »die gnostische Ketzerei?«
Seine Eminenz betrachtete ihn mit einem Ausdruck, als habe er, zurück von einer weiten, strapaziösen Reise durch die Theologie, nun Mühe, die kleine Station wiederzuerkennen, von wo er aufgebrochen war, und wüßte nicht recht, womit er die einfältige Neugier der Daheimgebliebenen am ehesten befriedigen könnte.
»Die Gnosis ...« und er spreizte die zehn schwarz behandschuhten Finger. »Nun, auch Sie, ein Agnostiker, wissen, daß im Mittelpunkt

jeder Religion die Vorstellung oder Intuition einer verborgenen Wahrheit, eines übernatürlichen Geheimnisses steht ... eines göttlichen Fadens im Gewebe, der das Geheimnis des Lebens und des Alls erklärt. Ein großer Philosoph definierte den religiösen Menschen als den, der das Geheimnis anerkennt und annimmt, der das Gefühl für das Geheimnis stets gegenwärtig hat.«

Habe ich das Gefühl für das Geheimnis, fragte sich Santamaria und fühlte sich plötzlich in seinem Wert vermindert. Diese ruhige Stimme, die zu ihm so freundschaftlich von metaphysischen Dingen sprach, ließ ihn an seiner Laufbahn zweifeln, in der er sich mit kleinlichen Intrigen und Drei-Groschen-Geheimnissen zu plagen hatte.

»Die Gnosis ist nichts anderes als die Erkenntnis dieses Geheimnisses, als die Antwort auf das Rätsel, das über uns steht... Nun gibt es aber, wie Sie verstehen werden, viele Antworten, viele verschiedene Gnosen, eine platonische, eine pythagoreische, eine zoroastrische Gnosis. Und selbstverständlich gibt es auch eine christliche Gnosis, denn das Wort Christi ist ja Offenbarung; die Heilige Schrift stellt das dar, was die Kirche offenbarte Wahrheit nennt.«

Unmerklich hob er den Kopf und straffte die schmalen Schultern, als wollte er anzeigen, daß die Feier der Unparteiischkeit jetzt zu Ende war.

»Hier liegt die wunderbare Überlegenheit, heute würde man sagen, die revolutionäre Neuheit der christlichen Auffassung, die niemanden von der Offenbarung ausschließt, die niemandem den Zugang zum Mysterium verwehrt und die jedermann das Heil und die Gnade spendet. Und in diesem tiefen, an das Wesen rührenden Sinn kann man Christus«, und mit einem Lächeln nahm er die Definition zurück, noch bevor er sie geäußert hatte, »eine große demokratische Figur nennen. Sie verstehen?«

Der Kommissar verstand, aber aus einer atavistischen und hier vielleicht überflüssigen Scheu vor Belehrung hielt er es für klüger, auf das eigentliche Thema zurückzukommen.

»Wohingegen die gnostische Ketzerei eher – aristokratisch zu nennen wäre?«

»Aristokratisch und zugleich anarchisch, Sie verstehen? Für den Gnostiker haben nur die Erleuchteten, die Auserwählten teil am Geheimnis, und zwar durch eine unmittelbare Offenbarung, eine Vision, einen privilegierten Kontakt mit der Gottheit. Und die Erleuchteten ihrerseits geben das Geheimnis an einen kleinen Kreis von Eingeweihten, an eine geschlossene, fanatische Sekte weiter.«

»Und Don Pezza hatte diese Offenbarung?«

Auf diesen Ton des Zweifels antwortete ein Ton des Mitleids.

»Vielleicht glaubte er es in seinem armen Kopf.«

Oder versuchte, es andere glauben zu lassen.
»Aber was für Offenbarungen waren das?«
Der Kardinal blätterte das Buch an einer Ecke des Schnitts mit dem Daumen durch, wie ein professioneller Spieler ein Spiel Karten.
»Das ist schwer zu sagen, weil sich hier das anarchische Element der Gnosis einmischt, von dem ich Ihnen sprach. Von diesen Sekten gab es eine Unzahl, und jede hatte ihre eigene Vision und ein besonderes System der Mysterien, das sie für das einzig gültige hielt. Es handelt sich hier um eine fließende, eine willkürliche, schlechthin chaotische Theorie, besser gesagt, eine Un-Theorie. Es gab keine orthodoxen, kodifizierten Schriften, die für die Gnostiker maßgebend gewesen wären wie die Bibel für die Christen oder der Koran für die Moslems ... Außer den vielen apokryphen Evangelien wie dem der Eva oder der Maria, dem Geheimen Buch des Johannes oder dem sogenannten Thomas-Evangelium gab es die verworrene *Pistis Sophia* und die an einen Fieberwahn gemahnenden *Bücher Jehus,* wo Jesus selbst dem Adepten ein endloses, groteskes Losungswort verriet, etwas wie *Zezophazazza* oder so ähnlich, dessen Kenntnis genügte, um in den Himmel aufzusteigen. Außerdem gab es eine ganze Menge anonymer Schriften, alexandrinische, syrische und koptische, abgesehen von den Werken des Karpokrates und Valentinus, des Marcion und des infamen Basilides, wie ihn Irenäus nannte – Werke, von denen uns viele Fragmente gerade durch die christlichen Gegner der Gnosis überliefert worden sind.«
»Und wann war das alles?« erkundigte sich der Kommissar, als fragte er, wo sich der infame Basilides gestern abend zwischen neun und zehn Uhr aufgehalten habe.
»Ihre stärkste Verbreitung erreichte die Seuche im zweiten Jahrhundert nach Christus. Es war ein Jahrhundert der tödlichen Gefahr für die Kirche, wie Sie verstehen werden. Da die gnostischen Sekten eine weltliche Hierarchie ablehnten und auf einen von der gesamten christlichen Gemeinschaft anerkannten Glaubenskodex verzichteten, trugen sie den Keim der Auflösung in sich. Sie vermehrten sich mit einer unaufhaltsamen zentrifugalen Bewegung ... Wenn die Kirche nicht eingeschritten wäre mit aller Energie und mit der intellektuellen Autorität ihrer großen Lehrer ... und mit der Hilfe des Heiligen Geistes –«
»Des Heiligen Pneuma«, konnte der Kommissar nicht widerstehen einzuschieben.
»– wäre das Christentum in Gefahr gewesen, in Willkür und esoterischer Bedeutungslosigkeit unterzugehen. Aber im sechsten Jahrhundert war die Schlacht gewonnen. Die Kirche war gerettet.«
»Und danach?« fragte der Kommissar – und stellte sich die optimistischen Überschriften der Presse des sechsten Jahrhunderts vor: die letz-

te Gnostikerbande zersprengt, Jagd auf die Führer des syrischen Clans, Eusebius von Cäsarea erklärt unserem Korrespondenten ...
»Oh, das alles«, erklärte der Sieger mit Nachsicht, »lebt am Rande oder im Untergrund fort, sozusagen als eingefleischte Formen des Irrationalismus auf dem Grunde des menschlichen Geistes, da wo er am gefährdesten ist; und das ist er vor allem in Zeiten schwerer Wirren und sozialen Unfriedens ... Meistens handelt es sich dabei um reinen Fanatismus, um wahnhafte Kulte, wie sie heute in Amerika verbreitet sind, oder um das Wiederaufleben magischen, astrologischen, ja sogar alchimistischen Aberglaubens, mit allen möglichen, zuweilen recht eindrucksvollen Vermischungen und Verschmelzungen ... Zeitweise kommt es sogar zu einem neu erwachten wissenschaftlichen Interesse für die Gnosis. Gelehrte wie Pater Orbe, Puech, Quispel oder Jonas haben Untersuchungen von beachtlichem Niveau geführt, vor allem im Hinblick auf Quellen, auf die Berührung mit dem orientalischen Mystizismus, auf persische Entlehnungen oder griechische Anverwandlungen ...«
Der zarten und ein wenig monotonen Stimme des Kardinal-Erzbischofs war es wahrhaftig gelungen, das Verschwinden einer Leiche zu bewirken. Mit der Beschwörung von Jahrtausenden, von vergessenen Riten, verschwundenen Kulturen war Pezza in den Orient entschwunden.
»Aber woran«, wandte Santamaria sich nüchtern und prosaisch wieder dem Westen, und speziell Turin, zu, »woran glaubten die Gnostiker eigentlich? Es wird doch auch Gemeinsamkeiten zwischen all diesen Sekten gegeben haben?«
»Selbstverständlich«, beeilte sich der Kardinal zu versichern. »Wir finden bestimmte Allegorien, magische Wörter und Zahlen, gewisse Formen, die von Jahrhundert zu Jahrhundert wieder auftauchen, wenn auch mit vielen Varianten. Da ist immer wieder der Kontrast von Licht und Finsternis, Geist und Materie, die Dichotomie Ordnung–Chaos, die Schlange als Symbol der Vollendung im Gegensatz zu der Schlange als der Versucherin im Paradies. Andere wiederkehrende symbolische Tiere sind der Löwe, der Greif, das Krokodil, der Adler ... Dann die Herausstellung des Pneumas als der Macht oder, besser, des übermenschlichen Vermögens, das den Gnostiker auszeichnet ... Und von dorther dann die Unterscheidung zwischen den Pneumatikern, das sind die Erwählten, den Psychikern, das heißt, den potentiellen oder noch unvollkommenen Adepten der Lehre, und den Somatikern als den bloßen Sinnenmenschen, die zur Erkenntnis und damit auch zur Erlösung unfähig sind ...«
Es klang jetzt beinahe belustigt, was er da sagte, so als beschriebe er von einem Hubschrauber aus die Extravaganzen einiger Ameisen auf der

Kuppel von Sankt Peter.
»Und von ihrer übernatürlichen Bürokratie kann ich Ihnen kaum eine Vorstellung geben. Es gibt da eine unendliche Hierarchie von bösen und guten Wesen und Mächten, immer in Bewegung zwischen dem Nichts, dem Abgrund, dem Logos, und verwandt mit den Äonen, die Sie schon kennen; in vielen Sekten gibt es deren sechsunddreißig, aber es können auch zwölf oder dreihundertfünfundsechzig oder wer weiß wieviel sein, ohne die Archonten des Lichts und der Finsternis zu rechnen, und ganz zu schweigen von den Wächtern und Zöllnern, die ich weiß nicht welche Grenzen wie vieler himmlischer Sphären bewachen, oder bewachen sie unsere Geschicke? Oder kämpfen sie gar gegen ihnen symmetrisch gleiche Gegner mit geheimen Namen? Und selbstverständlich«, fügte er hinzu und stieg nun gleichsam auf eine Höhe von zwanzigtausend Metern oberhalb der Ameisen, »leugnen alle Sekten, aus durchsichtigen Gründen, die Menschwerdung Gottes in Christus. Einige meinen, die wirkliche Kreuzigung sei in den höheren Sphären erfolgt und die Kreuzigung von Golgatha sei nur ein Reflex, eine Spiegelung der wirklichen gewesen. Wieder andere sehen in Christus einen Schauspieler, den Darsteller einer Rolle oder ein Gespenst, das sich eben irgendeinen Körper auslieh, um die Menschen zu täuschen ...«
»Interessant«, sagte Santamaria, und er dachte an den recht eindrücklichen und so gar nicht illusorischen Körper Don Pezzas. »Und, soweit ich sehe, ziemlich kompliziert.«
»Es ist, wie ich Ihnen sagte, eine verworrene, anarchische Welt, und ich kann gewiß nicht behaupten, sie zu kennen; meine Erinnerungen stammen fast alle noch aus dem Seminar oder so ungefähr. Aber wenn Sie das Thema interessiert, wird es mir ein Vergnügen sein, Ihnen die eine oder andere nicht gar zu spezialistische Arbeit darüber zu schicken. Ich glaube, es gibt ziemlich allgemeinverständliche Kompendien, vielleicht den Jonas oder den alten Leisegang; da können Sie sich dann eine etwas vollständigere Vorstellung von dieser Häresie machen, der man ja einen gewissen Reichtum von merkwürdigen, phantasievollen Einfällen nicht absprechen kann, wenn man sie vom ästhetischen Standpunkt aus betrachten will.«
»Das würde ich gern, was mich betrifft«, antwortete lächelnd der Kommissar. »Aber in diesem Augenblick muß ich mich leider mehr für den kriminalistischen Standpunkt interessieren.«
Der weißhaarige liebenswürdige, gelehrte Herr schien plötzlich die Kälte in dem Zimmer zu spüren. Schaudernd blickte er sich um, als suche er einen Ofen, einen Funken Wärme, und Santamaria fühlte sich zu der Bemerkung verpflichtet: »Es ist sehr kalt hier drinnen.«
Seine Eminenz erhob sich und stellte den Irenäus von Lyon wieder

zwischen andere Bände (Hippolytus? Epiphanius?) desselben wuchtigen Formats.

»Auch ich wundere mich, glauben Sie mir«, sagte er nachdenklich und wandte sich um, »daß aus dieser alten Bibliothek, aus diesen Seiten, die unserer Welt so weit entrückt scheinen ... Aber ein unheilvolles Zusammentreffen, ein boshafter Zufall haben gewollt, daß die Begegnung mit dem Bischof von Lyon bei einem Pfarrer von heute eine solche Verwirrung zur Folge hatte, eine so erschütternde Trübung seiner Intelligenz. Nur der Herr«, er seufzte resignierend, »kann wissen, was in diesem armen verwirrten Kopf vorgegangen ist.«

Um nicht unverschämt zu erscheinen, verschwieg der Kommissar, daß er dennoch hoffte, es früher oder später selbst auch zu wissen. Aber er versuchte, jetzt wenigstens die Grenzen dieser Verstandestrübung etwas genauer zu bestimmen.

»Ja, das ist ohne Frage bestürzend, und letzten Endes wird die Erklärung wohl die Psychologie geben – um nicht zu sagen, die Psychiatrie.«

»Das fürchte ich auch.«

»Aber in unserem Beruf müssen wir uns mit der Oberfläche begnügen. Sehen Sie, Eminenz, der Verstand Don Pezzas war gewiß zerrüttet, aber die Tatsache bleibt, daß er sich nicht das Leben genommen hat, sondern ermordet worden ist.«

Der Erzbischof blickte mißtrauisch in die Petroleumlampe, die er in die Hand genommen hatte.

»Eine Sprengstoff-Kerze, sagten Sie?«

»Eine Kerze mit Zeitzünder.«

Vor sich hinmurmelnd näherte sich Seine Eminenz, die Lampe erhoben, der Tür, und von dort warfen beide noch einmal einen letzten Blick auf das Studierzimmer Don Pezzas und seiner Vorgänger. Und der Kommissar hatte dabei den flüchtigen Eindruck wie von zwei Dieben in der Nacht, zwei Spitzeln, zwei Agenten rivalisierender Geheimdienste, die in der Erfüllung ihrer Aufträge aufeinandergestoßen waren und sich gegenseitig neutralisierten. Er war natürlich nicht mit der Absicht einer regelrechten Haussuchung hergekommen, aber konnte er dasselbe auch von dem Purpurträger sagen? Konnte er ausschließen, daß diese gebrechliche Gestalt sich so weit erniedrigte, kompromittierende Papiere beiseite zu schaffen und entscheidende Beweise zu verschleiern? In den Falten dieses Überwurfs konnte man leicht umfangreiche Dossiers und ganze Kassetten mit gnostischen und weniger gnostischen Dokumenten verbergen. Der Stellvertreter des großen Irenäus, dachte er, war vielleicht schneller gewesen als er.

Aber diese Gedanken waren vergangen, als sie über weitere dunkle Korridore die Sakristei und die Kirche erreichten. Die Scheinwerfer

vom Erkennungsdienst waren fort, und hier und da waren wieder Kerzen angezündet. Es herrschte ein Durcheinander von umgekippten Kirchenbänken, die die fliehende Menge umgerissen hatte, und in den Seitenschiffen lagen zerbrochene Stühle und Fensterscheiben übereinander, auf die schräg der Schnee herabfiel.
Ein junger Priester, der in einer der vordersten Bänke kniete, hob den Kopf und schickte sich an, aufzustehen. Aber Seine Eminenz hielt ihn mit einer Handbewegung zurück und schritt, nachdem sie die Lampe auf die Balustrade gesetzt hatte, dem Kommissar voran auf den Turm und die Umrißzeichnung des Herabgestürzten zu. Auf dem Marmorboden hatte der Erkennungsdienst keine Kreide verwenden können und sich deshalb, die Konturen schematisierend, mit blauem Lassoband beholfen.
»Hier ist er aufgeschlagen«, sagte der Erzbischof.
Er machte das Zeichen des Kreuzes, und auch der Kommissar neben ihm nahm für einige Augenblicke eine den Umständen entsprechende feierliche Haltung an, bevor dann beide den Blick nach oben, zur Spitze des Turms, wandten.
»Simon der Zauberer«, sagte Seine Eminenz. »Der Flug des Simon Magus. Es fällt schwer, nicht daran zu denken«, murmelte er. Und als er den fragenden Blick des Kommissars bemerkte, fuhr er fort: »Er war ein berühmter Zauberer, wahrscheinlich orientalischer Herkunft, der im ersten Jahrhundert in Rom lebte. Von ihm hat die sogenannte ›Sünde der Simonie‹ ihren Namen. In der Apostelgeschichte wird berichtet, daß er die Christen um die von ihnen vollbrachten Wunder beneidete und ihnen Geld bot, damit sie ihn an dem Geheimnis ihrer Macht teilhaben ließen. Nach der Legende forderte Simon dann seine Rivalen zu einem öffentlichen Wettkampf heraus, und dabei gelang es ihm, sich bis zu einer großen Höhe über die Erde zu erheben ...« die schwarz behandschuhte Hand hob sich bis zur Kopfhöhe des Kommissars, »aber die Gebete der anwesenden Christen bewirkten, daß er herabstürzte.«
»Und er war ein gnostischer Zauberer?«
»Gewiß.«
Der Kommissar hatte immer mehr Mühe, mit beiden Füßen auf dem Boden seines Jahrhunderts, in seiner Stadt und bei seiner Arbeit zu bleiben. Er umschritt den Umriß des gestürzten Magiers und sah fast erschrocken den Kardinal-Erzbischof an.
»Handelt es sich hier um eine Erscheinung, die sich ausbreitet? Haben Sie Informationen, daß auch andere Pfarrer und Ordensgeistliche in Italien oder anderswo in diesem Augenblick ...?«
»Sie meinen, ob heute die gnostische Häresie wieder eine Gefahr für die Kirche bedeutet?«

»Oder zumindest ein Gefahrensignal?«
»Das möchte ich ausschließen. Don Pezza ist der erste Fall, von dem wir Kenntnis haben, und meiner Ansicht nach handelt es sich hier um einen pathologischen Fall, ohne Zusammenhang mit dem Organismus der christlichen Gemeinschaft.«
»Aber es könnte vielleicht Rivalen geben, konkurrierende Sekten?«
»Alles ist möglich in der gnostischen Sphäre, Sie verstehen? Jederzeit. Es gibt eine asketische Gnosis, die die Absage an die Welt predigt, die Abtötung des Fleisches, die absolute Spiritualität. Und es gibt eine Gnosis, die zwar von derselben Ablehnung der Welt ausgeht, aber zu dem entgegengesetzten Schluß gelangt: Der Körper ist unedel, das Fleisch ist, seiner Natur nach, gemein, darum ist es die Pflicht des Gnostikers, es zu besudeln und mit Füßen zu treten. Daher – verstehen Sie? – hat der Gnostiker die Pflicht, zu sündigen und sich im Dreck zu suhlen, absichtlich, im Namen seines verblendeten Glaubens, die niedrigsten und grausamsten Verbrechen zu begehen. Die Gnosis kennt nicht die christliche Hoffnung, sie ist ein Credo der Angst oder der Schwärmerei, einsamer Hysterie oder eines dumpfen kriminellen Wahnsinns. Sie läßt keinen Ausweg.«
Was für ein Ausweg? Der Kommissar meinte zu spüren, wie ihm eine Art eisiger Lähmung vom Marmorboden aus die Beine hochkroch, in die Adern und ins Bewußtsein drang. Und zugleich schien um ihn herum nichts an seinem Platz zu bleiben; das ständige leichte Flackern der Kerzen verfälschte mit seiner schwankenden blaßgelben Geometrie alle Perspektiven und jede Stabilität.
Ihn rettete das rauhe, irdisch rasselnde Geräusch der ersten Straßenbahn dieses Morgens.
»Was für ein Ausweg?« fragte der Kommissar, der, bildlich gesprochen, auf das agnostische Geräusch hin aufgesprungen war.
»Die Gnostiker glauben«, und die Stimme Seiner Eminenz schwankte nun zwischen dem Tonfall der Gelehrsamkeit und dem Zittern dessen, den ein Grauen packt. »Nach der Lehre der Gnostiker war der Schöpfungsakt von Übel, und die Welt, das Universum, sind ein Irrtum. Und Gott, der Gott der Bibel, Jahwe, unser Gott, sei nur eine untergeordnete Gottheit, die das himmlische Gleichgewicht gestört hat, indem sie die Welt schuf, in der wir leben. Er ist der Schwarze Äon, der 36. Äon, dem sich der 1. Äon, Bythos der Ordner, und vor allem der 14., der Verborgene Äon, entgegenstellen, denn diesem obliegt die Aufgabe, periodisch die Schöpfung im Pleroma wieder aufzusaugen . . .«
Die Gelehrsamkeit milderte den Abscheu und die Empörung, und gerade die Absurdität dieser Vorstellungen nahm ihnen etwas von ihrer Blasphemie.

»Wir haben es hier also, wie Sie verstehen werden, mit einem zerstörerischen, nihilistischen Glaubensbekenntnis zu tun, dem Abscheu vor der Schöpfung in allen ihren wunderbaren Formen. Die Sekte der Ophiten verehrte die einen Kreis formende Schlange, Ophis, das pneumatische Tier schlechthin ... dargestellt, wie es sich in den Schwanz beißt und selbst verschlingt: Symbol der Schöpfung, die sich selbst aufsaugt und vernichtet in dieser Leere, in diesem negativen und abstrakten Logos, der für die Gnostiker die höchste Fülle bedeutet.«

»Und Don Pezza«, fragte Santamaria, »hielt sich für den Propheten dieses Kreislaufs? In diese Leere wollte er mit seinem Turm hinauf?«

»Vielleicht. Wer weiß?«

»In einem gewissen Sinn kann man sagen, daß er dort angelangt ist«, sagte Santamaria, den Blick auf den Umriß am Boden gerichtet.

Der junge Priester hatte seinen Platz verlassen und stand nun wenige Schritte von ihnen entfernt auf der anderen Seite der Balustrade. Sobald es ihm gelang, die Aufmerksamkeit des Kardinals auf sich zu lenken, sah er mit bedeutungsvollem Ausdruck auf seine Uhr.

»Ach ja.« Der Kardinal lächelte. »Wie weit ist die Nacht schon vorgerückt? Es muß wohl beinahe Tag geworden sein.«

Durch die zerbrochenen, von spitzen Zacken gesäumten Kirchenfenster drang etwas, was noch nicht Licht war, sondern eine trübe Absonderung der Nacht, ein farbloses Serum. Und das Kreischen und Knarren der Trambahnen und das Brummen der Motoren durchschnitten jetzt immer öfter dieses mißglückte Morgengrauen.

Seine Eminenz reichte dem Kommissar die Hand.

»Ich muß gehen.«

»Ich danke Ihnen. Ja, ich weiß nicht, wie ich Ihnen für Ihre kostbaren Erklärungen danken soll. Und ich verspreche Ihnen, daß die Ermittlungen ...«

»Aber ich habe Ihnen doch gar nichts erklärt, ich bitte Sie! Ich bin kein Fachgelehrter. Aber ich will sehen, ob ich Ihnen nicht eine ausführliche Arbeit zukommen lassen kann, auch wenn –«

Er unterbrach sich mit einer kleinen ohnmächtigen Bewegung der behandschuhten Hände und blickte sich um. Und auch Santamaria nahm, ob unter dem Einfluß des Beispiels oder weil auch ihm seine Erschöpfung plötzlich bewußt wurde, die düstere, klägliche und unsinnige Unordnung wahr, die ihn umgab. Auch er zeigte sich wehrlos und überwältigt.

Der Kardinal musterte ihn mit besorgter Teilnahme.

»Wenn es Ihre Ermittlungen notwendig machen, zögern Sie nicht, direkt zu mir zu kommen. Aber jetzt erlauben Sie mir, Ihnen einen Rat zu geben«, er zwang sich zu einem Lächeln, »gehen Sie und gönnen Sie

sich ein wenig Ruhe. Ich fürchte, daß Sie, der Hüter, sie brauchen werden. Ich weiß nicht, ob es die Gnosis oder der Wahnsinn oder irgendein anderes Mysterium ist ... aber diese Nacht – Sie verstehen? – wird vielleicht noch lange dauern.«
Eilig wandte er sich um und entfernte sich mit seinem Begleiter durch das Mittelschiff. Ihre Schritte verhallten unhörbar.

14

Der Bleistifthändler hatte die Augen schon seit einer Weile geöffnet, aber er konnte sich nicht darüber klarwerden, was die weißliche rechteckige, irgendwie leuchtende Scheibe in dem Halbdunkel vor ihm eigentlich war. Er mußte wohl beim Fernsehen eingeschlafen sein, und nun war auf dem Bildschirm des noch eingeschalteten Apparats aufgrund irgendeiner Störung das Bild weggeblieben. Aber vielleicht waren nur seine Augen zu verschleiert, um es richtig sehen zu können. Dabei sah er aber ganz deutlich links unter dem Bildschirm die kleine rote Lampe, die anzeigte ...
Nein, die Kontrollampe des Fernsehapparats war weiß – oder vielleicht auch blau –, er sah allerdings niemals fern, er hatte den Apparat nur seiner Frau zuliebe gekauft, der es seit einiger Zeit nicht gut ging und die abends ... Plötzlich erinnerte er sich wieder, und wenigstens teilweise wurden die Bilder verständlich.
Der Motor war abgestellt, aber der Kontakt war nicht unterbrochen, das Lämpchen zeigte an, daß die Batterie sich entleerte ... Aber wie war er wieder in den Wagen gekommen? Er erinnerte sich gut, ihn auf einer Ausweichstelle der Landstraße abgestellt zu haben, hinter der Überführung, ein ganzes Stück weit entfernt von ... Er bemühte sich, etwas von draußen zu sehen, aber die dichte Schneeschicht auf der Windschutzscheibe ließ nichts erkennen außer einem Lichthof, der zu einer Straßenlaterne zu gehören schien, obwohl er sich nicht erinnern konnte, auf der Straße Laternen bemerkt zu haben. Auch die Seitenfenster – die er freilich kaum sehen konnte, da es ihm nicht gelang, den Kopf herumzudrehen – waren von einer weißen Schicht bedeckt.
Der linke Arm ruhte, wie er jetzt entdeckte, auf dem Steuerrad, und der ganze Körper war nach vorn geneigt, gehalten von dem Sicherheitsgurt, den ihm aber ein anderer angelegt haben mußte, da er selbst ihn nie benutzte. Er hatte ihn seiner Frau zuliebe anbringen lassen, wie auch die Christophorus-Medaille über dem Aschenbecher ... Den anderen Arm mußte er an die Seite gepreßt haben, mit der Hand auf dem Sitz, aber er spürte weder den Arm noch die Hand; er fühlte überhaupt

nichts auf dieser Seite. Ab und zu sah er auch nichts mehr, doch dann zeichnete sich das Rechteck der Windschutzscheibe wieder deutlich ab, das kleine rote Kontrollämpchen leuchtete wieder auf dem Armaturenbrett, und die Straßenlaterne ...

Aber auf der Landstraße hatte es keine Laternen gegeben; das wußte er genau. Wo also war er? Er versuchte, den Arm auf dem Steuerrad zu bewegen, und allmählich gelang es ihm, ihn nach vorn zu verlagern. Mit der Hand berührte er jetzt die Windschutzscheibe, dann ließ er sie bis zu den Schaltknöpfen auf dem Armaturenbrett fallen. Er mußte den Zündschlüssel umdrehen, fiel ihm ein, und den Kontakt unterbrechen, wenn er nicht wollte, daß die Batterie sich vollkommen entleerte. Oder noch besser, dachte er, den Motor anstellen, um nicht so zu frieren, und er drückte auf den Anlasser.

Der Wagen machte einen Ruck. Die auf dem Rücksitz planlos übereinander gestapelten Kartons mit Jucca-Stiften purzelten durcheinander. Offenbar war ein Gang eingelegt geblieben, und der Mann, der mit der linken Hand nicht bis an den Schalthebel gelangte, verzichtete darauf, den Motor anzulassen. Der Ruck hatte übrigens seine Schräghaltung ein wenig verändert. Wenn er jetzt die Augen zur Seite wandte, konnte er sehen, daß der Sitz neben ihm leer war. Die Kartons, die für gewöhnlich dort standen, mußten jetzt hinten zu den anderen gestellt worden sein. Wahrscheinlich war es das, was er eben hatte fallen hören. Wo war er, fragte er sich wieder und tastete mit der Hand nach dem Schalter für den Scheibenwischer.

Eine Glocke, die nicht weit entfernt sein konnte, schlug die Stunde: eins – zwei – drei – vier – fünf –, mit einem heiseren, rostigen und kläglichen Ton, der dem Bleistifthändler vertraut klang. Es war ein Ton, den er oft gehört hatte, dachte er, während er den Schalter drehte, den er endlich gefunden hatte. Langsam bewegten sich die Arme des Scheibenwischers und fegten zwei schmale Ausschnitte der Windschutzscheibe frei; dann standen sie still, obwohl der Elektromotor nicht aufhörte zu summen. Sie kamen gegen den Schnee nicht an, und die Batterie mußte bereits halbleer sein. Aber durch die nur wenige Zentimeter breite freie Fläche der Windschutzscheibe konnte er eine Straße und eine Laterne am Ende der Straße erkennen. Verblüfft sah er hinaus.

Die Straße, in der er sich befand, war die Via delle Fuchsie, im Brussone-Viertel. Die Laterne dort hinten – es gab in dieser Gegend nur noch eine andere, aber sie hatte zerbrochene Scheiben und brannte seit Monaten nicht mehr –, die Laterne war die vor dem Haus Nr. 18.

Die Kirchuhr schlug einmal. Halb sechs ... Oder vielleicht war er auch über seinem Nachdenken, seiner Bemühung, zu verstehen, noch einmal in Halbschlaf gefallen, und es hatte inzwischen schon sechs Uhr geläutet? Das Licht der Straßenlaterne schien schwächer geworden zu sein. Aber noch war kein Fenster in der Via delle Fuchsie erleuchtet, wenigstens soweit er sehen konnte. Der Elektromotor summte noch immer, wenn auch schon leiser. Das kleine rote Licht auf dem Armaturenbrett begann zu zittern.

Die Batterie, überlegte er, mußte nun wohl vollkommen leer sein. Erst jetzt hatte er daran gedacht, mit der durch zwei Speichen des Steuerrades hindurchgezwängten Hand (der Arm war durch den Ärmel der schweren Jacke behindert) nach dem Abblendschalter zu tasten. Der Gedanke war ihm zu spät gekommen. Als er endlich den kleinen Hebel zu packen bekam und ihn umdrehte, zeigte nur ein schwacher Lichtschein auf dem Schnee unmittelbar vor dem Auto an, daß die Scheinwerfer eingeschaltet waren; und als er auf die Hupe drückte, war der Ton, der herauskam, nur eine Art leises Pfeifen, ein mattes, wie weit entferntes Signal, das er selbst Mühe hatte zu hören.

Aber jetzt, dachte er, war es sowieso zu spät.

Es hatte wieder angefangen zu schneien. Die beiden freien Ausschnitte auf der Windschutzscheibe bedeckten sich nach und nach, die Via delle Fuchsie verschwand. Der Mann verharrte regungslos, sein Atem ging schwer und seine Augen trübten sich bei dem starren Blick auf die weißliche Scheibe. Hier würden sie ihn finden und glauben, daß ... sie würden nicht auf den Gedanken kommen ... es sei denn ...

Mit Mühe zog er das Handgelenk aus dem engen Dreieck der Speichen, führte die Hand an die Brust, betastete mit steifen Fingern seinen Auftragsblock, den er in seiner Innentasche trug. Aber die Kunstlederjacke war eng zugeknöpft und der Sicherheitsgurt, auf dem er mit dem ganzen Gewicht seines Oberkörpers ruhte, war sowieso ein unüberwindliches Hindernis. Nichts zu machen, resignierte er. Er hatte vorgehabt, ein paar Worte an seine Frau zu hinterlassen, aber ... Und jetzt mußte er lachen, ja er lachte – er hatte nicht einmal einen Bleistift zur Hand. Er hustete. Er bekam kaum Luft, sein Atem ging immer keuchender, und die Windschutzscheibe vor ihm beschlug sich. »Liebe Delia, du sollst wissen, daß ... wir Endunterfertigten ... gegeben am ...« Aber schon verwirrten sich seine Gedanken.

Nein, dachte er plötzlich, wieder ganz klar, und blickte auf die beschlagene Scheibe. Nur zwei oder drei Worte. Eine kurze Nachricht, die er hier schriftlich hinterließ, wo man sie bestimmt finden würde, bei der Suche nach ... Mit einer Anstrengung streckte er den Arm aus, bis er mit der Hand die eisige Scheibe berührte und innehielt. Eine kurze

Nachricht, aber was für eine, wo er nicht einmal den Namen des Orts oder den der Personen kannte und nicht einmal wußte, was das alles zu bedeuten hatte ... Und das Brussone-Viertel? Von dort war er aufgebrochen, und dorthin war er zurückgekehrt, aber er konnte nicht sagen, welchen Zusammenhang es da gab ... Von Brussone wußten die anderen auch, ebenso von der Kirche ... nicht dieser hier, sondern der anderen, Santa Liberata ... Aber er mußte ihnen doch erklären, Jesus Christus, ihnen in wenigen Worten sagen, was ...
Er mißbrauchte auch den Namen der Mutter Gottes und tat sogleich Abbitte, dies war nicht der Augenblick dafür, besonders seiner Frau hätte es mißfallen, und am Ende konnte man nie wissen. Aber er mußte sich beeilen, er mußte etwas finden, verdammt noch mal! Auch wenn es nur ein einziges Wort war, ein Zeichen, irgend etwas. Irgend etwas mußte es doch geben, er war überzeugt davon, man mußte nur nachdenken. Aber das einzige, was ihm unsinnigerweise immer wieder einfiel, war die Hausnummer in der Via delle Fuchsie, die die andern so gut kannten wie er und die gar nichts nutzte. Dann war dieses ständige Summen in seinem Kopf, wie von einem Insekt, das ihn quälte. Aber es war kein Insekt und es war auch nicht in seinem Kopf, wie ihm nun klar wurde. Es war der Motor des verhexten Scheibenwischers, der nicht aufhörte, leise zu brummen. Er näherte die Finger dem Scheibenwischerhebel ... und plötzlich wußte er, was er schreiben mußte. Das würde genügen, und er dankte der Mutter Gottes mit einem Lächeln. Eine kurze Nachricht. Eine überaus kurze.

Jetzt hatte der Wischermotor aufgehört zu summen. Das rote Kontrolllämpchen auf dem Armaturenbrett war erloschen. Die Hand des Mannes war herabgefallen und hatte sich auf dem Steuerrad wie in einem Krampf verzogen, als er aufgehört hatte zu atmen. Aber auf der Innenseite der noch ein wenig beschlagenen Windschutzscheibe waren die Buchstaben seiner Botschaft vollkommen lesbar:

TOPOS

7. *Ein Paar halbhohe schwarze Galoschen*

1

Ein Paar halbhohe schwarze Galoschen, die sie kürzlich von einem anderen kleinen Mädchen aus dem Brussone-Viertel, das aus ihnen herausgewachsen war, geerbt hatten, war die Ursache eines wütenden Streits zwischen den beiden Zwillingen geworden. Sie hörten erst auf, als die Mutter energisch eingriff und verfügte, daß die eine die Galoschen am Vormittag, die andere am Nachmittag tragen durfte. Die habgierigere und eitlere der beiden wählte die erste Schicht, die schlauere und berechnendere aber tat so, als fände sie sich mit dem Nachmittag ab – der jedoch länger und obendrein schulfrei war.

Zwei schüchterne kleine Mädchen, erschienen sie jetzt in dieser Landschaft, die sich in eine lautlose, unbekannte Fernseh-Einöde verwandelt hatte. Es hatte aufgehört zu schneien, und das Mädchen mit den Galoschen verließ sofort die spärlichen Pfade, die ein paar Arbeiter im Morgengrauen hier und da freigeschaufelt hatten, und wagte sich auf das unberührte Weiß. Die Schwester folgte ihr, von einer Fußstapfe zur anderen.

Es gab nichts Schöneres als Schnee. Der Regen, der Wind, die Sonne, der Nebel kamen und gingen, und alles blieb, wie es gewesen war. Der Frühling ließ die Blätter an Bäumen und Hecken sprießen, aber er brauchte viel Zeit dafür. Nur der Schnee war eine richtige Überraschung, ein Geschenk für gleich, das obendrein eine unwiderstehliche Ähnlichkeit mit Schlagsahne, mit weißem Käse, mit Zuckerwatte, mit Eisstückchen in der Limonade hatte . . .

Ganz auf den Geschmack all dieser Dinge konzentriert, kosteten sie ein paar Händchen voll Schnee. Dann formten sie Schneebälle und warfen sie aufeinander, verfehlten aber stets ihr Ziel und wirbelten mit Armen und Beinen kleine Schneestürme auf.

Verwundert erkannten sie ein Zementrohr wieder, eine zerbrochene Bank, einen kleinen Erdhügel. Sie maßen, wie hoch der Schnee lag, erst mit dem Finger und dem Ärmchen im schwarzen Ärmelschutz und dann mit dem Plastiklineal. Etwas weiter weg sahen sie eine weiße Düne, erkannten darin ein Auto und liefen hin, um es zu messen. Das Dach war für ihre Arme zu hoch, aber weiter unten bildeten die Flächen eine Muschelform; darauf schrieben sie ihre Namen, ein paar Zahlen und zeichneten einige etwas konfuse geometrische Figuren. Von einer

Seite der Windschutzscheibe, neben dem Scheibenwischer, löste sich ein Dreieck aus Schnee und zerstob. Die Zwillinge erkannten den Mann, der ihnen gestern Bleistifte geschenkt hatte und der jetzt, am Steuer sitzend, schlief. Sie rannten fort aus Furcht, ihn aufgeweckt zu haben.

Aus einer gewissen Entfernung drehten sie sich um; aber der Mann stieg nicht wutentbrannt aus, und auch sonst rührte sich nichts.

Die Zwillinge überlegten sich kurz, was von dem Schlaf des Fahrers zu halten war; aber dann erkannten sie von weitem ihre Schulkameradinnen Carmela und Samantha, die rotbäckig zur Schule liefen, und sie begriffen, daß dieses geheimnisvolle und flüchtige Ding, die Zeit, sie wieder einmal an eine ihrer zahllosen Stationen geführt hatte, die allgemein »halb neun« hieß. Nun rannten auch sie und riefen die Namen ihrer Mitschülerinnen in die starre winterliche Weite des Brussone.

2

(Aus dem Notizheft der P'bono)

Die Stadt vollkommen gelähmt unter 18 cm dicker Schneedecke, seit 1743 nicht mehr vorgekommen, darum alte Skihosen angezogen (Gabard., zitronengelb, ein bißchen knapp, ist mir aber sch'egal), lange Stiefel und ab zu Fuß, keine Lust, m. Mini Schneeketten anzulegen, Tram und Bus aus dem Verkehr ausgeschieden, ein schönes Stück Weg, in der Bar vor dem Pol'präs. 2 Brioches.

Chefs noch in der Heia, abgesehen von Cuoco, der schon wieder in S. Liberata zwecks weiterer Durchsuch. und Spurensicherg. – Teilt mit, daß Ing. Vicini sich dort freiwillig gemeldet hat und sich zur Verfüg. hält.

Anruf von Carab. Hptm. Scarampi: ob wir etwas vom VW wissen? Nein, und er? Auch nicht. Verspricht volle und loyale Zusammenarbeit, wenn auch wir. Hat mehrere Wagen ausgeschickt, die ihn suchen, aber bei diesem Schnee ist die Stadt vollk. paralysiert usw.

Eingang weißer Umschlag adressiert Kommissar S'maria, persönlich, aber nur mit Klammer geschlossen. – Drinnen ein Bändchen Die Gnosis *von Hans Leisegang. Hatte immer geglaubt, Gnosis gehöre zu den Geschlechtskrankheiten, statt dessen stellt sich heraus, es ist etwas Religiöses. Was sind wir Mädchen ungebildet! Gedruckt vom Verleger in Reihe* Große Themen, *aber d. Bändchen kam nicht von ihm. – Handschriftl. Widmung: »Dem Wächter der Nacht, mit dem Wunsch, bald den Morgen zu sehen, von seinem untertänigsten Gefangenen.« Die Unterschrift »diese Person« mit einem Kreuzzeichen davor. – Was*

für ein neues Geheimnis steckt hinter diesem +? Was bedeutet es? Oder ist er Analphab. und unterschreibt deshalb mit Kreuz? Aber wenn er danach doch unterschreibt? Oder bedeutet es, daß ein anderer für ihn unterschrieben hat?
Anruf aus S. Lib., Brig. Ortona (unser Unteroff. z. Verf. Cuoco): dort eingetroffen auch Prof. Trunkenboldin, gut erholt, durchaus imstande, sie wartet. Soll sie warten.
Anruf v. Vizepol'präs.: eintraf Staatsanw., wartet auf De P. od. S'maria. Soll er warten.
Anruf aus Krankenhaus, Posten Schwarzer Egon: Schw. E. wach und anscheinend normal. Aber in Erwartung ärztl. Untersuchung. Kann nicht vor 11 Uhr verhört werden, weil entw. Streik od. totale Lähmung des Verkehrs durch Schnee, oder beides.
Morgenzeitung bringt Bild v. »prachtvoll. Barockfassade« (?) S. Lib.-Foto ausgeschnitten, um ins N'heft zu kleben, aber kein Klebst. mehr. – Muß dran denken, Maresc. Biazzi um Klebst. zu bitten.
Ankunft Komm. S'maria, vollk. gelähmt v. Müdigkeit. Informiere ihn über s. o.. Versuche ihn mit geheimnisvollem Kreuz in Erregung zu versetzen, errege aber nur gutmüt. Mitleid, da das Kreuz vor der Unterschrift altes Privileg der Bischöfe und nichts mit Analph. zu tun hat. Diese Unbildung von uns Mädchen! – Ich beschließe, mich zu bilden und sofort mit der Gnosis den Anfang zu machen. Er ist inzwischen nach oben gegangen, zu St'anw., nach betrübtem Blick auf zitronengelbe Hosen. Na wenn schon.

3

Eigentlich war kein so großer Unterschied, dachte Kommissar Santamaria, als er hinter der Fensterscheibe des Autos die Stadt vorübergleiten sah, zwischen diesen paar kapuzentragenden Straßenkehrern, die hier und da den dicken Schneematsch hin und her schoben, und ihm, dem offiziell mit Ermittlungen »nach allen Richtungen hin« Beauftragten (wie es in den Zeitungen auf dem Schreibtisch des Polizeipräsidenten hieß und wie der Polizeipräsident in persona wiederholt hatte, als Rom am Telefon war, und wie der Staatsanwalt gerade nachgesprochen hatte).
Aber die vielversprechende Gebärde des Polizeipräsidenten, seine optimistisch zum Fächer geöffnete Hand, bedeutete letzten Endes doch nur wieder die eine einzige Richtung: die Kirche Santa Liberata, vor der nun ab und zu ein Neugieriger einen Augenblick stehenblieb, um das mißvergnügte Auf-und-ab-Patrouillieren des Polizisten auf dem Kirch-

platz zu beobachten.
Im Innern der Kirche die gleiche Aureole von Entmutigung und Unsicherheit um die Gestalt Priottis, der im linken Seitenschiff Schutt und Glasscherben »in alle Richtungen« kehrte, übrigens sofort seine Arbeit unterbrach und ihn von weitem grüßte, offenbar in der Hoffnung, daß der Kommissar ihn aus seiner undankbaren Alltagsarbeit reißen würde. Und dort weiter unten, am Hauptaltar, sah er die nicht minder alltägliche Gestalt Cuocos, der ebenfalls von allen »Richtungen« gerade diese gewählt hatte. Auch er war hergekommen, um alles noch einmal wiederzukäuen.
Als sich Santamaria ihm näherte, zeigte sich der Kollege an der Balustrade und spielte mit einer dicken Kerze.
»Ist es die?«
»Ja, es ist der Zwilling.«
Man hatte ein langes gleichmäßiges Loch in das eine Ende der Kerze gebohrt, und in diese Aushöhlung steckte Cuoco müßig den Daumen, um ihn wieder hinauszuziehen.
»Wo hat sie genau gesteckt?«
Cuoco ging zwischen den Unterbauten des Turms voran und steckte die Kerze in den Ständer am Fuß der Leiter.
»Nicht nur hier kann sie praktisch jeder genommen und ausgetauscht haben. Wir haben in der ganzen Kirche eine Menge völlig gleicher Kerzen gefunden, sie steckten praktisch überall. Da konnte sich jeder selbst bedienen, es war ein richtiger Supermarkt.«
»Wo hat sie Pezza her?«
»Hergestellt werden sie in einer kleinen Fabrik in der Nähe von Varese, und hier in Turin haben wir mit dem Grossisten gesprochen, der sämtliche Devotionalienläden beliefert. Er verkauft sie in Kisten zu achtundvierzig Stück.«
Sie gingen zum Altar zurück. Cuoco hatte die Kerze wieder in die Hand genommen und spielte damit, als wäre sie ein Turngerät.
»Wie habt ihr das Loch hineinbekommen?«
»Mit dem elektrischen Bohrer im Labor. Es ist kinderleicht. Notfalls könnte es auch, mit ein bißchen Geduld, mit einer Ahle, einem Schraubenzieher, irgendeinem Gegenstand, der nur ein wenig zugespitzt und lang genug sein müßte, das berühmte alte Mütterchen zu Hause machen.«
Vor der Balustrade stand ein großer Karton, der eine Unmenge von weißen Kerzenstücken enthielt. Cuoco blieb davor stehen.
»Entschärfte Kerzen«, sagte er mit einem sarkastischen Lachen. »Wir haben sie Stück für Stück zersägt. Es hätten ja noch ein paar mit Sprengstoff darunter sein können. Stell dir bloß die Überraschung bei

der nächsten Prozession vor. Das konnten wir nicht riskieren.«
»Und wo kommt der Sprengstoff her? Porta Palazzo?«
Cuoco zuckte die Achseln. Der Handel mit Sprengstoff aller Art, schön verpackt zu fünf oder zehn Patronen, florierte jetzt ebenso wie der mit geschmuggelten Zigaretten in den Gassen um die Porta Palazzo.
»Und hier drinnen hast du nichts weiter gefunden?« fragte Santamaria.
Cuoco entschloß sich, die Kerze »Modell Attentat« in den Karton zu werfen.
»Komm, ich zeige dir was.«
Sie gingen durch die Sakristei, wo ein Polizist auf einem hohen dunklen Stuhl hockte und in einer Sportzeitung las, während ein etwa vierzigjähriger fahlblonder, blasser Mann, auf einen Stock gestützt, auf und ab ging. Er trug gelbliche Handschuhe und einen blauen Mantel von korrektem Schnitt.
Als er die beiden hereinkommen hörte, drehte er sich um und schickte sich an zu sprechen. Aber Cuoco kam ihm zuvor.
»Einen Augenblick noch bitte«, sagte er und schob seinen Kollegen in den Korridor, der zum Pfarramt und zur Pfarrwohnung führte.
»Das ist der Ingenieur«, flüsterte er.
»Hast du ihn schon vernommen?«
Cuoco zog eine Grimasse.
»Er behauptet, gestern die ganze Nacht zu Hause gewesen zu sein, habe aber nichts gemerkt, weil er das Telefon abgestellt und sich die Ohren zugestopft hätte. Das kann ein Märchen sein, aber dann müssen wir es ihm nachweisen.«
Er öffnete die Tür zu Don Pezzas Studierzimmer.
»Nun sieh dir das an.«
Auf demselben Tisch, an dem sich vor ein paar Stunden Santamaria und Seine Eminenz gnostisch unterhalten hatten, standen jetzt alle Beweisstücke im rauchigen Schein der Petroleumlampe beieinander. Ein altes Tonbandgerät, ein halbes Dutzend blauer Plastikkassetten, die Cuoco in der Küche gefunden hatte. Ein großer Umschlag, angefüllt mit Blättern, Briefen, Notizen, Prospekten aller Art, Ansichtskarten und vielerlei Dingen von geringem Interesse, die zwar schon gesichtet waren, aber noch einmal gründlich überprüft werden sollten. Ein Zündverteiler und eine Zündkerze. Ein großes kariertes Blatt mit einer unverständlichen Zeichnung.
»Auf dem Gerät ist noch das Band mit der Probe für seine Predigt. Es ist Pezzas Stimme, wie mir die Caldani gesagt hat.«
»Wie geht es der Caldani?«
»Sie scheint sich einigermaßen erholt zu haben. Jedenfalls wirkt sie ganz normal. Sie ist jetzt da drüben mit dem Kirchenverwalter, so

etwas wie ein Pfarrer für den Notfall, der gekommen ist, um Rechnungen zu zahlen und über die nötigen Reparaturen und die Wiedereröffnung der Kirche eine Entscheidung zu treffen. Außerdem schaut er sich jetzt Don Pezzas Buchführung an.«
Santamaria zog eine der blauen Kassetten heraus.
»Hat er seine Predigten immer auf Tonband vorbereitet?«
»Es hat nicht den Anschein. Jedenfalls ist auf diesen Bändern nichts. Sie sind noch unbespielt. In seiner Tasche haben wir diese Blätter gefunden, es ist seine Handschrift. Der Text dürfte für die kleine Spielszene geschrieben sein, die der eigentlichen Predigt von gestern voranging. Und diese Zündkerze hatte er immer in der Tasche, sie soll für ihn mehr oder weniger symbolische Bedeutung gehabt haben.«
»Ja, wegen des Funkens, wie auch der Zündverteiler und das Feuer in der Kirche«, sagte Santamaria. »Alles höchst spirituelle, höchst komplizierte Angelegenheiten.«
»Ich weiß. Und dann ist da dieser Plan, dieser Entwurf oder weiß der Teufel, was es sein soll ...«
Santamaria begriff auf den ersten Blick: diese grob gezeichnete Figur rund um das Blatt sollte eine Schlange vorstellen, den großen Kreis der gnostischen Schlange, die sich selbst in den Schwanz beißt. Und im Innern des Kreises hatte die gleiche ungeschickte und ungeduldige Hand mit demselben Blaustift ein Feld in die Mitte gezeichnet und mit der Nummer 1 versehen und, davon strahlenförmig ausgehend, kleinere Felder, durchnumeriert bis 36. Die Konstellation der Äonen, das Pleroma.
»Was ist das, ein Schaltplan?« fragte Cuoco mißtrauisch. »Eine Variante zu ›Mensch, ärgere dich nicht‹ oder eine Skizze der mit Kerzen in die Luft zu sprengenden Objekte?«
»Nein, ich glaube, es sind andere mystische Spiele«, sagte Santamaria. »Auch das sind Symbole.«
Ihm fiel auf, daß eines der Felder leer, ohne Nummer, war. Und daß die fehlende Nummer die 14 war, die des 14. Äons, des »Verborgenen Äons«.
»Vielleicht sind es Spiele«, bemerkte Cuoco, »aber wenn sie wie gestern abend enden, sehe ich nicht den Witz dabei.«
»Das Pneuma«, verbesserte ihn Santamaria, indem er sich am Tisch niederließ. »Also gut, lassen wir nicht den Mut sinken. Schick mir den Ingenieur.«
Cuoco ging hinaus, nicht ohne eine letzte Grimasse geschnitten zu haben.
Und seine Haltung, seine Stimme, seine Hautfarbe, seine Kleidung und alles, was er sagte, wirkten in einer Weise zusammen – davon gab sich

der Kommissar Rechenschaft, als er sich dem Mann gegenübersah –, daß eine Grimasse fast obligatorisch wurde. Der Mann strömte ein unangenehm weichliches Fluidum aus wie ein Rasierwasser.
Kriechend und schleimig? Santamaria fragte es sich, als sein Blick auf das Diagramm der Ophiten vor ihm fiel. Nein, das war es nicht. Er mußte vielmehr an eine Schlange denken, die, obwohl sie über eine reiche Auswahl anderer Speisen verfügte, doch immer nur den eigenen Schwanz wählte – eine Schlange, die sich mit Genuß selbst verzehrte.
Das persönliche Fürwort *ich* spielte bei Ing. Sergio Vicini die Hauptrolle. Er hatte also, wie er bestätigte, die Nacht zu Hause verbracht und zwar schlafenderweise – »denn ich habe Probleme mit dem seelischen Gleichgewicht, ich habe einen unberechenbaren Schlaf, ich muß ihn annehmen, wenn er kommt, und wenn er kommt, habe ich auch das psychologische Bedürfnis, mich völlig abzuschließen – Sie verstehen? – mittels einer unübersteigbaren Barriere zwischen mir und der aktiven, bewußten Welt, und ich habe gefunden, daß die kleinen Wachskugeln . . .«
Aber inzwischen waren es nun schon zwei, bedachte Santamaria, die kein Telefon, keine Türglocke und kein Klopfen an der Tür gehört hatten. Die Caldani hatte ihre Barriere mit Wein hochgezogen, dieser hier mit Wachskugeln. Und alle beide hatten die Kirche kurz vor der Explosion verlassen.
»Warum?« fragte Santamaria. »Legten Sie keinen Wert darauf, den Rest der Predigt zu hören?«
Der Ingenieur erklärte, daß er (ich) gestern abend von einer großen Müdigkeit befallen war – Sie verstehen? –, von einer großen Mattigkeit, und zwar physisch wie moralisch zu verstehen, wie es ihm übrigens häufig geschah, auch im Büro oder auf der Straße beispielsweise, und in solchen Fällen (ich, ich, ich) . . .
Doch, er wisse genau, wo die Kerze gesteckt hatte, er selbst habe sie zwei- oder dreimal in der Hand gehabt, gewiß nicht absichtlich, sondern nur, weil der Pfarrer oder sonst jemand ihn gebeten hatte, sie einen Augenblick zu halten . . . Übrigens war sie dort jedermann zugänglich gewesen.
Er streckte die Hand aus, nahm eine der blauen Kassetten und ließ sie auf der Handfläche tanzen, wie um damit zu zeigen, wie leicht man sich der Kerze bemächtigen konnte.
»Aber wie sind Sie überhaupt mit Santa Liberata in Kontakt gekommen? Wie haben Sie Don Pezza kennengelernt?«
Nun, Vicini (ich, ich) interessierte sich, ja hatte sich von jeher interessiert, für alle freimütigen, vitalen und unvoreingenommenen kulturellen Manifestationen, alle Formen sozialer und geistiger Erneuerung,

und, kurz gesagt, vor einigen Jahren habe er zufällig von dieser besonderen Messe gehört. Es hatte ihn sehr betroffen, es hatte ihn positiv beeindruckt. Jetzt natürlich wurden diese Anschauungen allgemein akzeptiert, aber damals noch nicht. Da war allein Don Pezza imstande gewesen, eine so mutige Spezialmesse für Unseren Bruder Unrat zu organisieren.

»Für die städtische Müllabfuhr?« fragte der Kommissar.

Nein, wirklich für den Unrat, für die Unreinheit, den Kehricht, den Müll, natürlich im allegorischen Sinne, im franziskanischen Geist, wie Bruder Mond und Schwester Sonne ... Und diese Vision einer Welt, die von Abschaum und Auswurf überquoll, war für ihn, Vicini, gerade in dieser Phase seines Lebens ...

Er ließ die blaue Kassette fallen und zog auf gut Glück eine andere heraus.

Santamaria benutzte die Gelegenheit, um sich über die beiden »Phasen« der Doktrin Pezzas zu informieren. Der Ingenieur bestätigte einen Wandel in einem Entwicklungsprozeß, leugnete jedoch einen Bruch und bestritt, daß es einen Widerspruch gebe in dem Übergang vom Sozialen und Weltlichen, vom Unrat, zu einer höheren Vision, die auch das Heilige, das Gnostische umfaßte oder vielmehr das Prinzip umkehrte ...

»Aber was hat bei ihm den Wandel bewirkt? Wissen Sie vielleicht, ob es ein bestimmter Umstand war, der Don Pezza sozusagen zu einer Bekehrung veranlaßt hat?«

Nein, Vicini wußte nichts von einem bestimmten Umstand oder traumatischen Ereignis; vielmehr war es die unvermeidliche Entdeckung, daß der eine Pol, die Unreinheit, in sich den Gegenpol enthielt und daher ...

Bei traumatischen Ereignissen fiel Santamaria ein, daß er gern wüßte, was es mit dem Überfall vom vergangenen Freitag auf den Pfarrer für eine Bewandtnis hatte. Nun, Vicini schloß aus (war er dabei nervös?), daß die Schlägerei etwas mit religiösen Fragen zu tun hatte, etwa mit rivalisierenden gnostischen Sekten; und ganz unwahrscheinlich erschien ihm ein Racheakt der alten Exponenten des »Unrats«, die sich vielleicht durch den evolutionären Wandel des Pfarrers verraten gefühlt hätten. Und übrigens: Racheakt, Überfall? Eine Prügelei, eine Wirtshausrauferei, vielleicht von den Brüdern Bortolon provoziert, die bei ihrem Ordnungsdienst mit dem Publikum nicht gerade sanft umgingen. Eine ganz gewöhnliche Straßenbalgerei, nach seiner bescheidenen Meinung.

»Und haben Sie irgendeine Meinung oder eine bestimmte Idee, was das Attentat von gestern abend betrifft?« fragte der Kommissar.

»In welchem Sinne? Meinen Sie, wie es sich zugetragen hat?«
Er wollte Zeit gewinnen, er war sichtlich nervös, und er hörte nicht auf, an der blauen Tonbandkassette herumzufingern.
»Nein, ich meinte das Motiv.«
Ah so. Nein, ich weiß nicht, ich bin erschüttert, ich kann es noch immer nicht glauben, ich sehe absolut nicht ... Er (ich, ich, ich) sehe wohl, daß die Welt eine ernste Krise der moralischen Werte durchmacht, in der die Gewalttätigkeit ... und nur in diesem allgemeinen Zusammenhang könnte man versuchen, einen so absurden, so verrückten, so gänzlich grundlosen Mord zu verstehen. Ein wahrer Alptraum, aus dem er (ich, ich, ich) ...
Er war kurz vor der Untat aus der Kirche verschwunden. Er war nervös, vielleicht erschrocken. Seine Hand baute jetzt einen kleinen Stapel mit den blauen Tonbandkassetten, tack, tack, tack ...
»Aber warum finden Sie die Tat so absurd?« unterbrach ihn Santamaria. »Dies war ja keine beliebige kleine Landpfarrei; die Predigt in dieser Kirche grenzte an Ketzerei, und es gab da diese mehr oder weniger geheimnisvollen Symbole. Außerdem hatte Don Pezza eine ziemlich bewegte Vergangenheit, er war doch ein recht ungewöhnlicher Priester ...«
Gewiß, gewiß. Vicini leugnete nicht die starke Persönlichkeit des Pfarrers, die er selbst sogar mit der Figur des Vaters identifiziert hatte: streng, wenn Sie so wollen, tyrannisch, wenn man bedachte, daß er, Vicini (ich, ich, ich) ...
Die Schlange begann wieder, sich mit gutem Appetit in den eigenen Schwanz zu beißen, und zerstreut musterte der Kommissar das gnostische Diagramm mit seinen fünfunddreißig numerierten Feldern und dem leeren vierzehnten Feld ...

4

Auch die Pietrobono war nun, ungeachtet aller Anrufe, ungebetenen Besucher und sonstigen bürokratischen Störungen, ins gnostische Labyrinth eingedrungen, wie es Leisegang auf 244 Seiten eines Taschenbuches zusammengefaßt hatte. Sie war bis zum Beginn der Seite 66 gekommen, wo in großen Zügen von der Lehre der Ophiten vom ewigen Kreislauf die Rede war.
»Die Schöpfung, die Hervorbringung der Materie und der Welt durch den Letzten Äon ist also ein Übel, da sie die Göttliche Fülle entleert und schwächt«, las sie begierig.
»Herein!« rief sie, ohne den Kopf zu heben.

Sie las weiter: »Mit der Hilfe von Bythos (dem 1. Äon, dem Obersten Ordner) sorgt darum der 14. Äon (der Verborgene Äon) für den Wiedereintritt der Materie, damit der Kreis sich mit der totalen Wiederaufnahme des Geschaffenen im Pleroma schließt.« Endlich entschloß sie sich aufzublicken, um zu sehen, wer gekommen war.
»Oh, bringst du ihm Orangen – oder eine Feile?«
Thea zeigte ihr die offene Tasche.
»Nur seine Zigaretten.«
Sie holte tief Luft. »Er ist also noch da, wie hat er die Nacht zugebracht, hast du ihn gesehen, wie geht es ihm, ist er müde, hat er etwas gegessen?«
Und nach diesem Wortschwall stellte sie die eigentliche Frage.
»Kann ich ihn nicht einen Augenblick sehen?«
Die Pietrobono fuhr sich mit den Händen in die Haare.
»Du hast Pech, mein liebes Mädchen. Bei diesen Ermittlungsarbeiten, der weißen Schneedecke und der afghanischen Grippe ist praktisch niemand mehr hier, der dir eine Erlaubnis geben könnte.«
»Und du?«
Die Finger der Pietrobono erstarrten vor Verblüffung, als wären sie in den Locken auf eine Anomalie gestoßen, eine Grille, eine Haselnuß.
»Ich bin«, sagte sie in einem Ton, als lese sie die Vorschriften für die Benutzung eines Fahrstuhls vor, »nicht allein nicht berechtigt, hier im Hause irgend etwas zu erlauben, sondern habe auch nicht die leiseste Idee, wo ...«
Auf einmal zog sie die Hände aus ihrem Haar und hielt sich den Zeigefinger wie einen Bohrer an die Schläfe.
»Er ist aber gekommen«, murmelte sie, als habe sie plötzlich eine Eingebung, »ich habe ihn vorbeigehen sehen.«
»Wen?«
»Biazzi.«
»Wer ist das?«
»Maresciallo Biazzi«, erklärte die Pietrobono und erhob sich, »ist der wichtigste Mann im Polizeipräsidium, niemand von uns könnte irgend etwas erreichen ohne seine Hilfe.«
»Und du meinst, dieser Biazzi könnte ...«
»Biazzi kann alles. Aber er ist schwer zu finden, er ist immer unterwegs, alle brauchen ihn unentwegt ... Komm, wir wollen es versuchen.«
Thea sah sich plötzlich auf den Treppen und Gängen des Polizeipräsidiums hin und her eilen, die Pietrobono voran, die ihre Fragen stellte, und hinter ihr ging sie, Thea, schweigend im Schlepptau. Hast du Biazzi gesehen? Er war gerade hier. Er ist beim Bürochef. Er ist zum

Wagenpark gegangen. Sie haben ihn in die Waffenkammer gerufen. Er ist gerade hinausgegangen, er lief nach oben. Er war vor zwei Minuten hier, er wird nach unten gegangen sein.
Nach oben, nach unten, das schien im Polizeipräsidium das normale Orientierungssystem.
»Aber wir werden ihn finden«, sagte die Pietrobono, die nach jeder Kehrtwendung ihren Schritt beschleunigte. »Hab Vertrauen.«
Thea lächelte und hatte Mühe, Schritt zu halten. Am Vertrauen ließ sie es gewiß nicht fehlen. Sie wußte, daß Graziano hinter einer dieser unzähligen Türen sein mußte, und indem sie ihre Gedanken aufs äußerste auf ihn konzentrierte, wollte sie ausprobieren, ob er es irgendwie »spüren« würde, irgendein Signal auffangen, mit einem Herzklopfen, einem Erschauern reagieren, wenn sie an der »richtigen« Tür vorbeikam. Nicht, daß sie etwa an Telepathie glaubte, aber konnte man wissen?

Zuweilen bestand die Schwierigkeit weniger darin, die Gedanken eines anderen, als darin, die eigenen zu lesen. Vicini hatte das Zimmer verlassen, und die Caldani war eingetreten, aber Kommissar Santamaria fiel es schwer, sich mit sich selbst in telepathische Verbindung zu setzen, um seinen Eindrücken einen Sinn zu geben.
Nachdem er gegangen war – zu den Fiatwerken – (ich muß auf einen Sprung in den Corso Marconi, ich, am Samstagvormittag, ich als leitender Angestellter, ich, was wollen Sie, ich ...), hatte der Hinkende eine klebrige Schleimspur hinter sich gelassen, ephemer und doch beharrlich (gab es auch eine Sekte der Schnecke, die sich in den Schwanz biß?).
Ein Schwätzer, ein Schwadroneur, gewiß. Aber auch ein verdächtiger Typ oder, richtiger gesagt, die gewöhnliche Karikatur eines Verdächtigen. Noch in der Tür hatte der Kommissar ihn gebeten, die nächsten zwei oder drei Tage in Turin zu bleiben und (dies scherzhaft) auf Wattepfropfen im Ohr zu verzichten – für den Fall, daß er sich mit ihm in Verbindung setzen müßte. Nie hatte er ein schuldbewußteres Erröten gesehen, dem ein erschreckteres Erblassen gefolgt war und diesem eine atemloser gestammelte Zusage. Wer weiß, wohin er gestern abend, von der Kirche aus, gegangen war. Wer weiß, wo er in Wahrheit die Nacht verbracht hatte ...
Signora Caldani, die ein sehr viel leiseres, sehr viel diskreteres *Ich* hatte, erlaubte sich ein Hüsteln, und der Kommissar erinnerte sich an das beflissene Lächeln, mit dem Vicini soeben die Caldani gegrüßt hatte, als er ihr auf dem Gang begegnet war – ein Lächeln, das die Caldani jedoch nicht geruht hatte zu erwidern.

»Was können Sie mir über den Ingenieur erzählen?« fragte er. Die Schneckenspur ließ ihn nicht los.
Die Caldani zuckte wie unangenehm berührt die Achseln.
»Ich kann nicht behaupten, ihn gut zu kennen.«
»Aber er hat doch in der Pfarrgemeinde mitgewirkt, mitgearbeitet, soweit ich verstanden habe.«
»Ja, in der Beziehung war er ziemlich aktiv. Er kam fast täglich ... und ich muß sagen, daß Don Pezza ihm eine gewisse Wertschätzung entgegenbrachte, auch wenn er ihm manchmal recht auf die Nerven ging.«
»Warum?«
»Sie haben doch selbst mit ihm gesprochen – und haben gesehen, wie er ist ...«
Mit einer überraschenden mimischen Begabung nahm die Frau für einen Augenblick die Maske Vicinis an, diese wehleidige, eitle und träge schmollende Miene. Ein gelungenes Porträt.
»Man muß die Menschen nehmen, wie sie sind, sagte Don Pezza immer.«
»Haben Sie bemerkt, daß sie in der letzten Zeit Streit miteinander hatten?«
»Nein, niemals. Der Ingenieur ist nicht der Mann, die Stimme zu erheben, am wenigsten bei jemandem wie Don Pezza. Worüber sollten sie auch gestritten haben?«
»Über die Gnosis?« fragte auf gut Glück der Kommissar.
Nach Priotti und Vicini unternahm es jetzt die Caldani, die gnostische Phase des Pfarrers auf ihr eigentliches Maß zurückzuführen. Drei ganz verschiedene Personen, drei völlig verschiedene Versionen, die jedoch gegenüber der Lehre des Basilides eines gemeinsam hatten – kühle Distanz.
So etwas wie eine private Bizarrerie des Pfarrers, die Leute von gesundem Menschenverstand, zumal Piemontesen, mit Nachsicht aufnehmen sollten, ohne viel davon verstehen zu wollen (Priotti). Ein kühnes Experiment, ein Versuch zur Wiedererweckung religiöser Werte, der von jedermann, der ein Empfinden für die Krise in der materialistischen Gesellschaft hatte, mit Interesse verfolgt werden mußte usw. (Vicini). Eine heilsame, ja unerläßliche Rückkehr zur Ordnung und Disziplin, außerdem eine Initiative, die der Pfarrgemeinde einen besonderen Glanz verlieh und immer mehr Leute in die Santa Liberata zog (Caldani).
Sie waren die drei engsten Mitarbeiter Don Pezzas, und doch schienen die Äonen und Archonten, das Pleroma und der Funke in ihren Seelen, ob pneumatisch oder nicht, keinen Funken entzündet zu haben. Aber wenn diese drei beschwichtigenden Versionen nicht vorher abgespro-

chen waren, erhob sich nun die Frage, wo denn die Sektierer und Fanatiker eigentlich steckten.
»Im Grunde«, faßte der Kommissar zusammen, »sagen Sie mir, daß Don Pezza mehr oder weniger der einzige war, der an all diese Dinge glaubte. Die Leute kamen nur aus Neugier wie zu einem Schauspiel, und ihr aus der Gemeinde folgtet ihm mehr aus persönlicher Anhänglichkeit als aus Überzeugung.«
Müde stimmte ihm die Frau zu. »Ja, im Grunde war er allein.«
»Ja. Aber was ich nicht verstehe, ist das: Was erwartete er sich von alledem? Hatte er eine bestimmte Strategie? Und wie gedachte er sie in die Wirklichkeit umzusetzen, mit einer so kleinen Gefolgschaft? Sprach er nie von seinen ehrgeizigen Zielen, die er auf lange Sicht hatte?«
Sie seufzte und gestattete ihren Lippen die Andeutung eines Lächelns.
»Er war nie sehr mitteilsam, zumindest nicht mir gegenüber. Aber er machte Andeutungen, er glaubte, es noch weit zu bringen, und meinte, daß die Zeit ihm früher oder später einmal recht geben würde ... Manchmal sprach er von Rom, nicht im Ernst, natürlich ... Aber es waren auch nicht nur Träume, ich bin beinahe überzeugt, daß er wirklich daran glaubte. Er wollte mich dann mitnehmen ...«
Kurz gesagt, Pezza hatte sich schon als Papst gesehen, als einen gnostischen Papst. Ein Umstand, den der Kirchenökonom dort drüben nicht verfehlt haben dürfte, Seiner Eminenz zu hinterbringen. Doch wer konnte ein Interesse daran haben, einen armen Größenwahnsinnigen umzubringen? Auch ein Wahnsinniger? Die Caldani, zum Beispiel?
Wieder versuchte der Kommissar, in den eigenen verwirrten Gedanken zu lesen. Was für einen Eindruck machte ihm diese Frau? Sie war unglücklich, ohne Frage, ein armes Wrack. Ein rührendes Wesen, das sich an die Kirche geklammert hatte, um nicht ganz unterzugehen. Manchmal kam, unter den geröteten Lidern, ihr Blick wie eine Hand hervor, die sich tastend, unsicher, zwischen den tristen Möbeln des Zimmers bewegte, dem Schrank, dem Regal, dem wurmstichigen Bücherschrank, den wenigen Stühlen mit der abgenutzten Lederpolsterung.
Aber manchmal zeigte ihr Gesichtsausdruck Entschlossenheit, ihre Haltung Würde; ihre Stimme bewahrte Spuren von Stolz, und in ihren schwachen, zitternden Händen mußte noch genug Kraft sein, um eine Feile oder einen langen Schraubenzieher zu handhaben. Das Motiv? Wahnsinn, offensichtlich. Säuferwahn. Rache für irgendein eingebildetes Unrecht. Eifersucht. Eine verzwickte Liebesgeschichte, vielleicht ...
»Und Don Pezza hatte, soviel Sie wissen, keine Feinde, keine Rivalen?«

Wie Vicini erklärte auch diese Frau, daß der Überfall vom vergangenen Freitag nach ihrer Meinung nichts mit der Gnosis zu tun hatte. Und daß die Annahme einer durch die Grobheit der Brüder Bortolon provozierten Rauferei durchaus plausibel war. Und von sich aus fügte sie hinzu, daß Don Pezza, trotz seines ungestümen und zuweilen cholerischen Temperaments, ein guter, großherziger und von allen geliebter Mensch war.
»Wirklich von allen nicht«, sagte Santamaria. »Wer konnte, nach Ihrer Meinung, ein Motiv gehabt haben, ihn zu töten?«
Das alte Fräulein führte die Hand zum Herzen, in einer zugleich rituellen und schmerzlich spontanen Gebärde.
»Ich weiß nicht, ich kann es noch immer nicht begreifen . . . und das macht mir . . .«
Der Kommissar begriff, daß eine Tränenkrise nahe war, und beeilte sich, sie um eine Schachtel zu bitten, um irgendeinen Behälter, um darin das gnostische Material aufzubewahren.
»Es handelt sich nur um ein paar Tage«, sagte er und faltete das Blatt mit den 36 Feldern zusammen, »danach geben wir alles wieder zurück.«
Er hatte nichts erreicht, nichts erraten, abgesehen von einem undefinierbaren Widerstand (oder war es Scham, oder Zurückhaltung?) und dem Gefühl für das Mißverhältnis zwischen der sehr niedrigen mystischen Temperatur von Santa Liberata und der von lodernder Leidenschaft erfüllten Gestalt des Erzketzers, die in ebendiesem Zimmer der Kardinal, unter Berufung auf Basilides und Irenäus, beschworen hatte.
Er folgte der Frau in das Büro der Pfarrei. Er ließ sich die Adresse der Brüder Bortolon geben und kündete an, daß er auch bei Domenico Serralunga vorbeigehen würde.
»Wie geht es ihm?« erkundigte sich die Caldani mit einer Besorgnis, die echt schien. »Wann wird er aus dem Krankenhaus entlassen?«
»Ich weiß nicht, ich werde es dort erfahren. Was für ein Mensch ist dieser Matratzenmacher?«
Die Frau begann sogleich, den »Verrückten« zu entdämonisieren. Ein rechtschaffener Handwerker, ein guter Mensch, wohl ein bißchen leicht zu beeindrucken, aber völlig harmlos, dem nur die Reden des Pfarrers ein wenig zu Kopfe gestiegen seien . . .
»Grüßen Sie ihn von mir«, bat sie. Sie warf einen Blick auf den Kirchenverwalter, der sich eigensinnig in seine Kontrollarbeit versenkt hatte, zwischen aufgezogenen Schubfächern und verstreuten Papieren. »Sagen Sie ihm, daß wir alle auf ihn warten und daß er sich keine Sorgen machen soll.«
Sie ging hinaus, um die Schachtel zu holen, und der Priester, ein

gewisser Don Zeri, hob den Kopf und sah den Kommissar an, als wollte er ihm etwas sagen. Aber über ein leichtes Räuspern ging er nicht hinaus, dann wandte er sich schweigend wieder seiner Arbeit zu.
Nach fünf Minuten kam die Caldani mit einem Karton aus Wellpappe wieder, in dem sich das ganze Material aufs bequemste unterbringen ließ. Mit dieser banalen Urne unterm Arm, die die unrühmlichen Reliquien der Ketzerei von Santa Liberata enthielt, nahm der Kommissar seine Ermittlungen nach allen Richtungen wieder auf.

5

Graziano lächelte und lächelte, sagte aber nichts.
»Sagen wir uns doch wenigstens etwas«, forderte Thea. »Los, fang an.«
»Wie geht es dir?«
Aber dann, damit sie begriff, daß dies nicht bloße Phrase sei, sondern daß er sich wirklich nach ihrem Ergehen erkundigte, fügte er hinzu:
»Bist du noch zum Schlafen gekommen?«
»Ich ja«, antwortete Thea. »Und du?«
»Ein bißchen, auf einem Stuhl. Aber ich fühle mich prächtig.«
Er hatte ein Gesicht zum Fürchten: bleich, unrasiert, die Augen umrändert. Und er wußte nicht, wo er die Hände lassen sollte, er steckte sie in die Tasche, zog sie wieder heraus, musterte sie, ließ sie baumeln, so als ob er sie bis jetzt, von Handschellen gefesselt, im Schoß gehalten hätte.
»Wann hat man euch gehen lassen? Sehr spät?«
»Nein, gegen zwei Uhr. Sie haben uns sogar im Auto nach Hause gebracht.«
»Ah, gut. Es hat ja heute nacht geschneit.«
»Ja, aber jetzt hat es aufgehört.«
Es war wie ein Telefongespräch nach einem Abend im Theater oder im Konzert. Wo waren nur all die anderen Wörter geblieben, das ganze zweibändige Vokabular der italienischen Sprache? Eine Art von grauenhafter »natürlicher Auslese« schien nur diese Banalitäten zum Überleben bestimmt zu haben. Sie waren nicht totzukriegen, wie Ratten und Küchenschaben.
»Und wie geht es deiner Mutter? War sie sehr erschrocken?«
»Nein, nicht so sehr«, stellte Thea wie verwundert fest.
Aber dann verstand sie, daß er wissen wollte, wie die Dinge bei ihr zu Hause liefen, ob es Tragödien gegeben hatte, einen Anruf bei Papa oder dergleichen.

»Nein, danke, der Mama geht es gut. Nur ein bißchen besorgt, natürlich.«
»Bitte, grüße sie von mir. Sage ihr, daß es mir leid tut wegen... wegen...«
Wegen der Pistole, wollte er sagen, wegen des Porsche, wegen allem.
»Schon gut, ich werde es ihr sagen.«
Ein Gespräch wie bei einer Beerdigung. Ein Schweigen wie bei einem Leichenbegängnis. Da stirbst du vor Hunger in der Wüste, suchst wie ein Verzweifelter in allen Taschen, aber es kommen nur Tabakkrümel, Papierkügelchen und ein halber Knopf zum Vorschein. Und so geht es mit den Wörtern, wenn man sie einmal wirklich braucht.
»Sag mal, was geschieht jetzt eigentlich?« fragte sie empört. »Sie können dich doch hier nicht auf unbegrenzte Zeit festhalten, oder? Hast du einen Anwalt? Hast du ihn angerufen? Bekommst du hier zu essen, oder willst du, daß ich mich darum kümmere?«
Graziano lächelte, aber es war ein anderes Lächeln als zuvor.
»Nein, sei unbesorgt. Ich komme bald heraus.«
»Wann?«
»Ich weiß noch nicht, aber da ich mit der Sache nichts zu tun habe...«
»Heute?«
»Also ich weiß nicht. Es kommt darauf an, ich muß noch mal mit denen hier sprechen und mit dem Rechtsanwalt...«
»Wer ist das?«
»Ich weiß noch nicht. Sie werden mir einen schicken.«
»Sag ihm jedenfalls, daß er mich anrufen soll, gib ihm meine Nummer, organisiere alles so, daß ich immer auf dem laufenden bin.«
»Sei unbesorgt.«
Auf dem Gang kamen Leute vorbei oder blieben stehen und unterhielten sich. Der Polizeibeamte, der Thea hierher geführt hatte, um dann Graziano zu holen, hielt sich in einer Entfernung von ein paar Metern und war damit beschäftigt, ein orangefarbenes Feuerzeug zu regulieren, indem er mit dem Fingernagel etwas festschraubte.
»Brauchst du gar nichts? Soll ich dir nicht irgend etwas bringen?«
»Einen Rasierapparat.«
»Ich gehe sofort. Hier gegenüber habe ich einen Laden gesehen...«
»Aber nein«, sagte Graziano lachend, »ich habe es nur so gesagt. Ist doch egal.«
Er fuhr sich mit der Hand über die Wangen.
»Ich muß schlimm aussehen«, sagte er. »Ein richtiger Knastbruder.«
Instinktiv streckte Thea die Hand aus, hielt sich aber rechtzeitig zurück. Wenn ich ihn jetzt streichle, dachte sie, sterbe ich. So berührte sie ihn schroff, sachlich, wirklich nur, um die Länge und Härte seiner Barthaa-

re zu prüfen.
»Kratzt es nicht?«
»Ein bißchen«, sagte Graziano und rieb sich das Kinn. »Du dagegen bist ganz ... Du bist wirklich ...«
Er verzog das Gesicht zu einer Grimasse der Bewunderung, während er sie vom Kopf bis zu den Füßen musterte. Aber dem Polizisten war es mittlerweile gelungen, die allzu große Flamme seines Feuerzeugs auf ein normales Niveau zu senken. Er kam nun auf die beiden zu und klickte bei jedem Schritt mit dem Feuerzeug. Und erst jetzt wurde es Thea bewußt, daß sie noch nie so ruhig und glücklich, so in Frieden mit der ganzen Welt gewesen war wie in diesen wenigen Minuten auf diesem Korridor, an diesem Fenster. War es schon zu Ende? Hatten sie sich schon alles gesagt, was sie sich hätten sagen können?
»Also dann ...« sagte Graziano.
»Und diesem Rechtsanwalt«, sagte Thea, »gib bitte meine Nummer!«
»Ganz gewiß.«
»Und wenn du vielleicht irgend etwas brauchst, ich weiß nicht –«
»Es ist gut. Danke!«
»Ach, wie bin ich doch dumm!«
Sie öffnete ihre Handtasche und entnahm ihr zwei Päckchen Zigaretten von der Marke, die Graziano rauchte.
»Du darfst doch wenigstens hier rauchen?«
»Selbstverständlich«, sagte Graziano und nahm die beiden Päckchen. »Danke. Tausend Dank.«
Der Polizist war nur noch einen Schritt weit entfernt, und Thea wurde von Panik ergriffen. Graziano konnte glauben, daß sie nur aus Pflichtgefühl gekommen wäre, um ihm in seiner unangenehmen Situation zu helfen, weil sie sich verantwortlich fühlte, daß sie ihn in diese Kirche geschleppt hatte, und weil es nicht schön war, die Leute nachher einfach sitzenzulassen und sich nicht mehr um sie zu kümmern.
»Höre«, sagte sie.
»Ja?« Graziano lächelte.
Krümel, zerbrochene Knöpfe, Küchenschaben, Ratten, dachte Thea angstvoll. Die unzerstörbaren Banalitäten ... Und doch mußtest du auf sie zurückgreifen, nur an sie konntest du dich klammern – in einem Krankenhaussaal oder auf einer Friedhofsallee oder auf einem Korridor des Polizeipräsidiums ...
Der Polizeibeamte deutete mit einer Gebärde an, Graziano am Arm fassen zu wollen, berührte ihn jedoch nicht.
»Auf Wiedersehen«, sagte Graziano und trat einen Schritt zurück. »Wir sehen uns bald.«
»Ja«, sagte Thea.

Wenn ich es ihm jetzt sage, dachte sie, sterbe ich, ich fange einfach an zu weinen. Aber der Horizont des Polizeipräsidiums, ja der Welt, zeigte ein grenzenloses, wildes Grau; Stürme drohten von allen Seiten, und endlich übermittelte Thea ihre kurze Botschaft, deren sich schon so viele vor ihr bedient hatten, aber die ihr in diesem Augenblick wie soeben erfunden, unverbraucht, leuchtend und einzig erschien.
»Ich liebe dich«, flüsterte sie.
Graziano erwiderte nichts, er drehte sich nur nach ihr um und sah sie an, bevor er hinter der Ecke des Korridors verschwand. Thea trocknete sich ein paar Tränen, die ihr symmetrisch aus den Augen rannen, und unmittelbar darauf packte sie auf ihrem Rückweg zur Pietrobono, wie ein Anfall, jubelndes Gelächter. Der Polizist, der sie zu dem Treffen mit Graziano geführt und ihn gerade wieder weggebracht hatte, war Maresciallo Biazzi gewesen, der unauffindbare Maresciallo Biazzi, den sie treppauf, treppab gesucht und verfolgt hatte. Und jetzt wurde ihr plötzlich klar, daß sie sich weder an sein Gesicht erinnern konnte noch an seine Gestalt, noch an seine Stimme; an nichts, an absolut nichts von ihm konnte sie sich erinnern, außer an sein Feuerzeug mit der zu großen Flamme.

6

Im Krankenhaus waren wegen eines Streiks weder Krankenpfleger noch Ärzte zu sehen; statt dessen war der Saal voll von Angehörigen der Patienten. Es herrschte ein lautes Hin und Her von Besuchern, die sich mit Einkaufstaschen, Paketen und Flaschen zwischen den zwölf Betten zu schaffen machten oder, um ein letztes Mal liebende Besorgnis zu bekunden, noch einmal an das Bett zurückkamen.
Der Kommissar saß auf einem Metallstuhl am Bett von Serralunga, Domenico. Er empfand ein vages Unbehagen, mit leeren Händen gekommen zu sein, und ein bestimmteres Unbehagen, auch mit leeren Händen wieder fortgehen zu müssen. Der »Irre mit dem Egon« beantwortete zwar alle Fragen, aber nur kurz und andeutungsweise, so als ob es sich unter Komplizen, die über ein weitverzweigtes Geheimnis auf dem laufenden waren, erübrigte, viel Worte zu verschwenden.
»Wo haben Sie Ihre Werkstatt?« fragte Santamaria und musterte die Hände Serralungas.
»Bei der Kirche. Hinten in einem Hof.«
Vielleicht war es angebracht, den Ermittlungen »nach allen Richtungen« auch eine Haussuchung bei dem braven Handwerker hinzuzufügen, falls nicht Cuoco selbst schon daran gedacht hatte. Was den Fana-

tismus oder Wahnsinn betraf, so schien er, wenn man nach seinen verstörten Augen urteilen durfte, genug davon zu haben, um allen Ansprüchen gerecht zu werden.
»Haben Sie Gesellen oder Lehrlinge?«
Der Matratzenmacher schüttelte den Kopf. Seit einigen Minuten hielt er den Kopf vorgestreckt, fast mit dem Profil zu seinem Besucher, als belauere er ihn hinter einer Mauerecke hervor.
»Sie haben viel Zeit in der Kirche verbracht? Waren Sie oft dort?«
»Ja, oft.«
»Und dieser schwarze Egon ... Ein Mann mit Bart, sagten Sie?«
»Ja, und ganz in Schwarz gekleidet.«
»Ich verstehe. Aber früher haben Sie ihn nie gesehen? Vorher ist er nie gekommen?«
Der runzlige, hagere Hals drehte sich zur Saaltür, wo der zu seiner Bewachung abgestellte Polizist auf und ab schlenderte. Auf dem Gang latschten Rekonvaleszenten im Pyjama vorbei, gestikulierend, lachend und Zigaretten rauchend, die ihnen ihre Angehörigen mitgebracht hatten.
»Hier besteht keine Gefahr«, sagte der Kommissar ohne Überzeugung. »Da ist der Posten. Außerdem sagten Sie doch, daß dieser Egon immer nur nachts kommt.«
Der Mann schüttelte plötzlich die Bettdecken, als ob es Flügel wären, und streckte einen ganz mageren Fuß heraus.
»Die Signorina hat gesagt, daß sie mich erwartet?«
»Ja. Und daß Sie ganz ruhig sein sollen.«
Der Mann zog sich wieder hinter seine Mauerecke zurück, ein erschrecktes und listiges Lächeln auf den Lippen.
»Er könnte ja heute abend wiederkommen, wenn es dunkel wird.«
»Einstweilen ist die Kirche fürs Publikum geschlossen. Sie wird polizeilich überwacht.«
Aus dem Lächeln war eine unmerkliche, aber überaus listige Kontraktion der Mundwinkel geworden.
»Er könnte doch seine ... Gesellen schicken.«
»Hat er Gesellen?«
Domenico ließ, hinter der unrasierten Haut des Halses, den Adamsapfel spielen, bevor er sich zu einem vieldeutigen Grinsen entschloß.
»Seine Akolythen«, flüsterte er und streckte Zeige- und Mittelfinger aus. »Zwei.«
»Waren sie gestern abend mit ihm in der Kirche?«
Der Kopf hinter der Mauerecke nickte bejahend.
»Mit dem Bärtigen? Und was machten sie bei ihm?«
Domenico setzte sich auf, wölbte die Brust und machte seine Schultern breit, um den schwarzen Egon darzustellen.

»Sie führten ihn«, verriet er und fuhr sich mit der Zunge über die Lippen. »Sie waren schon vorher gekommen, um zu spionieren.«
Mit gekrümmtem Zeigefinger lud er den Kommissar ein, sich dem unsichtbaren Mauervorsprung zu nähern und gut zuzuhören.
»Ich kenne ihre Namen«, flüsterte er, »ihre falschen Namen.«
»Sie haben Namen?« murmelte der Kommissar und beugte sich geduldig zu dem Irren hinab.
Er erwartete etwas wie Napoleon und Hitler, allenfalls Sankt Peter und Sankt Johannes. Aber als er die Namen Rossignolo und Monguzzi hörte, blickte auch aus seinen Augen die Verstörung.

Er rief Rossignolo von einer Zelle aus an. Niemand meldete sich. Er suchte im Telefonbuch Monguzzi (dessen Vorname ihm unbekannt war), aber angesichts von fünf in Frage kommenden Professoren und Doktoren zog er es vor, im Verlag anzurufen. Eine etwas klägliche Männerstimme meldete sich.
»Ist jemand da?«
»Wer spricht da, bitte?«
»Professor Santamaria. Und Sie?«
»Ich bin Annibale, Professore.«
»Ausgezeichnet. Ist heute morgen vielleicht jemand in den Verlag gekommen?«
»In Kürze werden alle hier sein. Um elf Uhr achtundzwanzig findet eine Konferenz statt.«
»Auch Professor Monguzzi wird kommen?«
»Ich glaube, ja.«
»Wie lange wird es dauern?«
»Oh«, klang es verwehend, »mindestens bis zwei Uhr. Es handelt sich um ein Arbeitspicknick, ich bin bei den Vorbereitungen ...«
»Danke sehr. Eventuell rufe ich später noch einmal an.«
Ein Arbeitspicknick, dachte der Kommissar, als er wieder in den Wagen stieg. Auch gut, sehr gut sogar. So würde er alle zusammen zu fassen kriegen, diese Spezialisten des Pseudo-Barocks und der falschen Zeugenaussage, diese Züchter und Pfleger der kulturellen und gnostischen Gärung, diese Schwindler und Schlauberger ...
Er stellte fest, daß er auf sich selbst böse war, weil er sich nicht mehr genau an die Formulierung seiner Fragen an Rossignolo und den Verleger erinnern konnte. Hatten die beiden ihn gestern abend wirklich belogen? Vielleicht handelte es sich nicht um falsche Zeugenaussage oder bewußtes Verschweigen; vielleicht hatten die Schlauberger es nur *unterlassen*, von ihren vorangegangenen Beziehungen mit Pezza zu sprechen. Aalglatt. Schlangen, die, statt sich in den Schwanz zu beißen,

gewandt durch die Maschen eines vielleicht doch lückenhaften Verhörs geschlüpft waren, indem sie den Sinn der Worte verdrehten. Aber dieses Verschweigen war zweifellos »interessant«, und diese neue Person im Spiel, Monguzzi, mußte er natürlich sehen und hören.
Er sah auf die Uhr und rechnete sich aus, daß er noch genug Zeit hatte.
Er gab dem Fahrer die Adresse der Brüder Bortolon, die mit ihrer Schwägerin Romilda am Stadtrand, irgendwo zwischen dem Nichelino und Borgaretto, wohnten.
Erst als der Wagen vor der Gittertür eines Häuschens hielt, das sich offensichtlich nicht hatte entscheiden können zwischen der Form eines Schuppens, zu dem es ursprünglich bestimmt schien, und der eines Schweizer Chalets, zu dem ein späterer Ehrgeiz es machen wollte – erst da fragte sich der Kommissar: Schwägerin in welchem Sinne eigentlich, und wessen Schwägerin?

Der Mann hatte gleich auf den ersten Blick – abgesehen davon, daß er eine schöne Erscheinung war, liebenswürdig und vornehm – alle charakteristischen Merkmale eines *Zwillings,* wahrscheinlich unter dem Einfluß Jupiters. Schüchtern, wie nun mal die typischen Zwillinge waren, machte er schon einen halben Schritt zurück, um wieder zu gehen, als sie ihm erklärt hatte, daß die Brüder nicht zu Hause seien, da sie draußen ihrer Arbeit nachgingen und für gewöhnlich erst am Abend wieder heimkamen und sie so den lieben langen Tag allein ließen. Doch Romilda machte sofort zwei Schritte zurück, öffnete die Tür weit und forderte ihn auf, einzutreten, nicht ohne sich vielmals wegen der Unordnung zu entschuldigen. Ein Glück nur, daß sie sich sehen lassen konnte, gerade vorhin hatte sie sich die Lockenwickler aus dem Haar genommen und sich zurechtgemacht, und in den grasgrünen enganliegenden Hosen und dem ausgeschnittenen schwarzen Pullover, den sie im Ausverkauf in der Via Garibaldi erworben hatte, machte sie, wie sie wohl wußte, keine schlechte Figur.
Es entging ihr keineswegs, daß der Mann sie von Kopf bis Fuß musterte und ebenso den Flur, die halboffene Tür zum Schlafzimmer und die Küche betrachtete.
Wer mochte es sein? Ein Kunde? Nein, von der Polizei, ein Kommissar.
Ein wenig war Romilda enttäuscht, nämlich deswegen, weil ein Zwilling im allgemeinen beruflich etwas anderes tat, mehr nach der intellektuellen Seite hin, Professor oder Buchhalter, aber vielleicht hatte es da eine Konjunktion von Saturn und Mond bei der Geburt gegeben. Doch sie wagte nicht, ihn danach zu fragen, und übrigens, wenn sie ihn genauer ansah, schien er doch ein Stier zu sein. Oder auch ein Stein-

bock, wenn man es recht bedachte.
»Sind Sie die Schwägerin?«
»Ja.«
»Sind Sie mit einem der beiden verheiratet?«
»Ich war daheim mit einem dritten Bruder verheiratet. Es waren fünf Brüder. Ich hatte Giovanni geheiratet, aber dann ist er gestorben, und so blieb ich bei Pietro und Paolo.«
Ihr Besucher unterließ das übliche Lächeln, aber sie hatte es erwartet und errötete nun trotzdem.
»Sie haben mir beide sehr geholfen, ich war damals wirklich am Ende«, erklärte sie. »Und sie hatten hier diesen Betrieb, der gut ging. Sie sind schon fünfundsechzig nach Turin gekommen.«
»Ich verstehe.«
»Und warum wollten Sie sie sprechen?« fragte Romilda, hauptsächlich, um das Thema zu wechseln.
»Sie wissen, daß Ihre Schwäger in diese Kirche im Zentrum gingen, Santa Liberata?«
Und ob sie es wußte! Als ob die beiden nichts Besseres zu tun hätten. Sie selbst war religiös, schön und gut, aber manche Dinge konnten, wenn man sie zu weit trieb, auch ärgerlich werden. Einmal hatten sie sie zu einer dieser Messen mit Dirnen und anderen Degenerierten mitgenommen, aber ihr hatte dieses Milieu nicht gefallen, sie hatte sich dort nicht wohl gefühlt und das den Brüdern auch rundheraus gesagt ... Doch, sie hatte auch den Pfarrer kennengelernt, und der hatte ihr auch nicht gefallen, so ein Typ ... ich weiß nicht ...
»Was für ein Typ?«
Romilda konnte ihm nicht gut sagen, daß der Priester Schütze war und daß sie diesem Zeichen noch nie großes Vertrauen entgegengebracht hatte.
»Ich weiß nicht, es ist so ein Eindruck ...«
»Sie wissen doch, daß er gestern abend ermordet worden ist?«
Da haben wir es, dachte Romilda. Laut sagte sie, was sagen Sie da? Und erklärte ihm, daß sie gar nichts wußte, denn sie warf ihr Geld nicht für Zeitungen weg, und im Radio stellte sie nur Musik an ... Nein, vom Pfarramt hatte heute morgen niemand angerufen, und die Brüder waren aus dem Haus gegangen, bevor sie aufgestanden war. Nein, mitten in der vollbesetzten Kirche! Mit Dynamit! Es war unglaublich! Und wo waren denn Pietro und Paolo, als diese Untat geschah?
»Das möchte ich gern von Ihnen wissen«, sagte der Kommissar.
»Ach so«, sagte Romilda, ein wenig zurückhaltender, »das ist also der Grund Ihres ...«
Aber schließlich konnte sie ihm ja auch zeigen, wie es hier aussah, und

sie führte ihn in die Wohnung, zuerst in das Schlafzimmer der Brüder mit den beiden gleichen Betten und dann in ihr Zimmer, in dem nur ein großes Bett stand.

»Es ist mein Eheschlafzimmer, ich habe es von daheim mit nach Turin gebracht. Und darin schlafe ich allein.«

Jetzt kam es, das kleine Lächeln.

»Jede Nacht?«

Der Unverschämte.

»Gestern nacht ja«, antwortete sie und zupfte sich ein Haar vom Ärmel.

»Und Sie haben sie nicht gesehen, als sie nach Hause kamen?«

»Nein, ich habe geschlafen, ich habe nichts gehört. Ich muß mir Wachs in die Ohren stopfen wegen der Hunde.«

»Also Sie stecken sich auch Wachs in die Ohren?«

»Wieso? Wer noch?« fragte Romilda.

Sie deutete auf das Fenster, das die Aussicht auf eine kärgliche Barriere kleiner Tannen bot. Dahinter aber dehnte sich ein wahrer Wald von kleinen Häusern, die nur durch winzige Höfe, Gärten und Garagen voneinander getrennt waren.

»Da gibt es überall Hunde, und die hören die ganze Nacht nicht auf zu bellen.«

Sie entfernte ein weiteres Haar, diesmal von ihrem Busen, der in dem neuen BH *Form-a-tex* eine recht ordentliche Figur machte.

»Und mittags kommen sie nicht zum Essen her?« fragte der Kommissar.

»Keine Sorge!« Sie lächelte. »Manchmal kommen sie, aber meistens essen sie bei der Arbeit, wenn sie nicht in das Wirtshaus zur ›Schwarzen Feder‹, in die *Penna Nera*, gehen. Ja, sie sind sehr aushäusig und lassen mich hier sitzen . . .«

Sie betrachtete sich in dem großen Spiegel der Garderobe und strich sich dabei mit den Händen über die Hüften. Im Spiegel begegnete sie dem Blick des Kommissars und lächelte ihm zu. Aber er mußte wohl doch ein Zwilling sein, schüchtern, zurückhaltend und unter dem Einfluß Neptuns, denn er ließ sich von ihr nur erklären, wo dieses Wirtshaus war, und ging dann, um sie wieder mit ihren Kaninchen allein zu lassen.

»Sie werden eine interessante Begegnung haben«, hatte das Horoskop Romilda für diese Woche versprochen. In einer Hinsicht hatte es recht gehabt, in anderer wieder nicht.

7

Also da wäre ich nun, dachte Ingenieur Vicini, als er den Blick hob und die beiden Fiat-Gebäude auf dem Corso Marconi betrachtete, quadratisch und in Reih und Glied nebeneinander wie zwei Kästen mit Mineralwasser im Hinterraum einer Bar. Er hatte nur mit Mühe einen Parkplatz gefunden, aber nun konnte er sich nicht entschließen, die Hände vom Steuer zu nehmen.

Dieser Kommissar – er begann wieder nachzudenken. Aber plötzlich rief er sich selbst zur Ordnung, raffte sich auf und stieg aus, mit der Miene eines Mannes, der keine Minute zu verlieren hatte. Er durchschritt die Reihe der Bäume, auf denen der Schnee nur liegengeblieben schien, um die dürftigen Äste und Zweige ein wenig hervorzuheben, und bog in die Straße ein, die die beiden symmetrischen Gebäude – Nummer 10 rechts, Nummer 20 links – trennte.

Der Hof an der Rückseite von Nummer 10 war sorgfältig vom Schnee geräumt und mit dem Wasserschlauch gespült worden, um die Wagen der Direktoren aufzunehmen, die auch am Samstag ins Büro kamen; es waren drei Wagen, zwei blaue und ein silberfarbener (alle Fiat), in zweien saß ein Fahrer, im dritten nur ein Schäferhund. Auf der Straße standen, diskret längs des Bürgersteiges geparkt, die Wagen der bewaffneten Eskorte; der Gorillas in schwarzer Lederjoppe. Entführungen und Terroranschläge hatten zu solchen Vorsichtsmaßnahmen gezwungen, die von den einen mit philosophischer Gelassenheit, von den anderen mit Nervosität oder auch mit zerstreuter Gleichgültigkeit hingenommen, aber von den meisten auch als ein Symbol ihrer Macht verstanden wurden.

Lächerlicher, innerbetrieblicher Ehrgeiz, dachte Vicini. Er betrat den Hof, wo gerade die Leute von der *Comec* aus zwei rot-blauen Lieferwagen Säcke mit Zucker und Pulverkaffee, Süßwaren und Flaschen verschiedenen Inhalts luden. Die *Comec* war die Pächterin der in den verschiedenen Stockwerken aufgestellten Automaten mit Erfrischungen, Imbissen und Getränken; und am Wochenende sorgte sie für die Wiederauffüllung und auch die Instandhaltung der Automaten (die die Hälfte der Zeit defekt waren).

Resolut seinen Stock ergreifend, schloß sich Vicini zwei Trägern von erdig aussehenden Fladen und gummiartigen Hörnchen an, überstand die flüchtigen Kontrollen hinter der Tür, erreichte den Fahrstuhl und kurz darauf sein Stockwerk. Er hatte noch keine drei Schritte gemacht, als schon aus einem Dutzend Türen seine Kollegen den Kopf herausstreckten oder sich mit dem Oberkörper hinauslehnten.

»Ach, du bist es, Vicini, salve, Verehrtester! Wie geht's, *amigo*, was sagst du zu dem Schnee, um ein Haar wäre ich zum Skilaufen gefahren, denk nur, ich wäre jetzt skilaufen, und du bist nicht zum Skilaufen gefahren?«

Innerbetriebliche Heucheleien, dachte Vicini, der mit dem Stock die Entfernteren grüßte und mit einem Händedruck die kleine Gruppe, die zu seiner Begrüßung herausgekommen war. Keiner von ihnen hatte je auch nur die geringste Absicht gehabt, den Samstagmorgen auf Skihängen, Golf- oder Tennisplätzen oder wo sonst noch zu verbringen. Sie kamen her und erfanden der Form halber Berge von liegengebliebener Arbeit, die es eiligst zu erledigen galt, und überaus dringende Berichte, die fertigzustellen waren, aber was sie wirklich, Samstag für Samstag, in den Corso Marconi zog, war ausschließlich die Hoffnung, von dem einen oder anderen der höchsten Bosse gesehen, bemerkt und nicht wieder vergessen zu werden. Gesehen freilich über den Schreibtisch gebeugt und nicht etwa müßig plaudernd auf dem Flur. Und siehe da, schon zog sich jeder wieder in sein Büro zurück, um hinter der halboffenen Tür seinen Posten zu beziehen.

»Ich würde mir gern einen Kaffee holen«, erklärte Vicini, mit der Absicht, irgendeinen seiner Kollegen zum Komplizen zu gewinnen.

Einen Kaffee zu trinken, galt übrigens nicht als eine zu den vitalen Interessen des Werks im Widerspruch stehende Tätigkeit, da das Werk die zugehörigen Kaffeemaschinen selbst lieferte. Nichtsdestoweniger wandte Bovis ein:

»Die Automaten sind leer, ich habe unten die *Comec*-Leute gesehen.«

»Aber nicht doch, entschuldige, sie sind gerade gefüllt worden. Sieh doch mal da!« sagte Vicini.

Dort hinten stand in einer Wandnische ein Mann im rot-blauen Overall der *Comec* und hantierte an einem Automaten.

»Na komm, gehen wir!«

»Nein, ich kann wirklich nicht«, sagte Bovis und befreite seinen Arm aus der Umklammerung, um sich die Spitzen seiner Weste geradezuziehen.

Vicini spielte die letzte Karte aus, um ihn zurückzuhalten.

»Weißt du nicht zufällig, ob Musumanno da ist?« fragte er mit der gebührenden Nonchalance.

Nach einer alten Legende, die auf einen bereits pensionierten Pförtner zurückging, erschien Doktor Musumanno fast jeden Samstag im Büro, jedoch zu so unvorhersehbaren Stunden und auf so ausgefallenen Wegen, daß es noch keinem seiner Untergebenen je gelungen war, ihm tatsächlich zu begegnen.

»Nein, ich habe ihn noch nicht gesehen«, erwiderte Bovis mit der gleichen Nonchalance.

Aber auch das interessante Thema (die Anwesenheit oder Nichtanwesenheit Musumannos, Musumannos Villa in Santena, Musumannos Frau, eine witzige Bemerkung von Musumanno, seine Krawatten, seine Wutausbrüche, Servilität gegenüber Musumanno bei verschiedenen Kollegen) schien heute früh nicht zu verfangen. Bovis machte den letzten halben Schritt bis zur Schwelle seines Büros.
»Also dann auf Wiedersehen«, sagte er, »ich lege mich wieder an meine Kette.«
»Auf Wiedersehen«, sagte Vicini. »Auf später.«
Er ging bis zu seiner Tür, die er bei seinem Eintritt halb offen ließ, lief zwischen den vier Wänden hin und her, bis er schließlich den Mantel ablegte und sich an den Schreibtisch setzte.
Jetzt gab es nicht länger Entschuldigungen, Vorwände, Ausreden. Das, was zu denken war, mußte gedacht werden.
Dieser Kommissar, dachte Vicini, und ein Schauder lief ihm über den Rücken, hat mir nicht geglaubt.

8

Die Tür zum kleinen Konferenzsaal öffnete sich, aber es war nur Annibale, der den jungen Mann aus der Bar hereinließ, der das Mixgetränk für den Verleger und den Kaffee für die andern brachte.
»Also gut«, sagte der Verleger mit einem Blick auf seine große goldene Zwiebel, »wer da ist, ist da, und wer nicht da ist, hat selber schuld. Um so schlimmer für ihn.«
Höhnisches Schweigen antwortete ihm. Schlimmer als ein Arbeitspicknick am Samstagvormittag war nur noch ein Arbeitspicknick am Sonntagvormittag.
»Versuchen wir es noch einmal«, sagte Rossignolo mit gespieltem Elan. Er hatte sich das Telefon auf den ovalen Tisch gezogen und wählte zum fünften oder sechsten Mal die Nummer Monguzzis und hob den Hörer, damit jeder hören konnte, wie das Telefon am anderen Ende der Leitung vergeblich läutete.
»Nichts. Er ist nicht zu Hause«, sagte er mit gespielter Enttäuschung und legte den Hörer auf.
»Oder er geht nicht an den Apparat«, brachte Lomagno zwischen den Zähnen hervor, ohne den Kopf von seinem Mickymausheft zu heben, in dem er mit ostentativem Vergnügen las.
»Vielleicht ist er krank geworden?« gab Mariarosa zu bedenken.
»Ich glaube eher, daß er nach Valenza Po gefahren ist«, sagte der Verleger. »Er wird irgendeine familiäre Verpflichtung gehabt haben.

Aber das soll uns nicht hindern, eine gründliche Analyse dessen vorzunehmen, was ... Dingsda ...«
Er konzentrierte sich ganz darauf, in dem gräulich gefärbten Inhalt seines Glases zu rühren, während sein Blick zerstreut auf Francisco ruhte.
»Du hast recht, er wird nach Valenza gefahren sein«, stimmte ihm Rossignolo mit gespielter Objektivität bei. »Aber ich glaube, daß er nur deshalb heimgefahren ist, um nicht hierher zu kommen. Er hat sich aus dem Staube gemacht.«
»Wie ist das möglich, wenn ich selbst nicht wußte ... ich meine, als er aus der Kirche verschwand, hatten wir uns noch gar nicht entschlossen ... wußten wir selbst noch nicht, daß wir heute morgen ...«
»Der ›Monga‹ kann so etwas riechen«, behauptete Rossignolo. »Er hat geahnt, daß du wegen der Kassetten eine Konferenz anberaumen würdest. Er hat so etwas wie das zweite Gesicht, wenn eine gründliche Analyse in Aussicht steht.«
Der Verleger errötete und schlug mit den Knöcheln an den Kassettenrecorder, den er selbst von zu Hause mitgebracht hatte (um ganz genau zu sein: den er aus dem Zimmer seiner Tochter, als diese im Bad war, entwendet hatte).
»Wie dem auch sei, das soll uns nicht hindern ...«
Aber das war nicht wahr. Monguzzis Abwesenheit erzeugte eine merkwürdige Lähmung rund um den Apparat und das Dutzend blauer Kassetten, die um ihn herum lagen; sie hatte einen merkwürdigen Effekt: das Abflauen eines Interesses. Vielleicht weil Monga nun schon in ihren Augen der »Experte« in Polydialogen war, der ihnen die Mühe erspart hätte, sie sich selbst anhören und sich wirklich mit ihnen beschäftigen zu müssen, vielleicht auch, weil niemand Lust hatte, ihn jetzt bei dem prosaischen Geschäft zu vertreten, die Kassetten einzulegen und wieder herauszunehmen, die Tonstärke zu regeln und die Tasten zu bedienen. Unter solchen Umständen drohte die »gründliche Analyse« zu gewöhnlicher Arbeit zu werden.
»Ich frage mich übrigens«, und damit wandte sich Mariarosa freimütig an Rossignolo, »ob es recht ist, ohne ihn das Material anzuhören. Selbst zugegeben, daß er, wie du sagst, gerade in einer Präsenzkrise steckt, bleibt die Tatsache, daß auf einem höheren Niveau unsere Aneignung dessen, was für Monga die Bedeutung von –«
Man sollte nie erfahren, was die Polydialoge für Monguzzi nun bedeuteten, denn Annibale trat ein (nachdem er wie gewöhnlich so leise geklopft hatte, daß man es nicht hörte) und kündigte im Flüsterton an:
»Professor Calamassi.«
Und schon trippelte auf Säbelbeinen Calamassi wie eine Brieftaube in

den kleinen Saal.
»Mein Lieber!« rief ihm, mit ausgestreckten Armen, der Verleger von weitem entgegen.
Eigentlich konnte er ihn nicht leiden, wegen irgendeines Fehlers, einer schlechten Angewohnheit, einer Sache, an die er sich im Augenblick nicht erinnern konnte (roch er aus dem Mund? kaute er an den Fingernägeln?). Aber in diesem Augenblick schien er eigens vom lieben Gott geschickt.
»Salve! ... Seid mir gegrüßt ... Ja, wie geht es dir? ... Du bist auch hier?« So pickte die Taube nacheinander nach allen Gesichtern rund um den Tisch.
Er trug eine schwarze Astrachanmütze und, um die Schulter gehängt, eine große Reisetasche aus Nylon.
»Und Monguzzi? Ich vermisse unseren alten Monga.«
»Weißt du vielleicht etwas über Monguzzi?«
»Nein, ich nicht«, antwortete Calamassi erstaunt. »Ich habe versucht, ihn telefonisch zu erreichen, und glaubte, ihn nun hier zu treffen.«
»Hatte er dir gesagt, daß er kommen wollte?«
»Nein, aber für gewöhnlich ... das heißt, gestern abend ...«
Es folgte eine sehr eingehende Klarstellung, da sämtliche Anwesende nicht so sehr an einem Hang zur Pedanterie litten als an dem Unvermögen, einem anderen zuzuhören. Calamassi, der am Abend zuvor über Pisa nach Cosenza heimgekehrt war, hatte dort von seiner Mutter erfahren, daß Monguzzi bei ihr vorbeigekommen war, um die Polydialoge abzuholen; heute morgen nun sollte er, über Bologna, nach Triest fahren (wo ein Symposion über »Reaktion und Verführung« eröffnet wurde) und hatte gemeint, vorher mit Monguzzi ein bißchen zu plaudern, auch über den Bericht von dem Symposion in Neapel über »Terrorismus: ein Phänomen der Mäßigung?«, wo der gute Garbarino ... Aber jedenfalls könnte man auch in Abwesenheit von Monguzzi Punkt für Punkt präzisieren ...
Der Verleger hakte bei diesem Wort sogleich ein. Wenn es um Punkt-für-Punkt-Präzisierungen ging, war er noch nie der gewesen, der gekniffen hätte; aber jetzt betraf die dringendste Präzisierung nicht den braven Garbarino, sondern den zwielichtigen Pezza und seine Polydialoge, die, wie man Grund hatte zu vermuten, mit dem Mordanschlag von gestern abend in irgendeinem Zusammenhang standen.
Calamassi, der von alledem noch nichts wußte, weil er nur *Le Monde* las (die wegen der unpünktlichen Postzustellung immer zwei Tage alt war), hörte sich den Bericht an, indem er bei jedem Wort mit dem Kopf nickte, als wisse er bereits alles. Am Ende bemerkte er geheimnisvoll: »Ein typischer Fall von Kriminalisierung.«

Er nahm die Astrachanmütze ab, stellte seine Reisetasche auf den Boden und setzte sich an den Tisch.
»Ich hatte nun gedacht –« begann der Verleger.
»Ich verstehe vollkommen«, fiel ihm Calamassi ins Wort und hob die Hand. »Du bist der Meinung, daß eine gründliche Analyse der Tonbänder und der in ihnen enthaltenen Forderungen den sozialen und kulturellen Hintergrund erhellen könnte, aus dem das Attentat ... Kurz, die Hintergrundmotivierung dieses explosiven Ausbruchs ...«
»Die Hintergrundmotivierung«, sagte der Verleger matt, »aber vielleicht auch das eigentliche Motiv.«
»Entschuldige, aber hier kann ich dir nicht folgen«, erklärte Calamassi mit einem Lächeln. »Der explosive Ausbruch ist doch bereits mit aller Deutlichkeit der dialektischen Spirale dieser Messen inhärent, wo nämlich die kollektive verbale Gewaltsamkeit unmißverständlich den Hebel zur Detonation bedeutet, den ...«
War das vielleicht das Unangenehme an Calamassi? Diese erbitternde Angewohnheit, sich über nichts zu wundern und jedes Ereignis, jeden Umstand als bekannt, als vorhergesehen, als bereits ausführlich behandelt, schon katalogisiert und selbstverständlich von einem Gelehrten wie ihm überholt zu betrachten?
Ohne sich zu unterbrechen, hatte Calamassi seine Brille und einen Stoß von eng mit der Maschine beschriebenen Blättern aus der Tasche gezogen.
»Ich habe übrigens, in weiser Voraussicht, für Monguzzi das Register mitgebracht, das ich seinerzeit über das Material angelegt habe.«
Mit besitzergreifendem Blick umfaßte er die Menge der blauen Kassetten und schwenkte, sichtlich zufrieden, seine Blätter.
»Angesichts der Komplexität und Verschiedenartigkeit der Predigtthemen mußte ich natürlich das System einer Klassifikation nach dem Rasterprinzip anwenden, so daß die Inhalte jederzeit –«
»Und du hast dir alle angehört?« fragte Rossignolo erstaunt, in einem letzten Versuch, Calamassi zu stoppen.
Aber jemand wie Calamassi ließ sich nicht stoppen (war vielleicht das sein Fehler?).
»Alle, natürlich. Notgedrungen. Hier ist eine vollständige Inhaltsangabe mit Register. Es waren etwa achtzehn Stunden Hören.«
Mit einer anmaßenden Gebärde setzte er sich die Brille auf die Nase und begann zu lesen:
»Band 1 A. Kirchlicher Kontext. Den Dialog führende Stimmen: Hauptsprecher (Pfarrer), Nebensprecher n. i. (nicht identifiziert), vier Männerstimmen n. i. Akustische Inszenierungselemente: Hämmer, Ketten, Amboß, wahrscheinlich eine Blechplatte oder ein Kanister. All-

gemeine Thematik: Befreiendes und symbolhaftes Zerbrechen der Haß-Liebe-Fesselung an die traditionelle Familie. Gesamtbewertung 5 ...«

Er ließ die Brille auf die Nasenspitze rutschen.

»Das ist meine Bewertungsskala«, erläuterte er, »eine Art Zensuren von 1 bis 10, die ich den gottesdienstlichen Veranstaltungen gebe auf Grund ihrer inneren Spannung, das heißt, im Hinblick auf ihre psychodramatische Wirkung, auf ihre, wenn ich so sagen darf, emotionale Ballistik ...«

»Und wie ist der Notendurchschnitt?« fragte der Verleger, dessen Miene sich sehr bald verdüstert hatte.

»Im Fall von Santa Liberata ist er, wie ich fürchte, ziemlich tief. Ich sehe hier sehr oft die 5 ... auch die 3 ... ein paarmal die 6 ... aber wir sind doch weit entfernt von den Spitzenwerten einiger der großen, spontan zustandegekommenen Versammlungen in den vergangenen Jahren, die außerhalb der Strukturen ...«

Mit anderen Worten, ein Blabla und Gefasel von tödlicher Langeweile, dachte der Verleger und preßte seinen Bart an die Brust. Und genau in diesem Augenblick, als es nunmehr zu spät war, erinnerte er sich.

»Also«, begann indessen Calamassi von neuem, »Band 1 A ... Allgemeine Thematik ... Nebensprecher ... Ja, da ist es: Unterthemen: die Ausdehnung der Großstädte (siehe auch Bänder 2 A und B, 3 B, 4 A, 6 A und B), kulturelle Entwurzelung und Verpflanzung der bäuerlichen Kultur (siehe auch Bänder 3 A und B, 5 A, 8 B), Gleichung Arbeit = Zuchthaus (siehe auch ...).«

Einmal in Fahrt, war Calamassi durch nichts zu bewegen, aufzuhören. Das war sein Fehler. Der Verleger fühlte plötzlich an allen Stellen seines Körpers, den Beinen, den Händen, ein quälendes Jucken. Nein, nicht Gott, dachte er, der Teufel hatte ihm diese Geißel gesandt, diesen unerbittlich keine Einzelheit auslassenden Punkt-für-Punkt-Präzisierer, den nichts aufzuhalten vermochte, es sei denn ein explosiver Ausbruch, eine Dynamitkerze.

9

Die »Schwarze Feder« zu finden, war nicht einfach gewesen in diesem Labyrinth von Straßen, Gassen und von Schnee halb unkenntlich gemachten Feldwegen, auf diesem Schachbrett kleiner Gemüsegärten, unbebauter Grundstücke, weiter, verlassener Fabrik- und Lagerhöfe. Aber als Kommissar Santamaria schließlich vor dem alten Wirtshausschild stand, begriff er leicht, warum ein solches Lokal Priotti und seine

Kollegen von Santa Liberata anziehen konnte.
Es war ein altes, niedriges, langgestrecktes Bauernhaus mit einem verfallenen Schuppen und gefährlich gewelltem Dach. Aber eine Weinrebe klammerte sich an den von Grünspan gefleckten Verputz, aus einem Schornstein stieg der Rauch von einem Holzfeuer, und auf der Rückseite befand sich gewiß eine Pergola mit kleinen Eisentischen, eine Bocciabahn und ein Bewässerungsgraben zwischen Weiden und Maulbeerbäumen. Er konnte sich leicht vorstellen, daß Priotti am Sonntag als Kind mit seinem Vater hierhergekommen war und später mit den Kameraden aus der Fabrik und den Mädchen, um Wein zu trinken und auf den Wiesen spazierenzugehen, während die »Alten« die Lieder der *Alpini* sangen.
Das Schild über der kleinen Tür ging auf die dreißiger Jahre oder noch weiter zurück: eine zu lange schwarze Feder an einem Alpenjäger-Hut, ohne alle Kunst auf das Blechschild gemalt, schien anzuzeigen, daß der erste Besitzer wahrscheinlich ein Veteran des Ersten Weltkriegs gewesen war. Das Innere des Hauses konnte man freilich nicht gerade anheimelnd nennen. Der spärliche Schimmer aus dem Kamin wurde von dem Licht der Neonröhren erdrückt, und die Tische, die Stühle, die Theke im Hintergrund – alles war aus zinnoberrotem Kunststoff. Die Gäste – zehn oder zwölf – hoben beim Eintritt des Kommissars kaum den Kopf und ließen sich nicht in ihren Beschäftigungen stören: Essen, Trinken und Kartenspielen.
Die einzige Frau im Hause mochte die Kellnerin oder Wirtin sein, eine Frau in mittleren Jahren, die den Kopf nach ihm wandte und ihm freundlich zulächelte. Aber an einem so abgelegenen Ort und an einem Tag mit so abscheulichem Wetter hätte ein neues Gesicht hier eigentlich ein tieferes Schweigen und größere Verwunderung auslösen müssen. Sein Blick fiel auf das Telefon an der Wand neben der Kasse, und er fragte sich, ob Romilda Bortolon nicht vielleicht ihre Schwäger schon unterrichtet hatte.
»Ich wollte die Brüder Bortolon sprechen, man hat mir gesagt, daß ich sie vielleicht hier finden würde.«
Die Frau, die ihm zwischen den Tischen entgegengekommen war, trocknete sich die Hände an ihrer Schürze ab.
»Es sind die beiden da am Kamin, die ohne Jacke.«
An ihrem Tisch saß ein dritter Mann in einem abgetragenen Samtjakkett, mit einem schottischen Schal um den Hals. Die beiden Brüder dagegen, zwei unscheinbare Männer um die vierzig, der eine kastanienbraun, der andere dunkelbraun, trugen rauhe schmierige Pullover von unbestimmbarer Farbe, so unbestimmbar wie die ihrer großen, von Narben übersäten Hände.

»Bortolon?«
»Ja?«
»Können wir einen Augenblick miteinander sprechen?«
Der Mann mit dem schottischen Halstuch, ein Dürrer mit Brille und krausen grauen Plüschhaaren, erhob sich mit widerstrebender Diskretion und setzte sich an einen anderen Tisch. Die Brüder aber fuhren fort, eher eilig als gierig ihre Kutteln in Tomatensoße herunterzuschlingen, und sie antworteten mit vollem Munde, als ihnen der Kommissar erklärt hatte, wer er war und was ihn hergeführt hatte.
»Ja, wir haben es eben in der Zeitung gelesen«, sagte der kastanienbraune Bortolon, indem er mit einer vagen Gebärde hinter sich wies.
»Ich weiß nicht, was mit dieser Welt los ist«, sagte der dunkelbraune Bortolon.
Es waren zwei heisere und ziemlich brummige Stimmen, aber wenn sie einmal in Fahrt kamen, sprachen sie ziemlich zwanglos. Die Brüder bestätigten, von Santa Liberata aus direkt nach Hause gegangen zu sein, abgesehen von einem Aufenthalt in einer Pizzeria der Via Tunisi (der Kommissar merkte es sich); zu Hause war es dunkel gewesen, Romilda schon schlafen gegangen. Saß Romilda nie vor dem Fernsehapparat? Doch, aber gestern abend hatte sie nicht ferngesehen, weil ... weil ... weil ... wer weiß, warum. Hatte sie vielleicht mit ihnen Streit gehabt? Streit, ja, für Streit war sie immer zu haben, sie war ein braves altes Mädchen, aber sie beschimpfte sie ständig, beklagte sich über das Haus, die Hunde, die Kaninchen, und daß sie immer allein war und nichts zu tun hatte. Und dabei machte sie ihnen nicht einmal etwas zu essen, wenn sie schlechter Laune war, weshalb sie denn auch oft in der »Schwarzen Feder« aßen, eben um ihr das Leben zu erleichtern.
Abgesehen von den üblichen venezianischen Flüchen, hatten die beiden die Angewohnheit oder den Tick, den dicken Kopf wie ein Rhinozeros nach oben zu stoßen, und vor allem dies erweckte den Eindruck von Brutalität. Aber auch einer gewissen animalischen Unschuld.
»Und gestern abend in der Kirche? Was habt ihr da angestellt? Warum hat euch Signorina Caldani nach Hause geschickt?« fragte der Kommissar – und entdeckte in seiner eigenen Stimme einen leicht väterlichen Klang.
Zerknirscht ließen sie die Köpfe sinken. Sie hatten keine Schuld gehabt, sondern geglaubt, nur ihrer Aufsichtspflicht zu genügen, zumal nach der Prügelei vom vergangenen Freitag, von der auch sie einiges abbekommen hatten, und deshalb hatten sie gestern abend etwas mehr achtgegeben auf Ruhestörer, und die Signorina, die genauso nervös wie Romilda war, hatte es übelgenommen. Aber sie übertrieb, denn letzten Endes hatten sie nichts Böses getan, Teufel noch mal!

Der Kommissar hatte Mühe, sie zu überzeugen, daß er nicht gekommen war, um ihnen ihre Neigung zu Tätlichkeiten vorzuwerfen, sondern nur, um sich von ihnen gewisse Einzelheiten berichten zu lassen, wobei er noch den Tag davor, den Donnerstagnachmittag, einschloß.
»Donnerstagnachmittag?«
Sie drehten die Köpfe einander zu, als wollten sie sich gegenseitig stumm um Rat fragen.
»Aber am Donnerstagnachmittag haben wir in der Kirche gearbeitet, und passiert ist gar nichts.«
Nein, aber es waren doch Besucher gekommen ...
Sicher, es kamen immer Leute in die Kirche von Santa Liberata, um zu beten, oder sie kamen in die Sakristei, wegen einem Aufgebot zum Beispiel, oder um mit dem Pfarrer zu sprechen ...
Ja, das meinte er. Und waren da nicht zwei Männer gewesen, mit denen der Pfarrer auf den Turm gestiegen war?
Ihre gerunzelten Stirnen glätteten sich, und die beiden Brüder hörten auf, sich den Kopf zu kratzen.
»Ach, die ...« sagte der dunkelbraune Bortolon.
»Wer war das?« fragte der Kommissar. »Wie waren sie?«
Vor Eifer runzelten sich wieder ihre Stirnen, und das Verhör nahm seinen Fortgang unter dem Schutz eines Walzers, den jetzt der Mann mit dem schottischen Schal leise auf dem Akkordeon spielte. Die Frau trug einen Armvoll Holz zum Kamin, und als sie ein paar Scheite ins Feuer warf, fing sie an, zu der Melodie einen Text im Dialekt zu trällern. Hier und da stimmten die Gäste, mit erregten, geröteten Gesichtern, im Chor in das Lied ein und wiederholten mehrmals den Refrain – ein rauher, mißtönender Gesang.
Der kastanienbraune Bortolon schien ihn erst jetzt zu bemerken und als Belästigung zu empfinden.
»Was ist das für ein Radau!« Er schlug mit der Faust auf den Tisch und blickte sich drohend um.
Aber der Kommissar hatte bereits erfahren, was er wissen wollte, und erhob sich.
»Es macht nichts«, sagte er. »Ich muß sowieso wieder gehen.«
»Wollen Sie nicht ein Glas mit uns trinken?« fragte der Kastanienbraune und hob die Korbflasche hoch.
»Lucia!« brüllte der Dunkle, »ein Glas!«
Die Frau eilte herbei, aber der Kommissar lehnte noch einmal entschieden ab, dankte und zwängte sich rasch zwischen den Tischen hindurch, an denen jetzt ein ausgelassener piemontesischer Refrain so laut gesungen wurde, daß er ihm bis zur Tür hinaus nachhallte, in die Kälte und Öde der Peripherie.

Stimmen in der Wüste, dachte er. Aber hinter ihrem Mißklang meinte er einen tieferen und allgemeineren Mißton zu vernehmen, so als ob die »Schwarze Feder« mitsamt dem Kamin und den strohumflochtenen Flaschen und mit ihren groben, fröhlich lärmenden Gästen Teilnehmer oder Opfer einer Fälschung sei, einer Inszenierung, die sich ein Organisator abgedroschener Folklorespektakel ausgedacht hatte. Es war dabei etwas, was nicht ganz überzeugte, ein Schatten von Unglaubwürdigkeit, ein Klischee, das die Wirklichkeit zu überdecken schien.
Es sei denn, sagte sich der Kommissar, als er wieder in den Wagen stieg und einen letzten Blick auf das düstere Bauernhaus warf, es sei denn, daß dieser baufällige, anachronistische Bühnenhintergrund nichts verbarg, daß hinter dieser – von der Stadt rätselhafterweise geduldeten – Ruine gar kein Geheimnis steckte und auch diese Männer am Ende nichts anderes waren als das, was sie schienen.

10

Die Zwillinge verließen inmitten einer brüllenden Bande ihre Schule in Brussone. Paolino versetzte Cinzia einen Faustschlag, Anna zog dem Luca die grüne Skimütze vom Kopf, Ivan und Pasquale bewarfen Vito und Stefano mit Schneebällen, die ihrerseits Schneebälle auf Crocifissa und Tiziana warfen. Fünf Minuten unterhielten sich die Zwillinge mit ihren Kameraden in dieser höchst verworrenen Sprache, die aber für sie ganz eindeutig war und die aus Schreien und Stoßen bestand, aus Fortreißen, Mit-dem-Ellbogen-Stoßen, Fußtritten, Bein-Stellen, Anspucken und Hinfallen. Als sich dann die Menge der Kinder verlief, machten sich auch die beiden Zwillinge auf den Heimweg. Von Zeit zu Zeit blieben sie stehen, um sich aus weit aufgerissenen Augen anzusehen. Sie hatten nämlich heute morgen gelernt, daß das Krokodil keine Augenlider hatte und deshalb nie die Augen schließen konnte. Sie hatten das wohl komisch, aber auch ein wenig beunruhigend gefunden. Was empfand man in einer solchen Lage? Und konnte man mit offenen Augen schlafen?
Sie dachten vage an gewisse Experimente, die sich vielleicht mit Hilfe von Wäscheklammern, Gummibändern oder Heftpflaster bewerkstelligen lassen würden, als plötzlich in ihrer Nähe eine verschneite Bodenerhebung sichtbar wurde, worauf ihre Augenlider automatisch wieder sehr rasch zu flattern begannen.
Das Bild des Bleistifthändlers, der, an das Steuer gelehnt, schlief, kam ihnen plötzlich wieder in den Sinn. Es tauchte auf wie eine unter einem Haufen von Spielzeug vergrabene Puppe. Ohne zu zögern, aber doch

mit unwillkürlich kleineren Schritten, wichen sie von ihrem gewohnten Weg ab und näherten sich vorsichtig dem Wagen. Durch die freie Stelle der Windschutzscheibe, von der sie heute früh selbst den Schnee fortgefegt hatten, lugten sie hinein.

Der Bleistifthändler saß noch immer dort und schlief.

Eine Weile beobachteten die Zwillinge seine bewegungslose Ruhe, dann sahen sie sich um. Links, sehr weit von ihnen, gingen drei Kinder im Gänsemarsch. Auf der entgegengesetzten Seite standen zwei Frauen im Gespräch, und am Horizont schlängelte sich mühsam ein Lieferwagen zwischen den Halbkreisen niedriger Häuser hindurch. Die Häuser in der Nähe schienen unbewohnt zu sein; zwar standen neben den Haustüren Schneeschaufeln an die Wand gelehnt, aber niemand trat ein oder kam heraus, und auch niemand zeigte sich an einem der Fenster. Der Himmel war fahl, schwer und niedrig, und die Zwillinge empfanden etwas, was der Furcht ähnlich war, nämlich der Furcht, an ein empfindliches und Kindern verbotenes Gerät gerührt und damit ungewollt einen sehr schweren Schaden von unvorstellbaren Folgen verursacht zu haben.

Glücklicherweise hatte sie niemand gesehen. Bedrückt von der Stille um sie herum, entfernten sie sich, die Köpfe gebeugt und gegen den heimlichen Wunsch ankämpfend, davonzurennen, wie zwei kleine Roboter, erschreckt von dem Mann, der dort noch immer schlief; aber vielleicht war er auch sehr krank. Vielleicht war sogar aus ihm ein Toter geworden, gehörte er schon zu dem unbegreiflichen Volk der Toten.

11

Seit über einer Stunde dröhnte die Stimme Calamassis, eintönig und kompakt, ohne Rücksicht auf ein ungeduldiges Flüstern hier, ein Öffnen und Wiederschließen von Fenstern dort, auf telefonische Anrufe und das Servieren von Kaffee und Limonaden.

»Band 11 B. Fortsetzung Thematik 11 A (siehe auch 9 A, 6 A, 2 B) über Zerbrechen der Konsumfesseln. Nebenthema: persönliche Hygiene. Frauenstimme 3 n. i., kündigt Absicht an, künftig nicht mehr ihre Haare zu waschen, da der Verbrauch von Shampoo die großen Gesellschaften der kosmetischen Industrie bereichert. Zwitterstimme 2 n. i., nimmt Nebenthema der Schädlichkeit chemischer Shampoos auf (5. proto-ökologische Einfügung, siehe auch 3 B, 4 A und B). Weibliche Stimme 4, n. i., sprengt Fesseln konditionierender Werbung (siehe auch Anti-Medien-Polemik auf 2 A, 5 B) . . .«

Siehe auch, dachte der Verleger, hier war alles ein Siehe-auch.

Und ihn juckte es überall, ihn juckten sogar die inneren Organe, die Milz und das Herz. Und sein Bart hatte sich in ein grausames Büßerhemd verwandelt.
Voller Grauen, ja mit intensivem Haß betrachtete er die über den Tisch verstreuten Kassetten mit den Polydialogen. Wie hatten nur die beiden Poly-Idioten Rossignolo und Monguzzi glauben können, daß daran irgend etwas Interessantes, Lebendiges, Vitales sein könnte? Und woher hatte dieser Poly-Deserteur Monguzzi die Frechheit genommen, diese nervenaufreibende und zwecklose Anhör-Konferenz vorzuschlagen, praktisch zu erzwingen?
Vor einer halben Stunde hatte der Verleger, gleichsam erstickend in dem Netz der Punkt-für-Punkt-Präzisierungen Calamassis (ein Mann, der imstande war, auch ein englisches Beefsteak oder eine Flasche Barolo abstrakt zu machen), gebeten, einmal eine Stelle aus den Polydialogen mit eigenen Ohren hören zu können. Gewiß nicht aus Wißbegierde, sondern nur, um für einen Augenblick diesem Register, diesem Raster oder Schema, diesen ellenlangen Resümees zu entgehen. Aber die Wirklichkeit war, wie sich herausstellte, noch ärger als alle Resümees. Die n. i. Stimmen schwach und unwirklich. Die begleitenden Geräusche lächerlich. Die spontanen Bekenntnisse der Teilnehmer eine Folge von Gemeinplätzen, von hundertmal gehörten polemischen Ausbrüchen gegen Arbeit und Arbeitgeber, gegen die Schule, gegen sexuelle Tabus, gegen die USA, die bürgerliche Gesellschaft . . . Alles von gestern, überholte Theorien, die außerdem das Unglück hatten, in dem Verleger eine Reihe von peinlichen Erinnerungen auszulösen an eine nicht allzuweit zurückliegende Epoche, in der hier ebenfalls, an diesem Tisch, gründliche Analysen angestellt worden waren über die Arbeit und die Arbeitgeber, über die USA, die bürgerliche Gesellschaft und so weiter.
Etwas in diesem Raum hatte sich verändert.
Der Verleger senkte den Blick von der Decke auf die menschliche Ebene, während seine Ohren ein dramatisches Schweigen wahrnahmen. Nein, nicht dramatisch, sondern freudig und festlich wie die Stille, die dem Glockenläuten am Ostermorgen vorangeht.
Calamassi hatte sich erhoben und stülpte sich die Astrachanmütze auf den Kopf.
»Mein Zug.« Er lächelte. »Aber ich lasse euch das Register. Ihr könnt auch ohne mich weitermachen.«
»Aber selbstverständlich!« beteuerte der Verleger. »Dank, tausend Dank! Du bist einfach . . . Du hast eine Arbeit geleistet, die absolut . . .« Er schnalzte mit den Fingern.
»Ersten Ranges ist«, schlug Rossignolo vor.

»Allerersten Ranges, ein Beitrag von wahrhaft ...«
Aber die Brieftaube war schon bis zur Tür gehüpft.
»Und grüßt mir Monga, wenn ihr ihn seht. Sagt ihm, daß ich mich melden werde, allerdings nicht mehr in dieser Woche, aber demnächst.«
»Natürlich, wir werden es ihm ausrichten. Adieu, auf Wiedersehen, gute Reise!«
Es schien nicht möglich, es schien nicht wahr zu sein. Für ein Weilchen wälzten sich alle genießerisch in der Stille wie in einem Federbett. Dann pfiff Lomagno.
»Ich«, sagte er, »habe einen Hunger ...«
»Jedenfalls«, sagte der Verleger, ohne ihn zu beachten, »war dies ein wertvoller Beitrag, eine ... tiefschürfende Analyse.«
»Ich hoffe, du wirst uns jetzt nicht die Analyse analysieren lassen?« bemerkte Lomagno grinsend. »Ich habe einen Hunger ...«
»Annibale hat das *horsd'œuvre* vorbereitet«, antwortete kurz angebunden der Verleger. »Dies ist, soviel ich weiß, ein Arbeitspicknick.«
»Sein *horsd'œuvre* kann sich Annibale sonstwohin stecken. Ich habe Hunger, und wenn ich Hunger habe, muß ich richtig essen und nicht meine Zeit damit verschwenden, an rohem Grünzeug zu knabbern, das obendrein von Pestiziden und Konservierungsmitteln verseucht ist.«
»Was für Konservierungsmittel?«
Lomagno erhob sich kampfbereit.
Drohend erhob sich der Verleger.
Da klopfte es ganz leise an die Tür. Annibale stieß sie auf und verkündete:
»Professor Santamaria.«
»Mein Lieber!« rief der Verleger enthusiastisch.
Aber dann dämpfte er die Stimme, ließ die zum Empfang ausgebreiteten Arme wieder sinken und wich statt dessen auf ein Warnsignal für seine Mitarbeiter aus.
»Oh, Herr Kommissar! Wie geht's?«
Was dem Kommissar als erstes auffiel, noch vor der Verblüffung auf den fünf Gesichtern, waren die Kassetten und die blauen Blätter, die in Unordnung vor dem Gerät herumlagen. Waren es dieselben wie in Santa Liberata? Ein Zufall?
»Ich möchte nicht stören«, sagte er und suchte zu erraten, wer von den Anwesenden Monguzzi sein könnte, »ich sehe, daß Sie arbeiten.«
»Aber ich bitte Sie! Außerdem haben wir uns ... sind wir ... hatten wir uns hier zusammengefunden ... zu einer ...«
»Konferenz?« fragte Santamaria.
»Zu einer gründlichen Analyse, die gerade jetzt ...«

Nein, bei diesen Aalen, bei diesen Schlangen war es besser, gleich im Klartext zu sprechen.
»Auch wir haben eine gründliche Analyse vorgenommen«, erklärte er schroff, »und es hat sich herausgestellt, daß Ihre Anwesenheit in der Kirche gestern abend keineswegs ein Zufall war. Wir wissen, daß Sie seit längerem mit dem Opfer in Kontakt standen.«
Aus dem Bart Lomagnos drangen leise, aber klar verständlich die Silben des Wortes »Arschloch.«
»Lomagno!« rief ihn der Verleger zur Ordnung.
»Ich habe es nicht zu ihm gesagt, ich meine dich«, präzisierte Lomagno grimmig. »Nein, wirklich, entschuldige, aber man muß doch vollkommen idiotisch, vollkommen verblödet sein, um der Polizei auch nur den Vorwand zu einer Provokation zu liefern ...«
»Ich habe niemandem etwas geliefert«, stammelte der Verleger, »ich habe mit Rossignolo –«
»Und wieso kommt der dann hierher? Was habt ihr ihm gestern abend erzählt, was für eine blödsinnige Version habt ihr ihm gegeben?«
»Wir haben dem Kommissar mit der größten Aufrichtigkeit geantwortet«, schaltete sich jetzt Rossignolo ein, »und zwar auf alle Fragen, die uns gestellt wurden, und ich verstehe nicht, wie du –«
»Du verstehst nicht, daß du ein Arschloch bist, du verstehst nicht, daß es der Polizei gegenüber nur eine Regel gibt: die, immer alles zu sagen, den Sack ganz zu leeren, ihnen zuvorzukommen mit der Wahrheit, auch wenn sie unbequem ist, sie auf ihrem eigenen Gebiet zu schlagen, dem der Entstellung, der Verdrehung, der als Vorwand dienenden Verzerrung der Wahrheit. Wenn du ihnen auch nur den geringsten Anhaltspunkt bietest, spielst du ihnen, objektiv gesehen, in die Hände. Das war von jeher meine Position.«
»Das ist die Position des Informanten«, sagte Mariarosa.
Lomagno fuhr, wie von einem Pfeffer-Zäpfchen durchbohrt, in die Höhe.
»Es ist die Position dessen, der nichts zu verbergen hat!« brüllte er entrüstet. »Nicht die Position eines Arschlochs, das eine Provokation nicht zurückzuweisen versteht.«
»Bitte erinnere dich daran«, entrüstete sich seinerseits der Verleger, »daß wir hier unter gesitteten Menschen sind und daß Mariarosa immerhin noch eine Frau ist.«
»Was soll das heißen, immerhin noch?« kreischte Mariarosa. »Was sagt dieses Arschloch? Warum soll ich, weil ich eine Frau bin, nicht das Recht haben, mich Arschloch nennen zu lassen?«
»Was für Arschlöcher!« sagte Rossignolo kopfschüttelnd.
»Du sei still, Arschloch!«

Das Wort flatterte im Kreise wie ein zufällig in den rauchigen Konferenzsaal verirrter Spatz, der nicht mehr den Weg hinaus fand. Santamaria griff auf ein einfaches Mittel zurück. Er öffnete die beiden Fenster, und die mit dem Verkehrslärm hereinströmende eisige Luft genügte, um die von Groll nicht freie Ruhe wiederherzustellen.
»Gut«, sagte er und musterte die gereizten Mienen der vier Streithähne, »gut . . .«
Der fünfte war ein hochaufgeschossener Mensch, der noch nicht aufgehört hatte, zu schweigen und zu lächeln.
»Sind Sie Monguzzi?«
Lächelnd verneinte der Lange mit einer Kopfbewegung.
»Nein, das ist Francisco, er ist Chilene.«
»Was sagst du da! Francisco ist Bolivianer, er ist ein Emigrant.«
»Er ist kein Emigrant, er ist Flüchtling. Das ist ein großer Unterschied. Und außerdem ist er Ecuadorianer.«
»Aber ich bitte dich!«
»Unglaublich! Und du behauptest, ausgerechnet ich wüßte es nicht, wo –«
»Allerdings, weil du –«
»Aber er selbst«, bemerkte Santamaria, »sollte er es denn nicht wissen?«
Und wie sich alle nach ihm umdrehten, erstaunt und erleichtert in einem, begriff er, daß hier seine Rolle nicht die des Polizisten war, sondern die des Schulmeisters – wenn nicht der Kindergärtnerin.

12

Der Vater der Zwillinge war Arbeiter in einem Profileisen-Werk, und am Samstag und in seiner Freizeit rundete er seinen Lohn auf, indem er als Tapezierer arbeitete. Bei Tisch erzählte er – und er geriet darüber recht in Eifer – von den Schwierigkeiten seiner gegenwärtigen Arbeit, die darin bestand, die Räume einer Wäscherei frisch zu streichen. Aber der Maurer war ein Säufer und Schwätzer, und der Tischler hatte vieles von seiner Arbeit nur halb gemacht und gab nun ihm die Schuld an dem langsamen Fortgang des Ganzen. Heute morgen war die Inhaberin der Wäscherei in Wut geraten, aber er hatte ihr geantwortet, daß es erstens überflüssig sei, die Stimme zu erheben, zweitens, daß man von Handwerkern dieses Schlages nicht mehr erwarten könne, drittens, daß alles eine Frage der Organisation sei, und, viertens, daß, falls man seine Dienste auch als Stukkateur in Anspruch nehmen wolle, sich sein Kostenvoranschlag dementsprechend . . .
Seine Frau hörte seinem Bericht über diese Auseinandersetzungen nur

mit einem Ohr zu, und zwar nicht nur, weil es immer die gleichen waren, sondern auch, weil das anhaltende Schweigen der Zwillinge sie zu beunruhigen begann. Es war nicht normal, daß sie den Vater nicht alle zwei Minuten unterbrachen oder unter tausend Vorwänden vom Tisch aufstanden, nicht mit Gläsern und Bestecken spielten, sich nicht geräuschvoll zankten. Und sie aßen so langsam und ohne Appetit.
Was hatten sie?
Nichts, gar nichts.
Hatten sie vielleicht Kopfschmerzen oder Bauchweh oder Hals- oder Ohrenschmerzen?
Aber nein.
Offensichtlich trugen sie irgendeine schwere Krankheit mit sich herum, vielleicht die afghanische Grippe, die anscheinend neuerdings in Brussone grassierte. Diese stumme Passivität hatte jedenfalls etwas Alarmierendes.
Waren sie vielleicht müde? Wollten sie ins Bett gehen?
Nein, das wollten sie nicht.
Oder hatten sie vielleicht, fragte der Vater, in der Schule etwas angestellt?
Nein, nein.
Hatten sie etwas kaputtgemacht und deswegen Vorwürfe zu hören bekommen?
Nein, nein.
Aber ihre Verneinung war ein Gestammel, und flammende Röte schoß in die beiden Gesichter unter dem tiefschwarzen Haar.
Also was war geschehen? Was hatten sie angestellt?
Nichts, gar nichts. Nur daß sie neulich einen freundlichen Mann in einem Auto getroffen hatten, der ihnen beiden einen Bleistift geschenkt hatte.
Die Mutter wurde totenblaß.
Und dann, fragte der Vater mit trockener Kehle. Hatten sie den Mann wiedergesehen?
Ja, heute morgen auf dem Schulweg.
Und was hatte der Mann mit ihnen gemacht?
Nichts, denn er schlief in seinem Auto. Und als sie jetzt nach Hause kamen, war er noch immer da und schlief in dem verschneiten Auto.
Wie, er schläft?
So, sagten die Zwillinge.
Sie ließen sich ganz schlaff gegen den Tischrand fallen, mit herunterhängenden Armen und gesenktem Kopf. Mit grausam perfekter Gleichförmigkeit zeigten sie, zweifach, das Bild eines unmißverständlich leblosen Körpers.

13

Schon nach einer Viertelstunde hatten sie restlos ausgepackt. Sie waren die geborenen Informanten. Man brauchte sie nur auf das Karussell der »gründlichen Analyse« zu setzen und dort festzuhalten und zu verhindern, daß sie sich gegenseitig in die Haare gerieten, um zu bekommen, was man wollte und sogar noch ein bißchen mehr (zum Beispiel den Besuch von Ingenieur Vicini und die »Blamage« des Verlegers; die Anwesenheit auch Lomagnos und der Immerhin-noch-eine-Frau in der Kirche, beide übrigens, nach ihrem eigenen hochgemuten Eingeständnis, dem Polizeipräsidium, und zwar Cuoco, bekannt).
Annibale wurde beauftragt, die Kassetten mit den Polydialogen und dem dazugehörigen Register von Prof. Calamassi (folgen biographische Daten, Werke und Turiner Adresse) einzupacken. Immer noch in Erwartung Monguzzis, ließ es sich der Verleger nicht nehmen, ihn persönlich anzurufen, wie wenn das Telefon, von höherer Hand berührt, eher imstande wäre, den Abwesenden endlich an den Apparat zu schaffen. Aber Monguzzi (biographische Daten, Werke, Turiner Adresse) meldete sich einfach nicht; außerdem hatte er seine Adresse in Valenza Po immer geheimgehalten (na ja), die übrigens nicht wirklich Valenza Po war, sondern ein Dorf in der Umgebung, das . . . ja, wie hieß es noch?
Vergeßlichkeit und glaubwürdige Schwächen, dachte Santamaria, Gedächtnislücken und Abschweifungen, die nichts Verdächtiges hatten. Er mußte an die »Schwarze Feder« denken, mit ihren rauhen Gästen, ihrem heiseren Gesang von Volksliedern. Welche der beiden Gruppen war unglaubwürdiger, weniger authentisch im fürchterlichen Falsett der Zeit? Und hatte die gnostische Zelle von Santa Liberata vielleicht ein größeres Recht auf Glaubwürdigkeit? Und war vielleicht die Mafia-*connection* überzeugender?
Während er diesen diensteifrigen Intellektuellen ein freundliches Lächeln zeigte, kam ihm zu Bewußtsein, daß sich im Laufe des Vormittags ganz allmählich eine Art Resignation seiner bemächtigt hatte, nämlich die Bereitschaft, an ein Kollektivverbrechen zu glauben, an die Möglichkeit, daß Pezza nicht von einem einzelnen ermordet, sondern sozusagen kollegial »hingerichtet« worden war. Dies legte übrigens auch die Art und Weise seines Todes nahe.
Ich muß die nächstliegende Hypothese akzeptieren, dachte er, ich muß davon ausgehen, daß ein Attentat verübt wurde, das ein unbekanntes Tribunal beschlossen hatte.
Aber als er von Annibale das sorgfältig verschnürte Paket mit den Polydialogen entgegennahm und die Hände derer drückte (es waren

nicht alle), die ihn bis zur Tür begleitet hatten, fragte er sich, ob einer dieser Menschen (ein einziger) ein ganz privates und persönliches Motiv gehabt haben konnte, sich eine Altarkerze, einen Sprengkörper und einen langen Schraubenzieher zu besorgen und mit dessen Hilfe geduldig eine tiefe Höhlung in die Kerze zu bohren.
»Wohin, Dottore?« fragte der Fahrer.
»Ich weiß nicht«, antwortete Santamaria gähnend. Er dachte an Vicini, Monguzzi, an die fällige Überprüfung Lomagnos und der Frau sowie des chilenischen oder bolivianischen Flüchtlings. Und er dachte an die Langeweile eines Restaurants und an die trostlose Nüchternheit eines Stehbüffets. »Ich weiß nicht, bring mich ins Polizeipräsidium zurück, dann sehen wir weiter.«

14

»Da«, sagte eines der beiden Zwillingsmädchen.
Das andere zeigte mit dem ausgestreckten Finger auf das Auto, das noch immer am selben Platz stand.
Der Vater hieß sie stehenbleiben, wo sie waren, und ging allein weiter. Es mußte eine wichtige und dringende Angelegenheit sein, dachten die Zwillinge, wenn sich ihr Vater von ihnen hierher hatte führen lassen, ohne vorher seinen Kaffee zu trinken. Aber jetzt fürchteten sie, daß der Bleistifthändler nicht mehr da war, sondern vielleicht inzwischen mit einem herzhaften Gähnen aufgewacht und irgendwohin zum Essen gegangen war. Dann konnten sie sich auf tüchtige Schelte gefaßt machen, niemand würde ihnen glauben, daß sie nicht alles erfunden hatten.
Mit kleinen, unentschlossenen Schritten folgten sie dem Vater. Sie sahen, wie er durch die Windschutzscheibe hineinlugte, wie er dann mit der Hand den ganzen Schnee wegkehrte, sich aufrichtete, in Eile das linke Seitenfenster vom Schnee befreite und auch von dieser Seite ins Innere des Wagens blickte.
Dann schien er die Wagentür öffnen zu wollen, hielt aber inne, ohne sie zu berühren. Suchend blickte er in alle Richtungen, über die schwarzen Köpfe der Zwillinge hinweg, die jetzt nur noch ein paar Meter von ihm entfernt standen. Er stieß plötzlich einen Schrei aus, als ob er sehr böse wäre.
»Nino!«
Nino, ein Bekannter, der gerade in das Haus Nr. 26 gehen wollte, drehte sich um und kam, mit einem allmählich immer dünner werdenden Lächeln, auf sie zu. Der Vater ließ ihn in das Auto sehen, und Nino

eilte im Laufschritt davon, um, wie er sagte, zu telefonieren.
Also war der Bleistifthändler noch da. Und das hieß, daß er nun wirklich ein Toter war oder zumindest ein Schwerverwundeter.
Die Zwillinge näherten sich, um zuzusehen, aber der Vater hielt sie zurück. Doch eine Minute darauf standen um den VW schon drei, vier, dann zehn Personen, die wie unter dem Schnee hervor aufgetaucht waren. Auch Nino kam zurück, ganz außer Atem, und seine Frau folgte ihm mit raschen kleinen Schritten.
»Nichts berühren! Ihr dürft nichts anfassen!« schrie er wie ein Polizist in einem Fernsehkrimi.
Und wirklich wie im Fernsehen kam jetzt schleudernd das blaue Auto der Carabinieri von Brussone; bevor es hielt, gab es zwei oder drei weiche Sirenensignale von sich. Der Maresciallo, den die Zwillinge eben nur als »Maresciallo« kannten, stieg aus, und ein Carabiniere folgte; zusammen näherten sie sich dem Wagen, blickten hinein, öffneten endlich die Tür und beugten sich für eine Minute über den Mann am Steuer.
Der Maresciallo richtete sich auf und betrachtete die Umstehenden, als suche er jemanden, der einen Schneeball nach ihm geworfen hatte. Dann wischte er den Schnee von dem Nummernschild, schrieb die Nummer in sein Notizbuch und ging wieder zu seinem Wagen.
»Er muß das Kommando benachrichtigen«, sagte jemand.
In der Tat sprach er kurz in eine Art von Telefon neben dem Steuer, um sich darauf in seinem langen schwarzen Mantel und mit noch düsterer Miene vor dem Wagen des Bleistifthändlers aufzustellen. Der zweite Carabiniere drängte mit ausgebreiteten Armen die Zuschauer zurück, die sich langsam und schweigend damit abfanden, einen Halbkreis schlammig zertretenen Bodens, wie die Arena eines kleinen Zirkus, freizulassen.
Die Zwillinge standen still in der ersten Reihe, neugierig und voll zaghaften Stolzes. Hinter sich hörten sie jemanden leise fragen: »Was ist passiert?« und einen anderen noch leiser antworten: »Da ist ein Toter.« »Wer ist es?« fragte die erste Stimme, und die zweite antwortete: »Ich weiß nicht, ein Mann.«
Die Zwillinge erschauerten vor Aufregung. Sie wußten Bescheid. Sie hätten nicht nur erklären können, daß es sich um einen Bleistiftverkäufer handelte, sondern auch, daß sie den Toten gefunden hatten. Aber sie machten den Mund nicht auf, eingeschüchtert von dem heimlichen Getuschel der Großen und von dem Schweigen, das sich in diesem Winkel von Brussone, wie eine dichte Nebelbank, konzentriert hatte. Was würde jetzt geschehen?
Ihr Vater, der mit Nino und dem Maresciallo tuschelte, suchte sie mit

dem Blick und zeigte sie mit dem Kinn den beiden. Die drei Männer fixierten sie ernst, mit gerunzelter Stirn, und wechselten leise ein paar Worte, um sie dann wieder anzustarren.
In einen Strudel des Schreckens gerissen, schmiegten sich die Zwillinge aneinander. Ihr Vorgefühl, daß man ihnen die ganze Schuld geben würde, hatte sie also nicht getrogen. Zwecklos, sich zu sagen – und es den drei Männern zu sagen –, daß die Bleistifte ein Geschenk gewesen waren und daß sie heute früh nur einen Augenblick vor dem Wagen des Bleistifthändlers gespielt, aber nichts »berührt« hatten. Sie wußten, daß zwischen allen Dingen und Ereignissen dieser Welt verborgene und verwickelte Fäden liefen, über die ein Kind ständig stolperte; mit einem Knie, einer kleinen Zehe, rief es den Einsturz von Wolkenkratzern, Überschwemmungen, Eisenbahnkatastrophen und grausige Zusammenstöße auf der Autobahn hervor. Der Gedanke, daß der Bleistifthändler wegen einer winzigen Übertretung, die sie sich hatten zuschulden kommen lassen, gestorben war, war durchaus plausibel, und unabwendbar war auch, daß ihre Schuld entdeckt wurde.
Unter gesenkten Wimpern hervor sahen sie ihren Vater auf sie zukommen, aber im selben Augenblick wurden sie gerettet, aufgesogen von der Menge, die vor drei Wagen zurückwich, die grimmig brummend und blitzschnell wie Löwen erschienen, gefolgt von zwei Motorrädern, einer Ambulanz, einem großen blauen Polizeiwagen und weiteren Motorrädern. Inmitten des rasenden Motorenlärms, zugeschlagener Wagentüren, der Sirenen, Befehle und Rufe glaubten die Zwillinge, man habe sie vergessen. Sie irrten zwischen den Beinen der Leute umher, die jetzt von einem halben Dutzend Carabinieri mit um die Schulter gehängter Maschinenpistole zurückgedrängt wurden, immer weiter zurück, zurücktreten . . . auseinandergehen . . .!
Da spürten sie, wie sich ihnen eine große Erwachsenenhand um den Hals legte, bis knapp unter den Nacken, und ohne sich umzusehen, wußten sie, daß es die Hand ihres Vaters war und daß ihr Druck Schutz bot und keine Strafe androhte. Also wurden sie diesmal nicht für das Ungeheuerliche und Grauenhafte verantwortlich gemacht. Sie hatten keine Schuld. Dieser Tote war es in eigener Verantwortung.
Sie wurden auf die Zirkusarena, den Manegenrand, geschoben, der jetzt weiter geworden war, abgeschlossen von den Fahrzeugen, die wie die Wagen der Pioniere in einem Wildwestfilm angeordnet waren. Mit oberflächlichem Wohlwollen bat der Maresciallo sie, brav zu sein und Geduld zu haben, der Carabinieri-Leutnant wolle sie sprechen. Um den Wagen des Bleistifthändlers standen jetzt mehrere Männer, in Uniform und in Zivil, die beiseite rückten, um einem Herrn in grünem Loden, mit schwarzem Bärtchen und ebenfalls schwarzem Köfferchen Platz zu

machen. Der Arzt. Das hieß doch, daß der Bleistifthändler ... Durch die Öffnung der Menschenmauer sahen die Zwillinge ihn einen Augenblick lang, aber danach schloß sich die Mauer wieder vor ihnen.
Fotografen kamen mit Kameras und Scheinwerfern, und es begann eine erregte Auseinandersetzung. Der Carabinieri-Leutnant, jung und schön wie ein Filmschauspieler, trat aus der Menschenmauer heraus und sagte den Zwillingen, daß sie sich hier nur erkälten würden, aber er wollte dafür sorgen, daß sie einen geschützten Platz bekämen, zum Beispiel in dem Führerhaus des großen Polizeiwagens, kommt, Kinder, und er setzte sie auf den breiten Sitz neben dem Fahrer. Durch das herabgelassene Fenster ließ er sich erzählen, wann und wo sie den Bleistifthändler das erste Mal gesehen hatten, und ob er allein oder mit jemandem zusammen gewesen war. Und dann wollte er von heute früh um acht Uhr dreißig wissen, ob an dem Auto vielleicht die Scheinwerfer angewesen waren. Und ob sie sonst noch etwas wüßten und woran sie sich erinnern könnten.
Kurz darauf kam ein zweiter Offizier, und auf die gleichen Fragen gaben die Zwillinge die gleichen Antworten, doch jetzt weniger mißtrauisch und nicht mehr ganz so einsilbig. Und vor einem hochgewachsenen grauen Mann in Zivil, der einem hellblauen Funkstreifenwagen entstiegen war, wiederholten sie alles noch einmal wie am Schnürchen, beinahe wie geistesabwesend.
Von ihrem bequemen Logenplatz aus ließen sie sich keine Einzelheit dieses Schauspiels entgehen. Es kamen immer mehr Leute, und das Gedränge nahm zu. Jetzt waren es hundert oder vielleicht auch dreitausend, und mitten darin die Mutter, die sie aber nicht sah und die ihr stürmisches Winken nicht erwiderte.
Ob ihnen kalt war? Nein. Alles in Ordnung? Ja. Der Carabinieri-Fahrer fand in der Tasche einen Kaugummi, den er in zwei Stücke brach, für jede eine Hälfte, Orangengeschmack, und dann erklärte er ihnen, daß – da, schaut her – das Fernsehen kam – und das da waren die Pressefotografen, und da war der Kranwagen, und die Männer waren Spezialisten, die bei Verkehrsunfällen die Entfernungen und so weiter ausmaßen. War das denn ein Unfall gewesen? Ja, ein Unglück.
Viele Schulkameraden der Zwillinge tauchten hier und dort in der Menge auf und verschwanden wieder; einige erkannten sie auf ihrem Sitz und winkten ihnen zu, Gennaro und Dario und dazu diese dämliche Sabrina kamen heran und schnitten direkt vor ihnen Grimassen, worauf sie ein Polizist zu Recht vertrieb. Die Menge öffnete und schloß sich wieder vor dunkel- und hellblauen Autos, die kamen oder wegfuhren, und in eines der Autos schoben sie einen Mann, der hier in der Nachbarschaft wohnte und den zwei Carabinieri aus dem Haus Nr. 18

geholt hatten, indem sie ihn fest an beiden Armen packten. Er war verhaftet worden. Warum? Vielleicht war er an dem Unglück schuld gewesen. Aber sie kannten ihn doch, einmal hatte er sie vor der Kirche auf den Arm genommen und ihnen Bonbons geschenkt. Er war kein böser Mensch, er war ein guter Mensch. Aber konnte er nicht ein böser sein, der den guten nur gespielt hatte? Brachten sie ihn denn jetzt ins Gefängnis? Nein, sie mußten ihn nur etwas fragen.
Ein Mann mit schwarzem Schnurrbart und schneeweißen Zähnen näherte sich ihrem Wagen. In seinen Augen war etwas, als wolle er gerade einen Scherz machen. Wer das war? Ein Polizeikommissar.
»Seid ihr die beiden ersten Zeuginnen?« scherzte der Kommissar vor dem Fenster.
Die Zwillinge warteten keine weitere Frage ab, sondern schnurrten alles in einem Atemzug herunter, und am Ende, getragen vom Schwung der eigenen Beredsamkeit und in dem schmeichelhaften Gefühl, Zeuginnen zu sein, wagten sie, ihn zu fragen, ob dies wirklich ein Unglück gewesen war, wie der Fahrer behauptet hatte. Doch, ein schlimmes Unglück. Aber war nun der Tote ein Toter wie andere, oder war er ermordet worden? Der Kommissar mußte wohl zu der Überzeugung gekommen sein, daß man zwei Zeuginnen nicht belügen konnte, und so antwortete er mit Ja. Er war ermordet worden. Aber war er ein guter oder ein böser Mensch? Ein guter. Und wer war der böse? Vielleicht der, den sie eben weggebracht hatten? Man wußte es noch nicht. Aber es gab doch jedenfalls einen Feind, einen Mörder? Doch, den gab es, und die Carabinieri und die Polizei würden ihn fangen. Wie im Fernsehen? Genau wie im Fernsehen.
Das eine der beiden Mädchen suchte plötzlich in der Tasche seines wattierten Anoraks und zog den Bleistift heraus, den ihr der Händler geschenkt hatte. Mit einer Spur von nachsichtiger Herablassung erklärte sie, daß ihre Schwester ihren Bleistift schon zerbrochen hatte, sie aber nicht, und wenn der Kommissar wollte, konnte er den Stift behalten. Er nahm ihn und drehte ihn interessiert hin und her, worauf er ihr vielmals dankte. Er wollte den Stift dem Richter übergeben, der jeden Augenblick eintreffen müßte. Worüber der Richter denn richten wollte? Ob alles in Ordnung war; wenn es einen Toten gab, kam immer der Richter, um alles zu überprüfen. Aber da war er ja schon.
Die Zwillinge hatten eigentlich einen alten, runzligen Herrn in einem langen Samtmantel erwartet, während dieser auch einen grünen Lodenmantel trug und geschwind ausschritt; Runzeln schien er überhaupt nicht zu haben. Er verschwand inmitten der andern, und der Kommissar riet dem Fahrer, mit seinem Wagen etwas wegzurücken, da er dort, wo er jetzt stand, vielleicht ein Hindernis bedeutete; und der

Fahrer gab ihm recht, ja, es mochte besser sein, zu wenden, er ließ den Motor an und begann, das Steuer herumzuwerfen, während er sich im Rückspiegel versicherte, daß er niemanden überfuhr. Ein bißchen vor- und ein bißchen zurückstoßend, hielt er ein paar Meter weiter an, schräg zu der vorherigen Position, und die Zwillinge hatten jetzt eine große geschwungene Häuserreihe vor sich, hinter der sich fächerförmig die verlassenen weißen Plätze zwischen den Häusergruppen von Brussone dehnten.

Sie lehnten sich aus dem Fenster, aber jetzt hatte man wohl den Toten, den Ermordeten – nun hinter ihnen – schon aus dem Wagen gezogen, die Ambulanz startete, und der Kranwagen näherte sich brummend.

Die Fotografen und die Fernsehleute drängten wieder nach vorn, schossen ihre Bilder und filmten aus allen Stellungen, und die Carabinieri hängten den VW an den Kran, und ganz langsam zog der Kran ihn an der vorderen Stoßstange hoch.

Die auf dem Autodach angehäufte Schneeschicht kam in Bewegung und begann, rückwärts abzugleiten, womit auch die Heckscheibe frei wurde. Die Zwillinge erkannten die großen Kartons mit Bleistiften hinter den Fenstern und die an die Scheiben geklebten Jucca-Werbesprüche, und dann fuhr der Kranwagen langsam davon, gefolgt von einer ebenso langsam fahrenden Autokolonne. Die Menge zerstreute sich und ließ nur diese Kreisfläche von gelbem Straßenschmutz zurück.

Mama und Papa kamen, zusammen mit dem Maresciallo und dem schnurrbärtigen Kommissar, auf den Polizeiwagen zu, und eine Reihe von Carabinieri folgte ihnen, mit umgedrehten Maschinenpistolen.

Es war alles zu Ende. Der Bleistifthändler war wirklich tot, nie wieder konnte er Bleistifte verschenken, weder an sie noch an andere Kinder, und ganz ohne Hilfe des Fahrers sprangen die Zwillinge aus dem Führerhaus des Polizeiwagens und liefen ihrer Mutter entgegen, die ihre Hände nahm und befühlte und die beiden fragte, ob sie nicht kalte Füße hätten. Erst in diesem Augenblick erinnerte sich diejenige der beiden, die am Nachmittag die Galoschen tragen durfte, ihres Anspruchs. Sie brach in Tränen des Protests aus. Die Mutter versprach ihr, daß sie dafür morgen die Galoschen den ganzen Tag tragen durfte, bis zum Abend. Damit tröstete sich die Kleine ein wenig, aber sie hatte doch das Gefühl, daß es nicht ganz dasselbe war.

Der Maresciallo strich ihr zärtlich über den Kopf, und das tat auch der Kommissar, der ihr noch einmal für den Bleistift dankte, auch im Namen des Richters. Sie waren zwei ausgezeichnete Zeuginnen gewesen, und alles, was sie berichtet hatten, war Wort für Wort in ein Buch geschrieben worden. Noch etwas hätte er gern gewußt – hatte der Bleistifthändler, als sie ihn das erste Mal in seinem Auto gesehen

hatten, an demselben Platz gehalten wie heute?
Die Zwillinge befragten einander mit einem bereits wieder versöhnten Blick und sagten, nein, das Auto stand *so*, statt so wie heute, und außerdem weiter weg in der anderen Richtung.
»Da!« zeigte die eine.
Die andere fragte, wohin man denn das Auto des Bleistifthändlers brachte, und was aus all den Bleistiften in dem großen Karton würde. Sie bekamen sehr lange Gesichter, als ihnen ihr Vater erklärte, daß in den großen Kartons gar nichts war und daß der Bleistifthändler überhaupt kein wirklicher Händler gewesen war. Und was war er dann?
»Er war ein Carabiniere«, sagte der Maresciallo, »ein Maresciallo.«
»Ist das wahr?«
»So wahr«, sagte der Maresciallo, »wie ich einer bin.«

8. *Die lange Schlange des feierlichen Zugs*

1

Die lange Schlange des feierlichen Zugs erschien noch zweimal in immer größerer Entfernung, als er sich, mit immer kleineren Automobilen, zwischen den tief gestaffelten Blöcken von Brussone wie zwischen den ärmlichen Kulissen eines ärmlichen Theaters bewegte. Ein Trauerzug, der sich zum Friedhof hin entfernte, dachte Santamaria, während er in die Kirche ging, um noch ein paar Fragen mit dem Pfarrer zu besprechen. Nicht Shakespeare, sondern die nüchterne Prosa des Ministers würde den Abgang von der Szene begleiten, den Abgang des Maresciallo (nicht Fürsten, nicht Königs) Genovese, Aurelio, 44 Jahre alt, verheiratet (die Frau war, unter Schockeinwirkung, zu Hause geblieben), gefallen in Ausübung seiner Pflicht.
Und gerade über diese Pflicht gab es mit Hilfe des zuständigen Pfarrers einige Einzelheiten zu klären.
»Da ist er, der mit dem Bart«, sagte der Maresciallo von der örtlichen Dienststelle der Carabinieri, der Santamaria begleitete. Sie kamen zu Fuß, um einen neuen Auflauf zu vermeiden, zu dem es bei ihrem »offiziellen« Erscheinen im Auto gekommen wäre.
»Wie kommt es, daß er sich den Toten nicht angesehen hat?«
»Er wird es nicht gewußt haben, wahrscheinlich war er unterwegs.«
»Was für ein Typ ist er?«
Der Maresciallo zuckte die Achseln.
»Wir sehen uns kaum.«
Der Maresciallo, der Pfarrer, der Doktor, der Apotheker, die Volksschullehrerin, all diese Persönlichkeiten des Dorflebens waren noch da, aber wie verloren, wie nicht hingehörend, wie Krippenfiguren, die versehentlich in einen Karton voller Reptilien, Vampire, Drachen und anderer Ungeheuer geraten waren.
Die Kirche mit ihren vorgefertigten Bauteilen war auf eine forcierte Weise modern. Nur zwei kreuzförmig verbundene Eisenstücke unterschieden sie von einer Messehalle, einem Supermarkt oder den Toiletten einer Großtankstelle der Autobahn. Der Gemeindepfarrer, Don Feliciani, hatte sich selbst ebenfalls aufs angestrengteste angepaßt, er trug Hirtenstiefel, einen blauen Anorak, einen Pullover, einen langen bunten Schal, und er war so unrasiert wie jemand, der zu beschäftigt ist, um für dergleichen Zeit zu haben. Er stand im Gespräch mit einer

kleinen Gruppe, aber sobald er erkannte, daß der Maresciallo und Santamaria zu ihm wollten, verabschiedete er sich hastig von seinen Pfarrkindern und verschwand in der Kirche.
Eine Flucht?
Nein. Er wartete nur ein paar Schritt hinter der Tür, mit betrübtem Blick und Zerknirschung in der Stimme, die Hände beschwörend erhoben – ich habe erfahren, man hat es mir erzählt, was für Zeiten, was für schreckliche Sachen, oh, die Gesellschaft, die Gewalttätigkeit, oh, die Welt.
Ja, natürlich, die Welt, dachte Santamaria; aber auch der obskure Schwachkopf, der anonyme und soviel Unheil heraufbeschwörende Bürokrat, der sich vor Jahrzehnten die Einrichtung des Zwangsaufenthalts für Mafiosi, echte wie mutmaßliche, ausgedacht hatte!
Wer weiß, wie stolz er auf seine Erfindung gewesen war, für wie genial er die Idee gehalten hatte, diese Kriminellen aus ihrer heimischen Umwelt in Sizilien und Kalabrien zu entfernen und sie zu zwingen, in den kleinen Gemeinden rund um die großen Städte im Norden des Landes zu leben, wo die fremde Umgebung sie bessern, wenn nicht gar ganz vom Übel erlösen sollte. Auf diese gewaltige Fehleinschätzung, die die Mafia über ganz Italien ausgebreitet hatte – wie das Netz der sozialen Fürsorge von Fiat –, konnte man den Tod Genoveses zurückführen.
Das Gesetz verbot den umgesiedelten Mafiosi einen eigenen Telefonanschluß, als ob es nicht überall Münzapparate gab! Das Gesetz verbot ihnen, sich in öffentlichen Lokalen zu treffen, als ob es nicht, unter anderem, auch Kirchen gab! Jederman wußte, daß manches Gotteshaus in stillen Stunden von kleinen Gruppen von Gläubigen aufgesucht wurde – Gläubigen, die sehr merkwürdige Ave-Marias beteten und deren Gesäusel und Geplauder gewiß nicht für das Ohr des Allmächtigen bestimmt war. Genovese, der ihnen mit seinen Ohren zu nahe gekommen war, hatte es mit dem Leben bezahlt.
»Kam er oft hierher? Haben Sie ihn gekannt? Wußten Sie, wer er war?«
»Ja, das heißt, er kam ein paarmal herein und gab mir zu verstehen, sehr vage . . . Aber natürlich war ich nicht, bin ich nicht in der Lage . . . es ist, zunächst einmal, naiv, anzunehmen, daß ein Pfarrer und zudem ein so mit Arbeit überhäufter, wie ich es bin . . .«
Natürlich, es war naiv von Genovese gewesen, diesen Priester zu bitten, für ihn den Informanten zu machen; die Zeit, in der die Carabinieri der Seele mit den Carabinieri der Waffe zusammenarbeiteten, war schon eine gute Weile vorbei. Außerdem mußte Don Feliciani wohl, nach seiner zurückhaltenden Reaktion zu urteilen, wie auch nach einem gewissen ironischen, gereizten Tonfall, in den er gelegentlich fiel,

doch eher auf der anderen Seite stehen – einer jener Priester, die in jedem Verbrecher einen Bruder sahen, um den man sich nicht genug gekümmert hatte, gerade wie Don Pezza in seiner ersten Periode.
Der Maresciallo reagierte genauso schroff.
»Was hat er Ihnen denn genau gesagt?«
Der Priester sah sich in der leeren Kirche um, die, im Streben nach neofranziskanischer Schlichtheit, mit Hilfe von Ziegeln, Eisenträgern und Glasbeton aufs vollkommenste die öde Kahlheit einer Garage erreicht hatte.
»Vage Andeutungen ... Verdachtsmomente ... Kontakte ... Ich legte übrigens gar keinen Wert auf eine gründlichere Erörterung, ich begreife gewisse Erfordernisse, für mich gelten andere, auch ich habe meine Pflichten, davon abgesehen wäre es mir auch, wie schon gesagt, effektiv unmöglich ...«
Er öffnete den Reißverschluß seines Anoraks bis zum unteren Ende, worauf er ihn in einem Zug wieder nach oben zog, mit einer knapp abschließenden Gebärde gleichsam.
»Kennen Sie Cagliuso? Annibale Cagliuso?«
»Cagliuso ... Cagliuso ...« Der Reißverschluß öffnete sich langsam wieder. »Der, der in einer Presse zwei Finger verloren hat?«
»Nein, der, der seit drei Jahren hier in Zwangsaufenthalt lebt. Er wohnt Via delle Fuchsie, Nummer 18. Kennen Sie ihn?«
»Ach, der! Ja, sicher, natürlich!«
»Wir haben ihn festgenommen. Die Leiche des Maresciallo Genovese wurde dort gefunden, fast vor seiner Haustür.«
»Tatsächlich?«
»Können Sie mir nichts über Cagliuso sagen?«
Der Reißverschluß fuhr entschlossen wieder aufwärts.
»Für mich ist er, soviel ich weiß, ein Gemeindemitglied wie ein anderes. Im Gegenteil, genau bedacht, besser als viele andere. Er ist ein guter Christ, der regelmäßig am Gottesdienst teilnimmt und auch unsere sozialen und Freizeitaktivitäten unterstützt. Er hat niemals Ärgernis gegeben oder in irgendeiner Weise Unruhe gestiftet. Er führt ein sehr zurückgezogenes Leben, und ich weiß, daß er sich bei Gelegenheit sehr großzügig, ja bemerkenswert gutherzig gezeigt hat.«
Es war das klassische Porträt eines Mafioso, aber das sollte man Don Feliciani erst einmal beweisen.
Er blickte auf die Uhr, ungeduldig angesichts der engen, überholten Denkweise, an die sich die Vertreter der Ordnung immer noch hielten. Ja, um Himmels willen, eine Prostituierte konnte außerdem eine vorzügliche Köchin sein, ein sadistischer Schänder mit Gefühl die Gitarre spielen, ein Hehler für seine gelähmte Schwester sorgen, ein Raubmör-

der ein guter Fußballspieler und ein Mafioso ein guter Christ sein. Es gab mehr Dinge in Brussone, Horatio ...
»Vielleicht sprechen wir jetzt einmal etwas deutlicher miteinander«, sagte Santamaria.
Seine Augen, seine Körperhaltung verrieten es, der Priester stellte sich auf den Kampf ein. Ein Sportsmann, ein Ringer.
»Ausgezeichnet. Sprechen Sie.«
»Maresciallo Genovese verfolgte seit ungefähr zwei Monaten die Spur eines Rauschgifthandels ...«
Ein bitteres Lachen.
»Das Rauschgift ist hier so alltäglich wie das Trinkwasser. Jedes Jahr wird es schlimmer. Auch wir versuchen, etwas zu tun, wir haben Diskussions-Filmabende organisiert, wir versuchen, die Aufmerksamkeit der Eltern zu wecken, wir wollen ein Anti-Rauschgiftzentrum eröffnen. Wir haben auch die Behörden um mehr Kontrollen, mehr Überwachung ersucht, aber allem Anschein nach fehlt es an den Mitteln.«
Ein Tiefschlag.
»Es geht nicht darum. Genovese war einer Transaktion von einiger Bedeutung auf der Spur, wie es scheint, sie dürfte die ganze Peripherie Turins einbeziehen und sich auf die in Zwangsaufenthalt dort lebenden Mafiosi stützen. Mafiosi, denen es zuweilen gelegen kommt, sich in der Kirche zu versammeln. Auch in Ihrer Kirche.«
Ein aggressives Lachen.
»Sieh mal an! Und ich, harmlos, wie ich bin, habe nichts davon gewußt ...«
»Haben Sie es nicht gewußt? Hat Ihnen Genovese nichts davon gesagt?«
»Ich habe es nicht gewußt, und ich weiß es nicht. Der Pfarrer kann nicht alles wissen, was seine dreitausend oder fünftausend oder zwanzigtausend Pfarrkinder tun. Er kennt nicht einmal alle, und wenn sie in die Kirche kommen, kann er nicht zu ihnen gehen und ihnen sagen, Verzeihung, seid ihr zu einer Mafia-Konferenz hergekommen, dann, bitte geht wieder fort. Bis zum Beweis des Gegenteils kommt ein Mann in die Kirche, um zu beten oder sich einen Augenblick im Gedanken an den Herrn zu sammeln, und der Pfarrer kann nicht ...«
»Aber hierher kamen ziemlich viele, um sich im Gedanken an den Herrn zu sammeln. Cagliuso rief immer sechs oder sieben aus den anderen Gemeinden hier zusammen.«
»Wenn Sie es sagen.«
»Aber Sie sagen es nicht.«
»Ich sage nur, daß kleine Vorbestrafte aus dem Süden, Menschen, die zumeist nur im Verdacht standen, nur im Verdacht, einer kriminellen

Vereinigung anzugehören, aus ihren Häusern vertrieben, praktisch in die Verbannung geschickt, Tausende Kilometer weit von ihren Familien, von ihrer Heimat, und das aufgrund eines Gesetzes, das seinesgleichen nicht hat in irgendeinem anderen zivilisierten Land ...«

»Kein anderes zivilisiertes Land hat die Mafia«, sagte der Maresciallo.

»Und wer ist daran schuld? Was hat man in hundert Jahren für den Süden getan? Sie wissen doch, daß das Pro-Kopf-Einkommen in Kalabrien ...«

»Cagliuso ist ein sizilianischer Mafioso.«

»Aber wo steht das geschrieben? Wer hat das gesagt? Cagliuso ist nicht vorbestraft, er wurde immer freigesprochen aus Mangel an Beweisen.«

»Wie oft, Pater?« fragte Santamaria mit einem Lächeln.

Der ideologische Eifer Don Felicianis beruhigte sich plötzlich, und in seine runden, sanften Augen trat ein Ausdruck, der sehr viel weniger kämpferisch oder revolutionär war – der einer gemeinen Angst. Die Weihnachtskrippe stellte sich also wieder her, die Figur trat in ihre traditionelle Rolle zurück. Santamaria sah es mit Erleichterung.

»Seien Sie unbesorgt, Pater«, versicherte ihm Santamaria voller Mitgefühl, »wir sind uns bewußt, daß dies ein schwieriges Viertel ist.«

Der Priester seufzte.

»Entsetzlich. Ein entsetzliches Viertel, das garantiere ich Ihnen.«

»Und nicht nur Ihr Viertel. Sie haben doch von dem Attentat in Santa Liberata gelesen?«

Der falsche Kämpfer schwankte wie unter dem Schlag eines Profis im Ring. Wenn er auch an den Lippen einen Reißverschluß gehabt hätte, würde er jetzt auch diesen geschlossen haben.

»Kannten Sie das Opfer? Haben Sie Don Pezza gekannt?«

»Nein!« kam explosiv die Antwort Don Felicianis.

»Wußten Sie nichts von seinen Gemeindeaktivitäten, von seiner ein wenig unorthodoxen Art zu predigen?«

»Nein, nichts.«

»Haben Sie nie seine Publikation gesehen, dieses Blättchen ›Dazugehören‹?«

»Nein, ich habe keine freie Minute, ich habe keine Zeit zum Lesen.«

»Aber Sie haben doch davon gehört?«

»Vielleicht. Ich kann mich nicht erinnern. Ich weiß nicht. Wir bekommen so viele Publikationen zugeschickt.«

»Einige Elemente«, erklärte Santamaria nicht ohne Grausamkeit, »legen die Vermutung nahe, daß es sich um ein Verbrechen der Mafia handelt. Verstehen Sie also, warum ich so beharrlich frage? Ich sage es nicht Ihretwegen, aber wir schließen selbstverständlich eine Verbindung zwischen Don Pezza und anderen Kirchen, anderen Pfarrern,

nicht aus.«
Diesmal schloß der Priester sogar die Augen.
Den letzten Schlag führte Santamaria aufs Geratewohl.
»Ganz zu schweigen von diesem Äonen-Problem, das Sie vielleicht auch hier haben?«
Das ratlose Erstaunen des Priesters war absolut identisch mit dem des Maresciallo.
»Die Äonen? Was ist das? Eine neue Bande?«
»Eine neue Droge?«
Santamaria wandte sich zur Tür, die der Priester, ihm voraneilend, für ihn aufhielt.
»Nein, nichts Ernstes, im Augenblick ist es nur eine Sache, sagen wir, der Lebensweise, eine auf bestimmte, sehr kleine Kreise beschränkte Mode.«
Draußen wartete der Polizeiwagen, aber niemand stand um ihn herum; die Bewohner dieses Musterviertels hatten das Interesse daran bereits verloren.
»Hier«, sagte Santamaria und wies mit dem Kinn auf die weiße Düsterkeit von Brussone, »hier ist zufällig nie ein gewisser Basilides aufgetaucht, der infame Basilides?«
»Basilides . . . Er gehört, soviel ich weiß, nicht zu meinen Pfarrkindern.«
»Ist er aus Marseille?« erkundigte sich der Maresciallo.
»Nein«, antwortete lächelnd Santamaria, »es muß ein Grieche sein.«
Und während er die beiden Figuren, die trotz allem in diesem verworrenen und doch immer gleichen Krippenspiel standhielten, zum Abschied grüßte, dachte er, nicht ohne Zärtlichkeit: Basilides, wer war das?

2

(Aus dem Notizheft der P'bono)
Schwarzer Undank von Chefs, die nach all m. frenet. Interesse für VW und mindestens 200 diesbezügl. getätigten od. angenommenen Anrufen mich, als endlich VW gefunden, hier vergessen. Das übliche An-den-Rand-Schieben. – Sie haben sich unterdessen nach Piazza Carlina begeben (Carabinieri-Oberkommando) zwecks großer Scopa-Partie (alias Gipfelkonferenz) mit besagten Carabinieri. – Allg. Lagebesprechung (o Gott, das Dröhnen ihrer arbeitenden Hirne dringt bis hierher!): VW das letzte Mal gesehen, während er (der arme Kerl) unserem Mafioso Graziano und Thea folgte; VW stellte Nachforsch. über Drogen-Mafia an; VW vor Wohn. bekannt. Mafioso aufgefunden. Ergo: plötzlich übertrifft Mafia infamen Basilides und Linksextremis-

mus auf Verdachts-Tabelle. Ergo: Situation Graziano (u. Thea) unversehens verschlimmert. – Graziano nach Piazza Carlina befördert (aber er ist unser As, wir geben ihn nicht her) für neue kollegial geführte Verhöre. – Thea zu Hause wieder abgeholt und hier erwartet zwecks weiterer Ermittl., Gegenüberstell. usw.
Wahrscheinl. (u. verständl.) ist die Carabinieri-Einstellung diese: VW war unser Mann, Familienvater, beliebter Kollege usw., absolute Priorität für Suche nach d. Mörder. Das Verbrechen Pezza aber geht uns einen Dreck an. – Unsere Stellung wahrscheinl. diese: richtig, aber Verbrechen Pezza vielleicht damit verbunden, da Attentat Mafia-Stil zeigt; Pezza viell. Dealer od. Mitarb. Mafia.
Stellungnahme v. Pietr.: Rasiere mich, schneide mir die Nägel, klebe Foto S. Lib. ein (neuer Klebst. sehr schlecht, Biazzi sagen).

3

Der Platz, den die Turiner gewöhnlich Piazza Carlina nennen, ist reich an Denkmälern und Widersprüchen. Obwohl er offiziell nach Karl Emanuel II. von Savoyen (1634–1675) heißt, verherrlicht die irgendwie gipsern wirkende Marmorgruppe in seiner Mitte nicht, wie man erwarten könnte, die Taten jenes Herzogs, sondern den Ruhm des Grafen Camillo Benso di Cavour (1810–1861), dem Italien seine Einheit verdankt und über dessen politischen Weitblick die Turiner strengerer Observanz heute ernste Zweifel nähren.
Aus allegorischen Gründen (aber nach einigen dem Klatsch nicht abgeneigten Historikern auch wieder nicht gar so allegorischen) erscheint der Graf umgeben von halbnackten weiblichen Figuren, die in allen wesentlichen Punkten den Fotos im Schaukasten des Stripteaselokals auf der einen Seite des Platzes entsprechen. Auf einer anderen Seite steht ein seit jeher vom Verfall bedrohter und deswegen seit jeher in Restaurierung befindlicher Barockpalast, ein Werk des Architekten Amedeo di Castellamonte (1610–1683). Auf der dritten ist die Barockkirche von Santa Croce zu sehen, erbaut von Filippo Juvarra (1678–1736). Und auf der vierten nun steht ein Gebäude aus dem achtzehnten Jahrhundert, das 1814 die Geburt der *Arma dei Carabinieri* erlebte und heute deren Legionskommando beherbergt. Hier finden zuweilen jene Konferenzen auf hoher Ebene statt, als »Gipfelkonferenzen« bekannt, in deren Verlauf Carabinieri und andere Polizeikräfte, übrigens nicht ohne gelegentliche Beimischung einer Lüge oder einer Bosheit, Informationen, Eindrücke, Hypothesen und Verdachtsgründe austauschen.

»Vor circa drei Monaten war das Rauschgift praktisch aus Turin verschwunden, es war einfach keines mehr zu haben, auch nicht ein Gramm kam mehr herein.«
Der Hauptmann der Gruppe für Rauschgiftbekämpfung enthüllte diesen Umstand, von dem seinerzeit schon alle heute Anwesenden informiert worden waren, um ihn sobald wie möglich wieder zu vergessen, in dem emphatischen Ton eines Rauschgiftsüchtigen, der sich an eine lange Abstinenz erinnert.
»Dergleichen kommt periodisch vor, entweder weil wir eine große Ladung abgefangen haben, oder aufgrund eines Spekulationsmanövers des Handels. Aber im allgemeinen stellt sich der alte Zustand nach einer Woche, höchstens zehn Tagen, wieder her. Diesmal dagegen –«
»Schwere Drogen?« unterbrach ihn der Oberst der Carabinieri.
»Ja, allerdings.«
»Also Heroin, Kokain –«
»Nur Heroin«, sagte der Hauptmann. »Das Kokain hat hier so gut wie keinen Markt. Es ist dasselbe wie in New York.«
Kommissar Santamaria hielt den Blick starr auf die kniende, halbbekleidete weibliche Figur *Italia,* die Cavour, unter dem Vorwand, ihm einen Lorbeerkranz zu reichen, zweideutige Anträge machte.
»Wir haben den wahren Grund dieser langen . . . Mangelperiode nie in Erfahrung gebracht. Unsere Gewährsleute sprechen von einer Aufteilung des italienischen Markts, von neuen Verteilungszentren der reinen Droge, von einem Krieg auf der Ebene der großen Händler – kurz, nichts Konkretes. Aber nach etwa einem Monat, in dem wir, nebenbei bemerkt, ungefähr dreißig Selbstmorde beziehungsweise Selbstmordversuche zu verzeichnen hatten« – der Hauptmann sprach, als ob die Opfer Beamte seiner Abteilung wären – »ist die Droge in Turin wieder in großen Mengen aufgetaucht, übrigens in guter Qualität und zu eher etwas niedrigeren Preisen als zuvor.«
Er hielt inne, wie in Erwartung eines allgemeinen Seufzers der Erleichterung.
»Aber Tatsache ist, daß wir nicht wissen, woher sie kommt«, fuhr er fort, »alle Zwischenhändler sind ausgeschaltet. Es scheint sich um eine völlig neue Quelle zu handeln.«
»Aber das Ursprungsland . . .?« fragte der Oberst.
»Die Herkunft ist offensichtlich noch immer der Ferne Osten. Aber wenn sie erst einmal nach Europa eingeschleust wurde, wissen wir nicht mehr, was geschieht.«
»Und hier hat nun Genovese«, unterbrach ihn der Leutnant vom Kommando in Rivoli, der sein unmittelbarer Vorgesetzter gewesen war, »den Verdacht geschöpft, daß jemand in Turin selbst eine Fabrik, ein

chemisches Laboratorium, eingerichtet habe.«
»Ah, ich verstehe«, sagte der Oberst.
»Genovese war überzeugt, daß sich dieses Laboratorium irgendwo an der Peripherie befindet und daß es – direkt oder indirekt – von den in Zwangsaufenthalt in den kleinen Gemeinden um Turin herum lebenden Mafiosi geleitet wird.«
»War die Tarnung mit Bleistiften seine Idee?«
»Ja, und ganz authentisch. Sein Vetter verkauft sie auf den kleinen Märkten.«
»Trotzdem, der Gedanke einer Rauschgiftfabrik in Turin . . .«
»Er hat euch informiert«, erwiderte der Leutnant vom Rivoli-Kommando und schwenkte ein Bündel Papiere. »Wir haben hier eine Kopie des Berichts, mit dem er euch auf dem laufenden gehalten hat.«
»Aha«, sagte der Oberst.
Der Hauptmann von der Rauschgiftbekämpfung breitete die Arme aus, mit der klassischen Gebärde des in lauter Berichten erstickenden Bürokraten, und nach einer verständnisvollen Pause verkündete der Oberst den Freispruch.
»Die Verbindung hat nicht immer ganz geklappt«, sagte er mit einem Seufzer. »Tatsache bleibt, daß Genovese ermordet wurde, während er unter unseren Freunden dort drüben seinen Beobachtungen nachging . . .«
Er zeigte zur Tür, hinter der sich in irgendeinem Büro sämtliche in der Peripherie von Turin in Zwangsaufenthalt lebenden Mafiosi versammelten, zumindest die, welche die verschiedenen örtlichen Carabinieri-Kommandos nach und nach aufgesucht, festgenommen und auf das Kommando von Piazza Carlina gebracht hatten.
»Wollen wir uns für einen Augenblick noch einmal die Route ansehen?« schlug der Oberst vor, dem bereits alles in großen Zügen erklärt worden war.
Der Leutnant vom Rivoli-Kommando nahm wieder das authentische Auftragsbuch zur Hand, das Genovese in seinem rührenden Perfektionismus in punkto Tarnung benutzt hatte, um Tag für Tag die Stationen seines Wegs zu notieren, und das man in der Innentasche seiner Jacke gefunden hatte.
»Gestern um vierzehn Uhr dreißig war er an der Ecke der Via delle Fuchsie und überwachte die Wohnung des verhafteten Cagliuso, Annibale.«
»Haben ihn dort die beiden kleinen Mädchen das erste Mal gesehen?«
»Nein, die Mädchen haben ihn am vorangegangenen Tag, am Donnerstag, gesehen, mehr oder weniger am selben Ort und ungefähr zur selben Zeit. Was gestern, Freitag, betrifft, wissen wir bisher noch nicht,

ob ihn jemand gesehen hat, aber sicher werden wir Zeugen finden. Jedenfalls steht hier: ›14.30 Uhr, Fuchsie, 18. C. kommt heraus. Ich folge.‹ Es ist die erste Notiz auf dem Blatt. Darüber steht nur die Angabe ›Nachm.‹: Nachmittag.«

»Aha.«

»Es folgt der Name eines Lokals der Peripherie, zwischen Lanzo und Venaria, *Pussycat*. Dann zwei Initialen: S. A., die sich auf zwei unserer Zwangsumgesiedelten beziehen können, Sante, Albarello, oder Spatara, Alfio. Nur, daß beide jegliche Beziehung leugnen . . .«

»Sind sie schon hier?« fragte der Oberst.

»Ja, es sind die ersten, die wir vorläufig festgenommen haben. Aber sie bestreiten, an der gestrigen Versammlung teilgenommen zu haben, sie behaupten, ein nachprüfbares Alibi zu haben und –«

»Es könnten aber auch«, warf Santamaria ein, »die Initialen einer Kirche sein, Sant' Antonio, Sant'Agnese . . .«

Der Oberst überlegte einen Augenblick, dann entschied er sich für Großzügigkeit.

»Richtig, sehr richtig. Überprüfen wir, ob es eine Pfarrei mit diesen Initialen auf der vermutlichen Route Genoveses gibt. Das heißt: Cagliusos, da Genovese Cagliuso folgte.«

»Vielleicht würde es genügen, Cagliuso zu fragen«, sagte De Palma.

Statt eines »sehr richtig« kam diesmal ein verlegenes Schweigen.

»Jedenfalls«, fuhr der Leutnant fort, »kommt Genovese zum *Mezzaluna,* einem Lokal zwischen Grugliasco und Rivalta, und er bezieht Posten auf dem Platz, um nacheinander in seinem Büchlein zu notieren, wer dort erscheint. Fünf Personen insgesamt, was aber nicht bedeutet –«

»Daß sich nicht schon andere im Lokal befunden haben«, sagte Hauptmann Scarampi, der eben diesen Punkt vor einer halben Stunde herausgestellt hatte und jetzt seine Urheberrechte geltend machen wollte.

»Genau. Diese fünf waren übrigens sämtlich Genovese bekannt, und er notierte ihre Namen tatsächlich nur mit ihren Initialen oder Abkürzungen. Wir arbeiten nach seiner Liste.«

»Und hier«, sagte der Oberst, mit einem Lächeln an De Palma und Santamaria gewandt, »kommen nun die eurigen.«

»Genau«, sagte der Leutnant. »Es kommen die beiden im Porsche. Genovese hatte sie noch nie gesehen, aber als Scalisi nach einer Stunde das *Mezzaluna* wieder verläßt, beschließt er, sich um die andern nicht weiter zu kümmern und statt dessen dem Porsche zu folgen. Mit seiner Idee im Kopf, glaubte er vielleicht, daß diese beiden der neue Kontakt seien und ihn zur Fabrik führen könnten.«

»Der hypothetischen Fabrik«, präzisierte der Chef der Rauschgiftbekämpfung.

»Aber in Wahrheit führten ihn die beiden Verliebten«, unterbrach De Palma, um einer sich bereits abzeichnenden Abschweifung ins Chemo-Industrielle vorzubeugen, »in das Motel *Le Betulle* und von dort, nach einem Stündchen, nach Santa Liberata. Dalmasso, jetzt sprich du weiter.«

Brigadiere Dalmasso, der nach bisheriger Kenntnis der letzte war, der Genovese noch lebend gesehen hatte, berichtete noch einmal die Tatsachen. Gestern abend, um 21.05 Uhr, hatte ein heller VW mit den Jucca-Aufschriften gerade vor seinem Einsatzwagen geparkt, in dem er mit seinen Männern in einem Gäßchen bei der Santa Liberata saß. Einer seiner Beamten stieg aus, um den Fahrer des VW zu veranlassen, den Platz zu räumen, aber dieser wies sich aus und fragte, was denn in der Kirche vor sich ginge und warum die Polizei da sei. Er seinerseits hielt es für richtig, Dalmasso kurz über das Treffen im *Mezzaluna* zu informieren, aber auch über seine nachfolgende Beschattung der beiden, nicht ohne das Nummernschild, die Farbe und den Parkplatz des Porsche zu erwähnen und auf die vermutliche Zugehörigkeit des Beschatteten und seiner Begleiterin zur Mafia hinzuweisen. Er hatte nichts davon gesagt, daß er in Gefahr sei, und er machte auch keinen erschreckten oder ängstlichen Eindruck. Seine Absicht, die er vor seiner Weiterfahrt äußerte, war es, den beiden in die Kirche zu folgen und die Beschattung auch fortzusetzen, wenn sie die Kirche verließen, vorausgesetzt, daß inzwischen keine Unruhen ausbrachen, für welchen Fall er, Dalmasso, ihn bat –

»Wußte er, daß Sie in der Kirche zwei weitere Beamte in Zivil hatten?« unterbrach ihn der Oberst.

»Ja. Aber er kannte weder Muzzoli noch Urru. Und jedenfalls lag ihm unter den gegebenen Umständen nicht daran, zusammen mit ihnen gesehen zu werden.«

»Richtig, sehr richtig. Und diese ... Muzzoli und Urru haben ihn in der Kirche nicht gesehen? Sie haben ihn nicht bemerkt?«

De Palma deckte loyal seine unzulänglichen Wächter.

»Sie kannten ihn nicht, und in einer Menge von vierhundert Personen war es für sie schwierig, ihn zu bemerken.«

»Also praktisch hat niemand Genovese in der Kirche gesehen«, stellte der Oberst fest.

»Bis jetzt nicht«, sagte De Palma mit einem Blick auf Santamaria, »auch wenn wir es natürlich noch einmal mit unseren Zeugen überprüfen werden.«

»Aber im äußersten Fall könnte er auch die Kirche nie betreten haben.«

»Richtig«, sagte Scarampi und ließ den Daumen vorschnellen. »Er kann, als er einen Parkplatz in der Nähe der Kirche suchte, andere verdächtige Elemente bemerkt haben und ihnen gefolgt sein.« Er ließ den Zeigefinger hochschnellen. »Jemand kann ihn angesprochen und irgendwie überzeugt oder gezwungen haben, ihm zu folgen. Wir überprüfen auch die Bars des Viertels, denn«, und er ließ den Mittelfinger hochschnellen, »zu dieser eventuellen Begegnung könnte es in einer Bar gekommen sein.«
»Aber es bleibt«, sagte De Palma, »immer die Möglichkeit, daß er die Kirche tatsächlich betreten hat und es dort zu dieser Begegnung gekommen ist.«
»Richtig, sehr richtig. Und in diesem Fall –«
»In diesem Fall«, räumte Scarampi ein und ließ keinen Finger mehr vorschnellen, »könnte er auch etwas oder jemanden gesehen haben, das oder der irgendwie mit dem Anschlag in Verbindung stand, der Don Pezza das Leben kostete. Zumindest ist das die Arbeitshypothese unserer Kollegen vom Polizeipräsidium.«
»Aha«, sagte der Oberst.
Es war eindeutig, daß seine Männer an einen solchen Zusammenhang nicht glaubten.
Es folgte ein Schweigen und damit die Gelegenheit, die drohende Gefahr abzuwenden, aber Santamaria war zu müde, um sie rasch zu ergreifen. Und so kam denn die Frage, höflich, leidenschaftslos, verhängnisvoll.
»Aber dieser Don Pezza . . . was machte er eigentlich, genau gesagt? Was für ein Mann war er?«
De Palma streifte Santamaria mit einem Blick, der, bildlich gesprochen, unter einem harmlos scheinenden Strohhaufen eine dünne, feine Nadel der Bosheit versteckte.
»Er war eine interessante Persönlichkeit«, antwortete er. »Aber der Sachverständige dafür ist Santamaria, er wird euch von ihm erzählen.« Los, jetzt erzähl denen mal etwas von dem infamen Basilides.
Der Kommissar hüstelte umständlich. Wenn ich jetzt, überlegte er schaudernd, mit dem Großen Mafioso anfinge? Wenn ich ihnen sagte, daß hier die unwahrscheinliche, die unsichtbare Verbindung zwischen Pezza und Genovese, zwischen dem heruntergekommenen Neunzehnten Jahrhundert von Santa Liberata und der heruntergekommenen Moderne von Brussone liegen könnte? Daß der allerhöchste Auftraggeber, der oberste Drahtzieher, durchaus imstande sei, eine Rolle für jeden in seinem höllischen Plan gefunden zu haben: für den Erzbischof und für den Verleger, für die Caldani und den Vicini, für die Vase der Guidi und den Schlüssel Priottis, für die Fiat und für die Mafia, für den *Liebestrank*,

den Terrorismus, das Rauschgift und die Gnosis? Wenn ich sie jetzt über die Äonen, über den Spinther und den Logos aufklärte? Einen Bericht gäbe über den infamen Basilides? Wenn ich ihnen die Frage stellte: *Wie weit ist die Nacht?*
Aber daran war natürlich nicht zu denken. Diesen gestrengen Wächtern durfte man nur so wenig wie möglich sagen. Und indem er sich auf seine Rolle als wortkarger Zeuge vorbereitete, fragte er, ob man nicht ein Glas Wasser und einen Kaffee bekommen könnte. In gewissen Momenten machten auch ihm die Carabinieri angst.

4

Thea saß noch keine drei Minuten auf ihrer Bank im Polizeipräsidium und machte sich ihre Gedanken, warum man sie hergerufen hatte, als sie vom Ende des Ganges her einen Mann auftauchen sah; er mochte zwischen dreißig und vierzig Jahre alt sein, ging auf einen Stock gestützt, trug einen schweren Regenmantel und ein Paar robuste englische Schuhe. Das sommersprossige, irgendwie fade Gesicht unter dem aschblonden Haar kam ihr bekannt vor. Vielleicht war er einer der Polizeibeamten, denen sie heute morgen auf der Suche nach Graziano hier begegnet war. Vielleicht Maresciallo Biazzi?
Auch der Mann schien sie wiederzuerkennen. Er kam auf sie zu und blieb mit einem verlegenen, ängstlichen Lächeln vor ihr stehen.
»Haben wir uns nicht schon einmal gesehen?« fragte er.
»Ich glaube, ja, aber ich weiß nicht mehr, wo. Vielleicht hier?«
»Nein«, sagte der Hinkende, »ich bin zum ersten Mal hier.«
Er sah den Gang nach beiden Richtungen hinunter, nervös mit seinem Stock spielend. Nein, ein Polizist war er nicht.
»Ich muß Kommissar Santamaria sprechen«, erklärte er mit einem Seufzer. »Erlauben Sie?«
»Selbstverständlich.«
Er setzte sich.
»Dieses Milieu deprimiert mich«, sagte er, die Nase gleichsam witternd erhoben. »Ich weiß nicht, ob ich recht daran tat, herzukommen. Der Unterschied, die Distanz, ist doch zu groß . . .«
Thea ermunterte ihn nicht, fortzufahren, aber er war nicht der Mann, der solcher Aufforderung eigens bedurfte.
»Natürlich können wir unsere innere Welt, unser wahres Ich niemals ausdrücken«, meditierte er laut, »aber hier – diese Trostlosigkeit, diese Mauern« – er zeigte mit dem Stock auf die Wände – »wie sollen die uns verstehen, in unserm Innersten, wie können sie . . . ich weiß nicht, es

ist, als ob man den *Hamlet* vor Wilden spielen wollte.«
Der Engel!
Das nun nicht mehr vom Kerzenschein entstellte Gesicht wirkte zwar anders, aber die Stimme schloß jeden Zweifel aus. Und der Stock!
»Haben Sie gestern abend«, begann Thea erregt und wie gerührt von dieser Erinnerung, die ihr heute einer fernen, glücklicheren Zeit anzugehören schien, »in Santa Liberata nicht die Rolle des Engels gespielt?«
Der Engel errötete über und über.
»Ja, das war ich«, sagte er, wie abwehrend, und ohne sie anzusehen. »Es war das demütigendste Erlebnis, das ich je hatte, und Gott weiß ...«
»Aber nein, warum? Ich fand das Spiel sehr interessant.«
»Nein, nein«, widersprach er betrübt und stieß mit dem Stock auf dem Fußboden auf. »Ich bin wirklich auf die tiefste Stufe gesunken. Aber ich hatte keine Wahl, und übrigens ist mein ganzes Leben, wenn ich es von einem bestimmten Standpunkt aus mit dem Computer berechnen wollte ...«
Da öffnete sich eine Tür, und die Pietrobono steckte den Kopf heraus. Sie sah die beiden auf der Bank und eilte auf sie zu.
»Ist der Herr Ihr Anwalt?« fragte sie Thea.
»Aber nein, ich bin Ingenieur Vicini, Sergio Vicini. Ich habe heute morgen in Santa Liberata mit Kommissar Santamaria gesprochen und wollte –«
»Doktor Santamaria ist nicht im Hause. Hat er mit Ihnen eine Verabredung getroffen?«
»Nein, ich bin spontan gekommen, aus eigener Initiative.«
»Warum?«
Der Mann musterte die Pietrobono, als ob sie eine Beduinenmagd wäre.
»Ich wollte nur einen Punkt klären, der letztlich moralischer Natur ist, aber mit den laufenden Ermittlungen gar nichts zu tun hat.«
»Was für Ermittlungen?«
»Die über gestern abend, über das Attentat. Aber bei mir handelt es sich um eine rein private Angelegenheit. Skrupel, die mir nachträglich kamen. Als ich heute morgen mit Doktor Santamaria sprach, vermied ich es, das heißt, ich ging ... aus Scham, einer ausschließlich für mich legitimen Scham ... über einen bestimmten Umstand hinweg.«
»Und können Sie mir nicht sagen, worum es sich bei diesem Umstand handelt?«
»Nein, verzeihen Sie, aber ich möchte doch lieber direkt mit ihm sprechen, es ist eine etwas delikate Angelegenheit, die, wie schon gesagt, nur mich betrifft. Wissen Sie nicht, wann er wiederkommt? Ich könnte warten.«

»Er wird heute den ganzen Tag in Anspruch genommen sein. Ich merke Sie vor und kümmere mich darum, daß man Sie anruft. Einverstanden?«
»Ausgezeichnet, ich bin zu Hause und werde auch heute abend nicht ausgehen: Ingenieur Vicini, Sergio, Corso Rosselli 27. Meine Telefonnummer ist: acht, sieben, drei ... Aber Sie finden sie ja im Telefonbuch.«
»Wir haben Ihre Adresse.«
Der Ingenieur grüßte halbmilitärisch mit dem Stock und ging hinkend davon.
»Was hat er dir erzählt?« fragte die Pietrobono und führte Thea ins Büro De Palmas. »Er sieht aus wie das Urbild der Nervensägen.«
Thea erzählte ihr von dem Wanderer und dem Engel, und die Pietrobono amüsierte sich königlich darüber. Aber dann ließ sie sich alles wiederholen und machte sich Notizen.
»Warum? Nützt euch das etwas?«
»Das kann man nie wissen. Ich weiß nun, daß er erst heute morgen verhört werden konnte, weil er vorher verschwunden war. Wir haben ihn die ganze Nacht vergeblich gesucht ... aber du hast mir doch etwas von einem roten Lappen erzählt. Hatte er ihn vergessen?«
»Ja. Und dann hat die Frau ihn ihm gebracht.«
»Phantastisch. Und dann hat er den Knaben gespielt?«
»Ja. Ich muß sagen, er war dermaßen widerlich, daß ich noch immer den Verdacht habe, daß er es absichtlich gemacht hat und in Wirklichkeit ein ganz großer Schauspieler ist.«
Sie sprachen nun vom Theater, vom Kino und Fernsehen, und allmählich wurde das Gespräch immer sprunghafter und geschwätziger. Aber auch gezwungener.
Bis Thea sie unvermittelt unterbrach.
»Sag mal, was ist eigentlich los?«
Die Pietrobono klappte das Notizheft zu und entschloß sich zu sprechen.
»Ein Carabiniere ist ermordet worden, vielleicht hast du es im Radio gehört. Was du nicht gehört haben wirst, ist folgendes: Er ist zum letzten Mal gesehen worden, als er euch beiden nach Santa Liberata folgte. Er ist euch vom *Mezzaluna* aus nachgefahren.«
»Ah«, sagte Thea.
»Also du verstehst ...«
»Ich verstehe. Und wo ist Graziano?«
»Man hat ihn natürlich zur Piazza Carlina gebracht, aufs Carabinieri-Kommando.«
»Natürlich«, sagte Thea.

»Mach bitte nicht so ein Gesicht! Sie müssen nur einen Augenblick überprüfen ...«
»Ich verstehe.«
»Aber ich bitte dich, hier ist ein neues Faktum, und man muß jetzt alle Aussagen und alle Geschehnisse in Hinblick auf dieses neue Verbrechen überprüfen. Bei uns arbeitet man eben so, immer wieder alles von vorn, das ist die Methode für unsere Arbeit. Auch dich wird man notgedrungen noch einmal vernehmen, es können neue Elemente hervortreten, neue Einzelheiten, was weiß ich.«
»Ich verstehe. Und ich werde auch zur Piazza Carlina gebracht?«
»Nein.«
»Kann ich nicht auf eigene Faust hingehen?«
»Nein.«
»Und er bleibt da? Ihn halten die Carabinieri fest?«
»Aber nein, aber nicht doch! Er gehört uns. Wir haben ihn geschnappt, das fehlte noch, daß wir ihn ihnen schenken. Sei unbesorgt, er kommt hierher zurück.«
»Wann?«
»Das fragst du mich? In einer Stunde. Oder heute nacht. Oder morgen früh. Was weiß ich? Es ist eine Gipfelkonferenz, da wird auf höchster Ebene diskutiert, da bespricht man ernste Dinge, da werden schwerwiegende Entscheidungen getroffen. Sollen sie sich denn da auch noch um uns unbedeutende kleine Mädchen kümmern?«
Thea Guidi musterte Luigina Pietrobono.
»Und mach nicht so ein Gesicht«, sagte sie.
»Nein, aber entschuldige, es ist doch einfach enorm«, entfuhr es der Pietrobono, »sag doch einmal selbst ...«
Sie stockte und lachte plötzlich laut heraus.
»Also man sieht es mir an?«
»Und ob!«
»Ich habe eine Stinkwut. Aber findest du es vielleicht gerecht, daß die mich, wenn endlich mal etwas passiert, hier einschließen, um ...« und sie schob ein paar Papiere auf dem Schreibtisch von einer Stelle zur anderen.
»Um zu stricken?«
Die Pietrobono hob die Hand zum Gruß der Feministinnen.
»Aschenbrödel«, sagte sie, »das sind wir.«

5

Don Pezza hatte keinen Erfolg gehabt. Sein Tod erregte kein allgemeines Interesse. Seine Vergangenheit hatte auf seiten der Carabinieri nur höfliche Gleichgültigkeit hervorgerufen. Allenfalls hatte das Wort »Sekte« (die Santamaria sich wohl hütete als gnostisch zu bezeichnen) sie ein wenig belebt, und zwar in Hinblick auf eine strukturelle Analogie zu einer Mafia-Familie oder einer terroristischen Gruppe.
Aber schließlich hatte Hauptmann Scarampi, auf den Worte wenig Eindruck machten, einen Zusammenhang dieser Art für recht unwahrscheinlich gehalten; und der Hauptmann von der Rauschgiftbekämpfung hatte betont, daß sich in Santa Liberata keine Spuren von Verkauf oder Genuß von Rauschgift gefunden hatten und schon gar nichts (ein Hüsteln) von einer Rauschgiftfabrik.
Wer also hatte Pezza ermordet? Und warum?
Nun, es handelte sich zweifellos um ein sehr komplexes Verbrechen mit äußerst dunklen Aspekten, aber die Carabinieri hatten keine Lust, darüber nachzudenken, jeder mußte selbst das Problem des feuchten Flecks an seiner Zimmerdecke lösen.
Das Wiederholungsspiel begann von neuem. Genovese kam wieder auf den Platz vor dem *Mezzaluna* und folgte noch einmal Graziano und Thea bis zur Santa Liberata; und von neuem parkte er seinen VW vor dem Einsatzwagen, aus dem wieder ein Beamter stieg, mit der Aufforderung an Genovese, sich zu entfernen. Jetzt fuhr der VW um die Ecke und verschwand in der Gasse. Und für den Zeitraum von circa zwölf Stunden, das heißt, bis heute früh, als die beiden kleinen Mädchen aus Brussone ihn auf ihrem Schulweg entdeckt hatten, wußte niemand mehr etwas von ihm.
»Jetzt ist der VW doch hier, bei uns«, fragte der Oberst in einem die Antwort vorwegnehmenden Ton.
»Ja, er ist hier unten, wo er zwecks Spurensicherung untersucht wird«, bestätigte Scarampi.
»Der Kilometerstand?«
»Wir wissen, daß er gestern 134 Kilometer gefahren ist. Genovese notierte jeden Morgen den Kilometerstand vor dem Start. Unser Problem ist nun, irgendwie herauszubekommen, wieviel Kilometer er *vor* seiner Ankunft an der Santa-Liberata-Kirche gefahren ist und wieviel *danach*. Sicher ist für uns nur, daß Genovese nicht im Auto ermordet wurde.«
Die Waffe, ein stumpfer Gegenstand, ob nun eine Stange, ein Schraubenschlüssel, ein Ziegelstein oder was sonst, mit dem Genovese ermordet wurde, ließ sich im Innern eines Autos nicht wirksam handhaben;

der Mörder hätte nicht den Platz gehabt, um seine tödlichen Schläge auszuteilen. Außerdem fanden sich im VW weder Kampfspuren noch Blutspritzer.
»Die klassische Waffe der Mafia«, sagte der Oberst zweifelnd, »ist immer noch die Lupara.*«
»In Sizilien«, sagte Santamaria. »Hier benutzen sie jede beliebige Waffe, wie wir genau wissen. Vom Messer bis zum Sprengstoff.«
»Wie auch immer«, sagte Scarampi, »wenn wir jetzt auf die Hypothese einer Begegnung vor der Kirche zurückkommen, das heißt, wenn wir einmal annehmen, daß Genovese Santa Liberata gar nicht betreten hat ...«
Es folgte ein neues *replay* der denkbaren Ortsveränderungen Genoveses rund um die Kirche. Aber die Begegnung mit dem Mörder oder den Mördern konnte natürlich nur zufällig stattgefunden haben, es konnte sich nicht um eine Verabredung handeln, nicht um eine Falle, in die der arme Maresciallo arglos gegangen wäre.
»Erstens hätte er bei seiner Gewissenhaftigkeit eine solche Verabredung in seinem Notizbuch vermerkt. Zweitens hätte er sich nicht so überraschen lassen. Drittens würde der Mörder, wenn es eine Falle war, eine Schußwaffe benutzt haben, die schneller und sicherer wirkt. Also: eine Zufallsbegegnung. Aber mit wem? Wir müssen suchen –«
»Meiner Ansicht nach«, unterbrach der Oberst, »müssen wir das Feld auf die Drogenszene beschränken. Genovese arbeitete auf diesem Feld, und in dieser Phase halte ich es für überflüssig, die Ermittlungen auch in andere Richtungen auszudehnen«, erklärte er und schloß De Palma und Santamaria in seinen Blick ein.
Dies vorausgeschickt, rollte nun der Ball zur Rauschgiftbekämpfung hinüber. Der Mörder konnte: 1.) ein Rauschgiftsüchtiger sein, der sich in einer schweren Krise befand; 2.) ein Dealer, der überrascht wurde, als er gerade im Begriff war, eine große Lieferung zu übergeben; 3.) ein unzufriedener Informant – vielleicht obendrein rauschgiftsüchtig –, der von Genovese gescholten oder bedroht worden war; und 4.) die Mafia, oder besser, *eine* Mafia.
»Die Schwierigkeit«, unterbrach hier De Palma, »dürfte darin liegen, uns dort drüben von unseren Freunden sagen zu lassen, ob es im Augenblick bei ihnen jemanden gibt, der Streit mit ihnen hat und mit dem sie im Kriegszustand leben.«
Die Gesichter wurden länger.
Im Lauf dieser sogenannten Gipfelkonferenzen geschah es oft, daß gewisse feste Punkte, gewisse selbstverständliche und zu Beginn von

* Jagdgewehr mit verkürzten Läufen (Anm. d. Übers.)

allen klar erkannte Wahrheiten allmählich von Worten, Erwägungen, Gedankenketten zugedeckt wurden, bis sie unterm Wasser verschwanden. Erst nach ein oder zwei Stunden stieß zu allgemeiner bitterer Überraschung das Boot der Diskussion wieder auf diese unwandelbaren Klippen. Eine solche Klippe war zum Beispiel die Via delle Fuchsie.
»Ach ja, natürlich«, sagte Scarampi, und man meinte ein unheilvolles Knirschen des Ruders zu hören, »da ist das Faktum der Via delle Fuchsie.«
Ein kurzes Schweigen der Enttäuschung folgte. Man hatte das so angenehme, wenn auch vage Gefühl gehabt, daß, während man hier sprach, sich »da drüben« die Mafiosi sammelten – die Mafiosi aus den Gemeinden rings um die Stadt, unter denen Genovese seine Nachforschungen angestellt hatte und die daher mit dem Mord an ihm in nahe Beziehung zu setzen waren, ja die darin verwickelt, wenn nicht dafür verantwortlich waren, mit anderen Worten, die die Schuldigen waren ... Jedoch nichts davon, denn der Punkt war bereits aufgetaucht, soweit war die Überlegung schon gegangen: Es war nicht eben plausibel, daß die Mafiosi der Peripherie erst den Maresciallo töteten und ihn dann in die Via delle Fuchsie transportierten, vor das Haus eines der Ihrigen, und ihm auch noch sein Notizbuch mit allen Eintragungen in der Tasche ließen. Das ergab keinen Sinn.
»Wir werden sie jetzt verhören«, sagte gelassen der Oberst, »und wir werden sehen, wer von ihnen ihm diesen Tort angetan haben konnte.«
Der Tort, die Kränkung, bestand auch darin, daß man Genovese wieder auf den Fahrersitz gesetzt und ihm den Sicherheitsgurt angelegt hatte. Ein Einschlag von schwarzem Humor, wie er für die Mafia typisch war.
»Wie die Plastikbomben-Kerze«, sagte halblaut Santamaria.
»Was für eine Kerze? Ach ja, Ihre Kerze. Allerdings, es besteht tatsächlich eine gewisse Koinzidenz«, und mit diesem Wort, das bei allen Ordnungskräften einen denkbar schlechten Ruf genoß, vertrieb Scarampi Don Pezza unverzüglich ins Reich der Schatten. »Aber wer zuviel beweisen will, riskiert, Verwirrung zu stiften. Uns interessiert euer Scalisi, weil unser Genovese ihm nachgefahren ist.«
»Nur«, bemerkte De Palma, »daß wir leider unserem Scalisi ein eisernes Alibi liefern können: Er ist während des ganzen Gottesdienstes in der Kirche geblieben, und als er sie verließ, haben wir ihn verhaftet.«
Knirschend fuhr das Boot auf diese neue Klippe. Ihre Gesichter wurden noch länger.
»Jetzt«, sagte der Oberst, »scheint es mir das einzig Vernünftige, daß wir die Herren hereinkommen lassen.«

»Nein, er ist nicht da, auch Doktor Santamaria ist nicht im Hause, ich weiß nicht, wann er zurückkommt«, erklärte barsch die Pietrobono. Sie knallte den Hörer auf die Gabel und fuhr im gleichen Ton fort: »Nein, sie existiert nicht, ich glaube nicht daran, es sind alles nur Märchen.«
»Und ich sage dir, daß es sie gibt«, sagte Thea. »Willst du eine?«
»Senk you«, sagte die Pietrobono und nahm eine Zigarette. Sie zündete sie an und verzog den Mund voller Verachtung.
»Nichts, alles nur Worte. Einfach Luft. Aber alle tun so, als ob sie daran glaubten, und leben weiter so, als gäbe es sie, und verewigen damit die magische Illusion.«
»Aber es ist keine Illusion.«
»Wenn du von Schwärmerei sprichst«, gestand sie ihr mit großer Gebärde zu, »dann bin ich einverstanden. Ich zum Beispiel habe ständig irgendeine Schwärmerei, praktisch lebe ich fortwährend in einem Zustand von Schwärmerei«, bekannte sie und lächelte mit heiterer Nachsicht für die eigenen Schwächen. »Aber das ist etwas ganz anderes.«
»Natürlich ist es etwas anderes. Ich weiß auch, was eine Schwärmerei ist.«
»Nicht, daß eine Schwärmerei gleich der anderen ist«, dozierte die Pietrobono. »Ich teile sie für meinen persönlichen Bedarf und Verbrauch in zwei große Kategorien ein: die sentimentale und die, wenn ich so sagen darf, physische Schwärmerei. Ehrlich gesagt, ich weiß noch nicht genau, welche mir lieber ist.«
Einen Augenblick saß sie in Gedanken versunken, als schon wieder das Telefon läutete.
»Doktor De Palma? . . . Oh, Verzeihung, ja, Doktor De Palma . . . nein, ich bedaure, er ist nicht hier . . . nein, ich habe keine Ahnung, wann er zurückkommt, ich weiß wirklich nicht, versuchen Sie es doch später noch einmal . . . bitte, es tut mir leid, guten Abend.«
Behutsam legte sie den Hörer auf, dann schüttelte sie ihre Betäubung ab.
»Es kommt alles daher«, erklärte sie mit erhobenem Zeigefinger, »daß in mir zwei Wesen wohnen, zwei gegensätzliche Persönlichkeiten – die romantische Luigina und die, wie ich sie nenne, sinnliche Luigina. Und dieser innere Widerspruch wird noch durch den Umstand verschärft, daß ich, wenn ich zum Beispiel mit einem Mann bei Mondschein an einem Strand bin, ja? Also: das Meer rauscht, die Pinien duften, und der Sand ist noch warm, kurz und gut, die Situation, die einen zum Träumen verführt, die Atmosphäre für kleine Vertraulichkeiten, kleine Zärtlichkeiten. Du verstehst? Aber statt dessen kommt in diesem Mo-

ment« – ihre Hand schnellte wie ein Fisch vor – »kommt das Händchen und sucht das Höschen. Eine Ohrfeige. *Se end.*«
»So kann man sich halt irren.«
»Aber ich mache auch sehr oft den entgegengesetzten Fehler. Ich schnappe mir jemanden, der mir gefällt, tanze Wange an Wange mit ihm, schmiege mich an ihn, mache ihm unverblümt den Hof, ja, ich reize ihn mit einem sinnlichen Lachen, so –«, und sie zeigte rasch eine Probe ihres sinnlichen Lachens, »und ich kriege ihn dazu, mit mir ins Kastanienwäldchen zu gehen, ich strecke mich im Grase aus und pfeife auf das frischgebügelte weiße Kleid, und dann nimmt der Betreffende zärtlich meine Hand und vertraut mir an, daß er seinem Bruder Giovanni gegenüber einen Minderwertigkeitskomplex hat.«
»Man muß eben dem Richtigen begegnen.«
»Ja, was habe ich denn bis jetzt gemacht? Ich habe ihn immer gesucht, nach allen Richtungen hin habe ich nach ihm Ausschau gehalten, was glaubst du wohl? Jemand, der mich gut kennt, könnte auch sagen – ach, die Luigina, das ist eine Zynikerin, die nur ihr Vergnügen sucht, den sinnlichen Genuß. Aber das wäre ein grober Irrtum, mein wahres Ziel war es immer, einen Mann zu finden, der mich fühlen ließe . . . der mir ein Gefühl vermittelte von . . .«
Sie stieß einen Seufzer der Entmutigung aus.
»Du mußt wissen«, fügte sie hinzu, »daß ich stärkste Emotionen erlebt habe, daß ich ungeheuer unglücklich und eifersüchtig gewesen bin, daß ich geweint, gelitten, telefoniert und mich krank geärgert habe, wer weiß, wie oft schon. Aber bei alledem . . . Das heißt, es war alles wahr, ich war in diesen Augenblicken tatsächlich unglücklich oder fühlte mich ungefähr wie im Paradies, je nachdem, aber gleichzeitig war ein Teil von mir . . . wie soll ich es sagen . . . du verstehst?«
»Ich verstehe genau, du hast ein bißchen nachgeholfen.«
»Das ist es, hast du es verstanden? Ich arbeitete mit, ich trieb an, ich steuerte immer selber etwas bei, den Hauch von Karibik sozusagen, verstehst du? Eine Weile hatte ich – denn ich habe ja auch Psychologie studiert – Schuldgefühle. Du bist kalt und herzlos, sagte ich mir, du hast Angst, dich hinzugeben, du bist zu intellektuell, kurz, es gibt in dir ein Geheimnis, etwas Zerstörerisches. Aber mit der Zeit hatte ich es satt und kam zu dem Schluß, die anderen erzählten nur Märchen, Romane, Kintopp, Feuilleton, Reklame und Lyrik.«
Das Telefon läutete.
»Nein, Santamaria ist nicht hier! . . . Was weiß ich . . . Ich verbitte mir deine Frechheiten!«
Sie legte auf und stützte schweigend das Kinn in beide Hände.
»Aber du glaubst, daß es sie gibt«, sagte sie leise.

»Es gibt sie«, sagte Thea. »Ich schwöre es.«
Die Pietrobono streckte den Kopf vor, als beuge sie sich über einen Abgrund.
»Und wie ist sie?«
»Ach«, sagte Thea.
Lächelnd betrachtete sie die schmucklosen Wände, die kärgliche, vom Staat gelieferte Ausstattung, die trüben Fenster.
»Zum Beispiel, was empfindest du in diesem Augenblick?«
Theas Gesichtsausdruck wechselte so radikal wie eine Landschaft an einem windigen Tag mit ziehenden Wolken.
»Eine entsetzliche Leere«, sagte sie mit vollkommen beherrschter Stimme. »Eine entsetzliche Unruhe.«
»Wie ein Rauschgiftsüchtiger«, stellte die Pietrobono die Diagnose.
»Ja, so stelle ich es mir vor.«
»Er nimmt doch etwas, nicht wahr? Hat er dir nie etwas gegeben?«
»Aber nein, wie kommst du darauf?«
»Ich meine nur so, bei dem Beruf, wenn man so sagen darf.«
»Der Beruf spielt keine Rolle. Die Person zählt überhaupt nicht.«
»Wieso? Hast du nicht selbst gesagt, man müßte nur den richtigen Mann finden?«
»Wie soll ich es dir erklären«, fragte Thea.
»Wolltest du nicht eben zur Piazza Carlina laufen? Hast du nicht gesagt, du würdest statt seiner ins Gefängnis gehen?«
»O ja, selbstverständlich.«
»Nun, da siehst du, daß es auf ihn ankommt. Außerdem ist er ja auch ein hübscher Junge, wenn diese Bemerkung erlaubt ist. Weißt du denn genau, ob es nicht eine physische Schwärmerei ist?«
»O nein, ich könnte sehr gut darauf verzichten ... mir würde es genügen, ihn zu sehen und auch nur so mit ihm zusammenzusein ...«
Die Pietrobono pfiff durch die Zähne.
»Aber das ist doch schrecklich.«
»Es ist normal«, sagte Thea. »Es ist genau so, wie es in den Büchern geschrieben steht. Im Leben ist es noch sehr viel ... erschütternder, sehr viel heftiger. Aber alles in allem hat man es mehr oder weniger gewußt, man hat es so erwartet. Es entspricht den Beschreibungen. Aber das Merkwürdige und fast Unerklärliche ist, daß zugleich –«
»Du hilfst ein bißchen nach, sag die Wahrheit«, unterbrach die Pietrobono kopfschüttelnd.
»Nein, absolut nicht. Im Gegenteil, man möchte beinahe bremsen, zurückhalten ...«
»Bekommt man Angst?«
»Ein bißchen schon ... Vielleicht weil ich noch am Anfang stehe, ich

habe es noch nicht ganz begriffen. Aber soviel doch, daß der wesentliche Punkt ...«

Das Telefon läutete.

»Nein, er ist nicht da, niemand ist da!« brüllte die Pietrobono in den Hörer.

Sie preßte ihn an die Brust und hielt die Hand darüber.

»Sag mir um Gottes willen rasch den wesentlichen Punkt!«

»Nun«, Thea versuchte sich zu konzentrieren, »das, was man empfindet, was man in sich spürt, ist so enorm, daß es unmöglich nur einen selbst oder nur ihn angehen könnte. Das wäre nicht logisch. Es ist, als ob eine Glühbirne ... zwei Glühbirnen ... glaubten, daß die ganze Elektrizität sämtlicher Kraftwerke nur für sie da sei, als ob das ihre Privatangelegenheit wäre.«

»Und weiter?« fragte die Pietrobono mit offenem Munde.

»Ich weiß noch nicht, aber ich denke, daß er ... Also wenn man mir sagte, daß er im Gefängnis bleiben muß, dann sterbe ich, verstanden?«

»Verstanden. Aber du wirst sehen, daß ...«

Thea sprang auf.

»Warum? Willst du sagen, daß sie ihn freilassen?«

»Ich sage gar nichts, sprich weiter über die Glühbirnen.«

»Wenn ich ohne ihn bin, ist das eine Folter, verstehst du? Und zugleich kommt es auf ihn persönlich in einem gewissen Sinne nicht an. Er ist ein Vorwand, ein Anlaß, es könnte genausogut etwas anderes sein, eine Sache, wie dieses Feuerzeug oder der Telefonapparat ...«

»Hm«, ließ sich die Pietrobono verblüfft hören. »Das wäre so eine Art Schalter, ein Klick.«

»Ja, so was Ähnliches.«

»Ich weiß nicht, ob mir diese Vorstellung gefällt. Denn wie erklärst du dann, daß die einen den Schalter finden und die andern die ganze Zeit über an der Wand herumtasten?«

»Wer kann das wissen? Der Zufall. Wenn es passiert, dann passiert's.«

»Wen es trifft, den trifft es? Unabhängig vom Verdienst und vom guten Willen?«

»Davon bin ich überzeugt, es steht zu hoch über uns.«

»Was steht zu hoch?«

»Nun, das, was sich entzündet. Es ist eine Erleuchtung. Oder nenne es meinetwegen eine Offenbarung, eine Ekstase, einen Zustand der Gnade, nenn es, wie du willst, jeder gibt ihm einen anderen Namen, aber es muß wohl immer dasselbe sein.«

Vorsichtig legte die Pietrobono den Hörer auf und fixierte Thea mit einem Polizistenblick.

»Es ist so, als ob ein Funken zufällig vom Himmel regnet und, zack,

wer ihn sich schnappt, kommt ins Paradies.«
»Ja, so ungefähr.«
»Ein privilegierter Kontakt.«
»In der Tat.«
»Die Auserwählten und die Nichterwählten, nicht wahr?«
»Nennen wir es so.«
Die Pietrobono bedeckte sich das Gesicht mit beiden Händen. »Heiliger Irenäus«, murmelte sie hinter ihren Händen hervor, »das ist ja direkt wie bei der Gnosis!«

7

Der ligurisch-jugoslawische Krieg, die sizilianisch-Marseiller Allianz, die türkisch-apulisch-marokkanische Koalition, die sardische Intervention, der Kompromiß von Nizza, der korsisch-piemontesische Pakt ...
Die Gipfelkonferenz spielte ins Historische, und Graf Cavour, dachte Santamaria, würde sich am Ende gar nicht so deplaciert in dieser organisierten Unterwelt gefühlt haben. Gewiß, Gesichter und Kleidung würden ihn ein wenig verblüfft haben, aber mehr wegen ihrer Ungepflegtheit und grauen Eintönigkeit als wegen einer grellen folkloristischen Note. Wo waren die goldenen Ringe und Ketten, die Brillanten, die seidenen Hemden, die Kamelhaarmäntel? Von Graziano abgesehen, der von einer gewissen zerknitterten Eleganz war, sahen die andern wie kleine Geschäftsleute aus, die sich zu einer Mieterversammlung getroffen hatten.
Auch der Ton, in dem sie antworteten – voll weinerlicher Klage und Beschwerde, ganz das arme Opfer –, paßte dazu (oder sollte dazu passen). Isoliert und von allen abgeschnitten, wie sie lebten, fern vom heimatlichen Boden und ständig bedroht von mächtigen und aggressiven Feinden (die kalabresisch-neapolitanische Offensive, die lombardisch-argentinische Invasion ...), reduziert auf den Kampf ums Überleben, beschuldigte man sie jetzt auch noch eines Mordes, mit dem sie in keiner nur denkbaren Weise etwas zu tun haben konnten. Don Feliciani hätte es nicht besser sagen können.
»Aber ihr habt den Maresciallo gekannt«, stellte der Leutnant vom Rivoli-Bezirk fest, dessen Aufgabe es war, diesen Teil der Präliminarien zu leiten.
Ja, genauso, wie sie andere Marescialli, Brigadieri, Gefreite und einfache Carabinieri kannten, die in den verschiedenen Randgemeinden der Stadt ihr Leben überwachten (war das überhaupt noch ein Leben?) und mit denen sie freundschaftliche Beziehungen unterhielten, ja, herzliche

und freundschaftliche, denn die Carabinieri ihres Bezirks wußten, mit wem sie es hier zu tun hatten, sie kannten die schwierige persönliche Lage des einzelnen und scherten nicht alles über einen Kamm.
Und wie erklärte es sich dann, daß man Genovese (armer Maresciallo! Ein so anständiger Mensch!) praktisch vor der Haustür eines der Ihrigen gefunden hatte?
Nicht der völlig gebrochene Cagliuso, sondern ein anderer, ein farbloses, bescheidenes, geduldiges Männchen, setzte ihnen auseinander, wie widerspruchsvoll ein solches Verhalten gewesen wäre, und kehrte ebendiesen Umstand in einen geradezu entscheidenden Beweis zu ihrer Entlastung um.
»Entscheidend bis zu einem gewissen Punkt«, unterbrach De Palma, »denn wenn Genovese etwas über euch herausgefunden hätte und ihr ihn deshalb umgebracht hättet ... «
Es folgten Beteuerungen, Verwahrungen, Anrufungen des Himmels. Dennoch hätten diese guten Freunde des Maresciallo, die natürlich wußten, daß die Polizei nach dem Tode Genoveses zuerst in ihren Winkel leuchten würde, sehr wohl den VW in der Via delle Fuchsie abstellen können, gerade weil sie auf die Unwahrscheinlichkeit einer solchen Selbstbezichtigung vertrauten.
»Richtig, sehr richtig.«
Die guten Freunde der Carabinieri schwiegen betrübt. Was ließ sich schon auf ein solches Um-die Ecke-herum-Denken erwidern?
Scarampi warf förmlich die Frage nach dem *Mezzaluna* auf.
Förmlich kam die erste Antwort: Es handelte sich um ein zufälliges Zusammentreffen von Kameraden im Exil.
Der Leutnant vom Rivoli-Bezirk zuckte förmlich die Schultern und erhielt darauf die zweite Antwort: Es handelte sich um ein gewöhnliches Lokal, in dem sie sich unterhielten und eine Partie Karten spielten.
Der Chef von der Rauschgiftbekämpfung atmete kurz und heftig durch die Nase und erhielt die dritte Erklärung: Es handelte sich um eine Zusammenkunft, um die Einzelheiten einer Hochzeit zu besprechen – Geschenke, das Hochzeitskonfekt, die Einladungen und die Zusammenstellung des Festmenüs ...
Niemand glaubte es, und niemand erwartete ernstlich, daß man es glaubte. Aber wie beim Wiener Kongreß, dachte Santamaria mit einem Blick auf den Grafen Cavour, durfte man sich auch hier nicht über Verneinungen, Zugeständnisse, Widerrufe und augenscheinliche Lügen einfach hinwegsetzen; sie gehörten zum Protokoll.
Wenn man von Graziano absah, der seinen Stuhl unauffällig von den anderen ein wenig abgerückt hatte (ob wohl tatsächlich bei diesen Leuten alles eine Bedeutung hatte?), setzte sich diese »Delegation der

Rand-Gemeinden« aus vier Männern zusammen: aus Cagliuso, der verzagt dasaß, die Ellbogen auf die gespreizten Knie gestützt und den halbkahlen Kopf gesenkt; aus dem farblosen Männchen; aus einem Typ mit langen schwarzen Koteletten und schweißgebadetem Ganovengesicht; und aus einem alten Mann mit Brille und Krawatte, der einen schäbigen braunen Hut in den Händen hielt.
Wie üblich, kam man nicht dahinter, wer von ihnen der einflußreichste war, beziehungsweise, ob es überhaupt unter ihnen einen gab, der einflußreicher als die anderen war. Die vier machten, jeder für sich, den Eindruck, als seien sie nur das unbeholfene Sprachrohr eines fernen Herrschers (aber der Zar, der Schwarze Äon, der Große Mafioso konnte auch nur ein paar Schritt entfernt sein, verborgen unter den zehn oder zwölf im Zimmer nebenan).
Unvermutet nahm Cagliuso (war er es also?) mit tragischer Gebärde den Kopf in beide Hände.
»Nun sag es ihnen doch, los! Sag es!« forderte er mit erstickter Stimme.
Der Befehl war an Graziano ergangen, wurde aber nicht von ihm ausgeführt. Die anderen drei kamen mit neuen Lamentationen, Beschwörungen und Anrufungen von Heiligen und der Madonna dazwischen, und schließlich verrieten sie unter Seufzern und bitterem Lachen, daß Graziano der lebende Beweis dafür war, daß sie nicht das geringste mit dem Tod des Maresciallo zu tun hatten.
Wieso das? Warum? Nun, weil sie aufgrund gewisser Gerüchte (wieder Seufzer tiefer Niedergeschlagenheit und Ausrufe empfundenen Schmerzes) eine unmittelbar bevorstehende Invasion vom Zoll und der Steuerfahndung erwartet hatten. Nichts da von Carabinieri! In aller Eile hatten sie Graziano gerufen in seiner Eigenschaft als Wirtschaftsprüfer und Sachverständiger. Und die Konferenz im *Mezzaluna* war einberufen worden, um eine gemeinsame Linie zu finden bezüglich Mehrwertsteuer und Betriebseinnahmen. Ja, es hatte sich um eine Steuerkonferenz gehandelt.
Dies, dachte amüsiert Santamaria, war schon schwieriger nicht zu glauben.
Nun begann Graziano zwischen Zweideutigkeiten, Verschweigungen und Halbwahrheiten anderer Art zu lavieren: die Restaurants, Clubs, Pizzerien, Tanzlokale und Motels der Peripherie, die von seinen Freunden geführt oder kontrolliert wurden, hatten praktisch alle eine passive Bilanz; denn auf ihnen lasteten außer den bedeutenden allgemeinen Unkosten drückende Sozialabgaben, untragbare Gemeindesteuern und vom Staat erhobene Abgaben; auf der anderen Seite änderten sich die Steuergesetze fortwährend, niemand vermochte noch einen logischen

Faden zwischen Paragraph 704 und Paragraph 1121 zu entdecken, geschweige denn zwischen dem zweiten Absatz zu 92 b und der Abänderung Nr. 4 zu der Rahmenbestimmung c 8 ...

Natürlich konnte ihm niemand in dieses Labyrinth von Fallen und abstrusen Lücken folgen, aber sie hatten nichts dagegen, daß er eine Weile damit fortfuhr: zum Teil war es Rauch, bestimmt für die Augen der Ermittlungsbehörde, und zum Teil Zurschaustellung von Gelehrsamkeit vor seinen Leuten, aber es war außerdem auch authentischer Berufsstolz. Man erkannte, daß er, wie jeder Fachmann, bis zu einem gewissen Maß Ursprünge und Beweggründe seiner Arbeit aus dem Auge verloren hatte, aber daß ihn die Konstruktion auch eines fiktiven, dabei in sich selbst mit minuziöser Folgerichtigkeit ausgeführten buchhalterischen Gebäudes mit Begeisterung erfüllte.

»Und obendrein natürlich«, stimmte ihm De Palma mit ernster Würde zu, »können Sie nicht einmal die militärischen Ausgaben absetzen.«

Der Oberst brach in Gelächter aus, beherrschte sich aber sogleich wieder.

»Richtig, sehr richtig. Aber ich würde vorschlagen, gebt dem Zoll, was des Zolls ist, nicht wahr?«

Worauf er selbst es übernahm, Graziano zu verhören, und Graziano ging noch einmal alle Etappen seines Nachmittags mit Thea durch. Er bestritt, je einen VW, der ihn verfolgte, bemerkt zu haben, bestritt irgendwelche Kontakte auf dem kurzen Weg zwischen dem Porsche und der Kirchentür von Santa Liberata.

Der Leutnant vom Rivoli-Bezirk erwähnte das Rauschgift-Laboratorium, und Santamaria schien es, daß die Reaktion mehr nachdenklich als nachdrücklich war. Nein, davon wußten sie nichts, es war ihnen nichts bekannt geworden, davon hatten sie noch nichts gehört, auch wohl deswegen nicht, weil sie sich mit gewissen Dingen nicht beschäftigten und auch noch nie beschäftigt hatten. Aber selbstverständlich würden sie versuchen, mehr zu erfahren, sie würden sich informieren, da sie ja selbst jedes Interesse hatten, hier klar zu sehen.

Das Telefon läutete, Scarampi nahm den Hörer ab, hörte zu und legte mit einem so übertriebenen wie unnützen Gleichmut auf, denn einen Augenblick darauf beugte er den Kopf und flüsterte dem Oberst etwas ins Ohr. Der verlor keine Zeit damit, gelassenen Gleichmut zu spielen, sondern stand in aller Eile auf.

»Wir wollen das Gespräch für einen Augenblick unterbrechen«, kündete er an.

Er gab De Palma und Santamaria ein Zeichen, ihm zu folgen. Auch Scarampi verließ das Büro und eilte ihnen nach. Keiner der vier Mafiosi zeigte auch nur das geringste Interesse.

8

Der Leutnant vom Rivoli-Bezirk machte daraus eine Ehrensache. Als unmittelbarer Vorgesetzter Genoveses war er über alle seine Nachforschungen auf dem laufenden und hatte alle seine Berichte gelesen. Er hielt es für undenkbar, wiederholte er ärgerlich, daß man keine Erklärung finden sollte.

Immer vorausgesetzt, wagte der Gerichtsmediziner einzuwerfen, daß es dabei etwas zu erklären gibt. Jedenfalls war das Opfer noch einmal aus dem Koma erwacht. Für einige Augenblicke war es wieder zu Bewußtsein gekommen. Darüber bestanden anscheinend keine Zweifel. Aber wer konnte sagen, was einem Mann in diesem Zustand durch den Kopf gegangen war? Vielleicht ein bloßes Phantasieren, das aus dem Unbewußten kam und nicht die geringste Beziehung hatte zu . . .

Scarampi und der Hauptmann von der Rauschgiftbekämpfung schüttelten mißbilligend den Kopf, und die beiden Kommissare hüstelten wohlerzogen (ein Carabinieri-Unteroffizier blieb unter allen Umständen ein Unteroffizier der Carabinieri; nie würde er sich erlauben zu phantasieren). Auch der Major vom Erkennungsdienst verneinte diese Möglichkeit mit einer Gebärde.

»Nein, gerade weil er in diesem Zustand war«, erklärte er, während er die Brille abnahm und sie zusammenlegte, »mußte ihn diese Sache eine sehr große Anstrengung gekostet haben. Es war also«, und er schlug energisch auf den großen Arbeitstisch, über dem Haken an der Wand, große Lampen und photographische Apparate angebracht waren, »eine vorsätzliche und bewußt ausgeführte Handlung.«

»Aha«, sagte der Oberst. »Da ist es.«

»Wollen wir es uns noch einen Augenblick ansehen?« fragte De Palma.

Auf dem Arbeitstisch war die Windschutzscheibe des VW nun abgetaut und spiegelte nur den weißen Widerschein der Halogenlampen.

»Schauen wir es uns an«, sagte der Oberst.

Der Assistent kam mit seinem kleinen Apparat, der Major setzte sich die Brille wieder auf, und Santamaria betrachtete fasziniert die Schrift, die allmählich in leuchtendem Negativ auf dem matten, vom Dampf beschlagenen Glas erschien:

TOPOS

Aus der Garage nebenan drang metallischer Lärm, ein anhaltendes mechanisches Knarren oder Rasseln, aber in dem langen Raum mit dem grauen Eisengitter herrschte eine Atmosphäre wie in einem Krankenhaus oder einem Anatomiesaal. Andere Carabinieri waren schweigend näher herangetreten, um es sich auch anzusehen; sie kamen von ihren Arbeitstischen, auf denen die übrigen Teile des Autos lagen.

»Topos«, sprach ein Gefreiter in Arbeitskluft halblaut, aber doch sehr deutlich dieses Wort aus, und es klang verwundert und ehrfürchtig.
Der Major beobachtete ihn mit hochgezogenen Brauen, ließ dann aber die Sache auf sich beruhen. Vielmehr begann er, die bereits gegebenen Erklärungen noch einmal zu rekapitulieren. Die Schrift war, wie ein deutlich zu erkennender Fingerabdruck unten am *P* zeigte, von dem Opfer mit dem linken Zeigefinger gezeichnet worden, woraus man schließen mußte, daß der andere Arm . . .
Der Gerichtsmediziner nickte zustimmend. Die Untersuchung der Verletzungen bekräftigte die Hypothese, daß der rechte Arm, ja die ganze rechte Seite gelähmt waren.
Was schon allein, fuhr der Major fort, genügte, um zu beweisen, daß die Schrift nach dem Überfall entstanden war. Aber auch die Blutgerinnsel, die ein Blick durch die Lupe (er zeigte sie) auf dem T und dem ersten O erkennen ließ, schlossen jeden Zweifel aus. Er reichte dem Oberst die Lupe.
»Sehr richtig«, bemerkte der Oberst mit gesenktem Kopf, »aber leider gibt uns das auch keine Aufklärung . . . Ich meine, es erklärt nicht die Bedeutung von . . .«
»Es könnte sich um eine Abkürzung handeln«, sagte Scarampi.
»Oder der Name einer Bande, Typ Tupamaros, was weiß ich«, gab der Hauptmann von der Rauschgiftbekämpfung ohne rechte Überzeugung zu bedenken.
De Palma, der jetzt die Lupe bekommen hatte, untersuchte das Glas der Windschutzscheibe rechts vom S, wo man einen verschwommenen Abdruck erkannte. War das der Anfang eines weiteren Buchstabens?
Nein, denn dieser Abdruck schien eher von einem ledernen Handschuh zu rühren, erklärte der Major, so wie auch andere, die man auf dem Vordersitz und an den Fensterscheiben festgestellt hatte. Aber natürlich war es denkbar, daß die Schrift unvollständig geblieben war. Nachdem das Opfer mit einer letzten Anstrengung das S gemalt hatte . . .
Er ließ eine bedeutungsvolle Pause folgen, und der Gerichtsmediziner nickte wieder: Das Erwachen aus dem Koma mußte kurz vor dem Tod erfolgt sein. Ungefähr um sechs Uhr. Denn auch diese neue Entwicklung, fügte er hinzu, änderte natürlich nichts an dem Zeitpunkt des Todes, während man über den des Überfalls noch immer nichts Genaues sagen konnte. Eine Stunde zuvor? Oder zwei? Im äußersten Fall sogar bis zehn Stunden.
»Das heißt, theoretisch gesprochen, noch bevor er Santa Liberata betrat«, sagte De Palma. »Wenn er je die Kirche betreten hat.«
»Oder auch in Santa Liberata selbst, theoretisch gesprochen«, bemerkte Scarampi boshaft.

9

Los Topos, dachte Santamaria und zog eine Grimasse, während der Unteroffizier Graziano wieder Handschellen anlegte. Die *Topos* hätten gut in eines der Opernlibretti De Palmas gepaßt, etwa wie die Tochter des Sakristans oder das Geheimnis des Beichtstuhls. EL TOPO (*eine Dynamit-Kerze anzündend*): »Die ist für Don Alfonso. Und dann werden wir uns an dem Maresciallo rächen.« CHOR DER TOPOS: »Rache!« EL TOPO: »Ja, Rache, blutige Rache ...«* Es war grotesk.
Er ließ Graziano vor sich in den Einsatzwagen steigen und folgte ihm. Doch immerhin nicht so unwahrscheinlich, fand er, nicht so verrückt und phantastisch wie eine andere Idee, die ihm plötzlich gekommen war und die er nicht wieder loswerden konnte: *O* (der männliche Artikel im Singular, wenn ihn seine Schulerinnerungen nicht täuschten) *topos.* Auch De Palma mußte daran gedacht haben, nach seinem Blick zu urteilen, als der Oberst ...
»Fahren wir zurück zum Polizeipräsidium?« fragte der Fahrer.
»Wie bitte? Ach so, ja.«
»Topographisch, Topographie, Toponomastik: alles Ableitungen von *topos,* das im Griechischen ›Ort‹ bedeutet«, hatte der Oberst voller Gelehrsamkeit bemerkt. Er hatte es in aller Unschuld gesagt, ohne im leisesten zu ahnen, daß seine Gäste von der Polizei sich schon seit zwei Tagen mit dem Griechischen herumschlugen und in einem Wirrwarr und Alptraum griechischer Wörter lebten, von Pneuma, Spinther und Äon (nicht »Egon«) bis zum Logos ...
»Laß das, stell sie ab, es nutzt doch nichts«, sagte er zu dem Fahrer, der in der Verkehrsstauung der Via Giolitti die Sirene eingeschaltet hatte. Doch im Vergleich zu dem teuflischen, unentwirrbaren griechischen Labyrinth schien die spanische »Spur« (aber gab es im Spanischen tatsächlich *los topos,* und waren das auch wirklich Mäuse** – oder irgend etwas anderes?) plausibler und geradezu erfolgversprechend. Cagliuso und die anderen hatten sich gar nicht überrascht gezeigt, als der Hauptmann von der Rauschgiftbekämpfung ihnen die Frage stellte. Eine Bande von Spaniern oder Südamerikanern, die diesen Namen trug? Nein, keiner von ihnen hatte davon gehört, aber es konnte sie durchaus geben, vielleicht war sie erst kürzlich aufgetaucht. Und sie hatten diese Möglichkeit gleich genutzt, um die ins Stocken geratenen »Verhandlungen« wieder in Gang zu bringen. Wenn man ihnen Vertrauen schenkte, würden sie sich auch darüber informieren, kurz, sie

* Anspielung auf Verdis *Rigoletto,* 2. Akt (Anm. d. Übers.)
** *il topo,* italien.: die Maus; *el topo,* span.: der Maulwurf (Anm. d. Übers.)

wären zu rückhaltloser, loyaler Zusammenarbeit bereit, um im Interesse aller dahinterzukommen, wer...

In diesem Augenblick hatte sich der »Dreiergipfel« wieder verkleinert. Carabinieri und Polizei hatten in Ermangelung einer besseren Lösung gemeinsam beschlossen, das erbetene Vertrauen zu gewähren. De Palma war geblieben, um das Übereinkommen abzuschließen (»Ihr werdet uns doch nicht den Streich spielen, daß *ihr* sie dann wieder verhaftet?« hatte Scarampi argwöhnisch gefragt), während Santamaria so vorsichtig war, Graziano gleich mitzunehmen.

Der spätnachmittägliche Stau nahm zu, der Fahrer fluchte und fuhr mit zwei Rädern über den Bürgersteig, um rascher in die Via Bogino zu gelangen.

»Laß nur«, sagte Santamaria. »Es eilt nicht.«

Graziano war es gelungen, seine Zigaretten aus der Tasche zu ziehen. Er spielte diskret mit dem Päckchen und sah dabei aus dem Fenster.

»Wenn du rauchen willst, bitte.«

Auch der Kommissar zog seine Zigaretten aus der Tasche und zündete sich eine an.

»Also diese Fabrik würdet ihr finden und auch die Südamerikaner, wenn es sie gibt. Sehr gut«, sagte er und reichte sein Feuerzeug Graziano, der sein eigenes nicht fand.

Graziano dankte mit einem Kopfnicken und rauchte eine Weile schweigend, während er eine dicke Frau mit Sturzhelm beobachtete, die auf ihrem Moped zwischen den beiden Reihen stehender Autos vorwärtszukommen suchte.

»Was für Südamerikaner?« sagte er schließlich. »Wenn es sie gäbe, wüßte man es. Es sei denn, sie wären politisch.«

Dasselbe hatte sich Santamaria schon gesagt, und er hatte an diesen Francisco (Argentinier oder Chilene?) gedacht, der zusammen mit dem Verleger (und Lomagno) in die Kirche von Santa Liberata gekommen war. Man könnte noch einmal Cuocos Meinung darüber hören.

»Und die Fabrik?«

»Da kann ich nichts sagen. Es könnte sie geben. Aber dann wäre das ein Milliardengeschäft. Also auch wieder ein anderer Bereich.«

Der zu seiner Bewachung mitgekommene Unteroffizier hob den Blick von seiner Zeitung.

»Denn ihr«, sagte er und drehte sich zu Graziano um, »arbeitet für ein Butterbrot. Ihr nagt am Hungertuch, nicht wahr?«

Der Fahrer nützte eine kleine Lücke im Verkehr aus, um wieder auf den Bürgersteig zu lenken, überquerte unter Sirenengeheul die Via Lagrange und erreichte schließlich die Piazza San Carlo. Dort gelang es zwei Polizisten auf dem Krad, ihnen für eine Strecke der Via Alfieri den Weg

freizumachen.
»Na Gott sei Dank!« stieß der Fahrer hervor und bog ungeduldig in die Via XX Settembre ein. Er gab Gas.
»Ausgezeichnet, hier kannst du halten«, sagte Santamaria.
»Aber fahren wir denn nicht zum . . .?«
»Halte hier.«
Der Einsatzwagen hielt an der Kreuzung der Via dell'Arcivescovado, an der Ecke eines langen alten Gebäudes mit unregelmäßiger Fassade: dem Erzbischöflichen Palais. Santamaria sah auf die Uhr und zögerte einen Augenblick, die Hand schon am Türgriff. Er wandte sich an Graziano.
»Über deine Situation sprechen wir später. Aber wenn man dich hört, hätten wir gar nichts davon, wenn wir dich rauslassen.«
»Ich weiß nicht, ich habe es Ihnen gesagt . . .« antwortete Graziano. Er zuckte die Achseln. »Ich spreche gegen mein eigenes Interesse, aber was wollen Sie? Für uns ist es heute schon viel, wenn wir die zwei oder drei Geschäfte kontrollieren, die uns noch geblieben sind. Wir sind nicht entsprechend ausgerüstet und nicht organisiert. Wir zählen nicht mehr.« Liebenswürdig lächelte er seinem Bewacher zu, der sich drohend nach ihm umgedreht hatte. »So gut wie nicht.«
Der Kommissar verstand sehr wohl, daß Graziano durchaus nicht gegen sein Interesse sprach. Im Gegenteil. Aber alles recht bedacht, gab es keinen Grund, Cagliuso mehr Vertrauen entgegenzubringen als Graziano.
»Schön, wir sprechen später weiter«, sagte er, während er schon aus dem Wagen stieg. »Für den Augenblick bringen Sie ihn in mein Büro«, sagte er zu dem Unteroffizier, der ebenfalls ausgestiegen war, um den Platz des Kommissars einzunehmen.
Er wartete, bis sich das Auto wieder in Bewegung setzte, und ging dann längs der gelb getünchten Mauer, die wie durch ein Wunder von Schmierereien frei geblieben war (oder wurde die Mauer jeden Tag frisch gestrichen?), bis zu dem hohen Hauptportal.
Er wußte nicht recht, was er jetzt eigentlich unternehmen wollte, belog er sich, und vor allem fragte er sich, wie man seine Initiative aufnehmen würde. Als ein wenig sonderbar, als unpassend oder nur als verfrüht? Aber schließlich hatte nicht er auf dem persönlichen Kontakt bestanden, »falls er sich für die Untersuchung als notwendig erweisen sollte«. Aber es war noch gar nicht gesagt, vielmehr schien es immer unwahrscheinlicher, daß der Mord an Genovese etwas mit dem Fall von Santa Liberata zu tun hatte. Und überhaupt: wo lag die Notwendigkeit? Das Schicksal will es, rechtfertigte er sich vor sich selbst, als sich in dem verschlossenen Tor gerade in diesem Augenblick eine kleine Tür öffnete, um zwei Ordensschwestern herauszulassen. Wenn der Fahrer auf

der Via Alfieri geblieben wäre, statt in die Via dell'Arcivescovado einzubiegen...

Er trat zurück, um einer dritten Nonne aus dem Weg zu gehen und dann einer ganzen Reihe von Laien und Ordensleuten, die eilig herauskamen und sich im Freien den Mantel zuknöpften und den Schal fester banden. Sie wirkten ein wenig aggressiv und voller Ressentiment, wie alle Angestellten am Ende eines Arbeitstages. Es war auch nicht mehr die Besuchszeit, überlegte er. Dann suchte er, indes er eintrat, in seiner Brieftasche, um sich zu vergewissern, daß er noch eine private Visitenkarte bei sich hatte.

ERZBISCHOF: siehe Erzbischöfliches Sekretariat
WEIHBISCHOF: siehe Stockwerk Pastorale Angelegenheiten

Die weiße Kunststoffplatte mit dem Plan der Stockwerke und Büros zeigte, daß sogleich rechter Hand der Zugang zum Stockwerk Pastorale Angelegenheiten (Treppe 1) zu finden war. Zum Erzbischöflichen Sekretariat mußte man dagegen durch einen halbdunklen Säulengang längs eines zum Parkplatz heruntergekommenen Innenhofs bis zur Pförtnerloge der Treppe 4 gehen.

DR. FRANCESCO SANTAMARIA: siehe Überfallkommando

wäre wohl klarer, aber weniger taktvoll gewesen, dachte der Kommissar, während der am Tisch der Pförtnerloge sitzende alte Priester ratlos und ausführlich seine Visitenkarte studierte.

»Den Sekretär Seiner Eminenz? Aber es ist jetzt nicht Besuchszeit«, sagte schließlich der Priester, mit einer Stimme, die vor lauter Bedenken geradezu traurig klang. »Handelt es sich um etwas Dringendes?«

»Ich müßte mit Seiner Eminenz selbst sprechen«, sagte Santamaria zerknirscht. »Seine Eminenz weiß schon, worum es sich handelt.«

Der Priester betrachtete einen Augenblick das Telefon, erhob sich dann aber mit überraschendem Eifer und einer Miene, als verwünsche er die Enge und Unbequemlichkeit dieses Raums, in dem es keine andere Sitzgelegenheit gab als eine kleine Bank an der Wand.

»Kommen Sie«, sagte er und führte seinen Besucher über ein kurzes Stück des Korridors. »Bitte, nehmen Sie dort Platz. Und dann sehen wir einmal, was sich tun läßt.«

Der Kommissar durfte sich nun in ein anderes, aber dem ersten völlig gleiches Zimmer setzen, nur daß statt einer Bank deren zwei dort standen, dazu ein kleiner Ziertisch. Es sah aus wie das Wartezimmer eines Zahnarztes.

Aber er brauchte nicht lange zu warten. Ein Prälat im *clergyman* (nicht Monsignore Ceci, sondern wahrscheinlich ein Sekretär untergeordneten Ranges) kam, um ihn im Fahrstuhl in den ersten Stock zu begleiten und weiter durch eine Flucht von Vorzimmern in einen Salon mit viel rotem Samt und roten Sesseln, in dem sich Seine Eminenz bereits mit dem Polizeipräsidenten und dem General der Carabinieri, Croveri-Gariglio, im Gespräch befand.

10

Zuvorkommend im Kreis der hier Versammelten aufgenommen, in einen der kleinen roten Sessel placiert und mit einer Tasse Tee versehen, die ihm der Erzbischof mit eigener Hand eingeschenkt hatte, brauchte Santamaria einen Augenblick, bevor er begriff, daß diese Gipfelkonferenz gerade mit einem Ton der Verlegenheit, wenn nicht gar der Spannung schloß. Auf die Frage Seiner Eminenz, ob auch er gekommen sei, um ihn über »dieses neue Unglück« zu unterrichten, fühlte er zunächst nur, wie sich seine Bedenken und Besorgnisse, die ihn vor kurzem noch gequält hatten, zerstreuten.
Ja, war er im Begriff, unüberlegt zu antworten. Wenn auch die Beziehung zwischen den beiden Unglücksfällen problematisch war, sei auch er gekommen, um ... Aber irgend etwas (vielleicht die schmalen Lippen des Polizeipräsidenten oder die betont distanzierte Miene des Generals?) ließ ihm mehr Vorsicht geraten erscheinen.
Nein, nicht eigentlich deswegen, erklärte er mit einer gewissen Verlegenheit, die er nicht zu spielen brauchte. Sondern er habe die Güte und, wenn er wagen dürfe, dies zu sagen, die ihm von Seiner Eminenz bezeugte Sympathie ausnutzen wollen und sei also gekommen, um – und er hüstelte und zeigte ein etwas törichtes Lächeln –, nun, um sich besser über die in Santa Liberata praktizierte ungewöhnliche Häresie zu informieren.
Der Polizeipräsident und der Carabinieri-General warfen ihm einen verblüfften Blick zu. Der Erzbischof betrachtete ihn einen Augenblick lang neugierig, dann wandte er sich den beiden anderen zu.
Ja, sagte er mit einem Kopfnicken, der Herr Kommissar käme ihm sehr gelegen, denn er könne es bezeugen. Das Erzbischöfliche Ordinariat habe sich, im Bereich seiner Zuständigkeit, nicht hinter Schweigen verschanzt und keinerlei Aufklärung verweigert. Insbesondere mache es, so schmerzlich es auch sei, kein Geheimnis aus gewissen schweren, ja schwersten Verirrungen des verblichenen Pfarrers auf dem Felde der Glaubenslehre.
Der Kommissar brauchte nichts zu bezeugen. Die beiden anderen begnügten sich, mit Blicken der Betrübnis und einer Miene stummen

Mitgefühls ihre totale Gleichgültigkeit gegenüber Don Pezzas Abirrungen von der reinen Lehre zum Ausdruck zu bringen.
Ja, da war noch mehr, fügte Seine Eminenz mit brutalem Freimut hinzu – nach Informationen, die man im Ordinariat noch aufmerksam prüfe, habe sich der unselige Priester auch noch schwere Versündigungen *contra sextum* zuschulden kommen lassen. Jedoch, fuhr er fort, und dies so rasch, daß niemand Gelegenheit fand zu der Frage, was denn das *sextum* bedeute – jedoch bis hierher handele es sich lediglich um Verletzungen des kirchlichen Kodex. Jetzt dagegen wage die Ermittlungsbehörde die Hypothese, daß die neue Tragödie – nämlich die Ermordung eines mit Ermittlungen beauftragten Beamten – ein Werk krimineller Intrigen sei, in die der Pfarrer selbst verwickelt gewesen sei. Nun, ein klares Nein. Auf ein solches Terrain lasse sich das Erzbischöfliche Ordinariat nicht abdrängen, zu solchen Vermutungen dürfe man keine Äußerung des Ordinariats erwarten.
Die Ermittlungsbehörde senkte schuldbewußt den Blick und steckte, ohne Widerspruch, die Schläge ein, und der Kommissar war froh, vorsichtig gewesen zu sein. Doch zum Teufel, dachte er, während die Pause sich hinzog, hier war der Polizeipräsident (die Initiative mußte von ihm ausgegangen sein) denn doch wie der Elefant im Porzellanladen aufgetreten ...
Die Kirche, fuhr der Erzbischof gelassen fort, schließe nicht aus, daß ein Seelenhirte strauchelte und sich so weit erniedrigte, ein Verbrechen zu begehen. Der Kanon Nr. 2354 sah ausdrücklich den Fall des Pfarrers vor, der des Mordes, des Diebstahls, des Wuchers und der Verletzung seiner Amtspflichten beschuldigt wurde. Aber er sehe auch in einem solchen Fall eine rigorose Trennung zwischen den Ermittlungen der Justiz und der eventuellen Untersuchung seitens der Kirche vor.
Er faltete nachdenklich die Hände, löste sie wieder und stützte schließlich die flachen Hände auf die Armlehnen seines Sessels.
»Sie verstehen«, schloß er im Ton bedauernden Abschieds.
Als er sich mit liebenswürdigem Lächeln erhob, waren seine Gäste bereits mit militärischem Schwung hochgeschnellt, einschließlich des Kommissars mit der halbgeleerten Tasse und Untertasse in der Hand, da er nicht sah, wo er sie abstellen konnte.
»Errare humanum est«, sagte der Polizeipräsident mit schönem Sinn fürs Schickliche und begann dann, sich ausführlich im Namen aller zu entschuldigen, während der Sekretär, der schweigend wieder erschienen war, respektvoll wartete.
Aber nicht doch, aber nein! Zu entschuldigen habe sich das Ordinariat, wehrte Seine Eminenz ab. Und was ihn persönlich beträfe, so spräche er seinen lebhaftesten Dank aus dafür, so schnell informiert und mit so

großem Vertrauen zu Rate gezogen worden zu sein.
»Mit kindlichem Vertrauen«, sagte General Croveri-Gariglio.
Der Kardinal breitete die Arme mit väterlicher Gebärde aus zum pastoralen Gruß, der die Wirkung hatte, die beiden ranghöheren Gäste zum Sekretär und zur Tür zu verweisen, während Santamaria sich verblüfft von dieser Verabschiedung ausgeschlossen sah.
»Bitte setzen Sie sich, Herr Kommissar«, sagte ein paar Augenblicke später Seine Eminenz, im Begriffe, sich selbst zu setzen. »Und reden Sie! Diese Gnosis« – er lächelte – »beschäftigt Sie noch immer, wenn ich recht verstanden habe?«
Das Lächeln, begriff der Kommissar, zeigte seine Nachsicht für die kleine Lüge (oder halbe Wahrheit – jedenfalls eine läßliche Sünde), die er ihm, als er seine Vorgesetzten hier sah, erzählt hatte. Und Dr. Francesco Santamaria, der die Hälfte seines Lebens damit verbracht hatte, Geständnisse zu sammeln, fühlte sich wie durch Zauber zurückversetzt in eine Zeit, in der er selbst (mit zwölf oder dreizehn Jahren?) noch zu beichten gewohnt war.
»Ja, Eminenz, in einem gewissen Sinne beschäftigt sie mich noch immer. In einem anderen Sinne müßte ich aber vielleicht sagen, daß sie überhaupt erst anfängt, mich zu beschäftigen. Alles hängt von einem merkwürdigen Detail ab, von einem seltsamen Wort, das ...«
Er schlug die Augen nieder. In diesem Kontext absoluter und nebelhafter Kindheit kam ihm das »seltsame Wort« auf einmal wie ein unpassendes, ja anstößiges Wort vor, und infolge einer Ideenassoziation fiel ihm ein, daß das *sextum* gewiß das sechste Gebot war: das mit den »unkeuschen Handlungen«, die einmal (vor wieviel Jahrhunderten?) so schwer zu beichten waren ... Er raffte sich auf. Heute lag die Schwierigkeit anderswo.
»Ich muß spezifizieren«, schickte er voraus, »daß es sich um ein Detail in Verbindung mit dem zweiten Mord handelt.«
Die Miene des Beichtvaters verdüsterte sich. Der Beichtende aber fuhr fort, weitere Erklärungen vorauszuschicken.
»Außerdem muß man schon so ignorant sein wie ich, um überhaupt von einem gewissen Zusammenhang zwischen den beiden Morden – und zwar aufgrund des erwähnten Details – zu phantasieren. Deshalb weiß ich auch wirklich nicht, ob ich ...« Er wartete auf ein Zeichen der Ermutigung.
»Fahren Sie fort«, sagte der Kardinal nach einer Weile. »Schließlich«, und er lächelte wieder ein wenig, »kann uns nichts daran hindern, uns mit den Fakten zu beschäftigen.«
Der Kommissar setzte die Fakten auseinander. Doch in dem Augenblick, in dem er das Wort aussprechen wollte, fand er es plötzlich

angenehmer, sein Notizbuch aus der Tasche zu ziehen und eine Skizze von der Windschutzscheibe und der Schrift darauf zu zeichnen. Er zeigte sie dem Erzbischof.

Jede Spur eines Lächelns verschwand aus seinem Gesicht. Die Pause dauerte diesmal eine gute halbe Minute.

»Ich nehme an«, sagte schließlich Seine Eminenz mit unbeteiligter Stimme, »daß Sie bereits nach allen möglichen Richtungen nachgeforscht haben? Vielleicht eine Abkürzung oder ein Name, ich weiß nicht . . .«

»Wir haben nach allen Seiten hin nachgeforscht, Eminenz. Wir haben nichts gefunden.«

»Bis auf das Zusammentreffen mit dem Griechischen. Sonst wären Sie nicht hier.«

Die Nuance höflicher Ironie erlaubte dem Kommissar einen leichteren Ton.

»Ich gebe zu, daß wir im Polizeipräsidium erstaunliche Fortschritte in dieser Sprache machen«, scherzte er. »*Topos* wäre im Griechischen ein Platz, ein *Ort* ganz allgemein, nicht wahr?«

Ohne den Blick von der Skizze zu heben, nickte der Kardinal bejahend.

»Also«, fuhr Santamaria fort, »aber das Zusammentreffen mit unserem griechischen Interesse wäre noch merkwürdiger, wenn *topos* wie *pneuma, logos* und die anderen Wörter ebenfalls, und sei es rein zufällig –«

»– eine spezifische gnostische Bedeutung hätte? Ja«, sagte der Kardinal und hob den Blick. »In der Sprache der Gnostiker ist *topos* nicht ein beliebiger Ort, sondern *der Ort* schlechthin. Er ist die höchste, nur intelligible, das heißt, nur mit dem Intellekt erfahrbare Sphäre, in der sich die Mächte, die Archonten und Äonen, versammeln.«

Da er hier nicht gut pfeifen konnte, beschränkte der Kommissar sich auf ein erstauntes »Ah!«

»Also eine Art Gipfelkonferenz? Etwas Ähnliches wie das Pleroma?« fragte er.

»Topos und Pleroma sind praktisch Synonyme. Nur daß Pleroma wie das lateinische *plenum,* das wir noch heute gebrauchen, den Ton auf die Vollzähligkeit der Versammlung legt, während *topos* die Erhabenheit hervorhebt, eben den Charakter des höchsten Gipfels.«

Nein, es war unmöglich, es war der reine Wahnsinn. Und er, beschloß Santamaria, während er zu Fuß in sein Büro ging, mußte ein für allemal mit dieser Gnosis aufhören. Allein schon aus Respekt vor dem ermordeten Maresciallo. Von der Gnosis, wiederholte er sich zum soundsovielten Mal, wußte ein Carabiniere nichts und wollte auch absolut nichts davon wissen. Aber gesetzt den Fall, er habe einen Äon,

einen Archonten in Person beschattet; gesetzt den Fall, er habe ein Pleroma in voller Aktivität überrascht: es wäre ihm doch nicht eingefallen, seinen Vorgesetzten darüber in gnostischen Begriffen zu berichten. In seinen knappen Meldungen hielt sich ein Carabiniere an Alltags- und Routineelemente, die jedenfalls ganz konkret waren: Namen, Vornamen, Spitznamen, besondere Kennzeichen, genaue Ortsangaben, Adressen. Weswegen er auch, wenn er – einmal angenommen – den Mafioso-Gipfel in dem Tanzlokal hätte melden wollen, einfach notiert hätte: MEZZALUNA oder auch, der Kürze wegen, $^1/_2$ LUNA, selbst dann noch, wenn er erfahren hätte, daß die ganze Mafia der Turiner Peripherie geschlossen zu der Lehre des Basilides übergetreten sei.
Freilich auch hier, wenn man nun durchaus den bedeutungsvollen Zufall suchte ... War *Mezzaluna,* war der Halbmond nicht vielleicht auch nur ein anderes ihrer Symbole? Er hatte es den Erzbischof gefragt. Aber gewiß. Und ob! Bei sehr vielen Sekten versinnbildlichten die einzelnen Mondphasen, zumal der zunehmende Mond (*menis* im Griechischen) die ewige Wiederkehr des gnostischen Zyklus von Hin und Zurück, von Ausströmung und Zurückströmen, von Schöpfung und ihrer Wiederaufsaugung, ganz nach der Weise der kreisförmigen Schlange der Ophiten.
In Wahrheit, so hatte Seine Eminenz ihn gewarnt, konnte man für jedes Wort und jede auch noch so sinnlose Buchstabenkombination in der unermeßlichen, phantasievollen Terminologie der mehr als zweitausend gnostischen Sekten eine Entsprechung finden. Man brauchte nur zu suchen. Außerdem konnten auch viele Ausdrücke verschiedene und sehr unterschiedliche Bedeutungen haben, wie zum Beispiel gerade *topos.* Es war der »intelligible Ort« *(topos noetikos)* bei allen vom Neuplatonismus und Plotinos beeinflußten Sekten (»War das auch ein Infamer?« – Nein, hatte lachend der Kardinal erwidert, an seinem hohen Gedankenflug hatten sich manche Kirchenväter orientiert, und der heilige Augustin ganz besonders), während bei Karpokrates (dem abscheulichen Karpokrates) das Wort (freilich öfter im Plural gebraucht: *oi topoi*) wieder im anatomischen und hippokratischen Sinn »Teile« (also Schamteile) bedeutete, und zwar die weiblichen Schamteile, und in dieser Bedeutung vergöttlicht worden war.
Aber das war noch nicht alles. Da nach dem griechischen System die Buchstaben auch Zahlen bedeuteten, konnte man jedes Wort sofort in eine Ziffer übersetzen, deren geheimnisvolle Bedeutung Gegenstand der *Gematrie* (oder der »mystischen Wissenschaft von Zahlen und Buchstaben«) war. Zum Beispiel hier, hatte Seine Eminenz gesagt und schrieb eigenhändig in das Notizbuch des Kommissars die folgende Rechnung, hier, sehen Sie:

T = 300
O = 70
P = 80
O = 70
S = 200

TOPOS = 720

Und in dieser 720, so hatte er erläutert, hätten die meisten Sekten auf der Stelle einen doppelten Zyklus (2 × 360) als das Werk des 36. Archonten (alias Schwarzer Äon) erkannt, das vom 14. (dem Verborgenen Äon) wieder aufgesogen wurde ... Ganz zu schweigen, hatte er hinzugefügt (übrigens lebhafter, aber auch heiterer werdend, wie es dem Kommissar schien, während die Bedeutungen sich mehrten und vage wurden), ganz zu schweigen von den neupythagoreisch beeinflußten Sekten, bei denen jeder Buchstabe nicht nur einer Zahl, sondern auch einem Ton oder einer Verbindung von Tönen entsprach ...
Wahnsinn, Tollheit, wiederholte sich der Kommissar, als er in die Bar an der Piazza Solferino trat, in der Hoffnung, durch einen guten Kaffee Ordnung in seine Gedanken zu bringen. Aber während der Mann hinter der Theke die glänzenden Griffe und Hebel seiner Maschine bediente, ertappte sich der Kommissar dabei, daß er fasziniert die erhabene Schrift auf der Espresso-Maschine betrachtete. FAEMA – war das nicht vielleicht auch ein ...?

11

(Aus dem Notizheft der P'bono)
Absolut nichts Neues. – Verbrachte angenehm. Plauderstündchen mit meiner unter Tatverdacht stehenden Freundin T. – Danach Besagte todmüde auf ihrem Stuhl eingeschlaf. – Schreiberin dieses nahm hochinteress. Lektüre über infamen Bas. wieder auf, naschte B'bons, von vorbeikommendem Lt. offeriert. – Aber was z. T. hecken die auf dieser Scheiß-Gipfelkonfer. aus? Sie könnten wohl geruhen, die bescheidene Schreib. dieses ein kl. bißchen auf d. lfd. zu halten.
Rufe Piazza Carlina an, um durch Indiskr. etwas zu erfahren. – Nach m. Informanten Car. Mar. Z. (nicht vergessen, mich bei Geleg. zu revanchieren) Gipfel vor kurzem abgeschlossen. Schlag ins Wasser, abgesehen von neuem, nicht näher bestimmtem, aber wichtigem Indiz bezügl. VW. – Bezügl. Maf. u. Graz. scheint sich für T. alles gut anzulassen; vermutl. werden alle wegen mangelnden Tatverdachts freigelassen.

Mir unbekannt. U'offiz. brachte Graz. mit Instruktion, ihn bis auf weiteres hier zu behalten. – Keine Spur von Chef S'maria u. Chef DP. – Unglaubl.: T's Herz sagt ihr nicht, daß ihr G. da ist! Schläft seelenruhig weiter mit Kopf auf m. Schreibt., während ihr Mafioso sie von s. Stuhl vor der Heizung aus mit den Augen verschlingt, mit Blicken von extrem. Einfältigkeit!

Aber wo ist S'maria gelandet? – T., geweckt von feurigen Blicken ihres Maf. oder vom Telefon, sendet nun ihrerseits strahlendes Lächeln und zärtlichste Blicke, was die Temp. im Büro unerträglich ansteigen läßt. – Situation für mich mehr als peinl.

S'maria kam auf einen Sprung, verfügte Freilassung G., dann herunter in Büro Digos (sollten Ermittl. polit. Wende nehmen?), mich in noch peinlicherer Sit. zurücklassend. – Mein Schamgefühl (apropos, muß S'maria noch von dem Fiat-Menschen erzählen) verbietet mir, im einzelnen mein. Abschied von T. zu schildern. – Aber T. ist nicht schuld, sondern nur die unheilbar romant. und sentiment. Natur der Schreiberin. – Es genüge zu sagen, daß ich meinte, noch einmal die Hochzeit m. Schwester Ida zu erleben, als die Jungvermählten, nach der Trauung und anschließend. Empfang, ihre Hochzeitsreise antraten. – Küßte und umarmte T., trocknete verstohlene Träne und stand sozusagen mit dem T'tuch winkend da, als sich das Paar entfernte, seinem dunklen Schicksal entgegen, oder zur nächsten Pizzeria.

S'maria bei Digos nur wenige Min., kam schlechtester Laune wieder herauf. – Ich fragte unvorsicht.: Hat es mit dem VW-Indiz nicht geklappt? – Und woher weißt du etwas von VW-Indiz, P'bono? fragte er sofort. – Meine weibl. Intuition, antwortete ich (spött.). Aber dann mußte ich ihn geradezu kniefällig bitten, mir die ganze unglaubl. Geschichte von Topos auf Windschutzscheibe zu erklären (Viell. wirkl. Maus? Oder tats. gnost. Ort – verrückterweise zus'hängend mit weibl. Geschlechtst.? Oder Maulwürfe? Büro für Auslandsarbeit sagt: topos, *span. = Maulwürfe, aber bei Polit. Büro sind unter diesem Namen operierende terror. Banden nicht bekannt). – Informierte meinerseits S'maria über merkw. Auftritt Ing. V. und sein Schamgefühl, das ihn bis jetzt abgehalten habe, über Einzelheiten zu sprechen, die jedoch mit den Ermittlung. in keinem Zus'hang stehen. – Vielleicht aber in Verbind. mit weibl. Genit. oder (wahrscheinlicher) männl.? – Spekul. über pikant. Thema unterbrochen durch Eintritt von Wache, die Theas Mutter meldet. – So was von Pech! Gerade in dem Augenblick, wo ich loyale Beziehung und enge Zus'arbeit mit Chef herstelle, mußte die gnäd. Frau kommen und mir auf die* topoi *fallen. – Er, die Unordn. in unserem Büro mit Zündverteilern, Kassetten, gnost. Material usw. zum Vorwand nehmend, geht und empfängt die Dame im anderen*

Büro und ward nicht mehr gesehen. Ich warte noch höchstens zehn Min.
Es reicht. Ich gehe nach Hse. Soll doch der galante Kommissar ruhig die feine Dame auf dem kl. Sofa oder d. Schreibtisch im Büro nebenan f . . . (Tut mir leid für Thea, aber ihre so vornehme Mama scheint sich nun doch als zieml. Hure zu erweisen. – Brig. Dalmasso ist doch nicht ganz so däml.)

9. Zwei Tote und vollkommenes Dunkel

1

Zwei Tote und vollkommenes Dunkel, wie beim Blick aus dem Fenster. Müdigkeit saß ihm tief in den Knochen und im Kopf, in dem es von Topos und Logos dröhnte. Zwei Tote, und dann diese elegante Dame, ausgeruht, eingehüllt in einen Hauch von Luxus und Faszination, die mit kühler Stimme zu ihm sprach.

»Also Sie haben ihn freigelassen.«

»Ja.«

»Vor einer Stunde.«

»Ja, ungefähr.«

»Und Thea ist mit ihm gegangen.«

»Sie verstehen, wir hatten weder einen Grund noch . . .«

Jetzt fange ich auch schon an, wie der Kardinal zu sprechen, dachte Santamaria. Wenn es eine Algebra des Ärgers gäbe, dann wäre der, den er mit der Geschwindigkeit einer Exponentialkurve in sich wachsen fühlte . . .

»Ich verstehe«, sagte sie mit düsterer Mißbilligung. Aber dann leuchtete etwas wie Verschlagenheit in ihrem Gesicht auf. »Aber Sie haben es nur gemacht, um . . . ich meine, jemand folgt den beiden?«

»Nein.«

»Und warum nicht?« fragte sie streng, und es knisterte wie Feuer im Raum.

Santamaria erhob sich und trat an das dunkle Fenster. Was verlangte eigentlich diese erzürnte Mutter, was glaubte sie wohl? Daß das Polizeipräsidium nach den Regeln eines Schweizer Internats verfuhr, daß der Direktor, er, ihre Tochter nicht ausgehen ließ ohne die Begleitung einer Lehrerin? Die Undankbarkeit gewisser Leute war . . .

»Sie ist großjährig«, sagte er, bemüht, seine Stimme nicht zu erheben, »sie ist frei, sie kann machen, was sie will, Sie lassen sie doch anscheinend auch machen, was sie will, nicht wahr?«

»Ich habe nichts davon gewußt, ich hatte keine Ahnung, daß sie mit diesem Typ zusammen war, sonst hätte ich früher eingegriffen.«

»Wie?«

»Ich weiß nicht, jedenfalls hätte ich vom Polizeipräsidium etwas anderes erwartet . . .«

»Das Polizeipräsidium ist kein Schweizer Internat.«

»Ach, wissen Sie, die Schweizer Internate heutzutage ...«
Santamaria holte tief Atem.
»Was hätte ich denn Ihrer Meinung nach tun sollen? Erklären Sie mir das.«
Die Dame betrachtete ihn wie einen etwas begriffsstutzigen Gärtner.
»Mich verständigen«, erklärte sie mit einer vernichtenden Handbewegung. »Mich anrufen.«
»Ich habe nicht daran gedacht, zugegeben. Ich hatte anderes im Kopf, zugegeben.«
»Sie brauchen sich nicht schuldig zu fühlen«, sagte Signora Guidi mit Sympathie. »Was meine Tochter außerhalb dieses Hauses anstellt, haben Sie natürlich nicht zu verantworten. Sie dürfen wirklich nicht denken, daß ich ...«
»Ich fühle mich keineswegs schuldig, ich bitte Sie, mir das zu glauben«, bemerkte der Kommissar trocken.
»Eben. Ich gebe mir sehr wohl Rechenschaft über Ihre Schwierigkeiten, und wenn mir auch ein telefonischer Anruf natürlich sehr geholfen hätte und ich ihn enorm zu schätzen gewußt hätte, so erwarte ich doch darum nicht ...«
»Ich habe nicht telefoniert«, stellte Santamaria abschließend fest, »und ich fühle mich nicht schuldig.«
Der wahre Grund, sozusagen die Quadratwurzel seines Ärgers, war nun freilich der Umstand, daß er sich doch schuldig fühlte, daß es dieser Frau, wie 95 % aller Frauen, gelungen war, Schuldgefühle in ihm zu wecken, und das in einem Augenblick, in dem er weder Lust noch Zeit hatte, sich schuldig zu fühlen, und es objektiv auch gar nicht nötig hatte, sich schuldig zu fühlen, wenigstens nicht ihr gegenüber.
»Und wohin werden sie gegangen sein?«
»Ich habe nicht die leiseste Ahnung.«
Sie dachte nach.
»Vielleicht in das Motel, in dem sie gestern abend waren, bevor sie in die Kirche kamen?«
»Möglich.«
»Wie heißt es?«
»Le Betulle.«
»Was für gräßliche Dinge man anstellt, wenn man verliebt ist«, sagte sie mit einem kleinen, gespielten Schaudern. Dann erhob sie sich. »Wissen Sie, wo es ist?«
»Was? Das Motel?«
»Ja.«
»Wollen Sie hin?«
»Ich weiß, es hat keinen Zweck. Wahrscheinlich sind sie nicht einmal

dort, und selbst wenn ich sie dort fände, weiß ich nicht, wie ... Aber alles ist besser, als zu Hause zu bleiben und zu warten, bis sich der andere meldet. Finden Sie nicht?«
Santamaria griff kopfschüttelnd zum Hörer, ließ sich von der Pietrobono die Nummer der *Betulle* heraussuchen und durchgeben und fragte dann dort an, ob die beiden ein Zimmer genommen hätten. »Gut«, sagte er, »danke sehr, nein, es ist nicht nötig«, und legte wieder auf. »Sie sind nicht da.«
»Ah. Merkwürdig.«
»Warum?«
»Ich weiß nicht, aber ich sehe es vor allem als etwas Physisches, und da dachte ich ...«
»Sie werden bei ihm zu Hause sein«, sagte der Kommissar. Er suchte unter den Papieren auf seinem Schreibtisch. »Warten Sie, wenn Sie wollen, haben wir hier seine Adresse.«
»Nein, zu ihm hat sie nie gehen wollen. Das hat sie mir selbst gesagt.«
»Und warum nicht?«
»Aus Vorsicht, denke ich mir. Aus einem Rest von Vernunft. Um die Sache auf einer irgendwie zufälligen, auf einer leichteren Ebene zu halten, weniger kompromittierend. Stellen Sie sich vor, sie sind in eine Art von Büro gegangen, das er in der Via Sacchi hat, im Zwischenstock.«
»Wollen Sie, daß wir da einmal nachsehen?« hörte der Kommissar sich fragen.
Eine Injektion von Schuldgefühl. Es verteilt sich im ganzen Körper und transformiert sich dort in ein Verlangen nach Wiedergutmachung mit dem automatischen Angebot ritterlicher Hilfe. Mit einem Wort, dachte Santamaria, sie hat mich reingelegt.
»Nein«, sagte sie, das Angebot wie etwas Selbstverständliches annehmend, aber es sofort kritisierend, »stellen Sie sich nur die Peinlichkeit vor, wenn wir sie finden. Was könnte ich Thea sagen, zieh dir die Strümpfe an und komm? Nein, es wäre zu ... absolut ... also fassen wir uns in Geduld. Ich werde nach Hause gehen und dort warten. Früher oder später muß sie ja kommen.«
»Kommen Sie mit mir«, sagte der Kommissar und nahm seinen Mantel.
»Wohin? ... Wissen Sie, wo sie sind? Sie wollen sie suchen?«
»Nein, ich meinte nur, ich gehe jetzt sowieso, muß noch einmal in Santa Liberata vorbeischauen, um ein paar Dinge zu überprüfen, und wenn Sie die Geduld hätten, auf mich zu warten, während ich ...«
Er sah sich durch ein dankbares und hinreißendes Lächeln belohnt.
»Aber das wäre ja wunderbar! Die Vorstellung, auf einem Stuhl zu

sitzen und nichts zu tun zu haben, hat, ich gestehe es, etwas Erschrekkendes für mich. Es ist ein etwas schwieriger Moment für mich, und wenn Sie mir sagen, daß meine Gegenwart . . .«
»Seien Sie unbesorgt. Ihre Anwesenheit paßt ausgezeichnet. Kommen Sie!«
Er hielt ihr die Tür auf.
Ein Schuldgefühl, das nicht aufgeben wollte? Ein ritterliches Beistandsangebot? Das von der Pflicht diktierte Interesse für einen »menschlichen Fall«? Vielleicht. Aber als er auf den Hof hinaustrat, fand er doch, daß er Glück gehabt hatte, nicht von der Pietrobono überrascht worden zu sein, während er diesen speziellen »menschlichen Fall« durch die Korridore des »Internats« geleitet hatte.

2

In dem gläsernen Büro, das die elliptische Rampe der Garage abschloß, stand Thea vor den roten Spiralen eines elektrischen Strahlers und dachte verträumt über ihr Schicksal nach. Die Angestellte schickte sich an, zu gehen, und legte Blätter und Aktendeckel in die Schreibtischschubläden, schloß einen Karteikasten ab und streifte die Hülle über die Schreibmaschine. So ist das also, dachte Thea, sie wird ungefähr so alt sein wie ich, das heißt, ich könnte an ihrer Stelle sein; ihr Gesicht, ihr Leben, es hätte das meine sein können.
Von der Rampe kam ein Wagen nach dem andern herunter, die ein kleiner Mann in Overall und Gummistiefeln sich beeilte nacheinander an dem oder jenem Punkt der Garage unterzubringen. Unten, in einem von einem grauen Pfeiler halbverdeckten Glaskiosk, unterhielt sich Graziano mit einem Mann im dunklen Mantel. Beide rauchten.
Na und? Warum nicht?
Der Porsche war in den Händen der Polizei geblieben. Aber Graziano brauchte einen Wagen; es war also normal, daß er gekommen war, um in der Garage einen Wagen zu mieten. Der Mann im Mantel war der Besitzer, und jetzt sprachen sie natürlich von den verfügbaren Wagen, vielleicht diskutierten sie auch über den Preis.
Die Angestellte ging, ohne zu grüßen, fort, schon ganz in Anspruch genommen von dem, was draußen auf sie wartete, die Friseuse, der Verlobte oder die Abendschule oder eine mürrische, brummige Mutter – gewiß ein eintöniges, unangenehmes, aber transparentes Leben, während ich, so gab sich Thea Rechenschaft, mich verhalte, als ob ich eifersüchtig wäre. Alles, was Graziano tut oder sagt, kann immer eine zweite Bedeutung haben, einen doppelten Boden. Hinter Graziano wird

immer Scalisi, Graziano, stehen.
Sie sah, wie er aus dem neonstrahlenden Kiosk trat und mit dem Besitzer hinter einer Biegung der Garage verschwand. Und schon eine Minute später kam er, donnernd, lachend, am Steuer eines Kleinwagens zu ihr heraufgefahren. Sie setzte sich neben ihn, und er raste, rasch und verspielt, als lenke er ein Spielzeugauto, die Rampe hinauf.
»Ein hübscher kleiner Wagen«, sagte er, gab Gas und bremste auf der beschneiten Allee. »Ein A 112 Abarth.«
Thea dachte, ich muß ihn fragen, wer der Mann in der Garage ist, sonst ist es vorbei, wir würden nie mehr den richtigen Ton finden.
»Ist das deine Garage?«
»Nein«, sagte er verwundert. »Ich wohne in einer ganz anderen Gegend, am Corso Unione Sovietica, ich habe es dir doch gesagt.«
»Und warum bist du dann hierher gegangen?«
»Mimmo ist mein Freund.«
»Ah.«
Thea biß sich auf die Lippen.
»Was für eine Art von Freund?«
»Wieso, was für eine Art von Freund? Ein Freund ...«
Der Verwunderung folgte ein beschämtes, verlegenes Verstehen.
»Aber hör mal, du darfst jetzt nicht denken ... Mimmo hat einen Autosalon, er kauft und verkauft Gebrauchtwagen, nicht das Kleinzeug, große Schlitten, und dann hat er die Garage, du hast sie gesehen, mit fast vierhundert Plätzen, das bringt ihm etwas ein, du mußt nicht glauben, daß ...«
Mein Gott, dachte Thea, das ist schon die Stimme des ungetreuen Ehemanns, es ist unmöglich, ich ertrage es nicht.
»Es geht mich ja nichts an«, sagte sie und suchte einen leichteren, burschikoseren Ton zu treffen, »selbst wenn er sie stiehlt, seine großen Schlitten, und sie dann neu anstreicht und den Arabern verkauft, es macht mir gar nichts aus.«
Graziano lachte, aber es klang gezwungen.
»Armer Mimmo, wenn er es doch täte!«
Und so benutzte also der arme Mimmo seinen Autosalon als bloße Fassade, und in Wirklichkeit handelte er mit Rauschgift, Schmuck, den gestohlenen Frachten von Fernlastern oder organisierte Geiselnahmen, große Bankeinbrüche, war der Mann, der die Drähte zog, das Hirn.
»Komm, ich bring dich nach Haus.«
»Nein.«
»Du bist müde und nervös, es ist besser, wenn du mal nach deiner Mutter siehst, und ich kann inzwischen ...«
»Nein.«

»Ich habe zu tun, ich muß Leute sprechen, es ist sehr viel besser, wenn du ...«
»Nein.«
Sie hatten die gleiche Unterhaltung schon geführt, als sie das Polizeipräsidium verließen; aber damals war es reine Rhetorik gewesen, eine Formalität gleichsam zwischen zwei Magneten, die genau wußten, daß sie nicht voneinander loskamen. Warum war es jetzt anders?
Thea ahnte mit Entsetzen die Möglichkeit, daß ein Verliebter wie ein Meteorologe lebt, der auf seiner Station eingesperrt Tag und Nacht nur die ständigen Veränderungen der Windrichtung und der Temperatur beobachtet, die Gegensätze von Hoch- und Tiefdruck und die drohenden Wolkenbildungen und Nebelbänke.
»Was haben wir Schönes vor?« fragte sie und warf den Kopf, das Haar, zurück.
Graziano ging sofort auf ihr Spiel ein.
»Hast du Hunger? Wollen wir auf einen Sprung zu –«
»Nein, danke.«
Hunger, Durst, Schlaf, wie gern klammerten sich die Leute an diese Bedürfnisse. Einen guten Kaffee, und dann sehen wir weiter. Einmal richtig ausschlafen, und dann reden wir vernünftig. Und sie kamen sich dabei solide, reif und weise vor, wo es doch nur darum ging, etwas aufzuschieben. Angst, nicht Weisheit trieb sie dazu, den Kopf in den Sand zu stecken.
»Also ich würde vorschlagen, daß wir auf einen Augenblick zu jemandem gehen, den ich kenne, und dann sehen wir weiter.«
»Einverstanden.«
Graziano legte ihr liebevoll die Hand auf das Knie, und sie lächelte ihm zu; sie lehnte sich an das Rückenpolster ihres Sitzes wie gestern in dem Porsche. Aber die Sitze des »hübschen kleinen Wagens« waren enger, unbequemer und weiter voneinander entfernt. Zumindest schien es Thea so.

3

»Einen gewissen Sexappeal hatte er zweifellos«, sagte Signora Guidi. »Neulich habe ich sogar einen mehr oder weniger erotischen Traum gehabt, in dem auch er vorkam.«
»Tz«, machte der Gefreite, der am Steuer des Einsatzwagens saß.
Der verachtungsvolle Ausruf sagte klipp und klar, daß für ihn alle Frauen Huren und alle Priester Schweinigel waren.
»Cottino, die Ampel zeigt Grün«, sagte Santamaria.

Der Gefreite Cottino litt an nervöser Depression; das machte ihn zu einem schweigsamen, in sich gekehrten und ungewöhnlich langsamen Fahrer. Deshalb war er schon seit längerem, auch nach Konsultation des Polizei-Psychiaters, vom aktiven Dienst abgezogen und dem Wagenpark zugeteilt worden: als Aushilfsmechaniker und Reservefahrer. Friedfertig und dick (»Was wollen Sie, in manchen Fällen steigert die Depression die Eßlust«), schien Cottino über die Versetzung nicht besonders unglücklich, und nachdem er Vorgesetzte und Kollegen gebeten hatte, ihn jedenfalls als einen erledigten Mann zu betrachten (»Aber nicht doch, Cottino, was sagst du da, ich hatte eine Kusine ...«), hatte er sich einen eigenen Fahrstil zugelegt, olympisch gelassen und, wie er fand, auch therapeutisch wirksam.

»Cottino, du bist dran, es ist Grün.«

»Ich habe es gesehen, Dottore, seien Sie unbesorgt, ich fahre.«

Es gehörte zu seinem System, die eigenen Rechte zu mißachten, zum Beispiel, wenn er Vorfahrt hatte, anzuhalten und auf noch in weiter Ferne befindliche Wagen zu warten, und vor allem das Grün der Ampel als eine unzuverlässige und höchst gefährliche Farbe zu betrachten, die jedesmal eine Pause skeptischer Überlegung erforderte.

»Fahrt nur, fahrt«, brummte er mit sarkastischer Gutmütigkeit angesichts der Fahrer einer anderen Schule. »Was habt ihr es so eilig ...«

Seine persönliche Geschwindigkeitsbegrenzung war ungefähr dreißig Kilometer in der Stunde, und zwar auf jeder Straße und unter allen möglichen Verkehrsbedingungen.

»Bitte, nach Ihnen, nur zu – ich scher mich den Teufel darum«, brummte er großmütig.

»Aber ich schere mich darum, wenn du nichts dagegen hast«, sagte Santamaria.

»Haben Sie etwas gesagt, Dottore?«

»Ja, Cottino. Wann bringst du uns nach Santa Liberata? Morgen?«

»Einen Augenblick, Dottore, lassen wir erst die Fanatiker sich austoben.«

Die Depression errichtete zwischen ihm und seinen Fahrgästen eine Barriere der Taubheit, wie die Trennscheibe in den alten Taxis, hinter der Cottino nichts hörte, hinter der er sich für nichts interessierte außer für die Nichtigkeit aller Dinge, die Eitelkeit der Welt, den Tod, der unerbittlich einen jeden dahinraffen würde, die Helden der Formel 1 nicht weniger als ihn (die sogar noch vor ihm).

Dies war die Bedeutung des Einsilblers »Tz«, der ihm von Zeit zu Zeit aus den Tiefen seiner düsteren Meditationen auf die Lippen drang.

»Aber warum«, wandte sich Signora Guidi an den Kommissar, »fragen Sie mich nach Don Pezza unter diesem Gesichtspunkt? Denken Sie an

einen Racheakt aus Eifersucht? An einen Mann, der . . .«
»Oder an eine Frau, die. Obwohl es, zugegeben, schwerer fällt, sich eine Frau vorzustellen, die eine Plastikbomben-Kerze herstellt.«
»Tz«, sagte Cottino. »Und die Ciullo, Maddalena?«
»Wer ist die Ciullo, Maddalena, Cottino?«
»Die hat doch einen Carabiniere umgebracht. In Venaria, vor zwei Jahren. Mit einem Beil hat sie ihn abgeschlachtet, das sind Tatsachen. Nein, Dottore, die sind zu allem fähig!«
»Aber es war doch ihr Mann!«
»Aber er war Carabiniere. In drei Minuten hat sie alle beide umgebracht, ihn und die Nichte, und dabei war sie kein Riesenweib, ich habe sie gesehen. Dürr wie der Hunger, tz! . . . Na bravo! Blinke du nur, soviel du willst«, brummte er, auf einen Autofahrer gemünzt, der ihm seine Anwesenheit an einer engen Kreuzung damit signalisierte, »halt dich nur ran, denn auch deine Blinkzeichen sind gezählt!«
»Nun, Don Pezza«, nahm der Kommissar seinen Faden wieder auf – und hatte dabei den ernsten, nachdenklichen Gesichtsausdruck Seiner Eminenz vor Augen –, »Don Pezza muß sich ja nicht auf gewöhnliche weibliche Bekanntschaften beschränkt haben, auch nicht auf eine mehr oder weniger feste Freundin. Wie ich von einer maßgeblichen Persönlichkeit informiert wurde . . .«
Er fuhr fort zu sprechen, während der Wagen, nicht einmal durch die Schuld Cottinos, immer öfter hielt oder nur langsam vorwärtskam. Die alten Gassen um Santa Liberata ließen den Verkehr nur gleichsam tropfenweise durchsickern. Eine Hausfrau mit ihrer Einkaufstasche, ein Handwerker vor seiner Werkstatt, ein eingehaktes Paar: hier hatten sie die Macht, die Zivilisation auf der Stelle treten zu lassen und Maschinen und Motoren auf ihren Platz zu verweisen. Die Verfehlungen *contra sextum* schienen in dieser altertümlichen Umgebung weniger lächerlich, und gar nicht mehr so abwegig wurde die Vorstellung, daß Don Pezza sich dem Satanskult der Phibioniten oder der Barbelioten verschrieben oder sich den unsagbaren Orgien des Karpokrates, von denen der heilige Epiphanius mit Schaudern berichtet, hingegeben habe.
»Nur, etwas Genaues weiß man nicht, für den Augenblick ist es nur eine Idee«, schwächte der Kommissar ab, indes Cottino den abgeschalteten Motor wieder anließ.
Aber die Neugier der Signora Guidi wollte sich nicht so rasch zufriedengeben. Er selbst hatte sie ermutigt, ja erregt, aus einem mißverstandenen Gefühl der Pflicht, seinen Gast unterhalten zu müssen; denn Müdigkeit macht geschwätzig, zumal es ihm gelegen kam, laut nachzudenken (oder doch nicht etwa, weil sich jetzt auch in ihm etwas von

contra sextum gerichteten Neigungen rührte?).
»Aber können Sie Ihren maßgeblichen Informanten nicht nach Einzelheiten fragen?«
»Nein«, antwortete lächelnd der Kommissar, »leider nicht. Ich werde mich da allein behelfen müssen.«
»Kurz gesagt«, stellte Signora Guidi fest, »wenn ich Sie recht verstanden habe, wäre Ihnen ein Report à la Masters und Johnson über das Sexualverhalten in Santa Liberata willkommen.«
»Ja«, gab er lachend zu. »Allerdings nicht über die Trennung der Männer von den Frauen. Die galt nur für die Außenstehenden, die Nichteingeweihten.«
»Tz«, machte Cottino, und der Wagen stand.
»Cottino«, mahnte der Kommissar, »was machst du, worauf wartest du?«
»Wir sind da, Dottore.«
»Also ich kann solange hier warten?« fragte sie in einem geradezu flehentlichen Ton.
»Aber selbstverständlich«, sagte der Kommissar und gab vor, nicht verstanden zu haben, daß sie eigentlich fragen wollte: »Kann ich nicht auch mitkommen?«
»Gute Arbeit, viel Glück!«
»Tz«, sagte Cottino.

Sie waren alle noch da, wie der Kommissar gleich bei seinem Eintritt sah: die Brüder Bortolon und Priotti, die sich im linken Seitenschiff zu schaffen machten, und die Caldani, die ein großes Plastiktuch vom Hauptaltar zog. Entweder hingen sie wirklich an ihrer Kirche, ob gnostisch oder nicht, oder die Caldani übte, ungeachtet der Flasche, eine charismatische Macht über sie aus, falls nicht der »geistliche Ökonom« andere Argumente gefunden hatte, sie zu überzeugen.
In jedem Fall wurden die Kirchenfenster wieder eingesetzt, die Bänke waren ordentlich wieder aufgestellt worden, und der Fußboden erschien gründlich gefegt und gewischt. Sogar der Turm aus dem tragischen Spiel sah wieder ganz wie ein Baugerüst aus, und die Vase mit den weißen Nelken da, wo Don Pezza herabgestürzt war, schien nur dort abgestellt worden zu sein, bevor sie ihren endgültigen Platz auf dem Altar oder der Balustrade erhielt.
Eine Pfarrei wie eine andere an einem Samstagabend. Die einzige Besonderheit waren die Kerzen (der Anschluß vom E-Werk würde frühestens am Montag hergestellt sein), die jetzt jedoch ohne liturgische Absichten angeordnet waren, an den Punkten, wo sie der Beleuchtung besser dienten. Und die Brüder Bortolon, die auf den Knien liegend eine

Glasscheibe schnitten, hatten sich mit einem vermutlich mißbräuchlichen Anschluß von der Straße beholfen und arbeiteten unter einer von einem Haken herabhängenden Lampe.
Sie erhoben, einer nach dem andern, den großen Kopf und blickten schweigend den Kommissar an, während Priotti prustend und schnaufend sich, mit theatralischer Gebärde, mit dem Ärmel über die Stirn fuhr, bevor er sein Gesicht zu einem Ausdruck freudiger Überraschung verzog.
»Haben Sie gesehen, wie tüchtig wir gearbeitet haben, Dottore?« sagte Priotti, ein paar Schritte zurücktretend. »Don Zeri wollte, daß wir ihm wenigstens für die Fensterscheiben einen Voranschlag machten. Aber ich sage, was heißt hier Voranschlag, für Don Pezza haben wir immer im gegenseitigen Vertrauen gearbeitet, nicht wahr?«
Er verbreitete sich über all die Arbeiten, die sie für Don Zeri und später für den neuen Pfarrer machen könnten, wenn auch der ihnen Vertrauen entgegenbringe, vom Abriß des Gerüsts angefangen bis zur Instandsetzung der elektrischen Anlage und zur Restaurierung der Kapelle mit dem Kamin. Aber in Wirklichkeit, begriff der Kommissar, distanzierte er sich nur von Pezza. Wenn ein Papst stirbt, kommt ein neuer, und er, Priotti, hing an diesem Arbeitsplatz; er brauchte ihn, um seine magere Pension aufzurunden, und die Bizarrerien des Verstorbenen, seine eventuellen Verfehlungen (gegen die Glaubenslehre oder *contra sextum*) gingen ihn nichts an.
Die Caldani war, mit dem Plastiktuch an die Brust gepreßt, an der Balustrade stehengeblieben und schien dem Gespräch zuzuhören. Priotti sprach wahrscheinlich mehr für sie als für den Kommissar; vielleicht glaubte er, daß sie seine Worte dem Ökonomen wiederholte. Oder wollte er ihr die richtigen Antworten eingeben, die Linie, auf der sie sich zu bewegen hatten, falls der Kommissar auch zu ihr käme, um ihre Meinung zu hören?
»Gut, gut«, sagte Santamaria trocken, und die beiden Bortolon machten sich wieder an ihre Arbeit des Glasschneidens. »Ist Don Zeri noch hier?«
Ja, antwortete Priotti. Bis vor einem Moment war er noch im Büro gewesen und müßte wohl auch jetzt noch dort sein, wenn er nicht durch die Tür der Pfarrwohnung fortgegangen war. Don Zeri, erklärte er, war ein anderer Mann. Er nahm es mit der Arbeit genau. Nicht einen Augenblick seit heute früh habe er sich vom Schreibtisch gerührt, und einen solchen Berg Akten habe er erledigt.
Er hob die Hand bis zur Höhe des Aktenberges, und der Kommissar bemerkte zum ersten Mal, daß der Sakristan, wie viele Männer von kleinem Wuchs, etwas von einem Hahn an sich hatte: eine Art von

ständigem Gehüpfe, mit herausgestrecktem Brustkorb, den Kopf zurück, bereit zu hacken. War es denkbar, daß er einen tödlichen Groll wegen Frauengeschichten gegen den Pfarrer gehegt hatte? Oder sich rächen wollte, weil ihm bei den Orgien nur eine dürftige Nebenrolle zugedacht worden war?
»Ich hole Ihnen Don Zeri«, erbot sich Priotti zuvorkommend, ja dienstbeflissen. »Oder, wenn Sie wollen, bringe ich Sie zu ihm.«
»Lassen Sie nur, ich weiß schon, wo er ist«, antwortete kurz angebunden der Kommissar.
Er versuchte, sich mit naturalistischer Deutlichkeit diesen gealterten Gockel und die beiden Bortolon vorzustellen, wie sie zusammen mit dem Matratzenmacher und (warum nicht?) der Caldani in der Krypta nackt um einen mit einem schwarzen Plastiktuch bedeckten Altar tanzten, auf dem Don Pezza gnostisch mit einer schönen Adeptin oder Neophytin, wie zum Beispiel (warum nicht?) der schönen Guidi, ruhte. Das Bild kam nicht, aber das wollte nichts sagen. Auf diesem Gebiet bereiteten einem die unwahrscheinlichsten Personen die unglaublichsten Überraschungen. Ganz zu schweigen von der Möglichkeit, daß sich die beiden Bortolon in ihre Schwägerin Romilda teilten (wie? im allnächtlichen Wechsel?), und bereits ein solches Faktum gab Anlaß ...
Die Caldani war verschwunden. Der Gedanke, sie könnte sich durch die Tür der Pfarrwohnung davongemacht haben, erfüllte ihn mit Unbehagen. So ließ er Priotti stehen und suchte eilig die Sakristei auf.
Wenn dies nun der »Ort« war, wenn Santa Liberata einen ganzen Untergrund von sexuellen Perversionen verbarg, in dem das Verbrechen seinen Ursprung hatte (und zum Teufel mit einem Zusammenhang mit dem Mord im Brussone-Viertel!), dann konnte ihm nur die Caldani etwas mehr sagen. Die beiden Bortolon waren die Sklaven Priottis, und Priotti selbst war für alle drei schon einem möglichen Angriff zuvorgekommen. Er war zu schlau, um auszupacken, da er riskierte, sich selbst zu kompromittieren. Doch die Caldani konnte Bescheid wissen und trotzdem nichts damit zu tun haben. Sie hatte bereits das Laster der Trunksucht. Es war schwer vorzustellen, daß sie noch einem anderen dieser Art verfallen war.
Er fand sie am langen Tisch des Pfarrbüros sitzend, die knochigen Hände im Schoß, im rauchigen Lichtkreis der Petroleumlampe. Sie schien ihn erwartet zu haben.
»Wir wissen«, begann er ohne Umschweife, »daß das Erzbischöfliche Ordinariat auf dem laufenden ist über gewisse Praktiken und Übungen ... nicht eigentlich geistliche Exerzitien, die sich hier abspielten. Könnten Sie mir darüber etwas Genaueres sagen?«
Die alte Signorina neigte langsam den Kopf, und ihre Hände öffneten

sich mit einer resignierenden Gebärde. Aber sie sagte nichts. Vom anderen Ende des Tisches, außerhalb des Lichtkreises, kam ein diskretes Hüsteln.
»Guten Abend, Herr Kommissar«, sagte der geistliche Ökonom.
Er erhob sich, um Santamaria die Hand zu drücken, näherte sich der Caldani und legte ihr, beruhigend, beschützend, eine Hand auf die Schulter.
»Eine äußerst schmerzliche Geschichte. Die Signorina hat viel mitgemacht«, sagte er im Ton des Advokaten, der sich anschickt, die Rechte seines vom Untersuchungsrichter verhörten Mandanten zu schützen. »Aber wenn Sie glauben, Herr Kommissar, können wir zusammen diese Aufgabe in Angriff ... können wir einen Bericht gemeinsam zusammenstellen, der leider ...«
Kein Advokat, begriff Santamaria, sondern ein Kollege, der Beamte einer anderen Mordkommission. Der dritte Grad für die Caldani, die nicht umsonst so mitgenommen aussah, das mußte sein Werk gewesen sein. Hier war die Informationsquelle des Ordinariats.
»Ich könnte sogar selbst die Situation auseinandersetzen«, fügte er hinzu, nachdem er den Kommissar aufgefordert hatte, sich zu setzen. »Natürlich nur, wenn Sie meinen ...«
»Sprechen Sie«, sagte der Kommissar.
Zum Thema *contra sextum,* meinte er, während der »Kollege« mit seiner Erklärung begann, durfte man sich wohl auf einen Spezialisten verlassen.

4

Spiralförmig lief eine weitere Rampe ins Erdinnere hinab. Aber die war nicht für Autos gebaut, und Thea setzte, von Graziano gestützt, ein wenig unsicher, ja mit einer Spur von Besorgnis, einen Fuß vor den andern. Der enge Schlauch war von schwachen Glühbirnen notdürftig erhellt, und nach ein paar Windungen wich der mit feuchten Flecken gemusterte Verputz den nackten alten Ziegeln.
»Ein merkwürdiger Gang«, sagte Thea. »Wo sind wir?«
»Du wirst schon sehen.«
Eine Redewendung ging ihr durch den Kopf: »Ihm würde ich noch in die Hölle folgen.« Ohne Diskussion. Mit geschlossenen Augen. Geschehe, was geschehen sollte!
Aber wie viele heroische und banale Entschlüsse zeigte auch dieser schon jetzt seinen Hauptfehler, nämlich die geringe Übereinstimmung der Erwartung mit den Tatsachen. Anstelle des Infernos hatte man

bisher nur eine Pizzeria im Zentrum besucht (in der Graziano bei dem bescheidenen Schein eines mit Holz geheizten Backofens vertraulich mit einem »Freund« geredet hatte) und dann die Hinterstube eines kleinen Perückenladens (wo ein anderer »Freund«, ein Geldverleiher, wie Graziano sagte, das heißt, ein Wucherer, ihr um jeden Preis eine synthetische Perücke in Violett oder Rot aufdrängen wollte). Und Graziano selbst ließ es sich offenbar geradezu angelegen sein, ihr zu beweisen, wie wenig Infernalisches es in seinem Leben gab. Er hatte einen ungezwungenen, ja geschwätzigen Ton angenommen, beinahe wie ein Reiseführer, als begleite er sie nur, um sie zu unterhalten und zu amüsieren – da, schau selbst, daß meine Welt nichts Finsteres und Unheimliches hat, im Gegenteil. Und so erzählte er ihr bewegende Liebesgeschichten, komische Vorfälle, charakteristische Züge und witzige Bemerkungen dieses oder jenes seiner »Freunde«.
Ob es jetzt soweit war, fragte sich Thea, als sie weiter hinabstieg.
Der dunkle Gang wand sich in absoluter Stille zwischen Moder und Ziegeln, wie um sie auf die entscheidende Probe vorzubereiten. Da unten, im Bauch der Stadt, würde sie vielleicht einen Kreis von fahlgesichtigen Gaunern treffen, eine Versammlung von Mördern und Banditen, damit beschäftigt, sich die Beute zu teilen, dazu betrunkene Dirnen und abseits einen bleichen Mann mit Grausamkeit im Blick und einer Narbe an der Wange: der Chef.
Wenn man im Begriff stand, sich für den Teufel zu entscheiden, wollte man ihm wenigstens von Angesicht zu Angesicht begegnen. Man wollte ihn sehen, wie er wirklich war, mit Hörnern, Bocksfuß und Schwefelgestank. Konnte denn Graziano nicht begreifen, daß all seine so sympathischen und alltäglichen Freunde ihr die Entscheidung nicht leichter, sondern unendlich viel schwerer machten?
Das Gefälle schwächte sich ab, und nach einer letzten Schleife endete der Gang. Vor ihnen öffnete sich ein Souterrain, düster und eindrucksvoll wie ein verschütteter Tempel. Große Backsteinbogen trugen eine Flucht von abgeplatteten Gewölben, von denen gewöhnliche Glühbirnen hingen, und zwar so selten und spärlich, daß man auch sie für archäologische Fundstücke halten konnte. Graziano blieb stehen.
»Was sagst du nun?« fragte er stolz.
»Phantastisch. Aber was ist es?«
»Eine Garage.«
»Und wo sind die Autos«, fragte Thea in höflicher Verwunderung.
»Die ist nicht für Autos. Schau sie dir einmal an.«
Sie gingen ein paar Schritte weiter, und jetzt erkannte Thea hinter zwei entfernteren Bogen an der Mauer eine Reihe eng nebeneinandergestellter Karren, deren Deichseln zur Decke hinauf wiesen.

»Es ist das Depot der Karren von Porta Palazzo«, erklärte Graziano. »Die Marktstände.«
»Ja sowas. Und nachts stellen sie sie hier ab?«
»Ja, jetzt sind es nur wenige, weil sie am Samstag bis spät abends draußen bleiben. Aber bald werden sie hereinkommen.«
»Wunderschön«, sagte Thea. »Wirklich merkwürdig.«
»Es ist ein sehr altes Depot, vielleicht vor hundert oder zweihundert Jahren eingerichtet.«
»Das sieht man.«
Im selben Augenblick wurde es taghell, denn fast in jedem Bogen verbarg sich eine Neonröhre, die jetzt ihr blendendes Licht verströmte. Thea fuhr zusammen wie bei einer Explosion.
»Matteo!« brüllte Graziano.
»Hallo, Hübscher!« antwortete ebenso brüllend eine Stimme.
Aus dem Labyrinth von Bogen und Pfeilern trat die Gestalt eines krummen Mannes. Er kam ein paar Schritte näher, damit man ihn sehen konnte. Dann blieb er, auf einen Stock gestützt, stehen. Auch er hinkte wie der Engel und Ingenieur (Vicini? Ja, Vicini, Sergio), aber er hinkte auf eine kompliziertere Weise.
»Du hast uns diese Festbeleuchtung beschert!« schrie Graziano.
»Ehrensache«, antwortete der Mann.
»Ich habe eine Freundin mitgebracht«, schrie Graziano und trat mit Thea am Arm ein paar Schritte vorwärts.
»*Auch* hübsch! Ich gratuliere!«
Lächeln, Händedrücken, Austausch von Zigaretten. Dann aber, als wiederholten sie tausendmal geübte Schritte auf dieser Bühne, entfernten sie sich unmerklich von ihr: Graziano und der Hinkende, dieser soundsovielte liebenswürdige und beliebige »Freund«.
»Erledigst du einen Anruf für mich?«
»Ehrensache.«
»Es ist wegen der Sache in Brussone.«
»Ich habe davon gehört.«
Mehr verstand Thea nicht. Die beiden Freunde waren eben noch fünf Schritte entfernt, dann zehn, und dann verschwanden sie zwischen den Backsteinbogen.
Nach ein paar Minuten kam Graziano allein zurück.
»So, wir können jetzt gehen.«
Ein Karren schoß mit dem ganzen Getöse seiner Räder, aus den Fugen geratenen Gelenke und hüpfenden Bretter und zu den aufgeregten Schreien zweier kleiner Jungen mit brennenden Wangen ins Souterrain.
»Vorsicht beim Wiederaufstieg«, sagte Graziano. »Geh ganz rechts, ich

gehe vor dir.«
Was taten wohl die Frauen dieser Männer, wenn es keine Prostituierten waren? Was taten ihre Frauen, ihre Tanten und ihre Schwestern? Nie las man von Frauen, die bei einer Auseinandersetzung vor einer Bar niedergestreckt wurden, während sie selbst noch eine Pistole in der Hand hielten. Die Banditen und Desperados hatten manchmal eine Gefährtin, die an ihren Unternehmungen teilnahm. Aber Graziano und die anderen aus seiner Welt machten es anders, ihre Frauen blieben wahrscheinlich zu Hause, bei Staubsauger und Fernsehapparat. Sie wußten nie etwas. Sie warteten.
Unter dem trüben Licht der Glühbirnen stieg Thea, ab und zu mit dem Ärmel gegen die Mauer streifend, auch aus diesem Inferno, das keins war. Graziano drehte sich kein einziges Mal nach ihr um, wie ein Mann, der sicher war, daß sein Hund ihm folgte. Oder wie Orpheus, der fürchtete, für immer seine Eurydike zu verlieren.

5

Wie alle großen Philosophen des Pessimismus hatte auch die depressive Weltanschauung des Gefreiten Cottino ihre aufheiternden Nebenwirkungen. Sein von Trauer gefärbtes Gespräch erweckte kontrastweise heilsame Energien und vitale Instinkte. Signora Guidi, die aus dem Einsatzwagen gestiegen war, um sich ein bißchen die Beine zu vertreten, erschienen die verschiedenen Aspekte der Situation bereits nicht mehr so düster. Die Polizei war auf dem rechten Wege, dieser hervorragende Kommissar hatte rasch alles geklärt, und Thea würde ihr böses Abenteuer, alles in allem, als eine von der Vorsehung geschickte Warnung verstehen.
»Und haben Sie nun«, fragte sie den Kommissar – er kam aus der Kirche und sie ging ihm lächelnd entgegen – »Ihren Sexreport bekommen? Haben Sie mit Masters und Johnson gesprochen?«
Santamaria nickte. Aber statt auf den Wagen zuzugehen, drehte er sich um, zur Gasse hin, wo es unter dem Lärm heruntergezogener Rolläden auch noch ein paar erleuchtete Schaufenster von Lebensmittelläden gab.
»Kommen Sie«, sagte er, nachdem er Cottino ein Zeichen gegeben hatte zu warten, »und wenn Sie sich in Kräutern auskennen, denken Sie bitte an eine glaubwürdige Mischung. Wenn möglich, etwas kompliziert.«
»Großer Gott«, sagte die Guidi und folgte ihm auf den verschneiten kleinen Platz, »aber ... eine erotische Mischung? Abgesehen von Pfef-

ferminz- und Lindenblütentee kenne ich allenfalls Weißdorn, weil die Blüten von Weißdorn, wie es heißt ...«

Sie glitt aus, und der Kommissar stützte sie, indem er ihren Arm ergriff, den er dann, weniger automatisch, nicht wieder losließ.

Nein, erklärte er ihr. Die Mischung war nur ein Vorwand. Es handelte sich darum, mit einem Kräutersammler und Nachbarn zu sprechen, der ein ehemaliger Gefolgsmann Don Pezzas war und dessen Frau im Mittelpunkt gnostischer Orgien gestanden hatte.

»Was erzählen Sie da!« erstaunte sie sich und riß die Augen auf. »Aber ausgezeichnet! Ich gestehe Ihnen, daß ich auf eine solche Erklärung gehofft habe.«

»Finden Sie sie erregend?« fragte der Kommissar und ließ ihren Arm los, um nicht selbst auszurutschen.

»Im Gegenteil, erholsam. Heute tun alle alles im hellen Tageslicht, alle befreien sich, enthemmen sich, gehen aus sich heraus, entkleiden sich, reißen Tabus nieder und benehmen sich schauderhaft naturalistisch. Hier aber gibt es Menschen, die, um gewisse Dinge zu tun, noch ein düsteres, geheimnisvolles Ritual brauchen. Finden Sie das nicht besser? Oder sind Sie mehr für die öffentliche Orgie, Typ Betriebsausflug?«

In seinem Betrieb mache man keine Ausflüge, erklärte der Kommissar lachend. Und er müsse sie in jedem Fall enttäuschen. Zur Zeit der Polydialoge ... Aber wußte sie überhaupt, was die Polydialoge waren? Hatte Celestini ihr davon etwas erzählt? Nun, es hatte eine Zeit gegeben, in der sich Don Pezza einer Art von humanitärer Bewegung widmete ... eben im Sinne der Enthemmung und vor allem der Promiskuität, mit der Beteiligung von Prostituierten und sogar Transvestiten. Es war, kurz gesagt, ein offen zur Gemeinschaft tendierender Geist, und wenn es auch Ausflüge gab, individuell oder in Gruppen, so waren auch sie inspiriert von einer missionarischen Toleranz. Auch viele andere Priester gingen denselben Weg. Aber dann ...

Sie waren bis ans Ende der Gasse gekommen, und sich nach links wendend, las der Kommissar die Hausnummern.

Aber dann, fuhr er fort, war die Gnosis gekommen mit der genialen Unterscheidung zwischen den Eingeweihten, denen alles erlaubt war, denn »wer in Gott sündigt, sündigt nicht«, und den einfachen Gläubigen, die dagegen, und besonders die Frauen ...

»Ich weiß«, fiel lachend die Guidi ein. »Stellen Sie sich vor, um mich von den für die Männer bestimmten Bänken fortzuziehen, hat er mich beinahe mit Gewalt weggetragen. Aber Sie sagten, Sie müßten mich enttäuschen. Warum?«

Santamaria nahm wieder ihren Arm, um sie über den Fahrdamm zu geleiten.

»Da!« Er zeigte auf ein schmales, schlecht beleuchtetes Schaufenster, hinter dem ein unscheinbares Männchen mit Schürze durchsichtige Plastikdosen aneinanderreihte. »Das muß der Ehemann sein.«
Sie traten an das Schaufenster, und der Mann hob einen Augenblick den Kopf.
»Aber ich sehe nicht die zügellose Ehefrau«, flüsterte die Guidi, die mit dem Blick in allen Winkeln des kleinen Lädchens suchte.
Der Kommissar deutete auf die Wendeltreppe hinter dem Ladentisch. »Sie haben die Wohnung und die Werkstatt im Zwischenstock. Wenn Sie nach einer etwas komplizierteren Kräutermischung fragen könnten, die erst zubereitet werden müßte, wäre es wohl möglich, auch einen Blick in die oberen Räume zu werfen.«

6

Mit hundertfünfzig Kilometern in der Stunde flitzte das kleine Auto auf der südlichen Umgehungsstraße in Richtung Norden. Graziano – er hatte inzwischen noch einen Bekannten gesprochen und von einer Diskothek in Moncalieri aus auch noch einmal telefoniert – saß schweigsam und konzentriert am Steuer.
»Also wie geht es nun, alles in allem, wie läßt es sich an?« fragte Thea, und sie stellte fest, daß sie soeben in dem gleichen leicht nervösen und nasalen Ton gesprochen hatte wie ihre Mutter bei bestimmten gesellschaftlichen Anlässen.
Graziano ließ sich mit der Antwort Zeit. Er konzentrierte sich noch mehr auf die Straße, wozu ein rücksichtslos von der Auffahrtrampe des Corso Allamano einbiegender Lastzug hinreichend Grund gab.
»In welchem Sinne?« fragte er, während er sich wieder in die mittlere Fahrspur einordnete, den Blick auf den Rückspiegel geheftet.
»Was hast du von deinen Freunden erfahren? Was hat dir der in der Diskothek gesagt?«
»Eigentlich nichts«, sagte Graziano, mit nasaler Klangfarbe auch er. »Anscheinend weiß niemand etwas, alle sind sehr verwundert, und keiner begreift es.«
»Aber sie könnten doch lügen?«
»Sie könnten«, sagte er, mit schleppender Redeweise, »und sie könnten es auch wieder nicht.«
Auch bei professionellen Lügnern und Betrügern, soviel begriff Thea, gab es, wenigstens über gewisse Dinge, eine Verständigungsmöglichkeit und, wenigstens bis zu einem gewissen Grade, auch die Möglichkeit, sich die Wahrheit zu sagen. Jetzt war Graziano auf dem Wege zu

jemandem (selbstverständlich auch einem »Freund«), der (natürlich auch nur bis zu einem gewissen Grade) offen mit ihm sprechen würde.
»Es scheint also keine ... Schweinerei zu sein, die jemand ausgeheckt hat, um dir und deinen Freunden Unannehmlichkeiten zu bereiten?«
»Nein, das scheint es nicht zu sein«, erklärte Graziano seufzend. »Aber natürlich ist es merkwürdig, daß sie ausgerechnet diesen Unglücksvogel umgebracht haben, der mir nachgefahren ist.«
»Das sagt auch die Polizei.«
»Ach, für die wäre das nichts Seltsames. Jemand beschattet mich, dann verschwindet er, und dann findet man ihn ermordet wieder. Das hieße, entweder haben wir ihn uns vom Hals geschafft, oder es war ein anderer, der uns in Schwierigkeiten bringen wollte. Aber wie erklärt sich dann der Mord an dem Priester? Sie werden doch nicht auch den ermordet haben, nur um uns in Schwierigkeiten zu bringen.«
»Warum nicht? Vielleicht fanden sie das einen amüsanten Einfall.«
Graziano dachte einen Moment nach.
»Nein, das ist ausgeschlossen. Niemand konnte wissen, daß ich ... Außerdem mußt du wissen, wenn uns jemand einen bösen Streich gespielt hätte, so wüßte das der, zu dem ich jetzt gehe, und er würde es mir zu verstehen geben. Er hätte es mir sogar schon am Telefon zu verstehen gegeben.«
Thea schwieg. Natürlich, dachte sie, und sie fühlte, wie sich ihr der Hals zuschnürte, es war nur logisch, daß jemand, der einem Freund einen schlechten Streich spielt, es ihm später auch irgendwie zu verstehen gibt. Wenn nicht – wo blieb der Scherz? Fest stand, daß es im Milieu Grazianos – wer auch immer Don Pezza oder den Carabiniere ermordet hatte – nicht völlig abwegig war, an einen »Scherz« dieser Art zu denken.
Sie merkte, daß sie die Umgehungsstraße verlassen hatten. Auch Graziano hatte kein Wort mehr gesagt. Jetzt steuerte er langsam zwischen den Hochhäusern der Peripherie hindurch, und Thea bemerkte, daß er sich hier nicht auskannte, sondern sich zu orientieren suchte, indem er die Straßennamen studierte. Wenigstens mit diesem Freund, tröstete sie sich, war er anscheinend nicht sehr vertraut.
»Den kennst du wohl nicht sehr gut?« konnte sie sich nicht enthalten zu fragen, und sie tat es in einem so bemüht gleichgültigen Ton, daß es geradezu wütend klang.
Graziano hatte die Straße gefunden. Er suchte nun die Hausnummer.
»Wen? Warum?« platzte er heraus. Auch er war nun wütend geworden.
Wütend bremste er, wütend parkte er den Wagen und wütend stieg er aus.

»Warte hier auf mich.«
»O nein.«
»Ich sage dir . . .«
»Nein.«
»Mach, was du willst.«
Er suchte einen Namen auf der Tafel der Sprechanlage, die deren etwa zwanzig enthielt, drückte auf den entsprechenden Knopf, sagte laut »Graziano«, und schon öffnete sich die Haustür.
Es war ein Haus, halb im Stil sozialer Wohnungsbau, halb pseudo-»herrschaftlich«, aber heruntergekommen. Im Hausflur standen zwei Kinderwagen, der Fußboden war aus Marmorsplittern, der rote Läufer zeigte die Spuren schmutziger Schuhsohlen, und allerlei Küchengerüche schwängerten das Treppenhaus. Sie fuhren im Fahrstuhl – die in die Aluminiumwände eingeritzten Obszönitäten waren fast unsichtbar – schweigend bis zum vierten Stock. Der Mann, der sie oben erwartete, war, als Geschöpf der Hölle gesehen, wieder eine Enttäuschung: an die vierzig, in grünen Gabardinehosen, im Begriff, in eine kamelhaarfarbene Jacke zu schlüpfen. Er war klein und feist, und sein schwarzer Kopf war ausgesprochen rund. Zeremoniös küßte er Graziano auf beide Wangen, und jetzt erst fielen seine Blicke, ganz Zuvorkommenheit und Aufmerksamkeit, auf Thea. Zwischen den beiden Männern wurde ein Blick gewechselt, der jede Frage beantwortete.
»Signorina«, sagte der Mann mit einer gemessenen Verbeugung.
Ich habe die Funktion einer weißen Fahne, dachte Thea, ich bin ein Signal für friedliche Absichten.
Sie folgten dem Hausherrn (er hatte Plattfüße, und er schleuderte sie bei jedem Schritt nach links und rechts) in ein Wohnzimmer, dessen Einrichtung zu gleichen Teilen aus Renaissancemöbeln, Stahltischchen und Leder- und Bambusrohrsesseln bestand. Auf einem dieser Sessel lagen eine Maschinenpistole, ein Blitzeschleuderer aus dem Weltraum und zwei Plastikpistolen; auf dem Teppich eine Plüschgiraffe, die die Beine nach oben streckte.
Der Mann (ein Vater) bückte sich, um sie aufzuheben, entschuldigte sich wegen der Unordnung und bot einen Aperitif an. Durch den Spalt einer halboffenen Tür drang die Stimme eines Fernsehreporters, der gewerkschaftliche Streitfragen aufzählte.
»Danke, gern«, sagte Thea, halb überrascht, halb entzückt, genauso wie Tante Casimira, wenn ihr, die praktisch Abstinenzlerin war, ein Bauer ihrer Bekanntschaft morgens um viertel zehn ein Gläschen anbot.
Während der Gastgeber ging und die Tür schloß, zeigte Graziano Thea ein zustimmendes Lächeln. Sie hatte erraten, daß die Sache mit dem Aperitif offenbar zu ihren Riten gehörte. Und plötzlich sah sie sich mit

einem Kelchglas in der Hand, das eine weißgelbe Flüssigkeit enthielt, eine aromatische Scheußlichkeit, die ihr im Magen brannte . . .
Und auch hier entfernten sich die beiden »Freunde« um ein weniges. Unmerklich legten sie zwischen sich und Thea jene unüberbrückbare Distanz, wie sie charakteristisch für Empfänge bei der Botschaft oder für ein Ärztekonsilium am Bett eines Kranken im letzten Stadium ist.
Plötzlich wurde eine Tür aufgerissen, und zwei brüllende, zerlumpte Nordafrikaner stürzten herein. Mitten im Zimmer blieben sie stehen wie Spielzeugautomaten, deren Uhrwerk abgelaufen war. Der Hausherr rührte sich nicht, nahm nicht einmal die Hände aus den Taschen, schien sich aber aufzublähen, bis er einem drohenden roten Luftballon glich.
Einer der beiden Mohren stammelte etwas, wie es Thea schien, in arabischer Sprache, nicht ohne dabei auf die im Sessel liegenden Waffen zu weisen. Nun rollte der Ballon ihm entgegen und gab in derselben Sprache brüllend ein paar Worte von sich. Der andere versuchte noch zaghaft, etwas zu erwidern, drehte sich dann aber um und prallte gegen seinen Kameraden.
Und dann sah Thea, was ein Tritt in den Hintern besagen wollte.
Mit zusammengepreßten Lippen, die kleinen Füße weit gespreizt, ging der Mann mit dem Ballonkopf bis zum Ende des Teppichs. Um sich besser im Gleichgewicht zu halten, zog er jetzt die Hände aus den Taschen und ließ ein Bein hochschnellen. Die Geschwindigkeit und Unabwendbarkeit der Bewegung war derart, daß Thea an eine umgekehrte Guillotine dachte.
Der Araber schrie vor Schmerz auf. Er wurde gegen seinen Kameraden geschleudert, an dessen Lumpen er sich vergeblich festzuhalten suchte, mit dem Erfolg, daß er auf die Knie fiel. Im Nu war er wieder auf den Füßen und beeilte sich, die Tür, durch die er gekommen war, von außen zu schließen. Sein erschrecktes, verstörtes, von Tränen benetztes Gesicht ließ Thea in sprachloser Verblüffung zurück.
Es gab dabei absolut nichts zu lachen, und es war keineswegs so etwas wie die komischen Kurzfilme aus der Stummfilmzeit. Aber wenn wenigstens Graziano und der andere darüber gescherzt hätten, wäre das irgendwie erträglicher gewesen. Statt dessen tuschelten und flüsterten sie weiter, als ob nichts geschehen wäre.
Erst nachdem sie sich verabschiedet hatten (wieder mit einer zeremoniösen Umarmung) und sie beide wieder im Fahrstuhl allein waren, sah Graziano sie mit einem Blick an, als ob er sich über das Vorgefallene Rechenschaft ablegte.
»Denk nicht mehr daran, was willst du . . .« sagte er mit einer verlegenen Grimasse und zuckte die Achseln.

»Begrüßt ihr euch denn immer so?« fragte Thea, um das Thema zu wechseln.
»Wieso?«
»Mit Küssen und Umarmungen. Es war wie der Friedensgruß in der Kirche.«
Graziano zog wieder eine Grimasse und lächelte.
»Na ja, mehr oder weniger ist es dasselbe. Es soll sagen ... es soll also zeigen, daß wir nicht ...«
»Zeigst du das auch mir?« fragte Thea lächelnd. »Zeigen wir uns doch auch, daß wir nicht ...«
Aber schon öffnete sich automatisch die Fahrstuhltür vor einer Dame in Biberpelzjacke. Sie traten hinaus. Das Friedenszeichen begannen sie erst im Auto auszutauschen.
Aber es fiel Thea auf, daß Graziano dabei keinen großen Enthusiasmus an den Tag legte, obwohl sie sich nach dem gemeinsamen Verlassen des Polizeipräsidiums noch nicht geküßt hatten. Sie rückte ein wenig ab, um ihn besser betrachten zu können. Sie fand ihn reserviert, die Stirn in Falten gezogen.
»Was ist los?« fragte sie. »Was hast du von dem Mann erfahren?«
»Daß keiner aus dem ... Kreis etwas damit zu tun hat. Daß ich mich darauf absolut verlassen kann.«
»Aber du verläßt dich nicht darauf?«
»Doch, darauf verlasse ich mich ... Ich denke an den andern. An den Hinkenden!«
»Den mit den Karren?«
»Was für Karren? Aber nein, den aus der Kirche! Der, als er uns ... Warte, er hat sich uns doch vorgestellt, ich erinnere mich. Ein Name wie Cerini, Savini.«
»Vicini«, sagte Thea. »Ingenieur Sergio Vicini. Corso Rosselli 27.«
»Woher weißt du denn das?«
»Er war kurz im Polizeipräsidium, als ich auch dort war. Dagegen war er gestern verschwunden, und sie haben die ganze Nacht nach ihm gesucht. Aber warum kommst du –«
»Hör mal«, unterbrach Graziano sie grimmig auflachend und schlug ihr obendrein mit der Hand auf den Oberschenkel, »erinnerst du dich noch, wie er uns begrüßt hat?«
»Vicini?«
»Ja.«
»Mit dem Friedenszeichen.«
»Genau wie unser Gruß, nicht wahr?«
»Ja«, sagte Thea aufgeregt. »Und was bedeutet das?«
Graziano hatte den Motor bereits wieder angelassen und fuhr nun mit

einem Ruck los. In einer S-Schleife schleuderte er über den gefrorenen Straßenmatsch.

»Das bedeutet«, sagte er, »daß er derjenige ist, dem der Carabiniere folgte, nachdem er mir gefolgt war!«

Thea starrte ihn mit offenem Munde und angehaltenem Atem an.

»Und du denkst, daß er dann ...«

»Was dann kam, weiß ich nicht«, sagte Graziano und fuhr schneller die Ringstraße entlang. »Aber jetzt gehen wir zu ihm und lassen es uns von ihm selbst erzählen.«

7

Zu den Weißdornblüten hatte Signora Guidi auch Hopfenblüten verlangt, und dann fielen ihr noch Raute, Engelwurz, Flockenblume und, nachdem sie ihr Gedächtnis ordentlich angestrengt hatte, Bohnenkraut ein, von dessen Wirkungen ihr eine Freundin einmal Wunderdinge erzählt hatte. Der Kräutersammler hatte seinerseits die Inula (gegen Blutarmut), ferner die Wurzel von Spondilium (Tonikum) mit einer Spur von Boldus (einem Verdauungsregulativ) vorgeschlagen. Und er hatte schließlich ohne weiteres seine beiden Kunden in sein Laboratorium hinaufgebeten, wo eine Frau mit verweinten Augen und spärlichen, ins Graue spielenden Haaren auf einem niedrigen Schemel in der Ecke saß und den Griff einer Art Pfeffer- oder Kaffeemühle drehte.

Während die bestellte Mischung zubereitet wurde, hatte sich der Kommissar nach Belieben in diesem Laboratorium umsehen dürfen, jedoch ohne irgend etwas zu entdecken, was besonders zur Herstellung von Plastikbomben in Kerzenform geeignet gewesen wäre. Einmal hatte er auch um eine Meinungsäußerung zu Topos gebeten, aber der Mann hatte sich auf ein skeptisches Gebrumm beschränkt (»Was war das? Eine neue chinesische Wurzel?«), und die Frau hatte fortgefahren, mit betrübter Miene den Griff ihrer Mühle zu drehen.

Doch beide fuhren zusammen (der Griff kam mit einem Schlag zum Stehen, und der Meßbecher quoll über von Spondilium-Bröseln), als der Kommissar sie nach Santa Liberata fragte. Hatte man die Explosion, wollte er von der Frau wissen, bis hierher hören können? Oder waren sie vielleicht im Augenblick der Tragödie selbst in der Kirche gewesen? Nein, sie waren zu Hause geblieben und hatten geschlafen. Sie hatten nichts gehört. In die Kirche gingen sie nie, hatte der Kräuterhändler mit düsterem Blick auf seine Frau gesagt, die darauf sofort wieder zu mahlen begann. Danach war es nicht mehr möglich, ihm auch nur noch eine Silbe zu entreißen, abgesehen von der am Schluß gestellten exor-

bitanten Preisforderung für seine Kräutermischung.
»Waren dies nun die Sünder *contra sextum*?« fragte die Guidi, halb schockiert, halb ungläubig, als sie sich wieder auf der Straße befanden.
»Ich fürchte, ja.«
»Du lieber Gott, dann nehme ich aber alles zurück, was ich gesagt habe; dann bin ich entschieden für die Laienorgien! Und wer sind die anderen?«
»Es gibt nur noch einen anderen, einen Matratzenmacher, aber der liegt noch unter Schockeinwirkung im Krankenhaus.«
»Das glaube ich gern. Also dann gab es keine echten Orgien? Ich meine, wenn sie doch nur zu dritt waren.«
Das hinge alles vom Gesichtspunkt ab, erklärte der Kommissar und faßte den Bericht seines kirchlichen Kollegen zusammen. Einerseits handelte es sich um einen gewöhnlichen Ehebruch, um die gute alte Dreiecksgeschichte, schon vor aller gnostischen Kreisläufigkeit bekannt ... Andererseits schien es, daß sich die drei Unglückseligen, bereits von Haus aus geistesschwach, von der »guten Schlange« des Karpokrates hatten verführen lassen, des gnostischen Meisters von Don Pezza, der den gemeinschaftlichen Besitz der Frauen und den Ehebruch als religiöses Gebot vorschrieb. Die Schuld des Pfarrers, wie indirekt auch immer, wog also um so schwerer, als ...
»So etwas Albernes«, sagte Signora Guidi. »Wenn der Ehebruch ein Gebot wäre, würde er viel von seiner ... Popularität verlieren, meinen Sie nicht auch?«
Sie zeigte auf eine Bar mit Telefon, entschuldigte sich und rief Piera an, um zu erfahren, ob Thea zu Hause sei.
»Nichts«, erklärte sie, als sie wieder den Arm des Kommissars nahm. »Sie hat nicht einmal angerufen. Und wohin gehen wir jetzt?«
Der Kommissar schluckte. Auf der einen Seite zeichnete sich hier ein gewöhnlicher Ehebruch, die gute alte Dreiecksgeschichte ab, gegen die unüberwindliche Skrupel zu haben er nicht gut behaupten konnte. Auf der anderen Seite war er im Dienst, und diese lebhafte Dame war immer noch in Sorge um ihre Tochter. Da wäre ein Ausnutzen der Situation schlechtester Stil.
»Ich habe noch einen Besuch zu machen«, sagte er, um Zeitgewinn bemüht, und überlegte, daß es mit Cottino am Steuer bis zum Corso Rosselli hin und zurück mindestens eine halbe Stunde dauern würde. Im Grunde wollte sie doch nur ein bißchen Abwechslung und war froh, ein wenig im Auto herumgefahren zu werden.
»Noch einen Besuch dieser Art?«
»Mehr oder weniger. Aber Sie können diesmal nicht mit mir zusammen hinaufgehen, Sie müssen auf mich mit Cottino im Wagen

warten.«
»Tz«, machte die lebhafte Dame.

»Nein, diesmal wartest du hier auf mich«, sagte Graziano entschieden und öffnete die Autotür. Er streichelte ihr mit zwei Fingern die Wange. »Verstanden, mein Kind?«
»O. k.«, sagte Thea.
»Schön«, sagte Graziano.
Er stieg aus, dann drehte er sich noch einmal um und bückte sich, um, ein wenig unsicher, ihren Blick zu suchen.
Mit einem scheuen Lächeln sagte er: »Ich meinte, es wäre für dich besser, wenn du hier wartest.«
»Aber ich habe doch verstanden«, sagte sie mit einem Lächeln.

Übereinandergeschlagen und wieder ausgestreckt, und das im häufigen Wechsel bei dieser langsamen und mühevollen Fahrt durch die Stadtmitte, waren die Beine der Signora Guidi keine besondere Hilfe für den Kommissar, wenn er sich auf eine Antwort konzentrieren wollte. Aber als Gesprächsthema waren die im Gang befindlichen Ermittlungen immer noch das sicherste.
Der Kräutermann? Ja, er könnte es auch gewesen sein – aus Rache, wenn man so wollte, aus einer verspäteten Auflehnung gegen den, der für seine Schmach die ideologische Verantwortung trug. Aber dann auch die Caldani.
Doch hatte nicht gerade die Caldani gesagt, daß sie diesen Aspekt der Gnosis stets abgelehnt habe? Hatte sie nicht vielmehr dem Kommissar den Eindruck vermittelt, die klassische alte Jungfer und wütende Puritanerin zu sein?
Eben. Aber gerade auf dieser Ebene der Überspanntheit und der Frustration war ja alles möglich. Besessen von ihrer Mission an der Seite Don Pezzas, konnte sie sich durch diese für sie unerlaubten und abstoßenden Verirrungen befleckt und verraten fühlen.
Und ... der Besuch, den sie jetzt vorhatten?
Der Kommissar konnte das so bündige wie herabsetzende Urteil der Professoressa Caldani, Emilia, über den Ing. Vicini, Sergio, von der Direktion für Lagerungskoordinierung der Fiatwerke nicht wiederholen, und er tat es auch nicht. Es lautete: »Ein Lasterhafter im Geiste, aber impotent, ein verhinderter Lüstling. Eine halbe Portion.« Statt dessen sprach er ihr vom Topos, das natürlich kein Heilkraut war, mit dem Erfolg, das Interesse der Dame radikal (vielleicht allzu radikal?) von dem Ermittlungsbeamten auf die Ermittlung selbst zu lenken.
Ein Name? Ein Kürzel? Eine verschlüsselte Botschaft? Das griechische

Wort? Ein halbes Wort? Sämtliche bereits aufgestellten Hypothesen zusammen mit vielen typisch weiblichen, typisch außer jedem Zusammenhang stehenden, wurden vom Beginn der Via Sacchi bis zur Überführung vom Corso Sommeiller in dem Polizeiwagen laut.
»Topostop«, sagte Cottino, als er vor der Ampel stoppte, die ihr trügerisches Grün zeigte. »Tz.«
»Wie sagten Sie, Cottino?«
»TOPOSTOP setzt den Mäusen einen Stop«, erläuterte Cottino.
»Aber was soll das heißen? Was hat es mit uns zu tun?« fragte der Kommissar.
»Ratten- und Mäusebekämpfung«, deklamierte Cottino. »Es ist eine Firma, die vor drei Monaten das Haus, in dem ich wohne, von Ungeziefer befreit hat. Wir hatten Mäuse vom Keller bis zum Boden, sieben Stockwerke Mäuse. Jeder hat sich beklagt, und am Ende hat der Hausbesitzer die Leute von TOPOSTOP kommen lassen. Sie haben die Lage untersucht und dann überall ein weißes Zeug ausgelegt, das wie Pizzateig aussah. Ein hochwirksames Gift. Chemisch.«
»Und hat es die Mäuse gestoppt?« fragte Signora Guidi.
»Ja, sie sind verschwunden«, sagte Cottino. »Aber in dem Haus nebenan haben sie jetzt doppelt soviel. Tz.«
»TOPOSTOP?« fragte der Kommissar. »Eine Firma hier in Turin? Weißt du, wo?«
»Nein, aber ich kann den Hausbesitzer fragen. Wollen Sie, daß ich mich erkundige, Dottore?«
»Erkundige dich«, sagte Santamaria, während die Ampel wieder auf Rot schaltete. An dem Punkt, an dem ich mich befinde, rechtfertigte er sich innerlich vor Basilides, Karpokrates und Plotin, darf ich nichts außer acht lassen. Die Herren verstehen wohl.

8

Der Kommissar war vor zwei Minuten ausgestiegen und hatte sie mit Cottino zurückgelassen. Und Cottino, in beiden Händen seine Mütze drehend und wendend wie Hamlet den Schädel Yoricks, erklärte ihr gerade, daß es für ihn einerlei sei, ob er früh oder spät nach Hause komme, ob er esse oder nicht esse, ob er vor dem Fernsehapparat saß oder nicht, als Signora Guidi ein Klopfen an der Milchglasscheibe des Polizeiwagens hörte und sah, wie sich jemand herabbeugte, um hineinzusehen.
»Mama?«
Nein – was war das? Das Schicksal? Sie öffnete die Tür und stieg aus,

um ihre Tochter von Kopf bis Fuß zu mustern.
»Endlich kommst du wieder zum Vorschein.«
»Mama, entschuldige, aber wir haben etwas gefunden, was –«
»Nein, entschuldige, jetzt möchte ich dir etwas sagen. Du wirst ins Polizeipräsidium zitiert wie eine Diebin oder Gott weiß was. Du bleibst dort praktisch den ganzen Nachmittag über in Haft, und während ich mir an den Schultern des Anwalts Salle die Augen ausweine und ihm seinen Samstagnachmittag ruiniere, der für ihn –«
»Mama, als ich dich anrief, warst du nicht da.«
»Weil ich unterwegs dorthin war. Als Piera mir sagte, daß du wieder verhaftet worden bist, habe ich ein Taxi gerufen und bin wie im Fluge –«
»Ich bin nicht wieder verhaftet worden, Mama, sonst wäre ich ja nicht hier. Und Graziano –«
»Und was machst du hier? Du wirst mir nicht sagen wollen, daß es das Schicksal so beschlossen hat.«
»Nein, ich habe dem Kommissar schon erklärt, daß Graziano –«
»Also er«, sagte Signora Guidi, »also er hat mir die verlorene Tochter wiedergefunden! Er hat es also gewußt und wollte mich überraschen!«
»Aber nicht doch, er wußte überhaupt nichts, und als er mich auf der Treppe sitzen sah –«
»Wo ist er denn jetzt, ich verstehe nichts mehr, von was für Treppen redest du?«
»Er ist auch nach oben gegangen, zusammen mit Graziano.«
»Warum kommst du mir immer mit Graziano? War er mit dir zusammen?«
»Nein, er ist allein hinaufgegangen, eine Weile habe ich im Auto auf ihn gewartet, dann bin ich auch ins Haus gegangen und habe mich auf die Treppe gesetzt.«
»Ich verstehe nichts mehr, warum redest du immer von dieser Treppe? Sag mir doch nur, wie es kommt, daß du, während ich dich wie eine Verrückte in ganz Turin suche, mich hier überraschst...«
»Aber auch ich war überrascht, als ich den Kommissar sah! Ich habe erst geglaubt, daß er uns nachgekommen wäre, oder daß er denselben Gedanken hatte wie wir, oder vielleicht –«
»Was für ein Gedanke ist das, ich verstehe nichts, Salle, der Anwalt, hat wirklich vollkommen recht, wenn er mir rät, dich tüchtig an den Ohren zu ziehen...«
»Warum sprichst du immer von Rechtsanwalt Salle?«
»Bitte, verdreh nicht die Tatsachen. Kann ich endlich erfahren, was du auf dieser berühmten Treppe gesucht hast, ausgerechnet in demselben Haus, in dem wir, in dem Cottino, kurz, in dem der Kommissar –«

»Jetzt verstehe ich gar nichts mehr«, sagte Thea. »Wer ist Cottino?«
Signora Guidi öffnete die Tür des Polizeiwagens, als sei es das Tor zu einer Besserungsanstalt.
»Steig ein«, befahl sie.
Dann wandte sie sich an Cottino:
»Haben Sie etwas dagegen, Cottino, wenn ich mich hier für einen Augenblick mit meiner Tochter hineinsetze? Ich möchte mir nur von ihr erklären lassen, wie es kommt, daß sie, nachdem wir durch dieses ganze Verkehrschaos gefahren sind, ausgerechnet hier wieder zum Vorschein kommt, als ob –«
»Tz«, machte Cottino und schüttelte den Kopf. »Mädchen ...«
»Also nun erkläre mir bitte, welchem Umstand wir diese glückliche Zusammenführung verdanken, wenn es nicht Schicksal oder ein seltsamer Zufall oder der Kommissar war, der schon –«
»Es ist alles wegen des Kusses!«
»Was für ein Kuß? Wen hast du geküßt? Wo?«
»Ich doch nicht! Er! Es ist uns wieder eingefallen, daß er den Engel geküßt hat, du weißt doch, den Engel? Besser gesagt, der Engel hat ihn geküßt.«
»Thea, tu mir den einzigen Gefallen, sei nicht so verworren. Oder sprichst du von der *Göttlichen Komödie*?«
»Ich spreche von der Komödie, von der Aufführung gestern abend in Santa Liberata. Erinnerst du dich an den, der den Engel spielte und das Kind, den Ingenieur?«
»Ach, das war in Wirklichkeit ein Ingenieur?«
»Ja, von der Fiat. Also, als wir in die Kirche kamen, ging er auf Graziano zu und küßte ihn.«
»Das ist ja grauenhaft.«
»Tz«, machte Cottino.
»Aber nein, was hast du gedacht? Es war ein Friedensgruß, verstehst du nicht? Er hat ihn umarmt und geküßt und dabei gesagt, tauschen wir den Friedensgruß! So.«
Sie umarmte ihre Mutter und küßte sie auf beide Wangen.
»Endlich einmal ein Zärtlichkeitsbeweis von meiner Tochter«, bemerkte Signora Guidi.
»Aber Mama, ich bitte dich! Verstehst du denn nicht? Es ist sehr wichtig. Begreifst du nicht, daß diese Geste absolut identisch ist mit der Umarmung zwischen ... mit dem charakteristischen Kuß der ...«
»Der was?«
»Der Mafia«, sagte Cottino.
Einen Augenblick schwieg Signora Guidi nachdenklich.
»Hm«, machte sie endlich. »Ein Ingenieur bei der Mafia? Ein Ingenieur

von der Fiat? Ich weiß, im Leben ist alles möglich, aber . . . Was sagen Sie dazu, Cottino?«
Thea wandte sich plötzlich an ihn.
»Glauben Sie nicht auch, halten Sie es nicht für möglich, daß dieser Carabiniere an eine Begegnung zweier Mafiaangehöriger geglaubt hat und auch daran, daß der andere einer von der Fabrik war?«
»Eine Fiat-Fabrik?« fragte Signora Guidi.
»Aber nein, die Fabrik, die der Carabiniere suchte, der – vorausgesetzt, daß er uns bis zur Kirche gefolgt war – dann dem Ingenieur folgte, weswegen, sagt Graziano, das Problem darin besteht, zu erfahren, was der Ingenieur gemacht hat, nachdem er den Engel spielte, ob er bis zum Ende geblieben ist, oder ob er früher fortgegangen ist, und wenn er früher gegangen ist, wohin, denn Graziano sagt: Wenn der Carabiniere wirklich geglaubt hat –«
»Thea«, flehte Signora Guidi, »sei nicht so wirr, versuch doch einmal, mir kurz gefaßt zu erklären, was das alles zu bedeuten hat.«
»Daß dieser Carabiniere, der uns folgte, du weißt, man hat es dir doch gesagt . . .«
»Ja doch . . .«
»Na siehst du. Vielleicht hat der Ingenieur ihn ermordet.«
»Was erzählst du da?« sagte Signora Guidi. »Ein Engel, ein Kind, ein Mafioso und jetzt noch ein Mörder! Finden Sie nicht auch, Cottino, daß das für einen Ingenieur ein bißchen viel ist?«
»Ingenieure . . .«, sagte Cottino nur. »Tz.«

9

Zugleich furchtsam und schamlos, kriecherisch und voller Zuvorkommenheit, erbot sich der Ingenieur noch einmal, mit ihnen an Ort und Stelle zurückzugehen, und noch einmal lehnte der Kommissar das Anerbieten ab. Das »Geständnis« hatte sich – genau wie der Mensch, der es ablegte – als gewunden und nicht greifbar erwiesen, und seine »Präzisierungen« hielten die Mitte zwischen beredtem Verschweigen und einem Vergessen aus Angst. Aber welchen Sinn hätte es gehabt, ihn jetzt mitzunehmen, selbst angenommen, es lohnte die Mühe, seine schmutzige Geschichte zu überprüfen?
Das Urteil der Caldani über ihn stimmte. Ein frustrierter Perverser, ein impotenter Möchtegernlüstling, der sich darauf beschränkte, schnüffelnd herumzustreifen, Gerüchen in Straßenwinkeln witternd nachzuspüren. Graziano schien ziemlich beeindruckt. Er hörte sich die ebenso abgehackt wie eindringlich vorgetragenen Geständnisse dieses Indivi-

duums mit der Miene eines Mannes an, der vergeblich ein Gesicht im Verbrecheralbum der Polizei sucht. Er war wohl noch nie in seinem Leben einem Typ dieser Art begegnet oder hatte je eine so geschraubte Sprache gehört.

». . . schon weil ich selbst Wert darauf legen würde, zu überprüfen, ob diese Art von Traum, von weißem Alptraum . . . meine Beziehung zur Realität, die stets ambivalent war . . . der Fluß, nicht wahr? das Wasser und diese Feuer . . . die Lösung meiner Identitätskrise auf der Ebene der Erniedrigung, Sie verstehen? sozusagen ein Loskauf . . .«

Er sprach ausschließlich zu sich und von sich selbst, wie sehr viele Menschen heutzutage. Reines Gefasel. Ein Gesabber. Wie viele solcher Ausbrüche, überlegte sich gleichmütig Santamaria, hatte er in den letzten Jahren gehört, in den Diensträumen des Polizeipräsidiums oder auf den schäumenden Ätherwellen des Rundfunks oder Fernsehens, öffentlich oder privat. Man konnte Vicini gewiß nicht schamloser finden als so viele andere Anbeter des eigenen üblen Geruchs, die unter Berufung auf Brüderlichkeit sich in der Öffentlichkeit »aufschlossen« und »befreiten«. Es war das typische Individuum, das mitten in der Nacht den Hörer abnahm und Radio Masoch oder das Zentrum für peinliche Probleme anrief. Ein *human case*, ein bemitleidenswerter Fall wie zigtausend andere.

Aber warum dann, fragte sich Santamaria, dieses unverhältnismäßig heftige Gefühl von Ekel? *Was* stimmte hier nicht?

Vielleicht der Kontrast zu der traditionellen reichen Möblierung der Diele mit der überwältigenden Respektabilität der englischen Stiche, des Perserteppichs, der antiken Kommode und des schweren vergoldeten Garderobenspiegels. Oder vielleicht war eben dieser Kontrast, die Langeweile, der Überdruß, den er hervorrief, das, was einem die Kehle zuschnürte? Der untadelige Bürger war am Ende insgeheim ein sexuell Besessener. Was ihn interessierte, mußte ihn verraten.

Santamaria war im Begriff, Graziano zu Hilfe zu kommen, als er neben der Wohnungstür eine kunstvolle Vase bemerkte, die voll von Schirmen und Stöcken war. Dabei wurde ihm bewußt, daß dieser Lahme zu Hause überhaupt nicht hinkte, sondern sich die ganze Zeit bewegte, ohne eine Stütze zu brauchen. Handelte es sich also um eine Simulation? Veranlaßt von Gott weiß was für einer eigenbrötlerischen gnostischen Koketterie? Immer häufiger traten jetzt Heuchler auf, die nichts zu verbergen hatten, Imitatoren ohne Vorbild, Konformisten ohne Regeln und Normen und Individualisten, die nicht einmal Individuen waren.

Individuum – es war dieses Wort, das ihn veranlaßte, mit Härte abzulehnen:

»Nein, lassen Sie nur, ich brauche Sie im Augenblick nicht. Allenfalls ... kommen Sie am Montag noch einmal ins Polizeipräsidium. Einverstanden?«
»Warum?« stammelte das Individuum. »Ich sagte doch schon ... ich meine, ich habe klargestellt, daß mein ... daß mein Spaziergang am Freitag ...«
»Es handelt sich nicht um Ihren Spaziergang«, sagte der Kommissar und sah ihm fest in die Augen. Dann öffnete er selbst die Tür und begann, gefolgt von Graziano, die Treppe hinunterzugehen.
»Aber der Fahrstuhl ... Ich hole Ihnen den Fahrstuhl herauf!« rief Vicini aufgeregt vom Treppenabsatz herunter.
»Nein, danke sehr, lassen Sie nur, guten Abend!«
Nein, kein Mann, ein Individuum. Während des ganzen Gesprächs war der Ingenieur für Santamaria ein »Individuum« gewesen, in dem merkwürdig anonymen und unbestimmt als verdächtig kennzeichnenden Sinne, den dieses Wort bei der Polizei von jeher gehabt hatte – etwa: ein Individuum, das an der Stura-Brücke herumlungerte, wurde festgenommen, oder: ein Individuum wurde dabei überrascht, daß es sich an einem Mercedes zu schaffen machte ...
»Heilige Madonna, was ist denn das für eine Sorte Mensch?« fragte Graziano.
Mein lieber Junge, wollte Santamaria schon väterlich beginnen, sagte dann aber nur:
»Was weiß ich! Jedenfalls aber scheint er mir nicht der Mann, der zwei Personen umbringt.«
»Und wenn er drogenabhängig wäre? Den Blick eines Süchtigen hat er nicht, aber wenn er es trotzdem wäre?«
»Ich weiß nicht. Aber abgesehen davon: ich muß sagen, die ganze Geschichte mit der Umarmung in der Kirche überzeugt mich nicht sehr.«
Graziano beteuerte, der Ingenieur habe die Tatsache zugegeben, und auch wenn er sagte, auf seinem ganzen »Spaziergang« keinen Volkswagen bemerkt zu haben, auch wenn er – natürlich – leugnete, in irgendeiner Weise Kontakt mit dem ermordeten Maresciallo gehabt zu haben, mußte man dieser Spur bis auf den Grund nachgehen. Es war immer noch möglich, daß der Maresciallo, während er Vicini folgte, auf –
»Wen getroffen wäre?« fragte Santamaria herausfordernd.
»Ich weiß es nicht, aber ich will der Sache auf den Grund gehen.«
Santamaria lächelte.
»Wie es scheint, geht es euch wie uns.«
Die mächtige Organisation, die ihm den oder die Mörder Genoveses auf einem silbernen Tablett servieren sollte, gab sich jetzt damit zufrieden,

»kein Indiz zu vernachlässigen« und »die Ermittlungen nach allen Richtungen zu führen«. Wo war das engmaschige Nachrichtensystem, das Informationen aus erster Hand lieferte, wo blieb das blitzartige, entscheidende Eingreifen der zeitweiligen »Verbündeten« des Polizeipräsidiums und der Carabinieri?

»Wir sind es nicht gewesen, so viel ist sicher«, sagte Graziano schmollend. »Aber einstweilen wissen wir noch nicht, wer es gewesen ist.«

»Es wäre verfrüht, nicht wahr?«

»Alle Freunde sind in Bewegung und unternehmen etwas, und auch ich rühre mich. Dieser Geschichte mit dem Ingenieur gehe ich so weit nach, wie sie mich führt. Vielleicht ist er ein Wahnsinniger, vielleicht ein Scheißkerl, vielleicht auch nur krankhaft veranlagt, aber ich will den Weg wiederholen, den er angeblich gemacht hat, und mich auf dieser Dora- oder Sturabrücke ein wenig umsehen ... Machen Sie nicht mit, Herr Kommissar? Glauben Sie denn nicht daran?«

»Nein, nicht sehr«, sagte Santamaria, der vor Graziano auf den Hausflur trat.

Genovese hatte seit Monaten diese Pfarrkirchen besucht, und so mußte er ein dutzendmal diesen »Friedensgruß« beobachtet haben, den Gläubige nach diesen neuen Liturgien wechselten. Schwer vorstellbar, daß ihm gerade dieser besonders aufgefallen sein sollte. Es war unwahrscheinlich, daß er alles andere hatte laufen lassen, nur um dem Ingenieur zu folgen. Und es war unvorstellbar, daß gerade dieses Individuum fähig gewesen wäre – und ein Motiv gehabt hätte, um ...

»Aber ich mache trotzdem mit«, entschloß er sich. »Auch ich werde mich da ein bißchen umschauen.«

Schließlich war für die Polizei ein »Individuum« immer und ganz automatisch verdächtig.

10

In der geistigen Verfassung, in der sich der Gefreite Cottino seit einigen Monaten befand, wäre ihm auch ein Gespräch zwischen Sokrates, Plotin, Kant und Schopenhauer als bloßes Geschwätz erschienen. Er betrachtete also mit distanzierter Mißbilligung das unverständliche Gerangel, das sich um ihn herum im Innern des Autos abspielte. Das junge Mädchen öffnete die Tür, um auszusteigen, und seine Mutter zog es mit den Worten »wenn dein Vater« wieder herein; der junge Mann, Graziano, sagte, er würde allein gehen, und die Mutter gab ihm recht und sagte, daß Rechtsanwalt Salle, worauf die Tochter wütend wurde und wiederholte, sie wolle mit ihm gehen, doch er bestand darauf, sie

mit ihrer Mutter nach Hause zu schicken; sie öffnete wieder die Tür, die Mutter kam wieder mit Papa, und der junge Mann packte sie wieder am Arm, alle sagten, es könnte gefährlich werden, daß es schon spät sei und überhaupt nach einem solchen Tag; die Mutter kam wieder auf den Rechtsanwalt zu sprechen, öffnete dann die Tür und stieg aus, zusammen mit dem jungen Graziano; das junge Mädchen blieb zunächst mit eiserner Miene sitzen, zusammen mit Dr. Santamaria, stürzte sich dann aber hinaus, und alle stiegen wieder ein und sagten sich alles von Anfang an noch einmal in der gleichen Reihenfolge der Tonarten von Drohung, Auflehnung, Bitte, Entrüstung, Befehl und Drohung ... Am Ende ließ Dr. Santamaria alle aussteigen, sogar Cottino.
»Cottino, siehst du das Auto da?« fragte er, von Mann zu Mann, und zeigte auf ein kastanienbraunes Kleinauto mit hellem Dach.
»Ja, Dottore.«
»Nimm du es und komme mir bis zur Brücke nach.«
Noch bevor Cottino Zeit gefunden hätte, zu fragen, um welche Brücke es sich handelte, hatte ihm der junge Mann schon die Autoschlüssel in die Hand gedrückt, um dann selbst in den Einsatzwagen zu Dr. Santamaria zu steigen, der bereits anfuhr. Mit einem Achselzucken stieg Cottino seinerseits in den Kleinwagen und begriff erst dann, daß die beiden Frauen mit ihm fahren würden; da standen sie vor der anderen Tür und machten ihm Zeichen, zu öffnen.
Cottino streckte den Arm aus und sperrte die Tür auf.
»Tz«, machte er.

Lange blieb Ingenieur Vicini auf einem der beiden kleinen samtbezogenen Sessel der Diele sitzen und dachte nach über alles, was er gesagt, über alles, was er nicht gewagt hatte zu sagen, und über alles, was sie ihn nicht hatten sagen lassen. Sich auszudrücken, den Dingen auf den Grund zu gehen und sich selbst zu ergründen, das war, wenn es darauf ankam, immer schwierig gewesen. Wenn er den andern gegenüberstand, schüchterten sie ihn ein, verwirrten, erschreckten, blockierten ihn ... War der junge Mann, dem er vorhin seine Geschichte erzählt hatte, wirklich von der Polizei? Gestern in der Kirche hatte er sich nicht ausgewiesen, und heute abend war er grob, um nicht zu sagen, brutal, auf ihn eingedrungen. Ein harter Mann. Aber als dann der Kommissar gekommen war, hatte der Harte einen Augenblick Überraschung, ja sogar ein wenig Bestürzung gezeigt, und von diesem Augenblick an hatte er den Mund nicht mehr aufgetan. Ein Untergebener, der seine Kompetenzen überschritten und selbständig die Initiative ergriffen hatte, wie es in jeder Hierarchie vorkam? Oder hatte er überhaupt nichts mit der Polizei zu tun, sondern jemand hatte ihn geschickt ...

aber wer?
Ing. Vicini ging mit langsamen Schritten, in Gedanken versunken, doch jedenfalls ohne zu hinken, bis zu dem zweiten Sessel, dem, der schräg neben dem Telefon stand.
Ob sie ihm geglaubt hatten? Natürlich hatten sie ihm geglaubt. Ein Erlebnis wie das, welches er in dieser schrecklichen Freitagnacht gehabt hatte, konnte man nicht erfinden. Aber warum hatten sie dann nicht eingewilligt, sich von ihm dorthin begleiten, dorthin führen zu lassen? Nun, gerade darum, weil sie ihm geglaubt hatten, weil seine Geschichte den gequälten, leidenden Ton der Wahrheit hatte. Aber warum hatte ihn dann der Kommissar für Montag aufs Polizeipräsidium bestellt?
Ing. Vicini bemühte sich, Wort für Wort nachzuvollziehen, wie seine schwierige Beichte vonstatten gegangen war. Und nun hatte er den Eindruck, daß sie in der Praxis nicht überzeugend und nicht befriedigend geklungen hatte. Notgedrungen. Es hatte ja der allgemeine Background seiner Kindheit und Jugend gefehlt, die Beziehung zu seinem Vater, zu den Frauen, zu den »anderen«, es hatte der ganze Fiat-Komplex gefehlt, die entscheidende Ambivalenz seiner Beziehung zur Fiat-Hierarchie, zur Macht, es hatte der paradoxe Widerspruch von Santa Liberata gefehlt, und es hatte . . .
Ing. Vicini zögerte nun nicht länger. Er nahm den Hörer ab und wählte ungeduldig eine Nummer.

Thea steckte den Kopf zwischen dem ihrer Mutter und dem Cottinos hindurch.
»Sie sind nach rechts abgebogen«, mahnte sie.
»Ich weiß, ich habe es gesehen«, sagte Cottino.
»Aber wenn sie jetzt wieder abbiegen, wie wollen wir sie dann finden?«
»Wir finden sie, Signorina, wir finden sie schon.«
»Aber wir wissen nicht, wohin sie fahren . . . Oder wissen Sie es vielleicht doch?«
»Ich weiß es nicht«, sagte Cottino und bog nun auch seinerseits von der Via Stradella rechts ab. »Doktor Santamaria sagte mir nur etwas von einer Brücke.«
»Über den Po? Oder über die Dora?«
»Keine Ahnung. Wir werden es ja sehen.«
»Da sind sie wieder! Das sind sie doch?«
»Wenn man das wüßte!« sagte Cottino. »Der Dottore hat den Blinker nicht eingestellt, und von weitem . . .«
»Das sage ich ja«, erregte sich Thea. »Von weitem sieht ein Rücklicht wie das andere aus, sie brauchen nur einen oder zwei Wagen zu überholen, und schon . . .«

Ein Wagen überholte sie.
»Fahren Sie nicht ein bißchen zu langsam? Jetzt brauchen sich nur noch ein paar Wagen zwischen uns und sie zu schieben, dann können wir nicht mehr –«
»Thea«, wandte sich Signora Guidi entschieden an ihre Tochter. »Jetzt tu mir einmal den Gefallen und laß den fahren, der am Steuer sitzt.«
»Aber ich bitte Sie, Signora«, sagte Cottino lächelnd und mit einer Miene, als ob ihm ein bißchen mehr oder weniger Unannehmlichkeiten im Leben, ein bißchen mehr oder weniger Schicksalsschläge nicht viel bedeuteten.
»Du solltest dankbar sein«, fuhr Signora Guidi fort, »daß ich dich nicht nach Hause, ins Bett, geschickt habe, was nur natürlich und gehörig gewesen wäre . . .«
»Nach Hause wäre ich sowieso nicht gegangen.«
»Ach, du willst von zu Hause weg? Und ich sage dir –«
»Mama, spiel nicht die unbeugsame Mutter, die nicht verstehen will. Ich habe keineswegs gesagt, daß ich von zu Hause fortgehen will. Ich habe nur gesagt, daß ich heute abend unbedingt mit Graziano, und wenn es nur ein klein bißchen ist, daß ich absolut mit ihm . . .«
»Ihr habt also eingesehen, daß . . . Ihr seid euch darüber klar geworden, daß diese Geschichte . . .« sagte Signora Guidi hoffnungsvoll.
»Wir haben gar nichts eingesehen, und wir sind uns über nichts klar geworden. Nur daß, wenn zwei Menschen . . . Da sind sie wieder, hinter dem Lkw! Los, fahren Sie schneller, das sind sie!«
»Hör mal, man kann nicht ungestraft . . .« drohte Signora Guidi. »Wenn du nicht damit aufhörst, sage ich Cottino, daß er mich nach Hause fahren soll, und dann gute Nacht. Du hast mich schon in diese verrückte Verfolgungsjagd hineingezogen, so daß wir wie zwei Irre diese Straßen entlangfahren, wo man keinen Menschen auf dem Bürgersteig sieht . . . Nun schau doch, es ist doch auffallend, daß hier buchstäblich keine Menschenseele zu sehen ist.«
»Wen sollte man denn sehen?«
»Was weiß ich, Leute, die ins Kino gehen oder ins Restaurant, oder jemand, der einen Besuch bei Verwandten macht. Aber statt dessen, sieh dich um: eine vollkommene Einöde, sie haben alle Angst.«
»Es ist ihnen zu kalt«, widersprach Thea. »Oder sie haben ein Auto.«
»Sie haben Angst. Früher sind die Leute unbesorgt die ganze Nacht auf der Straße herumgelaufen, selbst im Winter sind sie spazierengegangen, habe ich nicht recht, Cottino?«
»Früher einmal«, seufzte Cottino und beschwor mit seinem Seufzer eine geradezu paläontologische Vergangenheit.
Die Straßen folgten aufeinander wie lange dunkle Schubladen, die eilig

in den Zimmern der Nacht herausgezogen wurden, und die Straßenlaternen bildeten dazu gleichsam eine Reihe von schlecht geputzten Griffen.

»In dieser Gegend hat einmal Calcia gewohnt«, sagte Signora Guidi, »weißt du, der Polsterer ... Das heißt, vorher wohnte er in der Via San Secondo, und dann ist er hierher gezogen.«

»Tatsächlich?« sagte Thea, zog den Kopf zurück und machte es sich nun auf dem Rücksitz bequemer, da Cottino jetzt getreulich dem Einsatzwagen auf der Spur blieb.

»Ja, weißt du, der den kleinen Diwan bezogen hat, der erst in deinem Zimmer stand und der heute in dem ehemaligen kleinen Salon steht, nur jetzt auf Weiß umgearbeitet ...«

»Ja.«

»Es war ein geblümter Stoff, sündhaft teuer, aber wundervoll.«

»Geblümt?« fragte Thea.

»Ja, es waren türkisfarbene Blumen auf einem Grund ...«

»Aber das war kein geblümter Stoff, Mama. Das türkisfarbene Blumenmuster – das war die Dormeuse in Papas früherem Zimmer. Du verwechselst das mit –«

»Was erzählst du mir da, die Dormeuse war mit Seide bezogen, mit glänzenden und matten Streifen, Ton in Ton, jedenfalls –«

»Aber ich erinnere mich doch noch, wie ich als Kind darauf gespielt habe. Ich stellte mir vor, ich sei auf einem Floß, und jedes türkisfarbene Blatt war ein fliegender Fisch, den ich und meine Puppen –«

»Nein, schau, das ist unmöglich, es war ein seidener Bezug, ich erinnere mich genau an einen Riß gerade unter der Kante, es war nämlich ein französischer Stoff, sehr empfindlich, und am Ende war er dann auch tatsächlich –«

»Du verwechselst zwei Diwane, und zwar denkst du an den, an dem du einmal die Fransen abschneiden ließest.«

»Eben, und die Fransen waren Calcias Werk gewesen. Fransen waren seine große Passion, und manchmal konnte ich mich bei ihm nicht durchsetzen, weil es zu anstrengend gewesen wäre. Ich gab nach, und dann natürlich ... Aber jedenfalls der Türkisblumenbezug war auf dem kleinen Diwan. In dem Fall hatte wohl auch er begriffen, daß Fransen –«

»Nein, Mama, ich versichere dir –«

»Ach ja, weil du heute, die du damals gerade vier Jahre alt warst –«

»Sechs.«

»Na gut, aber wie willst du dich heute noch erinnern können, ob ein Sofa diesen oder jenen Bezug hatte –«

»Gerade das sind die Dinge, an die man sich am besten erinnert! Viel-

leicht bleibt dir nichts von einer Reise nach Venedig in Erinnerung, aber die Blumen auf der Dormeuse . . .«
»Thea, spiel hier nicht die kleine Psychoanalytikerin, die Türkisblumen waren ganz bestimmt –«
»Es tut mir leid, aber du irrst dich.«
»Natürlich, ich bin ja auch schon leicht verblödet und verkalkt –«
»Sie haben angehalten!«
Cottino setzte, ohne große Überzeugung, die Geschwindigkeit herab und kam schließlich mindestens dreißig Meter hinter dem Einsatzwagen, der vor einer kleinen Bar ohne Schild angehalten hatte, zum Stehen. Graziano ging gerade hinein.
Er blieb nur wenige Minuten und stieg dann wieder auf seinen Sitz neben dem Kommissar, ohne nach rechts oder links zu sehen.
Die Fahrt nahm wieder ihren Fortgang entlang immer breiteren Alleen, auf den letzten Stand gebracht, wie ein Telefonbuch, in dem nichts fehlt außer dem vitalen Punkt eines Irrtums, der Andeutung von etwas Überflüssigem. Die Beete auf dem Mittelstreifen waren noch von bräunlichem Schnee bedeckt, aber auf den Fahrspuren, abgesehen von den beiden Matsch- und Schlammrändern, die sie einfaßten, hatte der Asphalt wieder, hart und gleichförmig, seine Herrschaft behauptet.
Schließlich zeichnete sich leicht ansteigend, überragt von den großen Schlammbänken, die Brücke ab. Der Einsatzwagen fuhr jetzt ganz langsam, gleichsam eingeschüchtert von dieser imposanten, exzessiven Brückenkonstruktion, die im Hinblick auf ungeheure Wasserströme errichtet schien. Der Fluß selbst war freilich unsichtbar, doch jenseits der Brücke brannten unter den Pfeilern der Autobahnausfahrt auf dem linken Ufer die Feuer der Prostituierten. Der Einsatzwagen hielt jetzt am rechten Straßenrand, und Graziano eilte über den Fahrdamm auf diese einsamen Gestalten zu. Der Kommissar näherte sich Cottino, winkte ihn mit einer Krümmung des Fingers heraus und sprach ein paar Worte mit ihm, bevor er wieder zu seinem Wagen zurückging.
»Was hat er Ihnen gesagt, Cottino? Was ist los?«
»Nichts Besonderes«, sagte Cottino. »Der junge Mann holt nur Erkundigungen ein.«
»Fahren Sie doch ein bißchen weiter, daß wir etwas sehen können.«
»Da gibt es nicht viel zu sehen. Es ist das Übliche, Huren, Fernfahrer . . . tz.«
Die Gestalt Grazianos schwand aus dem Bereich des ersten Feuers, sie verschwand im Dunkel und erschien darauf, weiter weg, wieder im Kreis des zweiten Feuers. Der Kommissar rauchte, an die Tür des Einsatzwagens gelehnt; Lastwagen kamen vorbei, auch Pkw's; einige verlangsamten das Tempo, um, sobald sie die Polizei erkannten, wie

schuldbewußt rasch weiterzufahren.
»Ein reizendes Milieu«, sagte Signora Guidi.
»Mama, Graziano –«
»Nein, ich will nur sagen . . .«
Aber nichts wurde gesagt. Graziano kehrte zurück aus dem Grenzbereich von Schatten und Flammen, stieg wieder in den Polizeiwagen, und dieser fuhr los, eine große graue Rauchfahne hinter sich lassend. Cottino sagte, die Hände im Schoß:
»Man wird den Ölfilter auswechseln müssen.«
»Ja, worauf warten wir denn dann?« schrie Thea.
»Mal abwarten, ob er nicht zurückkommt, nicht wahr?«
Aber er kam nicht zurück, und die beiden roten Punkte entfernten sich immer weiter im Dunkel.
»Cottino, ich flehe Sie an, ich beschwöre Sie, seien Sie so gut . . .«
»Dann habe ich es auszubaden.«
»Aber warum? Wohin fahren sie denn?«
»Ich weiß es nicht, sie haben schon wieder angehalten. Da. Sie werden sehen, daß sie gleich umkehren.«
Die roten Stoplichter hatten kurz aufgeleuchtet, aber das Auto dort hinten wendete nicht. Es stand auf der Stelle.
»Cottino, sie warten auf uns, sehen Sie das nicht?«
Cottino fuhr an, aber er fuhr so langsam, daß man die Umdrehungen der Räder zählen konnte. Aus einem Feldweg links, nicht weit entfernt von den Feuern der Prostituierten, drangen die gelben Scheinwerfer eines breiten und niedrigen rechteckigen Fahrzeugs, das einen Augenblick anhielt, um sich zu vergewissern, ob die Straße frei war, und dann mit Schwung auf die rechte Seite fuhr, den Polizeiwagen einholte und sich an seine Seite setzte.
»Was ist das? Was macht der?«
»Das ist ein Geländewagen«, erklärte Cottino unlustig. »Ein Landrover oder ein Toyota . . . tz.«
Der Geländewagen fuhr weiter, und sogleich setzte auch der Einsatzwagen die Fahrt fort. Cottino folgte aus schierer Trägheit, und erst nach einem mit niedrigster Geschwindigkeit zurückgelegten halben Kilometer, erst als das vorderste Fahrzeug rechts in einen Feldweg einbog und das zweite es ihm gleichtat, erst da wurde es klar, daß die beiden einander folgten.
»Das ist ja eine wahre Prozession«, sagte Signora Guidi.
»Wohin führt er sie wohl?« fragte Thea.
»Keine Ahnung«, sagte Cottino, »jedenfalls geht es zur Stura hinunter.«
An der Einmündung des Feldweges hielt Cottino, doch ohne den Motor

abzustellen.
»Wir warten hier auf sie, einverstanden?«
»Cottino!«
»Da unten liegt der Schnee einen halben Meter hoch, da müßte man einen Landrover haben oder wenigstens Schneeketten ...«
»Aber die haben doch auch keine Schneeketten! Mama, hatte der Kommissar Schneeketten?«
»Nein, er hat keine«, sagte Cottino, »aber wenn wir nachher steckenbleiben, habe ich die Scherereien.«
»Wir haben doch immer noch den Landrover, der uns herausziehen kann, nicht wahr? Los, seien Sie nett und fahren Sie weiter, da wir schon einmal so weit mitgekommen sind ...«
»Tz«, machte Cottino und bog dann ebenfalls in den Feldweg ein.
»Aber ich halte mich in einer bestimmten Entfernung, Signorina, einverstanden?«
»Einverstanden, wir wollen nur sehen, wohin es geht.«
Sie fuhren in eine unbekannte Landschaft, die man nur erahnen konnte. Da war der weiße Kiesstrand und das schwarze Wasser des Flusses auf der rechten Seite, kaum zu erraten, bald fern, bald nah, und im übrigen vom Pflug der Scheinwerfer nach und nach vorwärtsgeschoben: ein unebenes, wechselndes Gelände, wo man immer erst mit Verspätung eine unvermutete Betonstrebe, eine Anhäufung von Autowracks, alten Sprungfedermatratzen, eine Wellblechbaracke oder den Holzrahmen eines alten Schleppnetzes erkannte. Die beiden Wagen vor ihnen tauchten im Wechsel auf und verschwanden je nach den Kurven und Unebenheiten des Weges, und schließlich, nachdem sie, mit den Scheinwerfern am Himmel, eine letzte Steigung erklommen hatten und nachdem sie von wer weiß welchem Abgrund wieder verschlungen worden waren, kamen sie links wieder heraus und hielten nebeneinander an.
Cottino, der begriffen hatte, daß er bereits zu weit nachgegeben hatte, um noch etwas ablehnen zu können, ließ sich überreden, bis zu einem mehr oder weniger »vernünftigen« Abstand heranzufahren. Dann stellte er die Scheinwerfer ab und willigte ein, zu Fuß weiterzugehen, angeblich um einen Platz zu suchen, wo er wenden könne. Doch kaum war er fort, verdichtete sich das Dunkel der Nacht, daß es zum Fürchten war.
»Was für eine reizende Gegend«, sagte Signora Guidi. »Ein Glück, daß die Polizei dabei ist.«
»Ohne die Polizei hätte mich Graziano auch gar nicht mitgenommen.«
»Das will ich hoffen. Es könnte sehr gut dies der besagte Ort sein, der Topos.«

»Was für ein Topos?«
»Ich weiß nicht, ein bestimmter Ort, den sie suchen.«
»Wo der Maresciallo ermordet wurde? Aber warum sagst du es auf griechisch?«
»Das tun *sie*, frag mich nicht, warum. Nein, es gefällt mir gar nicht hier, es ist ein klassischer Tatort. Recht bedacht, wäre es besser gewesen, wenn Cottino . . .«
»Hast du Angst? Und in der Kirche?«
»Was hat das damit zu tun, das war ein Attentat.«
Eine dunkle Gestalt tauchte auf einem Hügel vor ihnen auf.
»O Gott! Das gefällt mir durchaus nicht. Was sollen wir tun?«
»Aber das ist doch Cottino, wer soll es denn sonst sein?«
Signora Guidi schaltete die Scheinwerfer ein. Es war wirklich Cottino, der genau auf den Spuren, die die beiden anderen Fahrzeuge im Schnee gezogen hatten, zurückkam.
»Nun?«
»Um wenden zu können, muß man bis dort unten fahren, vorher gibt es keine Möglichkeit.«
»Und was ist da unten los?«
»Eine alte Kiesgrube, eine Art Grotte mit einem Wohnwagen darin. Da sind sie jetzt.«
»Im Wohnwagen? Mit wem sind sie denn da, was tun sie, haben Sie etwas sehen können?«
»Hineinsehen nicht. Aber draußen gibt es nichts Besonderes, es muß jemand sein, der Fahrräder repariert, oder es ist eine Schwarzschlächterei, ich weiß nicht. Es hängen überall Ketten herum.«

11

In wenigen Minuten verbreitete der Kerosinofen eine erstickende Wärme in dem Caravan, und die Frau neigte den Kopf zur Seite und befreite sich von ihrer üppigen tizianroten Perücke.
»Bitte mich zu entschuldigen«, sagte sie und begann, sich den schweren Pullover über den Kopf zu ziehen, »aber hier drinnen muß ich mich etwas erleichtern, der plötzliche Wechsel von der Kälte in diese Hitze wäre sonst . . .«
Unter dem dicken Pullover trug sie ein weißes Wollhemdchen, das vorn am Ausschnitt und an den dünnen Trägern mit Nylonrosen besetzt war. Und darunter schien noch ein gewaltiger schwarzer Büstenhalter hindurch.
»Also, was ist mit diesem Volkswagen?« fragte der Kommissar.

»Diesen Volkswagen hab' ich nie gesehen, weder einen hellen noch einen dunklen, weder vorher noch später«, erklärte die Frau und ordnete, so gut es gehen wollte, mit den Händen das kurzgeschnittene kastanienbraune Haar. »Wer saß denn drin, seine Frau, die ihm nachfuhr? Denn manche kommen im Einverständnis mit ihrer Ehefrau, manchmal ist die Frau nämlich froh, wenn ...«
»Nein, er ist nicht verheiratet«, sagte der Kommissar. »Und deine Kolleginnen?«
»Ob sie einen VW gesehen haben? Ich weiß es nicht, aber ich kann sie fragen.«
»Die ersten drei haben ihn nicht gesehen«, sagte Graziano. »Hör du dich ein bißchen bei den anderen hier in der Gegend um, ja?«
»In Ordnung.«
»Ob jemand mit einem hellen Volkswagen in der Nähe gehalten und ob er sie etwas gefragt hat. O.k.?«
»Wird gemacht«, antwortete sie beflissen. »Aber ich bitte zu bedenken, daß wir gestern abend bei diesem Schneetreiben wenig gearbeitet haben. Viele von uns sind gar nicht erst gekommen.«
»Und wie kommt es, daß du hier warst?« fragte der Kommissar.
»Weil ich eine besondere Kundschaft habe, die bei jedem Wetter kommt.« Lachend hob sie die kräftigen vollen Schultern und beugte einen Arm in der Pose einer Ringkämpferin. »Darf ich daran erinnern, daß man mich ›die Peitsche‹ nennt?«
Von zwei an der Decke des Caravans angebrachten Ringen hingen Bündel von eisernen und bronzenen Ketten, mit Gliedern von unterschiedlicher Stärke und Größe, bis zum Boden herab. Und an einem breiten an der Wand befestigten Brett waren in verschiedener Höhe, wie Turngeräte, lederne Armschienen und Handschellen aufgehängt.
»Hast du gestern abend Kundschaft gehabt?«
Die »Peitsche« wurde wieder ernst.
»Nein«, antwortete sie, »und diesmal bin auch ich wie die andern auf der Straße gewesen. Für gewöhnlich halte ich mich hier auf und warte auf meine Stammkundschaft. Denn das ist ein Plätzchen«, erläuterte sie mit einem Blick, der ihr ganzes kleines Reich umfaßte, »das sich einen gewissen Ruf erworben hat, ohne mich rühmen zu wollen.«
»Gestern abend dagegen ...«
»Auch gestern abend«, sagte die Frau mit ruhiger Gelassenheit. »Bitte mich zu entschuldigen ...«
Sie hatte sich gleich, nachdem sie den Wohnwagen betreten hatte, die Gummistiefel ausgezogen und sich auf Strümpfen am Ofen zu schaffen gemacht; jetzt hob sie das Röckchen hoch und begann, ihre dicken norwegischen Wollkniestrümpfe aufzurollen.

»Tatsache ist«, erklärte sie ehrlich, »bei so schlechtem Wetter überlegt es sich auch meine Kundschaft zweimal, bevor sie das Haus verläßt. Und dann ist mir auch das Laufgeschäft recht. Und wenn sich zum Beispiel ein Lastwagenfahrer zeigt, der sich bloß ein bißchen zerstreuen will, dann bin ich nicht die Frau, die sich dafür zu schade ist. Sie verstehen?«
Sie erhob sich in ihren Netzstrümpfen von dem klapprigen Strohhocker und zwängte sich zwischen dem Kommissar und Graziano, die auf einer Art Bank saßen, hindurch.
»Da sind sie ja.«
Sie tauchte mit einem Paar ausgetretener Hausschuhe wieder auf und kehrte an ihren Platz auf dem Hocker zurück.
»War der Mann gestern gekommen, um dich hier zu treffen? Wußte er von diesem Platz?«
»Nein, es war ein Zufall. Er sprach mit Annamaria, und als die gemerkt hat, was für ein Typ er war, schickte sie ihn zu mir. Ich stand nur ein paar Schritte weit von ihr entfernt.«
»Gibst du ihr eine Provision?« fragte Graziano.
»Ist doch selbstverständlich, nicht wahr?«
»Läßt du dich immer vorher bezahlen?«
»Das ist doch wohl klar, nicht?«
Aber sie fügte hinzu, indem sie den muskulösen Arm wieder beugte: »Es ist vor allem eine Gewohnheitssache. Denn bei mir zahlen sie immer, ob vorher oder nachher. Es kommt ihnen nicht einmal im Traum der Gedanke, mir einen Streich spielen zu wollen. Bedenken Sie bitte, daß ›die Peitsche‹, abgesehen von Spinnen, vor nichts Angst hat.«
»Wie spät war es?«
»Kurz nach zwei«, sagte sie und wies auf einen auf einer kleinen Konsole stehenden Wecker. »Ich habe auf die Uhr gesehen.«
»Was hat er dir erzählt?«
»Daß er den ganzen Weg vom Zentrum aus zu Fuß gemacht hatte. Und das mußte wohl wahr sein.«
»Warum?«
»Er war bis auf die Haut durchnäßt, er sah aus, als ob er gerade aus Rußland gekommen wäre, er hat mir hier eine Pfütze gemacht, so groß wie ein See . . .«
Der Kommissar musterte den Fußboden und die Wände, die jedoch nicht den Eindruck machten, als seien sie kürzlich gesäubert worden.
»Hat er nicht gesagt, warum er diesen Weg gemacht hat?«
Die »Peitsche« zuckte die schweißbedeckten Schultern und schob die dicken Lippen vor.
»Das Übliche, Beziehung hier, Beziehung da, der Vater, die Mutter, die

Tante, die Großmutter, wer bin ich, wer sind die anderen, die Demütigung, die Frustration ... Aber ich, glauben Sie das bitte, ich höre gar nicht zu, was sie da schwätzen. Mich interessiert nur, ob sie mich prügeln wollen, oder ob sie von mir geprügelt werden wollen. Weil natürlich der Tarif verschieden ist.«

»Na, und er?«

»Er ...«

Die »Peitsche« ließ sich Zeit. Das grobe breite Gesicht verzog sich, als sie ihre Gedanken konzentrierte, zu einem knochigen Quadrat.

»Nun, nachdem er sich ein bißchen getrocknet und wieder erholt hatte ... ich hatte ihm ein Gläschen angeboten ... apropos ...?«

»Nein, danke«, lehnte der Kommissar ab.

»Kurzum, ich zeigte ihm natürlich mein Instrumentarium.«

Sie stand auf, um einen Cretonnevorhang aufzuziehen, hinter dem eine bedeutende Auswahl von geflochtenen Seilen und geknoteten Stricken sichtbar wurde, von Fuhrmannspeitschen und Reitgerten, von Ketten, Riemen und schwarzen Koppeln, von Schaftstiefeln, Stiefeletten und schwarzen Stulpenhandschuhen nach alter Musketierart, von Haken und Eisen von fragwürdiger Verwendung.

»Eine halbe Stunde stand er da und sah sich alles an, faßte es an und stellte Fragen, aber ohne sich zu etwas zu entschließen. Da habe ich gemerkt, daß er mich entweder nur fragte, um sich, Sie verstehen, durch meine Antworten in Fahrt zu bringen, oder weil er überhaupt keine Erfahrung hatte. Ich sage ihm also, hör mal, wenn es dir Spaß macht, kann man auch beides kombinieren, mit einem Aufschlag, wie sich versteht. Schändung *und* Bestrafung. Erst legst du mich in Ketten und nagelst mich hier an den Boden oder an die Wand oder wo du sonst willst und vergewaltigst mich. Dann fessele ich dich, schlage dich und tue dir weh und nehme dir dein Schuldgefühl, und du gehst zufrieden nach Hause. Schau, sage ich ihm, es ist ja eine ziemlich normale Angelegenheit, du mußt dir nur nicht einbilden, das sei etwas ganz und gar Ausgefallenes.«

Wie sie da vor ihrem Handwerkzeug stand, die Hände in die robusten Hüften gestemmt, und in einem Ton der Rechtfertigung und Anpreisung sprach, hatte sie etwas von einer Obsthökerin, die an ihrem Marktstand die Qualität ihrer Orangen verteidigt.

»Und er?«

»Ja, ihm blieb ein bißchen die Spucke weg. Aber, fragt er mich, wenn einer normal ist? In welchem Sinne normal? Und ich erkläre ihm, daß ich manche und ganz verschiedenartige Kunden habe, die derartiges von mir verlangen, und, ohne mich rühmen zu wollen, alles Leute von einer gewissen ... Studierte, Rechtsanwälte, Geschäftsleute, leitende

Angestellte ... Und da fährt er hoch und fragt: Auch von Fiat? Und ich antworte, so aus Spaß, ja, genau wie du, denn ich konnte ja selbstverständlich nicht wissen, ob er bei der Fiat ist. Außerdem, bedenken Sie bitte, mein Grundsatz war immer, daß die Geschäfte meiner Kunden mich nichts –«
»Selbstverständlich«, sagte der Kommissar. »Und dann?«
»Dann – nichts«, sagte die Frau. »Er hatte sich abreagiert.«
»Er hat nicht ...?«
»Nicht im geringsten. Absolut null. Einen Augenblick habe ich versucht, ihn ein bißchen aufzupulvern, denn er hatte ja bezahlt, und ich stehle niemand gern sein Geld, ich will nicht, daß die Leute hinterher erzählen, die ›Peitsche‹ –«
»Ganz recht«, sagte der Kommissar.
»Denn, wissen Sie, meine Kunden sind manchmal ... Kurz, ich habe ihm gesagt, ich kann mich auch als Unterwassersportler kostümieren, ich kann mich als Mann verkleiden, als deutscher Oberst und als Nonne und, wenn er wollte, ihm eines meiner Tonbänder vorspielen –«
»Tonbänder?«
»Bitte, sich anzuhören!« sagte die Frau.
Im nächsten Augenblick zog sie ein batteriebetriebenes Tonbandgerät hinter dem Vorhang hervor, schaltete es ein, und der Caravan hallte wider von keuchenden, seufzenden Geräuschen, zweideutigem Gebrüll und Geheul, herzzerreißendem Stöhnen, unterbrochen durch Zischen und lautes Peitschenknallen.
»Ja, so!« keuchte atemlos eine Männerstimme. »Bestrafe mich! ... Züchtige mich! ... Vernichte mich!«
»Sehr anregend«, stellte der Kommissar fest.
»Nicht wahr?« sagte die »Peitsche« und stellte das Gerät ab. »Doch er – nichts. Er war vollkommen fertig, nein, sagt er mir, wenn es ernst wird, in der Praxis, nein, das ist mein Fluch, und gute Nacht ...«
»Was für ein Fluch?«
»Das hat er nicht gesagt.«
»Hat er irgendwelche merkwürdigen Worte gesagt, in einer besonderen Sprache?«
»Alles, was meine Kunden sagen«, erklärte die Frau lachend, »klingt mehr oder weniger merkwürdig.«
»Sprach er von einer Kirche, von einem Priester?«
»Nein, Priestersachen habe ich nicht hier, nur, zufällig, einen Rosenkranz und, wie schon gesagt, ein Nonnenhabit mit Haube, aber nichts von einem Priester.«
»Und dann hast du ihn also zurückgebracht?«
»Es war das mindeste, was ich tun konnte. Ich konnte ihn doch nicht

einfach stehenlassen und den ganzen Weg, bei diesem Schnee, allein wieder zurückgehen lassen. Ich habe den Toyota genommen und ihn bis zum Dora-Bahnhof gefahren.«
»Und du hast keinen Volkswagen gesehen? Auch dann nicht?«
»Nein. Er hat bald ein Taxi gefunden, und bevor er einstieg, gab er mir noch zehntausend Lire. Ein anständiger Typ, sehr höflich. Und er ist also bei der Fiat?«
»Wer weiß«, sagte der Kommissar.
»Aber wieso? Was hat er getan? Hat er sich umgebracht oder so?«
»Er hat nichts getan, es ist nur eine Kontrolle.«
»Aha, das wollte ich auch meinen, denn auf mich hat er einen ruhigen, anständigen Eindruck gemacht«, sagte die Frau. »Einer von denen, die sich ein bißchen an Porno aufgeilen, aber im Grunde ... kurzum, ein Normaler, nicht wahr?«
»Ein Kryptonormaler«, sagte der Kommissar in plötzlicher Erleuchtung.
»Krypto ...? Bitte, zu erklären.«
»Nichts«, antwortete der Kommissar. »Es ist nur eines dieser merkwürdigen Wörter.«

12

Als Cottino bemerkte, daß die Scheinwerfer des Polizeiautos wieder aufleuchteten, fuhr er bis zu dem freien Platz vor der Grotte, um dort zu wenden.
»Fahren wir zurück, Dottore?« fragte er Santamaria durch das Fenster der Wagentür.
»Ja, fahr mir nach.«
Aber Thea war schon ausgestiegen, hatte sich zwischen der Rückenlehne des Vordersitzes und der Tür hinausgewunden und lief Graziano entgegen.
»Du hast also recht gehabt? Habt ihr etwas gefunden?«
Graziano zeigte ihr ein enttäuschtes, verdrossenes Gesicht.
»Nichts.«
»Wirklich nichts, auch nicht den geringsten Anhalt?« fragte Thea auch den Kommissar.
Santamaria – er hatte Schwierigkeiten mit der Zündung – schüttelte den Kopf.
»Die Kerzen«, sagte Cottino von der anderen Seite her. »Der Ölfilter, tz.«
»Und wohin fahren wir jetzt?«

Der Motor war endlich angesprungen und kam dröhnend und stotternd auf Touren. Die Antwort des Kommissars, falls es eine gab, verlor sich im Lärm, der aus der Grotte widerhallte. Thea ging zu dem anderen Auto zurück, und die »Prozession«, nun ohne den Toyota, wand sich zur Straße hinauf, in Richtung Stadtmitte. Noch einmal kamen sie an den Feuern der Prostituierten vorbei und überquerten die Brücke.
Der Polizeiwagen machte nirgends mehr halt, sondern fuhr ohne Umweg zügig zur Stadtmitte, nur darauf bedacht, Cottino nicht zu verlieren. Hinter der Dora-Station bog er auf den Corso Principe Oddone und Corso San Martino ein. Bei Porta Susa wendete er und fuhr dann auf der Seitenallee des Corso Vinzaglio weiter, um schließlich über die Via Grattoni – mit Cottino im Gefolge – in den Hof des Polizeipräsidiums einzufahren.
Thea stieg aus, die Kehle wie zugeschnürt und mit weichen Knien, denn sie hatte den furchtbaren Verdacht, Graziano sei von neuem verhaftet, da seine Versuche gescheitert waren. Aber sie fand ihn heiter, als sie sich ihm näherte, und sie hörte ihn dem Kommissar danken, der ihn ermächtigt hatte, seinen Porsche wieder in Besitz zu nehmen.
»Danke. Es tut mir leid, daß es schiefgegangen ist, aber morgen mache ich mich wieder auf den Weg. Es ist nicht gesagt, daß dies schon das Ende ist.«
»Allerdings«, bemerkte trocken der Kommissar. »Wir werden uns noch einmal über die Pistole unterhalten müssen, nicht wahr?«
Graziano breitete mit einer fatalistischen Gebärde die Arme aus. Dann folgte er Cottino, der bei der Rückgabe des Autos zugegen sein wollte. Auch Thea bedankte sich.
Signora Guidi, die mit einem unentschlossenen Ausdruck ein wenig abseits stand, trat auf den Kommissar zu und gab ihm die Hand. Jetzt, sagte sie scherzend, da Thea und ihr Freund zusammen über zwei Wagen verfügten, fände sie es schwierig, noch einmal die Freundlichkeit (sie machte eine unmerkliche Pause, bevor sie fortfuhr) Cottinos zu mißbrauchen, um sich von ihm nach Hause fahren zu lassen.
»Aber, es tut mir leid, es gestehen zu müssen, es ist ein Vergnügen, mit Ihren Einsatzwagen zu fahren. Man fühlt sich darin so«, und diesmal war die Pause nicht ganz so unmerklich, »beschützt.«
»Solange nicht auf uns geschossen wird«, antwortete Santamaria mit einem Lachen. »Denn es ist ja nicht so, daß wir«, und hier machte auch er eine Pause, »so viel gepanzerter sind als andere Menschen.«

Ein Beamter von absoluter Integrität und, vor allem, ein Gentleman, ein Ehrenmann – dazu gratulierte er sich selbst, als er nun zu Fuß nach Hause ging.

Aber dies bis zu einem Punkt, daß er bei dieser sich so ungezwungen gebenden Dame die Rolle des keuschen Joseph spielte?
Doch, das fürchtete er. Mit dem unfehlbaren detektivischen Scharfsinn der Frauen in solchen Fällen hatte sie natürlich gemerkt, daß die Rückkehr ins Polizeipräsidium und die Rückgabe des Porsche eine Methode war, sich zurückzuziehen. Sie fühlte sich – sie hatte es selbst gesagt – in seiner Gegenwart beschützt, und es war nicht schwer, sich auszumalen, wie dieser unter seinem Schutz begonnene Abend geendet hätte, wenn die beiden anderen in das Motel *Le Betulle* – oder ein ähnliches – verschwunden wären und ihm die Sorge um sie überlassen, das heißt, sie ihm praktisch in die Arme gelegt hätten. Eine Situation, die ein Gentleman unter keinen Umständen ausnützen . . .
Es sei denn, man ist ein Pneumatiker, dachte er. Oder kryptonormal. Oder auch ein Topos oder sonst etwas Derartiges, was zu einem bestimmten Zeitpunkt in der Nacht in Erscheinung trat. Während er, wohl oder übel, bei einer – wie er fast schamhaft errötend einsah –, nun, bei einer anthropomorphen Auffassung vom Menschen stehengeblieben war.

10. Ein monotones Rauschen im Hintergrund

1

Ein monotones Rauschen im Hintergrund und im Vordergrund ein zeitweilig aussetzendes metallisches Tröpfeln zeigten der Pietrobono an, daß es in der Nacht zu regnen begonnen hatte.
Sie brauchte nicht länger als zwei Minuten zum Überlegen, was sie anziehen sollte (Stiefel und Schottenrock oder graue Hose und weißer Pullover?); dann stand sie auf, ging ins Bad, zog sich rasch an, wobei sie halblaut vor sich hin fluchte. Statt bis um elf Uhr auszuschlafen, ihr kleines Dachzimmer aufzuräumen und sauberzumachen, mit dem einen oder anderen Bekannten zu telefonieren, um sich fürs Kino oder für den Nachmittag zu verabreden, rannte sie nun wie eine Irre ins Büro und stürzte sich sogar sonntags in die Arbeit. Wer zwang sie dazu? Man mußte wahrhaftig eine so verbohrte, übereifrige Närrin sein wie sie.
Sie schnitt eine Grimasse, als ihr Blick auf das ungemachte Bett, das plattgedrückte Kopfkissen, eine Strumpfhose und einen Büstenhalter fiel, die zu Boden gerutscht waren. Die Unordnung in ihrer Behausung gefiel ihr nicht, aber sie ließ alles so liegen; noch weniger behagte ihr die Unordnung, der Zustand chaotischen Stückwerks, in dem sie das »Untersuchungsmaterial« auf den Tischen von Santamaria und De Palma zurückgelassen hatte. Und unter solchen hausfraulichen Betrachtungen drehte sie den Schlüssel dreimal energisch im Türschloß herum und lief die Treppe hinunter. An der Haustür machte sie halt, um den Regenschirm ihrer Mutter zu öffnen. Man hätte denken können, der Tag breche gerade erst an, so dunkel war es noch.
Zur gleichen Zeit (8.05 Uhr) schliefen andere Frauen noch friedlich oder unruhig, ins Nichts versunken oder von wechselnden Bildern heimgesucht, von flüchtigen Erscheinungen gestreift. In ihrem Flanellnachthemd warf sich Signorina Caldani von einer Seite auf die andere, ihre Lippen zitterten von Zeit zu Zeit über den zusammengebissenen Zähnen, als wollten sie die Silben eines stillen Gebets durchsickern lassen. Allein in ihrem Bett, träumte Romilda Bortolon, ihr Mann, der dritte Bruder seiner Familie, hielte sie im Arm wie damals, als sie an Festtagen zusammen zum Tanz auf den Dorfplatz gegangen waren; aber um sie herum befanden sich keine anderen Paare, sondern nur Männer, die alle aussahen wie die Bortolon, Dutzende, Hunderte von

Bortolon mit weitaufgerissenen Augen. Signora Guidi überflog in großer Höhe eine Asienkarte, und aus dem kleinen Fenster des Jet erkannte sie Halbinseln, Meeresbuchten, Gebirgszüge, Flüsse, Wüsten; es gelang ihr jedoch nicht, sich an die Namen zu erinnern, die sie in schwarzen Buchstaben auf die entsprechenden Orte legen sollte, nicht an einen einzigen, und so bestrafte die Stewardess sie mit einer kleinen Peitsche. Ihre Tochter Thea lag ein wenig quer im knarrenden Doppelbett des Motels »Die Birken« und schlief; ihre Hand schaute unter dem Kissen hervor wie eine zartrosa Blüte, aber diese Ähnlichkeit lenkte Graziano (der bereits aufgewacht war und auf einen Ellbogen aufgestützt die Schlafende betrachtete) nicht von seinem tiefen Erstaunen ab, mit dem er an eine andere Übereinstimmung dachte, noch half sie ihm dabei, eine Entscheidung zu fällen: Sollte er jetzt leise weggehen und Thea eine kurze Notiz hinterlassen, oder sollte er warten, bis sie wach wurde und ihr dann erklären, wie die Dinge sich wirklich zugetragen hatten?
Es war 8.23 Uhr, als die Pietrobono in einer Bar in der Via Cernaia einen Cappuccino und eine Brioche bestellte, denn das kleine Lokal auf dem Corso Vinzaglio gegenüber dem Polizeipräsidium war sonntags geschlossen.
Zur gleichen Zeit führten auch andere Turiner warme Getränke an die Lippen. Der Verleger trank gerade eine Tasse russischen Tee (der ihm nicht schmeckte) ohne Zucker und Zitrone; seine Frau selbst hatte ihn ihm zubereitet und ans Bett gebracht, weil heute Sonntag war und das äthiopische Dienstmädchen sonntags in seinen äthiopischen Zirkel ging, um äthiopische Gerichte zu kochen und (diesen Verdacht hegte der Verleger) sich von äthiopischen Studenten verrückte Ansprüche auf Lohn und Freizeit in den Kopf setzen zu lassen. Priotti trank, ebenfalls noch im Bett, den Kaffee, den ihm seine Lebensgefährtin gemacht und ins Schlafzimmer gebracht hatte. Der Kräuterhändler schlürfte einen Abführtee, an dessen Wirkung er nicht mehr glaubte, während seine Frau, die nichts zu sich nahm, mit geröteten, schmerzenden Augen das Regenwasser betrachtete, das von einer kaputten Dachrinne auf den Balkon niederprasselte.
Um 8.38 Uhr machte die Pietrobono das Licht im Büro an. Wie die Stadt lag auch das Polizeipräsidium verlassen da, aber als sie aus dem Regen und der Kälte in diese warme, vertraute Umgebung kam, empfand die Pietrobono keinerlei Gefühl der Verlassenheit. Sie stieß im Gegenteil das »Oh« einer zufriedenen Inhaberin aus, stellte den tropfenden Schirm am üblichen Platz ab, und während sie die Hände zum Aufwärmen an die Heizung hielt, begann sie, sich im Geiste einen Arbeitsplan für den Vormittag zu machen.

Andere waren im gleichen Augenblick ebenfalls damit beschäftigt, Pläne zu schmieden. Der Ingenieur Vicini bildete sich ein, er hätte die ganze Nacht kein Auge zugetan (in Wirklichkeit hatte er insgesamt viereinhalb Stunden geschlafen) und schrieb hauptsächlich diesem Umstand seine fiebrige Mattigkeit, seine Erregung zu, die ihn ruhelos von einem Zimmer ins andere, vom Stuhl auf den Sessel trieb. »Ich könnte schwören«, sagte er mehrmals vor sich hin, »daß ich die ganze Nacht kein Auge zugetan habe.« Sonst wäre er jetzt ganz ruhig gewesen, hätte sich vollkommen in der Gewalt gehabt. Die große Entscheidung war gefallen: Mit den Fiat-Lagern, mit Turin, mit Italien hatte das Ungeheuer vom Corso Marconi abgeschlossen. Er würde den »Zuständigen« um seine Versetzung ins Ausland, in eine möglichst weit entfernte Filiale in Südamerika oder Australien, bitten, wo er, mit seiner wirklichen Identität versöhnt, ein neues Leben beginnen würde. Das konnten sie ihm nicht abschlagen. Hinter den Fensterscheiben, an denen der Regen in Streifen herunterlief, verdichteten sich Bilder breiter sonnenüberfluteter Palmenalleen und endloser, durch Korallenriffs geschützter Strände. Eine Flucht? Sie konnten es nennen, wie sie wollten. Für ihn war nur dieses dringende Bedürfnis, das aus seinem Innern, um nicht zu sagen, aus seinen Gedärmen kam, ausschlaggebend, das Verlangen, alles abzuschneiden, auszulöschen, zu annullieren, sich nach Übersee zurückzuziehen, um die Fäden seines Geschicks wieder in die Hand zu nehmen.
Um 8.42 Uhr begann die Pietrobono, alle vorhandenen Beweisstücke und Dokumente des Falls Pezza auf einem einzigen Tisch anzuordnen, den sie zuvor von Papier und sonstigem Kram freigemacht hatte.
»Was soll denn das sein, ein Tisch für einen Wohltätigkeitsbazar?« fragte Wachtmeister Angelini, der sie von der Tür aus beobachtete. Er war zu einem Besuch von der Vermittlungszentrale herübergekommen, wo er zusammen mit dem Brigadiere Taddei Sonntagsdienst tat.
»Ich will alles vor Augen haben«, sagte die Pietrobono geschäftig. »Ich will mich ganz konkret über die Sache beugen können. Dann arbeitet man besser.«
»Wem sagst du das«, erwiderte Angelini prompt.
Er war ein guter Kerl, ein tüchtiger Fachmann, aber er hatte die infantile Manie der Anspielungen, des Doppelsinns und fand immer eine Möglichkeit, dem Gespräch eine Wende ins Anstößige zu geben.
»Das Ding da, das ist doch ein Zündverteiler?«
»Ja.«
»Und wie kommt der hierher? Diebesgut?«
»Nein, es ist ein Symbol. Wegen der Funken.«
»Wegen der Funken, ah?« freute sich Angelini. »Ich möchte wetten,

daß du auch ohne Zündverteiler manche Glut entfachst, gib's zu!«
Er näherte sich scheinheilig dem Tisch.
»Faß bloß nichts an!« befahl ihm die Pietrobono.
Angelini beruhigte sie mit einem Augenzwinkern.
»Ich fass' ja nichts an, wirklich nicht, im Dienst behalte ich meine Hände bei mir, da kannst du beruhigt sein ... Aber der *Übersehene Bruder*, wer soll das denn sein? Edition der Eichel – hm?«
»Ich weiß es nicht, es sind Gedichte dieses Priesters. Ich habe sie mir nur kurz angesehen.«
»Und der Priester, ist das der hier, der gerade ein Bier trinkt?«
»Ja.«
Außer diesem Foto, das den Pfarrer mit einer Mistgabel in der Hand auf dem Müllwagen zeigte, hatte sie beim Durchblättern sämtlicher Nummern von »Dazugehören« noch zwei weitere Fotos von Pezza gefunden. Auf dem einen sah man ihn als Arbeiterführer vor den Toren einer besetzten Fabrik inmitten einer Schar von Arbeitern im Overall. Unter dem Foto stand: *Ist Arbeit ein Privileg?* Auf dem anderen (das die Pietrobono, nachdem sie es Santamaria gezeigt, ausgeschnitten hatte, um es in ihr Heft zu kleben) war Pezza als Umweltschützer gerade dabei, ein Schild mit der Aufschrift »Nieder mit der Jagd« vor einigen Weiden aufzupflanzen, zwischen denen der Wasserstrahl eines ländlichen Brunnens hervorsprudelte. Rechts von ihm war ein Mädchen zu sehen, das einen geöffneten Kanarienvogelkäfig hochhielt, zu seiner Linken ein kräftiger Mann, der, einen Bleistift zwischen den Zähnen, den Himmel mit einem Feldstecher beobachtete, und neben ihm, gut zu erkennen, Priotti. Die Bildunterschrift lautete: *Der Heilige Franziskus und die Doppelflinte.*
»Also kurz gesagt«, kommentierte Angelini, »der Tag des Vogels. Wenn ich das gewußt hätte, hätte ich beim Vögeln mitgemacht.«
»Gütiger Gott«, seufzte die Pietrobono, »warum gehst du nicht endlich zu deinem Kopfhörer zurück?«
»Ganz davon abgesehen, daß der brave Taddei dort sitzt, kannst du mir einmal sagen, was an einem Sonntagmorgen bei einer solchen Sintflut passieren soll? Keiner setzt den Fuß vor die Tür, keiner braucht uns, alle liegen unter ihren warmen Bettdecken, die Glücklichen, und stoßen mit ihren Flinten zu.«
»Uff!« machte die Pietrobono. »Hör zu, mach dich nützlich, versuch, mir diesen Recorder in Gang zu bringen, wenn du kannst.«
Aber Angelini deutete mit dem Zeigefinger auf die Leisegang-Ausgabe.
»Was soll denn das sein, die Gnosis? Eine neue Variante von Gruppensex?«
»Das ist eine religiöse Lehre. Hör mal, könntest du nicht so nett sein

und ...«
»Und das da?«
Er beugte sich über das Blatt Rechenpapier, auf dem Pezza in sechsunddreißig Kästchen das komplizierte Diagramm der Ophiten aufgezeichnet hatte.
»Das ist ein Diagramm, auch etwas Religiöses. Eine Art Dreifaltigkeit mit zwölf malgenommen.«
»Sieh dir das an! Und mit wieviel ist sie hier multipliziert?« fragte Angelini und beugte sich über das Verzeichnis der Polydialoge, das Professor Calamassi zusammengestellt hatte.
»Das ist das Verzeichnis der Tonaufzeichnungen, die hier drüben liegen, und ich wäre dir dankbar ...«
»Ach, das sind die Kassetten, die du dir anhören willst?«
»Schau doch erst mal nach, ob der Recorder funktioniert.«
Angelini begutachtete herablassend Pezzas Gerät.
»Schrott. Wenn er defekt ist, gibt es nicht einmal mehr Ersatzteile dafür. Sind Batterien drin?«
»Ich weiß es nicht, sieh einmal nach. Eine Kassette steckt schon.«
Angelini schaltete den Recorder ein, und das Band begann mit elektronischem Rauschen und Winseln, mit an- und abschwellenden Störungen zu laufen, so daß man die Worte, die an dieser Stelle leise und ohne besondere Betonung gesprochen wurden, nur schwer verstehen konnte: »... das ist der Hauptaspekt der Rede des Heiligen Johannes ... der uns auffordert ...«
»Reif für den Schrott, ich hab's dir ja gesagt! Aber es funktioniert immerhin ... Was gibt es denn zu hören?«
»Laß es zurücklaufen, ich möchte es vom Anfang hören.«
Angelini gehorchte.
Diesmal übertönten die Worte, von einer lauten, kräftigen Stimme gesprochen, alle störenden Geräusche, fegten sie gleichsam hinweg und erfüllten das ruhige Büro mit dem bedrohlichen Ton des Jüngsten Gerichts.
»Und ich sah, da entstand ein großes Erdbeben, und die Sonne wurde schwarz wie ein härener Sack, und der Mond wurde ganz wie Blut ... Und die Könige der Erde und die großen Herren und die Kriegsobersten und die Reichen und die Machthaber –«
»Zum Teufel«, zischte Angelini, »was ist denn das?«
»Eine Predigt«, erwiderte die Pietrobono, »und ich möchte sie mir in aller Ruhe anhören, wenn du erlaubst. Wo schaltet man ab? Hier?«
Sie drückte die Stoptaste, und die Predigt war unterbrochen. »Hören wir sie uns zusammen an, auch ich bin ein großer Sünder, der dringend ...«

»Mach, daß du wegkommst!«
»Ich schwöre dir, ich sage kein einziges Wort und lasse dich –«
»Los, los, raus!«
Die Pietrobono schob ihn selbst zur Tür hinaus, schaltete das Gerät wieder ein, und die Stimme ertönte von neuem schallend und bedrohlich:
– sowie jeder Sklave und Freie versteckten sich in den Höhlen und in den Felsenklüften der Berge. Und sie sagten zu den Bergen und Felsen: Fallet über uns und verbergt uns vor dem Angesicht dessen, der . . .«

2

Die schallende, drohende Stimme des Lautsprechers befahl dem Gleiswärter Fiero, sich zum Bahnsteig 16 zu begeben, und Monguzzi, der in Gedanken versunken und vor Kälte erstarrt auf einer Bank auf Bahnsteig 9 saß, zuckte erschrocken zusammen.
»Ach du lieber Himmel«, murmelte er, indem er aufstand, »gütige Madonna . . .«
Die Bank, die aus einem Marmorblock bestand, der Regen, der schräg unter die Bahnsteigüberdachung tropfte, der Wind, der stets unerklärlicherweise die Bahnsteige entlangpfeift, die leeren Züge, die wie die Wagen eines Leichenzugs dastanden, und die wenigen Reisenden, die in dieser triefenden Trostlosigkeit umhergingen, das alles erinnerte Monguzzi an einen Friedhof.
Er zog die Baskenmütze so tief wie möglich ins Gesicht, stampfte mit den Füßen auf den Boden und schlug die Hände gegeneinander, aber bei dieser feuchten Kälte half das wenig. Gegen trockene Kälte konnte man sich schützen, man brauchte sich nur warm anzuziehen, es genügten zwei Pullover übereinander, zwei Paar Wollstrümpfe, lange Unterhosen. Aber mit dem naßkalten Wetter war es etwas anderes. Die feuchte Kälte kannte kein Pardon. Sie drang in die Ohren ein, ging den Hals hinunter, setzte sich in den Gelenken fest und machte sich in den Bronchien, den Lungen und dem Rippenfell breit. In wenigen Stunden konnte man sich Rheumatismus, Ohrenentzündung, Luftröhrenkatarrh und Lungenentzündung holen.
Das wäre ein Witz, dachte Monguzzi schlotternd, das wäre wirklich ein Witz.
Zu entdecken, was er entdeckt hatte, sich sechsunddreißig Stunden lang von »denen« nicht erwischen zu lassen, die Entscheidung zu treffen, die er getroffen hatte, auf wunderbare Weise ohne Hindernisse, Irrwege oder gefährliche Begegnungen bis hierher zu gelangen und dann wegen

einer Lungen- oder Rippenfellentzündung zum Schöpfer heimzugehen. Nichts leichter als das. Mit Tante Adele war es genauso gegangen.
»Verdammter Mist«, brummte er vor sich hin und zog die Nase hoch, »verfluchte Scheiße ...«
Er bemerkte, daß er sich unvorsichtigerweise mindestens zehn Schritte von der Bank entfernt hatte, und drehte sich ruckartig um; aber die große, prallgefüllte Reisetasche aus grünlichem Leinen war noch da, niemand hatte sie ihm geklaut. Mit einer mechanischen Geste vergewisserte er sich, ob die zweite Tasche, ebenso prallgefüllt und verblaßt, die er über der Schulter trug, immer noch unten am Rücken hing. Sie war noch an ihrem Platz. Gut. Die Beweise waren sichergestellt.
»Dienstansage«, tönte es erneut aus dem Lautsprecher. »Der Gleiswärter Fiero wird gebeten, sich sofort zum Bahnsteig sechzehn zu begeben!«
Was war nur auf Bahnsteig 16 los? Es mußte etwas Ernstes sein. Irgendeine technische Störung, die möglicherweise die Abfahrt aller Züge, auch seines Zuges, blockierte. Es war wahr, daß seiner erst in einer Stunde und sechsundvierzig, nein, vierundvierzig Minuten abfuhr und noch nicht einmal gestellt war; aber bei der italienischen Bahn mußte man sich auf alles gefaßt machen. Eine Weiche ging kaputt und über Stunden, wenn nicht bis zum nächsten Morgen, war niemand imstande, sie zu reparieren. Nichts leichter als das.
Monguzzi ergriff die Tasche und machte sich entschlossen zum Bahnsteig 16 auf, um die Lage ein wenig in Augenschein zu nehmen. Auf der Höhe des Bahnsteigs 14 bemerkte er seinen schwerwiegenden Irrtum. Eine solche Ansage mußte auch noch andere Leute beunruhigt haben, nicht nur ihn allein; auf dem Bahnsteig 16 würde er eine Ansammlung Reisender treffen, die dorthin gekommen waren, um sich die Sache anzusehen, sich zu informieren. Und wer weiß, ob nicht auch »die«, von dem Auflauf angezogen oder sogar darauf spekulierend, daß er ...
Das wäre der Gipfel, dachte er mit einem Kloß im Hals, das wäre wirklich der Gipfel.
Sozusagen im Morgengrauen aus dem Haus zu gehen, allen in der Zeit voraus zu sein, indem er sich die verlassene Stadt zunutze gemacht hatte, ungefähr drei Stunden vor Abfahrt des Zuges auf dem Bahnhof anzukommen, während ihm normalerweise, um ruhig zu sein, dreißig, vierzig Minuten genügt hätten, und dann wie ein Huhn in die Falle des Bahnsteigs 16 zu tappen.
Er bog ruckartig in Richtung Zeitungskiosk ab, verbarg sich hinter einem Drehständer mit Taschenbüchern, stellte die Tasche auf dem Boden ab und spähte unauffällig in die Runde. Aber es war kein guter

Platz, das wurde ihm sofort klar. Im Gegenteil, es war ein sehr gefährlicher Standort. Die Leute, die Zeitungen und Zeitschriften kaufen wollten, kamen aus allen Richtungen, der Drehständer hatte in Wirklichkeit keinerlei »Dahinter«, bot keinerlei Schutz. Und einige Reisende blieben lange am Kiosk stehen, blätterten, wählten. Der klassische Standort, wo »die« sich aufpflanzen konnten, um die Zeit herumzubringen und gleichzeitig die ganze Reihe der Abfahrtsbahnsteige im Auge zu behalten.

Monguzzi nahm die Tasche eilig wieder auf, zog die Nase hoch und begann ziellos umherzugehen; dabei beugte er sich stark vornüber, zum einen, weil ihm das Gewicht die Schulter auszurenken drohte, zum anderen, weil er so eine gute Ausrede hatte, den Kopf nach unten zu halten. Er mußte sich unbedingt ein wenig aufwärmen, wenn es ihm nicht so ergehen sollte wie Tante Adele. An einem regnerischen Sonntag wie diesem hatte sie hartnäckig darauf bestanden, in die Messe zu gehen, und so hatte eine Lungenentzündung sie in drei Tagen dahingerafft. Sie war allerdings schon sechsundachtzig Jahre alt gewesen, aber die feuchte Kälte traf keinerlei Unterscheidung nach Alter, Geschlecht oder Gesellschaftsschicht. Sie nahm auf niemanden Rücksicht.

Er blieb stehen, um die schwere Tasche in die andere Hand zu nehmen. Wo konnte er, wenn auch nur für einen Augenblick, Unterschlupf finden? An das Bahnhofsbüffet, das warm und hell erleuchtet hinter breiten Scheiben lag, daran war nicht einmal im Traum zu denken, dort würden sie ihn zuallererst vermuten. Ebenso im Wartesaal, ganz davon abgesehen, daß ein Anfall von Klaustrophobie das mindeste war, was ihm in diesem engen, stickigen Raum zustoßen konnte. Und was gab es sonst noch? Das Fundbüro! Er konnte dorthin gehen, so tun, als habe er einen Schirm, einen Handschuh, irgend etwas verloren, konnte suchen, immer wieder fragen, Zeit gewinnen . . . Er drehte sich auf dem Absatz herum, die Nase lief inzwischen ununterbrochen, und schleppte sich zum anderen Ende der Halle hin.

Daß das Büro geschlossen sein könnte, damit hatte er nicht gerechnet. Er blieb unschlüssig vor der Tür mit den Mattglasscheiben unter der goldenen Schrift stehen, und zum ersten Mal fragte er sich, ob die dreifache Dosis Tabrium, die er vor dem Aufbruch von zu Hause genommen hatte, wirklich ausreichte. Zum ersten Mal fing er an, sich ein wenig unruhig, ein wenig verloren zu fühlen. Und, sagen wir es ruhig, auch ein wenig ängstlich.

3

Der Kommissar Santamaria hatte pechschwarzes Haar (von einem unbedeutenden Anteil grauer Fäden durchzogen), pechschwarze Augen, einen pechschwarzen Schnurrbart, pechschwarze Augenbrauen. Und während er die Pietrobono nur dürftig über den nächtlichen Fortgang der Ermittlungen informierte, konnte man seine Gemütsverfassung nicht anders als düster, um nicht zu sagen, pechschwarz, nennen.

»Aber das ist doch kein hinreichender Grund«, protestierte sie, »mir die aufregendsten Einzelheiten vorzuenthalten. Nach dem gestrigen Abend habe ich mir schließlich –«

»Was heißt hier hinreichender Grund, wovon redest du?«

»Dottore, ich verstehe Sie ja, Sie sind –«

»Pietrobono ...«

»Sie haben nichts herausgefunden, nichts erreicht, Sie sind in der Angelegenheit nicht weitergekommen, nun gut. Aber das ist doch kein Grund, alle Einzelheiten für sich zu behalten, im Gegenteil. Das sage ich in eurem Interesse, denn wie oft hat sich aus einem winzigen Detail, einer zunächst unbedeutenden Kleinigkeit –«

»Pietrobono ...« wiederholte der Kommissar leise und drohend.

»Wie war zum Beispiel die Prostituierte mit der Peitsche angezogen?« fragte sie und kaute an ihrem Kugelschreiber. »Wie eine Dompteuse oder –«

»Pietrobono, ich bin nicht zum Scherzen aufgelegt.«

»Das sehe ich. Aber wenn wir uns in diesem Fall von Mutlosigkeit übermannen lassen ...«

Der Kommissar, der zum Fenster gegangen war, drehte sich argwöhnisch um.

»Du machst wohl Spaß, oder meinst du das im Ernst?«

Die Pietrobono schlug die Augen nieder.

»Ich mache bloß Spaß.«

»Dann ist es ja gut.«

Santamaria sah wieder in den Regen hinaus, der in dicken Strängen aus den verschwenderischen himmlischen Webstühlen herabstürzte, und beobachtete die wenigen Wagen auf dem Corso Vinzaglio, die vorsichtshalber die Scheinwerfer eingeschaltet hatten.

»Kommissar Fiora hat seine Grippe überstanden«, sagte die Pietrobono fügsam. »Herr Doktor Cuoco hat gesagt, daß er ihm die Sache übergibt und dann nach Hause geht.«

»Ah, ja.«

»Herr Doktor Picco ist auch da, zu einem Sonntagsbesuch ... Ah, außerdem hat noch Cottino wegen des TOPOSTOP angerufen, er hat

sich beim Hausbesitzer erkundigt, die Adresse lautet –«
»Nichts da, was für ein TOPOSTOP, sind wir denn verrückt? Außerdem ist heute Sonntag, und wir treffen niemand an. Erinnere mich vielleicht morgen noch einmal daran.«
»Sehr wohl, mein Herr.«
»Und antworte mir nicht mit ›sehr wohl, mein Herr‹!«
»Heiligste Äonen«, murmelte die Pietrobono vor sich hin, »wir haben tatsächlich einen schwarzen Tag erwischt.«
Santamaria wandte sich vom Regen ab und kehrte an den Tisch zurück, an dem sich das Mädchen zwischen den Beweisstücken des Falls Pezza niedergelassen hatte. Er zog mit zwei Fingern den Leisegang-Band heraus, blätterte ein wenig darin und ließ ihn mit einer verächtlichen Grimasse zurückfallen.
»Als gnostische Sekte verdienten sie schon Mitleid, weil sie so gut wie nicht existierten; ein paar Scharlatane, die einige griechische Brocken vor sich hinstammelten, ohne im geringsten zu wissen, was sie da sagten.«
Schweigend legte das Mädchen das Buch an die Stelle zurück, an der es vorher gelegen hatte.
»Und auch was die Riten und die orgiastischen Zeremonien angeht, was kommt am Ende heraus? Lächerliches Zeug für provinzielle Sünder.«
»Nach dem, was man so hört, geschieht doch in der Provinz allerhand. Ich habe eine Freundin in Como, die hat mir erzählt, daß es dort eine –«
»Laß Como beiseite, der Fall hat sich doch hier in Turin, in Santa Liberata ereignet. Und bei den Orgien waren es auch nur vier Mann, genauer gesagt drei. Drei alte Kerle, die ... Es war schließlich alles viel einfacher als –«
»Und der masochistische Ingenieur? Und die Peitschennutte?«
»Rote Perücke, Minirock und Stiefel.«
»Oh, danke, Dottore.«
Die Pietrobono lächelte dankbar und beugte sich über ihr Heft, um es sich zu notieren.
»Kaum forschst du ein wenig nach«, sagte der Kommissar und hob die Zündkerze hoch, »und schon findest du eine ganz einfache Erklärung. Der Sprengkörper stellt sich als Zündkerze heraus, den Geheimgang gibt es nicht, die Waffe des Küsters ist lediglich ein Schlüssel, die Caldani ist nur eine Quartalssäuferin, das arme Luder, und was haben wir über den Ingenieur herausgefunden? Daß er wahrscheinlich ein Masochist ist wie du und ich, ganz davon abgesehen, daß der Tatbestand, daß er bis zur Stura gehen mußte, um seine eingebildeten Bedürfnisse zu befriedigen, ein weiterer Beweis dafür ist, daß es in Santa Liberata weder Peitschen noch Ketten, noch bordellartiges Treiben

gab –«

»Ketten wohl«, stellte die Pietrobono richtig. »Ich habe es auf den Tonbändern gehört.«

Santamaria legte die Kerze hin und nahm eine Kassette der Polydialoge aus dem Stapel, der mit zwei gelben Gummiringen zusammengehalten wurde.

»Auch die da hat sadomasochistische Tonbänder in ihrem Wohnwagen.«

»Sad. mas. Tonbänder im Wohnwagen«, murmelte die Pietrobono vor sich hin, während sie die Anmerkung in ihr Heft schrieb. »Könnte da nicht eine Verbindung bestehen?«

»Hast du sie dir angehört?«

»Hier und da ein Stück. Die Predigt vom Freitag, das heißt, den Entwurf, Pezzas Generalprobe. Sie handelt ausschließlich von der Apokalypse, der Angst, der Zerstörung Babylons . . .«

»Ich weiß, Cuoco hat sie sich schon angehört. Aber wo sind denn Ketten zu hören?«

»Während dieser Beichten in der Arbeitskapelle hört man von Zeit zu Zeit etwas davon. Warten Sie, ich mache es für Sie.«

Sie wählte ein Tonband aus, legte es sachkundig in das Gerät ein und drückte auf die Starttaste. Zu dem üblichen Rauschen und dem rhythmischen Gewinsel gesellten sich nach einigen Sekunden Geräusche und undeutliche Stimmen aus dem Hintergrund, dann hörte man eine harte Stimme, die direkt ins Mikrofon schnaubte:

»Los, los, der nächste vor!«

»Das ist er, das ist Pezza.«

Man hörte Gerassel, es klirrte wie in einer Mechanikerwerkstatt.

»Spreng deine Kette, spreng deine Kette . . .« ertönten unsichere Männer- und Frauenstimmen. Man hörte das Klirren von Eisen, ein Husten im Vordergrund.

»Ich sprenge die Kette der Ausbeutung und der Arbeit!« kam es von einer halberstickten Stimme. Gleichzeitig hörte man einen harten Schlag, als ginge ein Hammer oder eine Eisenkeule auf einen Amboß nieder.

»Das ist der Ingenieur«, sagte die Pietrobono.

»Ich sprenge die Kette der Angst und der Heuchelei! Ich sprenge die Kette des Egoismus und der Gewalt!«

Die Stimme wurde fester und versuchte das lauter werdende metallische Gehämmer zu übertönen.

»Was ist denn hier los, habt ihr ein Walzwerk aufgemacht?« fragte der Kommissar Fiora, der in diesem Moment ins Zimmer gekommen war.

»Oh, grüß dich, bist du wieder gesund?«

»So ziemlich ... Jedenfalls habe ich kein Fieber mehr. Oder ist das eine spiritistische Sitzung?«
»So etwas Ähnliches.«
Man hörte jetzt ein heftiges Keuchen, während das Gewinsel im Hintergrund wie bei einer fernen mystischen Kantilene lauter und leiser wurde.
»Wer bin ich? Wer sind die Männer und Frauen, die Seite an Seite mit mir arbeiten?« fragte der Ingenieur mit seiner Fistelstimme. »Wenn ich mein Leben objektiv beurteilen soll, lege ich mir Rechenschaft darüber ab, daß meine dialektische Beziehung zu den Mitmenschen, das heißt, der zwischenmenschliche Austausch, der meine Erfahrung als Mensch unter Menschen bereichern könnte ...«
Santamaria schaltete ab.
»Wer ist das?« fragte Fiora.
»Einer, der bei Fiat beschäftigt ist, er gehörte zu Pezzas Verein.«
»Verdächtig?«
»Eigentlich nicht. Nicht mehr als jeder andere.«
»Und was hatte er mit Pezza zu tun?«
Santamaria machte mit der Hand eine kreisende Bewegung.
»Er redete, sprach sich aus ... Bei diesen kollektiven Beichten ließ Pezza sie alle reden, du weißt doch, wie das so ist, nicht wahr? Ich gebe dir ein wenig Angst von mir, du gibst mir einen Komplex von dir. Gegenseitiges Schuttabladen.«
»Und du hoffst, aus dem Schutt ergibt sich irgendein ...«
»Ich hoffe gar nichts, außerdem sind diese Bänder schon zwei Jahre alt, aber irgendwo muß ich ja anfangen. Hat Cuoco dir das mit dem Topos gesagt?«
»Ja, nie gehört. Bisher ist keine politische Gruppierung dieses Namens bekannt geworden. Und es hat auch keiner die Verantwortung für die beiden Morde übernommen.«
»Es ist ein politisches Verbrechen, ganz bestimmt«, sagte De Palma, der gutgelaunt und völlig durchnäßt hereinkam. »Der Priester Don Alfonso Pezza, ein Extremist, ein Revolutionär, tut so, als verstünde er etwas von gnostischer Lehre, um seine terroristischen Aktivitäten besser vertuschen zu können. Aber seine Gefährten hegen den Verdacht, daß er in Wirklichkeit ein falsches Spiel treibt, und an einem Freitagabend ... Habt ihr sie denn schon ganz gehört, diese Polydialoge?«
»Noch nicht, Dottore«, sagte die Pietrobono. »Ich habe mir die Predigt und alle Passagen angehört, in denen der Ingenieur vorkommt, soweit es aus Calamassis Aufstellung hervorgeht. Vier Stücke von wenigen Minuten.«
»Und was redet er so, was erzählt er?«

Die Pietrobono warf einen kurzen Blick in ihr Notizheft.
»Das läßt sich nicht so ohne weiteres zusammenfassen, es ist alles sehr persönliches, intimes und gleichzeitig auch ganz allgemeines Zeug. Einige weitere Passagen, die ich abgehört habe, sind ähnlich. Sie reden und reden, aber man kann nirgends etwas festmachen.«
»Kommen griechische Ausdrücke vor?«
»Kein einziger.«
»Namen?«
Das Mädchen schüttelte den Kopf.
»Auch nicht, es ist wirklich nur Geschwätz; hören Sie es sich doch einmal an«, sagte sie und legte eine andere Kassette ein. »Das ist der Polydialog mit den Transvestitenbrüdern.«
Wieder ertönte das Rauschen, man hörte deutlicher als zuvor dieses leise Klagen, das aus zwei alternierenden Tönen bestand.
»Das ist das Gerät«, erklärte die Pietrobono auf De Palmas fragenden Blick, »Angelini sagt, es sei schrottreif. Wahrscheinlich sind die Batterien halb –«
Sie wurde von Hammerschlägen auf den Amboß unterbrochen, dann erfüllte eine seltsam klare, stark gekünstelte Stimme mit leichtem apulischen Akzent in voller Lautstärke das Büro:
»Nein, denn ich kann mir höchstens vorstellen, kann zugestehen, daß für meinen Gefährten die Gestalt Christi . . . das heißt, da mein Gefährte derart konditioniert war, wie er es nun einmal war, und er in dieser Phase, vor seiner zweiten Krise mit mir, immer sehr starke Gefühle gehabt hat, freilich in einer Art und Weise, kurz, auch damals sein Verhältnis zu mir klar –«
»Den kenne ich doch«, sagte von der Tür her der Kommissar Rappa von der Sittenpolizei. »Das ist die Marcella aus der Via Ormea, Ecke Via Lombroso, einer aus Lecce, der hier seit Jahren auf den Strich geht.«
»Gefährlich?« fragte Fiora.
»Die Marcella? Nein, nein, wir machen von Zeit zu Zeit eine Routineüberprüfung, aber sonst ist nichts gegen ihn einzuwenden. Alles ganz ehrbar.«

4

Monguzzi hatte seinen Platz auf der Marmorbank unter der triefenden Überdachung des Bahnsteigs 9 wieder eingenommen. Der Zug war immer noch nicht gestellt, es fehlten noch dreiundfünfzig Minuten bis zur Abfahrt, und es goß immer noch in Strömen, von unerwarteten eisigen Windstößen begleitet, peitschte der Regen bald gerade, bald

schräg über den Bahnsteig.
»Verdammter Mist«, murmelte Monguzzi, »so ein Scheißwetter ...«
Plötzlich wurde er von einem gewaltigen Niesen von Kopf bis Fuß geschüttelt. Addio. Es ging schon los. Sein Organismus hatte es gegen die feuchte Kälte nicht geschafft. Und bei der Vorstellung, daß es mit ihm in drei Tagen vielleicht schon zu Ende sein könnte, daß die Dokumente, die sich in seinem Besitz befanden, verlorengingen, die Beweisführung im Sand verliefe und die Wahrheit nie ans Licht käme, durchfuhr Monguzzi ein Gefühl der Auflehnung. Er mußte unbedingt etwas tun, um jeden Preis einen Unterschlupf finden.
Als an ihm langsam eine von einem elektrischen Triebwagen gezogene Wagenkolonne vorbeifuhr, die mit Paketen und großen Schachteln beladen war, ergriff er hastig seine Tasche und ging nebenher. So konnte man ihn wenigstens von rechts nicht sehen. Der Fahrer bahnte sich hupend den Weg zwischen den Reisenden, fuhr im Zickzack auf den Kiosk zu, bog zum Büffet ab, nahm dann Kurs auf die Durchfahrt am Ausgang und fuhr in einem großen Bogen in die Gepäckaufbewahrung hinein. Monguzzi ging bis zu einer Glastür weiter, die durch einen Korridor in eine verlassene Halle führte, die ihrerseits durch zwei Seitengänge mit der Schalterhalle verbunden war. Zwischen diesen beiden Gängen befand sich eine Marmortreppe, die wer weiß wohin führte, geschützt, warm und bereits von drei Personen, zwei jungen Männern und einem Mädchen, die tuschelnd und rauchend auf einer der obersten Stufen saßen, als Unterschlupf genutzt. Das bedeutete, daß niemand die Treppe benutzte, sie führte vermutlich zu irgendeinem Büro der Bahnverwaltung, das selbstverständlich sonntags geschlossen war.
Mit einem Röcheln der Erleichterung ging Monguzzi einige Stufen hinauf, stellte seine Sachen ab und ließ sich mit dem Rücken zur Wand niedersinken. Er war erledigt. Er konnte nicht mehr. Und er zitterte wie Espenlaub, entweder vor Aufregung, oder er wurde bereits vom Fieber geschüttelt. Jedenfalls war die Wirkung der drei Tabriumkapseln verflogen; das war jetzt der richtige Augenblick, um eine weitere einzunehmen.
Er zog die Handschuhe aus, durchsuchte mit beiden Händen eine Tasche nach der anderen und fischte schließlich das rechteckige Staniolpäckchen mit den zweifarbigen Kapseln heraus. Es war nur noch eine einzige da, der eigentliche Vorrat befand sich in einer Schachtel mit Medikamenten, die er den »Lagerbestand« nannte und die er aus Sorge, er könnte sie vergessen, dummerweise zuallererst in die Tasche getan hatte. So lag sie jetzt auch ganz unten, und um an sie heranzukommen, hätte er alles ausräumen müssen.
Aber eine, dachte er zuversichtlich, müßte eigentlich auch genügen,

zumindest um die Zeit bis zur Abfahrt zu überbrücken. Er krümmte sich völlig zusammen und drückte mit steifen Fingern die Kapsel aus der Hülse.

»Blödes Ding«, murmelte er, »verdammt noch mal ...«

In seiner zusammengekauerten Stellung und seinem Ingrimm bemerkte er nicht, daß sich die anderen drei Benutzer der Treppe mit leichten Sprüngen davonmachten. Er sah auch nicht, daß ein Mann ihn von der Glastür am äußersten Ende des Marmorgangs her beobachtete. Als es ihm endlich mit zitternden Fingern gelungen war, die Kapsel herauszubekommen, brach sie entzwei, aber auf geradezu wunderbare Weise war Monguzzis Handfläche da, um das weiße Pulver aufzufangen.

»Ein Wunder«, grinste Monguzzi zwischen den Zähnen, »ein Wunder des Herrn.«

»Die Papiere, bitte«, sagte eine Stimme.

»Wie?« stammelte Monguzzi und hob den Kopf. »Wie bitte?«

Vor ihm in Augenhöhe befand sich das Knie eines breitbeinig auf den Stufen stehenden Mannes, der ihm einen Ausweis unter die Nase hielt und wiederholte:

»Darf ich um die Papiere bitten. Rauschgiftdezernat.«

»Gütige Madonna«, röchelte Monguzzi.

Er führte rasch die Hand zum Mund, schüttete das Pulver hinein und schluckte es mit dem Rest der Spucke, die ihm geblieben war, herunter.

5

Zwischen einer Passage der Polydialoge, aufs Geratewohl ausgesucht und abgehört, zwischen dem soundsovielten Blick auf die verblaßten Fotos aus der Monatsschrift »Dazugehören«, dem knatternden Geräusch, das die Seiten des Leisegang beim Durchblättern mit einem ungläubigen Zeigefinger verursachten, während eine Hand das Kaffeeglas neben die Zündkerze stellte, eine andere ein Häufchen Asche auf das Ophiten-Diagramm fallen ließ und wieder eine andere den Zündverteiler ohne besonderes Interesse herumdrehte, stellte sich diesen Männern unvermeidlich, wie sie da in nervöser, anhaltender Lustlosigkeit um den Tisch versammelt waren, teils stehend, teils sitzend, wobei der eine oder andere für fünf Minuten hinausging, unbeweglich hinter der Pietrobono oder neben dem regennassen Fenster stehenblieb, die Zigarette im Mund oder zwischen den vom Nikotin verfärbten Fingern, da stellte sich ihnen unvermeidlich die Frage, ob Pezza in gutem Glauben oder in böser Absicht gehandelt hatte.

»Genau das müßte man wissen«, sagte Fiora. »War er ein Fanatiker

oder ein besonders Schlauer?«
Als ob es leicht wäre, dachte Santamaria, als ob es überhaupt möglich wäre, bei jedem Menschen, die Anwesenden eingeschlossen, Egoismus, kluge Berechnung und Gewinnstreben deutlich von Idealismus und Uneigennützigkeit zu scheiden. Das war nicht der Kernpunkt, darauf konnte man den Fall nicht reduzieren, so durfte man nicht simplifizieren.
»Also gut«, sagte Rappa, »nehmen wir einmal an, er war ein Schlauberger, die Sache mit der Sekte war nur ein Vorwand, nur Fassade. Da stellt sich mir sofort die Frage: Was brachte ihm die Sache ein? Geld?«
»Geld nicht, wie es scheint«, antwortete Santamaria. »Gestern haben Cuoco und ich zusammen mit dem Geistlichen, den das Ordinariat geschickt hat, einige Akten und Dokumente unter die Lupe genommen. Die Abrechnungen der Pfarrei sind in Ordnung, keine verdächtigen Schecks, keine auffälligen Ausgaben. Und es handelt sich keinesfalls um eine reiche Pfarrei.«
»Und wie steht es mit den Papieren aus der Pfarrwohnung?«
Die Pietrobono deutete auf den großen braunen Umschlag und hob ihn hoch.
»Es ist nicht besonders viel, alles ist hier drin. Nichtssagende Korrespondenz, Broschüren anderer Pfarreien, Hefte mit den Predigtentwürfen, Notizen und Bibelzitaten, alte Werbeprospekte . . .«
»Welcher Art?«
»Von allem etwas, Enzyklopädien, Haushaltsgeräte, Reisen.«
»Er hat sie nicht gesammelt«, sagte De Palma, »es sind Sachen, die man vergessen hat wegzuwerfen. Was man normalerweise so in Schubladen findet.«
Er nahm der Pietrobono den Umschlag aus der Hand und reichte ihn Fiora.
»Sieh auch du dir alles noch einmal genau an, wir haben gestern –«
»Ich weiß, ich weiß. Da sind ja ganze Scheckbündel, hatte er ein eigenes Bankkonto?«
»Ja«, sagte Santamaria, »vielleicht solltest du morgen einmal dort vorbeischauen. Aber ich habe schon festgestellt, daß er minimale Kontoauszüge hatte, er kam mit wenig aus. Er hatte keine nerzgefütterten Priestergewänder oder einen Rolls-Royce-Fahrzeugbrief in der Pfarrwohnung.«
»Gut. Er war ein Schlaumeier, aber nix Geld«, faßte Rappa zusammen. »Was also dann? Ehrgeiz? Machtstreben?«
Ja, sicher, dachte Santamaria, der sich den Priester in Stiefeln auf dem Müllhaufen, vor der Fabrik und unter den Weiden genau betrachtete,

wie er neben dem Mädchen und dem kräftigen Ökologen, der, einen Bleistift zwischen den Zähnen, mit einem Feldstecher den Himmel beobachtete, Kanarienvögel fliegen ließ. Ehrgeiz, sicherlich. Machtstreben und Ruhmsucht.

»Er war immer sehr rührig«, erklärte De Palma und zeigte auf den Gedichtband, das Programm des Konzerts für Säge und Flaschenzug, die verrostete Kerze. »Altpapier- und Alteisensammlung für die Dritte Welt, Ökologie, Musik, öffentliche Beichten ... Trotzdem hat er als moderner, fortschrittlicher Priester den Durchbruch nicht geschafft ... Fest steht jedenfalls, daß Pezza an einem bestimmten Punkt seine schönen Initiativen aufgab und sich auf dieses gnostische Zeug konzentrierte: Pneuma, Spinther, Äonen.«

»Aus Berechnung?« fragte Fiora.

Was hieß da schon Berechnung, fragte sich Santamaria, verloren zwischen den Rechenkästchen des Ophitendiagramms mit seinen griechischen Namen. Im Tresor des zynischsten Geschäftemachers, vom Ausbeuter von Witwen und Waisen bis hin zum Händler mit falschen Schweizer Uhren, erblühten überall unerwartete Primeln der Großzügigkeit und Opferbereitschaft. Und in der Grotte des Eremiten, des Poeten, des asketischsten, reinsten Revolutionärs flatterten immer die schwarzen Fledermäuse der Eitelkeit, des zügellosen Stolzes, der persönlichen Revanche umher. Nein, es war unsinnig, die Angelegenheit aus diesem Blickwinkel zu betrachten, man mußte das Problem grundlegender, schematischer angehen, man mußte sich vielmehr die Frage vorlegen, ob Pezza nun der oberste Mann in einem unbedeutenden Fall war oder der unterste in einer Sache großen Stils, ob er von der Basis her getötet worden war oder, wie man so sagte, auf Anweisung von oben, ob er der Stein auf dem Gipfel einer kümmerlichen Pyramide war oder am Fuße eines kolossalen ...

Cuoco, der wohl doch nicht nach Hause gegangen war, und der Kommissar Guadagni, der auch gerade die Grippe überstanden hatte, kamen herein.

»Das ist wirklich großartig«, empfing sie De Palma, »auf diese Weise verbringen wir alle zusammen einen schönen Sonntag.«

»Und hören uns eine Oper an?« fragte Guadagni und beugte sich über den Stapel Kassetten neben dem Recorder.

»Das Geschrei, das Wehklagen der Frauen und Mütter«, trällerte De Palma, »sind Musik, sind Balsam ... für unsere Herzen aus Stein.« Und er erläuterte: »Verdi. *Chor der Räuber.* Aber ich hätte die Räuber gestern brauchen können, Freitagnacht vielmehr. Wir haben eine –«

»Ich weiß, ich weiß«, sagte Guadagni, »aber ich war schließlich mit

einer Afghanin im Bett, nicht etwa mit einer Schwedin oder –«
»Der Witz ist doch alt, Guadagni, du bist gar nicht auf dem laufenden. Kommen wir zur Sache, bitte!«
»Bleiben wir einmal bei der Hypothese«, begann Rappa von neuem, »daß Pezza aus Berechnung handelte, und da wir Geld als Motiv ausschließen können, weil nirgends Geld im Spiel ist, müssen wir uns fragen, wozu ihm diese Sekte diente, welche Strategie er verfolgte.«
»Welche Sekte?« erkundigte sich Guadagni.
»Laß es dir von der Pietrobono erklären. Sie weiß inzwischen mehr darüber als das gesamte Ordinariat.«
»War es denn eine Sache von Bedeutung? Kontakte zu anderen Kirchen, anderen Bewegungen . . .«
»Nein«, antwortete Santamaria, »das Ordinariat spielt die Angelegenheit jedenfalls herunter, aber –«
»Na, die«, bemerkte De Palma, »die würden sogar die Kreuzigung herunterspielen, wenn sie sich heute ereignen würde. Sie würden glatt behaupten, dieser arme Teufel von einem Schreiner habe sich aus Versehen selbst angenagelt, als er ein Gerüst auf dem Berge Golgatha aufstellen wollte.«
»Tatsache ist jedenfalls, daß weder Cuoco noch ich selbst in der Pfarrwohnung und in der Krypta irgendwelches Propagandamaterial finden konnten, und die Mitarbeiter des Pfarrers scheinen von keinerlei Strategie Kenntnis zu haben.«
»Aber wenn er etwas zu verkaufen hatte, mußte er doch eine Verkaufsstrategie haben.«
»Die Kanzel«, sagte Cuoco, »der Gerüstturm. Seine Predigten hatten Erfolg, vorgestern abend war die Kirche voll. Seine Botschaft hat er also an den Mann gebracht.«
»Sehr vorsichtig jedoch«, warf Santamaria ein, »er ging behutsam vor, eine Bemerkung hier und eine da. Er hatte die Karten noch nicht auf den Tisch gelegt.«
»Was hatte er denn im Sinn?«
»Wenn man das wüßte. Ein Schisma, eine Erneuerungsbewegung der Kirche, den gnostischen Antipapst, wer kann es wissen?«
»Die Caldani«, sagte Santamaria, »hat eine vage Anspielung auf Rom, auf den Vatikan gemacht.«
»Das heißt doch aber, daß er ein gutgläubiger Narr war«, folgerte Rappa. »Wenn sie in den Vatikan wollen, gibt es kein Entrinnen.«
Santamaria schob seufzend eine andere Kassette in den Recorder.
»Das ist kein Defekt des Geräts, das ist elektronische Musik«, protestierte De Palma, als sich das Band mit dem üblichen Gewinsel in Bewegung setzte. »Du mußt nämlich wissen, daß er auch komponier-

te«, erklärte er Fiora, »er schrieb Konzerte für Flaschenzüge, Sägen, Hämmer und möglicherweise sogar für Tonbänder. Hör doch mal da, wenn das nichts von dem Zeug ist, das sie heutzutage Musik zu nennen wagen . . .«
Einige Sekunden lang ertönte wieder dieses unterdrückte Kreischen, das sich anhörte, als führe ein Zug in großer Entfernung über Land, und Santamaria merkte, wie eine vage Assoziation, eine Erinnerung in ihm auftauchte. Eine nächtliche Reise eben? oder Hunde bei Vollmond? oder das Pfeifen von Schleppkähnen, ein Hafen am Meer, Palermo, Marseille?
Dann ertönten explosionsartig die Werkstattgeräusche, und am Nebentisch läutete das Telefon. Die Pietrobono, die gerade das Ökologenfoto in ihr Notizheft einkleben wollte, nahm den Hörer ab und sagte, ja, ah ja, gut, er ist hier, er kommt sofort, und Santamaria stand auf und erfuhr, daß auf dem Bahnhof an der Porta Nuova ein gewisser Monguzzi, Gianfranco, festgenommen worden war, der auf der Fahndungsliste stand, nicht wahr? Also gut, und obwohl Monguzzi einen ziemlich verstörten Eindruck machte und aller Voraussicht nach unter Drogeneinfluß stand, hatten sie ihn nichtsdestoweniger, weil er doch auf der Fahndungsliste stand –
»Und wo ist er jetzt, wohin habt ihr ihn gebracht?«
»Hierher zu euch, wir haben ihn hierher gebracht. Sollen wir heraufkommen?«

6

Kein noch so steinernes Herz konnte völlig ungerührt bleiben, als der Unglückselige zusammengekrümmt in der Tür erschien und sich dann, vom altbekannten Gewicht seiner Taschen gebeugt, mühsam hereinschleppte. Sieben Augenpaare fixierten ihn aus sieben verschiedenen Richtungen, es war – schoß es einen Moment lang durch sieben Köpfe –, als ob sich sieben Gewehre auf ein erschöpftes, von seinen Jägern umzingeltes Tier richteten. Vorsichtig, als fürchte er, die rostigen Gelenke, die ihn schlecht und recht zusammenhielten, könnten auseinanderkrachen, beugte sich der Pilger vor, um seine Last abzustellen, vorsichtig nahm er die durchnäßte Kappe, die seinen Schädel bedeckte, ab und murmelte vor sich hin, indem er die Nase hochzog:
»Ach du liebe Scheiße . . .«
Schließlich richtete er sich auf (wie oft war er wohl schon so von einem Lager unter einer Brücke, aus einem Graben oder einem Strohhaufen aufgestanden?) und bot seinen Folterknechten einen kümmerlichen,

wehrlosen Blick dar. De Palma brach endlich das Schweigen, es war seine Aufgabe, sich den Landstreicher vorzunehmen.
»Sie sind Gianfranco Monguzzi?« fragte er in einem Ton, der möglichst wenig an ein Verhör erinnern sollte. Rasch fügte er hinzu: »Pietrobono, sieh doch einmal nach, ob sich irgendwo ein Stuhl auftreiben läßt.«
»Ja«, hauchte der Festgenommene fast tonlos und versuchte vergeblich, aus seinem Gehäuse frostiger Einsamkeit herauszukommen.
»Sie haben sich sechsunddreißig Stunden lang suchen lassen, seit Freitagnacht. Wissen Sie das?« fragte De Palma vorwurfsvoll, als habe er durch ihn eine Azorenkreuzfahrt versäumt.
Der Flüchtige nieste geräuschvoll, ergriff sein feuchtes Taschentuchknäuel, nahm der Pietrobono den Stuhl ab, den sie ihm reichte, und stellte ihn zwischen die zwei Taschen.
»Und ob ich das weiß«, sagte er in einem Tonfall, als beantworte er sich mitten im Wald selbst eine Frage.
»Und wo sind Sie die ganze Zeit gewesen?«
Die Kehle des Eremiten brachte ein listiges Krächzen hervor.
»Zu Hause. Ich habe meine Wohnung überhaupt nicht verlassen. Ich bin einfach nicht ans Telefon gegangen und habe die Tür nicht aufgemacht, wenn es geklingelt hat. Das war die einzige Möglichkeit.«
»Und was hat Sie dazu veranlaßt, sich in Ihrer Wohnung einzuschließen?«
Das heisere Krächzen ertönte von neuem.
»Ich wollte mich von denen nicht schnappen lassen, ich kenne die, schließlich arbeite ich ja seit Jahren für sie, und als ich mich aus der Kirche davongemacht habe, dachte ich mir, die einzige Möglichkeit, mich herauszuhalten, besteht darin, mich einfach tot zu stellen.«
Er wurde nun von einer ganzen Reihe krampfartiger Nieser geschüttelt, und der Kommissar Santamaria hatte im Bruchteil einer Sekunde die Hoffnung, daß das die gesuchte Vereinfachung war, daß nun das Lösungsteilchen gefunden war, das zu allen anderen paßte. Während Monguzzi, Gianfranco, hier vor mir sitzt, dachte er in absurder Weise, sehen andere Götter, sieht der Verborgene Äon aus der Höhe auf ihn herab. »Und wer sind ›die da‹?« fragte er, als der Sturm in der Nase sich gelegt hatte.
Monguzzi sah ihn fragend an, dann musterte er die anderen mit immer größerer Verwunderung. Wahrscheinlich war er durch sein Niesen aus seiner nebelhaften Isolation erwacht, denn er antwortete fast mürrisch: »Wer die sind? Aber wenn auch ihr mich gesucht habt, heißt das doch, daß ihr mit ihnen im Einvernehmen seid und es besser wißt als ich! Ihr wollt mich wohl auf den Arm nehmen?«

Ungreifbare geheime Übereinkünfte zwischen der Mafia, dem Verlagswesen, der Polizei, dem Terrorismus, der Kurie, der Drogenszene wallten wie giftige Gasschwaden in den Ecken des Raumes auf.
»Die können nicht wissen, was ich entdeckt habe, denn ich habe es erst am Freitag herausgefunden. Aber wenn sie mich wegen Diebstahls, wegen Unterschlagung angezeigt haben ... Das ist doch sicher der Vorwand, den sie gefunden haben, nicht? Ein skrupelloser Kerl, ein Dieb, ein Schurke, ein Verräter! Das muß der gerade sagen!«
Der vermeintliche Verräter gab einer seiner Taschen einen halb zärtlichen, halb entrüsteten Fußtritt.
»Eine Aneignung liegt vor, aber keine unrechtmäßige, denn dann werde ich sagen: Haben sie mir jemals gegeben, was mir zustand, haben sie mir auch nur ein einziges Mal die Spesen vergütet? Und nun sollte ich alles aufgeben, ihnen das Bündel zurückgeben und ganz fügsam wieder ins Glied zurücktreten? Und das gerade jetzt, wo die Beweise aufgetaucht sind? Da täuschst du dich gewaltig, mein Lieber!«
Er nieste kämpferisch und verstopfte sich die Nase mit seinem bunten Baumwollknäuel.
»Heiligste Madonna ...«
De Palma erhob sich und schlenderte auf die verdächtige Tasche zu.
»Und da drinnen sollen die Beweise sein?«
»Und ob sie da drin sind.«
»Beweise wofür?«
»Na, für das Attentat«, ereiferte sich Monguzzi. »Zwei Einzelheiten, die ihn zwar indirekt, aber stichhaltig überführen. Der Bart war für mich der Schlüssel zur Lösung. Vorgestern abend war ich mit der ganzen Bande in der Kirche, in Santa Liberata. Ich mußte gezwungenermaßen mitgehen, es ließ sich nicht umgehen, die wissen doch, daß ich zu leicht nachgebe, sie bringen mich dazu, alles zu tun, was sie wollen.«
Die Pietrobono, der sich der nachgiebige Mensch vertrauensvoll zugewandt hatte, nahm den Kugelschreiber aus dem Mund und lächelte ihm verständnisvoll zu.
»Und in gewisser Weise war es ein Glück, denn genau da habe ich ... gesehen, das heißt, ich wußte schon alles, ich hatte das Indiz schon unzählige Male überdacht, aber ich hatte nie richtig kombiniert, nie die wirkliche Bedeutung der Sache verstanden, bis mir rein zufällig in der Kirche, als ich diesen Bart betrachtete ... zack!«
»Zack« machte der Kugelschreiber, der der Pietrobono aus dem Mund gefallen war. Santamaria strich sich über das Kinn.
»Ich vermute«, sagte er, »Sie betrachteten den Bart Ihres Verlegers.«
»Ja, und das Sonderbare daran ist«, lächelte Monguzzi über sich selbst,

»daß ich ihn jeden Tag gesehen habe, von morgens bis abends hatte ich ihn vor Augen, und trotzdem ist mir erst in der Kirche die Verbindung zu dem Attentat aufgegangen, und ich habe festgestellt, daß niemand anders als er der fünfte gewesen sein konnte.«
Der Regen, der gegen die Scheiben klatschte, unterstrich mit seinem schleppenden Rauschen das Schweigen.
»Welcher fünfte?«
»Der fünfte Mann der Bande, der mit der dritten Bombe.«
»Mit der *dritten* Bombe?«
Einen Moment schien Monguzzi verwirrt, dann rekapitulierte er jedoch, indem er an den Fingern abzählte.
»Ja, sicher, insgesamt waren es fünf Bomben, aber nur drei sind hochgegangen. Eine wurde ungezündet auf dem Gehsteig gefunden, die andere befand sich in der Tasche von –«
Er unterbrach sich, denn er spürte, daß der Mitleidspegel im Raum unversehens gestiegen war.
»Warum, was paßt denn nicht zusammen?«
Nachgiebig, treuherzig, sanftmütig, mitleiderregend, erkältet und vollkommen verrückt.
»Und Sie selbst«, beruhigte ihn De Palma, »wie viele haben Sie denn explodieren sehen?«
»Ich?« fragte der Schwachsinnige, »wie hätte ich das denn sehen können?«
»Waren Sie denn nicht in der Kirche, haben Sie nicht selbst gesagt, Sie seien Freitagabend in Santa Liberata gewesen?«
»Und ob ich dort war, und genau da habe ich kapiert, daß das Alibi mit dem Bart nicht stichhaltig war, das habe ich euch doch schon gesagt.«
»Und was haben Sie gemacht, als die *erste* Bombe explodierte?«
Der Verrückte (falls er nicht mit Drogen vollgepumpt war) sah De Palma an, als wäre der Kommissar der Verrückte. Das war typisch.
»Ich verstehe nicht«, antwortete er. »Es waren doch drei Bomben, nicht eine. Und ich habe gar nichts getan, was zum Teufel hätte ich denn tun können, Donnerwetter noch mal?«
»Sie selbst haben uns erzählt, daß Sie die Kirche verlassen haben, daß Sie sich aus dem Staub gemacht haben, um sich nach dem Attentat nicht in die Zange nehmen zu lassen.«
»Nach was für einem Attentat, das ist doch ganz unmöglich!« erboste sich der Paranoiker gefährlich. »Ich war doch gar nicht dabei, was redet ihr da, was reden sie da, Signorina?«
Die Pietrobono sprach mit ihm, als streichele sie ihm über den Kopf.
»Waren Sie nun in der Kirche, als das Attentat verübt wurde und der Pfarrer in die Luft flog, oder nicht?«

Der Verrückte nahm endgültig einen verstörten Ausdruck an.
»Der Pfarrer? Sie haben den Pfarrer in die Luft gejagt? Wann denn? Wo denn? In Santa Liberata?«
»Ja, Freitagabend, während er auf dem Gerüstturm seine Predigt hielt.«
»Ach du liebe...« machte Monguzzi und sackte auf dem Stuhl zusammen.
»Wußten Sie das nicht?«
»Nein, ich habe mich schon früher aus dem Staub gemacht, ich bin gegangen, als...«
»Lesen Sie denn keine Zeitungen, sehen Sie denn nicht fern?«
»Aber wenn ich doch nicht aus dem Haus gegangen bin seit... Ich höre nicht mal Radio, und fernsehen tue ich erst recht nicht, ich besitze nicht mal einen Fernseher... verd...«
Er ließ sich auf die Knie fallen und begann, fieberhaft am Verschluß einer Tasche zu hantieren.
»Tabrium«, stammelte er, »das Tabrium... der Pfarrer... gütige Ma...«
»Aber Sie haben uns doch bis jetzt«, faßte De Palma nach, »von einem Attentat erzählt. Was für ein Attentat? Auf wen? Wann?«
Monguzzi stöberte wie ein Hund in den Wäschestücken, Schachteln, Beuteln und Büchern herum. Er zog eine Wollsocke heraus, warf einen Blick darauf und stopfte sie wieder hinein.
»Im Jahre 1858, in Paris«, sagte er, ohne den Kopf zu heben, »auf Napoleon den Dritten.«
Und statt der erhofften Vereinfachung kam jetzt auf das Polizeipräsidium die umfangreiche Komplikation des Briefwechsels Crispi-Oderici zu.

7

Wie allgemein bekannt ist (begann der Erzähler mit dem freien und entspannten Tonfall eines Menschen, der gerade eine Tabriumkapsel geschluckt hat), wurden am Abend des 14. Januar 1858, als Kaiser Napoleon III. sich in die Pariser Oper begab (die sich damals noch in der Rue Le Peletier befand), drei Bomben gegen seine Karosse geschleudert. Der Anschlag forderte eine große Zahl Toter und Verletzter, aber bekanntlich blieben der Herrscher und seine Gattin unversehrt.
Eine halbe Stunde vor dem Attentat hatte die Pariser Polizei einen unerhörten Glücksfall zu verzeichnen, aufgrund dessen man das Blutbad leicht hätte vermeiden können und müssen. Aber durch die unglaubliche Torheit der Polizisten... (Der Polizist De Palma und alle

anderen Polizisten hüstelten und sahen einander an. Aber vielleicht, fragte der Erzähler, langweilte er sie mit diesen Einzelheiten? Schließlich waren es allgemein bekannte Tatsachen, und er wollte keinerlei Mißbrauch mit . . . Nein, nein, im Gegenteil, es war für den Polizisten De Palma und seine Kollegen ein echtes Vergnügen, diese Geschichte von der Torheit zu hören.) Also gut. Ein Kommissar, der seinen freien Tag hatte und den Abend dank einer Freikarte in der Oper verbringen wollte (auch an dieser Stelle ging ein Hüsteln zwischen den Kommissaren De Palma und Santamaria hin und her), hatte eine halbe Stunde vor der Vorstellung in der Nähe des Theaters einen italienischen Terroristen mit einer Bombe in der Tasche erkannt und verhaftet, einen gewissen Pieri, der allen Polizeipräsidien (Verzeihung, allen Polizeien) Europas bekannt war. Aber außer daß dieser Pieri ohne weiteres Ergebnis durchsucht und verhört wurde, gab es keinerlei Intuition, Schlußfolgerung, Meldung oder Maßnahme (Handflächen fuhren an die Stirn, Fäuste schlugen auf den Tisch. Das war ja unerhört, unvorstellbar, einfach haarsträubend).
Nicht wahr? Der Anschlag wurde also verübt, es gab, wie gesagt, Tote und Verletzte. Noch im Verlauf derselben Nacht konnte die Polizei die Attentäter aufgrund auffälliger Spuren ausfindig machen und einen nach dem anderen verhaften. Wie jeder weiß, handelte es sich um vier italienische Terroristen: Außer dem bereits festgenommenen Pieri um Felice Orsini, den Anführer der Bande, und seine Komplizen Gomez und Rudio. Es dauerte nicht lange, bis die vier ein Geständnis ablegten, aber nun stand man vor dem Rätsel der fünf Bomben. Eine hatte Pieri in der Tasche gehabt, eine zweite war ungezündet auf dem Gehsteig der nahegelegenen Rue Laffitte gefunden worden, und Orsini erklärte, es handele sich dabei um seine, er hatte sie nicht geworfen, weil er durch die Explosion der anderen drei verletzt und wie benommen gewesen war. Eine der Explosionen war durch Gomez, die andere durch Rudio verursacht worden. Und die dritte? (Ja, und was war mit der dritten?) Gab es vielleicht, fragte sich die Pariser Polizei, einen fünften Mann? (Die Turiner Polizei hielt vor Spannung den Atem an.)
Und ob es den gab, bestätigte Orsini, aber nur er wußte, um wen es sich dabei handelte. Zusammen mit Pieri stieg er auf die Guillotine, ohne den Namen des geheimnisvollen Komplizen verraten zu haben. Gomez und Rudio wurden zu lebenslänglicher Haft im Zuchthaus von Cayenne verurteilt, aber nach einem Jahr entkam Rudio in die Vereinigten Staaten, nahm auf seiten der Nordstaaten am Bürgerkrieg teil, ließ sich später in Kalifornien nieder, heiratete, und bis zum Jahre 1908 hörte man nichts mehr von ihm. Da erzählte er in einem Brief an eine

Bologneser Zeitung eine Episode, die nach seinen eigenen Angaben Licht in das Dunkel dieser geheimnisvollen Angelegenheit brachte, die immerhin schon vierzig Jahre zurücklag.
(Der Erzähler nieste mehrmals. Vielleicht ein Aspirin? Nein, die Signorina sollte sich nur nicht bemühen, von Aspirin bekam der Erzähler starkes Sodbrennen, und im übrigen war man gegen dieses naßkalte Wetter ... Aber dann könnte man ja vielleicht die Tür zum Korridor schließen, es zog doch ein wenig? Das ja, das war sicher besser. Danke.)
Eine Stunde vor dem Attentat, schrieb der Exterrorist in seinem Brief aus Amerika, während er und Orsini einen letzten Erkundungsgang durch die Rue Le Peletier machten, waren sie einem großen, kräftigen Mann mit einem gewaltigen Bart begegnet; Orsini war stehengeblieben und hatte mit ihm einige bedeutungsvolle Worte auf italienisch gewechselt, wie etwa: »Wie steht die Sache?« »Gut, alles ist bereit.« Aber das ist ja, hatte Rudio zu Orsini gesagt, als sie weitergingen, das ist ja Francesco Crispi! Orsini hatte darauf äußerst ärgerlich geantwortet: »Ich wußte gar nicht, daß du ihn kennst.«
Diese Enthüllung des Rudio erregte großes Aufsehen. Crispi war im Jahre 1901 gestorben und konnte sich nicht mehr selbst zur Wehr setzen, aber seine Freunde und Verwandten sorgten dafür, daß zwei fundamentale Punkte klargestellt wurden. Tatsächlich hatte Crispi in den fraglichen Jahren in Paris im Exil gelebt und in den mehr oder weniger verdächtigen Emigrantenkreisen verkehrt, und es entsprach auch den Tatsachen, daß er für die Stunden des Attentats kein stichhaltiges Alibi hatte, er hatte sich allein in den Räumen in der Rue Pigalle aufgehalten, die er mit einem Neffen teilte, und bis nach Mitternacht gelesen und geschrieben.
Aber erstens: Zur fraglichen Zeit war Crispi noch ein glühender Anhänger Mazzinis, während Orsini den Londoner Propheten bereits haßte und sich weigerte, dessen politische Führung anzuerkennen. Zweitens: In der nämlichen Zeit trug Crispi einen Schnurrbart, keinen Bart; den hatte er sich erst viel später wachsen lassen.
Rudios Brief wurde als reine Verleumdung, von Geltungsbedürfnis, unbegründeter Böswilligkeit und senilem Verfall diktiert, abgetan. Diese schmutzige Diffamierung konnte einer Gestalt wie Francesco Crispi, diesem Patrioten, der mit Garibaldi auf Sizilien gelandet war, diesem Staatsmann, den Bismarck mit Respekt empfangen hatte, diesem klugen Politiker, der nach einer jugendlichen Sympathie für die Republikaner mehrmals Minister seiner Majestät des Königs und Präsident mehrerer Kabinette gewesen war, die nicht eben zart mit Aufrührern und Extremisten umgegangen waren, nichts anhaben.

Aber da hatte vor fünf Jahren im Archiv des Hauses Terzi in Cernobbio ein Professor Garbarino, der gerade dabei war . . . »Ah«, sagte der stellvertretende Polizeipräsident Picco, der gerade zur Tür hereinkam und die Runde mit einer Handbewegung begrüßte, »mein berühmter Freund Garbarino. Wie geht es ihm denn, was macht er denn? Sind Sie sein Mitarbeiter?«
Er näherte sich ungezwungen und freundlich, erntete jedoch lediglich einen düsteren Blick und eine Reihe feindseliger Nieser.
»Wir arbeiten gerade«, erklärte De Palma, »aufgrund neuer Anhaltspunkte, die der . . . Professor Monguzzi hier . . .«
»Es ist schon recht, Garbarino ist ein derart scharfsinniger, luzider Kopf . . . Ich bin sicher, sein Beitrag . . . wird neues Licht auf die Angelegenheit werfen . . . Was hat er denn Schönes herausgefunden?«
Was für ein Licht denn? Was hieß hier »herausgefunden«, verdammt noch mal.
Niemand hätte damit gerechnet, daß sich der sanftmütige Gelehrte in eine Löwin verwandeln könnte. Monguzzi nahm die Tasche, die seine Schöpfung enthielt, vom Boden auf, hob sie auf den Tisch der Pietrobono, nachdem er Pezzas Sachen kurzerhand beiseite geschoben hatte, und zog mit zarten, sachkundigen Hebammenfingern die beiden riesigen, von einer Kordel zusammengehaltenen Bündel des Briefwechsels Crispi–Oderici heraus.
Waren sich diese Leute denn bewußt, was ein Briefwechsel war? Glaubten sie wirklich, es genügte, ihn rein zufällig bei einer Untersuchung über Cicognara im Archiv der Villa Terzi zu finden? Und daß es dann nur darum gegangen wäre, die Quelle ausfindig zu machen und auf die Marchesa Bracci, nicht Eleonora, sondern Giulietta Bracci, die Freundin von Pelloux, zu stoßen, in deren Besitz er aus der größtenteils verlorenen Sammlung des Abtes Molineri gelangt sein mußte? Und daß dann nichts anderes übriggeblieben war, als ihn zwei dämlichen Assistenten in die Hand zu geben, die ihn mit Anmerkungen versehen sollten, was sie mit schimpflicher Oberflächlichkeit, mit geradezu sträflicher Unfähigkeit hingepfuscht hatten? Und daß der Briefwechsel jetzt, das heißt, eine Fotokopie der gesamten Korrespondenz, die er auf eigene Kosten hatte machen lassen, für die Veröffentlichung bereitlag? Hatten denn diese Freunde des berühmten Garbarino eine blasse Ahnung von der Komplexität der Probleme, von den tausend ungelösten Rätseln, dem Gewirr von Namen, Daten, Bezügen, Anspielungen, die eine solche Korrespondenz wie die von Crispi-Oderici enthielt? Ganz zu schweigen von den unleserlichen oder getilgten Wörtern, den orthographischen Fehlern, den unbeantworteten Briefen, den fehlenden Entwürfen? Warum hatte ausgerechnet Oderici Crispis Briefe zusammen mit den

eigenen Antwortkonzepten aufbewahrt, während Odericis Briefe an Crispi verloren gegangen waren, sei es nun, daß der Empfänger selbst oder seine Erben und Testamentsvollstrecker sie vernichtet, vielleicht verbrannt hatten?
»Donnerwetter«, rief der stellvertretende Polizeipräsident Picco aus, »wir haben einen geheimen Briefwechsel vor uns. Garbarino ist es gelungen, eine geheime Korrespondenz ans Licht zu bringen.«
Ja, in verlegerischem Sinn, im Sinn von etwas absolut Unveröffentlichtem konnte man es so nennen. Aber auch in politischer Hinsicht, denn die beiden Männer hatten verschiedene, um nicht zu sagen, gänzlich entgegengesetzte Anschauungen vertreten; auf der einen Seite Crispi, der ehemalige Anhänger Mazzinis, ein republikanischer Verschwörer, der im Laufe der Jahre ein Vertreter der konservativen Rechten geworden war, während Oderici, ein ehemaliger Priester und früherer Sekretär des blutrünstigen Monsignore Piastri, des Henkers von Frosinone, und späterer Verfechter, um nicht zu sagen, Informant der österreichischen Regierung in Mailand sich nach und nach der äußersten Linken angenähert und schließlich in seinen letzten Lebensjahren sogar mit den Ideologien der anarchistischen Königsmörder sympathisiert hatte.
»*Nihil*«, bemerkte der stellvertretende Polizeipräsident Picco, »*sub sole novi.*«
Aber im Laufe ihrer Entwicklung hatten sich die Wege der beiden Männer gekreuzt wie zwei Züge, die auf parallelen Gleisen entgegengesetzten Zielen zustreben, und genau in der Zeit von 1873–1881 hatten sie zweihundertsiebenundzwanzig Briefe miteinander gewechselt, einhundertsechs von Oderici an Crispi und einhunderteinundzwanzig von Crispi an Oderici.
»Und was sagt Garbarino, was meint er dazu? Eine solche Korrespondenz muß doch zwangsläufig ein ganz neues Licht auf die gesamte . . .«
Der immer mit seinem Licht! Wenn man Licht haben wollte, brauchte man nur Lampen, Kerzen, Scheinwerfer anzumachen! Man mußte eine ganze Anlage mit unzähligen Drähten, Steckdosen und Schaltern zu installieren verstehen, wenn man in diesen alten Kellergewölben, in diesen Geheimgängen klarsehen wollte. Wenn er die Mechanismen des Briefwechsels nicht längst durchschaut und das Rätsel von Asti nicht kurz zuvor gelöst hätte, wäre die endgültige Erleuchtung ausgeblieben: Das Vater-Onkel-Indiz hätte sich ihm nicht aufgedrängt und der Sinn des Briefs Nr. 125 von Crispi an Oderici wäre ihm nicht aufgegangen . . .

(Aus dem Notizheft der P'bono mit Auszügen aus dem Briefwechsel Crispi-Oderici)

Vater-Onkel-Indiz mit Rätsel 3. Bombe verknüpft? – Aussage Zeuge Monguzzi unklar. – Zeuge verbreitet sich über Briefe Nr. 123 und 124, die »Transformisten«-Politik der Regierung Depretis (1883–1887) betreffend? Wo ist Zusammenh.?

Zeuge holt nun Brief Nr. 125 hervor, zögert aber, Inhalt zu enthüllen. – Es gehe, erklärt er, alte Episode Crispis Pariser Zeit. – Ausgez., sagen Anwesende, hören wir. – Episode, entschuldigt sich Zeuge bei Unterzeichneter, viell. verletzend f. weibl. Ohren (!!!) – Unterzeichn. schlägt Augen nieder vor Verlegenh. und lebh. Rühr. (zartfühl. vergang. Zeiten! liebe ich ihn?), aber Picco ermutigt lat. Sprichwort zitierend: veritas non erubescit *(errötet nicht? Werde im Wörterb. nachsehen).*

Trotz Ermutig. Zeuge bemüht, Epis. in Ausdrücken vorzutragen, die weibl. Ohren nicht verletz. – Bemühe mich, korrekt zu protokoll.

Wir sind also Paris, Jahr nicht genauer angegeb. (aber präzisierbar, sagt Zeuge). – Cr. lernt in Haus von Freunden 2 jugendliche Schwestern, Sympathisantinnen ital. Unabhängig'bewegung, Pépette und Louise, kennen und vögelt mit beiden. – Obwohl inzwischen fast 40 Jahre alt *(sagt Brief) Cr. tatsächl. geiler B., großer Weiberh. – Aber auf einmal bemerkt er, daß seine hervorragenden Leist. die 2 Mädchen nicht vollst. befriedigen. – Verwunderung u. Kummer des späteren Staatsmanns, der (sagt Brf.)* bei den Frauen und Fräuleins des Kontinents, sowohl in Italien als auch im Ausland, seiner Heimatinsel stets Ehre gemacht *(Cr. aus Prov. Agrigent stammend, erläutert Zeuge). – Was läuft da nicht? – Wahrheit kommt heraus während Spaziergang Bd. des Capucines, wo Schwestern sich plötzlich erinnern, in zartest. Alter von Kapuzinerpater verführt worden zu sein. – Obwohl (erläutert Zeuge) Freud gerade erst geboren, ahnt Cr. unbewußt. Neig. der zwei Mädchen und bemüht sich nun, diese, soweit mögl., zu befriedig.* – Da es mir widerstrebte, die Vaterrolle zu spielen *(sagt Brf.)*, gestattete ich ihnen wenigstens, mich Onkel zu nennen, und noch in derselben Nacht wurde ich durch unbeschreibliche Ekstasen belohnt ... Die kleinen Nichten ...

CETERIS OMISSIS

(Mehrmals nach Einzelheiten Ekst. Nichten befragt, lehnt Zeuge kategor. ab. – Anwesende sehen Unterzeichn. feindselig an. – Doch nicht meine Schuld?)

Aufgrund des guten Erfolgs *(schloß der Brief wörtlich)* beharrte ich auf der Kapuzinermaskerade. Dergestalt daß ich zu Beginn des Karnevals in doppelter Hinsicht Onkel wurde: Onkel dem Namen nach und in der

Tat, um es mit Vater Dante und mit ... Depretis zu sagen. Verstehst du die transformistische Fabel? Unnötig hinzuzufügen, daß die Nichten, derart gekitzelt ... die Insel des Feuers ... auf eine harte Probe stellten. Dein Dich lieb.

Crispi

Da folg. Brf. fehlt, unklar, was Od. verstanden, aber was ihr verstanden? fragt Zeuge Anwesend. – Anwesende (1 stellv. Polizeipr., 6 Kommiss. und Unterzeichn.) nicht verstanden, aber weigern sich zuzugeben. – Moment, überlegen wir, Moment, sagt stellv. Polizeipr. – Zeuge lächelt kindlich, während Schweigen andauert. – Fühle, daß ich ihn jeden Mom. mehr liebe.

»Ich nehme an«, wagte schließlich der stellvertretende Polizeipräsident zu sagen, »daß Crispi im Jahre 1818 geboren ist?«
»Genau. Am 4. Oktober 1818«, sagte Monguzzi zustimmend.
»Wenn er also damals *fast vierzig Jahre alt* war, müßte diese Episode in dasselbe Jahr fallen wie das Attentat?«
»Auf dieselben Tage«, sagte De Palma. »Das Attentat wurde am 14. Januar verübt, und die Geschichte mit dem doppelten Onkel trug sich zu Beginn der Karnevalszeit zu. Aber was ...«
»Genau«, sagte Cuoco, »das ist der springende Punkt. Was soll das heißen, er wurde Onkel *in doppelter Hinsicht*?«
»Onkel dem Namen nach und in der Tat«, präzisierte der stellvertretende Polizeipräsident und runzelte die Stirn. »Einen Augenblick mal ... Haben Sie nicht gesagt, Professore, daß Crispi die Wohnung in der Rue Pigalle mit einem Neffen teilte? Das würde bedeuten ...«
Monguzzi schüttelte den Kopf.
»Das habe ich zuerst auch gedacht: Onkel dem Namen nach wegen der beiden liederlichen Frauenzimmer und in der Tat wegen des echten Neffen. Aber ganz davon abgesehen, daß das ein unglaublich blödsinniger Kalauer wäre und die bloße Tatsache, sich Onkel nennen zu lassen, die wiederholten Anspielungen auf den Transformismus nicht rechtfertigen würde ... Nein«, er konnte sich nicht länger zurückhalten und brach in schallendes Gelächter aus, »Onkel dem Namen nach und in der Tat bedeutet ganz einfach, daß der Mann mit der dritten Bombe, der geheimnisvolle fünfte im Bunde, der Mann mit dem Bart, den Orsini begrüßt und den Rudio erkannt hatte, niemand anderes als Francesco Crispi war. Dabei muß man berücksichtigen –«
»Der Onkel«, kreischte die Pietrobono.
Monguzzi lächelte sie an.
»Der Onkel«, bestätigte er.
Picco öffnete den Mund, um zu protestieren, schloß ihn aber wieder.

Das Mädchen sah in fieberhafter Eile seine Notizen durch.
»Das mit Dante«, sagte sie ratlos, »versteh' ich nicht. Woher stammte Depretis denn?«
Monguzzi lächelte nun von einem Ohr zum anderen.
»Aus Pavia. Von wo sind Sie denn, Signorina Pietrobono?«
»Aus Turin«, antwortete die Signorina Pietrobono. »Und Sie?«
»Aus Valenza Po«, erwiderte Monguzzi. »Aber die Sache mit Dante habe ich zunächst auch nicht verstanden, denn in Florenz ... Und Sie«, fragte er die anderen mit seiner Unschuldsmiene, »woher stammen Sie denn?«
»Nicht aus Florenz«, bemerkte ein wenig trocken der stellvertretende Polizeipräsident, der aus den Abruzzen stammte, während die anderen aus noch weit südlicheren Regionen kamen. »Also, wenn Sie wirklich Beweise für Ihre Behauptungen haben, wäre es jetzt an der Zeit ...«
Monguzzi erhob sich.
»Im letzten Teil des Briefes«, sagte er entschieden, »gibt es keinen einzigen Satz, den man ohne meine Hypothese vollständig erklären könnte. Sie läuft darauf hinaus, daß Crispi sich einen falschen Bart beschaffte und ihn trug, um den beiden lasterhaften Frauenzimmern noch besser zu gefallen. So lassen sich die Worte ›Ich beharrte auf der Kapuzinermaskerade‹ und der sonst unmotivierte Hinweis auf den Beginn der Karnevalszeit erklären. Dadurch sind auch die Anspielungen auf den Transformismus von Depretis gerechtfertigt. Und man versteht, warum sich die Pseudonichten ›gekitzelt‹ fühlten. Aber«, er hob nun eine Hand, »das sind nichts weiter als Indizien. Die fraglichen Sätze könnte man auch anders, wenn auch nicht ganz so befriedigend, interpretieren.«
»Aber«, sagte Santamaria, der sich hinter die Pietrobono gestellt hatte und ihr Heft konsultierte, »als Indizien gar nicht so übel.«
»Nicht wahr?« sagte die Pietrobono begeistert.
»Ich möchte wetten«, fing Monguzzi wieder an, »daß niemand mir eine andere Erklärung für den Ausdruck ›um es mit Vater Dante und mit Depretis zu sagen‹ geben kann. Was soll das bedeuten? Was hat das mit dem Onkel zu tun?«
Die Pietrobono ließ ein glucksendes Lachen hören.
»Die Signorina hat den springenden Punkt gleich entdeckt«, sagte Monguzzi und zwinkerte ihr anerkennend zu. »Aber die Sache mit dem Bart ist mir erst in der Kirche eingefallen, als ich dieses große Feuer sah. Denn das ist das Hauptindiz. Crispi hat sich absichtlich so ausgedrückt.«
De Palma fuhr sich mit der Hand über die Stirn.
»Das Feuer des Pezza?«
»Sizilien«, sagte Santamaria, »die Insel des Feuers. Aber« – wandte er

sich an Monguzzi –, »ist es nicht Vater Dante, der es so nennt? Ich erinnere mich, daß wir in Catania in der Schule –«
»Friedrich der Zweite«, schrie Picco außer sich, »der Wächter der Insel des Feuers! ... Achtzehnter ... nein, neunzehnter Gesang ... wartet einen Augenblick!«
Er stürzte hinaus, während die anderen ihm mit offenen Mündern nachsahen. Monguzzi hingegen nutzte die Gelegenheit, um seinen Briefwechsel zu ordnen und sich neben die Pietrobono zu setzen. »Holt er den Dante?« fragte er sie leise.
»Den mit dem Scartazzini-Kommentar«, antwortete die Pietrobono ebenso leise. »Er hat ihn immer auf seinem Tisch neben seinen Aphorismen-Bänden liegen.«
»Der Wächter, hm?« murmelte De Palma. »Was für ein Glück, daß es kein Nachtwächter ist.«
»In Wirklichkeit heißt es an dieser Stelle ›derjenige, der schaut‹, aber der Sinn ist der gleiche«, sagte Monguzzi. »Es bezieht sich auf –«
»›Derjenige, der die Insel des Feuers schaut‹, Paradies, neunzehnter Gesang, einhunderteinunddreißigster Vers!« verkündete triumphierend der stellvertretende Polizeipräsident, der mit dem aufgeschlagenen Buch zurückkam. »Es handelt sich tatsächlich um Friedrich den Zweiten, den König von Sizilien, dessen Geiz und Feigheit Dante verurteilt. Aber«, runzelte er die Stirn, »ich sehe weder den Bart noch den Onkel. Wo ist der Zusammenhang mit –«
»Lesen Sie weiter, Vers einhundertsiebenunddreißig, dort verurteilt er auch die Untaten des ... nun?«
»Des Bartes ... und des Bru ...« buchstabierte Picco, wobei seine Stimme vor Erregung zitterte. »*Des Bartes und des Bruders* ... das heißt ...«
»Genau. Lesen Sie einmal Scartazzinis Anmerkung.«
»Einhundertsiebenunddreißig: Des Bartes: das heißt, des Onkels von Friedrich. *Barba* (vom vulgärlat. *barbas, barbanus*) für ›Onkel‹ findet sich auch heute noch in vielen norditalienischen Dialekten.«
»So wird klar, warum Crispi, um mit Dante und mit Depretis, der aus Pavia stammte, zu sprechen, in jenen Tagen Onkel dem Namen nach (Bart) und in der Tat (er trug einen Bart, er war der fünfte Mann) wurde«, erläuterte Monguzzi.

Auf einmal redeten alle durcheinander.
»Außerordentlich, es handelt sich um einen richtigen ...« (Picco). – »Absol. phant ...« (P'bono). – »Nach dem *Liebestrank* das beste Libretto, das ich je ...« (der Berühmte DP). – »*Besser* als der *Liebestrank* ...!« (P'bono). – »Sie müßten der Digos beitreten, Professore ...« (Cuoco,

Fiora). – »Nicht wahr? Es wäre wunderbar, Sie hier bei ...« (P'bono). – »Im Ernst, Professore, wenn Sie wollen ...« (Picco). – »Vielleicht könnten Sie uns bei der Entschlüsselung des Topos helfen ...« (S'maria). – »Aber bestimmt! Ich bin ganz sicher, daß ...« (P'bono). – »Aber Professor Garbarino ...« (Picco). – »Alle Achtung, Professore. Ich sage, wenn es bei uns ...« (Fiora, Guadagni, Rappa). – »Nicht wahr?« (P'bono). »Aber Professor Garbarino? Haben Sie ihn schon unterrichtet von Ihrer außergewöhnlichen ...« (Picco). – »Aber der kann mich mal ...« (Monguzzi).

Professor Garbarino, erklärte Monguzzi, war ihm inzwischen völlig egal, der könne ihn mal, die Signorina müsse den Ausdruck verzeihen. Jetzt würde er seinen Briefwechsel nehmen, ihn in seine Tasche zurücktun, in den Zug nach Valenza Po steigen (nein, inzwischen mußte er ja auf den nächsten warten, der um 14.08 Uhr fuhr) und dort in aller Ruhe die Arbeit abschließen. Dann würde man weitersehen. Niemals mehr würde er sich von »denen« festnageln lassen, um keinen Preis würde er in diese Kreise zurückkehren. Und wenn vielleicht jemand hier aus dem Präsidium die Freundlichkeit hätte, ihn zum Bahnhof zu bringen für den Fall, daß »die« ...

»Ich bringe Sie hin ...« sagte die Pietrobono, »wenn Sie mir mein Heft wiedergeben würden ...«

»Oh, entschuldigen Sie, Signo ... was zum Teuf ... gütigste Ma ... ich ...«

Völlig verwirrt und glühend rot öffnete er die Tasche und förderte das Heft, das zusammen mit dem Briefwechsel hineingeraten war, zutage.

»Es hätte Sie viel Schweiß gekostet, mich zu entziffern«, sagte die Pietrobono.

»Entschuldigen Sie, entschuldigen Sie vielmals, manchmal bin ich, wissen Sie ... in der Eile, bei dieser feuchten Kälte ... Ich habe doch hoffentlich sonst nichts eingesteckt?«

Er warf einen prüfenden Blick in die Tasche, betrachtete die Dinge, die den gesamten Nebentisch einnahmen, und sah die blauen Kassetten.

»Sind das nicht ...?«

Er beugte sich vor, faßte sie jedoch nicht an.

»Das sind ja die Tonbänder von ... Das sind ja die Polydialoge!«

»Richtig.«

Über Monguzzis schlecht rasiertes Gesicht huschte ein Schatten düsterer Erinnerungen, der sogleich vom Lächeln eines unabhängigen Mannes, dem die existentiellen Tonbänder nichts mehr anhaben konnten, vertrieben wurde.

»Wie kommen die denn ausgerechnet hierher?«

Sie erklärten es ihm. Er kicherte amüsiert, er fühlte sich nicht mehr als

Gefangener dieser »Kreise« und fügte hinzu, daß sie ihn oft hereingelegt hatten, das war wahr, regelmäßig hatten sie ihn übers Ohr gehauen und in die Zange genommen. Auch diese verdammten Kassetten hatten sie ihm zum Abhören andrehen wollen; aber da er schon Hunderte von dilettantischen Autoren hatte über sich ergehen lassen müssen, war ihm sofort aufgegangen, daß dieser Vicini gar nicht wegen der Publikation gekommen war, daran hatte er nicht das geringste Interesse, und so hatte er keinerlei ...
Und wieder erstarrten alle im Raum unmerklich und wurden in einen unerwarteten Strudel des Schweigens hineingezogen.
»Was ist denn los?« wunderte sich Monguzzi. »Was habe ich denn gesagt?«
De Palma sprach, als hantiere er mit äußerst zerbrechlichen Kristallgegenständen.
»Und warum ist er Ihrer Ansicht nach gekommen?«
»Um sich seine Bänder zurückzuholen. Wie schon gesagt, habe ich sie gar nicht abgehört, der alte Monga ist ja nicht verrückt; aber ich habe sehr wohl verstanden, daß die Geschichte mit der Veröffentlichung nur ein Vorwand war. Ein Möchtegernautor fällt einem ganz anders auf die Nerven, er bringt viel mehr Zitate an, spricht schlecht über andere Bücher ... Nein, der wollte seine Bänder wiederhaben, alles andere war Schall und Rauch.«
»Aber warum?«
»Ich weiß es nicht, keine Ahnung. Vielleicht ist etwas drauf, was ihn überführt hätte, so eine Art falscher Bart. Man müßte sich in aller Ruhe ...«
»Ja, reden Sie nur weiter ...«
Aber Monguzzi sagte nichts. Er betrachtete sie mit seinen feuchten, mißtrauischen Augen und schüttelte den Kopf.
»O nein, meine Lieben. Ich habe mit diesen Kreisen nichts mehr zu tun, und nun wollt ausgerechnet ihr mich festnageln, hm?«
»Es handelt sich nicht darum, ›jemanden festzunageln‹«, sagte De Palma sanft wie ein Vampir. »Aber da Sie doch ... wo Sie ...«
»Chef«, murmelte die Pietrobono, »das können wir nicht machen, das ist nicht fair.«
»Wir haben keine andere Wahl, Pietrobono.«
Und so senkte der alte Monga den Kopf, ließ sich seine Eskimojacke abnehmen, einen Kaffee bringen, von Picco (viele herzliche Grüße an Professor Garbarino), von Rappa und Fiora die Hand schütteln, setzte sich bereitwillig wieder neben die Pietrobono, die in Ruhe die gesamten Polydialoge von Anfang an (das war die einzige Möglichkeit) mit der Maschine schrieb, während er das Gerät vor- und zurücklaufen ließ, an

zweifelhaften, unklaren Stellen haltmachte, interpretierte und Vorschläge für die Seiteneinteilung, die Verwendung von Großbuchstaben und die Untertitel machte.
Und es war letztlich sein Verdienst, war seinem geduldigen, beharrlichen, unermüdlichen Vor und Zurück zu verdanken, daß sich die Vereinfachung (wenn man es so nennen wollte) ergab. Es war schließlich der dauernde Ärger über dieses Rauschen, dieses modulierende Hintergrundgeräusch, das in allen Pausen, bei jedem Schweigen wieder auftauchte, das Monguzzi nach ungefähr zwanzig Minuten rebellieren ließ.
»Verdammter Mist, mit diesem blödsinnigen Geräusch kann man doch nicht arbeiten!«
»Das ist der Recorder. Es ist der aus der Pfarrei, und wir ...«
»Es ist schon recht, aber ... Ach, es ist der von Pezza?«
Schließlich war er es, der, wenn auch irrtümlicherweise, diesen schaurigen Kommentar mit der Kirche in Verbindung brachte, mit dem Eindruck von Dunkelheit, Kälte, Angst und Gefahr, den die Kirche auf ihn gemacht hatte, mit dem plötzlich auftauchenden Schatten des Pezza, als er ihn beim ersten Mal auf dem im Bau befindlichen Turm gesehen hatte; es war schließlich der alte Monga, der dieses Geräusch von allem anderen loslöste, es für sich allein, als unabhängigen Ton, anhören wollte. Und zunächst lauschte Santamaria wieder auf Züge, auf ferne Häfen, während De Palma abermals die zeitgenössische Musik, sowohl die herkömmliche als auch die Elektronenmusik à la Stockhausen, verfluchte. Je öfter Monguzzi hartnäckig zu den fraglichen Passagen zurückkehrte, je lauter er aufdrehte und je mehr das Klagen sich verstärkte und durchsetzte, um so mehr verbreitete sich im Raum eine Aura des Unheils.
Ein monotoner Leichenchor von geschlossenen Mündern, dachte De Palma, ein ersticktes Jammern von Lebenslänglichen, von Lagerinsassen. Und Santamaria dachte an die Äonen und die Archonten, die von ihrem unnennbaren »Sitz« zusahen, wie diese arme Welt ins nächtliche Dunkel stürzte, er dachte an die düstere, unheilvolle Musik der gnostischen Sphären, an eine stechende ...
»Man müßte einmal sehen, ob ...« brummte Monguzzi plötzlich.
Er ließ das Band fast bis zum Ende vorlaufen, hielt es an, schaltete wieder ein.
Eine Stimme sagte: » ...mein Bruder gewesen, der mich auf den Pfad geführt hat ...«
Monguzzi stoppte, ließ das Band weiter vorlaufen.
Eine andere Stimme sagte: » ... wenn die Ausbeutung durch die Kapitalisten ...«

Monguzzi hielt an, ließ weiterlaufen, und schließlich, nach dem Ende des Polydialogs, ertönte das bewußte Geräusch in voller Lautstärke, frei, für sich allein.
»Da haben wir es«, sagte Monguzzi, »das habe ich mir doch gedacht. Und wahrscheinlich ist das genau der Grund, weswegen er sie zurückhaben wollte.«
Letzten Endes war er es, der herausfand, daß nicht der Komponist Pezza noch seine Gemeinde, noch sein defekter Recorder dieses quälende, geheimnisvolle Gewinsel hervorgebracht hatten. Der Ton war schon da, war schon vor dem Polydialog auf dem Band gewesen.

Um eine Bestätigung dieser Theorie zu erhalten, ließen sie aus der Vermittlungszentrale nicht etwa Angelini mit seinen abgedroschenen doppeldeutigen Reden kommen, sondern den kleinen häßlichen, spinnenartigen Taddei, der unaufhörlich Kaugummi kaute, was allen seinen Worten fälschlicherweise einen gelangweilten Klang gab.
Taddei hörte, hantierte, bestätigte schließlich. Das war es. Der Recorder, der tatsächlich schrottreif war, hatte einen Defekt, der Löschkopf funktionierte nicht. Das war es. Wenn zum Beispiel jemand mit einem intakten Gerät eine Rede des Papstes aufnahm, zu einem späteren Zeitpunkt das Band aber wieder verwenden wollte, um beispielsweise ein Popkonzert aufzunehmen, brauchte er es einfach nur in das Gerät einzulegen und auf diese Taste hier zu drücken, und während auf der einen Seite die Popmusik hineinging, kam der Papst auf der anderen Seite heraus, das heißt, der Kopf löschte ihn gleichzeitig. Wenn dieser Löschkopf jedoch kaputt war oder nicht richtig funktionierte, kamen beide Aufnahmen übereinander, das heißt, unter der Popmusik hörte man im Hintergrund immer noch den Papst.
»Das ist es«, sagte Monguzzi eifrig, »genau wie bei den Palimpsesten, es ist die moderne Version der ... Was ist denn nun los?«
Nichts, nichts, nur daß man hier im Polizeipräsidium keinerlei Vorstellungen von den Palimpsesten hatte.
Ach so, aber das Prinzip war genau das gleiche. Palimpseste (vom griechischen *palin* = »von neuem« und *psao* = »Abkratzen«) wurden die membranartigen Codices genannt, auf die die Mönche im Mittelalter die Gebete zur Jungfrau Maria oder die Regeln ihres Ordens schrieben, nachdem sie das, was vorher darauf gestanden hatte, abgekratzt hatten. Wenn aber jemand das Blatt beispielsweise vor eine Kerze hielt, konnte er den ursprünglichen Text noch entziffern, der vielleicht von Thukydides oder aus *De re publica* von Cicero stammte ...
Aha.
»Auf diese Weise sind uns viele klassische Autoren erhalten geblieben,

die sonst bei den vielen Zerstörungen, die ...«
Aha. Lateinische und griechische, was?
Taddei kaute schweigend, so als dächte er mit dem Kiefer. »Kurz und gut«, sagte De Palma, »dieses Geräusch hat für sich allein irgendeine Bedeutung, ist eine Art Cicero?«
»Ist es auch auf den anderen Bändern zu hören?« erkundigte sich Taddei.
»Ja«, antwortete die Pietrobono, »zumindest auf allen, die ich abgehört habe, soweit ich mich erinnern kann. Ich habe vorher nicht so genau darauf geachtet.«
Sie prüften auch die übrigen. Das Lamento, ob nun griechisch oder lateinisch, war überall zu hören.
»Könnte es sich nicht um einen Satz defekter Bänder handeln?« gab Guadagni zu bedenken.
Taddeis Unterkiefer malmte nachdenklich.
»Zeichen?« fragte die Pietrobono, »verschlüsselte Botschaften?«
»Um Gottes willen, Pietrobono. Jetzt fehlt uns hier nur noch die CIA oder der KGB.«
»Ich dachte eher«, erklärte sie, »an dem Menschen weit überlegene Wesen aus einer anderen Galaxis.«
»Wer weiß«, machte Taddei, »ich werde mal die städtische Polizei anrufen, das heißt ...«
Instinktiv fiel Santamarias Blick auf die Akte Pezza, die den Bericht der städtischen Polizei des Garibaldi-Reviers über den Anschlag auf den Pfarrer vor zehn Tagen enthielt. »Warum, inwieweit kann uns denn die städtische Polizei weiterhelfen?«
»Mit ihrer elektronischen Ausrüstung«, kaute Taddei bitter, die Hand bereits auf dem Telefon. »Das ist es. Wegen des Kraftfahrzeugregisters sind sie viel besser ausgerüstet als wir. Es ist nur so ein Gedanke von mir ... Ein Versuch kostet ja nichts.«
Er kostete jedoch viele Minuten des Wartens, eine Reihe von Erklärungen, große Verwunderung, Ratlosigkeit und dubiose Weigerungen, denn weil Sonntag war, hatte Valle, der Mann, den Taddei kannte, keinen Dienst; schließlich mußte De Palma eingreifen, um die Wogen wieder zu glätten und ein wahres Meisterwerk der Verführungskunst zu vollbringen. Jede Sekte der Bürokratie erinnerte irgendwie an eine Frau, mit Drohungen oder lauter Stimme erreichte man gar nichts, man mußte ihr vielmehr das Gefühl geben, sie sei die wichtigste, unentbehrlichste Frau der Welt; nur so konnte man sie dazu bringen, einem das zu überlassen, was man brauchte.
»Ich schicke euch Kommissar Guadagni mit einem Wagen vorbei«, sagte De Palma, als überreiche er einen Strauß Orchideen oder erlesene

Schmuckstücke von Cartier. »Ich weiß, ich verstehe, es ist außerhalb des üblichen Rahmens, aber wir hier ... Nein, ich möchte sagen, die Ermittlungen sind in gewisser Weise zum Stillstand gekommen, und wenn mit Hilfe dieses kleinen Experiments ... So ist es, es könnte sich ein neuer Anhaltspunkt, ein Tatbestand ergeben ... und wenn wir mit eurer Hilfe ...« Guadagni schlüpfte in seinen Regenmantel, wickelte sich in seinen Schal ein und stülpte sich eine große Mütze auf den Kopf.
»Puh!« machte De Palma, während er den Hörer auflegte, »wie man sich anbiedern muß, um seine Arbeit tun zu können!«
In der folgenden Viertelstunde redeten sie über den tragischen Mangel an Ausrüstung, an elementarster Ausrüstung, unter dem die italienische Polizei litt. Während in Deutschland ... wenn man sich überlegte, daß in Frankreich, in Paris ... wußtest du schon, daß in London auf hundert Einwohner eine ...
Guadagni kam zurück und bahnte einem pausbackigen jungen Mann in Zivil den Weg, der allen ehrerbietig die Hand schüttelte und dabei immer wieder seinen Zu- und seinen Vornamen nannte: Poma, Attilio. In der anderen Hand hatte auch er eine große, schwere Segeltuchtasche.
Man sah, daß Poma, Attilio, was auch immer seine Vorgesetzten und Kollegen von der Sache hielten, das geplante Experiment keinesfalls als unnötige Belästigung ansah, daß es nicht unter seiner Würde war, persönlich an den polizeilichen Ermittlungen mitzuwirken.
Er zog seinen großen funkelnden Apparat aus der Tasche und stellte ihn neben dem von Pezza ab. Er wirkte wie ein Cadillac neben dem Wägelchen eines Straßenkehrers.
»Zum Vergleich habe ich diese bespielte Kassette mitgebracht«, sagte er und zog eine schwarze Kassette aus der Tasche, die ansonsten genauso aussah wie die mit den Polydialogen. »Es handelt sich um Verkehrserhebungen aus dem Jahre 1975. Das macht doch sicher nichts?«
»Absolut nicht, jede tut es für unseren Zweck«, kaute Taddei nachlässig. »Gib sie mal her!«
Poma, Attilio, reichte ihm die Kassette.
»Aber«, sagte er wie ein Kind, das bei einer Geheimversammlung von Zauberern, Hexen und Kobolden dabei sein darf, »was für ein Einfall. Es stimmt, daß sie gleich sind, daß man sie auch so benutzen kann. Aber wer kommt schon auf die Idee?«
»Es handelt sich lediglich um eine Kontrolle«, sagte De Palma, »nur um zu sehen, was dabei herauskommt.«
»Vielleicht kommt gar nichts dabei heraus«, sagte Taddei und schob die schwarze Kassette in Pezzas Recorder, »und wir haben dich umsonst kommen lassen. Dann haben wir uns eben geirrt.«

Aber sie hatten sich nicht geirrt. Kaum setzte sich das Band in Bewegung, erfüllte das modulierende Störgeräusch den Raum. Es bildete nun nicht mehr den Hintergrund und wies möglicherweise bei seinem dauernden Auf und Ab minimale Unterschiede auf, aber es ertönte mit der gleichen unheilverkündenden gnostischen oder galaktischen Färbung.
»Er ist es«, sagte De Palma ehrfürchtig, »es ist der Cicero.«
Der elegante Apparat, den Poma, Attilio, mitgebracht hatte, war kein Kassettenrecorder, sondern das Sichtgerät eines Computerterminals. Und die schwarze Kassette mit der Verkehrszählung von 1975 war in einer Datenverarbeitungsanlage verwendet worden. Ebenso handelte es sich bei allen Kassetten, auf die Pezza die Polydialoge aufgenommen hatte, um Magnetbänder, die bereits in einem Computer bespielt worden waren. Und das Lamento, das sie den ganzen Morgen über gehört hatten, war kein Griechisch oder Latein, sondern ein Text in Computersprache.
Taddei schob ohne Eile seinen Kaugummi von einer Backe in die andere.
»Und jetzt machen wir die Gegenprobe mit den Bändern aus der Kirche. Dazu brauchen wir eines, das möglichst wenig bespielt ist.«
»Eines von denen aus der Pfarrwohnung«, sagte die Pietrobono, »oder dieses hier mit unseren Spastischen Brüdern. Da ist höchstens eine Viertelstunde drauf, der Rest ist nicht bespielt.«
Sie reichte die blaue Kassette Taddei, der sie jedoch nicht nahm.
»Du bist dran«, sagte er zu Poma, Attilio, »zeig uns Ignoranten, was du kannst.«
Poma, Attilio, wurde rot, nicht etwa weil er ein Tölpel war, sondern vor Vergnügen. Er beugte sich vor, hielt sein schönes schneeweißes Kabel einen Augenblick unschlüssig in der Hand, steckte den Stecker in die Dose neben dem Fenster, öffnete dann ein kleines Fach des Sichtgerätes und legte die Kassette der Spastischen Brüder ein.
Alle Augen starrten auf den kleinen Bildschirm, der wie ein schwarzer Diamant glänzte.
»Sehen wir mal, was die Wahrsagerin uns mitzuteilen hat«, sagte Cuoco, um die Spannung zu mindern.
Links oben erschien eine Abkürzung, dann, wie mit einem Pinselstrich hingehaucht, eine Zahlenreihe nach der anderen.
»Was ist denn das, die Gemeindewahlen?«
Über den Bildschirm huschten geräuschlos weitere lange Zahlenfolgen, die von Zeit zu Zeit von einem Punkt, einem Buchstaben oder zwei Buchstaben unterbrochen wurden.
»Daten«, stellte Poma, Attilio, fest.

»Welcher Art?«
»Das weiß Gott allein.«
Mit außerordentlicher, unfaßbarer Präzision brachen weiterhin milchigweiße Zahlenkolonnen aus ihrem geheimnisvollen Universum über den Bildschirm herein.
»Das wird die Buchhaltung der Beichten sein«, sagte De Palma, »die Sündenkonten aller Pfarrangehörigen von Santa Liberata.«
Der Große Mafioso, dachte Santamaria, zeigte auf diesem Auge aus schwarzer Seide sein ironisch vereinfachtes, schwindelerregend undurchdringliches Antlitz.
»Aber dieses Zeug hat überhaupt nichts mit Santa Liberata zu tun«, sagte Cuoco, »sonst hätten wir doch in der Krypta oder der Pfarrwohnung irgendeine Art Computer finden müssen, oder nicht?«
»Ja, sicher«, bestätigte Poma, Attilio, »es handelt sich um aussortierte Bänder, die nicht mehr gebraucht wurden. Aber statt sie zu löschen, wie es üblich ist, sind sie auf die Idee gekommen, sie als normale Tonbänder zu verwenden ... Also, was für ein Einfall.«
»Und woher hatte er sie, der Pezza?«
»Vom Ingenieur«, sagte die Pietrobono und sah Monguzzi an. »Das ist doch klar.«
Monguzzi nickte zustimmend.
»Der falsche Bart«, sagte De Palma.
»Und woher hatte er sie?«
Die Pietrobono machte die allgemein bekannte Handbewegung des Diebstahls.
»Legte er nun solchen Wert darauf, sie wiederzubekommen, weil er sie gestohlen hatte, weil sie ihm nicht gehörten«, sagte Cuoco, »oder weil auf diesen Bändern ...«
Er hielt inne, als er merkte, wohin er sich zu begeben drohte.
»Neeeiiinnn ...« heulte De Palma wehklagend auf.
Auch Santamaria erschauderte bei dem Gedanken an die Richtung, die die Ermittlungen zu nehmen drohten. Genügten denn die Schwierigkeiten mit dem Ordinariat nicht, mußten jetzt auch noch ...? Aber die Wege des Großen Bosses waren unergründlich.
»Fiat«, sagte er resigniert und sah seine Kollegen an, *»voluntas.*«*
Es herrschte ein erdrückendes Schweigen, ausgedehnt wie die Automobilkathedrale, die sich nun mit ihren Autos, Lastwagen, Traktoren, Baggern, Flugzeug- und Schiffsmotoren, ihren Zeitungsverlagen, Stahlwerken und allem anderen vor ihnen ausbreitete.

* *Fiat voluntas* (latein.): Dein Wille geschehe – Wortspiel, das sich auf das Unternehmen Fiat bezieht (Anm. d. Übers.)

»Wo ich doch nicht einmal genau weiß«, sagte Cuoco, »was eine Holdinggesellschaft ist.«
»Nehmen wir einmal an, sie stammten tatsächlich von Fiat«, sagte De Palma und starrte auf das Sichtgerät, »um was könnte es sich denn dann handeln?«
Mit neuer Dringlichkeit und unermeßlicher Macht zeigten sich weitere Zeichen und Zahlenreihen auf dem schwarzen Fensterchen. Poma, Attilio, breitete ratlos die Arme aus.
»So ziemlich alles ... Die ersten Ziffern oben links geben im allgemeinen das Datum an, sie können sich auf monatliche, wöchentliche, auch tägliche Erhebungen oder Kontrollen beziehen. COD bedeutet Code, CAUS heißt Kausal ... Mehr verstehe ich nicht, da brauchte man einen von Fiat. Das können Auszüge aus Personalakten, Gehaltsabrechnungen, Marktanalysen, Berechnungen der Buchhaltung, Lagerbestände und vieles andere mehr sein. Man brauchte dazu einen Fachmann, einen ...«
»Einen von der Fiat, eben. Vorausgesetzt, der Kram ist von Fiat ...«
»Nun, das ist nicht gesagt«, protestierte Cuoco schwach.
»Das kann man nicht sagen, das sage ich nicht und will es nicht sagen«, ereiferte sich De Palma, »warten wir ab, bis der Ingenieur es uns bestätigt.«
»Ein Kryptonormaler«, machte Santamaria, »tz.«

8

Wenn zufällig an diesem letzten Februarsonntag kurz nach zwölf im Turiner Polizeipräsidium ein Kunsthistoriker vorbeigekommen wäre, hätte er ohne Zögern in den drei Personen, zwei stehend und eine sitzend, im schlichten Rahmen eines staatlichen Büros, die Modelle eines berühmten Gemäldes erkannt. Die vornehme, nachdenkliche Haltung, die sparsamen Gesten, die ins Licht höherer Weisheit getauchte Braue, der Besonnenheit, Scharfsinn und abgewogene Weitsicht verratende Blick, alles an diesen Gestalten trug dazu bei, die Zuordnung zu erleichtern. Es handelte sich einwandfrei um die sogenannten »Drei Philosophen« von Zorzi (oder Giorgio) di Castelfranco, genannt Giorgione.
Allein die Möglichkeit, Fiat in die Ermittlungen hineinzuziehen, war imstande, einfache Polizeibeamte in die größten Denker zu verwandeln. Keine Überlegung, Argumentation, Hypothese, keine Form des Syllogismus, keine analytische oder synthetische Spitzfindigkeit durfte

außer acht gelassen werden, um herauszufinden, ob es wirklich nötig war, der *Fabbrica Italiana Automobili Torino* auf den Sack zu fallen. Der Ingenieur Sergio Vicini, *executive* des Konzerns, würde ohne Zweifel eine völlig harmlose, plausible Erklärung über die Herkunft dieser Magnetbänder abgeben. Guadagni war bereits losgeschickt worden, um ihn zu Hause festzunehmen (ohne ihn vorher am Telefon zu belästigen), und er würde jeden Augenblick mit dem rechtschaffenen Techniker, dem anständigen Kryptonormalen zurücksein; vielleicht würde dieser zunächst ein wenig verwundert oder verärgert sein, dann aber gutwillig, offen und erschöpfend Auskunft geben.
Ah, da haben wir die hinreichende Erklärung, würden die drei Philosophen erleichtert ausrufen, das kleine Mißverständnis ist geklärt, das einfache Geheimnis gelüftet. Die Bänder stammten beispielsweise gar nicht von Fiat. Pezza hatte sie von einer anderen Firma, Bank, Regionalbehörde, einem anderen Büro, aus irgendeinem Lager des Vatikan, von irgendeiner Gemeinnützigen Gesellschaft, vielleicht sogar einer ausländischen, bekommen. Das war eine Möglichkeit.
Oder die Fiat schenkte den Angestellten zu Weihnachten Pakete mit Magnetbändern, die inzwischen durch neue Technologien überholt waren, und sie konnten damit machen, was sie wollten. Oder (wenn man tatsächlich der zynischen oder der skeptischen oder einer anderen pessimistischen philosophischen Richtung zuneigte) angenommen, der Ingenieur habe die Bänder wirklich mitgehen lassen, handelte es sich doch lediglich um einen leichten Vertrauensbruch, eine verzeihliche Taktlosigkeit; das hatte doch jeder an seinem Arbeitsplatz schon einmal gemacht, es war, als hätte man zwei oder drei Kugelschreiber, eine Handvoll Reißzwecken oder ein paar Gummiringe mitgenommen. Wieder eine Möglichkeit.
Nein?
Auf dem Gemälde lag Stille, ein tiefes Schweigen. De Palma, Santamaria und Cuoco sahen einander an, schauten auf den wenig an Giorgione erinnernden Corso Vinzaglio im Regen, betrachteten die Wände von Santamarias Büro, in das sie sich zur Meditation zurückgezogen hatten, starrten auf die Tür, den Teppich, das Telefon. Sie hatten noch niemandem etwas gesagt, da es eines Philosophen wenig würdig gewesen wäre, voreilig Picco zu verständigen und den Polizeipräsidenten und den Staatsanwalt anzurufen ...
»Und außerdem«, sagte De Palma, nun unter dem Einfluß einer philosophischen Schule der Angst, Verzweiflung, krankhaften Verwirrung, »müßte man vorher hören, was ihr Büro, wie heißt es doch gleich, dazu sagt.«
»Sie haben es wieder einmal umorganisiert«, sagte Cuoco, »jetzt heißt

es Boi.«
Das euphemistischerweise so genannte Büro für Organische Interdependenz, das ehemalige Büro für Sonderaufgaben, davor Studien- und Analysezentrum, hervorgegangen aus der Abteilung für Technische Entwicklung, war das Büro, das sich auf möglichst diskrete Weise mit allen ungewöhnlichen, heiklen, fragwürdigen, bisweilen sogar skandalösen, um nicht zu sagen, beschämenden Vorkommnissen befaßte, die sich bei der hinreichend bekannten menschlichen Unzulänglichkeit in einem so großen Unternehmen wie Fiat ereignen konnten.
»Ist Rechtsanwalt Torre noch da?«
»Nein, den haben sie nach Mexiko geschickt, jetzt macht es ein gewisser Sulis.«
»Was ist das für ein Typ?«
»Hoffen wir das Beste.«
Aber das Telefon läutete, Guadagni rief aus einer Zelle auf dem Corso Rosselli an, er hatte den Ingenieur nicht angetroffen, weder an der Tür noch am Telefon gab jemand Antwort, die Portiersfrau wußte nichts. Er war wohl ausgegangen.
»Es ist gut«, entschied De Palma nach einem Augenblick, »bleib dort vor der Haustür, ich schicke dir jemand.«
Eine vorhersehbare Komplikation. Niemand hatte den Ingenieur angewiesen, sich zur Verfügung zu halten, sie hatten ihm lediglich gesagt, er solle am Montag wieder vorbeikommen; wer weiß, wann er nun zurückkommen würde. Er rief die Pietrobono an, ließ sie herausfinden, wer gerade Dienst hatte (»Dalmasso, es ist recht, schick ihn zu mir herauf«), gab ihr den Auftrag, Poma, Attilio, mit seiner Ausrüstung noch einen Augenblick dazubehalten, während man Professor Monguzzi mit seinem Briefwechsel zum Bahnhof bringen konnte.
»Soll ich ihn hinfahren?« fragte die Pietrobono und errötete verschämt am anderen Ende der Leitung.
»Na gut«, brummte De Palma, jetzt ganz Epikureer, »komm dann aber sofort hierher zurück.«
Er legte auf, betrachtete forschend die verschlossenen Mienen der beiden anderen Philosophen.
»Nun?« fragte er mit raschem Übergang zur stoischen Schule, »stürzen wir uns hinein?«
»Was bleibt uns anderes übrig.«

Aus der körperlichen Welt begaben sie sich in ein rein hypothetisches, metaphysisches Modell des Universums. Es ereignete sich eine Reihe von Nicht-Tatsachen: Cuoco (der Schatten seiner selbst) führte aus einem Geisterbüro ein Nicht-Telefongespräch, und am anderen Ende der Nicht-Leitung antwortete ihm die Nicht-Stimme des körperlosen Sulis. Die beiden Schatten nicht-sagten sich einige sinnlose, jederzeit bestreitbare Sätze, und schließlich traf der Pseudo-Sulis die Nicht-Entscheidung, unverzüglich in dem imaginären Polizeipräsidium in Begleitung eines anderen Phantasiewesens, des Ingenieurs Carlevero, der für das hypothetische Pseudoproblem zuständig war, einen Besuch zu machen.

Die reale Welt, die Welt des Seins, setzte sich nach kurzer Zeit in Gestalt von Dalmasso wieder durch (der beauftragt wurde, die Haustür auf dem Corso Rosselli bis 14 Uhr zu überwachen). Danach war die Zeit-Raum-Relation erneut aufgehoben, und zwei unbeschreibliche, unidentifizierbare Bewohner des Nicht-Seins drangen durch die Wände in das Büro ein.

»Selbstverständlich«, sagten die Augen des nicht-existenten Sulis, »sind wir nicht hier.«

»Selbstverständlich«, antwortete der Blick des immateriellen Cuoco, »haben wir euch nicht angerufen.«

Der rundliche Poma, Attilio, wurde von Taddei entfernt, um es diesen Schatten zu ermöglichen, sich um das Sichtgerät zu gruppieren, und in Grabesstille ließ der illusorische Ingenieur Carlevero eine Minute lang die verdächtigen Bänder laufen.

Nicht ein einziges Wort des folgenden Dialogs wurde tatsächlich ausgesprochen oder vernommen.

»Ja, das sind Daten aus unserem Hause ... Es handelt sich um Lager-ein- und -ausgänge, Be- und Entladungen.«

»Ist es üblich, daß sie sich in Umlauf befinden?«

»Nein, wenn das Bandmaterial nicht ins Archiv kommt, wird es entmagnetisiert oder zerstört.«

»Es kommt also nicht vor, daß es weggeworfen, verschenkt, bei Altpapiersammlungen weggeben wird?«

»Das habe ich noch nie gehört.«

»Wo arbeitet dieser Vicini?«

»In der Lagerungskoordinierung.«

»Ist er an einer Stelle tätig, wo er ... derartige Daten manipulieren könnte?«

»Ich würde sagen ja, genau das ist der Punkt. Man müßte sich die Sache einmal näher ansehen, einen Blick in sein Büro werfen. Wer ist sein unmittelbarer Vorgesetzter?«

»Biffignandi. Am besten verständigen wir auch ...«

»Oh!«

Das metaphysische Universum geriet einen Augenblick ins Wanken, dann kam es wieder zur Ruhe. »Nein, lassen wir Musumanno zunächst noch aus dem Spiel, erst sollten wir selbst eine kleine informelle Kontrolle durchführen.«

Zu dieser kleinen informellen Kontrolle wurde als Vertreter eines imaginären Polizeipräsidiums dieser Beamte aus Luft, Gas, Nichts eingeladen, der auf den erdachten Namen Santamaria hörte. Sulis lenkte mit zwei Fingern die große blaue Limousine eines überirdischen Fabrikats, während das Scheinbild von Santamaria auf dem Rücksitz mit dem Scheinbild von Carlevero hypothetische Formulierungen tauschte.
»Gibt es viele Personen, die sich Zugang zu einem der Datenverarbeitungszentren verschaffen könnten?«
»In erster Linie die Techniker, die Programmierer und die sonstigen Verantwortlichen des Zentrums natürlich.«
»Könnte man nur über diese Verantwortlichen hineingelangen?«
»Nein ... vorausgesetzt man ist wie sie im Besitz der magnetischen Erkennungsmarke, die erst den ... Dialog zwischen Mensch und Maschine gestattet.«
»Wäre es schwierig, an eine solche Marke heranzukommen?«
»Das hängt ganz von der Funktion, dem Sektor und dem Platz in der Firmenhierarchie ab ...«
»Könnte einer sich mit einer solchen Erkennungsmarke jederzeit nach Belieben der Datenverarbeitungsanlage bedienen?«
»Ja und nein. Theoretisch müßte er warten, bis er an der Reihe ist; die Nutzungszeit der Anlagen ist in kleine Einheiten aufgeteilt, die aufgrund der verschiedenen Bedürfnisse ...«
»Und in der Praxis?«
»Um ... andere Prioritäten auszuschalten, müßte man eine noch bedeutendere Priorität geltend machen, oder ...«
»Wäre es nicht auch denkbar, daß man die Anlage zu ungewöhnlicher ... Zeit nutzt ... außerhalb der Arbeitszeit beispielsweise?«
»Vielleicht, aber nicht notwendigerweise. Das würde zum Teil vom Komplexitätsgrad der Operationen, die man ausführen will, von möglichen Interferenzen mit anderen Operationen abhängen ... Andererseits ist die Anlage ein ... neutrales, stummes Register, und ein möglicher ... Manipulator könnte am hellichten Tag, wie man so sagt, zu Werk gehen. Zunächst, das heißt, im Moment der Eingabe möglicher unregelmäßiger Daten, würde der Computer keine auffällige Reaktion zeigen.«
»Welche Art ... unregelmäßiger Operationen könnten denn ... in bestimmten Fällen in Betracht kommen?«
»Beispielsweise die ... ganz simple Beseitigung gewisser Ordnungsfaktoren, die der Computer dann nicht mehr übertragen würde. Oder ihr

Austausch durch ... andere Ordnungsfaktoren.«
»So als reiße man eine Seite aus einem Buchhaltungsregister heraus und ersetze sie durch falsche Angaben ...?«
»Was die bloße Manipulation der Anlage angeht, wäre es theoretisch möglich, ohne Zweifel ... Aber dann würde die Sache nicht darüber hinausgehen, es bliebe eine ... reine Spielerei, eine unbegründete Abstraktion. Wenn es sich hingegen um Lagerungen, um ... Lagerbestände handelte, könnte man sich leichter ... eine Reihe von Eingriffen vorstellen, die verbunden mit der Eingangs- und Ausgangsbewegung des ... des ...«
»Materials?« sprang Santamaria ein.
Der andere antwortete nicht, sondern machte nur eine vage Geste. Die Scheibenwischer protestierten in dieser Stille kreischend. Der Regen hatte fast aufgehört, so als hätte er inzwischen die Überzeugung gewonnen, daß es in der Stadt keine Farben mehr abzuwaschen, keine Bäume mehr zu schwärzen und keine Männer und Frauen mehr gab, die so naiv waren, sich auf die Straße locken zu lassen. Das Begleitfahrzeug mit den beiden Gorillas, die Sulis (oder Carlevero?) schützen sollten, folgte ihnen im Abstand von wenigen Metern mit einem Eifer, der sich durch die helle sonntägliche Leere nicht rechtfertigen ließ. Graue Schaumspritzer aufwirbelnd, bogen sie in den Corso Marconi ein, fuhren zwischen den beiden Zwillingsgebäuden hindurch nach kurzem Anhalten in den Hof hinter der Nr. 10 ein, wobei die Eskorte, möglicherweise um Eindruck auf Santamaria zu machen, theatralisch aus dem Wagen sprang, das kurze israelische Maschinengewehr, von dem alle italienischen Polizisten träumten, in der Hand.
Sulis bahnte den Weg durch einen ersten und zweiten Filter von Werkschutzleuten, die zu dieser Stunde mit Schinkenbrötchen bewaffnet waren, einen Flur entlang, eine kurze Stiegenrampe hinunter in einen anderen Korridor, wo er vor einer Tür haltmachte, deren oberer Teil verglast war: Man konnte sehen, daß der Raum dahinter mit weißen Metallschränken tapeziert war. Carlevero trat mit seiner Magnetmarke, einem kleinen Rechteck aus Plastik, vor, und ehe sie eintraten, übermittelte Sulis Santamaria eine letzte telepathische Botschaft: »Sie sind nicht hier, wir haben Sie nicht hereingelassen, Sie haben nichts gesehen.«
In dem Archiv, der Archivabteilung oder dem Rest eines Archivs leerte Santamaria die Tasche mit den Kassetten aus Santa Liberata auf einen Arbeitstisch aus, und Carlevero ging schnurstracks auf einen der Schränke zu, öffnete ihn und ließ seinen an eine gebogene Wurst erinnernden Zeigefinger an ganzen Stapeln identischer blauer Kassetten entlanglaufen. Schließlich zog er vier heraus und nahm am Benutzer-

pult vor der Tastatur eines Sichtgeräts Platz, das größer war als das von Poma, Attilio, und auch anders aussah.
Der Bildschirm wurde hell, auch hier erschienen Zahlenkolonnen und Zeichen. Carlevero begab sich an ein zweites Sichtgerät, legte die Polydialoge der Spastiker ein, schaltete den Schirm an und begann, gleichzeitig den Lauf beider Datenserien im Auge behaltend, sich auf einem Blatt Notizen zu machen.
Niemand sprach. Niemand rauchte.
Carlevero tauschte die Bänder in beiden Apparaten aus und fuhr mit dem Vergleich fort, wobei seine Halbglatze sich ruckartig hin- und herbewegte, während sein Bleistift Zahlen aneinanderreihte. Schließlich drehte er auf dem kleinen Drehstuhl eine langsame Pirouette und saß den beiden anderen mit schwerem Blick, der von den verschlüsselten Kolonnen gleichsam zu Boden gedrückt schien, gegenüber.
»Nun?« fragte Santamaria nach einer Weile, »was sagt der Apparat?«
Aber sein Gegenüber blickte ihn an, als sei er erstaunt, ihn dort vorzufinden oder ihn anders als in hypothetischen Sätzen reden zu hören.
»Es könnte sich selbstverständlich um ein ... Versehen handeln«, seufzte er und zog seinen großen Kopf wie eine Schnecke zurück, »um einen ... Irrtum, eine elektronische Funktionsstörung, die auf einen kleinen ... Fehler zurückzuführen ist, der an anderer Stelle durch die Anlage oder einen Menschen verursacht wurde. Es wäre nicht das erste Mal ... Bisweilen wirkt sich ein winziger Fehler beim *input* logischerweise auf eine große Zahl von Daten aus ... und hat Konsequenzen, die weit über das hinausgehen ...«
Seine Stimme erinnerte an die eines Krebskranken, der sich selbst Mut zusprach. Oder an den einem Beamten wie Santamaria wohlbekannten Tonfall eines Angestellten, der auf jede erdenkliche Weise versuchte, eine auf ihn zukommende Schererei abzuwenden.
»Um sicher zu sein, müßten wir eine ganze Reihe von Überprüfungen, horizontalen und vertikalen Kontrollen vornehmen ... um ausschließen zu können, daß gewisse ... wiederkehrende Unregelmäßigkeiten auf einen Irrtum bei der Eingabe zurückzuführen sind und nicht auf ein planmäßiges ...« er machte eine sehr lange Pause, es war fast ein Kaiserschnitt nötig, um die letzten Worte hervorzulocken, »systematisches Vergehen.«
»Und worauf könnte sich dieses systematische Vergehen beziehen?«
Schmerzerfüllt rutschte Carlevero mit seinem dicken Hintern auf dem kleinen orangefarbenen Drehstuhl hin und her.
»Zum Teil ... das heißt, was diesen kleinen Teilbereich angeht, den wir bisher überprüft haben«, sagte er und wandte sich ein wenig den beiden Bildschirmen zu, »... könnte es sich um ... aber davon abgesehen sind

die Daten schon älter als zwei Jahre, und was wichtig, äußerst wichtig ist«, ereiferte er sich plötzlich an Sulis gewandt, »sie fallen genau in die Zeit, als diese dezentralisierte Unterabteilung des Unternehmens neu organisiert wurde, so daß es sich auch um eine ...«
Der Kommissar bewahrte ihn vor dem Untertauchen in einem Ozean der Bürokratie.
»An was könnte man sonst noch denken?«
»An ... an«, Carlevero schnappte nach Luft, »an ...«
Sulis sah den Kommissar an und sagte:
»Sprechen Sie ruhig, wir sind unter uns.«
Carleveros asthmatisches Keuchen hörte trotzdem nicht auf.
»Ich wiederhole: Es könnte sich in jedem Fall um ... bloße Koinzidenzen ohne Funktion handeln, und bevor wir irgend etwas unternehmen, sollten wir diese Möglichkeit ... gründlich untersuchen.«
»Das versteht sich von selbst.«
»Die Diskrepanzen zwischen den beiden Datenserien könnten sich nämlich ohne weiteres durch ... menschliches Versagen erklären.«
»Worum geht es denn bei diesen Daten?«
Carlevero nahm einen der Polydialoge, aber seine Finger mußten schweißnaß sein, denn die Kassette rutschte ihm aus der Hand und fiel mit einem dumpfen Knall auf den Boden. Er bückte sich nicht, um sie aufzuheben.
»Es sind Angaben über gewisse ... Prozentsätze des Ausschusses, die im Elektronengehirn viel höher erscheinen ... als ...«
Der Kommissar bückte sich und hob die Kassette auf.
»Dann sind also diese, das heißt, die Bänder, die wir in Santa Liberata gefunden haben, die Originale mit dem authentischen Datenmaterial?«
»Es scheint so.«
»Und im Elektronengehirn sind andere Daten gespeichert?«
»Ja, mit viel höheren Angaben über den Ausschuß. Aber ich sage es noch einmal, soweit wir bisher ...«
»Was für Ausschußteile denn?« fragte der Kommissar. Und er fügte hinzu: »Zündverteiler vielleicht?«
»Nein ... hier geht es offenbar um scheinbar defekte Getriebegehäuse, wobei sich unerklärliche Diskrepanzen zwischen ...« Santamaria ließ die blaue Kassette hochschnellen und fing sie im Flug wieder auf.
»Unerklärliche?« sagte er, »oder betrügerische?«
Carlevero drehte sich ruckartig nach den beiden Bildschirmen um, als hoffte er, die Zahlen hätten sich in der Zwischenzeit in Cowboys oder nackte Frauen verwandelt. Aber die »Diskrepanzen« waren immer noch da, unerbittlich. Vielleicht ging es bei diesen verworrenen Zahlen, dachte der Kommissar, der nun auch die Kolonnen fixierte, schlicht und

einfach um das Geld, das sie im Fall Pezza bisher vergeblich gesucht hatten.

Im Büro des Ingenieurs Sergio Vincini schien die Luft von verkrusteter, unabänderlicher Normalität geschwängert. Die Stühle, die verblaßte Farbe der Wände, der Schreibtisch, die Metallschränke, der Papierkorb, das Sichtgerät, das auf einem wackeligen Tischchen neben dem Fenster stand, jeder Gegenstand füllte, genau wie in den Büros des Polizeipräsidiums, seinen Platz auf den Millimeter genau, ohne ein Zuviel oder ein Zuwenig, aus. Alles war hier ein wenig »moderner« (zumindest zum Zeitpunkt der Einrichtung), ursprünglich von besserer Qualität, aber der Gesamteindruck war der gleiche.

»Hör mal«, sagte Santamaria, der mit De Palma telefonierte, »die Angelegenheit ist etwas komplizierter als ursprünglich angenommen, sie brauchen Zeit, um gewisse ... Überprüfungen vorzunehmen. Und vorerst wäre es gut, wenn ... die betreffende Person nichts davon erführe.«

»Ich verstehe«, sagte De Palma. »Soll ich Dalmasso von ihm abziehen oder einfach dort lassen, damit er ihn im Auge behält?«

»Sollen wir die Wohnung überwachen?« fragte der Kommissar Sulis leise.

Der Angesprochene nickte zustimmend.

»Also gut, laß ihm sagen, er solle zunächst noch dort bleiben und ein wenig beobachten, ob die betreffende Person heimkommt, wieder ausgeht und so weiter.«

»Einverstanden, ich werde Cottino hinschicken, damit er ihn verständigt. Kommst du zurück?«

»Ich weiß nicht, ich werde mal sehen. Sag Cottino auf alle Fälle, er solle anschließend hier vorbeikommen und unten auf mich warten.«

»Einverstanden.«

Santamaria legte auf.

»Danke«, sagte Sulis.

»Nicht der Rede wert.«

Die beiden Fiat-Leute fingen sofort wieder an, aufgeregt und ungläubig im Zimmer umherzugehen, öffneten Schubladen, blätterten da und dort in den Akten, wobei sie sich immer weniger an hypothetische Formulierungen klammerten. Nicht, daß bei dieser planlosen Durchsuchung etwas herausgekommen wäre; aber es genügte der Betrug, der Verdacht eines Betrugs, um Vicinis Büro, diese harmlose Schachtel ohne besondere Merkmale, in ein Spinnennest oder die Büchse der Pandora zu verwandeln. In ähnlicher Weise konnte die abgenutzteste, anonymste Bar für zwei Verliebte, einen Terroristen oder einen Bandi-

ten auf der Flucht unvergängliche Vibrationen bewahren.
Kryptonormal, dachte der Kommissar.
Mit den windungsreichen Eventualitäten beschäftigt, die die »Schererei« aufwarf, waren Sulis und Carlevero Lichtjahre von der entschiedenen Vereinfachung entfernt, über die Santamaria nachdachte. Ihre einzige Sorge war, daß der tatsächliche oder vermeintliche Betrüger sich Sorgen machen und Verdacht schöpfen könnte, daß die Firmengötter ihre Blitze für seine Vernichtung vorbereiteten. Biffignandi, der unmittelbare Obergott, war bereits verständigt worden, er mußte jeden Augenblick eintreffen. Andere Nebengötter strömten zum Corso Marconi. Und früher oder später, jedenfalls noch vor dem Abend, würde man auch den erhabenen, donnernden, unanfechtbaren Gott Musumanno von der frevelhaften Übertretung unterrichten müssen. An nichts anderes dachten die beiden geplagten Angestellten.
Und die Polizei? Ach ja, die Polizei. Tüchtige Jungs, emsige Freunde, die selbstverständlich im Rahmen ihrer bescheidenen Möglichkeiten zur Mitarbeit bereit waren. Wachsame Zurückhaltung. Diskrete Überwachung. Stillschweigen bewahren. Bis die Angelegenheit aufgrund ... möglicher Entwicklungen auf höherer, auf höchster Ebene geregelt war ... Dieses Aufsteigen zu immer höheren Ebenen erfüllte sie offenbar mit der größten Bestürzung, als ob trübes Wasser aus dem Bauch eines riesigen Schiffes von Minute zu Minute weiter nach oben steige.
Santamaria lächelte hinter ihren von Furcht gebeugten Rücken. Und er lächelte sich selbst zu, als er schließlich im Papierkorb den winzigen ganz gewöhnlichen Gegenstand entdeckte, auf den sein Blick bei seinen schweigenden Rundgängen im Büro schon mindestens ein dutzendmal gefallen war. Ein ganz gewöhnlicher und doch außergewöhnlicher, andersartiger Abfallrest: das einzige »Andersartige«, das sich in diesem Raum zu befinden schien. Wie bei einem leicht komischen Ritus bückte er sich, als müsse er sich einen Schuh zubinden, und ließ dabei, immer noch lächelnd, das mögliche, unwahrscheinliche Indiz in seiner Tasche verschwinden.
Zuschauer bei einer Ermittlung, mit der er nichts zu tun hatte, und von der Profanation, der Schmach des Unternehmens unberührt, konnte er in seinem privaten Computer nach und nach weitere Daten sammeln und ordnen. Normal war das Büro. Normal war der unehrliche leitende Angestellte. Normal war der Betrug, der mindestens zwei Jahre zurücklag und (von möglichen Komplikationen abgesehen) darin bestand, »Teile«, die gerade in tadellosem Zustand die Produktion verließen, als defekt zu deklarieren, um sie so zum Schrottpreis weiterverkaufen zu können. An wen? Oh, die Abfall-, die Schrottverwertung ließ rund um

die großen Unternehmen eine Fauna kleinster, oft ephemerer Firmen gedeihen, deren Spuren man im Handelsregister nur schwer verfolgen konnte; wie es auch nicht leicht sein würde, die Komplizen und die indirekt Verantwortlichen auszumachen, die Nachlässigkeiten und Unzulänglichkeiten zu ergründen und den Schaden festzulegen, den das Unternehmen erlitten hatte ...

»Wie hoch kann der Schaden denn sein?« fragte Santamaria, wobei er ihn im Geiste mit der farblosen Erscheinung des Diebs, mit seiner nichtssagenden Wohnung auf dem Corso Rosselli in Verbindung brachte.

Das konnte man unmöglich jetzt schon sagen, wie man trotz allem nicht mit Sicherheit sagen konnte, ob der Verdächtige wirklich schuldig war, denn die Vorstellung, ein leitender Angestellter in der Position von Ingenieur Vicini schrumpfe in moralischer Hinsicht zu einer Gestalt, die imstande war, eine derartige Ungeheuerlichkeit zu begehen ...

»Aber nehmen wir einmal an, er war es ...« beharrte der Kommissar. »Wieviel könnte er denn, ganz grob geschätzt, gestohlen haben? Die Größenordnung etwa, meine ich.«

Hm, die Größenordnung war bei solchen Dingen notwendigerweise relativ, man konnte doch nicht ...

»Und in bezug auf die Fiat?«

Hm, da es sich ja um verschiedene »Teile« in nicht zu großen Mengen und zu verschiedenen Zeiten handelte und der Profit beim Weiterverkauf an verstreute Hehler relativ bescheiden war, wäre es schwierig gewesen, zu einem ... aufsehenerregenden Umsatz zu kommen; selbstverständlich war es nichts, was dem Unternehmen etwas anhaben könnte, das leider gerade aufgrund seiner Makrodimensionen ...

»Kurz und gut«, sagte der Kommissar nachsichtig, »er hat sich einen Stein aus dem Kolosseum mitgenommen.«

Die Augen starr auf den Firmenseismographen gerichtet, sahen die beiden ein Erdbeben kommen und versuchten zu ergründen, ob es auch sie mitreißen würde. Santamaria saß vor dem Sichtgerät, zündete sich eine Zigarette an und streifte nachlässig über eine Taste. Der Bildschirm leuchtete auf, sein schwarzes Funkeln schien Naturkatastrophen anzukündigen.

Der Kommissar verstand, daß die Gegenwart der Polizei nun nicht mehr unbedingt erforderlich, nicht mehr besonders erwünscht war. In Kürze würden die Götter herabsteigen und sich um einen langen, heiligen Tisch versammeln, an dem es keinen Platz für Außenstehende gab. Das Kolosseum war eine geschlossene Gesellschaft, ein stolzes, einzelgängerisches Monument, und es verfügte über genügend private Löwen, um auf seine Art mit Steindieben fertigzuwerden. Niemand würde Anzeige gegen Vicini erstatten, niemand würde von ihm auch nur eine Lira zurückverlangen. Man würde ihn lediglich bitten, zu kündigen, mit der regulären, den Gewerkschaftsvereinbarungen entsprechenden Abfindung in der Tasche zu verschwinden. Kein Prozeß. Keine Verurteilung. Kein Aufsehen. So machte man das im Kolosseum.

Ohne ihm, dachte Santamaria, auch nur die Genugtuung des Skandals, der exemplarischen Bestrafung, der Vertreibung aus dem Tempel vor den Augen der Menge zu gewähren. Welches Ausmaß der Betrug auch haben mochte, das Motiv ging ohne Zweifel von hier, von diesem so normalen, unpersönlichen Büro aus. Das erste Glied der Kette war zweifellos eine Rebellion, eine grinsende, speichelreiche Revanche gegen dieses Leben, ein Versuch (wie die Gnosis, die Peitschennutte, der überflüssige Stock und wer weiß wie viele andere infantile Absonderlichkeiten), sich nicht Tag für Tag auf die Gegenständlichkeit eines Tisches, eines Sichtgeräts reduzieren zu lassen.

Der infame Vicini.

Diese Worte leuchteten deutlich auf dem inneren Sichtgerät des Kommissars auf.

Ja, so konnte es gewesen sein, diese »Eventualität« war stichhaltig. Am Anfang war es ein Akt der Schadloshaltung, ein gegen das Unternehmen gerichteter Streich, ein Racheakt des anonymen leitenden Angestellten auf der Suche nach seiner Identität gewesen. Vielleicht hatte ihn mehr die Herausforderung als das Geld gereizt. Ein verzweifeltes Spiel, irgendeine krankhafte Form von Geltungsdrang.

Und später hatte Pezza auf irgendeine Weise (möglicherweise bei den Beichten oder durch die Bänder?) alles erfahren, hatte ihm gedroht, ihn wahrscheinlich sogar erpreßt. Und der infame Ingenieur hatte ihn sarkastisch mitten in der Nacht mit der explosiven Kerze belohnt. Er war der schwarze Egon, der Archont aus dem Reich der Dunkelheit. Und wieviel Vergnügen mußte ihm diese geheimnisumwitterte Rolle und die ganze absurde religiöse Symbolik bereitet haben.

Ja, dachte der Kommissar und betrachtete den Fiat-Kalender, das Fiat-Fenster, die Fiat-Federschale, den Fiat-Garderobenständer; ja, das konnte die Vereinfachung sein, darauf ließ sich der Topos reduzieren, auf das farblose Büro eines farblosen ungetreuen Sklaven.

Es blieben noch einige »Diskrepanzen« zu klären, horizontale und vertikale Kontrollen durchzuführen. Der Maresciallo Genovese hatte Vicini wahrscheinlich beobachtet, als er in der Kirche mit der explosiven Kerze hantierte; und vermutlich war er bis zur Explosion in der Kirche geblieben und hatte sie sofort mit den verdächtigen Manövern des Ingenieurs am Fuße des Turms in Verbindung gebracht. Er war ihm dann gefolgt, hatte seinen Mann irgendwo gestellt und in den Volkswagen einsteigen lassen, wo er ihn dann offen beschuldigte und ihm klarmachte, daß er in der Patsche saß. Und der andere, der Kryptonormale, der Verrückte, hatte ihn mit der Kraft der Verzweiflung (Genovese war zwar älter, aber viel kräftiger und gewandter als Vicini), oder, und das war eher denkbar, mit irgendeinem schmutzigen Trick überwältigt. Vielleicht hatte er einen Unfall im Schnee ausgenutzt, möglicherweise war der Volkswagen ins Schleudern geraten und in einem entlegenen Teil der Peripherie von der Fahrbahn abgekommen; Genovese war ausgestiegen, hatte sich gebückt, während ihm der andere mit seinem Stock hinterrücks ... Und der Topos, das griechische Wort *topos,* stammte vielleicht von Vicini selbst, ein Relikt seiner unklaren, selbstgefälligen gnostischen Schwärmereien, und mit wer weiß was für verzückten Wortschwällen und intimen Bekenntnissen gewürzt, hatte er selbst es Genovese eingegeben ... Dann der lange Marsch durch die Nacht, die Stura, der sadomasochistische Wohnwagen, die ausgebliebene »Bestrafung« und am nächsten Tag dieses zurückhaltende Gestammel von Wortfetzen, Anspielungen, Umschreibungen, diese Vorstöße und Rückzieher im Hinblick auf einen befreienden Ausbruch, was er, Santamaria, aus Abscheu, oberflächlichem Widerwillen, törichter Ungeduld ignoriert hatte. Ja, nur darin konnte die Vereinfachung bestehen. Man brauchte nur die Hauptaspekte des Problems umzudrehen: ein Verrückter, der sich für normal hielt, nicht etwa ein Normaler, der als verrückt gelten wollte.

»Jetzt müßten sie eintreffen«, sagte Sulis und sah auf die Uhr.

Carlevero hob seinen dicken Kopf, der von den Zahlen, die er in einem Dossier las, noch schwerer geworden zu sein schien.

»Hm? ... Wie bitte? ... Ach so.«

Auch er sah auf die Uhr, auch er warf einen Blick auf den überflüssigen Kommissar.

Santamaria antwortete mit einem untertänigen Blick, aber er malte sich ihre Gesichter aus, wenn sie wenige Stunden später von der erschütternden »Eventualität« hören würden. Denn jetzt ging es nur noch darum, Vicini, der aufgrund seiner Nervenzerrüttung beim Verhör nur geringen Widerstand leisten würde, zu fassen. Wahrscheinlich wartete er seit gestern auf nichts anderes. Ein Typ wie er würde sofort ein vollständiges Geständnis ablegen.

»Aber was zum Teufel soll denn das?« rief Carlevero aus. Der Kommissar, der gerade gar nichts tat, sah sich verwundert um.

Auf dem nachtschwarzen Rechteck des Sichtgeräts erschienen unzusammenhängende Zeichen, Zahlen, Wörter.

»Aber da ist ja seine Erkennungsnummer!« schrie Carlevero. »Das

heißt ja, er ist hier, ist unten im Rechenzentrum.«
COD V12. MB 057 ... COD V12. MB 057 ... leuchtete es mehrmals links oben auf dem Bildschirm auf. Sulis und Carlevero waren aufgesprungen und starrten vorgebeugt auf das Sichtgerät.
CAUS. ENDGÜLTIGE SELBSTZERSTÖRUNG REPEAT V12. MB 057 SELF EFFACING FINAL NEGATIVE 001000001 PREVIOUS OPERATIONS V12. MB 057 PHASE ONE ELIMINIERUNG INTERF. PHASE TWO ELIMINIERUNG INTERF. CC CAUS. DANGER 0111000100110.
»Aber was zum Teuf –« schrie Carlevero mit Schaum vor dem Mund, »was zum Teufel macht der denn da?«
FINAL NEGATIVE V12. MB 057 PROCEEDS SELBSTZERSTÖRUNG REPEAT FINAL SELF.
»Was soll das denn bedeuten, er muß übergeschnappt sein, ich werde ihn sofort ...«
Die Botschaft (das Geständnis?) von V12. MB 057 leuchtete noch einige Sekunden lang auf, und der Kommissar sagte:
»Es wäre besser, hinunterzugehen, und zwar möglichst rasch.«
Die Botschaft verschwand plötzlich, eine andere Schriftfolge durchschnitt den Schirm mit schweigender Dringlichkeit.
PRIORITÄT PRIORITÄT RAUMKONTROLLSYSTEM MELDET STÖRUNG ZENTRUM A 1. REPEAT ZENTRUM A 1. 250 DECIBEL REPEAT STÖRUNG 250 DECIBEL.
Sie stürzten nach unten, fuhren mit einem Aufzug von entnervender Langsamkeit, durcheilten zwei Stockwerke unter der Erde einen langen Korridor, an dessen Ende eine rote Lampe an einer Tür die »Störung« im Zentrum ankündigte. Carlevero hatte seine Magnetmarke bereits in der Hand. Der obere Teil dieser Tür war ebenfalls verglast, und der Kommissar spähte hinein, konnte im Halbdunkel außer den kantigen Umrissen der Metallschränke jedoch nichts entdecken.
»Er hat kein Licht angemacht«, sagte Sulis, »oder eine Sicherung ist durchgebrannt.«
Die Türflügel sprangen auf, aber nach dem ersten Schritt blieb Carlevero wie erstarrt stehen und blickte in die Runde, lauschte, schnupperte. Es herrschte absolute Stille, die unzähligen Augen der Computer ringsum schienen verloschen, keinerlei Unregelmäßigkeit – kein Feuer, kein Rauch, kein Frost, keine Hitze – war festzustellen. Man nahm lediglich einen etwas scharfen Geruch wahr, der jedoch nicht von einem Kurzschluß herrührte.
»Was wird er nur angerichtet haben, dieser ...« murmelte Carlevero zwischen den Zähnen.
Er machte das Licht an, und nun sah man, was der Ingenieur Vicini angerichtet hatte: Er saß in sich zusammengesunken vor dem elektronischen Altar, von dem seine letzte Botschaft gekommen war, den Kopf

auf der Tastatur; der rechte Arm streifte den Fußboden, der kraftlosen Hand war ein Gegenstand entglitten, der für den Kommissar, nicht aber für Sulis und Carlevero, ganz alltäglich war: eine große schwarze Pistole, effektiv vorhanden, ohne hypothetische Formulierungen.

11. Ein Pistolenschuß bei Fiat

1

Ein Pistolenschuß bei Fiat konnte, wenn man jegliche akustische Betrachtung einmal außer acht ließ, als unmittelbaren Effekt nur eine große, anhaltende Stille haben. Keine Totenstille, dachte Santamaria, der die unterirdische Stätte der Tragödie zum dritten oder vierten Mal betrat. Höchstens eine unkörperliche, interstellare Stille.
Wortlos arbeiteten die Männer vom Erkennungsdienst und sicherten Fingerabdrücke, notierten Maße, machten Fotos; schweigend hatte der Gerichtsmediziner seine Untersuchungen abgeschlossen; still hielt sich der Staatsanwalt, der als einziger seinen Regenmantel ausgezogen hatte, im Hintergrund. Ebenfalls ohne etwas zu sagen, standen bei De Palma die Direktoren, die nach und nach eingetroffen waren, um über eine mögliche Unterschlagung zu urteilen, und nun gezwungen waren, sich mit einem tatsächlichen Selbstmord zu befassen. Und dann war da noch die astronautische, kosmische Szenerie der Computer mit ihren tausend Tasten, Knöpfen und Roboteraugen.
Die Leiche, die von dem kleinen Drehstuhl heruntergehoben worden war, lag unter einem Asbesttuch. Wenige Handbreit entfernt lag Vicinis Stock, und aus irgendeinem Grund gemahnte er viel unheilvoller an den Tod als das geronnene Blut auf dem Fußboden und auf der Tastatur, wo der Selbstmörder im begrenzten Standardvokabular der Computersprache sein »Geständnis« geschrieben hatte.
Das Projektil war nach klassischem Vorbild in die rechte Schläfe eingedrungen und mit solcher Kraft etwas oberhalb des linken Ohrs ausgetreten, daß es in die vier Meter entfernte Nebenanlage Nr. 7 eingedrungen war. Carlevero und die anderen Techniker waren schweigend damit beschäftigt, die Platten abzumontieren, um es dem Erkennungsdienst zu ermöglichen, das Projektil, das sich zwischen den kybernetischen Eingeweiden verloren hatte, zu bergen.
Die Waffe, eine Beretta Kurzkaliber 9, war nach der Untersuchung provisorisch auf einen schmalen weißen Tisch neben das Telefon und die anderen Gegenstände aus den Taschen des Toten gelegt worden. Schwarz, metallen, funktional, bildete sie keinerlei Kontrast zu der keimfreien Umgebung des Rechenzentrums, auch sie nahm den ihr von der Firma zugestandenen Platz ein.
Und in einem gewissen Sinn war es wirklich so, dachte Santamaria. In

einem gewissen Sinn kam dieses schwarze Instrument mit dramatischer, perfekter Genauigkeit zum richtigen Zeitpunkt, um den Vorfall abzuschließen. Schon aus dem verständnisvollen Ton, mit dem Sulis die Wachmänner befragte, konnte man das »Szenarium« erraten, das im Kolosseum Gestalt annahm: Keine Vorwürfe, keine Verweise. Hatte jemand Ingenieur Vicini hereinkommen sehen? Ich nicht, ich nicht, ich auch nicht. Und wieso nicht? Oh, das Überwachungsnetz war streng, äußerst dicht, das Kontrollpersonal zahlreich und wachsam. Aber wie bei allen perfekt (vielleicht zu perfekt) organisierten Dingen gab es immer irgendwo kleine undichte Stellen, fatale Augenblicke der Konfusion. Gewisse dringende Wartungsarbeiten zum Beispiel, ein Kommen und Gehen von Fliesenlegern, die eine Reihe von Toiletten einrichteten. Zwei defekte Fahrstühle, die das unaufschiebbare Eingreifen von Spezialisten erforderlich machten. Oder die Männer von der COMEC die die Getränkeautomaten auffüllten oder reparierten. Zwischen diesen bescheidenen Sonntagsbesuchern, zwischen diesem bekannten und vertrauenswürdigen Dienstpersonal mußte sich der Ingenieur eingeschlichen haben, indem er den Augenblick (wenige Sekunden nur!) ausnutzte, wo Walter austreten gegangen war, Beppe mit Raffaele über das große Spiel heute im Stadion diskutierte und Gerolamo auf der Suche nach Nino war, der ihm wieder einmal seine Schere weggenommen hatte, die er selbst dringend brauchte, um ...
In verständnisvoller italienischer Art wurden Arme ausgebreitet, wurde mit den Schultern gezuckt. Sulis nickte bedeutungsschwer, ohne sich auch nur die Mühe zu machen, Wut vorzutäuschen, die er nicht empfand. So war es also gewesen. Morgen würde man selbstverständlich die Fliesenleger, die Liftspezialisten, die Leute von der COMEC befragen, vorausgesetzt, es war möglich, sie einzeln ausfindig zu machen. Es war nun einmal so gewesen. Der geistesgestörte Ingenieur, der verrückte leitende Angestellte (obgleich die Adjektive nicht ausgesprochen wurden, konnte man sie dem grüblerischen Stirnrunzeln entnehmen) hatte die Firma bereits in der Absicht betreten, seinen irrsinnigen Plan in die Tat umzusetzen. Morgen würden sich mit Sicherheit Kollegen und Sekretärinnen finden, die bestätigten, daß Vicini ihnen in der letzten Zeit tatsächlich nervös, deprimiert, sonderbar in sich gekehrt und schweigsam, offensichtlich von einem dunklen inneren Grimm gequält vorgekommen war. Vielleicht würde ein Psychiater, ein Analytiker auftauchen, bei dem er in Behandlung gewesen war. Oder ein früherer Selbstmordversuch, vielleicht sogar mehrere, würden bekannt werden. Und die Polizei konnte sich bereits nützlich machen, indem sie die Wohnung des armen Exaltierten durchsuchte, wo sich ohne Zweifel ein Abschiedsbrief an die Familie oder an eine Braut finden würde, aus dem

die unsinnigen Motive der Wahnsinnstat hervorgehen würden.
Aber die Botschaft (Santamaria nannte sie während der heimlichen Zusammenkünfte auf dem Korridor, in den verschiedenen angrenzenden und höher gelegenen Büros niemals »Bekenntnis«), was war mit der Botschaft, die immer noch schweigend auf dem nachtschwarzen Schirm des Sichtgeräts leuchtete und die Sulis und Carlevero so gern ausgeschaltet, ausgelöscht, annulliert hätten? (Für alle Fälle hatte De Palma sie vom Erkennungsdienst fotografieren lassen.)
Sinnlose Wörter, Zeichen eines Wahnsinnigen, der bereits auf dem Höhepunkt seiner Selbstzerstörungskrise angekommen war. Auch Ingenieur Biffignandi und die übrigen inzwischen eingetroffenen Direktoren waren der gleichen Meinung gewesen und hatten die Köpfe geschüttelt. Selbstverständlich hatten Polizei und Staatsanwaltschaft das Recht, dieses mitleiderregende Gefasel in ihren Abschlußbericht aufzunehmen, und sicherlich würde es auch in dem Rapport Erwähnung finden (dessen Entwurf bereits drüben in Arbeit war), der für Dr. Musumanno bestimmt war (den man bisher nicht mit unvollständigen Angaben in seiner heiligen Sonntagsruhe draußen in Santena in seiner Villa hatte stören wollen). Aber es war weder erforderlich noch hilfreich, daß die Angelegenheit größere Ausmaße annahm und, wie man so sagte, in die Zeitung kam.

Der Betrug war nicht mehr erwähnt worden. Der Tod verdrängte jeden Treubruch. Der Selbstmord wog jede Veruntreuung auf. Diese schwarze Beretta Kaliber 9 hatte die Vorsehung geschickt, um jede kleinliche, irdische Abrechnung in Verzeihung zu verwandeln. Diese Beretta Kaliber 9 . . .
Santamaria wartete ruhig in der Nähe der Tür. Dort hinten in der überklimatisierten Luft des Raums sprachen De Palma und die kleine Gruppe der leitenden Angestellten wegen der hochempfindlichen Alarmanlagen im Flüsterton miteinander. Die schemenhafte silbrige Gestalt des Vicini konnte sich nicht mehr gegen Anklagen, Verdächtigungen und Verleumdungen zur Wehr setzen. Er konnte keine Zusammenhänge, Motive und Verantwortlichkeiten mehr erläutern. War es fair, war es gerecht, ihm zwei weitere Leichen anzulasten? Auf einen am Boden liegenden Mann, der morgen bereits unter der Erde sein würde, einzuschlagen?
Santamaria dachte an all die Etagen, all die höheren Ebenen über seinem Kopf. Und er dachte an die sieben Stockwerke von Pezzas Gerüstturm. An die unendlichen Stufen der gnostischen Hierarchie. Diese Männer, die verbissen ihre Funktionsdiagramme erstellten, waren möglicherweise Spitzbuben und Häretiker, aber wenn man es sich ein-

mal genau überlegte, war der Grundgedanke gar nicht so abwegig. Über einem gab es doch immer eine höhere Ebene, einen etwas höheren Gott, der auf einen herabsah ...

Alles ist im Grunde eine Frage der Vertikalen, dachte Santamaria und starrte auf den festen, horizontal daliegenden Stock des Selbstmörders. Eine Geschichte der Rangordnungen. Der Kardinal und Monsignore Ceci und Pezza, die Caldani und dann weiter nach unten bis hin zu Priotti, den Bortolon, dem Kräuterhändler und dem Matratzenmacher. Von Vicini, Carlevero, Biffignandi Stufe um Stufe weiter nach oben bis zum unerreichbaren Musumanno und noch weiter. Und die unfaßbare Hierarchie von Graziano und seinen Freunden und Kunden aus der Turiner Peripherie. Die unbestimmte Hierarchie der Garbarinos, der Rossignolos, des Verlegers, aus der Monguzzis mit ihren Briefwechseln ausbrachen. Und die elementare Rangordnung des Maresciallo, seines Oberleutnants, des Hauptmanns Scarampi, des Oberst, des Generals ...

De Palma wandte sich halb um und sah ihn nur kurz fragend an. Santamaria antwortete mit einem unauffälligen bejahenden Blick. Auf der horizontalen Ebene war es leicht, sich zu verständigen. Ja, die Kontrolle in der Horizontalen (ein Telefongespräch mit der Pietrobono) war erfolgt. Die Pietrobono hatte bereits zwecks Bestätigung zurückgerufen. Ja, die Kriegswaffe, die nicht im Handel erhältlich und ausschließlich für die Sicherheitsorgane bestimmt war, die Beretta Kurzkaliber 9, mit der sich Ingenieur Vicini umgebracht hatte, hatte die gleiche Matrikelnummer wie die Beretta Kurzkaliber 9, die aus der Pistolentasche des Maresciallo Genovese verschwunden war.

2

»Um ein weiteres Gipfeltreffen«, murmelte De Palma pessimistisch auf dem Flur, »werden wir nicht herumkommen.«

»Ohne mich«, sagte Santamaria, »ich verschwinde, ich geh mir lieber das Spiel ansehen.«

»Wo du doch nie etwas dafür übrig hattest.«

»Zumindest bin ich dabei an der frischen Luft.«

Biffignandi kam ebenfalls heraus, seine gerötete Gesichtshaut war gespannt, durchsichtig, stark durchblutet.

»Neuigkeiten?« erkundigte er sich argwöhnisch.

»Nein, nein, wir haben gerade über das Fußballspiel gesprochen.«

Er verschwand wieder, als könne er nur so der Versuchung widerstehen, diese beiden oberflächlichen Kerle fristlos zu entlassen.

»Zunächst mache ich dem Staatsanwalt Mitteilung, wo er doch hier ist.«
»Und die Carabinieri?«
»Ihnen auch: Sie werden sich wie die Aasgeier darauf stürzen.«
»Und der Polizeipräsident?«
»Ihm auf alle Fälle. Dann kann er sich selbst auf höchster Ebene darum kümmern. Mit diesem berühmten Musumanno.«
»Was meinst du, werden sie die Sache vertuschen?«
De Palma betrachtete die Spitzen seiner Schuhe; er hielt seine Zigarette aufrecht, damit die Asche nicht auf den Boden fiel. Auf diesem endlos langen Korridor war kein einziger Aschenbecher zu sehen.
»Das werden sie tun, ohne es sich zweimal zu überlegen. Nur ist da noch Genovese. An dem Priester liegt niemandem etwas, aber Genovese war immerhin Unteroffizier bei den Carabinieri.«
»Aber Vicini selbst ist doch tot.«
»In der Tat, das ist die Karte, die sie ausspielen werden. Der vermeintliche Verdächtige hat sich selbst beseitigt, die Beweise beruhen lediglich auf Vermutungen, schließen wir die Sache also ab, schieben wir eine Steinplatte darüber.«
»Und wir?«
»Wir waschen uns die Hände in Unschuld, sie sollen selbst entscheiden. Wir geben den Ball ab und gehen uns das Spiel ansehen, du hast ganz recht.«
Sie, beide auf derselben horizontalen Ebene, sahen sich unzufrieden an.
»Die Beretta«, sagte Santamaria, »überlassen wir sie doch einfach den Carabinieri. Aber der Pezza, Santa Liberata, der Topos ...«
»Du meinst die Kerze.«
»Ja, genau. Sie ist förmlich in unseren Händen explodiert, um sie müssen wir uns weiterhin kümmern. Wo hat er sie hergestellt? Womit? Vielleicht in seiner Wohnung ...«
»Geh doch hin und sieh dich dort einmal um, wenn die Sache dir keine Ruhe läßt.«
Das folgende Schweigen unterschied sich von der Stille vorher.
»Aber nein, Guadagni ist schon mit Dalmasso und zwei anderen dort, ich pfeife darauf, ich gehe ins Stadion.«
Es war das träge, unterbrochene, widerwillige Schweigen, das entstand, wenn man eine Sache schweren Herzens auf halbem Weg aufgab.
»Nur so als bloße Annahme«, sagte Santamaria lustlos.
»Ja.«
»Auch wenn es ganz absurd ist.«
»Sag schon.«
»Kann der Selbstmord nicht auch etwas anderes gewesen sein?«

»Nun mach mal einen Punkt, entschuldige mal«, sagte De Palma, »worauf willst du denn hinaus, auf das Verbrechen ohne Täter?«
»Nein, ich dachte nur: Wenn niemand gesehen hat, wie Vicini hereingekommen ist...«
»Erstens: Er selbst konnte im voraus nicht wissen, ob er gesehen würde oder nicht. Es ist gut gegangen, das heißt, schlecht, aber er konnte nicht von vornherein darauf bauen. Klar?«
»Ich weiß, ich weiß. Einverstanden.«
»Zweitens: Wenn noch jemand bei ihm gewesen wäre, hätte er das gleiche Risiko auf sich genommen und wäre noch dazu Gefahr gelaufen, beim Hinausgehen gesehen zu werden, besser gesagt, er konnte absolut sicher sein, gesehen zu werden, denn hierher gelangt man nur über diese eine Treppe dort hinten oder mit diesem einen Aufzug, und im Augenblick des Schusses...«
»Ich weiß, ich weiß, niemand hätte rechtzeitig verschwinden können.«
»Außerdem ist da noch diese Art Bekenntnis. Und der Einschuß an der Schläfe. Darüber hinaus werden wir seine Fingerabdrücke auf der Beretta finden, das ist sicher. Und dann ist da... die Persönlichkeit des Selbstmörders, offenbar ein Geistesgestörter, nach dem, was du selbst mir erzählt hast.«
»Hm«, machte Santamaria.
»Ein Masochist.«
»Ja, aber wenn es um die konkrete Ausführung der Tat geht...«
»Ein Geiferer. Ein Gnostiker.«
»Ja«, gab Santamaria nach, »ja, es ist wahr.«
»Also, nun geh schon, sieh dir in Ruhe das Spiel an. Ich spiele hier schon meine Rolle und werde ihnen zeigen, wie man den Ball abgibt.«
»Ich nehme mir Cottino mit, tz...« sagte Santamaria niedergeschlagen.

Aber Cottinos Schweigen war heute nicht mehr so unerschütterlich wie sonst. Auf der Rückfahrt ins Präsidium, beziehungsweise als sie dann doch zum Corso Rosselli abbogen, gerieten sie in eine Autokarawane, die mit Fahnen und Spruchbändern zum Stadion unterwegs war; hitzköpfige Fans quollen in Trauben aus den Wagenfenstern, und es schien, als hätte dieses enthusiastische Gejohle in der Seele des gleichmütigen Gefreiten eine letzte Saite des Ärgers, um nicht zu sagen, des Jähzorns, zum Klingen gebracht.
»Sieh dir doch mal diese Narren an«, schnaubte er immer wieder, »guck dir diese Vollidioten an!«
Er heulte leise gegen das wildeste Gebrüll an.
»Vorwärts, Juve!« brummte er sarkastisch, »wenn euch doch alle der

Schlag träfe, blödes Pack!«
Besonders die Frauen, von denen einige den schwarz-weißen Pullover des lokalen Vereins trugen, erregten seinen Unwillen.
»Steckt sie euch doch in den Allerwertesten, die Juve!«
»Und wenn man einmal bedenkt«, bemerkte er auf einmal voll Ingrimm, »daß es heute morgen geregnet hat, daß es noch vor zwei Stunden in Strömen gegossen hat.«
Er betrachtete forschend die Wolkendecke, die an einigen Stellen aufgebrochen war und blauen Himmel durchscheinen ließ.
»Ein schönes Bad, eine kräftige Dusche, das würde diesem Volk jetzt guttun.«
Man konnte nicht verstehen, warum ihn ausgerechnet dieses unsinnige Treiben so aufregte, wo er doch überhaupt alles sinnlos fand. Vielleicht wurde ihm durch die freudige Stimmung dieser Autokolonne das Maß seines Ausgeschlossenseins bewußt, oder sie erinnerte ihn an die glückliche Zeit, in der er selbst... Santamaria versuchte, sich Cottino als johlenden, fähnchenschwenkenden Fußballfan mit gerötetem Gesicht unter einer schwarz-weißen Schildkappe an Stelle der Militärmütze vorzustellen. Geradezu absurd.
Genauso absurd war es, von den Menschen Charakterfestigkeit zu erwarten, bei Santamaria selbst angefangen, der ständig zwischen dem Fußballspiel (das ihn überhaupt nicht interessierte, er hatte es nur so gesagt), einem Besuch in Vicinis Wohnung (wo Guadagni noch nichts gefunden hatte), einem Telefonanruf bei der Guidi (nur um zu erfahren, was aus der Tochter mit ihrem Mafioso geworden war) und der erneuten Rückkehr ins Polizeipräsidium hin und her schwankte, um die Fäden der Ermittlungen (welche Fäden? mit welchem Ziel?) wieder aufzunehmen.
Auch das Auto fuhr in widersprüchlichen Kurven zwischen den anderen Wagen hin und her, die waghalsige, blitzartige Überholmanöver veranstalteten, um zwei, drei Plätze zu gewinnen, die sie aber nach wenigen Metern im peristaltischen Spiel des Verkehrs wieder verloren. Fluchend bremste Cottino, fuhr an, bremste wieder. Santamaria stützte sich mit den Füßen ab, um nicht mit dem Kopf gegen die Windschutzscheibe geschleudert zu werden, und schwieg, ein passiver, düsterer Mitfahrer. Diesmal hatte er Cottinos Rolle übernommen und empörte sich über die Absurdität und Torheit der geringsten Kleinigkeit. Unter dem Lärm der Hupen und Trompeten der Fans schwirrte ihm der Kopf vor Erinnerungsfetzen: ein Pseudo-Geheimgang in einer Pseudo-Barockkirche, ein Carabiniere, der in der Agonie mit dem Finger ein griechisches Wort aufmalte, Francesco Crispi, der sich einen falschen Bart umband, um eine Bombe gegen den französischen Kaiser zu

schleudern, ein leitender Angestellter der Fiat, der eine Kerze mit Dynamit präparierte, ein Priester, der eine alte Ketzerei wieder zum Leben erweckte und sieben Tage, bevor er in die Luft gejagt wurde, mit einem Stock verprügelt worden war, ein sadomasochistischer Wohnwagen am Ufer der Stura, die Augen und die reine Stirn eines anständigen Mädchens, das im Porsche eines Ganoven von reinstem Wasser durch die Turiner Peripherie raste, ein Kardinal, der inkognito . . .

Das plötzliche Anfahren eines orangefarbenen Dyane mitten durch eine Pfütze bespritzte sie fächerförmig mit Wasser und Dreck.

»Alte Hexe!« knurrte Cottino und betätigte den Scheibenwischer.

Aus dem offenen Dach des Kleinwagens sah zusammen mit anderen eine nicht mehr junge, korpulente Frau mit zerzausten Haaren heraus, die eine riesige, über und über bespritzte schwarz-weiße Fahne hochhielt.

»Verdammte Idioten!«

O ja, eine Welt der Verrückten, ein unsinniges Dunkel, trüb wie dieser Schlamm, der in seiner Launenhaftigkeit den roten, grünen, blauen und gelben Lack der eitlen Erzeugnisse des Kolosseums, aller Kolosseen der Welt, beschmutzte, diese Erzeugnisse, die ein wenig Schnee und Regen auf das zurückgeführt hatte, was sie ursprünglich waren, nämlich bemalter Schrott, Citroën-Schrott, Fiat-Schrott, Volkswagen-Schrott, Ford-Schrott, Schrott von Porsche, Toyota, voller Zündverteiler, Getriebegehäuse, Vergaser, Kolben, Keilriemen, Rohre, kleiner und allerkleinster Rohre. Eine unsinnige, absurde Anhäufung: Ein braver Mechaniker wußte jedoch sofort, wo er Hand anzulegen, festzuschrauben, zusammenzuschweißen, einzubauen und zu verbinden hatte.

Santamaria betrachtete all diese Mechanismen in ihrer frenetischen Funktion rechts, links und vor ihm auf der langen Allee, und seine Depression nahm nach und nach konkrete Formen an.

Das Dunkel, gewiß, dieses verwirrende Dunkel: Man konnte doch nicht von einem armen Kommissar erwarten, daß er Orakel verkündete.

Wo wird das enden? Was weiß denn ich, ich bin doch kein Prophet mit einem Bart wie Crispi oder der Verleger. Ich bin nicht der Hüter der Nacht, sondern nur ein einfacher Mechaniker. Aber gerade in seiner Rolle als Mechaniker fühlte er sich enttäuscht, betrogen. Daß der Fall aller Voraussicht nach im Sand verlaufen würde, machte ihm wenig aus; sie sollten ruhig alle Steine des Kolosseums darauf aufschichten. Es kümmerte ihn wenig, ob seine Kunden trotzdem mit seiner Arbeit zufrieden sein würden. Geistesgestörter, diebischer leitender Angestellter tötet erpresserischen Gnostiker-Priester, anschließend neugierigen Carabiniere und setzt schließlich seinem Leben selbst ein Ende, nachdem er auf einer elektronischen Datenverarbeitungsanlage in

Computersprache ein Schuldbekenntnis abgelegt hat.
Paßte das zusammen?
Ganz oberflächlich betrachtet, paßte es, wie ein Opernlibretto von De Palma, wie alle Schwierigkeiten im Leben, wenn man sie auf ihren Kern reduzierte. Wenn es nur ums bloße Funktionieren ging, dann funktionierte es. Es genügte.
Mir aber nicht, dachte der Mechaniker Santamaria.
Auf unerklärliche Weise blieb eine ganze Reihe von Schrauben, Muttern, Klemmen, Dichtungen draußen. Warum sollte Vicini beispielsweise Selbstmord begangen haben, wo er doch noch gar nicht wußte, daß die Tonbänder »entziffert« waren. Es war unklar, ob Pezza ihn tatsächlich bedroht und erpreßt hatte. Und inwieweit hatten die Gnosis und der infame Basilides etwas damit zu schaffen? War es denkbar, daß ein Carabiniere, ein Soldat also, der den Tod nahen fühlte, den Kameraden eine Spur, einen Hinweis in griechischer Sprache hinterließ? Und dann die Zweideutigkeiten, die Verheimlichungen des Verlegers. Und die zufällige, wirklich rein zufällige Präsenz der Mafia, eines »Buchhalters« der Mafia, der ausgerechnet am Freitagnachmittag, eine reine Duplizität der Ereignisse . . .
»Brrrr«, brummte Cottino und trat verzweifelt auf die Bremse.
Als er nach vorn geschleudert wurde, stützte sich der Kommissar instinktiv mit den Handflächen gegen die Windschutzscheibe ab und prallte zurück, wobei ihm das Herz bis zum Halse schlug.
Auch nach dem ersten Schrecken hörte das Klopfen nicht auf. Vor ihnen war immer noch der Dyane mit der korpulenten Fußballnärrin, immer noch die verdreckte große Fahne. Und auf diesem nach wie vor sinnlosen Hintergrund sah der Kommissar im Gegenlicht die eigenen Fingerabdrücke. Und wie auf dem Schirm eines Sichtgeräts sah er auch in seiner ganzen elementaren, heiligen Einfachheit, sah plötzlich jäh den Topos, das, was hinter dem Topos steckte, den kybernetischen Faden, dem man im Labyrinth, in dem der Topos verborgen war, folgen mußte.
Herr, dachte er ernüchtert und gedemütigt, ich bin nicht würdig.
Da sein Herz sich weigerte, an seinen Platz zurückzukehren, und ihm immer noch bis zum Halse schlug, wünschte er sich eine erneute Vollbremsung, sehnte sich danach, mit dem Kopf gegen etwas Hartes zu schlagen, etwas, was ihn körperlich bestraft hätte. Denn das hätte er verdient.
Statt dessen ließ er seinen Unmut an Cottino aus.
»Los, los, kehren wir um!«
»Wohin?«
»Dreh um, wende, beweg dich, machen wir, daß wir aus diesem Chaos

herauskommen!«
»Wie soll ich das denn machen, Dottore, wir sind auf der linken Fahrspur, wir sind eingezw –«
»Dann biegst du eben nach links ab!«
»Aber da ist doch ein Verbotsschild!«
»Stell dich doch nicht so dämlich an, schalte das Martinshorn ein, tu etwas, wir sind doch hier nicht in der Fahrschule, mach!«
»Schon recht, Dottore«, sagte Cottino bitter.
Der Kommissar schämte sich sofort wegen seines Wutanfalls, mit dem er Cottino für seine eigene Dummheit, für seinen sündhaften Hochmut, den er sich wirklich allein zuzuschreiben hatte, bezahlen ließ. Denn er wußte, hätte sich daran erinnern müssen, daß die Sphinx, die Sibyllen, Gottheiten, Archonten und Äonen immer schrecklich kindische Rätsel aufgaben. Das war ihr *modus operandi*, ihre Strategie, um die armen Sterblichen, diese eingebildeten, einfältigen Kinder zu demütigen, die sich selbst völlig unangebrachterweise feierliche Fragen über das Dunkel, das Leben, den Tod, den Lauf des Schicksals vorlegten.
Halb blind, dachte er. Ich habe nur die Hälfte des Rätsels gesehen, ich bin ein halber Ödipus.
»Und jetzt, Dottore?« fragte beleidigt Cottino, dem es durch ein gefährliches Manöver gelungen war, auf die Gegenfahrbahn zu gelangen.
»Zum Polizeirevier.«
»Jawohl.«
»Um eine Kontrolle durchzuführen.«
»Jawohl.«
»Komm, Cottino, nimm es dir nicht zu Herzen, es war nicht so gemeint, wir stehen vor einer Wende bei den Ermittlungen.«
»Gut, Dottore.«
»Komm, schließlich haben wir das dir zu verdanken.«
»Tz«, machte Cottino und zuckte mit den Schultern.
Er war schon wieder in seinen üblichen wenig kämpferischen Fahrstil verfallen, aber der Kommissar wagte es nicht, ihn anzutreiben.
»Cottino, kennst du das Rätsel, wo es um etwas geht, das morgens auf vier Beinen läuft, mittags auf zwei und abends auf drei?«
Cottino runzelte ohne besondere Neugier die Stirn.
»Nein, Dottore. Wahrscheinlich habe ich es schon gehört, aber ich kann mich nicht mehr daran erinnern. Ich vergesse Witze immer gleich wieder. Es ist doch alt, nicht?«
»Ja«, sagte Santamaria, »uralt.«

Poma, Attilio, kam dem Kommissar mit dem Besten entgegen, was die Sprache des Gesichtes zu bieten hat, nämlich mit einem strahlenden Lächeln.
»Alles in Ordnung?« erkundigte er sich respektvoll. »Gibt es etwas Neues?«
»Ein kleines Problem.« Er erklärte es ihm.
»Kein Problem«, sagte Poma, Attilio, schneidig.
Während sie hinübergingen, um die Sache in Angriff zu nehmen, beneidete der Kommissar ihn und alle ähnlichen Typen – Verkäufer, Bankangestellte, Versicherungsmakler, Kellner, Fernsehmechaniker –, die einen munter fragten: »Was haben Sie denn für Schwierigkeiten?« und einem dann überheblich antworteten: »Kein Problem!« Praktische, selbstsichere Menschen, die schon durch ihren trockenen Wortschatz zeigten, daß sie die Welt aus dem richtigen Blickwinkel betrachteten. Auch die Sphinx hätten sie ohne große Furcht auf diese Weise entwaffnet: »Wo liegt denn Ihr Problem, Signora?«
»Es hängt auch ein wenig vom Glück ab«, sagte er, um seinen gemäßigten Skeptizismus nicht völlig aufzugeben. »Die Möglichkeiten ...«
» ... sind genau tausend«, vollendete Poma, Attilio, und machte sich an die Arbeit. »In spätestens einer Viertelstunde haben wir's, Sie werden sehen.«
Tatsächlich war weniger Zeit nötig. Nach nicht ganz zehn Minuten, in denen sie die tausend Möglichkeiten vorbeiziehen ließen, schoß die richtige, der Topos, wie ein Kinnhaken hervor.
»Da haben wir sie«, sagte der Kommissar, »das ist sie.«
»Sehen Sie?« sagte Poma, Attilio, »kein Problem.«

3

(Aus dem Notizheft der P'bono)
1. Teil
Chef S'maria kehrt zyklonenhaft, frenet., napoleonisch zurück: Ruf DP an! ... Ruf Biazzi an! ... Hol Pastorello zurück! ... Mach schnell! Er selbst ruft inzwischen diesen und jenen an, läßt den einen durch den anderen holen, sagt: alle hierher, tot oder lebendig, ruft gesamtes ital. Heer zu den Waffen, sagt ... Rrrrr ... Ich gebe ihm DP.
S'maria (zu DP): Laß alles stehen und liegen, Topos gefunden.

2. Teil
Chef DP in Windeseile zurückgekehrt, ergeht sich seinerseits in unflät. Redensart.: Was macht der A ... von Guadagni, wo zum Teufel ist

Biazzi, still du, P'bono, wo verd. noch m. sind die 17 und die 22, der Einsatzwag. und die Zivilfahrz., Dalm., Überraschungseffekt, still du, P'bono, den Staatsanw., wir brauchen den Staatsa., scheiß auf den Staatsa. (Unterz.: Suche ich den Staatsa. oder nicht?), still du, P'bono, sie sind da, sie sind nicht da, alle schlafen, sie sind unten, sind oben, wer da ist, ist da, warum zum Teuf. ist nicht ... Gehen wir, Beeilung, bißchen dalli, was machst du denn da, los, los, gehen wir, wer nicht da ist, ist eben nicht da.

3. Teil
Auf weit. Anweis. scheißend, nutzt Unterz. P'bono das Durcheinander aus, um sich in Streifenwag. 22 zu schmuggeln. Diesm. ist es mir gleichg.

4

Es wurde in diesem Beruf immer seltener, daß man einfach nur zu klingeln brauchte, ohne vorher auf beiden Seiten der Tür Aufstellung zu nehmen und die Hand am Kolben der Beretta oder des Maschinengewehrs zu haben. Aber es war immer eine gewisse Anstrengung nötig, um sich auf das Schlimmste gefaßt zu machen.
Der Brigadiere Pastorello drückte kräftig und anhaltend mit dem Zeigefinger auf den Klingelknopf und ging zur Seite. Auch Santamaria machte nach einem Augenblick einen Schritt zur Seite und lehnte sich mit der Schulter an den hellen Holzrahmen. Hinter der Tür herrschte absolute Stille. Der Topos war wohl unterwegs, aber zuerst mußte man nachsehen.
»Schlagen wir sie ein?« fragte Pastorello.
»Versuch es.«
Aber es war nicht nötig, die Tür war nur zugeschlagen und ließ sich mit einer Plastikklinge öffnen. Die Pistolen kamen zu dreiviertel aus den Taschen hervor, aber auch das war unnötig: Alle Räume waren leer.
In der Küche stand auf dem Tisch eine halbgefüllte kleine Kaffeetasse.
Santamaria faßte die Kaffeemaschine auf dem Öfchen an: Sie war noch lauwarm.
Da die Person erst vor kurzem ausgegangen war und die Tür nicht abgeschlossen hatte, konnte man auf eine kurze Abwesenheit, eine baldige Rückkehr schließen. Aber wer würde zurückkommen? Santamaria hielt es nach reiflicher Überlegung für das beste, nur wenige Kräfte an Ort und Stelle zu lassen und sich mit dem Hauptkontingent an einen anderen, bereits festgelegten Bestimmungsort zu begeben.

Die Kolonne, die aus zwei Streifenwagen, einem Zivilfahrzeug und einem Einsatzwagen bestand, setzte sich schwerfällig wieder in Bewegung, von den üblichen Zweifeln an der Effektivität des Einsatzes erfüllt und über den Fehler in der Einschätzung deprimiert. Immer seltener wußte man in diesem Beruf, ob man zum Schloß der Hexe oder zum Häuschen der Zwerge unterwegs war, ganz davon abgesehen, daß einen in zwei von fünf Fällen die Zwerge mit Maschinengewehrfeuer empfingen und die Hexe sich als eine Frau mit Haarnadeln im Mund herausstellte.

Durch den Frost war der Asphalt an mehreren Stellen geborsten, und die Straße glich einer Kette schaumbedeckter Seen und Teiche, die die Sonne in unregelmäßigen Abständen zu versilbern suchte. Es begegneten ihnen zwei junge Männer auf einem klapprigen Rennmotorrad, ein Hund mit herabhängenden Ohren und watschelndem Gang, ein Auto mit einer kleinen Familie an Bord und ein alter Mann, der sie durch den undurchdringlichen Spalt seiner Jahre vorbeifahren sah.

Santamaria, der mit dem Zivilfahrzeug voranfuhr (er hatte sich anstelle von Cottino ans Steuer gesetzt), ließ die Kolonne an einer hohen Mauer haltmachen, hinter der eine Baustelle, ein Baseballfeld oder auch gar nichts verborgen sein konnte. Die Männer sprangen unsicher, wie fast immer in diesem Beruf, aus den Wagen. Waren es zu viele? Oder zu wenige?

Sie entschieden sich für eine Erkundung, die sich erst hinterher als ungeschickt oder tödlich erweisen konnte. Sie schickten Pastorello in Zivil mit der Pietrobono voraus, er preßte ein kleines Radio ans Ohr, als ein Fußballfan, der den Verlauf des Spiels derart besessen verfolgte, daß er ganz langsam ging und sich um die Braut an seinem Arm überhaupt nicht kümmerte.

Die beiden verschwanden hinter der Mauer.

Wäre es nicht besser gewesen, sich auf das Schlimmste gefaßt zu machen und zusammen mit heulenden Sirenen und gezückten Waffen hinunterzustürmen?

Immer mehr Kippen landeten am Straßenrand. De Palma stieg auf das Dach des Einsatzwagens, um über die Mauer sehen zu können: Sie begrenzte ein schlammbedecktes Viereck voller Unkraut, auf dem Zementplatten herumlagen, die für irgendein Bauvorhaben bestimmt waren.

Die Verliebten tauchten wieder auf und berichteten, daß auf dem Platz mehrere Fahrzeuge abgestellt waren, aber niemand zu sehen war. Auf einem Blatt Papier fertigte Pastorello eine Skizze mit den möglichen Zugangswegen aus den vier Himmelsrichtungen und den Punkten, wo

sie in Deckung gehen konnten, an. Er kennzeichnete das Wrack eines Autobusses, ein teilweise eingestürztes Mäuerchen, einen steilen Abhang, einen hohen Kieshaufen mit Teerfässern, ein Reklameschild, einen Hochspannungsmast mit einem Betonsockel. Um jedoch eine unsichtbare Umzingelung durchzuführen, hätten sie weiter zurückgehen, lange Umwege in unbekanntem Gelände suchen müssen, und vielleicht verlohnte es nicht einmal, denn der letzte Abschnitt, ungefähr dreißig Meter, war jedenfalls auf drei Seiten geschützt.
Sie beschlossen, den sogenannten »Überraschungseffekt« zu nutzen und mit einer Konvergenz zu operieren, die man später als »schweigend und blitzartig« oder als »improvisiert und approximativ« bezeichnen würde. Sie konkretisierte sich im Polizeijargon in folgender Anordnung: »Baut keine Scheiße, benehmt euch nicht wie die Deppen.«
Sie gaben Dalmasso fünf Minuten, um sich an der Mauer zurückzuziehen, sie an ihrer Längsseite abzufahren, den Abhang hinunterzugelangen und von links und von hinten auf das Ziel loszusteuern, wobei er seine acht unerfahrenen Rangers nach Lage (das heißt, wie es sich gerade ergab) verteilen sollte.
Dann fuhr Santamaria mit dem Zivilfahrzeug ziemlich lautlos, aber wenig blitzartig (Cottino saß wieder am Steuer) an dem Platz vorbei und hielt quer neben dem Mast an; drei seiner Männer liefen gebückt los, um diese Flanke zu schließen und auf Dalmasso zu stoßen, während die beiden Streifenwagen hinter dem Reklameschild (ein völlig unbekannter Wermut) Aufstellung nahmen und De Palmas Männer sich fächerförmig vor dem Platz verteilten, wobei sie glücklicherweise an mehreren Stellen provisorische Deckung fanden. Der Einsatzwagen mit dem Fahrer und der Pietrobono blieb weiter im Hintergrund quer stehen, um die Straße zu blockieren.
Dann kam diese kurze Pause, in der noch alles korrigiert, widerrufen werden konnte.
Es folgte der endgültige Vorstoß, in Wirklichkeit ein Sprung in eine andere, zusammengedrängte, synchrone Zeit, die sich später in den schriftlichen Berichten, den Pressekonferenzen und vor Gericht mit monströser Unwahrscheinlichkeit ausdehnte.
Während Santamaria vorstürmte, nahm er teils gleichzeitig, teils in schneller Folge eine Reihe von Bildern in sich auf:

den teilweise verborgenen, aber mit Sicherheit echten Topos
viele, zu viele Fenster
eine Bank an der Wand neben der Tür
weiter unten hinter dem Kieshaufen Dalmasso, der mit gezückter Pistole jemand aus einem Porsche herausholte

einen Schatten am Eckfenster im ersten Stock (werden sie auf mich schießen?)
Thea, ihre Mutter und Graziano (eine Halluzination?), die aus dem Porsche ausstiegen, während ein schwarzweiß gefleckter Hund
Pastorello, der fünf Meter von ihm entfernt zu Boden stürzte (verletzt? tot? aber die Schüsse?)
den Topos nun ganz deutlich, er war es
die Ecke der Mauer, eine Nische mit einem Wasserhahn
Pastorello, der wieder aufstand (er war nur ausgerutscht) und, von Schlamm bedeckt, auf die Tür losstürmte
Thea, die ihm mit verzweifelten Gesten entgegenlief, und Dalmasso, der sie wieder packte, sie zurückzerrte
die Tür
Pastorello, der keuchend den Pistolenlauf an der Hose abwischte
die Tür, den Fußtritt mit ausgestrecktem Bein.

Aber die Tür war nur angelehnt und dahinter stand unbeweglich Graziano (eine Halluzination?), die Hände nachlässig über dem Kopf, und sagte trotz der drei auf ihn gerichteten Pistolen (woher war denn plötzlich Guadagni gekommen?) mit ruhigster Miene in völlig neutralem Ton: »Es ist niemand da.«
Er wies mit dem Kinn hinter sich.
Das »niemand« hinter der weitgeöffneten Glastür zu seiner Linken bestand aus vier Männern, die auf verstreuten Stühlen saßen, absichtlich müde und gelangweilt dreinblickten und die Hände mit unverkennbarem Vorbedacht zwischen den Knien hielten.
»Freunde von mir«, stellte Graziano sie vor, blieb aber wie angewurzelt an derselben Stelle stehen.
Auf den Bruchteil der Sekunde genau ließ er die explosive Stimmung sich lösen und erklärte dann:
»Wir haben euch kommen sehen. Wir sind auch gerade erst eingetroffen. Außer ihr ist niemand da.«
Aus dem Hintergrund des niedrigen Raumes starrte ihnen, die Ellbogen entschlossen auf die Theke gestützt, die Wirtin der »Schwarzen Feder« entgegen.

5

Als er in aller Eile in ein Fahrzeug geschoben worden war, hatte der Polizist Tropeano noch einen Moment lang gehofft, es handele sich um den Ordnungsdienst im Fußballstadion, wo die Juventus ein für ihren

Aufstieg entscheidendes Spiel bestritt. Aber dann hatten sie ihm eine kugelsichere Weste gegeben, und aus den spärlichen Erklärungen der anderen (sie waren entweder in einen Streit über das Spiel verwickelt oder in die Lektüre irgendwelcher Pornoheftchen vertieft) hatte er entnommen, daß das Ziel vielmehr ein nicht näher bestimmtes »Nest« war.

Der Sturm auf dieses Nest hatte jedenfalls stattgefunden: rascher Lauf den rutschigen Abhang hinauf hinter dem Brigadiere vom Überfallkommando her, große Angst, zufällig ein Maschinengewehrfeuer auszulösen, keine Angst (wider Erwarten), aus einem der zahlreichen Fenster des alten Gehöfts anvisiert zu werden.

Tropeano, Michele, 20 Jahre alt, frischgebacken aus der Polizeischule von Padua in Turin angekommen, nahm an seinem ersten Einsatz teil und glaubte, sich bis jetzt ordentlich gehalten zu haben. Aber die Tatsache, daß er ein Neuling war, beschäftigte ihn mehr als alles andere und hinderte ihn daran, seinen erfahreneren Kollegen mit idiotischen Fragen auf die Nerven zu gehen. Wer waren die beiden Frauen und der Mann in dem Porsche, die der Brigadiere festgenommen hatte? Und was für ein Nest war das hier? Ein Schlupfwinkel von Dieben, Terroristen, Schmugglern oder Banditen? Das hätte er zu gern gewußt.

In der Zwischenzeit liefen die einen hierhin, die anderen dorthin, riefen ihm im Vorbeigehen zu, er solle aus dem Weg gehen und das Maschinengewehr wieder sichern (als ob er das nicht schon längst getan hätte), und sprachen von Verstärkung, von der dringenden Forderung nach Verstärkung an die Zentrale. Zu welchem Zweck nur, wo der Angriff doch bestens und ohne Blutvergießen gelaufen war? Das hieß also, daß die Operation nicht abgeschlossen war, daß das hier nicht das gesuchte Nest war. Auch das hätte er gern gewußt.

Tropeano, der (wie er hoffte) seinen Blick rasant und sachkundig über den Innenhof des Gehöfts schweifen ließ, konnte gerade noch ausweichen, als der erste Überfallwagen, dem alle anderen Fahrzeuge der Kolonne folgten, dröhnend auf das Schlammviereck losraste.

»Los, los, alle hinein, alle hinein!« schrie der Brigadiere vom Überfallkommando und fuchtelte wild mit den Armen herum.

Dann waren sie es jetzt also, die angegriffen wurden? Mußten sie in Verteidigungsstellung gehen? Tropeano musterte den Hof unter diesem neuen Gesichtspunkt. Er unterschied sich sehr von den Bauernhöfen in seinem Heimatdorf in der Provinz Catanzaro, aber es handelte sich ohne Zweifel um ein halbverlassenes Gebäude. Der Heuschober war leer. Im Stall sah man kein Vieh. Im Vorhof befanden sich keine landwirtschaftlichen Geräte und Maschinen. Der Brunnen war verfallen.

»Was machst du denn, hat dir einer gesagt, du sollst die Fenster zäh-

len«, sagte einer vom Überfallkommando barsch zu ihm.
Tropeano zuckte zusammen.
»Nein«, antwortete er und versuchte, möglichst intelligent auszusehen.
»Na, dann bleib hier stehen und zähl sie.«
Er lief ohne Erklärung weiter. Vielleicht wollte er ihn auf den Arm nehmen, aber Tropeano pflanzte sich in der Nähe des Brunnens in zentraler Position auf und blieb, das Maschinengewehr geschultert, in philosophischer Haltung dort stehen. Er konnte nicht verlangen, daß sie ihn gleich an seinem ersten Sonntag in Turin zum Spiel der Juventus schickten. Und er konnte nicht verlangen, daß er verstand, was vor sich ging. Und so fing er als Neuling, der er nun einmal war, an, die Fenster des Hauptteils und der beiden verfallenen Flügel des Gebäudes zu studieren.

Es gab viele Fenster, viele Aussichtspunkte.
»Graziano hat nicht gewußt, was er hier drinnen vorfinden würde«, sagte Thea und massierte langsam ihren Arm, »und so hat er mich mit der Frau da und seinem Freund im Wagen gelassen, das war sicherer. Nur daß euer Waffenheld da draußen ...«
Aus dem kleinen Fenster im Erdgeschoß, das mit einem Eisenkreuz vergittert war, konnte man Dalmasso sehen, der mit lebhaften Gesten den Verkehr auf dem Innenhof regelte: Die ganze Kolonne war angewiesen worden, sich möglichst rasch zu verstecken, rund um die »Schwarze Feder« mußte alles leer sein, so daß ein möglicher neuer »Kunde« nicht schon von draußen Verdacht schöpfte. Eine Idee von Graziano, der sich in diesen Dingen auskannte. Und glücklicherweise hatte die Polizei auf ihn gehört, ohne es sich zweimal sagen zu lassen.
»Tut es weh?« fragte die Pietrobono.
»Nein, es ist nicht so schlimm, er hat mich nur ein wenig hart angefaßt ... Aber aus seiner Sicht konnte er nicht anders, denn auch er hat schließlich nicht gewußt, was ihr hier drinnen antreffen würdet. Oder habt ihr es gewußt?«
»Nein, nicht genau.«
»Sicher, als ich alle diese Pistolen und Maschinengewehre sah, habe ich Angst bekommen; ich habe gedacht, es könnte einer dieser wahnwitzigen Irrtümer geschehen, eine dieser Schießereien, die absolut ...«
»Aha, und da hast du dann genau das getan, wodurch es tatsächlich fast dazu gekommen wäre.«
»Aber weißt du, das ist derselbe, der mich schon Freitag nach dem Attentat in Santa Liberata festgenommen hatte. Und gerade deshalb habe ich gedacht, daß er zwei für ihn identische Situationen in Verbindung bringen und zu dem Ergebnis kommen könnte, daß wir, das

heißt, daß ich und Graziano . . .«

»Aus meiner Sicht«, sagte die Pietrobono, »täten manche Mädchen besser daran, den Sonntag mit der Mama zu verbringen.«

»Arme Mama«, sagte Thea und warf einen Blick auf das Telefon hinter der Theke, »ich könnte sie jetzt anrufen, seit gestern abend hat sie keine Nachricht mehr von mir, sie hat nicht die leiseste Ahnung, wo ich bin.«

Sie stand auf, setzte sich aber fügsam wieder hin, als sie die Pietrobono den Kopf schütteln sah.

»Ach ja, wenn sie sich in den Kopf setzen würde, hierher zu kommen, was sage ich ihr dann, wo sind wir überhaupt genau? Sie hatte noch nie einen besonderen Orientierungssinn.«

»Wie seid *ihr* denn hierher gekommen?« fragte die Pietrobono.

»Oh«, antwortete Thea, »das war ganz einfach.«

Von oben, aus einem Fensterchen des Dachbodens, an dem Glas und Rahmen fehlten, sahen De Palma und Graziano »hinunter«.

»Hinunter«, hatte die Frau zu Graziano gesagt, »sie sind alle hinunter gegangen nach . . .«

Und an dieser Stelle hatte sie sich unterbrochen, ihre Brille zurechtgerückt und bemerkt, daß dieser junge Mann, der auf der Schwelle der Küche erschienen war, ein Außenstehender sein mußte, daß sein freundschaftlicher Ton eine Falle war. Und es war unmöglich gewesen, ihr auch nur ein einziges weiteres Wort zu entlocken.

»Und dann haben wir euch kommen sehen«, sagte Graziano.

Er fügte ein sittsames kleines Lächeln hinzu, welches bedeutete: »Und so hat uns die Zeit gefehlt, ihr den Arm herumzudrehen oder ihr ein Messer an die Kehle zu setzen.«

Vielleicht hätte das genügt, um sie zum Sprechen zu »überreden«, aber nun saßen sie alle im gleichen Boot der Legalität, die Frau hatte Glück gehabt, sie konnte bis zum Jüngsten Tag in ihrem Schweigen verharren, da konnte man ihr lange mit Reden über Begünstigung, Verletzung der Anzeigepflicht, Komplizenschaft und so weiter drohen. Es lebe die Legalität!

»Und die Blonde«, sagte De Palma, »habt ihr sie im Guten oder im Bösen mitgeschleppt?«

»Im Guten, im Guten, sie selbst hat uns angeboten, uns hierher zu bringen, sie sagte, sie hätte sowieso nichts zu tun. Wir haben ihr gesagt, es ginge um Arbeit, da ist sie sofort mitgekommen. Nur weiß sie nichts, sie weiß nicht, wo die Fabrik ist, die müssen wir selbst finden.«

De Palma knurrte. Die Zentrale hatte ihm versprochen, alle noch verfügbaren Männer zusammenzutrommeln. Scarampi, der halbwegs offi-

ziell informiert worden war, hatte die Genehmigung erhalten, sich ein paar Leute mitzubringen. (»Aber nicht mehr als eine Abteilung, einverstanden? Das hier ist ein Polizeieinsatz.«) Graziano hatte schon zuvor mit *seiner* Zentrale telefoniert, um sich *seine* Verstärkung schicken zu lassen. Und dieses so unschuldig, sittsam hingeworfene »wir« beinhaltete einen Vorschlag zum gemeinsamen Vorgehen in dieser Angelegenheit. Es lebe die Legalität! Es lebe die Allianz!
»Hm«, machte De Palma, »sehen wir mal, ob es Santamaria gelingt, etwas aus den beiden Frauen herauszubringen.«

Nachdem sie in die Küche der »Schwarzen Feder« geführt worden war, hatte sich die Frau sofort auf einen strohgeflochtenen Stuhl in der Nähe des Eckfensters gesetzt. Auf der Fensterbank lag aufgeschlagen ein Fotoroman mit einer Brille darauf, und daneben stand eine Blechdose mit Knöpfen in jeder Form und Farbe. Es mußte der Platz sein, an den sie sich für gewöhnlich setzte, wenn sie nichts anderes zu tun hatte. Aber trotz ihrer demütigen, harmlosen Miene sagte sie nichts, antwortete sie auf keine Frage und hielt den Kopf hartnäckig zu einem kümmerlichen Kirschbaum hingedreht, der, noch schwarz vom Regen, seine Zweige jenseits der Fensterscheiben ausbreitete.
»Wem gehören die Wagen da draußen? Die Motorräder? Der Lastwagen?« wiederholte Santamaria noch einmal.
Schweigen.
»Wo sind die Eigentümer?«
Schweigen.
»Wie viele sind es? Wann sind sie weggegangen?«
Schweigen.
»Sind sie zu Fuß gegangen?«
Die Frau griff mit ihren roten rissigen Fingern in die Dose und rasselte mit den Knöpfen. Eine Mauer des Schweigens.
Mit einem Wink überließ Santamaria Pastorello die Fortsetzung des Verhörs und ging durch den Vorratsraum in die winzige Vorhalle, von wo eine schmale, steile Treppe zu den oberen Stockwerken führte. Von oben kam ein fürchterliches Getöse.

Nach dem Sturm auf ein Nest folgte immer die Durchsuchung des Unterschlupfs. Und in keinem wie auch immer gearteten Nest konnte man ausschließen, daß sich hinter einer falschen Wand ein verborgener Raum befand. Deshalb mußte er, Tropeano, hier in der Nähe des Brunnens stehen und jedesmal den Daumen heben, wenn sich ein Kamerad an einem Fenster zeigte. Sie hatten ihn also nicht auf den Arm genommen, seine Aufgabe war wirklich wichtig.

Ein schreckliches Gebrüll kam aus einem der Fenster, das Tropeano schon gezählt hatte, und einer vom Überfallkommando zeigte sich mit einem kleinen Radio in der Hand. Ein anderer erschien an einem anderen bereits kontrollierten Fenster. Etwas verwirrt, aber trotzdem aufmerksam hob Tropeano für beide den Daumen. Der erste fügte die Fingerspitzen zu der Geste zusammen, die bedeutet: »Was willst du denn?« und rief seinem Kameraden zu: »Was ist denn los?«
»Sie haben einen Strafstoß verpatzt.«
»Wer?«
»Juventus!«
Der ohne Radio verschwand kopfschüttelnd. Tropeano ließ den Finger sinken. Es wäre schön gewesen, jetzt im Stadion zu sein.

Die Blonde redete im Gegensatz zu der anderen Frau eher zuviel, aber sie hatte nichts zu sagen, sie wußte nichts. Als Santamaria den Kopf durch die Tür des kleinen Wohnzimmers steckte, lächelte sie ihm freundlich zu, aber Guadagni, der sie sich vor zehn Minuten vorgenommen hatte, hob die Augen gen Himmel. Wie viele Frauen von Kriminellen hatte auch sie damit leben gelernt, zu wissen und doch nichts zu wissen. Er hat eine Arbeit, sagten sie einfach, eine Tätigkeit, er handelt mit irgend etwas, macht irgendwelche Geschäfte. Ihre Neugier machte mit unfehlbarer Intuition vor bestimmten Grenzen halt. Aber die Ehefrauen eines Sulis, eines Carlevero, eines Musumanno, fragte sich Santamaria, hätten sie ihm erschöpfender Auskunft über ihre Männer geben wollen oder können? Und während er die Tür wieder zumachte, dachte er, daß sich ein Mädchen wie Thea niemals mit diesen Grauzonen diesseits oder jenseits des Gesetzes zufriedengegeben hätte.

»Cottino ist wirklich sympathisch«, sagte Thea, als sie an den Tisch mit der roten Kunststoffplatte zurückkehrte, »er ist einfach entzückend.« Sie hatte ihn in einem der im Hof abgestellten Fahrzeuge gesehen und ihn um jeden Preis herzlich begrüßen wollen.
»Also kurz und gut«, begann die Pietrobono geduldig von neuem, »ihr habt keinerlei Information gehabt, niemand hat es euch gesagt?«
»Nein, Grazianos Freunde wissen nicht, wer diese Leute sind. Und es ist unklar, wohin sie verschwunden sind.«
Sie betrachtete den langen Raum, dessen Atmosphäre an die bei einem nervösen, murmelnden Wachkorps erinnerte und der von regulären und irregulären Waffenträgern, von sichtbar und unsichtbar Bewaffneten bevölkert war, und sagte zuversichtlich:
»Aber das macht nichts. Wir werden sie schon finden.«

Die »Schwarze Feder« befand sich am Rand einer hügeligen Ebene, hinter der das Gelände recht steil etwa zehn Meter tief abfiel und sich dann in einer ausgedehnten Ebene fortsetzte, die am Horizont von niedrigen Moränenhügeln und in noch größerer Entfernung von der hellglänzenden, steilen Wand der Alpen begrenzt wurde. Aber dieser imposante Hintergrund schien vor diesem Parkett von Vorstädten vergeudet, diesem erbärmlichen, bunt durcheinandergewürfelten Etwas, das De Palma und Graziano von ihrem Fenster aus überblickten: Fabrikdächer, Werkhallen, kleine Werkstätten, Lager, Zementsilos, vereinzelte kleine Villen, entfernte Mietskasernen, die Buckel von überdachten Tennisplätzen, die wie gestrandete Walfische aussahen.
Die Leute aus der »Schwarzen Feder« hatten sich zu Fuß dort hinunterbegeben und konnten daher nicht weit sein, einen Kilometer höchstens. Nur daß es nicht spaßig war, ein Labyrinth von einem Kilometer Breite systematisch durchzukämmen. In dieser zusammengestoppelten Geometrie mit ihren Wegen, kleinen Straßen, Triften, Sackgassen hätte man mindestens eine ganze Abteilung der Polizei gebraucht. »Irreguläre« Verstärkung war also nicht von der Hand zu weisen.
»Auf alle Fälle können wir hier auf sie warten«, sagte De Palma, »früher oder später müssen sie zurückkommen.«
»Aber die bringen es fertig und kommen erst heute nacht zurück«, sagte Graziano. »Und wir laufen immer Gefahr, daß irgend jemand eine Möglichkeit findet, sie zu warnen.«
Aus seiner Sicht hatte er recht: Die »Fabrik« sofort ausfindig zu machen, während sie in Betrieb war, und die Bande auf frischer Tat zu ertappen, wäre die sicherste Art, ihn und seine »Freunde« zu entlasten. Außerdem hegten sie den sehnlichen Wunsch, diese geheimnisvollen Konkurrenten, diese Gauner, die versucht hatten, sie mit dem Streich in Brussone in die Enge zu treiben, endlich am Schlafittchen zu packen. Aber aus De Palmas Sicht war es gerade dieser sehnliche Wunsch, der sie alle in Schwierigkeiten bringen konnte.
»Man braucht nur den Ort herauszufinden«, beharrte Graziano, »es genügen ein paar Leute, die herumgehen, die Augen offen halten und melden, wenn sie etwas Auffälliges gesehen haben.«
Das war es. Ein Rundgang. Ein paar Polizisten und ein paar Mafiosi, die sich zufällig eines schönen Sonntags beim Flanieren in der Turiner Peripherie trafen und ihre Eindrücke über die Landschaft miteinander austauschten.
»Wichtig ist«, sagte De Palma, »daß niemand von sich aus die Initiative ergreift.«
Wenn er es sich recht überlegte, waren es eher seine Leute, bei denen diese Art »Initiativen«, die unnötige, verheerende Kämpfe auslösten,

zu befürchten waren. Grazianos Freunde waren kühle, disziplinierte Profis – oder mußten es zumindest sein.
»Das ist selbstverständlich«, sagte Graziano, »bei dieser Aktion werden nur Beobachter gebraucht!«
»Auch wenn sich die Lage komplizieren sollte, wenn es Anzeichen des Widerstands gäbe, dürfte keiner etwas auf eigene Faust unternehmen. Auf gar keinen Fall.«
»Klar. Keinerlei Reaktion.«
Pastorello kam herein und durchquerte geräuschvoll den Raum, auf dessen Boden lose Backsteine, vermoderte Säcke und eine verrostete Mausefalle im Staub herumlagen.
»Nichts Neues«, berichtete er. »Wir haben überall nachgesehen, dies hier muß nur der Treffpunkt sein. Wer weiß, wo sich die Drogenfabrik befindet.«
»Wirf doch einmal einen Blick hinaus«, sagte De Palma und machte ihm den Platz am Fenster frei. »Wir müssen Vorkehrungen treffen, um sie dort drinnen ausfindig zu machen, diese Fabrik oder was immer es sein mag.«
»Was könnte es sonst sein?« sagte Pastorello.
»Das«, antwortete De Palma, »weiß nur der Topos allein.«

Mit dem Zeigefinger zeichnete Santamaria zwei Kurven auf die glänzende Kunststoffplatte des Tisches.
»Es war also kein Griechisch?« sagte Thea ein wenig schmollend, »diese ganze Gnosis, diese schöne Ketzerei . . . nichts?«
»Nichts«, sagte Santamaria und wischte die Linien mit hastigen, ärgerlichen Bewegungen weg.
»Und was war es dann?«
Santamaria seufzte.
»Du hast mir immer noch nicht erzählt, wie ihr hierher gekommen seid.«
Das Mädchen legte sich die Hände aufrecht an die Schläfen wie zwei Scheuklappen.
»Also wie gesagt: Es war keine Frage der Logik, sondern des Blickwinkels, die Frage, was dieser Maresciallo tatsächlich gesehen hatte. Wir sagten uns immer wieder dasselbe, kamen immer wieder auf diesen Punkt zurück, aber unter falschen Voraussetzungen. Er folgt mir kilometerweit, sagte Graziano, ist drei Stunden hinter mir her, läßt mich nicht einmal in der Kirche aus den Augen und gibt dann plötzlich alles auf und verfolgt eine andere Spur. Wer hat ihn nur dazu veranlaßt, wenn er es bis zu diesem Augenblick ausschließlich auf mich abgesehen hatte? Was hatte er gesehen? Die logische Folgerung war, daß er zufäl-

lig jemand gesehen, jemand bemerkt hatte, der mit der Wachskerze hantierte, und daraus wiederum folgte logischerweise, daß er bis zum Augenblick der Explosion in der Kirche geblieben war und seinerseits, aufgrund seiner Logik, die beiden Dinge miteinander in Verbindung gebracht hatte, daß er den Mann oder die Frau mit der Wachskerze gefunden und verfolgt hatte und so weiter. Dann habe ich gestern ganz zufällig, ohne es zu wollen, den ersten Schritt in die richtige Richtung getan, als ich sah, wie Graziano seinen Freund umarmt und geküßt hat, und Graziano hat vermutet: Als dieser Carabiniere sah, wie mich der Hinkende in der Kirche auf die gleiche Weise begrüßt hat, wird er gedacht haben ... Aber das wissen Sie doch schon längst, deshalb haben wir uns doch alle gestern abend auf dem Corso Rosselli wiedergetroffen!«

»Ja, aber jetzt möchte ich gern wissen, wieso wir uns hier wiedergetroffen haben.«

»Genau. Ich komme ja schon darauf. Heute morgen also, wir waren in demselben Motel, wo ...«

»Le Betulle?«

»Ja, Sie wissen, wie das ist ... Es gibt Orte, die einem gefühlsmäßig ...«

»Kommen wir zur Sache«, seufzte Santamaria erneut.

»Also, als Graziano aufwachte, wollte er gerade telefonieren, um Kaffee für uns zu bestellen. Aber dann hat er gedacht: Wer weiß, was sie uns für ein Zeug bringen. Und da ist ihm schließlich die Tüte wieder eingefallen.«

Sie hielt triumphierend inne.

»Welche Tüte?« fragte der Kommissar.

»Also, am Freitagabend haben wir in demselben Motel ein paar Sachen gekauft, zum Abendessen reichte die Zeit nicht mehr, wenn wir pünktlich in der Kirche sein wollten, und so haben wir Kekse, Nüsse und Schokolade gekauft, und die Frau hat uns alles in eine kleine Tüte getan, in eine braune Papiertüte, wie für Brötchen oder so. Graziano hatte sie noch in der Hand, als wir die Kirche betraten, er dachte, ich könnte Hunger bekommen, was dann ja auch wirklich ...«

Sie lächelte und erläuterte pedantisch mit einem Anflug von Nostalgie: »Es war auch eine ranzige Nougatstange drin, wirklich scheußlich ... Wie dem auch sei, als sich die Szene mit dem Friedenskuß abspielte, hat Graziano alles diesen beiden Typen geschenkt, weil sie auch noch nicht zu Abend gegessen hatten, das heißt, nein, genau genommen, wenn man die Szene aus seiner Sicht, aus der des Maresciallo, rekonstruieren will ...«

Sie legte die Hände wieder an die Schläfen.

Ja, dachte Santamaria, das war es gewesen, was Genovese tatsächlich

gesehen hatte: den Unbekannten, den Mann, der beim Mafiatreffen im *Mezzaluna* dabei war, der eine halbdunkle, gutbesuchte Kirche betrat, mit einem Hinkenden den Kuß der Mafiosi tauschte und zwei anderen Individuen, die sich bei dem Hinkenden befanden, eine kleine Tüte übergab. Aus seiner Sicht eine sehr kurze, höchst eindeutige Szene. Automatisch hatte er die Sache mit den anderen Kirchen, die er überwachte, in Verbindung gebracht, mit der Kirche im Brussone und mit der geheimnisvollen »Fabrik«, die er in der Peripherie vermutete. Automatisch hatte er auf ein Treffen geschlossen, auf eine Verabredung großer Dealer. Er hatte darin ein Drogengeschäft gesehen, hatte geglaubt, eine »Probe« wechsle den Besitzer, oder es gehe vielleicht um eine Bezahlung. Er hatte das gesehen, worauf seine Netzhaut seit vielen Tagen vorbereitet war: den »Kontakt«.
Ja, das mußte der Unteroffizier der Carabinieri in etwa gedacht haben, als er die Szene im flackernden, zweideutigen Kerzenlicht von Santa Liberata beobachtet hatte; er war müde vom endlosen Postenstehen, dem stundenlangen Warten, seine Kehle war rauh vom vielen Zigarettenrauchen, er war von seiner Idee, daß es eine Fabrik geben mußte, vollkommen besessen, seine Sicht war durch den Rahmen der Windschutzscheibe eingeengt, sein Auge zu stark auf diesen schmalen, deformierenden Bildschirm gerichtet. Ja, so wie die Tatsachen sich auf seiner Netzhaut abbildeten, gaben sie ihm endlich recht. In jenem Augenblick mußte ihm sein hartnäckiges, gewissenhaftes Soldatenherz verständlicherweise vor Freude über seinen Triumph gehüpft sein. Sein Tag endete gut. Sein Gespür und seine Ausdauer waren belohnt worden. Er hatte die Kälte nicht mehr gespürt, als er die gar zu unschuldige braune Tüte den Besitzer wechseln sah. Die Rücken- oder die Kopfschmerzen waren wie verflogen. Und gewissenhaft hatte er sich wieder auf die Jagd begeben, das Auge von neuem wachsam, die Netzhaut aufnahmebereit. So war die Nacht über ihn hereingebrochen: wegen einer ranzigen Nougatstange.
»Diesmal war Graziano ganz sicher, und so sind wir zum Corso Rosselli zurückgekehrt, aber der Ingenieur war nicht zu Hause; da sind wir in der Kirche vorbeigefahren, um zu sehen, ob uns dort jemand Auskunft geben könnte; es war ein bißchen schwierig, aber schließlich haben wir diese Signorina Caldani, das arme Luder, getroffen, sie war ganz allein und trank ihren Wein. So haben wir endlich Namen und Anschrift bekommen und das Haus gefunden. Und diese blonde Person hat uns dann selbst hierher begleitet, sie war ganz allein zu Hause und trank gerade Kaffee.«
»Das arme Luder«, schloß der Kommissar.
»Warum? Nein? Ist sie das nicht? Hat sie etwas damit zu tun? Graziano

sagt –«
»Ja, ja, wir sind auch dort vorbeigefahren, der Kaffee war noch lauwarm.«
»Aber Graziano dachte, daß auch der Maresciallo dort vorbeigefahren sein mußte, bevor er . . .«
»Vielleicht. Ich glaube es aber nicht.«
»Dann also hier? Haben sie ihn hierher . . . gelockt?«
Thea betrachtete ungläubig den großen Raum voll Bewaffneter, die sich gegenseitig ignorierten, und warf einen Blick auf den kleinen Kamin, in dem noch die Asche lag.
»Vielleicht«, sagte Santamaria.
Vielleicht hier, vielleicht auch draußen unter dem Holzschuppen. Oder, noch wahrscheinlicher, unten im Labyrinth, als er im Schnee um seine endlich entdeckte »Fabrik« herumlief. Sie hatten sich zu zweit, zu viert auf ihn gestürzt, hatten ihn massakriert und später (wie weit war die Nacht schon fortgeschritten?) ins Brussone transportiert und tot in seinem cremefarbenen Volkswagen inmitten seiner leeren Schachteln zurückgelassen. Aber in diesem Grab aus Kartons und Schnee hatte das Herz irgendwann in der Nacht wieder zu schlagen, das Blut träge zu fließen, eine Hand, der Finger die schwachen Befehle des Gehirns auszuführen begonnen. Und der Unteroffizier der Carabinieri hatte das auf die Scheibe geschrieben, was er bei seiner Abfahrt von Santa Liberata durch die Windschutzscheibe gesehen hatte, das, was seine gewissenhafte Netzhaut während der letzten Beschattungen in den weißen Straßen des Stadtzentrums und der Peripherie aufgenommen hatte.
»Wenn der Topos nun aber nicht hier ist? Das heißt, wenn es kein Ort ist, wenn es kein Griechisch war?«
»Nein«, sagte Santamaria, »der Topos ist hier.«
Wieder malte er ein Zeichen auf die knallrote Tischplatte; dann vervollständigte er es langsam.
»Es war kein Buchstabe, es war eine Zahl.«
Er drehte sich zum Fenster hin.
»Da ist er, der Topos.«
Draußen unter den baufälligen Pfeilern und dem eingestürzten Holzschuppen stand neben aufgeschichteten Zweigen, Holzscheiten und Reisigbündeln der kleine Lieferwagen der Brüder Bortolon mit seinem verhängnisvollen Kennzeichen:

TOPO 8266

»Er konnte nicht mehr zu Ende schreiben. Er hat TO aufgemalt, dann P, dann die Null; dann hat er die Acht angefangen, ist aber nur dazu gekommen, ein S zu schreiben, dann hat er es nicht mehr geschafft, die

Linie aufwärts zu führen, der Finger ist steif geworden.«
»Ein Kennzeichen«, murmelte Thea und starrte auf das schwarze Rechteck, »ach so, eine Autonummer.«
Ihre Stimme klang wie die eines Astronoms, der feststellt, daß die Himmelskörper, die unerklärlicherweise auf dem Hintergrund der kosmischen Nacht erschienen waren, nichts anderes waren als die rotglühende Spitze einer brennenden Zigarette oder der Widerschein eines Stecknadelkopfes; aufgrund des kolossalen teleskopischen Streichs war die Stimme desorientiert und ehrerbietig.
»Eine Papiertüte und ein Kennzeichen«, sagte Santamaria, »das hat er gesehen. Er hat die Bortolon verfolgt, als sie mit der Tüte in der Hand die Kirche verließen und mit ihrem Lieferwägelchen davonfuhren. Und er hat versucht, es uns mitzuteilen.«
Auch er hielt die Hände wie Scheuklappen an die Augen.
»Man brauchte nur an die Nougatstange zu denken«, sagte Thea.
»Man brauchte sich nur an die Kraftfahrzeugstelle der städtischen Polizei zu wenden. Es genügte, die Nummernschilder von TOPO 8000 bis TOPO 8999 zu kontrollieren und zu sehen, wer der Halter des Fahrzeugs ist. Tausend Namen. Zehn Minuten. Kein Problem.«
»Und wann sind Sie darauf gekommen?«
»Vor einer Stunde, als wir in Richtung Stadion fuhren. Ein fast identisches Kennzeichen, bei dem die Acht halb vom Schlamm verdeckt war. Ich mußte buchstäblich mit dem Gesicht darauf stoßen, bevor es mir aufgegangen ist.«
»Aber das ist nicht Ihre Schuld, es war nicht logisch: Kein Kennzeichen kann aus fünf Buchstaben hintereinander bestehen.«
Ach, aber war es logisch, dachte Santamaria unnachsichtig, war es in seinem Beruf akzeptabel, sich auf den ersten Blick von einer bürokratischen Unmöglichkeit blenden und sich dann immer wieder, an jeder Gabelung, jeder Kreuzung von immer tangentialeren, flüchtigeren, abwegigeren Luftspiegelungen vom Weg abbringen zu lassen? Sich in Richtung Irrtum, Ketzerei locken und verschlingen zu lassen?
»Sind es die beiden gewesen, die den Maresciallo . . . umgebracht haben?«
»Wir wissen noch nicht, was in jener Nacht geschehen ist. Wir wissen nicht, was es mit der sogenannten Fabrik auf sich hat. Viele Fragen sind noch offen, immer noch unbeantwortet.«
Die Frau von der »Schwarzen Feder« schwieg. Romilda Bortolon wippte auf ihren Pfennigabsätzen hin und her, redete und redete, ohne etwas zu sagen; dabei wiederholte sie stets, sie habe die ganze Nacht von Freitag auf Samstag allein geschlafen, da sie ihre Zimmertür abgeschlossen hatte, sie habe ihre Schwäger nicht zurückkommen hören;

von ihnen wußte sie nur das, hatte stets nur das erfahren, was sie ihr von sich aus erzählten, und zwar was Glaser eben so machten, daß sie oft in die Santa-Liberata-Kirche gingen, oft die »Schwarze Feder« aufsuchten. Und die andere Frau schwieg, betrachtete den Kirschbaum oder sah vielleicht statt dessen dort unten zwischen den tausend Vorstadtdächern das Dach des verborgenen »Orts«, des Topos.
»Nein«, sagte der Kommissar, »im Grunde genommen war es nicht nur ein Kennzeichen, nicht nur ein Nummernschild.«

Der Polizist Tropeano lernte schnell. Nach dem Sturm auf einen Unterschlupf konnte die Durchsuchung des Nestes selbst ergebnislos verlaufen. In einem solchen Fall wurden alle in einen großen Raum beordert, der ihn an ein Dorfwirtshaus erinnerte; im Hintergrund saß die Kollegin von der weiblichen Polizei und sprach halblaut mit einem Mädchen, in dem Tropeano zu seinem Erstaunen eine der beiden Frauen erkannte, die kurz zuvor von dem Brigadiere abgeführt worden waren. Wieso hatte er nicht während des Angriffs bemerkt (und daher rührte sein Erstaunen), daß das Mädchen sehr schön war? Und wie kam es zu diesem freundschaftlichen, vertrauten Gespräch? Es konnte sich um ein Verhör handeln. Aber man konnte auch nicht ausschließen, daß das Mädchen (Tropeano hoffte es glühend) als Spitzel oder Informantin zur Abteilung selbst gehörte.
Darüber hinaus waren da einige Männer mit erhabenen, verschwiegenen Mienen, die sich mit niemand abgaben und wohl Carabinieri des Bezirks in Zivil sein mußten.
Danach begann das Warten auf die Verstärkung. Juventus war immer noch 2 : 1 unterlegen.
Einer vom Überfallkommando meinte, daß der verfehlte Strafstoß die Spielmoral der Mannschaft beeinflusse.
Die Kollegin war wirklich hinreißend, ein Traum, aber nie sah sie zu Tropeano herüber.
Nach der Ankunft der Verstärkung, die teils aus Polizeikräften, teils aus diesen Carabinieri in Zivil bestand, mußten alle wieder auf dem Hof antreten, wurden auf die Fahrzeuge verteilt und nach einem vorher festgelegten Plan hierhin und dorthin transportiert. Die Mädchen des Korps blieben in der Osteria zurück, was Tropeano einerseits bedauerte, andererseits freilich war es besser so, denn die neue Phase der Operation konnte sich als gefährlich erweisen.
Das Fahrzeug bog ruckartig in eine enge, gewundene asphaltierte Straße ein, fuhr über einen Bahnübergang, unter dem die Schienen einer ehemaligen Bahnstation entlangliefen, schlängelte sich zwischen kleinen Gärten und Wellblechhütten hindurch nach unten, legte eine kurze

Strecke zwischen Mauern, Gitterzäunen, verschiedenen Gebäuden in normaler und Fertigbauweise zurück und hielt in der Nähe einer Baustelle fast genau unter einem riesigen gelben Kran an.
Es mußte sich um einen vorher festgelegten Ausgangspunkt handeln, der als Zwischenposten für das Kommando dienen sollte. Eines der Fahrzeuge stellte sich quer, und drei Mann nahmen, die Waffen in der Hand, entsprechend Aufstellung. Es handelte sich also auch um eine Kontrollstelle. Also mußte die ganze Operation mit weiteren Ausgangspunkten und Kommandostellen, die zweckmäßig im Kreis verteilt worden waren, auf alle Fälle die Durchführung eines Umzingelungsplanes oder einer Absperrung sein.
Aber nein.
Es handelte sich um eine konvergierende Erkundung.
Aber wovon? Auf der Suche wonach?
Er hätte es zu gern gewußt, aber niemand schien genau informiert zu sein. Es gab offenbar ein zweites »Nest«, das freilich noch unbekannt war und das es erst ausfindig zu machen galt.
Daher mußte man in aller Stille operieren und die Augen offen halten, um die geringste verdächtige Bewegung anzuzeigen. Nein, die geringste Bewegung überhaupt. Der Gebrauch der Waffen war ausdrücklich untersagt, wie auch jede persönliche Initiative verboten war. Und da keine Funksprechgeräte zur Verfügung standen (worüber Tropeano froh war, denn er hätte sie nicht bedienen können), mußte jeder Hinweis dem Kommandoposten dadurch übermittelt werden, daß man rasch zu Fuß zurücklief. Verstanden?
Ich würde es gern verstehen, dachte Tropeano, als er sich zu dem Feldweg aufmachte, der ihm und zwei der Carabinieri in Zivil, die zur Verstärkung in Privatwagen angekommen waren, zugeteilt worden war.
Diese Carabinieri beachteten ihn überhaupt nicht, sie sahen ihn nicht einmal an, vielleicht weil er noch wie ein Neuling wirkte, ganz im Gegensatz zu ihnen mit ihren harten, entschlossenen, erfahrenen Gesichtern. Sie mußten zu irgendeiner Spezialeinheit gehören, die auf das Ausheben von Nestern spezialisiert war. Es war ihnen nicht anzusehen, daß sie irgendwelche Waffen trugen, aber es war klar, daß das ganze Arsenal in den Taschen und unter den Achseln verborgen war.
Tropeano fiel absichtlich nach und nach ein wenig zurück, um zu sehen, wie sie es machten, um die Technik der Erkundung zu lernen. Aber er sah nichts, was er nicht schon selbst als kleiner Junge gemacht hatte. Die beiden kletterten auf die Mauern und spähten in die Höfe. Wenn sich die Fenster eines Gebäudes weit oben befanden, ruhten sie nicht eher, bis sie die Fensterbank erreicht hatten. Handelte es sich um einen

Gitterzaun, versteckten sie sich hinter den Latten und spähten hindurch. Wenn es eine kleine eingezäunte Villa war, gingen sie, der eine von rechts, der andere von links, drum herum.
Die Gegend lag völlig ausgestorben da, es war ja ein Industriegebiet, und es war Sonntag. Aber dort unten links hinter der verriegelten Baracke einer Autoverschrottung, jenseits des Gewirrs der bunten verbrannten Wracks und der Reifenstapel, zeichnete sich eine winzige unbewegliche menschliche Gestalt ab.
Eine Vogelscheuche?
Nein, ein Mann.
Ein Mann, der sich mit den Händen auf eine Hacke stützte. Jetzt nahm er seine Arbeit wieder auf und hob sein Arbeitsinstrument hoch gegen den Himmel.
Handelte es sich um eine verdächtige Bewegung?
Wahrscheinlich, denn ohne Tropeano auch nur das kleinste Zeichen des Einverständnisses zu geben, sprangen die beiden Carabinieri über den Zaun des Schrottplatzes und verschwanden zwischen den Wracks.
Tropeano beschloß, ihnen nicht zu folgen und allein weiterzugehen. Wenn das Nest sich dort befand, wäre diesen beiden aufgeblasenen Kerlen ein Neuling wie er sowieso nur im Weg gewesen. Wenn es sich dagegen um einen harmlosen Bürger handelte, einen Arbeiter oder so, der sonntags hierher kam, um sein Stückchen Land zu bestellen, war es unnötig, zu dritt auf ihn loszugehen.
Der Boden des Feldwegs war uneben und feucht, und nach wenigen Metern gabelte er sich. Tropeano ging nach rechts an einer alten Steinmauer entlang, die mit Efeu bewachsen und mit Glasscherben gespickt war. Am Ende der Mauer kamen die verrosteten Eisenbahnschienen wieder zum Vorschein, die hier nicht mehr in einem Graben, sondern zu ebener Erde verliefen. Da waren Gleise, die sich kreuzten, Weichen, Abzweigungen, die sich im Unkraut verloren. Eine ehemalige Bahnstation.
In größerer Entfernung, zwischen zwei Schutzdächern aus gewelltem Eternit, sah man die Bahnüberführung, auf der einer der Streifenwagen postiert war, auf der gegenüberliegenden Seite den gelben Kran, der eine Reihe sägenförmiger Dächer überragte. Von diesen Orientierungspunkten beruhigt, folgte Tropeano einem der Gleise, ohne auf seine Erkundungsgefährten zu warten. Was er da machte, konnte man nicht als »persönliche Initiative« bezeichnen, und was sein Vorgehen betraf, so geschah es ohne den geringsten Lärm. Und er hielt die Augen offen, blickte in alle Richtungen, ohne eine Einzelheit zu übersehen.
Von Schwelle zu Schwelle führte das Gleis näher an ein verrostetes, offensichtlich unbenutztes Schiebetor aus Blech heran. Rechts und

links eine Mauer.
Tropeano ging nach links auf ein Eckhäuschen zu, das an die Mauer angebaut war. Hier gab es nur einen Pfad, oder besser die Spur eines Pfads, der seit ewigen Zeiten nicht mehr benutzt schien und mit Bier- und Cola-Dosen übersät war.
Das eingeschossige Häuschen hatte ein Fenster, dessen Scheiben vom Staub geschwärzt waren; man brauchte sich die Nase nicht daran plattzudrücken. Leer.
Tropeano bog um die Ecke und befand sich vor einer Art Laufgraben zwischen zwei Mauern. Durch diesen Graben war noch niemand gegangen, die Erde war holprig und schlammig, mit vertrockneten Brennnesseln und nassem Gebüsch bestanden.
Das jauchzende, wahnsinnige Geschrei, das plötzlich in diesem engen Gang zu hören war, zeigte Tropeano an, daß Juventus den Ausgleich geschafft hatte. Aber einen Augenblick danach wurde ihm klar, daß irgend jemand nicht dem Befehl gemäß unter größtem Stillschweigen operierte. Wer? Wo?
Tropeano lief zurück, aber die beiden Carabinieri waren nicht zu sehen. Dann stürmte er wieder vor, wobei ihm voll bewußt war, daß er nun seine Augen besonders gut offenhalten mußte.
Die ohrenbetäubenden Ovationen gingen etwas gedämpfter weiter und kamen von der anderen Seite der alten Mauer her. Es mußte sich um einen verantwortungslosen Kameraden handeln, der im Rahmen der Konvergenz ... aber es konnte auch sein, daß ...
Die Mauer war hoch, solide und mit Stacheldrahtresten bedeckt. Aber nach ungefähr fünfzig Metern gab es eine Bresche, die nur notdürftig mit zwei kreuzförmigen Holzlatten geschlossen worden war. Tropeano blickte hindurch, und das, was er sah, schien ihm durchaus würdig, in raschem Lauf der Kommandostelle zugetragen zu werden.

12. Schauen war nicht gleichbedeutend mit Sehen

1

Schauen war nicht gleichbedeutend mit Sehen, Sehen nicht mit Verstehen. Der Lektion von vorhin war Santamaria noch eingedenk, als er nun hinter einem Bretterzaun stand und sich fragte, ob Genovese von diesem Punkt aus, durch diesen breiten Spalt, die Aktivitäten der INTERCARGO GmbH beobachtet hatte. Allerdings mußte man den Effekt der Dunkelheit und des Schnees berücksichtigen. Denn was zeigte sich heute, wo die Sonne von Zeit zu Zeit schien, dem Auge eines unvoreingenommenen Beobachters?
Nichts Unfaßbares. Nichts Dunkles.
In ihrer ausgezackten Nachlässigkeit erweckte diese Umzäunung nicht den Eindruck, als seien dahinter unsaubere Geheimnisse verborgen. Sie schien nach und nach mit verschiedensten Materialien ergänzt und notdürftig ausgebessert worden zu sein; durch die unzähligen Ritzen sah man zwei Industriegebäude von kläglicher Großartigkeit, die, eines an das andere angelehnt, seit mindestens einem halben Jahrhundert zusammen alt geworden waren. Ungefähr siebzig Meter davon entfernt ragte ganz für sich allein eine moderne helle und nüchterne Werkhalle empor. Außerdem sah man da und dort Garagen und Blechhütten, Schutzdächer mit Vorrichtungen zum Aufhängen von Fahrrädern, einen Lastwagenanhänger, einen kompletten Lastzug, der neben einer Laderampe aus Zement stand. Das bescheidene Schild neben dem (geschlossenen) Eingangstor lautete: »INTERCARGO GmbH, Spedition, Verpackung, Lagerung«.
Ein Transportunternehmen, das in einem ehemaligen Walzwerk, einer Gießerei, irgendeiner früheren Fabrik untergebracht war. Mehr war nicht zu sehen. Nur, daß dies der einzige Ort in der ganzen Umgebung war, wo sich etwas tat. Ziemlich viel sogar.
Die beiden alten Gebäude waren oben durch ein Gewirr von Rohrleitungen und weiter unten durch eine kurze, leicht abschüssige Galerie verbunden, deren unterer Teil aus Blech, der obere aus Glasbausteinen bestand. In beiden Richtungen bewegten sich darin halbe Männergestalten, die mit vorgestreckten Armen mühsam unsichtbare Karren schoben: Männer bei der Arbeit. Das war zu sehen.
»Wenn das Rauschgift ist«, sagte De Palma und nahm das Auge von seiner Ritze weg, »dann versorgt diese Fabrik hier das gesamte Sonnen-

system.«
Der Hauptmann Scarampi grinste zustimmend.
»Für ein Chemielabor genügt ein Kellerraum, eine Garage.«
»Und was machen sie sonst?«
»Wir wissen nicht einmal, ob sie es sind.«
Aus dieser Entfernung konnte man die Gestalten, die sich hinter den grauen Scheiben der Galerie bewegten, nicht erkennen. Jedenfalls waren sie aus der »Schwarzen Feder« aufgebrochen, um am Sonntag irgendwo irgend etwas zu tun, und zwar zwanzig bis fünfundzwanzig Personen.
»Sie sind es. Es kann nicht anders sein.«
»Wenn es tatsächlich ein Transportunternehmen ist«, sagte Scarampi, »dann machen sie vielleicht Überstunden. Irgendeinen dringenden Versand.«
»Wenn es nur eine Speditionsfirma wäre«, sagte Santamaria, »dann hätte die Frau es uns doch sagen können.«
Trotzdem fiel es einem schwer, die Atmosphäre geschäftiger Unschuld, geordneter, schweißtreibender Routine zu ignorieren: die beiden in ihren blauen Overalls, die kurz zuvor mit einem kleinen Radio in voller Lautstärke aus einer Baracke herausgekommen waren, der andere, der mit einem Eimer vorbeigekommen war, das Hin und Her der Transportarbeiter mit den Karren dort oben . . . eine Fassade? Aber wofür nur?
»Nun gut, machen wir ihnen einen überraschenden Besuch«, sagte De Palma.
Sie gingen auf den schlüpfrigen Wegen bis zu einem Durchgang zurück, den Graziano entdeckt hatte: An dieser Stelle wurde ein Teil des Drahtzauns hinter einem Schutzdach nur schlecht von verfaulten Pfählen gehalten. Längs der gesamten Umzäunung war alle fünfzig Meter ein Mann postiert, ein Aufgebot, das Santamaria jetzt übertrieben vorkam.
Übrigens nicht nur ihm, auch die anderen hatten sich bei der ausgebliebenen »Schlacht« um die »Schwarze Feder« gleichsam entladen, und obgleich die Situation es erfordert hätte, stieg nun das Aktionsfieber nicht recht, Nerven, Muskeln, Augen und Sehnen antworteten träg auf die Befehle, das Adrenalin schien aufgebraucht. Aber vor allem, dachte Santamaria, der (als dritter oder vierter) über den Zaun stieg, entwaffnet (täuscht?) uns unser Vorurteil, das Klischee der schwieligen Hand, des gebeugten Rückens, der Arbeitskleidung. Arbeit ist an und für sich ehrenhaft. Der Arbeiter rechtschaffen. Diese Männer, die sogar am Sonntag schuften, können nicht gefährlich sein, sie flößen uns keine Angst ein. Deshalb erfolgt der Angriff so widerwillig und schlep-

pend . . .

In leichtem Trab und ohne besondere Vorsichtsmaßnahmen verteilten sich die Bewaffneten zwischen den Gebäuden der INTERCARGO. Am hellichten Tag. Die da machen ihre Arbeit, wir die unsere. Alle sind wir Arbeiter.

Ja, man brauchte schon ziemlich viel Phantasie, um sich den gleichen Weg nachts im Schnee vorzustellen, wie ihn Genovese, wie ein Wolf den beiden Männern mit der Tüte folgend, zurückgelegt hatte. Vielleicht war auch er von dem gedämpften Getöse, dem Gehämmer, das aus einem der beiden gleichen Gebäude kam und an den erstickten Lärm der Polydialoge erinnerte, angezogen worden. Vielleicht hatte er sich demselben Gleittor, derselben kleinen Tür genähert, die links für den Durchgang der Arbeiter eingeschnitten worden war und deren mennigroter Flügel sich . . .

Ein Arbeiter im Overall kam heraus, machte noch zwei Schritte, bis er begriff, und als er verstanden hatte, befand er sich schon in Dalmassos Armen.

Kein Widerstand. Nicht einmal ein Schrei.

Und als Santamaria (als vierter oder fünfter) durch die Tür ging, fand er sich in einer stillen Kathedrale voller Standbilder wieder:

Standbild eines Mannes mit geöffneter Zange
Standbild eines Mannes mit erhobenem Hammer
Standbild eines Mannes mit großem Karton in den Armen
Statue eines Knienden, der einen Haken anbringt
Frauenstatue, die mit der Hand Papier zerknüllt
Standbild eines . . .

»Keine Bewegung!« schrie Dalmasso unangemessen laut und zerstörte das Museum.

Das aschfahle Standbild des Priotti bekam wieder Farbe. Die Statuen der Brüder Bortolon rannten über eine Treppe nach oben, wobei ihre schweren Schuhe auf dem Eisen widerhallten. Dalmasso stürzte über einen Laufsteg hinter ihnen her, Scarampi gab (unangemessenerweise?) einen Revolverschuß gegen die weit entfernte Decke ab. Aus allen Winkeln der Kathedrale hallten unerträgliche Echos, die das verzweifelte »Nein, nein!« Priottis und eines anderen Mannes dort oben übertönten, der sich erschreckt mit ausgebreiteten Armen aus der Kabine eines wackeligen Krans herauslehnte. Auch Dalmasso, den einer der Bortolon am Ende des Laufstegs umklammert hielt, während der andere mit einer Eisenstange ein-, zweimal auf ihn einschlug, schrie auf. Dann war alles nur noch ein Gewirr aus Armen, Beinen, Uniformen, weißen Schulterriemen, Visieren, Maschinengewehrkolben, schwarzen Stiefeln und Fäusten.

»Nein, nein, laßt doch!« schrie Priotti und rannte los. Aber plötzlich machte er wie ein verrücktgewordenes Insekt kehrt und lief auf Santamaria zu.
Pastorello packte ihn brutal, stieß ihm die Pistole in den Leib, legte ihm Handschellen an. Die Carabinieri, die Polizisten, Grazianos Freunde sausten in blindem Durcheinander herum. Aber auf einmal, als wäre in Wirklichkeit alles ein streng geregeltes Spiel gewesen, kam jegliche Bewegung zum Stillstand, und jeder der Männer im Overall stand wieder unbeweglich an seinem Platz, einen Wächter an seiner Seite. Alle Standbilder hatten sich jetzt gleichsam verdoppelt.
Das Handgemenge auf dem Laufgang löste sich mit einem letzten heftigen Stoß auf, Dalmasso lehnte, von einem Carabiniere gestützt, schlaff am Geländer. Die Eisenstange rollte klirrend davon und fiel mit einem orchestralen Bumser, der an ein Finale à la Berlioz erinnerte, nach unten. Pastorello war außer sich vor Wut.
Er ergriff hastig die Stange und stürzte sich auf die beiden Bortolon, die mit Handschellen gefesselt keuchend die kleine Treppe herunterkamen. Beide bluteten an der Stirn und aus der Nase, ihre Pullover waren zerrissen, die Gesichter blutunterlaufen und verschwollen.
»Halunken!« brüllte Pastorello und ging auf sie los, »Hurensöhne!« Wie ein wildes Tier, zu allem fähig.
Einen Augenblick zu spät stürzte De Palma vor, um ihn zurückzuhalten, versuchte, ihn um die Taille zu fassen, während die beiden Festgenommenen kläglich die gefesselten Handgelenke hoben, um ihre Köpfe zu schützen.
»Sie haben ihn umgebracht!« schrie Pastorello mit Schaum vor dem Mund.
Er schlug zu, der fürchterliche Hieb traf jedoch nur das Geländer.
»Halt, zurück!«
»Ich bring' sie um, ich mach' sie nieder, diese Schweine!«
Die Bortolon sackten zusammen, die Augen vor Angst verdreht. Die Bestie stürzte sich, die Stange mit der blauunterlaufenen Faust umklammert, auf sie. Alle drängten sich auf diesem kleinen Raum zusammen und bildeten eine vibrierende, röchelnde Menschentraube. Trotzdem hörte man die Stimmen, das Flehen der beiden, ihren heiseren Protest, es sei ein Irrtum gewesen, sie hätten nicht geahnt, sie hätten ihn nicht umbringen wollen, sie hätten doch nicht wissen können, daß er ein Carabiniere war, für einen Dieb hätten sie ihn gehalten, sie hätten geglaubt, sie hätten einen Dieb gefaßt, sie hätten ihn lediglich stellen wollen, sie hätten nur . . .
Plötzlich bemerkten sie, daß sie sich auf dem Grund eines Brunnens befanden, in dem abgrundtiefes Schweigen herrschte. Über den Brun-

nenrand schauten Gesichter herein, die nicht mehr wild und verzerrt waren, sondern aufmerksam zu ihnen hinabsahen.
»Ach«, stellte Pastorello fest, der auf magische Weise wieder Mensch geworden war, »ihr seid es also gewesen.«
Er trocknete sich ruhig die Stirn ab und hielt ihnen die Eisenstange unter die Nase.
»Hiermit?«
»Nein«, sagte einer der Brüder, »er mit einem Engländer, ich hatte einen Totschläger aus Bronze.«

Dalmasso kam, von seinem Kollegen gestützt, die Treppe herunter, das Gesicht schmerzverzerrt. Die Hiebe hatten ihn am Schulterblatt und am Halsansatz getroffen, aber es schien nichts gebrochen zu sein.
»Tüchtig«, sagte De Palma zu ihm.
»Sonst wären sie uns entwischt, Dottore«, erklärte Dalmasso.
Er selbst schien sich darüber zu wundern, daß seine Stimme wie die eines Sterbenskranken klang.
»Du hast sie gut gestellt, tüchtig.«
»Heiligste Madonna, tut das weh.«
»Wir bringen dich in die Krankenstation.«
Dalmasso wankte nach vorn, blieb einen Schritt vor Priotti stehen, musterte ihn.
»Sieh dir den mit seinem Schlüssel an«, murmelte er in seinem Dialekt, »sieh ihn dir doch an, den Sakristan.«
Das war seine Rache. Schließlich hatte er doch recht behalten.

2

Diese Kathedrale war zweifellos nicht barock, aber auch nicht gotisch oder romanisch, sondern ein einfacher rechtwinkliger Bau. Eine kubistische Kirche, hätte der Verleger vielleicht gesagt. Kirchenschiffe voller Kisten und Kasten, Türme aus Containern, Gänge aus Schachteln, steile Treppen aus metallenen und hölzernen Lattenkisten, übereinandergehäufte Kanten und harte Profile, soweit das Auge reichte. Von nüchternen beweglichen Querbrücken hingen gigantische Ketten mit titanischen Haken herab.
Sicher waren es nicht diese Linien, diese Strukturen und diese Einrichtung, die an Santa Liberata erinnerten. Aber die Schatten schon, dachte der Kommissar, sie gestatteten einen Vergleich. Diese Schatten (schließlich hatte er ein Recht, so zu denken) waren dieselben. Santa Liberata mal hundert, mal tausend.

An der Wand weit im Hintergrund befand sich auf halber Höhe ein Führerhäuschen aus Glas, ein kleines Büro vielleicht oder eine Kontrollkabine. Auf dem Boden standen zwei ähnliche Kabinen genau gegenüber, durchsichtig und zerbrechlich inmitten dieser Masse fester Körper. In einer von ihnen, die mit Schreibtischen, Stühlen, Telefon, Schreibmaschinen und kleinen Schränken ausgestattet war, verhörten die Carabinieri die Bortolon, nachdem sie die beiden dort tätigen Frauen hinausgeschickt hatten.

Die Mörder des Maresciallo Genovese waren gefunden; jetzt ging es darum, Minute für Minute, Geste für Geste, das Wann und das Wie dieses festumrissenen Geheimnisses zu rekonstruieren. Das Warum (die gewundene Kette der »Warums«, die an einem entfernten Punkt ihren Anfang genommen hatte und hier, in diesem noch unentzifferten Topos, geschlossen worden war) mußten sich dagegen die Männer erklären, die von Anfang an etwas geahnt, einen vagen Verdacht gehegt und hartnäckig die wahren Zusammenhänge der ganzen Nacht verfolgt hatten.

De Palma machte sich mit mehreren Unteroffizieren und Graziano auf, um das angrenzende Gebäude in Augenschein zu nehmen. Guadagni und Pastorello gingen mit anderen hinaus, um die neue Werkhalle und die im Hof verteilten Baracken zu inspizieren. Und Santamaria blieb an Ort und Stelle, um zu überlegen, was das um ihn herum sein konnte: lediglich eine Fassade, die Tarnung anderer mysteriöser Aktivitäten, oder die Wirklichkeit, die Essenz des Ortes selbst, der INTERCARGO Gesellschaft mit beschränkter Haftung, Spedition, Verpackung, Lagerung hieß.

Nachdem das Tor weit geöffnet worden war, wurde der Hof zu einem Autopark; ein breitbeinig dastehender Polizist dirigierte die hellblauweißen Streifenwagen und die blauen Gazellen der Carabinieri zu den entsprechenden Abteilungen. Der Fahrer des Einsatzwagens beugte sich heraus, um seinen Kollegen zu hänseln.

»Dir fehlt bloß noch eine Signalscheibe.«

»Beeil dich doch, Krankenwärter.«

Der Kollege wies mit dem Daumen auf ein Fahrzeug, aus dessen Wagenschlag Dalmassos Füße, der halbausgestreckt ohne Uniformjacke darin lag, heraushingen.

Die Pietrobono und Thea stiegen aus, beugten sich über ihn.

»Wir müssen ihn zur Unfallstation bringen«, sagte die Pietrobono.

Dalmasso öffnete die Augen und schüttelte den Kopf, aber sein Gesicht zog sich vor Schmerzen zusammen.

»Es tut nur weh, gebt mir ein ...«

Die Grimasse endete in einem Röcheln. Die Pietrobono ließ ihn in den Einsatzwagen transportieren und auf einen der Sitze legen. Der Erste-Hilfe-Koffer war schon geöffnet.

»Ich mache dir jetzt eine Spritze, aber nachher mußt du ins Krankenhaus, sonst bekommst du einen Höcker wie ein Kamel, du hast einen fürchterlichen Schlag abbekommen.«

»Zwei«, sagte Dalmasso schwach und versuchte, seinen Hosenbund zu öffnen. Thea half ihm dabei, während die Pietrobono mit der Spritze hantierte.

»Haben Sie zwei Schläge abbekommen?«

»Ich habe sie alle zwei geschnappt«, hauchte Dalmasso. »Sie haben gestanden.«

»Die mit der Papiertüte?« fragte Thea. »Die zwei aus der Kirche?«

»Das weiß ich nicht. Jedenfalls waren es zwei kräftige Kerle.«

»Alle Achtung«, sagte Thea.

Die Pietrobono führte entschlossen die Nadel ein.

»Au«, machte Dalmasso mit seiner normalen Stimme.

Thea streichelte ihm das Gesicht.

»Anästhesie«, lachte die Pietrobono, »gleich eine doppelte.« Auch sie streichelte ihn.

»Jetzt bleibst du einen Moment ruhig hier liegen, dann bringen wir dich –«

»Nein, nein, mir fehlt nichts, ich stehe zur Verfügung, ich will –«

»Es ist gut, ist ja gut, bleib ruhig liegen, in Kürze sehen wir wieder nach dir.«

Die Mädchen stiegen aus, schlossen sanft die Tür des Einsatzwagens, und ohne sich auch nur einen Blick des Einverständnisses zuzuwerfen, steuerten beide entschlossen auf die Kathedrale los. An der kleinen Tür stand Tropeano, Michele, Wache; mit einem Lächeln, das die Ausmaße eines Fußballstadions angenommen hatte, ließ er sie passieren, gab seine unklar definierte Aufgabe einfach auf und sprang stolz und gutgelaunt hinter ihnen hinein.

3

Bei einem raschen Rundgang hatte Santamaria feststellen können, daß die Lagerungen real und von eindrucksvollem Umfang waren, real waren das Ein- und Auspacken, die Etikettierungen, das Be- und Entladen, das durch die Ankunft der Polizei jäh unterbrochen worden war. Auch die Natur der Waren war klar; ihre Bestimmung (über ihre Herkunft gab es keinen Zweifel) würde sich leicht herausfinden lassen, wenn auch die Angaben, die auf die Kisten und Kasten aufgedruckt oder geklebt und an den Containern mit Metall- oder Plastikstreifen angebracht waren, zweideutig waren. – Nein, das Unwirkliche an der INTERCARGO waren nicht ihre Aktivitäten, sondern die INTERCARGO selbst. Wer war der Auftraggeber dieser eifrigen Arbeitnehmer? »Niemand ... Ich weiß es nicht ... Es ist eine Genossenschaft ...« waren die einzigen Antworten, die der Kommissar aus den »Arbeitern« herausbringen konnte.

»Wir machen Schwarzarbeit, wir sind nicht in der Gewerkschaft«, sagten die beiden weiblichen »Angestellten« aus dem Glashäuschen mit einer Miene, als würden sie etwas so Ungeheuerliches eingestehen, daß sich jede weitere Präzisierung erübrigte.

Und was den Namen INTERCARGO anging, so fand er sich außer auf dem Schild am Eingang nirgendwo sonst. Eine Gesellschaft mit nicht existenter Haftung, eher als mit beschränkter.

Santamaria kehrte zu Priotti zurück, der mit Handschellen gefesselt dastand und die eisige, finstere, verschlossene Miene eines Menschen an den Tag legte, der nur unter allergrößten Schwierigkeiten zugeben wird, daß er überhaupt jemals geatmet hat. Aber wie jede Lüge, zog auch jede Wahrheit viele andere nach sich. Das Problem lag darin, das erste Eingeständnis zu erreichen. Und daher, dachte der Kommissar, mußte man ihm einen plausiblen Ausweg vorgaukeln, ihm wenigstens eine klare Verhaltensstrategie vorgeben. Man konnte es, überlegte er weiter, mit der *bagna*, der Tunke, versuchen.

»Sie, Priotti«, sagte er mit der Andeutung eines Lächelns und einer verständnisvollen Kopfbewegung beiläufig, »scheinen mir ein wenig in der Tunke zu sitzen.«

Bagna war der Ausdruck der lokalen Umgangssprache, der auch die komplexesten, katastrophalsten Ereignisse von der Vertreibung aus dem Garten Eden bis hin zum Untergang des Römischen Reiches entdramatisierte, sie auf häusliche Dimensionen reduzierte. Gleichzeitig enthielt der Ausdruck auch eine deutliche Komponente der Entlastung: Wer in der *bagna* saß, war im allgemeinen durch die Schuld der anderen hineingeraten, war implizit ein Opfer.

Priotti antwortete mit einem Brummen, aber seine Erleichterung war deutlich zu spüren. Santamaria machte dem Polizisten, der Priotti bewachte, ein Zeichen, er solle ihm die Handschellen abnehmen.

»Nur Mut«, schlug er gutmütig vor, »machen wir zusammen einen Rundgang.«

Er setzte sich gemächlich in Bewegung, während Priotti den Bortolon einen letzten ängstlichen Blick zuwarf, wie sie da in dem Glaskäfig saßen, während vier oder fünf Carabinieri sie wie Haie umkreisten. Die beiden da hatten ihr erstes Zugeständnis schon gemacht.

Hatten sie bemerkt, daß sie verfolgt wurden, wollte der Carabinieri-Hauptmann wissen.
Nein. Als Priotti sie aus der Kirche weggeschickt hatte, waren sie in ihr Lieferwägelchen gestiegen und direkt in die Pizzeria in der Via Tunisi gefahren.
Wie lange waren sie dort geblieben?
Ach. Eine halbe Stunde vielleicht, eine Stunde.
Und in der Zwischenzeit hatten sie nichts bemerkt?
In der Zwischenzeit?
In der Pizzeria. War niemand kurz nach ihnen hereingekommen? Nachdem sie den Maresciallo umgebracht hatten, war es ihnen da nicht so vorgekommen, als hätten sie ihn vorher schon einmal gesehen?
Nein. Und dann hatten sie ja nicht gewußt, daß es ein Maresciallo war, sie hatten in gutem Glauben gehandelt, bevor sie den Ausweis in seiner Tasche gefunden hatten ...
Also gut, und nach der Pizzeria?
Da waren sie hierher ins Lager gekommen.
Um wieviel Uhr?
So um Mitternacht herum. Vielleicht auch schon gegen elf.
Zu welchem Zweck?
Das Übliche, ein Schwatz mit Oreste, eine Zigarette, ein Glas Wein. Bisweilen ein Kartenspiel. Die üblichen Dinge.
Wer war Oreste? erkundigte sich der Carabinieri-Leutnant.
Der da draußen mit dem weißen Haar, der vorhin die Etiketten aufklebte.
War er der Nachtwächter?
Jawohl, so eine Art. Aber manchmal machten es auch andere, man wechselte sich ab.
Und Freitagabend war nur Oreste dagewesen?
Nein, auch Saracco, der war aber dann gegangen.
Wer war Saracco? Wo befand er sich jetzt?
Von hier aus konnte man ihn nicht sehen, er mußte in der neuen Werkhalle sein, in der Druckerei. Er war früher Drucker gewesen.
Und was hatte er Freitagnacht hier zu tun?
Auch er war hierhergekommen, um mit Oreste zu plaudern, Dame zu spielen, die Zeit herumzubringen.
Und dann war er gegangen?
Ja, fast sofort. Er wohnte hier in der Nähe.
Und von der Pizzeria bis hierher hatten sie keinen Wagen, keine

Scheinwerfer hinter sich bemerkt?
Nein, sie hatten nur auf die Straße geachtet, der Wagen war gerutscht, sie hatten keine Ketten auf den Reifen.
Und wo hatten sie den kleinen Lieferwagen abgestellt?
Hier im Hof.
Und dann hatten sie das Tor wieder zugemacht?
Ja. Priotti sagte immer, man mußte achtgeben, man konnte nie wissen.
Und wohin hatten sie sich mit Oreste gesetzt?
In Orestes Baracke dort draußen, das war außer der von Priotti die einzige, die man heizen konnte.
Priotti hatte eine eigene Baracke?
Ja, mit seinen Sachen, seinen Werkzeugen und einem eigenen Öfchen. Auch eine kleine Matratze für den Notfall war da.
Sie waren dann also alle drei in Orestes Baracke gewesen. Wer hatte den Maresciallo Genovese bemerkt?

Von den beiden anderen Toten wurde nicht gesprochen, aber diese Zurückhaltung, dieses ausweichende Verhalten schien einzig und allein von Kommissar Santamaria auszugehen. Sein Blick irrte zerstreut zwischen den massiven Parallelepipeden umher, sein Schritt war unsicher, sein Weg planlos, launig. Und seine Fragen schienen von der oberflächlichen Neugier eines Banausen bestimmt.
»Und was ist das?« sagte er, blieb stehen und betrachtete eine lange Stahlbank, die mit einer Reihe von Gegenständen beladen war.
»Das ist ein Förderband«, erklärte Priotti, »es dient zum Transport der Stücke.«
»Des Ladeguts?«
»Nein, der produzierten Teile, als dies hier noch eine Gießerei war.«
Diese technischen Fragen hatten Priotti irgendwie befreit, nach und nach hatte er wieder zu gestikulieren begonnen.
»Und seit wann arbeiten Sie hier?«
»Seit kurzem. Nicht einmal seit einem Jahr.«
»Und vorher?«
»Was vorher?«
Santamaria unterbrach sich, zeigte auf einen der »Arbeiter«, der mit seinem Carabiniere an der Seite ruhig vor einem Stapel Faltkartons stand.
»Wer ist das?«
»Das ist Ajmo. Er macht die Kartons, wissen Sie, diese Schachteln . . .«
»Ich verstehe. Und auch er ist erst seit kurzem hier.«
»Ja.«
»Kannten Sie ihn schon von früher?«

»Von früher?«
»Kannten Sie ihn, oder kannten Sie ihn nicht?«
»Ich kannte ihn, ja.«
»Und Sie haben ihm diese . . . Arbeit besorgt?«
»Na, Sie wissen ja, wie es so geht, man kommt ins Gespräch, wir müssen doch alle unsere Einnahmen ein wenig aufbessern, bei dem, was das Leben heute kostet . . .«
»Kommt wo ins Gespräch?«
»Was weiß ich, bei einer Partie Boccia oder bei einem Glas . . .«
»In der ›Schwarzen Feder‹ zum Beispiel.«
»Ja, genau.«
Santamaria sah sich um wie ein Tourist, der sich verirrt hat, bog nach links ab an einer Reihe orangefarbener Karren entlang. Und zum erstenmal setzte er die Fußspitze in die Tunke.
»Oder in der Kirche zum Beispiel.«
»In der Kirche?«
»In Santa Liberata. Kam auch Ajmo dorthin?«
»Mag sein, daß er auch mal dagewesen ist.«
»Als diese berühmten Konzerte stattfanden«, half ihm Santamaria lächelnd, »als es diese Arbeitskapelle und diese Polydialoge noch gab?«
»Ja, mehr oder weniger zu dieser Zeit.«
»Kamen alle dorthin?«
»Wer alle?«
»Alle, die hier arbeiten.«
Priotti seufzte. Er tat es oft, geduldig, resigniert, philosophisch, wie es sich für einen Piemonteser gehörte, der in der Tunke saß.
»Nein, schön wär's. Manche haben sich nicht mehr gemeldet, andere sind in ihren Heimatort zurückgekehrt, andere sind inzwischen gestorben. Was wollen Sie, schauen Sie mal, alle haben weißes Haar hier, das sage ich nicht bloß so.«
»Ich habe es bemerkt. Alles Rentner?«
»Mehr oder weniger. Alles Leute, die ihre Einnahmen ein bißchen aufbessern müssen bei der herrschenden Inflation. Das Leben ist hart, besonders wenn man nicht mehr . . .«
»Werdet ihr denn regulär bezahlt?«
»Ja, das ja, alles in Ordnung, alles regulär.«
»Wer macht die Lohnauszahlungen?«
»Die zwei Büroangestellten, zwei Frauen, die schon vorher –«
»Wann vorher?«
»Bevor sie in Rente gingen, waren sie schon auf dem gleichen Gebiet tätig.«
»Gehören sie auch zur Bande?«

»Welcher Bande?«
Santamaria zog den Fuß wieder zurück.
»Ich wollte sagen, zu der Gruppe, entschuldigen Sie. Zu den Senioren von Santa Liberata. Kamen auch die beiden Frauen dorthin?«
»Ich kann mich nicht daran erinnern, aber es ist möglich, wo doch die eine die Schwägerin von Masoero ist und die andere –«
»Masoero? Noch einer aus Piemont. Alles Piemonteser, was?«
»Ja, aber das ist reiner Zufall, die Bortolon stammen beispielsweise aus Venetien, und Lorenzoni kommt aus –«
»Und die Signorina Caldani kennt sie alle?«
»Nun, sie, in der Zeit, als sie in die Kirche gekommen sind ...«
»Und die Caldani ist niemals hier gewesen?«
»Nein, wozu denn? Sie war nur in der Kirche. Und außerdem, das sage ich nicht bloß so, trinkt sie doch ...«
»Trotzdem kann sie uns sicher was über diese Senioren erzählen. Wir haben sie holen lassen, sie wird gleich da sein.«
»Ah«, machte Priotti.
Er schien die Information in seinem Kopf hin und her zu wenden, dann zuckte er die Achseln.
»Und der Ingenieur Vicini, kommt der auch her, hier zur INTERCARGO?«
»Oh, der ...«
»Was der?«
»Wissen Sie, er ist doch Ingenieur, und hier drinnen ...«
»Kommt er nun, oder kommt er nicht?«
»Mag sein, daß er irgendwann einmal dagewesen ist«, sagte Priotti und ließ sich alle Möglichkeiten offen.
»Wissen Sie, ich frage mich nämlich, ob die Bortolon diese Pistole nicht ihm gegeben haben.«
»Was für eine Pistole?«
»Die vom Maresciallo Genovese. Haben die Bortolon Ihnen nichts davon gesagt?«
»Nein, sie haben mir nur am nächsten Morgen von dem Unglücksfall erzählt, aber ob sie Vicini eine Pistole gegeben haben, weiß ich nicht. Ich weiß nicht einmal, ob Vicini hier war, aber das kann schon sein. Ich selbst war ja schließlich im Polizeipräsidium, nicht wahr?«

Und die Pistole vom Maresciallo? sagte der Carabinieri-Hauptmann. Wo war die hingekommen?
Was wußten sie denn! Sie hatten sie nicht genommen. Keine Ahnung. Hatten sie sie versteckt? Weggeworfen? Hatte Oreste sie an sich genommen?

Sie wußten es nicht, sie hatten nicht mehr daran gedacht.
Wer hatte den Maresciallo nach der Tat durchsucht?
Sie konnten sich nicht mehr entsinnen, sie erinnerten sich nur noch, daß auf einmal alles, was der Tote in der Tasche gehabt hatte, auf der Erde gelegen hatte, Zigaretten, Pistole, Papiere, Schlüssel.
Waren auch die Wagenschlüssel dabei gewesen?
Ja, mit dem VW-Zeichen, und so waren sie hinausgegangen, um den Wagen zu suchen, sie wußten ja nun, daß es ein VW war. An der Bahnüberführung hatten sie ihn dann auch gefunden.
Und wie war der Maresciallo in das Fabrikgelände hineingekommen?
Wie konnten sie das wissen! Es schneite, die genaue Stelle hatten sie nicht gefunden. Aber der Zaun war voller Löcher.
Also dann: Sie waren in Orestes Baracke gewesen, hatten geredet, getrunken, und das Radio lief. Dann war Paolo Bortolon hinausgegangen, um aus ihrem Lieferwagen zwei Flaschen zu holen, die sie in der Pizzeria gekauft hatten, und als er zum Lager hinüberschaute, hatte er ein Licht gesehen, das sich bewegte.
Ja, und er hatte Pietro gerufen, wie schon gesagt. Und beide hatten sie die Schuhe ausgezogen, bevor sie hineingegangen waren.
Und Oreste war in der Baracke geblieben.
Jawohl, er war ein Hasenfuß.
Hatte er als Wächter denn keine Pistole? Gab es denn bei der INTERCARGO keinerlei Waffen?
Nein, der Herr, sie waren keine Gangster, also nie Waffen. Früher hatten sie einen Wolfshund gehabt, aber er war überfahren worden.
Gut. Also: Sie beide waren auf Strümpfen ins Lager geschlichen und Genovese, der in der Linken die Taschenlampe und in der Rechten die Pistole hielt, einige Zeit gefolgt.
Aber in der Tasche. Er hatte die rechte Hand in der Tasche gehabt, sonst hätten sie . . .
Wie hatte sich der Angriff genau abgespielt?
Ganz leise hatten sie einen Bogen gemacht, um ihn zu überholen und von vorn zu stellen, wenn er aus einem der Glashäuschen herauskäme. Er war in einen Korridor mit Borsten eingebogen.
Borsten?
Hier nannten sie sie so, Borsten oder Schweinchen. Das waren die Deckel für die Getriebegehäuse. Es war gerade eine große Ladung davon da.
Waren sie handgemein geworden?
Handgemein?
Hatte Genovese sich verteidigt, hatte er sich zur Wehr gesetzt?
Sakrament, und ob. Ein solch kräftiger Kerl. Sie hatten ihn nur stellen

wollen, ihn fragen, wer er denn wäre, was er um diese Zeit hier drinnen zu suchen hätte, aber er hatte sofort angefangen, um sich zu schlagen, Fausthiebe, Fußtritte, Stöße mit dem Knie in die ...
Hatte er sich nicht ausgewiesen?
Wie?
Hatte er nicht gesagt, daß er ein Carabiniere im Dienst war?
Geschrien hatte er, aber auch sie hatten geschrien, und so konnte man in der Kabine nichts mehr verstehen und auch nichts mehr sehen, denn die Taschenlampe war hingefallen. Deshalb war das Unglück passiert, wegen der Dunkelheit.
Aber wie hatten sie ihn treffen können, wenn sie nichts sahen?
Sie hatten versucht, ihn unten am Boden zu halten und dabei ...
Nein, den Hergang der Tätlichkeiten mußten sie genauer präzisieren.
Wie?
Hatten sie ihm zugerufen, stehenzubleiben, oder hatten sie sich ohne Vorwarnung auf ihn gestürzt?
Ohne Warnung, aber er hatte die Pistole gezückt, und daher hatten sie ...
Nein, an diesem Punkt mußte man sich an den Tatort begeben, um genau die betreffenden Positionen und Gesten zu rekonstruieren. Man mußte die Szene an Ort und Stelle in ihren kleinsten Einzelheiten wiederholen.

»Aber wie schon gesagt, es ist immer ziemlich viel los, hier geht es rund«, wiederholte Priotti, »Lastwagen, die ankommen, abfahren, manchmal komme ich nicht einmal dazu, aufs Örtchen zu gehen, um gar nicht erst von den Scherereien zu reden, die ein Lückenbüßer wie ich –«
Er unterbrach sich und zog an der Zigarette.
Sie saßen am Rand einer Art Schwimmbecken, eines großen rechteckigen Feldes, das einen halben Meter tief in den Fliesenfußboden eingelassen war; darin befanden sich gußeiserne Sockel und Stahlpfannen, die früher einmal zur Maschinenausrüstung der Gießerei gehört hatten. Auf drei Seiten um sie herum türmten sich Berge von Lattenkisten, und um das Becken herum lagen andere Kästchen verstreut, von denen einige leer, andere mit den verschiedensten Schrotteilen aus Aluminium, Holz, Eisen und Plastik gefüllt waren.
»Priotti«, sagte der Kommissar, »Sie halten mich wohl für einen Trottel?«
»Ich?« protestierte Priotti, alarmiert und betrübt.
»Sie sind möglicherweise ein Lückenbüßer, aber Sie können mir nicht weismachen, daß Sie nicht wissen, was hier drinnen vor sich geht.«

»Aber mir hat der Ingenieur niemals etwas gesagt, er hat mich nie in das Warum und das Wie eingeweiht ...«
Seine Mundwinkel fielen klagend herab, die Schultern zuckten nichtsahnend; auch körperlich wollte er demonstrieren, wie unbedeutend, wie unwichtig er war. Er verkörperte die Rolle, die der Kommissar ihm vorgegeben hatte, perfekt: die Rolle des ahnungslosen Opfers. Des gar zu ahnungslosen.
»Und Sie haben ihm nie irgendwelche Fragen gestellt, dem Ingenieur?«
»Ich, nein.«
»Und Sie wollten nie wissen, ob ...«
»Ich nicht, ich bin niemals besonders neugierig gewesen. Man gibt mir Arbeit, und ich mache sie. Man gibt mir Anweisungen, und ich führe sie aus, so gut ich kann«, sagte Priotti mit einem gewissen proletarischen Stolz.
»Ohne jemals Fragen zu stellen. Ohne sich selbst irgend etwas zu fragen.«
»Ich, nein, was mich angeht ...«
»Don Pezza fliegt in die Luft, und Sie machen sich keine Gedanken.«
Priotti machte einen langen Zug.
»Ein armer Irrer, der aus der Kirche ins Lager eilt, von der INTERCARGO nach Santa Liberata, ohne irgend etwas zu sehen oder irgendeinen Verdacht zu schöpfen. Das ist es doch, was Sie mir weismachen wollen?«
Priotti schwieg weiterhin hartnäckig.
»Wie Sie wollen, Priotti. Kommen Sie aber später nicht und sagen, ich solle Sie aus der Tunke herausholen. Wir werden uns jetzt einmal genau ansehen, um was für Geschäfte es hier geht, und dann werden wir von uns aus entscheiden, was Sie damit zu tun hatten und was nicht, was Sie wußten und was nicht.«
Priotti rauchte mit finsterer Miene.
»Warum erzählen Sie mir statt dessen nicht selbst eine Geschichte, die stichhaltig ist?«
Priotti warf die Zigarette weg und sah auf seine Füße hinunter, als steckten sie tatsächlich in einer klebrigen Soße.
»Don Pezza ...« begann er.
»Na, also«, ermutigte ihn der Kommissar, »fangen wir bei Don Pezza an.«
»Und der Ingenieur Vicini ...«
»Don Pezza und der Ingenieur Vicini. Gut so. Gehörte ihnen die INTERCARGO?«
Unter Anstrengung nickte Priotti, langsam zustimmend.
Er ließ sich eine weitere Zigarette anbieten und zündete sie an. Aber

seine Miene wurde wieder verschlossen, als er De Palma näher kommen sah.
Santamaria mußte ihn von neuem ermutigen.
Keine Angst, lächelte er ihm ermunternd und beruhigend zu. Doktor De Palma war ein Freund.

4

Im Gemüt des Polizisten Tropeano kämpften widersprüchliche Gefühle miteinander: einerseits Zufriedenheit und Stolz, die beiden Kolleginnen zu eskortieren (besonders die eine, die, wie er jetzt erfahren hatte, Thea hieß), andrerseits die Sorge, unerfahren und provinziell zu wirken, wenn er sich von diesem erstaunlichen Ort beeindruckt zeigte, und drittens das echte Erstaunen, in das ihn dieses »Nest« versetzte, je mehr er davon sah.
»Es ist, als ginge man in einer unbekannten Stadt spazieren«, sagte Thea und hob die Nase in die Luft.
Es war tatsächlich so. Unter dem entfernten hohen Dach kreuzten sich Straßen, Schnellstraßen, Brücken, breite Alleen, Gassen, öffneten sich in wechselndes Halbdunkel getauchte Plätze, Kreuzungen, Erweiterungen.
Tropeano spielte einen Augenblick mit dem Gedanken, den Hinweis auf den Stadtbummel auszunutzen und sich bei seinen Gefährtinnen einzuhängen. Einfach so, als wäre es die natürlichste Sache der Welt. Er beschränkte sich jedoch darauf, mit zögernder Kompetenz zu bemerken:
»Es handelt sich um ein Lager.«
Aber ein solches Lager hatte er noch nie gesehen; in seiner Heimat, in Süditalien, sahen Lager ganz anders aus, und sie rochen auch anders. Hier drinnen herrschte ein unfaßbarer, vermischter, stechender, unerklärlicher leichter Nebel. Der Geruch nach Industrie.
»Aber was für eins denn, was sind das alles für Sachen?«
Die Blöcke, Häuserreihen, die aus Kisten und Kasten aufgetürmten Wolkenkratzer schienen alle undefinierbare Metallgegenstände zu enthalten.
»Produktion«, erklärte Tropeano sicher. Und er präzisierte: »Industrieproduktion.«
Vor ihnen rechts an einer Kreuzung sahen sie eine Reihe Carabinieri in Uniform. Auch ein Hauptmann war dabei.
»Da sind sie, sie sind es«, flüsterte Thea und blieb stehen.
»Wer?« fragte die Pietrobono.

»Die Bortolon, die mit den Handschellen.«
»Die mit der Tüte?«
»Ja, ich erkenne sie ganz genau.«
»Sie sind gerade bei der Rekonstruktion.«
Welche Tüte? Welche Rekonstruktion? Tropeano wagte nicht zu fragen, und während die beiden Mädchen aufgeregt miteinander tuschelten, die Augen starr auf die Gruppe gerichtet, die dort hinten schweigend das Drama wiederholte, lehnte er sich an einen Stapel Lattenkisten aus Aluminium und zündete sich eine Zigarette an. Er fühlte sich ausgeschlossen, verzweifelt in seiner Rolle als Neuling.
Auf dem Rand einer dieser Kisten, eine Handbreit von seiner Nase entfernt, war in Schwarz das Wort »Fiat« aufgestempelt. Träge stellte Tropeano fest, daß alle anderen Kisten oben, unten, rechts und links von ihm an der gleichen Stelle den nämlichen Stempelaufdruck hatten. Er gab seine Stellung auf, ging ein paar Schritte. Immer wieder Fiat. Er ging zehn, zwanzig Meter weiter. Immer noch Fiat. Er kehrte auf der anderen Seite des Korridors zurück, wo sich Kisten aus Tannenholz befanden. Auf jeder war der gleiche schwarze Stempel: Fiat.
Als die Mädchen sich entschlossen, den Spaziergang fortzusetzen, und nach links abbogen, um die Carabinieri nicht zu stören, sah Tropeano, daß auch an dieser Stelle alle Behälter die gleiche Aufschrift trugen.
»Das ist alles Material von Fiat«, sagte er nach einiger Zeit und deutete arglos, gleichsam mit Besitzerstolz, in die Runde.
Aber die Mädchen beachteten ihn nicht, sie liefen ganz aufgeregt auf eine Gruppe von Männern zu, die mitten auf einem weiten Platz zwischen Kisten standen und redeten.
Es war genau wie in seinem Heimatort, alle trafen sich auf der Piazza. Tropeano erkannte die Kommissare De Palma und Santamaria, dann waren da noch ein dunkelhaariger junger Mann, der einer dieser Carabinieri von der Antiunterschlupfeinheit sein mußte, und außerdem ein untersetzter kahlköpfiger Arbeiter und weitere Männer vom Überfallkommando, die er schon beim Sturm auf die Osteria flüchtig gesehen hatte.
Er verlangsamte seinen Schritt und blieb in einer Entfernung von ungefähr zehn Metern schüchtern stehen.
Der Kommissar De Palma sah ihn an.
»Du!«
»Ich?« stammelte Tropeano.
»Komm her.«
Sie übergaben ihm den Kahlköpfigen mit dem Befehl, ihn streng zu bewachen, und ließen ihn stehen. Thea hatte sich bei diesem verfluchten Carabiniere in Zivil eingehängt und entfernte sich in die eine, die

Pietrobono in die andere Richtung. Die Kameraden vom Überfallkommando zerstreuten sich. Die Piazza war leer.
»Hast du eine Zigarette?« fragte ihn der Gefangene.
»Ich rauche nicht«, log Tropeano barsch.

5

In dem Buchhaltungshäuschen, das die Carabinieri für die Rekonstruktion des Tathergangs hatten räumen lassen, saßen jetzt die beiden Kommissare, um ihre klägliche Bilanz zu ziehen. Aber die Rechnung ging noch lange nicht auf. Priotti hatte sich bei seinen »Zugeständnissen« nicht besonders verausgabt.
In Santa Liberata, hatte er begonnen, gab es zur Zeit der Polydialoge und der Messen für die übersehenen Brüder auch Altpapier- und Alteisensammlungen für die Dritte Welt.
Und die Sammlungen von falschem Schrott für *diese* Welt! hatte De Palma ihn angegriffen, das heißt, der angebliche Ausschuß, die tadellosen Ersatzteile, bei denen der Ingenieur Vicini durch Fälschungen . . .
Nein, entschuldige mal, De Palma, hatte Santamaria eingegriffen. Man durfte die Mitarbeit, den guten Willen des Signore Priotti nicht ausnutzen, um ihn zum Geständnis von etwas zu veranlassen, das . . . Er wollte damit sagen, daß der Signore Priotti auch nicht gewußt haben konnte, daß Vicini die Bänder fälschte. Vielleicht hatten sie ihm gesagt, bei Fiat gäbe es häufig Irrtümer bei den . . . Lagerbeständen, die man nur auszunutzen brauchte.
Richtig, genau das hatte Pezza ihm erzählt, um ihn zu überreden. Und so war zur Sammlung und zum Verkauf von echtem Altpapier, echtem Schrott für die Pfarrei dieser andere Handel hinzugekommen.
Eine perfekte Tarnung! Alle Achtung!
Aber er, hatte sich Priotti verteidigt, hatte bei der Sache nichts anderes getan, als den Transport ein wenig zu organisieren: mit dem Lieferwägelchen der Bortolon und mit Hilfe einiger anderer Rentner, Leuten vom Fach wie er, die etwas von Ersatzteilen verstanden . . .
Und von Garagenbesitzern natürlich. Aber alles in allem konnte es doch kein großer Gewinn gewesen sein? De Palma wußte, daß der Markt auf diesem Gebiet in letzter Zeit stark geschrumpft war: es gab eine Menge arbeitsloser Autodiebe und gestohlener Wagen, die sich nur zum Spottpreis oder überhaupt nicht weiterverkaufen ließen . . .
Genauso war es. Deshalb hatten Don Pezza und der Ingenieur das System gewechselt, nachdem Don Pezza die Vision gehabt hatte. Jetzt war der »Kreis« ein ganz anderer, die INTERCARGO arbeitete vor

allem mit dem Ausland, soweit Priotti etwas darüber wußte. Und das war alles, was –

Nein, einen Augenblick. Was die Vision damit zu tun hatte?

Was für eine Vision?

Nun, die vom Gerüstturm: der Logos, der Funke, der Egon, dieses Zeug da.

Durch das Pneuma war er auf diesen Gedanken gekommen.

Wer?

Pezza.

Was für einen Gedanken?

Den mit der INTERCARGO. Don Pezza hatte doch diese alten Bücher über das Pneuma in der Pfarrei, die hatte er zunächst allein, dann mit Vicini zusammen studiert. Und Vicini (das hatte er mit seinen eigenen Ohren gehört) hatte gesagt, es könnte klappen. Es wäre die Idee des Jahrhunderts, hatte er gemeint.

Wie bitte?

Die Idee des Jahrhunderts, aber das war alles, was er wußte, denn von diesen Pneumageschichten verstand er ...

De Palma hatte gedroht, selbst Santamaria war laut geworden, aber Priotti hatte weiterhin geschworen, er wisse nichts weiter. Die Gebäude und die Ausrüstung der INTERCARGO? Die hatte der Ingenieur beschafft. Die Arbeitsanweisungen?

Die gab der Ingenieur. Aber wo er doch gesagt hatte, daß der Ingenieur niemals hierher gekommen sei? Richtig, die Übersichten hatte er in die Kirche gebracht. Welche Übersichten, was waren das für Übersichten? Ein langes, mit der Maschine geschriebenes Blatt, auf dem der Materialein- und -ausgang verzeichnet war und auch die Verpackungsart, die Etiketten, die Stempel, die Frachtbriefe und die Lieferscheine, die verwendet werden sollten. Der Ingenieur hatte diese Übersichten jeden Freitag in die Kirche gebracht. Und dann hatte jemand sie hierher mitgenommen? Ja, er lieferte sie dann bei der Masoero in der Buchhaltung ab. Dann mußten sie sich jetzt in der Buchhaltung befinden? Ja, aber auch dort, so Priotti, hatte man nie allzuviel davon verstanden. Nur der Ingenieur selbst hätte etwas damit anfangen können.

Oder Pezza? fragte sich Santamaria immer wieder, während er die unverständlichen Übersichten studierte.

Die Hinweise auf das Pneuma, auf die »alten Bücher in der Pfarrei« hatte Priotti sicherlich so hingeworfen, um ihnen Sand in die Augen zu streuen, um seine gänzlich unwahrscheinlichen Behauptungen, er wisse nichts weiter, auf außergewöhnliche Weise zu untermauern. Aber gerade deshalb war es dem Kommissar so vorgekommen, als müßte etwas Wahres daran sein. Auch die Daten paßten: Der Übergang vom Pezza der »ersten Phase« zum Pezza der »zweiten Phase«, von den Polydialogen zur Gnosis, stimmte sonderbarerweise mit einem anderen Übergang überein: mit dem von der »Altwaren«-Sammlung zur Operation INTERCARGO. Irgendwie zeigte sich der Schatten des infamen Basilides von neuem. Der Topos war noch nicht entschlüsselt ... Santamaria dachte wieder an die »Gematrie« oder Magie der Buchstaben und Zahlen, von der Seine Eminenz mit ihm gesprochen hatte, und absurderweise war er einen Augenblick lang versucht, im Ordinariat anzurufen.

Weniger absurderweise telefonierte dagegen De Palma, der neben ihm in diesem Glasbüro saß, mit Sulis vom Corso Marconi. Am anderen Ende der Leitung leistete Sulis freilich Widerstand, spielte den Skeptiker.

»Sachen von uns? Welcher Art?«

»Werkstücke, Motoren, Ersatzteile, was weiß ich«, sagte De Palma. »Ganze Lager voll. Material, das aus dem Ausland kommt oder für das Ausland bestimmt ist, das ist unklar, aber auf jeden Fall stammt es bis zur letzten Schraube aus Ihrem Unternehmen.«

»Aber wir haben doch unsere eigenen Spediteure ... Wie heißt diese Firma?«

»INTERCARGO.«

»Nie gehört ... Möglicherweise ist sie für ein größeres Unternehmen tätig.«

De Palma wurde nicht ärgerlich. An Sulis Stelle hätte er vielleicht auch versucht, nichts zu sehen, nichts zu verstehen, nichts zu glauben.

»Vielleicht«, sagte er verbindlich. »Aber da ist noch der Tatbestand, daß die Leute, die hier arbeiten, mit Ihrem Ingenieur in Verbindung standen.«

»Welchem Ingenieur?«

»Dem mit dem Stock, der jetzt in Frieden ruht.«

Sulis machte keine Einwände.

»Und wir haben den Verdacht«, fuhr De Palma fort, »daß es hier um eine ähnliche Unternehmung geht wie die, welche er bei Ihnen organisiert hatte, bin ich deutlich genug? Nur in viel größerem Stil.«

»Den Verdacht?« sagte Sulis.

»Den begründeten Verdacht. Hier drinnen scheint alles sehr gut zu funktionieren: sie haben Handlanger, Lageristen, Transportarbeiter, eine Buchhaltung, alles ist da. Sogar eine kleine Druckerei.«

»Ach ja?«

»Voller Formulare, Etiketten, Aufkleber, Stempel ... alles gefälscht.«

Sulis schwieg eine halbe Minute.

Aus seiner Stimme war jede Spur Skepsis verschwunden, als er sich erkundigte: »Wo ist diese INTERCARGO?«
»Es ist nicht leicht zu finden, ich schicke Ihnen einen Wagen. Versuchen Sie, irgendeinen Experten vom Fach mitzubringen, wenn es geht. Denn wir verfügen nicht . . .«
»Einverstanden. Wenn Ihnen die Angelegenheit so wichtig vorkommt.«
»Grob geschätzt«, sagte De Palma boshaft, »ist sie nicht nur wichtig, sondern kolossal.«
»Und noch etwas . . .« fügte Sulis hinzu.
Am Tonfall konnte man erkennen, daß er nun das sagen wollte, was für ihn am wichtigsten war.
»Ich muß wohl . . . ich glaube, an diesem Punkt ist es nötig . . . daß ich die höchste Ebene des Sektors informiere.«
Musumanno? So durfte man wenigstens aus dem Grabeston seiner Stimme schließen. Aber De Palma bemerkte nicht, daß in Sulis Worten auch die zarte Andeutung einer Frage enthalten war.
»Es wäre also gut, wenn zunächst, daß heißt, bis zu dem Augenblick, wo die Sache noch nicht . . . auf höchster Ebene untersucht wurde, also ich hielte es für angebracht . . .«
»Äußerste Diskretion«, half ihm De Palma diesmal großzügig, »äußerste Zurückhaltung ist selbstverständlich. Ich schicke Ihnen den Wagen vorbei.«

»Das sind keine Drogen«, sagte Thea, die in der Kistenstadt herumging, »das ist keine Drogenfabrik.«
»Nein«, sagte Graziano in Gedanken versunken.
»Aber was ist es dann? Was tun alle diese Leute hier?«
Graziano war erstaunt.
»Aber das sind Diebe«, sagte er. »Das sind alles gestohlene Waren.«
Thea blieb mit offenem Mund stehen.
»Na so etwas! Und bei Fiat wird gestohlen? Diese Kisten stammen doch alle von Fiat.«
»Genau.«
»Phantastisch.« Thea pfiff durch die Zähne. »Und wie machen sie das?«
Graziano zuckte mit den Schultern.
»Stehlen ist das wenigste. Da braucht man nur ein paar Freunde an den richtigen Stellen, die die Eingangs- und Ausgangspapiere fälschen, man muß sich nur mit ein paar Leuten zusammentun . . . Hier läuft alles wie am Schnürchen, das ganze Geschäft funktioniert wie ein Uhrwerk, soweit ich gesehen habe . . .«
Thea drehte sich um und las da und dort die Etiketten und die Stempel-

aufdrucke. Da waren Kisten mit den Namen Rivalta, Mirafiori, Lingotto, andere hingegen waren mit ausländischen Aufschriften oder sogar mit exotischen Buchstaben versehen: CГPY (Fiat?) konnte man auf einem Berg von Containern lesen, so als ob der ganze Stapel in Rußland produziert worden sei.

»Aber das ist ja ein enormer Diebstahl. Ein riesiges Geschäft.«

»Stehlen«, wiederholte Graziano perplex, »ist das wenigste. Das ist doch nicht das Problem.«

»Und worin besteht es?«

Graziano deutete auf das verglaste Büro, aus dem gerade De Palma und Santamaria herauskamen.

»Komm, laß uns einen Blick auf die Buchführung werfen. Vielleicht gelingt es mir, irgend etwas herauszufinden.«

Er lächelte Thea zu, die ihn ansah, ohne diesen so einfachen Zusammenhang erfaßt zu haben.

»Das wirkliche Geheimnis«, sagte er, während sie das Glashäuschen betraten, »besteht darin, wem zum Teufel sie diese Berge von Zeug verkaufen. Wer der Hehler ist!«

Im gleichen Augenblick probierte die Pietrobono, die vom Einsatzwagen kam und auf der Suche nach einer Toilette war, eine Tür der Baracken im Hof zu öffnen. Die Hütte lag ein wenig abseits von den anderen versteckt hinter dem alten Fahrradabstellplatz. Die Tür war nicht verschlossen. Die Pietrobono trat ein.

6

Die Bortolon konnten es einfach nicht fassen, daß wegen einer Sache, die höchstens zwei Minuten gedauert hatte, so viele Fragen gestellt wurden. Das nahm ja gar kein Ende. Und wer weiß wie oft hatten sie den Tathergang wiederholen müssen, wobei sie sich auf einen jungen Carabiniere stürzten, der die Rolle seines Kollegen übernommen hatte, und ihn zu Boden warfen. Und sie wußten bereits, das hatte der Hauptmann Scarampi gesagt, daß bei der Ankunft des Staatsanwalts alles noch einmal von vorn losgehen würde.

Die beiden Kommissare vom Überfallkommando kamen jetzt ohne Priotti zurück, und der Hauptmann ging auf sie zu, um in einiger Entfernung etwas mit ihnen im Flüsterton zu besprechen. Noch eine Rekonstruktion? Nicht einmal der junge Carabiniere schien von dieser Vorstellung entzückt.

Aber das Besorgniserregende war nicht so sehr das Überfallkommando,

waren nicht so sehr die Carabinieri. Was die Tat anging, hatten sie beide die Wahrheit gesagt, und der Hauptmann schien es nicht mehr so sehr auf sie abgesehen zu haben. Aber wer waren diese anderen Männer in Zivil, die ständig umhergingen? Sie waren immer wieder aufgetaucht, hatten so getan, als interessierten sie sich für die Kisten mit den Borsten, aber die Bortolon hatten sehr genau bemerkt, daß ihnen kein einziges Wort des Verhörs entgangen war. Sie hatten sie mehrmals im Vorbeigehen hinter dem Rücken der Carabinieri mit einer Miene angestarrt, daß ihnen Schauer den Rücken hinuntergelaufen waren.
Nein, das war keine Polizei, das hatten die Bortolon schließlich kapiert. Und irgendwann war ihnen aufgegangen, um wen es sich da handelte.

»Aber ins Brussone«, fragte De Palma, »wer hat ihn dorthin gebracht?«
Scarampi schnitt eine Grimasse.
»Ich weiß es nicht. Die beiden schwören, daß sie ihn in ihrem Lieferwagen bis zur Bahnüberführung gebracht, in den Volkswagen geschafft und dort gelassen haben.«
»Zweihundert Meter von hier entfernt? Nein. Sie mögen ja blöd sein, aber es ist unwahrscheinlich, daß sie nicht darauf gekommen sind, den VW woandershin zu fahren.«
»Das ist richtig. Aber in dem Augenblick, wo sie den Totschlag zugeben, welches Interesse können sie da noch haben, zu leugnen? Brussone hin, Brussone her . . .«
»Und die da, wie bringst du die unter?« fragte Santamaria lachend und wies auf die beiden Freunde von Graziano, die, nicht weit von den Bortolon, nachlässig an eines der Transportwägelchen gelehnt, mit zerstreuter Miene rauchend herumstanden. »Aber es ist tatsächlich unwahrscheinlich, daß sie selbst auf die Idee mit dem Brussone gekommen sind. Das würde bedeuten, daß sie in Genoveses Auftragsbuch nachgesehen und die Anschriften überwachter Personen herausgesucht hätten . . . Dafür scheinen sie mir nicht die Typen zu sein. Und der Wächter, dieser Oreste, noch weniger.«
»Was dann?«
»Nun, jemand, der später gekommen ist. Nehmen wir einmal an, Vicini. Sie rufen ihn zu Hause an, erzählen ihm, was vorgefallen ist, und er . . .«
»Aber die Peitschennutte?« warf De Palma ein.
»Zu ihr ist er erst später gegangen, um sich ein Alibi zu verschaffen . . . Oder beispielsweise Priotti.«
»Aber diesen Priotti hattet ihr doch festgenommen?« sagte Scarampi.
»Wir haben ihn um eins oder um halb zwei wieder freigelassen, bevor wir die Sache mit der Wachskerze herausgefunden haben. Als wir spä-

ter bei ihm angerufen haben, war er zu Hause. Auch die Bortolon könnten mit ihm telefoniert haben.«
Scarampi nickte zustimmend.
»Ach ja«, sagte er dann und betrachtete gelangweilt einen Ärmel seiner untadeligen Uniform, von dem er mit barschen kleinen Schlägen den Staub abklopfte, »da ist ja noch die Geschichte mit dem Attentat.«
»Eben«, bestätigte De Palma, ohne den Sarkasmus zu stark zu betonen. Alles in allem mußte das Geständnis der Bortolon für Scarampi eine Enttäuschung gewesen sein. Kein grausamer Hinterhalt. Kein vorsätzliches Verbrechen. Statt dessen im Gegenteil den mildernden Umstand der Notwehr, selbst wenn die Aktivitäten dieser INTERCARGO an und für sich kriminell waren. Es war verständlich, daß Scarampi sich erst jetzt für Santa Liberata zu interessieren begann.
»Diese ganzen Sachen«, sagte er und deutete um sich, »habt ihr deren Herkunft festgestellt? Haben sie etwas mit dem Selbstmord dieses Typs von Fiat zu tun?«
Santamaria zuckte die Achseln.
»Es kommen zwei vom Corso Marconi heraus, und wir wollen hoffen, daß . . . Komm nur, Pietrobono«, sagte er zur Pietrobono, die aus einem Durchgang zwischen den Kisten hervorgekommen war, aber es offenbar nicht wagte, näher zu kommen.
»Scarampi, kennst du unsere Assistentin Luigina Pietrobono?«
»Ich hatte schon am Telefon das Vergnügen«, sagte Scarampi galant. Das Mädchen kam näher, gab Scarampi die Hand, blieb kerzengerade stehen und betrachtete die Vorgesetzten.
»Na, was ist denn los, was hast du denn?« fragte De Palma. »Fühlst du dich nicht wohl?«
»Nein, nein, im Gegenteil . . . Es ist nur, ich habe etwas entdeckt . . . das heißt, ich glaube, ich habe entdeckt . . .« stammelte die Pietrobono, »also ich bin gekommen, um . . .« sie warf einen Blick auf den Carabinieri-Offizier, »über gewisse Ermittlungen zu berichten.«
»Ah«, sagte Scarampi diskret und ging einige Schritte beiseite, »wenn es sich um eine vertrauliche Mitteilung handelt . . .«
Die Pietrobono flüsterte Santamaria etwas zu, er sah De Palma an, der die Augenbrauen hochzog.
»Wo?«
»In einer Baracke. Im Hof.«
»Gut, gehen wir hin und nehmen die Sache unter die Lupe«, sagte De Palma, »Scarampi, wenn du mitkommen willst . . .«
Die Pietrobono führte sie durch den Hof bis zur Baracke, vor der ein Polizist Wache hielt.
»Den habe ich dorthin gestellt, damit niemand etwas anfaßt.«

»In Ordnung.«
In der Baracke befanden sich eine kleine Matratze, ein elektrisches Heizöfchen und ein Arbeitstisch mit Werkzeugen: verschiedene Zangen, ein Hammer, große und kleine Sägen, ein Bohrer auf dem dazugehörigen Ständer... Hinter dem Tisch war ein Regal, auf dem Schachteln mit Nägeln, Schrauben und Bolzen standen. Und in einer Ecke eine alte Kiste voller Kehricht und Späne.
»Die Baracke des Wächters?« fragte Scarampi und deutete auf die Matratze.
»Nein«, sagte die Pietrobono, »ich habe ihn gefragt, aber er sagt nein, seine sei auf der anderen Seite. Diese hier gehöre Priotti.«
De Palma war näher an den Tisch herangetreten und betrachtete die rohe Holzplatte, die mit Kerben und Einschnitten bedeckt war. Er beugte sich vor, um einen Spalt genauer zu untersuchen, und holte mit dem Fingernagel ein kleines Etwas heraus.
»Das sieht aus wie ...« sagte er, als er es Santamaria zeigte.
»Aber auch hier ... und hier ... und hier ...« sagte die Pietrobono und zeigte auf weitere Stellen. »Und außerdem«, sie nahm eine flache Pappschachtel vom Regal, »habe ich auch das hier gefunden.«
Die beiden Kommissare prüften, nickten zustimmend und gaben die Schachtel an Scarampi weiter.
»Das scheint es ja wirklich zu sein«, sagte Scarampi.
Aber die Pietrobono war noch nicht fertig. Sie deutete mit dem Zeigefinger auf einen kleinen Blechtopf, der auf dem Ofen stand, und schließlich auf die Kiste mit den Abfällen.
»Ich hielt es für richtig«, sagte sie mit einem kleinen Lächeln, »auch dort nachzusehen.«
Sie trat respektvoll zur Seite, während die anderen ihrerseits nachschauten.
»Tüchtig, Pietrobono, wir machen dich zur Inspektorin«, sagte De Palma, als sie hinausgegangen waren. »Siehst du«, wandte er sich an Scarampi, während er der Pietrobono mit seiner Pranke das Haar zerzauste, »was für Mädchen wir im Polizeipräsidium haben!«

Während sie wieder auf das Gebäude zugingen, kam ein Streifenwagen von der Bahnüberführung her, fuhr mit Gepolter über die Torschwelle und hielt mitten im Hof an.
»Sind das die von Fiat?« erkundigte sich Scarampi, »haben sie auch eine Frau geschickt?«
»Nein, das ist Mattei mit einer aus der Pfarrei«, antwortete Santamaria.
Die Caldani kam in ihrem dunklen Mantel zum Vorschein und sah sich

unsicher, aber fest auf den Beinen, um. Mattei machte den Wagenschlag zu und war sofort aufmerksam und beschützend an ihrer Seite. De Palma wandte sich an die Pietrobono.

»Kümmere dich fürs erste um sie, mach einen Rundgang mit ihr, sieh mal, was sie weiß über diese INTERCARGO.«

»Hat sie denn auch etwas damit zu tun?«

»Das sollst du ja gerade herausfinden, Inspektorin, gib dir Mühe. Wir werden jetzt wieder ein wenig mit Priotti plaudern.«

Aber Scarampi drängte es, sich Klarheit in der Sache mit dem Brussone zu verschaffen.

»Ich gehe zu den Bortolon zurück«, sagte er, während sie wieder hineingingen, »könntet ihr mit Priotti nicht auch bei diesem Punkt anfangen? Sonst riskieren wir, daß er ...«

»Einverstanden«, sagte De Palma, »es ist besser, die Sache nicht zu direkt anzugehen. Und was die Brussone-Geschichte betrifft, könnten wir durch Scalisi vielleicht etwas herausbringen. Wo ist er denn hin?«

»Er geht mit dem Mädchen herum, ich werde ihn holen.«

»Gut, wir treffen uns in der Buchhaltung wieder, ich würde sagen, wir bearbeiten ihn in dem Glaskäfig, unseren Sakristan. Dann kann er gleichzeitig sehen, wie die beiden Brüder ausgequetscht werden, und sie sehen ihn.«

»Gut.«

Aber in dem verglasten Büro gegenüber der identischen Glaskabine, in die sich die Carabinieri erneut zurückgezogen hatten, um die Bortolon weiter zu verhören, waren schon Thea und Scalisi. Er saß über einen Stapel »Übersichten« gebeugt, die er aus den Schubladen herausgeholt hatte.

»Nun, hast du kapiert, wie es läuft?« fragte De Palma.

»Er ist schon nahe dran«, sagte Thea aufgeregt, »vielleicht hat er bereits ...«

Graziano schüttelte den Kopf.

»Nein, so kann es nicht sein, ich hatte einen Einfall, aber so geht es nicht ... Wie dem auch sei, wenn man sich das hier ansieht ...« sagte er und verglich zwei der langen Bögen miteinander.

»Du kannst später weitermachen. Jetzt brauchen wir das Büro und dich, deine Gegenwart«, sagte De Palma. Er wandte sich an das Mädchen: »Du hingegen, Schatz, entschuldige bitte, aber ich muß dich hinausschicken, mach einen Spaziergang, geh zur Mama, Geduld.«

»Gute Idee«, sagte sie und stand auf.

»Nicht, daß deine Gegenwart nicht angenehm wäre«, sagte De Palma mit einem Seufzer.

7

Seinen Gefangenen hatten sie ihm abgenommen, freilich ohne ihm zu sagen, was er tun sollte, wohin er sich zu begeben hatte, und so war der Polizist Tropeano in Ermangelung anderer Anweisungen ganz langsam und ziemlich enttäuscht an seinen alten Posten am Tor des »Nestes« zurückgekehrt.

Auf dem Weg dorthin hatte er die Kollegin Pietrobono getroffen, die mit einer älteren Frau von düsterem, strengen Aussehen herumspazierte; noch bevor ihm die Pietrobono einen Wink gab, hatte er bereits begriffen, daß es nicht angebracht war, stehenzubleiben und ein Schwätzchen zu beginnen. Die Signora mußte eine Oberinspektorin sein, die möglicherweise wegen der komplizierten Ermittlungen aus Rom angereist war.

Als er nun ziemlich gelangweilt dastand und die wenigen Vorkommnisse auf dem geräumigen Hof beobachtete, hörte er auf einmal die kleine Tür hinter sich quietschen, und eine fröhliche Stimme sagte zu ihm:

»Oh, ciao, hier bist du also.«

Ein honigsüßes Gefühl durchströmte Tropeano. Es war die Kollegin Thea, die ihn wegen eines dringenden Auftrags gesucht hatte. Worum es sich handelte? Es ging darum, den Gefreiten Cottino zu suchen und ihn in die Stadt zu schicken, um jemand abzuholen und möglichst rasch hierher zu bringen. Um was für eine Person handelte es sich? Um eine Zeugin, Signora Guidi, deren Anwesenheit für den Fortgang der Ermittlungen sehr wichtig war, der Befehl kam direkt vom Kommissar De Palma. Und die Anschrift? Kein Problem, Cottino kannte sie, er kannte übrigens auch die betreffende Signora. Sie durften keine Zeit verlieren.

Tropeano wagte nicht zu sagen, daß es doch ein Problem gab, nämlich den Umstand, daß er, blutiger Anfänger, der er war, den Gefreiten Cottino nicht kannte und auch noch nie von ihm gehört hatte.

»Klar. Sofort«, sagte er und warf sich leicht in die Brust, »kein Problem.«

Er steuerte auf die im Hof geparkten Wagen zu, fest entschlossen, diesen Cottino zu finden, tot oder lebendig.

Das »Verhör« der Caldani verlief schlecht, genauer gesagt, es lief gar nicht.

Die Pietrobono kam nach und nach zu der Erkenntnis, daß sie wenig Erfahrung mit älteren Menschen hatte; dann, daß sie wenig Erfahrung mit einsamen, unglücklichen älteren Menschen hatte, und schließlich, daß ihr jegliche Erfahrung mit einsamen, unglücklichen, alkoholabhängigen älteren Menschen fehlte.

»Sind Sie niemals hier gewesen? Wußten Sie von diesem Ort?«
»Nein.«
»Wußten Sie, daß Priotti und die Bortolon hier arbeiten?«
»Nein.«
Die Fragen kamen fast genauso mühselig wie die Antworten.
»Hat Don Pezza niemals mit Ihnen darüber gesprochen?«
»Nein.«
Schließlich ahnte die Pietrobono, weswegen sie derart beunruhigt und gelähmt war. Ich habe keine Lebenserfahrung, sagte sie sich zu ihrer eigenen Verwunderung, ich weiß absolut nichts vom Leben.
Diese alte Jungfer, die neben ihr herging, dieses alte Fräulein in ihrem abgewetzten braunen Pelzkragen mit ihrem ewigen Kreislauf zwischen Kirche, Wohnung und Schule, zog wie eine Schleppe ein Leben hinter sich her, das Luigina, obgleich sie schon allerhand gesehen zu haben glaubte, unbekannt war. Bei den Verdächtigen herkömmlicher und weniger herkömmlicher Verbrechen, bei den Prostituierten, Gatten- und Kindesmörderinnen, den Betrügerinnen, Drogenabhängigen und Diebinnen hatte sie immer gewußt, welche Fragen sie stellen mußte, was sie zu sagen hatte. Aber bei dieser Frau unerklärlicherweise nicht.
Die Caldani schob ihre zerrissenen Schuhe, ihre grauen Strümpfe vor sich her, als stoße sie auf Widerstand, als wate sie durch zwanzig Zentimeter tiefes Wasser. Ihr Blick war schnurgerade, wie ein Lineal, nach vorn gerichtet. Von Zeit zu Zeit blieb sie stehen und richtete das Lineal auf einen der Männer in den blauen Overalls.
»Kennen Sie ihn?« fragte die Pietrobono sie einmal.
»Ja, das ist Gilardi. Er war in der Kirche.«
»Wann?«
Die Caldani zuckte mit den Schultern und nahm ihren schleppenden, aber geradlinigen, sicheren Gang längs eines unsichtbaren Strandes wieder auf.
»Das also«, sagte sie irgendwann.
Die Pietrobono kam zu der Überzeugung, daß es professioneller war, die Frau nicht anzutreiben, sie ruhig ihren dunklen Gedanken nachhängen zu lassen, bis sie von selbst reden würde. Aber die Frau sagte nur:
»Herr im Himmel.«
Später folgten noch drei Worte:
»Ich bin müde.«
Sie kamen zu dem großen rechteckigen, in den Fliesenboden eingelassenen Bassin, an dessen Rand Santamaria und Priotti saßen.
»Setzen wir uns einen Augenblick«, sagte die Pietrobono.
Dann saßen sie schweigend nebeneinander, am letzten Ufer des Lebens.
So ist es also? dachte die Pietrobono mit plötzlichem Entsetzen. Wird es

mir am Ende auch so gehen?
Sie betrachtete die Schuhe der Frau neben ihr, die nur eine Handbreit von ihren entfernt waren, und sagte sich, was ist denn mit dir los, Luigina, was zum Teufel geht in dir vor, es würgt dich ja im Hals? Sind wir denn verrückt geworden?

8

Bisher hatte er sich so durchlaviert, dachte Priotti und trocknete sich die Stirn ab, aber jetzt wurde es schlimm.
Schon als er ihn in das verglaste Büro führte, hatte der Kommissar eine unschuldige kleine Frage über seine Baracke hingeworfen. Ob es wirklich seine war? Wo es zwanzig Personen gab, die es ihm sagen konnten und es ihm schon längst gesagt hatten, wäre es unsinnig gewesen, es zu leugnen, und so hatte er mit Ja geantwortet.
Zwar hatte der Kommissar sofort das Thema gewechselt, aber von diesem Augenblick an war ihm der Schweiß ausgebrochen.
Und in dem Glaskäfig, ganz davon abgesehen, daß er geschlossen und voller Rauch war (freundlicherweise hatten sie auch ihm eine Zigarette angeboten), gab es noch andere Gründe, die einen ins Schwitzen bringen konnten.
Der Kommissar De Palma hatte eine weitere kleine Frage über den »Unglücksfall« des armen Maresciallo hingeworfen. Wann sie ihm davon erzählt hätten, die Bortolon? Am nächsten Morgen?
. . . Ja, sicher, am nächsten Morgen.
Eine hübsche Pause, und wieder so eine beiläufige Frage von Santamaria, der auf die Pistole zurückkam. Die Bortolon hatten ihm wirklich nichts davon gesagt? Nein, nein. Vielleicht hatten sie ihm erzählt, sie hätten sie dem Ingenieur gegeben. Er konnte sich nicht mehr so genau daran erinnern.
Wieder eine Pause.
Das machten sie absichtlich, um ihm gerade genug Zeit zu geben, über das, was er gesagt hatte, nachzudenken. Was hatte er gesagt? Etwas Törichtes, eine Lüge, die sie durchschauten?
Außerdem waren da die Bortolon mit den Carabinieri im Glashäuschen gegenüber: sehen zu müssen, wie sich ihre großen Köpfe hin- und herbewegten, wie sich ihre Münder öffneten, und nicht zu wissen, was sie sagten. Diese gemeine Gegenüberstellung hatten sie sich ausgedacht, um ihn nervös zu machen, das war klar. Aber obgleich er es durchschaute, wich die Nervosität nicht von ihm.
Und als vierter von der Partie war da dieser »Diplomkaufmann«, dieser

junge Mann, der ruhig und schweigsam an einen der Karteikästen gelehnt dastand, als wohne er einer Totenmesse mit aufgebahrtem Leichnam bei. Und der Leichnam war er, Priotti. Denn dieser Typ war alles andere als ein Diplomkaufmann. Einer von der Finanzbehörde? Von der Digos? Oder vielleicht von Fiat? Auf alle Fälle war er nicht zufällig hier oder um auf die Straßenbahn zu warten, man hatte ihn absichtlich hierhin gestellt, um ihn, Priotti, ins Schwitzen zu bringen. Und Priotti schwitzte. Es war anstrengend, die Fahrt ging dauernd bergan.

Kurz und gut, fing De Palma wieder an, diese Bortolon waren zwei gewalttätige, brutale Dummköpfe, hatte er sie deswegen am Freitagabend weggeschickt?

Sie taten auch noch so, als ob sie vergessen hätten, was sie schon vorher gefragt hatten.

»Ja, das habe ich schon gesagt. Sie waren nervös wegen der Geschichte vom vorigen Freitag, es hätte ihretwegen zu Scherereien kommen können . . .«

»Richtig«, sagte Santamaria, »unser Freund, der Diplomkaufmann, kann ein Lied davon singen.«

Das war es also: ein Zeuge, einer, der in der Kirche gewesen war, etwas gesehen hatte, etwas wußte. Priotti wandte sich ihm äußerst besorgt zu.

»Sind Sie mißhandelt worden?«

Der andere sah ihn an, ohne zu antworten.

»Ein kleiner Zwischenfall«, sagte De Palma.

Sie riefen ihn ihm ins Gedächtnis zurück, und Priotti konnte sich dann tatsächlich daran erinnern; nicht an den Mann oder das Mädchen oder die Tüte, aber an die Szene schon. Er wollte sich entschuldigen, aber sie wechselten erneut das Thema.

»Das muß für Sie aber ein arger Schlag gewesen sein?«

»Was?«

»Als Sie von der Sache mit dem Maresciallo Genovese hörten. Sie haben es erst am nächsten Morgen erfahren, sagten Sie.«

Priotti machte eine Handbewegung, die seine Bestürzung ausdrücken sollte.

»Es ist sonderbar«, sagte Santamaria, »daß die beiden nicht versucht haben, Sie vorher telefonisch zu verständigen.«

»Aber ich war doch im Polizeipräsidium, fast die ganze Nacht habe ich im –«

»Ja, aber später, als Sie wieder zu Hause waren. Wer weiß, warum die beiden Sie nicht angerufen haben.«

»Am Telefon ist so etwas schwierig . . . da getrauten sie sich nicht zu

reden.«
»Richtig. Und so haben sie alles allein gemacht.«
»Für zwei Dummköpfe dieser Art«, bemerkte De Palma, »muß man sagen, war die Sache als Ablenkungsmanöver nicht übel ausgedacht. Sie finden Genoveses Ausweis, sein Kommissionsbuch fällt ihnen in die Hände, sie verstehen, daß es sich um eine Liste überwachter Personen handelt, nehmen den VW und laden den Toten vor der Tür des ersten Namens ab. So ist es doch gelaufen, nicht?«
»So haben sie es mir erzählt«, sagte Priotti.
»Und Sie hielten es für einen intelligenten Einfall?«
»Hm, verstehen Sie, Herr Kommissar, in der gegebenen Situation . . .«
Er richtete seinen Blick wieder auf die Bortolon, die wie zwei benommene Zirkusaffen inmitten einer Gruppe von Dompteuren wirkten. Er fühlte, wie sich eine Hand auf seine Schulter legte. Die Hand von De Palma.
»Nur war die Situation etwas komplizierter, Signor Priotti.«
»Wie?«
Der andere fixierte ihn, wollte ihm etwas zu verstehen geben.
»Denn gerade dieser Überwachte hat Freunde . . . und diese Freunde sind ein wenig nervös geworden, sie haben geglaubt, es handele sich um einen üblen Scherz, um einen Tort. Wissen Sie, was ein Tort ist, Signor Priotti?«
»Ja«, stammelte Priotti und fuhr sich mit dem Taschentuch über das ganze Gesicht, »und ob ich das weiß.«
»Na also. Dann wissen Sie auch, daß diese Leute so etwas nicht mit sich machen lassen, ohne sich zu rächen. Diese Leute sind gefährlich, und bei diesen Racheakten müssen auch wir immer dran glauben. Schießereien, Abrechnungen, Brände, Bomben, ein Haufen Lärm, bei dem wir vom Überfallkommando eine sehr schlechte Figur machen. Denn wir können sie nicht unter Kontrolle halten, Sie wissen ja, wie das ist.«
De Palma beugte sich immer noch in der gleichen Position über ihn, aber seine Augen schienen auf den unbeweglichen »Diplomkaufmann« hinzuweisen, waren unmerklich auf ihn gerichtet.
»Ich verstehe«, sagte Priotti.
»Wenn diese Leute sich einbilden, jemand habe sie in die Zange nehmen wollen, oder schlimmer noch, dieser jemand arbeite möglicherweise für eine andere . . . für eine Konkurrenzorganisation, dann gibt es kein Halten mehr, dann sind sie zu allem fähig und gelangen sogar bis ins *Nuove*-Gefängnis, um denjenigen dafür bezahlen zu lassen. Verstehen Sie, Signor Priotti?«
»Ja.«
Er drückte ihm fest auf die Schulter, dann nahm er die Hand weg.

Priotti warf dem »Diplomkaufmann«, der unbeteiligt, gleichgültig wie ein Tiger im Zoo, dastand, einen verstohlenen Blick zu. Aber in dem Käfig war ja auch er selbst, Priotti. Die große Hitze war auf einmal wie verflogen, der Schweiß gefror ihm am Körper. Ach, das war also die Situation? Hm, wenn die Lage so aussah, dann war die Steigung vorüber. Dann kam jetzt die Talfahrt an die Reihe. Und er mußte kräftig in die Pedale treten.
»Gut«, seufzte er.
Erleichtert, beinahe fröhlich stürzte er sich nach unten, der Wahrheit entgegen.
»Sie haben mich angerufen, und ich bin hingefahren. Auf die Idee mit dem Brussone bin ich gekommen, ich hab' mir das alles ausgedacht.« Er drehte sich zu dem »Diplomkaufmann« hin.
»Aber ich wollte niemand in die Enge treiben, ich wollte niemand etwas anhängen. Ehrenwort.«
Der Mann senkte die Augenlider um drei Millimeter.
»So ist es recht, Priotti«, sagte Santamaria erfreut. »Für uns ist es immer wichtig, daß zwischen den einzelnen Aussagen keine Widersprüche bestehen. Ich gehe jetzt zu den Bortolon hinüber und sage ihnen, daß Sie diese Version bestätigt haben.«
»Hatten die beiden es Ihnen schon gesagt?«
Die Talfahrt war zu Ende.
»Ja, sie haben sofort die ganze Schuld auf Sie geschoben, Sie wissen ja, wie es geht. Es sind zwei arme Hunde.«
Priotti sah zu den Brüdern hinüber, deren Lippen im Käfig gegenüber sich öffneten und schlossen, und er kam von neuem ins Schwitzen.

Die Köpfe der Bortolon bewegten sich nun rhythmisch zwischen dem Kommissar Santamaria und dem Hauptmann Scarampi hin und her, die auf der Schwelle des verglasten Büros miteinander sprachen.
»Also«, sagte der Hauptmann, »haben die beiden die Sache allein gemacht?«
»Ja, Priotti hat absolut nichts damit zu tun, der Scherz mit dem Brussone geht auf ihr Konto«, sagte der Kommissar. »Sie sind also auch für das Verstecken der Leiche verantwortlich.«
So. Von dem Tort ganz abgesehen, mit dem sie . . . diese anderen alarmiert hatten. Aber da, sagte der Hauptmann, wuschen sich die Carabinieri die Hände in Unschuld.
Oh, natürlich, das Polizeipräsidium und die städtische Polizei ebenfalls, begann der Kommissar zu lachen.
Wieso auch die städtische Polizei? Hatten die Brüder der auch einen Streich gespielt?

Und ob. Am Freitag zuvor hatten sie ihnen eine schöne Geschichte aufgetischt, sie hatten erzählt, der Pfarrer sei von Unbekannten, die nicht zur Pfarrei gehörten, tätlich angegriffen worden.
Und das war nicht wahr?
Den Tatsachen entsprach der Angriff auf den Pfarrer, aber die beiden hatten ihn selbst ausgeführt! Und nun hatte Priotti, dieser rechtschaffene Kerl, die ganze Wahrheit erzählt.
Aber zunächst hatte er ihnen doch geholfen?
Nein, im Gegenteil, er war dazwischengetreten, um sie zurückzuhalten, sonst hätte der Pfarrer das gleiche Ende genommen wie der arme Genovese.
Die beiden Köpfe, die inzwischen feuerrot geworden waren, hielten in ihrer Hinundherbewegung inne.
Priotti war ein Hurensohn, knurrten beide gleichzeitig. Die Idee mit dem Brussone hatte er gehabt, er selbst hatte den Volkswagen dorthin gefahren, sie hatten ihn nur in ihrem Lieferwägelchen zurückgebracht.
Und der Angriff auf den Pfarrer? War das auch ein Einfall von ihm gewesen?
N . . . Nein . . . Priotti träumte, er redete wirres Zeug . . . was für einen Grund sollten sie denn gehabt haben, Don Pezza anzugreifen?
Wegen einer Geldgeschichte. Wegen des Geldes, das Don Pezza ihnen schuldete, aber nicht zahlte.
Und Priotti schuldete er etwa kein Geld?
Priotti stritt das ab, er persönlich habe nichts gegen den Pfarrer, er habe im Gegenteil eingegriffen, um Frieden zu stiften, und dabei selbst Schläge abbekommen.
Von wem?
Von ihnen beiden.
Priotti war ein Lügner, ein Feigling und ein elender Verräter, er war ein Judas von einer Schlange von einem dreckigen Bastard. Er war es gewesen, der ihnen gesagt hatte, sie sollten auf den Pfarrer losgehen. Von wegen Frieden stiften! Und von wem hatte er dann die Hiebe bezogen?
Von Don Pezza. Er hatte sich gewehrt wie der Teufel, und obgleich sie zu dritt gegen einen waren, hatten sie alle von ihm Prügel bezogen, sogar sie selbst.
Und warum hatte Priotti sie gegen den Pfarrer aufgehetzt?
Weil Don Pezza das Geld zurückhielt, die Geldangelegenheiten liefen über ihn.
Und er zahlte wenig?
Für diese Hundearbeit? Er zahlte einen Hungerlohn; er sprach immer von dem Großen, das kommen würde, aber von diesem Großen war nichts zu sehen, es blieb in seinen Taschen.

Der Große?
Der große Verdienst. Der Erlös des ganzen Geschäfts. Sie waren doch nicht blöd, nicht blind, sie sahen sehr wohl die vielen Kisten, die in den Werkhallen ankamen und abgefertigt wurden. Tonnenweise fabrikneue Teile, keineswegs Schrott oder Altpapier. Sachen, die Milliarden Lire einbringen mußten.
Und die Milliarden behielt Don Pezza für sich?
Wer denn sonst?
Vicini, zum Beispiel.
Priotti hatte gesagt, daß der Pfarrer die Verteilung vornahm.
Bekam auch Vicini seinen Anteil?
Darüber wußten sie nichts, über Vicinis Anteil. Aber das, was sie bekamen, war erbärmlich, Don Pezza beutete sie aus, da hatte Priotti recht.
Und so hatten sie zu dritt beschlossen, dem Ausbeuter eine Lektion zu erteilen.
Priotti hatte es beschlossen. Seit einiger Zeit gab es Diskussionen, und an diesem Abend hatten sie mit dem Pfarrer eine Auseinandersetzung wegen des Geldes gehabt; er hatte gesagt, sie könnten ihn am ... sie sollten zum Teufel gehen, und da hatte Priotti ihm gesagt, er solle aufpassen, wenn jemand auf Kosten anderer lebe, könnte denen, die wirklich arbeiteten, das irgendwann auf den ... könnte ihnen das über die Hutschnur gehen, inzwischen wußten sie auch ohne ihn, wo es langging, und sie ließen nicht mit sich spaßen.
Ohne ihn weitermachen? sagte der Kommissar. Aber war es denn nicht Don Pezza, der von Santa Liberata aus alles leitete?
Am Anfang ja, als sie noch die Sammlungen für die Dritte Welt machten. Aber dann hatten sich die Dinge geändert. Jetzt gab es die INTERCARGO, und Santa Liberata wurde nicht mehr gebraucht.

Als der Kommissar Santamaria aus dem anderen Glashaus zurückkam, war Priotti sofort klar, daß er eine dritte Hand hätte gebrauchen können. Mit der ersten hatte er mehr schlecht als recht das gesamte Geschäft der INTERCARGO, das Vicini geleitet hatte, von sich fern gehalten.
Mit der anderen hatte er, von der Brussone-Geschichte abgesehen, den Mord an dem Maresciallo zurückgedrängt.
Nun fehlte ihm eine dritte, mit der er das Gespenst hätte bannen können, das in kurzen Abständen auf dem Grund der Tunke verschwunden und wieder aufgetaucht war: Zwischen den Türmen, Pyramiden und Säulen der Werkhalle war hier ein Zipfel des schwarzen Gewands, da eine geballte Faust zum Vorschein gekommen. Jetzt zeigte es sich in seiner ganzen bedrohlichen, unausweichlichen Gestalt hinter

dem Rücken des Kommissars.
Das Gespenst Pezza.
Barsch, ohne ihm ein Wort zu sagen, ließen sie ihn aufstehen, nahmen ihn in die Mitte und schleiften ihn förmlich hinaus, wobei sie seine Arme wie in einem schmerzhaften Schraubstock umklammert hielten.
Wie in einem grauen, rissigen Film sah Priotti die Carabinieri mit den Bortolon vorbeiziehen (dabei war er es, der sich bewegte), und weiter vorn Saracco und Beppe, und dann einen Polizisten und ein Mädchen, und, als sie auf den Hof hinausgingen, die Männer, die da und dort verteilt waren, die geparkten Fahrzeuge, und auf der alten Leinwand wirkte alles konfus und nebelhaft.
Nur seine Baracke hob sich hell und deutlich ab, und auf dem Dach stand hochaufgerichtet, die Hände in die Seiten gestützt, mit bösartiger, rachsüchtiger Miene, Pezzas Geist.
Sie schoben ihn hinein, machten die Neonbeleuchtung an, stießen ihn mit der Nase auf seinen Arbeitstisch, schalteten auch die Tischlampe ein, nachdem sie die Windungen der schwarzen Verlängerungsschnur geglättet hatten.
»Siehst du das?« sagte De Palma plötzlich. »Und das da? Und das?«
Er zeigte mit dem Fingernagel auf einige weißliche Bruchstücke.
»Was ist das? Weißt du das nicht, Sakristan?«
»Nein«, sagte Priotti, wobei er seine Lippen nur mit Mühe auseinanderbrachte.
»Ist das nicht Wachs?«
»Doch«, sagte Priotti. »Es sieht so aus.«
»Sieht es nur so aus, oder ist es tatsächlich Wachs?« fragte der andere, packte ihn am Kragen und schüttelte ihn.
»Es ist Wachs.«
Um den Halter des Bohrers herum waren Wachsstückchen verstreut, und die Bohrer in der grauen Pappschachtel daneben hatten Wachsreste in den Rillen.
»Was soll das ganze Wachs hier?«
»Ich weiß es nicht.«
»Ist das nicht deine Baracke? Machst du hier nicht deine kleinen Spezialarbeiten?«
»Ja, aber ich ...«
De Palma versetzte einer Kiste, die quer unter dem Arbeitstisch stand, einen kräftigen Fußtritt.
»Hol sie vor«, befahl er.
Priotti bückte sich und gehorchte keuchend, wobei rostige Nägel kreischten.
»Sieh hinein!« sagte De Palma und bog ihm den Kopf noch weiter nach

vorn. »Was siehst du?«
Priotti sah eine Kiste mit Spänen, Sägemehl, Feilspänen, Abfällen aus Blech und Holz, Papierresten, Plastik, leeren Dosen. Aber inmitten dieser ganzen Abfälle befanden sich auch die Teile einer zerstückelten dicken Wachskerze.
»Was siehst du?«
»Das ist . . . es ist eine Kerze«, stammelte Priotti.
Als hätte er sich selbst in eine brennende Kerze verwandelt, tropfte der Schweiß von ihm in die Kiste hinab.
Santamaria packte zwei Stücke mit einem Taschentuch und hielt sie hoch. Eines, das kürzere, war noch ganz. In dem anderen, das quer aufgeschnitten war, befand sich ein länglicher Einschnitt.
»Die da hast du verpatzt, das Loch ist schief geworden, der Bohrer ist dir abgerutscht.«
»Nein, Ehrenwort, ich bin nicht hier . . .«
»Wie viele hast du denn aus der Kirche mitgenommen? Zwei? Drei?«
»Nein, ich war's nicht.«
»Bei der zweiten hast du keinen Fehler gemacht, was? Schau da hinein!«
Er schob ihn bis zum Ofen und stieß ihn mit der Nase in den kleinen Blechtopf, in dem sich Spuren von aufgelöstem Wachs befanden.
»Du hast den Sprengkörper hineingetan, hast den Docht wieder eingesetzt, und dann hast du Wachs aufgelöst, um das Loch zu schließen. Woher hattest du den Sprengkörper?«
»Ich war's nicht, ich war's nicht.«
»Wer hat ihn dir gegeben?«
»Niemand, ich hab' es nicht getan, ich weiß von nichts!«
De Palma schüttelte ihn.
»Das ist deine Baracke, der Bohrer gehört dir, du bist es gewesen, du hast den Priester in die Luft gejagt!«
»Hier gibt es ja nicht einmal einen Schlüssel!« sagte Priotti flehentlich. »Jeder kommt und geht hier herein, wie er will!«
»Wer?«
»Alle! Außerdem ist es mindestens eine Woche her, seit ich zum letztenmal hier gewesen bin!«
»Hör doch auf. Du hast ihn um die Ecke gebracht, und basta.«
Er öffnete die Tür mit einem Fußtritt und rief den Polizisten herein, der draußen Wache hielt.
»Der hier ist auch wegen Mordes verhaftet, leg ihm die Handschellen wieder an.«
»Ich bin es nicht gewesen, ich schwöre es bei –«
»Hör doch auf, Sakristan.«

»Warum sollte ich ihn denn um die Ecke gebracht haben?« schrie Priotti und hielt zerstreut seine Handgelenke hin, als wären es nicht die eigenen.
»Das ist eine lange Geschichte«, sagte Santamaria, »die Bortolon haben sie mir erzählt.«
»Und dann erzähl' ich euch eben, daß sie es waren, die etwas gegen den Pfarrer hatten; schließlich sind sie es ja auch gewesen, die ihn am vorletzten Freitag verprügelt haben.«
»Das haben sie uns schon gesagt.«
»Das mit der Kerze waren sie auch!« schrie Priotti. »Auch diese beiden Hurensöhne können schließlich mit einem Bohrer umgehen!«
»Dann komm und sag es ihnen ins Gesicht«, schlug De Palma vor, »ist dir das recht?«
Priotti sah einen Augenblick lang auf seine Handgelenke.
»Oh, diese beiden Hurensöhne«, knurrte er, »oh, dieser Hurensohn von einem Vicini!«
»Richtig. Diesen anderen Hurensohn hattest du ganz vergessen«, sagte Santamaria und nickte zustimmend.

9

Signora Guidi stieg aus dem Streifenwagen, warf einen Blick auf die Szene und sagte mit gespielter Toleranz:
»Ich weiß nicht, aber dieses Mädchen gerät immer an die sonderbarsten Orte.«
Der andere Fahrgast, der sich schon im Auto befunden hatte, als Cottino bei ihr vorbeigekommen war, um sie abzuholen, sah sich ebenfalls um und lächelte. Aber er lächelte vor sich hin, lächelte nicht etwa sie an, und sprach kein Wort, wie er auch schon während der ganzen Fahrt nicht geredet hatte. Und Cottino, der ihr in einer halben Stunde nicht hatte erklären können, ob es sich um eine Fabrik, ein Lager oder einen landwirtschaftlichen Betrieb handelte, enthielt sich jeden Kommentars. Von ihm war weder Trost noch Hoffnung zu erwarten.
»Es sind ja sehr viele Leute gekommen, sogar die Carabinieri sind da«, bemerkte Signora Guidi, als befände sie sich auf einem Empfang.
Unnötige Unbefangenheit, vergeudete Selbstbeherrschung. Die beiden anderen bemerkten nicht einmal, daß sie in Wirklichkeit eher geniert war. Um nicht zu sagen, aufgeregt beziehungsweise verwirrt.
Von einer bedrohlichen Backsteinfassade, der die unerwartet klare, wolkenlose Dämmerung ein monumentales, archäologisches Aussehen verlieh, löste sich plötzlich die Gestalt von Thea.

»Ciao, Mama! Gott sei Dank, ich hatte schon Angst, Cottino hätte sich . . .«
Signora Guidis Angstzustände wichen dem Ärger über ihre Tochter.
»Wo zum Teufel bist du denn hingeraten? Und wir«, sie wies auf ihren Reisegefährten, von dem sie annahm, er sei ebenfalls ein Zeuge, »was sollen wir denn bezeugen?«
Thea hängte sich mit aufgeregter Verschwörermiene bei ihr ein. Signora Guidi fühlte sich in höchstem Maße provoziert.
»Nichts«, sagte sie, während die anderen ihnen durch eine schmale kleine Tür vorangingen, »das war ein fauler Trick von mir, ich wollte dir den Topos zeigen, das heißt, das hier ist nicht der richtige Topos, ich erkläre es dir später. Das hier ist jedenfalls der Ort, wo sich alles zugetragen hat, und ich habe gedacht, daß du nach den –«
»Was zugetragen hat?«
»Gigantische Machenschaften, die Graziano jetzt untersucht . . .«
»Aha, Graziano hat auch damit zu tun?«
»Nein, nein, im Gegenteil, er ist bei dem gesamten Einsatz sehr nützlich gewesen, und jetzt haben sie ihn damit betraut, bestimmte Pläne von Fiat zu überprüfen, er versucht herauszufinden, an wen –«
»Fiat? Wie bitte, Fiat? Wieso . . .?«
»Ach, wegen des Ingenieurs, des Engels, weißt du. Er war es, verstehst du?«
»Wer? Was?«
»Der Kopf der Bande. Entweder er oder der Pfarrer, stell dir vor. Komm, komm, ich zeig' dir alles . . .«
Der milchbärtige Polizist an der kleinen Pforte hielt ihnen die Tür auf.
»Danke«, lächelte Thea ihm zu.
»Handelt es sich um die bewußte Zeugin?« fragte er.
»Ja, sie ist es«, versicherte Thea ihm ernsthaft.

Mit der Zeit hatte sich in dieser nüchternen Kirche eine Menschenmenge angesammelt; nackte Glühbirnen und Neonröhren waren nach und nach angemacht worden, um der Dämmerung entgegenzuwirken. Hier gab es keine Kerzen, kein Feuer. Trotzdem kam es Signorina Caldani in beängstigender Weise, als würde eine vertraute Szene im Traum unheilvoll entstellt, so vor, als befände sie sich an einem Freitag in Santa Liberata.
Die Bortolon wurden in Handschellen abgeführt. Priotti kam heran, auch er mit Handschellen an den Gelenken. Da und dort waren bekannte Gesichter, Gruppen, die sich hinter dem Zementsockel, auf dem sie saß, gesammelt hatten. Menschen hatten sich irgendwo angelehnt, andere standen links und rechts des Förderbandes wie zu beiden Seiten

eines langen Sakristeitisches ... Aber wie in einem Alptraum schienen sie alle ihretwegen hier zu stehen, um etwas Schimpfliches, etwas Schreckliches zu sagen, das sie in Santa Liberata niemals erfahren oder verstanden hatte.
Da waren die Bortolon, die die gefesselten Fäuste schüttelten und Flüche und Verwünschungen ausstießen.
Da war Priotti, der mit erstickter, grimmiger Stimme antwortete.
Wildes Geschrei, in bestialischer Weise hingeschleuderte Anklagen und Verteidigungen.
Du warst es!
Nein, ihr!
Obszönitäten einer Kloake, ein erschütterndes Stimmengewirr.
Zorn. Haß. Gier. Gewalt. Eine Brutalität, die jetzt, in diesem Alptraum, im Leben der Pfarrei unter einem dünnen Schleier immer vorhanden gewesen zu sein schien. Im Traum waren es diese unbekannten Männer gewesen, die einen unbekannten Priester getötet hatten. Und die Kirche selbst, die Pfarrei, die Insel des Heils, verwandelte sich in eine Grotte voller Diebe und Mörder.
Nur konnte man diesmal nicht darauf bauen, daß der Alptraum aufhörte. Man konnte nicht hoffen, daß er vorüberging wie so viele andere.
Das ältliche Fräulein senkte den Kopf und sah auf seine Hände, die gefaltet im Schoß lagen und nicht zitterten. Dafür zitterten ihre Lippen. Sie öffnete die Tasche, um ein Taschentuch zu suchen.
»Entschuldigen Sie«, sagte sie zum Brigadiere Mattei, der gekommen war, um sie abzuholen.
Der Brigadiere setzte sich neben sie und legte sanft eine Hand auf ihren Arm, ohne etwas zu sagen.

Sie konnten ihn nicht festnageln, es gab keinerlei Beweise, dachte Priotti, und die Kehle tat ihm von der wütenden Verteidigung weh. Die beiden Dummköpfe da konnten es doch gewesen sein. Oder Vicini. Besser Vicini. Vicini ohne Zweifel, der Fiat-Mann, der Ingenieur, der Kopf. Die Gegenüberstellung war für Priotti gut verlaufen, niemand konnte sagen, er habe etwas gesehen, und wenn auch Fingerabdrücke auf diesen Wachsstücken waren, die sich mit seinen als identisch erweisen würden, war das noch kein ausreichender Beweis, da er ja so ziemlich alle Kerzen in Santa Liberata anfaßte. Und wie man dauernd in den Zeitungen lesen konnte, gingen solche Angelegenheiten zwischen Gutachten und Gegengutachten meist glimpflich oder sogar gut aus.
Die Hauptsache war, daß sie ihm das Attentat nicht beweisen konnten, niemand hatte ihn gesehen, als er am vergangenen Dienstag mit einem (zu dicken) Bohrer von einem halben Zoll drauflosgearbeitet hatte und

diese gemeine Kerze zerbrochen war (die Hand war ihm ausgerutscht) und er die Stücke in die Kiste geworfen hatte (er hatte es zu eilig gehabt, fertig zu werden). Dann hatte er die zweite Kerze genommen, mit der es geklappt hatte, die wie ein Juwel explodiert war, ohne auch nur ein Stück, ein Krümchen übrigzulassen ...
Er trocknete sich das Gesicht ab und stieß einen triumphierenden Seufzer aus. Das war gelaufen. Über den gesamten Rest konnten sie ihn befragen, soviel sie wollten, er würde kein Wort mehr antworten.

10

»Wer soll dieser Zeuge denn sein? Wo ist er?« fragte die Pietrobono ungeduldig und folgte dem Gefreiten durch die engen Gänge zwischen den Kisten.
Aber Cottino ließ sich auch in diesem Fall von niemand antreiben, er beachtete die Vorfahrten und wollte nicht gern an jeder Kreuzung in diesem allgemeinen Kommen und Gehen der Ordnungskräfte mit den anderen Polizisten und Carabinieri zusammenstoßen.
Er habe keine Ahnung, wer der Zeuge sei, erklärte er. Er wußte nur, daß er vor kurzem im Polizeipräsidium aufgetaucht war, um im Fall Pezza-Genovese wichtige Aussagen zu machen; deshalb hatte ihn der Maresciallo Biazzi ihm übergeben, damit er ihn mit der Signora hierherbrachte.
»Mit welcher Signora?«
»Dieser Signora, tz«, erklärte Cottino vage.
Er blieb stehen und ging vorsichtshalber beiseite, um eine Gruppe in Handschellen mit ihren Begleitern vorbeizulassen.
»Das ist der Zeuge«, sagte er, als die Gruppe vorüber war, und deutete mit erhobenem Arm auf eine mit Mantel und Kappe vermummte Gestalt, die in der Nähe des Eingangs auf und ab ging.
Die Pietrobono stürzte mit einem kleinen Schrei nach vorn.
»Professor Monguzzi!«
»Signorina«, sagte Monguzzi, hob seine Tasche auf und kam ihr entgegen, während Cottino sich mit einem Kopfschütteln entfernte.
Es stellte sich heraus, daß Monguzzi, der auf den Topos dieselben Entzifferungskriterien angewandt hatte wie bei dem Briefwechsel, das Rätsel gelöst, daß er herausgefunden hatte, es müsse sich um ein unvollständiges Kraftfahrzeugkennzeichen handeln, und das genau in dem Augenblick, wo sein Zug in Valenza Po angekommen war. Daher hatte er sich beeilt, zurückzukommen, um ...
»Ich hätte telefonieren können«, kicherte er, während er mit den Hän-

den, die in dunkelbraunen Wollhandschuhen steckten, seine abgewetzte Baskenmütze in alle Richtungen dehnte und zerrte, »aber ich wollte Sie gern persönlich wiedersehen, weil ... das heißt, insofern ... unabhängig vom Topos, will ich sagen ...«

»Ich auch ... gänzlich unabhängig ...« murmelte die Pietrobono entzückt.

»Luigina!« sagte Thea, die herbeigeeilt war, »komm und –«

Sie unterbrach sich verlegen, lächelte, entschuldigte sich. Aber Graziano, erklärte sie, hatte das Geheimnis der INTERCARGO durchschaut und wollte gerade alles erläutern; auch Luigina mußte kommen, um es sich anzuhören. Luigina und ...

»Professor Monguzzi«, sagte Luigina. »Meine Freundin Thea.«

»Angenehm! ... Aber kommt jetzt, macht schnell ...« sagte Thea.

Die beiden Kommissare, Pastorello und der wiederauferstandene Dalmasso, Scarampi mit einem Leutnant und Graziano mit seinen Übersichten waren aus den Glasbüros zum Förderband übergesiedelt; mit verstreuten Dokumenten bedeckt und von Kisten, Kasten und sonstigen provisorischen Sitzgelegenheiten umgeben, wirkte es wie ein riesiger Konferenztisch. Kaum hatte sie sich gesetzt, zog die Pietrobono automatisch ihr Notizheft hervor, legte es vor sich hin und machte sich zum Schreiben bereit. Monguzzi und Thea nahmen zusammen mit Signora Guidi im Hintergrund Platz.

». . . eine wahnwitzige Sache, zunächst konnte ich es einfach nicht glauben, ich sagte mir, du mußt dich irren«, sagte Graziano gerade, »und nicht einmal jetzt weiß ich genau, wie sie es angestellt haben. Aber was sie gemacht haben, das weiß ich inzwischen. Den Grundgedanken habe ich verstanden.«

»Wir noch nicht«, sagte der Carabinieri-Leutnant unvermittelt, womit er ein kleines Lachen der Pietrobono und einen entmutigten Blick seines Vorgesetzten hervorrief.

Es entstand eine verlegene Pause.

»Nach Priotti«, sagte Santamaria, »soll der Pfarrer mehr oder weniger zufällig auf diese Idee gekommen sein, als er in alten Büchern las. Der Ingenieur soll dann erklärt haben, es handele sich um den Einfall des Jahrhunderts.«

»Und ob!« bestätigte Graziano mit einer Mischung aus Staunen und Bewunderung. »Es war die einzige Möglichkeit, daß die Rechnung schließlich aufging.«

Er hob die Augen zu den Tonnen Material, die sich wie die Wände eines Cañon längs des Förderbands auftürmten, dann senkte er den Blick wieder auf die Übersichtsrollen, die er vor sich hatte.

»Also, nehmen wir zum Beispiel einmal diese hier«, sagte er und entrollte langsam und vorsichtig eine der Tabellen, als handele es sich um einen auf Seide oder Papyrus aufgezeichneten heiligen Text. »Gut. Allein das hier entspricht, wenn man es mit den entsprechenden Lieferscheinen vergleicht, bereits einem Umsatz von einigen Milliarden Lire.«
Scarampi pfiff, wagte aber keinen Kommentar. Der Pietrobono stockte der Kugelschreiber in ihrem Heft.
De Palma strich sich das Haar glatt.
»Ich verstehe nicht, was der Umsatz damit zu tun hat. Schließlich ist es doch alles gestohlenes Zeug, nicht?«
»Ja, es stammt aus der Fiat-Produktion und sollte auf Lager gehalten und ins Ausland verschickt werden, oder es kam aus dem Ausland und sollte in Italien gelagert werden. Aber statt dessen wurde dieser Kreislauf unterbrochen, und es endete hier.«
»Eine Art organisierter Fehlsteuerung?«
»Eine computergesteuerte sogar. Die Programmierung erfolgte bei Fiat selbst«, Graziano ließ die lange gekringelte Übersichtsrolle wie eine Schlange zwischen den Fingern baumeln, »durch jemand, der Zugang zum Datenverarbeitungszentrum hatte. Ist Ihnen bekannt, ob dieser Vicini Zutritt hatte?«
»Er hatte«, bestätigte De Palma.
»Dann muß man es dort überprüfen. Aber soweit es sich schon jetzt ungefähr erkennen läßt, scheinen sie mit dem System der toten Lagerbestände beziehungsweise einer vorgetäuschten Lagerung gearbeitet zu haben. Auf diese Weise müssen sie das Material herausgeschleust haben. Und jedesmal handelte es sich um Milliardenproduktionen, die –«
»Das ist klar, aber dann«, unterbrach ihn Santamaria, »was haben sie dann mit diesem ganzen Zeug gemacht? Wer kaufte es ihnen ab? Du hast gesagt, du hättest herausgefunden, wie –«
Er unterbrach sich bestürzt, denn plötzlich leuchtete die gnostische Wahrheit vor ihm auf. Der Funke, begriff er endlich. Die Vision, das Pleroma, die apokryphe Offenbarung des Pezza.
»Das ist genau der Punkt«, sagte Graziano. »Denn lassen wir einmal unberücksichtigt, daß es Diebesgut war, für das nicht einmal sämtliche Hehler Italiens ausgereicht hätten . . .«
Aber Santamaria sah zu den hohen Oberlichtern hinauf, hinter denen die Dämmerung der Nacht wich. (Die Äonen, begriff er jetzt, die Archonten, der Kreislauf, die Pneumatiker . . . Der durch antike Wurzeln geadelte, in theologische Sphären gehobene Diebstahl . . . Der Pfarrer der Polydialoge, der die Gestalt eines Erzketzers annahm, der unbedeutende leitende Angestellte, der den Verborgenen Äon verkörperte und

auf den Großen Ordner seinen Einfluß ausübte ... Und Du, dachte er und richtete seinen Monodialog an den Wächter der Nacht selbst, bist vom Höchsten Boß zum schuldigen Schwindler, zum frevelhaften Produzenten frevelhafter Dinge degradiert worden.)

»Eine so riesige Produktion«, fuhr Graziano im gemessenen Ton einer Managerkonferenz fort, »könnte selbst der reguläre Markt nur schwer aufnehmen. Und was den Versand ins Ausland angeht ...« er zögerte einen Augenblick.

»Hätten sie sich mit euch einigen müssen«, half ihm Scarampi.

»Sagen wir, sie hätten uns um Rat fragen müssen«, gab Graziano zu.

(Das ist kein irdischer Mafioso, setzte Santamaria seinen Dialog mit dem Großen Boß fort. Er ist Dein Abgesandter, Dein Dolmetscher, den Du uns zu diesem dilettantischen Konzil geschickt hast, um uns zu erleuchten. Du hast ihn auf unseren Weg gestellt!)

»Aber davon abgesehen«, führte Graziano aus, »hätte es nicht einmal im Ausland einen ausreichenden Absatzmarkt gegeben. Was den normalen Markt angeht, gab es also keine Lösung. Nur daß –«

Die Worte des Bischofs Scalisi, des Entlarvers von Erzketzern, trafen auf ein ehrerbietiges Publikum. Thea ließ ihre Mutter im Stich und ging mit ekstatischen kleinen Schritten näher zu ihm hin.

»– nur daß das Unternehmen gar nicht mit dieser Absicht geplant war. Die Produktion, die sie aus Fiat herausschleusten, war gar nicht für den Markt bestimmt, jedenfalls nicht direkt. Es war der Produzent selbst, der sie wieder aufnahm.«

»Aber –« machte Scarampi nach einem Schweigen von drei Sekunden.

»Mein Gott!« schrie die Pietrobono mit sich überschlagender Stimme und sprang von ihrem Sitz auf. »Der –«

»Du willst doch wohl nicht behaupten, daß –« sagte De Palma.

»Aber sicher«, erwiderte Graziano, »Fiat selbst kaufte ihnen die Sachen ab, alles mit ordnungsgemäßen Rechnungen. Das gehörte einfach zu ihrem Plan. Das war der Einfall des Jahrhunderts.«

Die Pietrobono sank auf ihren Sitz zurück.

»Die Ophitenschlange! Der ewige Kreislauf! Und dabei«, sagte sie und blätterte fieberhaft in ihrem Heft, »habe ich es mir sogar notiert ... aus dem Leisegang abgeschrieben ... wo es heißt –«

»Was für ein Leisegang? Welche Schlange?« fragte der Carabinieri-Leutnant verwirrt. »Ich verstehe nicht –«

»Lesen Sie nur vor, Signorina«, sagte Scarampi.

»Hier ist es ja, Seite sechsundsechzig, die Lehre vom Ophitenkreislauf«, las die Pietrobono mit vor Aufregung zitternder Stimme vor: »Die Schöpfung, die Produktion der Materie und der Welt ist von Übel, denn sie entleert und schwächt die göttliche Fülle. Daher sorgt der

Verborgene Äon mit Hilfe des Weltenordners dafür, daß die Materie wieder zu sich zurückfindet. Der Kreislauf schließt sich mit der totalen Wiederaufnahme des Pleromas.«

»Also das Pleroma ...« sagten auf einmal alle durcheinander, »der Weltenordner ... der Verborgene Äon also ...«

»Ich«, sagte der Carabinieri-Leutnant, »geb's auf.«

13. Der Verborgene Äon, endlich

1

Der Verborgene Äon, endlich war er zum Vorschein gekommen. Alles war geklärt. Auch wenn es noch vieles zu überprüfen und aufzudecken galt, wie Scalisi in aller Bescheidenheit seinem ungeduldigen Publikum näherzubringen versuchte. Nur in groben Zügen ließ sich bis jetzt der gesamte »Kreislauf« rekonstruieren: ein Kreislauf, dessen erste Phase in der Räumung tatsächlich vorhandener, aber »vergessener«, aus dem Elektronengehirn im Corso Marconi gelöschter Lagerbestände zugunsten der INTERCARGO bestand, während bei der Rücklaufphase nach entsprechender Fälschung der Lieferscheine, Verpackung, Stempel, Erkennungs- und Eingangsnummern ein Verkaufs- beziehungsweise ein Wiederverkaufsfluß von Tochtergesellschaften und Zulieferfirmen in aller Welt an Fiat vorgetäuscht wurde: aus Jugoslawien, Polen, Spanien, Frankreich, Argentinien, Brasilien, der Türkei . . .
Dasselbe Material konnte sogar mehrmals zwischen Fiat und der INTERCARGO hin- und hergehen, man mußte nur jedesmal wieder die Herkunft fälschen; in manchen Fällen brauchte der Transport des Materials gar nicht erst vorgenommen zu werden: Im Elektronengehirn resultierte es als eingegangen oder wieder eingegangen, bevor es die Firma überhaupt verlassen hatte. Und die Zahlungen an die »Lieferanten«, die nichts erwarteten, da sie ja nichts geliefert hatten, wurden schließlich auf Auslandskonten in der Schweiz, eher noch in Holland transferiert, von wo . . .
»Sie verstehen . . .« war aus dem Tonfall, wenn auch nicht aus den Worten des Bischofs Scalisi herauszuhören. Santamaria verließ den Schauplatz und ging nach draußen, um in aller Ruhe sein einsames Gespräch auf Höchster Ebene wiederaufzunehmen.
Quid noctis? Die letzten symbolischen Wolken fransten aus, von höheren Winden besiegt, und der dämmrige Himmel zeigte bereits eine vielversprechende Zahl Sterne.
Also alles klar, alles in seiner Umlaufbahn. Der Alte Champion, der Große Boß, der Letzte Äon, der Schöpfer und Herr über diese fragwürdige Welt hatte wieder einmal gesiegt. Die »Produktion« würde wie bisher weitergehen, von den entferntesten Gestirnen bis hin zur letzten Schraube des letzten Kleinwagens.
Es freut mich für Dich, für Deinen weißen Bart, dachte Santamaria und

sah nach oben, auch wenn wir hier unten etliche Hemden durchgeschwitzt haben in Deinen Labyrinthen. Ich hoffe, Du weißt unsere agnostische Arbeit zu schätzen. Ich rechne früher oder später auf ein Zeichen Deiner Anerkennung.
Die Scheinwerfer eines heranrasenden Fahrzeugs blendeten ihn. War das das Zeichen?
Er hielt die Hand über die Augen, während der Wagen drehte und wenige Meter vor ihm hielt: Es war ein Streifenwagen, aus dem Sulis, Biffignandi, Carlevero heraussprangen. Im Laufschritt kamen sie auf ihn zu.
»Er wird gleich eintreffen, er wird gleich da sein!«
»Wer?«
»Doktor Musumanno! Er möchte sich persönlich über die Angelegenheit informieren!«
Hierarchische Ängste, Firmenunterwürfigkeit, die den Kommissar, der seit drei Tagen an ganz anderen Umgang gewöhnt war, kalt ließen.
»Sind Journalisten da?« wollte Sulis wissen.
»Nein.«
»Ist niemand unterrichtet worden?«
»Hm, bei einer Sache von solchen Ausmaßen, mit der ziemlich viele Leute zu tun haben, wird es sich kaum vermeiden lassen, daß eine gewisse ...«
»Leider, leider ... Wo habt ihr sie hingeführt?«
»Sie sind alle da drinnen. Wir haben versucht, eine erste ... Bilanz zu ziehen und haben zwecks Klärung technischer Einzelheiten schon auf euch gewartet«, sagte Santamaria und lächelte den drei bekümmerten Gesichtern zu. »Aber das Material ist alles von euch, darüber besteht kein Zweifel.«
Sulis entfuhr ein gleichsam aus den Eingeweiden kommender Seufzer.
»Eine furchtbare Sache ... Und das schlimmste ist ...« sagte er heiser, »wie es scheint, gehört auch dieser Laden hier ... gehört er zu uns.«
»Die INTERCARGO? Ist sie ein Fiat-Unternehmen?«
»Nein, nein, aber das Grundstück, die Lagerhallen, die Gebäude. Es handelt sich um eine unserer früheren Gießereien, die bei der teilweisen Umverteilung von 1968 an die Rivalta übergehen sollte, nur ging die Rivalta ihrerseits bei der ersten Dezentralisierung im Jahre 1971 über an ...«
»Und bei diesen Übergängen«, sagte Santamaria, »ist die Fabrik verschwunden?«
»Verwaltungsmäßig, wie man so sagt. Nur verwaltungsmäßig. In dem Sinne, daß es heute fünf Abteilungen in unserem Unternehmen gibt, die theoretisch für diese Gebäude verantwortlich wären, auch wenn –«

Eine große dunkle Limousine kam hereingefahren und wirbelte Dreck zwischen den gespenstischen Gebäuden auf.
Aber Du wirst doch zugeben, dachte Santamaria und hob die Augen zu den Sternen, daß auch Deine Feinde hier nicht von Pappe waren.
Musumanno entstieg überlebensgroß seiner Karosse.
»Dottore, Dottore!« stürzte Sulis nach vorn, als wolle er einen nicht vorhandenen roten Teppich ausrollen.
Die Persönlichkeit sah ebenfalls zu den Sternen hinauf und zog die Handschuhe aus.
Er kam mit großen, langen Schritten näher, in einen kegelförmigen, mit (russischem oder kanadischem) Lammfell gefütterten Ledermantel gehüllt, der ihm bis zu den Knöcheln hinabhing, den unbedeckten Kopf mit dem steinernen Profil erhoben.
Sie stellten ihm Santamaria vor (den sie nicht Kommissar, sondern »Dottore« nannten), und der große Mann ließ aus einer Höhe von einem Meter neunzig den Blick eines Blinden auf ihn herabfallen.

Nach Santamarias Erfahrung gab es drei Kategorien von Mächtigen. Diejenigen, die ihre Macht zur Schau stellten, um einen zu erdrücken. Diejenigen, welche sich zurückhielten, um einen mit ihrer Leutseligkeit zu erdrücken.
Schließlich die, die einen nicht erdrückten, weil sie einen von der Höhe ihrer Macht herab nicht einmal wahrnahmen.
Zu dieser letzten Sorte gehörte Musumanno, der gebeugt durch die kleine Pforte ging (ein Bogen, ein Triumphbogen wäre für ihn angemessen gewesen!), gefolgt von Biffignandi, Carlevero und schließlich von Sulis, der im Vorbeigehen eine entschuldigende Geste machte, ein »Was wollen Sie, er ist nun mal so!«
Sie konnte aber auch bedeuten, überlegte Santamaria, während er sich anschickte, ihnen zu folgen, »Was wollen Sie, das ist seine Abteilung, er ist in Schwierigkeiten, das kann ihn den Kopf kosten.«
Er drehte sich nach einem anderen Wagen um, der gerade ankam. Der Staatsanwalt? Der Polizeipräsident?
Der Polizist, der es nicht gewagt hatte, Musumanno anzuhalten, beugte sich nun vor, um mit dem Fahrer zu sprechen, und dirigierte ihn zu den Fahrzeugen der Polizei hin, die auf der rechten Seite geparkt waren. Es war ein Privatwagen, der sich nun vor einen der Streifenwagen stellte und den Motor abschaltete. Sofort kam ein anderer Polizist (wie Dalmasso, als ihm am Freitagabend der Volkswagen die Sicht und die Bewegungsfreiheit in der Gasse vor Santa Liberata blockiert hatte) und protestierte. Die Eindringlinge mußten erneut den Platz räumen. Es waren zwei Mann, es mußte sich um Musumannos Eskorte, um seine

Leibwächter handeln. Vor lauter Ärger ließen sie den Motor aufheulen und suchten sich einen anderen Platz in der Nähe von Priottis Baracke.

2

Musumanno war vorübergegangen, so wie ein Zar in den Thronsaal schritt. Er hatte einen Augenblick haltgemacht, um die Masse der ihm zugewandten Köpfe zu betrachten, die bei seinem herrscherähnlichen Auftritt verstummt war, und war dann, nachdem er sich durch eine Handbewegung von seinem Gefolge befreit hatte, einsam und finster zwischen den Kisten verschwunden.

Irgend jemand hatte weitere Neonröhren eingeschaltet, die einzelnen Gruppen hatten wieder lebhaft zu sprechen begonnen. De Palma und Scarampi sprachen mit Sulis; Graziano unterhielt sich vor Theas begeisterten Augen mit Carlevero und Biffignandi; die Pietrobono sprach mit Monguzzi; der Carabinieri-Leutnant mit einem Carabinieri-Brigadiere; Pastorello redete mit Tropeano, Michele; Mattei sprach zur Caldani, neben der er saß. Nur Signora Guidi saß allein da, den linken Arm auf den Ellenbogen gestützt, an dessen Ende sich eine Zigarette in Asche verwandelte.

Santamaria ging geradewegs auf diese traurige Gestalt zu.

»Muß ich mich entschuldigen, weil ich Sie ein wenig vernachlässigt habe?«

»Das ist wahr«, lächelte sie, wobei sie in die Runde blickte, »es fehlen nur noch die Martinis und Manhattans. Und ein paar Fiat-Ehefrauen.«

»Es fehlen auch ...« sagte der Kommissar, als suche er sie, »Genovese ... Pezza ... Vicini ...«

Die Guidi nahm wieder ihren nachdenklichen Ausdruck an und musterte ihn.

»Sind Sie denn wenigstens zufrieden? Sie haben doch all Ihre Probleme, den Topos und den gesamten Rest, gelöst.«

Dem Kommissar wurde bewußt, daß er keineswegs zufrieden war. Die Frauen, dachte er.

»Sind *Sie* denn zufrieden?«

»Wo denken Sie hin! Die einzige, die hier zufrieden sein kann, ist Thea; ihr Freund hat Ehre eingelegt, er macht den Eindruck eines Harvardprofessors. Er ist ein vielversprechender junger Mann, ich möchte über ihn mit Musumanno sprechen.«

»Kennen Sie ihn?«

»Nein, eigentlich nicht gut. Ich bin ein paarmal draußen in ihrer Villa in Santena gewesen, aber er ist ein bärbeißiger Kerl. Ich verkehre aber

mit seiner Frau, Clara Musumanno, eine bildhübsche Person, viel jünger als er. Und nicht unsympathisch. Ich möchte ihr diesen jungen Mann empfehlen, der im Rechnungswesen so tüchtig ist.«
»Eine ausgezeichnete Idee«, sagte Santamaria, »wo es sich im Grunde genommen doch in beiden Fällen um internationale Konzerne handelt.«
Sie sahen sich ganz ernsthaft an.
»Eben!« platzte die Guidi heraus.
Dann lachte sie und tat so, als biete sie ihm etwas zu trinken an.
»Champagner, Kommissar?«
»Danke, ich hätte lieber einen Wodka.«
»Hier ist Ihr Wodka«, machte sie und reichte ihm ein nichtvorhandenes Glas. »Nein, aber da ist etwas, etwas Schreckliches, an das ich gedacht habe... Wenn Thea diesen Ingenieur geheiratet hätte, diesen Vicini, der mir, nebenbei bemerkt, am meisten von allen leid tut, Gott weiß warum...«
»Weil er sich als Kryptonormaler herumgeplagt hat?«
»Ja, vielleicht, aber nehmen wir doch einmal an, sie hätte ihn heiraten wollen, ich weiß, es ist unvorstellbar, aber setzen wir einmal den Fall. Wie hätte ich darauf reagiert, was hätte ich ihr gesagt?«
»Bei dem Gesicht...«
»Ich weiß, und bei dieser blökenden Stimme, Sie haben ihn nicht säuseln hören, als er den Knaben, den Engel spielte...«
»Aber das war er doch! Er war der Engel des Bösen, der Verborgene Äon; was kann man von einem verlangen, der...«
»Einverstanden, das mag sein. Aber ich wollte sagen: leitender Angestellter bei Fiat, eine sichere Karriere, eine präsentable Familie, alles in Ordnung, alles geregelt. Wenn Thea es sich in den Kopf gesetzt hätte, ihn zu heiraten, hätte ich keinen *ernstzunehmenden* Einwand gehabt, verstehen Sie? Und rein theoretisch, nach einer statistischen, gesellschaftlichen Wahrscheinlichkeit, hätte Thea viel eher jemand wie ihn treffen, sich mit einem Ingenieur von Fiat zusammentun können, als mit einem... als mit ihrem Freund dahinten. Das ist es, was ich schrecklich finde. Verstehen Sie, was ich sagen will?«
»Kurz und gut«, seufzte der Kommissar, »es gibt keine Religion mehr, an die man sich halten kann.«
Die Guidi lachte und streifte die Asche von ihrer Zigarette.
»Also kurz gesagt, wie weit ist die Nacht?« sagte sie.
Aber aus irgendeinem geheimnisvollen Grund war es diese Hand mit den lackierten Fingernägeln, waren es diese Perlmutterreflexe, die Santamaria berührten, als handelte es sich um das unstimmigste, »dunkelste« aller Dinge um ihn herum. Von diesem Augenblick an begann er

von neuem, Zweifel zu hegen, fing er an, sich von dieser absurden Cocktailparty in der Fiat-Gespensterfabrik zurückzuziehen. Oder vielleicht hatte die unerwartete Stille auch ihn zum Schweigen gebracht. Musumanno war zurückgekehrt.

Die Experten (und De Palma) umringten den Riesen. Die Managerkonferenz am langen Tisch des Förderbandes ging unter höchstem Vorsitz weiter. Bekannte und unbekannte Begriffe flatterten auf einmal wie schmutzige Wäschestücke umher.
»Es ist unnötig, bevor die Gesamtbilanz –«
»Er hat auf die Ausgangsprotokolle gesetzt –«
»Er hat ihnen ein regelrechtes Programm erstellt, jeden Freitag hat er ihnen eine Übersicht gebracht, die –«
»Wenn wir einen monatlichen Abrechnungsmodus annehmen, sagen wir, eine –«
»Äußerst raffiniert, denn er wählte Material aus, das nur provisorisch registriert war, und dann hierher –«
»Die Lagerbestände, die nicht auf der Inventurliste geführt wurden, liefen auf dem *kick-back* der Lizenznehmer, die leider –«
Von der steinernen Traurigkeit eines geschlagenen Generals eingehüllt, hörte Musumanno zu.
»Beim *out* liegt der gleiche Mechanismus zugrunde wie bei der vorangegangenen Operation, aber in gigantischerem Rahmen; und dann diese Simulation von *in*-Bewegungen, die im Datenzentrum programmiert wurden und einen Spielraum von –«
»Die Daten waren selbstverständlich kodifiziert, und er selbst übertrug sie in menschliche Sprache; hier ist eine Großauflistung, die Woche für Woche, bis –«
»Die Verlustposten verbuchte er offenbar auf das Konto –«
»Da die ZCZ und die FSM dreigliedrig organisiert sind und die verstaatlichten südamerikanischen Filialen im allgemeinen ein halbes Jahr brauchen, um ihre –«
»Das einzige, wodurch die Sache hätte herauskommen, hätte entdeckt werden können, bevor Jahre vergangen wären, hätte die Gesamtbilanz sein können! Aber wenn die Gesamtbilanz nicht –«
»Milliarden? Was heißt hier Milliarden Lire! Der war dabei, uns auszusaugen –«
Musumanno hob die Hand.
Seine tiefe, dunkle Stimme, die an den Wind im Wald erinnerte, enttäuschte niemanden.
»Kann ich erfahren«, artikulierte er, »von wem die Rede ist?«
Sulis war sofort da (aber würde er es auch morgen noch sein?), um den

zerstreuten Erhabenen zu beschwichtigen.
»Von Ingenieur Vicini aus der Abteilung C.«
Musumanno öffnete langsam seinen weiten pelzgefütterten Mantel.
»Aus *meiner* Abteilung C?«
»Ja, Dottore.«
»Es war der mit dem Stock«, half Carlevero weiter, »der die Tauben fernhielt, während Sie ...«
Er ging einige Schritte auf und ab und wedelte mit einem nicht vorhandenen Stock herum, dann blieb er vor Santamaria stehen.
»Der Dottore hat eine große Leidenschaft für den Umweltschutz, für die Vögelchen«, enthüllte er, als zerginge ihm ein Nektarbonbon auf der Zunge, »und jeden Freitagmorgen steigt er auf das Dach im Corso Marconi hinauf, um sie persönlich zu füttern, er selbst wirft ihnen die Krumen hin ...«
Sulis kramte fieberhaft in sämtlichen Taschen. Der Vogelschützer hatte in seiner ruhigen Art aus einem Etui eine Zigarette mit einem langen Pappmundstück herausgeholt und an die Lippen geführt.
Biffignandi ließ ein goldenes Feuerzeug klicken. Die Flamme zitterte. Eine Rauchschwade kräuselte sich und entschwand in die dunklen Höhen der Werkhalle.
»Ich sehe nicht ...« sagte Musumanno und hielt die Augenlider halb geschlossen, »ich sehe ihn nicht vor mir, diesen Vicini ...«
Sulis begann, sowohl seine äußere Erscheinung als auch seine Funktion innerhalb der Firma zu beschreiben, und während der andere in Gedanken versunken mit halbgeschlossenen Augen, die lange Zigarette im Mundwinkel, zuhörte, fing Santamaria wieder an zu zweifeln, die Macht der Dunkelheit zu spüren.
Also, dachte er und schaute verstohlen zur Decke, ich weiß nicht recht, ob Du am Ende tatsächlich gewonnen hast. Es ist mir nicht klar, ob es Dir gelungen ist, Dich nicht in den allgemeinen Schlamassel hineinziehen zu lassen.
Diese flüchtige, schillernde Unterwürfigkeit, die sich nach dem Sturz des Zaren schon morgen auf seinen Nachfolger konzentrieren würde. Diese Fabrik, die »nicht existierte«. Die Wachskerze, die keine war, sondern ein tödlicher Sprengkörper. Dieses Pseudo-Barock. Der illusorische Geheimgang, auf dem illusorische Engel aufgemalt waren, während der wirkliche Engel, der Engel der Dunkelheit, der vierzehnte Äon, ein blökender Angestellter war, der fürchtete, er sei normal, und deshalb alle Pfade der Anormalität durchschritt und daher Mitleid erregte bei ...
Er fühlte, wie sein Arm leicht berührt wurde, vernahm ein parfümiertes Flüstern an seinem Ohr.

»Haben Sie vielleicht eine Zigarette? Meine sind alle.«
Santamaria erinnerte sich, daß er kurz zuvor im Hof unter den Sternen die letzte aus seinem Päckchen geraucht hatte.
»Auch ich habe keine mehr.«
»Da kann man nichts machen. Besser so.«
Diese lackierten Fingernägel, dachte der Kommissar und durchsuchte trotzdem seine Taschen, dieser Phantasieschmuck, dieses Parfüm zwischen den Kisten mit Diebesgut, mit wiederaufgenommener Produktion. Was hatte diese schöne Frau hier drinnen für einen Sinn? Welchen Sinn hatte eine Dame überhaupt noch? Dalmassos Irrtum, der sie für eine Nutte gehalten hatte, entsprach durchaus dem Dunkel. Und konsequent war auch die Verhaftung des Erzbischofs gewesen; konsequent das Mißverständnis mit den Tonbändern, das über einen falschen Bart bis hin zu den gefälschten Berechnungen eines allmächtigen Elektronengehirns geführt hatte; folgerichtig war die Suche nach dem Topos gewesen, nach der Lösung des falschen griechischen Rätsels, das zum banalen Lastwagenkennzeichen geschrumpft war, um sich wieder zur langen, sich selbst verschlingenden gnostischen Schlange auszudehnen ...
Seine Finger stießen auf ein hartes Röllchen unten in der Innentasche. Eine Zigarette, die letzte. Aber wieso hier, in dieser Tasche?
Ach so, es war gar keine Zigarette. Es war der kleine »Abfall«, den er heute morgen in Vicinis Büro im Corso Marconi vor dessen Selbstmord aufgesammelt hatte.
Ach, grübelte Santamaria, immer noch taub, immer noch entmutigt. Der arme, elende, geifernde Verborgene Äon, der arme, mißtönende Selbstmörder ...
Der einzige sichtbare Zusammenhang in dieser ganzen Geschichte lag in der Inkohärenz, den Irrtümern, den Verdrehungen, den Mißtönen. Sie haben Dich ausgeschaltet, dachte er, hier kontrollierst Du überhaupt nichts mehr, keine einzige Sache ist so recht stimmig.
Er betrachtete die Caldani, dieses schwarze, leidgeprüfte Bündel.
Er sah in weiterer Entfernung die von Schlägen blauunterlaufenen Bortolon, die eine Pseudo-Drogentüte getragen hatten ...
Er betrachtete die Arbeiter der INTERCARGO in ihren blauen Overalls, mit Handschellen gefesselt, wahrscheinlich schlecht bezahlt, bis auf die Knochen vom perfekten Ophitenmechanismus ausgesaugt, die sich möglicherweise nach Art der Gewerkschaften aufgelehnt und Priotti oder Vicini gedrängt hatten, ihren Chef Pezza, diesen ketzerischen, größenwahnsinnigen Priester auf dem Gipfel seines Gerüstturms zu beseitigen.
Er betrachtete den Mafioso Scalisi, der der Fiat wertvolle Hinweise gab.

Er sah die höchst gespannte Pietrobono, die ihren Stift zwischen den Zähnen hielt. Er beobachtete Musumanno, den Freund der Spatzen, der vor sich hin rauchte, ohne etwas zu sehen.
In diesem Augenblick hörte nur er ein Atmen in der Dunkelheit, ein geheimnisvolles Kichern, den Hauch des Großen Bosses.
Er geriet nicht außer sich. Er blieb stehen, wo er war, wie auf den Fußboden hingegossen, und ordnete das Universum in einer Minute neu. Er verriet sich in keiner Weise. Nur die Guidi bemerkte seinen ersten halben Schritt zurück, den zweiten, und warf ihm einen fragenden Blick zu.
»Nichts«, flüsterte Santamaria ihr zu und berührte ihre Schulter, »ich bin gleich wieder da.«
Er entfernte sich äußerst langsam und fing erst zu laufen an, als er den Cañon aus Lattenkisten und Containern verlassen hatte.
Draußen sah er, daß die Sternenproduktion erheblich zugenommen hatte; und er sah sofort die rotglühenden Spitzen der Zigaretten in den wartenden Fahrzeugen.
»Gebt ihr mir eine Zigarette?« fragte er zunächst.
Einer der Männer reichte ihm wortlos das Päckchen.
Santamaria stellte ihm seine weiteren Fragen.
Ja, der Hauch hatte seine Wirkung getan.
Als er fertig war und sich für die Rückkehr gewappnet hatte, ging er leichtfüßig auf die Werkhalle zu, aber bevor er die kreischende kleine Pforte passierte, wandte er sich noch einmal um und sah zum Himmel hinauf.
Danke, dachte er, Du hast Dich beeilt, Deine Schuld zu begleichen.
Nur er hörte das spöttische kleine Lachen.

Niemand schenkte ihm Beachtung, als er wieder hereinkam. Niemand bemerkte, daß er sich bückte und das lange Mundstück der russischen Zigarette aufhob. Der Zar hatte zu Ende geraucht. Der Zar hatte zugehört, verstanden, entschieden. Der Zar wollte gerade aufbrechen.
Santamaria nahm De Palma und Pastorello zur Seite, sprach kurz mit ihnen, und während auf beiden Seiten des Förderbandes verschiedene Bewegungen, diskrete Umgruppierungen erfolgten, nahm Santamaria Platz, obgleich die Konferenz in Auflösung begriffen war.
»Einen Augenblick«, sagte er, »Doktor Musumanno.«

3

Der Zar schloß noch seinen vierten Knopf, und ohne die Augen von diesem Störenfried abzuwenden, neigte er den Kopf nach links, als sei er schwerhörig. Sulis stand schon auf den Zehenspitzen bereit.

»Kommissar Santamaria«, soufflierte er halblaut.

Musumanno nahm mit den Augenlidern Kenntnis, seine Lippen öffneten sich.

»Ja?«

»Ich möchte Sie bitten«, sagte der Kommissar und legte den »Abfall« aus Vicinis Büro und den, welchen er kurz zuvor aufgehoben hatte, nebeneinander vor sich hin, »sich einmal diese beiden kleinen Kartonröllchen genau anzusehen. Wie mir scheint, handelt es sich um Zigarettenmundstücke.«

Eine Wolke des Staunens, mit entrüsteten Blitzen geladen, bildete sich auf den Brauen von Musumannos Mitarbeitern. Aber bevor sie eingreifen konnten, geschah das Wunder.

Der Riese beugte sich zu dem lästigen Fragesteller herab und sagte liebenswürdig:

»Soll ich das kürzere nehmen?«

Die drei Diener brachen in ein komplexes Gelächter aus. In ihr Lachen mischte sich Erleichterung, Zustimmung, Bewunderung und reine Freude, vorweggenommener Stolz und Dankbarkeit. Wenigen, äußerst wenigen war es bisher vergönnt gewesen, bei den seltenen, höchst seltenen Gelegenheiten zugegen sein zu dürfen, da der Zar sich zu einer geistreichen Bemerkung hinreißen ließ.

»Es geht nicht um eine Wahl«, sagte Santamaria ungerührt. »Mir kommen sie gleich groß vor.«

Carlevero nahm einen Ausdruck ironischer Naivität an.

»Und vielleicht ist es auch dieselbe Marke?« suggerierte er. »Und aus demselben Päckchen?«

Er lachte, aber diesmal als einziger und nur kurz. Santamaria wandte sich ihm zu.

»Genau das wollte ich klären. Gibt es Ihres Wissens nach noch andere, die diese Zigaretten rauchen?«

»Ja, in Rußland«, lachte Carlevero noch einmal.

»Ich meinte, bei euch im Corso Marconi. Haben Sie dieselbe Marke jemals im Büro irgendeines anderen gesehen?«

»Nein . . . ich glaube nicht«, sagte Carlevero und sah seinen Chef an.

Die Antwort ließ auf sich warten; die Zuschauer ließen sich nicht gern wie Zeugen behandeln, es war ihnen nicht recht, daß dieses alberne Quiz den unannehmbaren Ton eines Verhörs annahm.

»Nein, das würde ich nicht sagen«, erwiderte Sulis und kam wieder auf seine hypothetischen Formulierungen zurück.
»Das glaube ich wirklich nicht«, sagte Biffignandi barsch, »aber ich verstehe nicht, was . . .«
Worauf lief diese Dummheit, dieses blöde Gesellschaftsspielchen hinaus? Santamaria las die gleiche Ratlosigkeit, wenn auch mit entgegengesetzten Vorzeichen, in den Augen seines Kollegen Scarampi. Was hast du denn mit ihm vor, den Coup mit der Zigarettenkippe? Bist du denn verrückt geworden?
»Bietet Doktor Musumanno oft von seinen Zigaretten an?«
Ein komplexes Schweigen antwortete ihm. Schwierig, einem Außenstehenden zu erklären, daß Musumanno *niemals* jemandem eine Zigarette anbot, aber nicht etwa, Gott bewahre, aus *Knauserigkeit,* sondern weil es ihm aufgrund seiner persönlichen, legitimen und sogar amüsanten Einstellung unmöglich war, sich *vorzustellen,* daß es im bekannten Teil des Universums noch andere Kreaturen gab, die dem Rauchen frönten.
»Ich glaube nicht, daß ich diese Angewohnheit habe«, sagte der Betroffene gleichmütig.
Er machte einige Knöpfe wieder auf und wollte mit der Hand in die Innentasche greifen.
»Wenn Sie eine probieren wollen, ich biete Ihnen gern . . .«
Das Vorschnellen der Brigadieri Pastorello und Dalmasso, die den Giganten an den Armen packten, war durch die Situation nicht gerechtfertigt. Die Hand, die aus der Innentasche zum Vorschein kam, hielt nichts weiter umschlossen als das Etui mit den russischen Zigaretten, das auf dem Förderband landete.
»Es tut mir leid«, sagte der Kommissar und nahm es auf, »aber Sie verstehen. Wir müssen unsere Vorsichtsmaßnahmen treffen.«

Für einen langen Augenblick eisigen Schweigens waren die einzigen Bewegungen des Universums die des Kommissars, der eine Zigarette aus dem Lederetui entnahm, sie mit den beiden »Fundstücken« verglich, das Etui zumachte und wieder hinlegte. Dann bewegte sich überhaupt nichts mehr, während das leichte Rauschen der Neonröhren, das man vorher nicht wahrgenommen hatte, rasch lauter wurde und zu einer kosmischen Explosion anzuschwellen schien.
Aber die Explosion blieb aus. Alles reduzierte sich auf einen kurzen Wink des Kommissars, der den beiden Unteroffizieren befahl, Musumannos Arme loszulassen, und auf die unpersönliche Aufforderung, die letzterer an seine Digitalarmbanduhr richtete, deren elektronischen Fluß er sekundenlang beobachtete:

»Ich möchte eine Erklärung, und zwar möglichst rasch.«
Santamaria antwortete nicht sofort. Niemand wagte eine Bewegung oder ein Wort. Die Szene hatte sich irgendwie verändert, die schwindelerregende Spannung war gewichen. In der hohen Kathedrale der Nacht, im Unterschlupf des infamen Basilides, herrschte jetzt nach den sich selbst verzehrenden, beeindruckenden Windungen der gnostischen Schlange nur noch die prosaische Stille eines Polizeireviers.
»Es wird«, sagte der Kommissar in diese Stille hinein, »einige Zeit beanspruchen. Möchten Sie sich nicht lieber setzen?«
»Nein, also so etwas . . .!« stießen Biffignandi und Carlevero gleichzeitig hervor, hochrot und außer sich, während die allgemeine Lähmung konfusen, sich kreuzenden Blicken, angedeuteten Gesten, unsicheren, bruchstückhaften Ausrufen wich.
»Wenn das ein Scherz sein soll«, fuhr Carlevero lautstark fort, »dann sind Sie, Santamaria . . . und Sie, Doktor De Palma . . . und auch Sie«, er deutete mit dem Finger auf den Carabinieri-Offizier, »Hauptmann Scarampi –«
Doktor Musumanno unterbrach ihn.
»Lassen Sie«, sagte er, »ich weiß nicht, um was für ein Ränkespiel es sich handelt und wer dahinter steht, aber ein Scherz scheint mir ausgeschlossen. Hier«, er ließ einen verächtlichen Blick auf die beiden Brigadieri zu seiner Rechten und zu seiner Linken niedergehen und sah Santamaria an, »geht es um Freiheitsberaubung, würde ich sagen.«
»Um eine Festnahme«, präzisierte der Kommissar.
»Und«, erklärte er Sulis, als sei dieser so etwas wie der legale Vertreter des Festgenommenen, »wir können keine unüberlegten Gesten riskieren, in dieser Geschichte hat es schon einen Selbstmord gegeben . . . und bei der Verbindung zwischen Doktor Musumanno und Ingenieur Vicini . . .«
»Aber ich habe Ihnen doch schon gesagt . . .« schrie Musumanno, der zum ersten Mal die Beherrschung verlor. Er fing sich sofort wieder und zuckte mit den Schultern. Dann wandte er sich ebenfalls an Sulis, deutete auf den Kommissar, als wolle er sagen: »Sehen Sie zu«, und setzte sich mit völlig unbeteiligter Miene hin. Auch die Absurditäten hatten eine Grenze.
»Hören Sie, Kommissar . . .« sagte Sulis. Er schwankte einen Augenblick, welchen Ton er anschlagen sollte, dann fuhr er versöhnlich fort: »Hören Sie, Santamaria: Wenn Sie von Kontakten mit Vicini sprechen, weiß ich nicht, ob Sie sich Rechenschaft über die *enorme* hierarchische Distanz ablegen? In Wirklichkeit hatte Doktor Musumanno keinerlei Verbindung, keinerlei direkten Kontakt mit Vicini.«
»Der Dottore hat bereits deutlich erklärt, daß er sich nicht einmal an

ihn erinnert«, ergänzte Carlevero.
»Ich habe es gehört«, sagte Santamaria. »Aber da sind ein paar Einzelheiten, die nicht zusammenpassen. Und um einmal genau da anzufangen«, er nahm die beiden weißen, versengten Röhrchen in die Hand, »da sind beispielsweise diese beiden kleinen Details hier.«
Ingenieur Biffignandi klatschte in die Hände.
»Ich muß doch bitten«, hauchte er, »wo sind wir denn hier ...«
»Eines«, fuhr der Kommissar fort und wandte sich an Musumanno, »habe ich eben hier aufgehoben, es ist von der Zigarette, die Sie gerade geraucht haben. Das andere habe ich heute vormittag in Vicinis Büro kurz vor seinem Selbstmord gefunden. Wenn Sie keinerlei Kontakt zu Vicini hatten, wieso ...«
»Schauen Sie, es ist unmöglich«, griff Carlevero ein, »übrigens glaube ich mich auch zu erinnern, daß Vicini Nichtraucher war.«
»Eben darum«, lächelte der Kommissar.
»Es ist ja gut, einverstanden«, sagte Sulis hastig. »Aber in jedem Fall sehe ich nicht ... das heißt, Sie können sich doch nicht auf ein solches ... stützen ... Es kann schließlich tausend Erklärungen dafür geben.«
»Eine würde mir schon genügen. Vielleicht haben Sie eine Erklärung, Doktor Musumanno? Möglicherweise ein Päckchen, das Sie irgendwo liegengelassen haben, was weiß ich«, drängte der Kommissar, obgleich der andere fortfuhr, ihn vollständig zu ignorieren, »oder Vicini könnte sich ... sagen wir einmal, bedient haben, indem er in Ihrer Abwesenheit bei Ihnen eingedrungen ist?«
Biffignandi übernahm es, zu erläutern, wie es in der achten Etage des Corso Marconi zuging.
»Man kann nicht einfach so hinein ... so zufällig ... zu Doktor Musumanno. Da sind die Vorzimmer, das Sekretariat, man muß sich ...«
»Ach, auf dem Dach!« schrie Carlevero triumphierend. »Dort hat er die Kippe aufgehoben, ich habe ihn verschiedene Male beobachtet! Er wehrte mit seinem Stock die Tauben ab, und dann, wenn der Dottore ging, bückte er sich, um die Kippe aufzuheben ...«
»Aus welchem Grund?«
»Nun wegen ... was weiß ich, aus Gründen der Ordnung vermutlich, um nicht ... offenbar legte er Wert darauf ...«
»Und das spielte sich jeden Freitag ab?«
»Ja, sicher, von elf Uhr dreißig bis elf Uhr vierzig genau, mehr oder weniger die Zeit, um eine Zigarette zu rauchen, und dann ...«
»Ich habe verstanden«, sagte der Kommissar, »aber versuchen wir uns jetzt mal die Szene zu vergegenwärtigen ... Jeden Freitag steigt Doktor Musumanno auf die Terrasse des Corso Marconi hinauf und wirft den

Spatzen Krumen hin, wobei er eine dieser russischen Zigaretten mit einem langen Pappmundstück raucht. Richtig?«

»Genau«, sagte Carlevero.

»Dabei umkreist Vicini ihn mit seinem Stock, um die Tauben zu verjagen, und nachdem Doktor Musumanno die Kippe weggeworfen hat, bückt er sich, drückt sie aus und steckt sie in die Tasche. Ist es so?«

»Genau.«

»Dieser Vorgang wiederholt sich jeden Freitag, und an all diesen Freitagen bemerkt Doktor Musumanno seinen Untergebenen nicht, nimmt ihn nicht wahr, sieht ihn gar nicht, und heute, hier, erinnert er sich nicht einmal an ihn. Verhält es sich so?«

»Genau.«

»Mir«, sagte Santamaria und zuckte mit den Schultern, »kommt das ein wenig stark vor.«

Und der zweifelnde Blick, den er langsam über die Anwesenden schweifen ließ, erinnerte nun weniger an den eines Polizeibeamten in einem Büro des Präsidiums oder auf einem Revier als an den eines Staatsanwalts im Gerichtssaal. Die Szene hatte sich erneut verwandelt. Der Richter Scarampi, der bisher ratlos gewesen war, ließ nun Zeichen lebhaften Interesses erkennen; das gleiche galt für die Geschworenen von Graziano über Monguzzi bis hin zur Gymnasiallehrerin Caldani im Hintergrund und ebenso für das dunkle Publikum in Handschellen auf der anderen Seite, während der Gerichtsschreiber Pietrobono wie besessen schrieb und das Verteidigerkollegium anfing, unsichere Blicke zu tauschen, wobei es vermied, den Angeklagten anzusehen.

»Hören Sie, schauen Sie«, sagte Biffignandi schließlich, als wolle er sich selbst Mut machen, »Sie müssen sich dessen bewußt sein, daß ein Mensch, der an der Spitze eines großen Unternehmens steht, ein Mensch mit im-men-ser Verantwortung, bis zu einem gewissen Maß die *geistige* Fähigkeit haben muß, sich zu isolieren, sich von allem zu lösen, sich völlig abzuschirmen . . . gegen jegliche . . .«

»Ich weiß, ich weiß«, sagte der Kommissar, »daß das für bestimmte Posten eine unerläßliche Eigenschaft ist. Und ich frage mich deshalb auch, ob Doktor Musumanno mich in diesem Augenblick wahrnimmt.«

Er spähte zu ihm hinüber, warf noch einen Blick auf die Geschworenen und den Richter und deutete in die Runde:

»Oder auch, ob er all diese anderen . . . Geistererscheinungen sieht, wer weiß? Ist hier niemand, den Sie kennen, an den Sie sich erinnern, den Sie sehen, Doktor Musumanno?«

Er ging um das äußerste Ende des Förderbandes herum und war mit drei Schritten bei Priotti, packte ihn an den Handschellen und zog ihn nach vorn, wie vor die Zeugenbank:

»Kennen Sie, erinnern Sie, *sehen* Sie diesen Mann?«
Doktor Musumanno reagierte nicht. Santamaria fuhr fort:
»Haben Sie niemals Don Alfonso Pezza, den Pfarrer, gesehen, getroffen, kennengelernt?«
Der andere zuckte nicht mit der Wimper, sondern ließ einen leichten Seufzer hören, streckte die Hand aus, nahm sein Etui und steckte sich eine Zigarette zwischen die Lippen. Von den drei Feuerzeugen, die vor ihm klickten, wählte er das von Sulis aus. Sie wechselten leise ein paar Worte miteinander.
»Kommissar Santamaria«, lächelte Sulis schließlich, »wir wollen doch deutlich klarstellen, daß Doktor Musumanno sich keineswegs weigert, Ihnen zu antworten. Er weigert sich einfach, Ihnen überhaupt zuzuhören.«
»Ich verstehe«, sagte Santamaria. »Aber vielleicht können Sie mir dann antworten. Können Sie mir sagen –«
»So hören Sie doch! Ich habe Ihnen doch schon gesagt, daß der Dottore keinen Kontakt zu Vicini hatte. Aber selbst wenn man einmal annehmen will –«
»Hier geht es nicht um eine Annahme. Ich wollte fragen: Können Sie mir sagen, woher der Dottore kam, als er hier eintraf?«
Sulis riß die Augen auf.
»Woher er kam? . . . Aber aus seiner Villa in Santena! Ich selbst habe ihn dort angerufen, um ihn über alles zu informieren.«
»Auch über Vicini?«
»Sicher. Der Dottore hatte seit gestern seine Villa nicht verlassen, er hatte nicht die geringste . . .«
»Hat er Ihnen das gesagt? Daß er sie nicht verlassen hatte, meine ich.«
»Ja, aber ich sehe absolut keinen . . .«
»Etwas anderes: Kennen Sie die Villa? Wissen Sie . . .« er trat neben die Pietrobono und zog ihr unvermittelt das Heft unter dem Stift weg, blätterte es durch. »Wissen Sie, daß sich im Park einige Weiden mit einem Brunnen in der Mitte befinden?«
Sulis war zu bestürzt, um eine Silbe hervorbringen zu können. Es war Ingenieur Biffignandi, der sagte:
»Das kleine Tal mit den Birken . . . der Brunnen von . . .«
»Ist es das hier?« fragte Santamaria und hielt ihm das aus der kleinen Monatsschrift »Dazugehören« ausgeschnittene Foto unter die Nase, das die Pietrobono in ihr Notizheft geklebt hatte.
Biffignandi schluckte, nickte.
»Gut. Dann ist das also der Brunnen, das ist Don Pezza, das hier«, der Kommissar fuhr mit dem Zeigefinger über das Foto, »ist der anwesende Signor Priotti. Und dieser Riese, der mit dem Feldstecher den Himmel

beobachtet? ... Nein«, er schüttelte den Kopf, während Biffignandis Blick und dann auch der von Carlevero und Sulis sich unwiderstehlich auf Musumanno richteten, »bei diesem Feldstecher vor den Augen könnte ich nicht beschwören, daß es sich um den Besitzer der Villa persönlich handelt. Ich könnte mich nur fragen, ob dieser Bleistift zwischen den Zähnen ... das heißt, das, was ich bisher für einen Bleistift gehalten habe, nicht vielleicht eine ...«
Es gab kein sichtbares Zittern. Es war wohl nur ein Zufall, daß die Asche an der äußersten Spitze der langen Zigarette mit dem Pappmundstück genau diesen Moment auswählte, um herunterzufallen und sich auf dem Förderband in einen ungewissen grauen Fleck zu verwandeln.

»Wo wohnen Sie, Signor Priotti?«
Nachdem das Foto beim Verteidigerkollegium, dem Vorsitzenden Richter Scarampi und den Geschworenen herumgegangen war, ergriff der Gerichtsschreiber Pietrobono das Heft wieder, um weiterzuschreiben. Staatsanwalt Santamaria selbst hatte die Bedeutung des Indizes eingeschränkt: Dieses zwei Jahre alte Foto, diese ökologische Versammlung bestätigten ein gemeinsames Engagement für die Vögel, aber sie bewiesen nicht, daß Doktor Musumanno bei dieser Gelegenheit Don Pezza wahrgenommen, und noch weniger, daß er ihn danach wiedergesehen hatte. Was freilich Priotti anging ... Hm, die *Vermutung,* daß es später noch einmal zu einem Kontakt mit Priotti gekommen war, gab es möglicherweise: besonders wenn sich der Wohnsitz des letzteren, wie sich der Staatsanwalt zu erinnern glaubte, in ...
»Ich habe Sie gefragt, wo Sie wohnen, Signor Priotti?«
»In Nichelino, im Bezirk La Roggia«, sagte Priotti endlich, als zögere er, weil er befürchtete, seine Aussage könne ihn kompromittieren.
»So hatte ich es in Erinnerung. Und ich glaube auch, mich erinnern zu können«, sagte Santamaria, »daß Sie ein Motorrad haben. Eine Gilera 250? Schwarz mit einem blauen Streifen?«
Der Zeuge zögerte mit der Antwort. Der Angeklagte verharrte in seiner Unbeweglichkeit, die halb aufgerauchte Zigarette zwischen den Lippen. Der Vorsitzende Richter wurde durch zwei Männer abgelenkt, die Kommissar De Palma, der kurz zuvor hinausgegangen war, jetzt in den Saal führte. Der Staatsanwalt zuckte mit den Schultern.
»Gut. Das sind Einzelheiten, die wir später überprüfen werden«, sagte er, entließ den Zeugen Priotti und rief die beiden Unbekannten vor die Zeugenbank. »Jetzt wollen wir über die Pferdemetzgerei in der Via Principe Tommaso sprechen.«
Er wandte sich an den Verteidiger Sulis, den einzigen, der zu verstehen

gegeben hatte, daß er die beiden neuen Zeugen kannte, und dessen Gesicht sich bei der Erwähnung der Metzgerei in unzählige Sorgenfalten gelegt hatte.

»Sie wissen, worum es sich handelt, nicht wahr?«

Konsterniert machte Sulis ein Zeichen der Zustimmung.

»Gut, ich überlasse es Ihnen, es später zu erklären«, sagte Santamaria. »Was mich angeht«, er lächelte Scarampi und der Pietrobono, die ihn verwirrt ansah, zu, »muß ich gestehen, daß ich eine gewisse Abneigung dagegen habe, bestimmte Themen einzuführen, mich bestimmter Beweise zu bedienen.«

Schon diese Zigarettenkippen, gab er zu, schon sie waren ihm unangenehm, es wäre ihm lieber gewesen, wenn er nicht auf sie gestoßen wäre. Aber wer hatte sie vor ihn hingeworfen? Wer hatte von Anfang an der ganzen Geschichte dieses melodramatische Kolorit verliehen? Der verstorbene Vicini...

Nein. Der verstorbene Vicini war ein kranker Geist, zugegeben, aber was die praktische Durchführung anging, war er sowohl geistig als auch pathologisch von höchst bescheidenem Format. Er war imstande gewesen, sich einen mittelmäßigen Betrug wie den mit den falschen Ausschußteilen auszudenken, aber es hatte der Phantasie eines Pezzas bedurft, um auf den grandiosen Einfall mit der INTERCARGO zu kommen. In der folgenden Phase der Verwirklichung hatte Vicini sich mit der Rolle eines Vermittlers begnügen müssen. Eine viel höhergestellte Persönlichkeit, ein Technokrat von ganz anderem Niveau erstellte das Computerprogramm und lieferte eine Kopie davon an den unbedeutenden Untergebenen.

»Aber wie ließ er ihm diese Kopie zukommen, in welcher Form? Die melodramatische Übertreibung, von der ich sprach«, fuhr er mit forensischer Beredsamkeit fort, »finden wir schon hier. Es ist zwar wahr, daß die Kontakte mit Vicini geheim, auf ein Minimum beschränkt bleiben mußten, aber –«

Er unterbrach sich, um sich eine »Übersicht« geben zu lassen, entrollte sie und hielt sie den Verteidigern hin.

»Das ist eines der Blätter, die Vicini jeden Freitagabend nach Santa Liberata brachte. Handelt es sich um eine Fotokopie oder um das Original?«

»Um eine Fotokopie«, sagte Sulis.

Carlevero sah genauer hin, stellte da und dort Entstellungen, Unschärfen fest.

»Mit einem Vergrößerungsgerät angefertigt, würde ich sagen.«

»Von einem Original kleineren Formats?«

»Nein, von einer anderen, sehr viel kleineren Fotokopie. Von einer

Mikrofotokopie.«
»Welche Größe kann sie denn gehabt haben?«
»Theoretisch die Größe einer Briefmarke«, sagte Carlevero, »in der Praxis ist mit den Geräten in unseren Büros –«
Santamaria holte seinen Notizblock heraus und riß ein Blatt ab.
»Ungefähr so?«
»Ja.«
Santamaria rollte das Blättchen zusammen und beugte sich zum Angeklagten vor.
»Gestatten Sie«, sagte er und zog ihm die inzwischen ausgegangene Zigarette vorsichtig zwischen den Fingern hervor.
Musumanno, diese starre, blinde Statue, schien es nicht einmal zu bemerken.
Der Staatsanwalt steckte das Röllchen in das lange Pappmundstück, warf es vor sich auf das Förderband und hob es wieder auf.
»Aus diesem Grund sammelte Vicini die Kippen«, sagte er mit einer Grimasse.
Er hob eine Hand, um die Kommentare zu bremsen.
»Ein bißchen *sehr* melodramatisch, nicht? Dieser oberste leitende Angestellte, dieser höchste Technokrat, ist den Versuchungen der großen Oper erlegen«, er zwinkerte De Palma zu. »Und in dieser Art und Weise«, er zeigte von neuem auf die Kippe, »hat er weitergemacht. Die Spuren seines Stils finden sich in aller Deutlichkeit bei der explosiven Wachskerze wieder, die Priotti zwar materiell fabriziert hat, die aber eindeutig dieselbe Handschrift trägt, demselben Hirn entsprungen ist.«
Er holte aus dem versengten Röhrchen die kleine Rolle heraus und steckte sie wieder hinein, um die Einzelheiten der Operation zu demonstrieren.
»Der *modus operandi*«, sagte er, »die Vorgehensweise ist, wie Sie sehen, absolut identisch.«

Einer der Geschworenen, Monguzzi, hielt die Spannung nicht länger aus, die der Staatsanwalt durch seine Erklärung des *modus operandi* geschaffen hatte.
»Und die Pferdemetzgerei«, stammelte er mit der krampfartigen Neugier des Briefwechselherausgebers, und er hätte eine Dosis Tabrium geschluckt, wenn der Gerichtsschreiber ihn nicht daran gehindert hätte, »was ist mit dieser Metzgerei?«
»Ah«, sagte der Staatsanwalt, »das wird uns Doktor Sulis erklären. Ich kann die Bewegungen rekonstruieren, die bis zur fraglichen Metzgerei führen, aber nur bis an die Tür, oder besser, bis an die Haustür daneben.«

Er sah auf die Uhr.
»Vor ungefähr sechs Stunden, um ein Uhr vierzig am heutigen Nachmittag, hat Vicini durch die Pistole, die Genovese gehörte, in der unterirdischen Datenverarbeitungsanlage des Corso Marconi den Tod gefunden. Selbstmord?« er hob den Kopf, »oder ein Verbrechen ...? Im ersten Fall hätten wir es mit einem Vicini zu tun, der sich umbringt, weil er von der Idee, entdeckt zu werden, terrorisiert, besessen ist. Im zweiten Fall ginge es um einen ebenfalls verängstigten Vicini, der jedoch, in bezug auf die praktische Durchführung der Tat, keineswegs daran denkt, Selbstmord zu begehen, sondern lediglich verhindern will, daß die Sache mit der INTERCARGO weiterläuft. Deshalb telefoniert er heute morgen oder schon gestern abend und bittet seinen Komplizen, das Programm im Computer zu löschen. Und weil er ihm nicht traut, verlangt er, daß die Operation vor seinen Augen ausgeführt wird. Treffen an Ort und Stelle um ein Uhr dreißig.«
Er holte Atem.
»Im ersten Fall besteht die Schwierigkeit mit der Pistole. Woher hat er sie gehabt? Hatte Priotti, der sie ohne Zweifel an sich genommen hatte, sie ihm gegeben ...? Im zweiten Fall gibt es zwei Schwierigkeiten. Einerseits haben wir das unmögliche klassische Verbrechen ohne Täter vor uns. Und andererseits war der Komplize nicht in Turin, er war seit gestern in seiner Villa in Santena, die er angeblich erst ...« er sah erneut auf die Uhr, »vor einer Stunde verlassen hat, um hierher zu kommen. Richtig?« fragte er die beiden unbekannten Zeugen.
»Richtig«, sagte der eine.
»Das heißt«, sagte der andere, »es stimmt, daß er vor einer Stunde dort abgefahren ist. Aber vorher, genau gesagt, heute mittag um zwölf ...«
»Später«, sagte der erste, »er ist erst gegen halb eins weg.«
»Mit dem Wagen?«
»Ja, sicher. An der Zahlstelle von Santena hat er die Autobahn 21 genommen, aber dann hat er sie an der Zufahrt zur A 6 wieder verlassen.«
»Das heißt, in der Nähe von La Roggia?«
»Ja. Er hat dort an einer Chevron-Tankstelle gehalten.«
»Um zu tanken?«
»Nein, die Tankstelle war geschlossen, er hat neben einem Mann auf einem Motorrad gehalten, der ihm ein Päckchen gegeben hat.«
»Wie groß?«
»Ungefähr so.«
»Das heißt, wie eine Beretta Kaliber 9.«
»Ja, mehr oder weniger. Es regnete, und wir befanden uns in einer Entfernung von ungefähr dreißig Metern.«

»Aber den Motorradfahrer, den habt ihr gut sehen können?«
»Ja, weil er dann gedreht hat, um nach La Roggia zurückzufahren. Er ist an uns vorbeigefahren, als er abdrehte.«
»War es der da?«
Die beiden drehten sich um und sahen Priotti an.
»Er könnte es tatsächlich gewesen sein. Das Motorrad war eine Gilera 250, schwarz mit einem blauen Streifen.«
»Und der andere hat seine Fahrt nach Turin fortgesetzt?«
»Ja, er ist wieder auf die Autobahn gefahren und dann auf die Hochstraße von Moncalieri, dann Corso Unità, Corso Polonia, Corso Massimo d'Azeglio.«
»Bis zum Corso Marconi?«
»Nein, er ist schon vorher in die Via Valpergo Caluso abgebogen und dann in die Via Principe Tommaso.«
»Und dann?«
»Nichts, er hat dort gehalten.«
»Wo dort?«
»In der Via Principe Tommaso, vor einer Haustür.«
»Könnt ihr euch an die Nummer erinnern? Wie weit war es von dort bis zum Corso Marconi?«
»Vierhundert, fünfhundert Meter. Aber es gibt keine Hausnummer, es ist ein altes Haus mit wenigen Stockwerken. Im Parterre war früher einmal eine Pferdemetzgerei, man sieht noch das alte Schild mit einem Pferdekopf.«
»Und er ist in diese Pferdemetzgerei, das heißt, in die Haustür, hineingegangen?«
»Ja.«
»War sie offen?«
»Nein, er hat sie aufgeschlossen. Das ganze Haus scheint unbewohnt, die Rolläden sind ziemlich heruntergekommen.«
»Wie lange ist er drinnen geblieben?«
»Eine halbe Stunde ungefähr. Er ist etwa um Viertel vor zwei wieder herausgekommen.«
»Danke. Nun sind Sie an der Reihe, Sulis. Da Sie für die Sicherheitsmaßnahmen im Corso Marconi verantwortlich sind, können Sie uns ohne Zweifel über die Einzelheiten Aufklärung geben?«
Angsterfüllt sah Sulis nicht etwa Musumanno, um den er sich nicht mehr kümmerte, sondern seine Kollegen Carlevero und Biffignandi an.
»Aber ... hier? ... Jetzt ...?« sagte er, um Zeit zu gewinnen. »Es handelt sich um eine höchst geheime Angelegenheit, ein wirkliches *top secret,* Kenntnis davon haben nur wenige ... sehr wenige ... oberste ...«

Er drehte die Handflächen, als wolle er sie an den zehn Fingern abzählen, zog eine Hand zurück und betrachtete die fünf Finger, die übriggeblieben waren.
»Aber unter diesen obersten«, sagte Santamaria, »war natürlich auch Doktor Musumanno.«
»Ja, selbstverständlich. Aber wie gesagt, ich kann nicht ... ich bin nicht autorisiert, so etwas zu verbreiten ...«
»Verdammter Mist! Verflixt noch mal!« platzte Monguzzi heraus. »Sie müssen es uns jetzt sagen! Sie können uns doch nicht so auf die Folter spannen und uns dann nicht ...«
»Im übrigen«, sagte Santamaria ermutigend, »handelt es sich nur um eine Bestätigung. Seit Jahren geht in Turin das Gerücht um, daß im Fall schwerer Unruhen, bei unbegrenzten Streiks mit Überwachung durch Streikposten, bei einer Blockierung der Tore die Firmenleitung über ... das heißt, es existiert angeblich zwischen den unterirdischen Gängen des Corso Marconi und einem anderen Punkt in der Umgebung, zum Beispiel einem Haus, den Kellern dieser Metzgerei, ein ...«
»Ein Geheimgang! Der Verleger hatte doch recht!« schrie die Pietrobono unvermittelt. »Den Geheimgang gab es also doch.«
Santamaria nickte und wies auf Musumanno, den *deus ex machina*, diesen nicht länger Verborgenen Äon, als lehne er jede Verantwortung ab.
Der Äon hob langsam die Augen. Er betrachtete Santamaria, ohne ihn wahrzunehmen.
»Aber vielleicht hätten wir ihn gar nicht entdeckt«, sagte der Kommissar, »wenn Doktor Musumanno nicht so unfähig wäre, Personen zu sehen, zu bemerken, ihre Gegenwart wahrzunehmen, zumindest von einem gewissen Grad an abwärts ... Denn«, erklärte er Scarampi und zeigte auf die beiden unbekannten Zeugen, »diese beiden da haben nicht etwa wir ihm auf den Hals geschickt.«
»Wir auch nicht«, sagte Scarampi.
»Ich weiß. Tatsache ist, daß er selbst sie angefordert hatte, seit Jahren sind sie sein persönlicher Geleitschutz, sie folgen ihm überallhin.«
»Ja und?«
»Nichts, er hatte sie völlig vergessen. Er *sah* sie einfach nicht mehr.«

Die große Hand des Äons tastete nach dem Lederetui, hatte Mühe, es zu finden und zu öffnen. Die Augen waren jetzt wirklich umnebelt, und die Hand zitterte. Als die lange Zigarette von den zusammengepreßten Lippen herabhing, klickte vor ihm kein Feuerzeug.
»Bitte«, sagte Santamaria und reichte ihm ein brennendes Streichholz.
»Danke.«

Die Stimme schien hinter dem Rauch von weither zu kommen.
»Ihr habt«, sagte der Äon, »alles verdorben. Ihr habt nichts verstanden. Und jetzt ist wirklich alles aus. Es wird niemanden mehr geben, der ... es in irgendeiner Weise noch einmal versucht. Der Kreis ist tatsächlich geschlossen.«
»Tja«, sagte der Kommissar verblüfft, »war das denn nicht das Ziel der INTERCARGO?«
Der Äon verzog das Gesicht zu einer Grimasse der Verachtung.
»Auch Pezza hatte nichts verstanden. Er hat schließlich tatsächlich an seine Gnosis geglaubt. Mit dem Kapital von Fiat wollte er seine Sekte über die ganze Welt ausdehnen, Rom bekehren, möglicherweise selbst Papst werden ...«
Er brach in heiseres Gelächter aus.
»Und Sie hingegen?« fragte der Kommissar, »was wollten Sie denn mit dem Fiat-Kapital machen?«
»Na, eine neue Fiat, das ist doch klar ... Seht ihr denn nicht, was um euch vorgeht? Merkt ihr denn nicht, daß sie hier im Begriff sind, sie zu zerstören, zu vernichten ...? Die INTERCARGO sollte dazu dienen, von vorn anzufangen, aber nicht hier ... einen Neubeginn anderswo zu ermöglichen, wo ein wirklicher Markt vorhanden ist, eine echte Industrie, eine wirkliche Produktion ... den Kreis von vorn zu beginnen.«
»Der Schwarze Äon«, murmelte die Pietrobono bestürzt. »Der Matratzenmacher hatte recht.«
Der Äon betrachtete sie durch seinen Rauch.
»Wer?«
»Nichts«, sagte Santamaria, »das ist auch einer von denen, die Sie immer übersehen haben.«

4

Von seinem Standort aus konnte er gar nicht anders als die Abfahrt der Schuldigen und Unschuldigen miterleben, die jetzt durcheinandergewürfelt aus den Werkhallen kamen und in die Lichtkegel traten, die die Scheinwerfer der Fahrzeuge in die Dunkelheit schoben. Ihm konnte nicht die geringste Einzelheit entgehen.
Unter den Lack- und Stahlschichten sah er jeden einzelnen Funken überspringen, sah, wie jedes Benzinmolekül vom entsprechenden Motor angesaugt wurde, er nahm jeden Stoß, jede Erschütterung, die kleinste Drehung wahr. Von seinem Standort aus konnte ihm nichts entgehen.
Er sah, wie die passiven oder gestikulierenden Gestalten sich trennten,

kleine Gruppen bildeten, einander riefen, sich suchten und im vielfältigen Lärm der Fahrzeuge umherliefen. Er sah die grauen, gebeugten Handlanger, die geschlagenen Soldaten der Schlange, einen nach dem anderen in den Polizeiwagen verschwinden, sich schweigend Schulter an Schulter auf die langen Sitzbänke aufreihen; er bemerkte die Bortolon, Pietro und Paolo, getrennt, jeden von ihnen zwischen zwei Carabinieri in zwei verschiedenen Streifenwagen; er sah die Wirtin der »Schwarzen Feder«, die zusammen mit Romilda Bortolon vom Gasthaus herübergebracht worden war, schimpfen und vor dem Wagenschlag des Lastwagens Fußtritte verteilen; da war auch Priotti (und gleichzeitig sah er seine Gefährtin, die ihm eine Reissuppe mit Kürbis auf dem Herd warmgestellt hatte), der immer noch nicht aufgegeben hatte, den Kopf und die Handschellen schüttelte und die Hände faltete, mit denen er die explosive Wachskerze fabriziert hatte; er sah (die Zeit war auf seiner Ebene kein Problem) die von Alfonso Pezza fest umschlossene Kerze, als er das letzte Mal den Gerüstturm hinaufstieg, stolperte, fluchte und seinen visionären Aufstieg fortsetzte.
Im Grunde genommen kein schlechter, kein verwerflicher Mensch, dessen Elimination eine gewisse Bitterkeit in ihm zurückließ. Aber es war unumgänglich gewesen: Man durfte sich »Paten« vom Kaliber eines Irenäus, eines Epiphanes nicht unwürdig erweisen, und außerdem hätte jede andere Lösung, die nicht im Tod des Priesters bestanden hätte, eine Reihe von Ereignissen ausgelöst (er sah sie in ihrer von Santa Liberata ausgehenden Verkettung vor sich), die für Turin, für ganz Italien katastrophal gewesen wären und auf lange Sicht für einen nicht unerheblichen Teil der Galaxis. Im übrigen war dieser Flug gegen den Marmor (er sah den Magier Simon wieder vor sich, wie er mit einem jahrtausendealten Schrei auf das römische Pflaster stürzte) eines Erzketzers nicht unwürdig gewesen.
Er sah Musumannos große Limousine, die sich der Umzäunung beinahe schwungvoll näherte. Cottino, dessen verhängnisvolle Überzeugungen die ersten Risse zeigten, lenkte sie. In genau zweiundneunzig Tagen würde er von seiner nervösen Depression geheilt sein, während Dalmasso, der noch ein wenig schmerzerfüllt neben ihm saß, sich in wenigen Stunden ganz von den eingesteckten Hieben erholen würde. Auf dem Rücksitz thronte zwischen Guadagni und Pastorello, unergründlich und ausgehöhlt wie ein Fels, Doktor Musumanno. Elf Haare waren auf diesem stolzen Schädel mit einem Schlag weiß geworden, aber nicht als der Mörder aus den Kellergewölben der Pferdemetzgerei auftauchte, nicht als er Vicini die Pistole an die Schläfe preßte und ihm sein elektronisches »Bekenntnis« diktierte, nicht als er auf den Abzug drückte, um den unglücklichen Kippensammler zu annullieren. Mit

Entsetzen erfüllte diesen Firmen-Äon in Reinkultur, diesen so weltlichen Schöpfer, der nichts weiter verdiente als die reine oberflächliche Gerechtigkeit der Menschen, lediglich der optische Irrtum, dem er erlegen war. Der Große Boß kümmerte sich nicht weiter um ihn, er ließ auch Sulis, Carlevero und Biffignandi im Glasbüro der Ophitenbuchhaltung zurück, wo sie den Umfang des Schadens nach und nach zu ergründen versuchten und sich vorsichtige Hypothesen über Musumannos Nachfolger und die neue Aufgabenverteilung bei Fiat zuflüsterten.

Er sah, wie sich paarweise die rotglühenden Rücklichter der Carabinieri- und Polizeifahrzeuge nacheinander entfernten, um diese braven Jungens in die Kasernen zurückzubringen, die den wirklichen Wert des Sieges, den Einsatz bei diesem Spiel und das Spiel selbst, an dem sie teilgenommen hatten, nicht richtig einschätzen konnten. Und der brave Hauptmann Scarampi, der ratlos in seinem nachtblauen Alfa davonfuhr, wollte das, was er gehört und gesehen hatte, immer weniger glauben, und mit einer Portion bürokratischen gesunden Menschenverstands ordnete er die Ereignisse neu (wobei er Basilides der Zensur unterwarf und über die Schlange einfach hinwegging).

Darin unterschied er sich nicht von jenen zwanzig anderen »Jungs«, den dunklen Gesetzesbrechern, die sich einen Tag lang auf dem Feld des Gesetzes geschlagen hatten und jetzt zu ihren verstreuten Nestern unterwegs waren, um die gleiche lakonische, beruhigende Version vorzutragen: Ihren brummigen Bossen, die sie bereits erwarteten, würden sie berichten, daß es nicht um Drogen ging, daß es keine Rivalen, keine neue Bedrohung für ihre Geschäfte gab.

Der Große Boß knurrte (auf seiner Ebene nur in bildlichem Sinn), denn diese niedrige, grausame Hierarchie erinnerte von fern an seine eigene, und die Sache hatte ihn schon immer irgendwie geärgert. Für eine unkalkulierbare Mikroeinheit der Zeit dachte er an ein Eingreifen, eine blitzartige »Warnung«; das erste der Mafia-Fahrzeuge (ein Fiat 131 »Familienwagen«) konnte ins Schleudern geraten, von der Fahrbahn abkommen, sich an der Böschung überschlagen und in entsetzlichen Flammen aufgehen ... Aber wie fast immer wählte er ein viel vageres, verzweigteres Vorgehen, das man nicht direkt auf ihn zurückführen konnte: Er würde die Gier, die Bestürzung, den Neid auf den gnostischen Diebstahl ins Unermeßliche steigern, indem er den Samen unmäßigen Ehrgeizes und blutiger Auflösung in ihre Herzen säte. Das war sein bevorzugter *modus operandi*, der es ihm ermöglichte, jedes Eingreifen in die Schöpfung in gutem wie in schlechtem Sinne abzuleugnen, und der aus ihm den ewig Unfaßbaren machte.

5

So kamen dem Brigadiere Mattei ohne besonderen himmlischen Antrieb aus spontanem, schüchternen Mitleid die französischen Grammatikbücher in den Sinn, die er Freitagnacht in der Wohnung der Professoressa Caldani gesehen hatte; und während er das Fräulein nach Hause brachte, schlug er ihr vor, seiner Tochter, einem für Sprachen unbegabten Mädchen, das die Akzente niemals an die richtige Stelle setzte, ein paar Nachhilfestunden zu geben. Und für die Caldani, die auf dem Sitz hin und her gerüttelt wurde, genügte dieses Angebot, um sich sofort weniger unnütz, zerbrechlich, labil vorzukommen und sich wieder dem Selbsterhaltungstrieb zu öffnen (den sie, wie viele andere, mit einem Wiederaufleben des Stolzes oder einem unerwarteten Hymnus der Hoffnung verwechselte).

Von einem ähnlichen Instinkt ließ sich ohne besondere Aufforderung (der junge Mann brauchte so etwas auch nicht) der Polizist Michele Tropeano leiten, der mitten im Hof der INTERCARGO von Kameraden und Vorgesetzten »vergessen« worden war. Im allgemeinen Durcheinander hatte er von verschiedenen Seiten unzusammenhängende Befehle erhalten, zum Beispiel: Warte hier, geh dort hinüber, halt die da an, behalte diese beiden im Auge, steig hier ein, steig aus und hör mal, worauf warten wir noch. Vom Licht und den Motoren benommen, von einem Fahrzeug zum anderen eilend, hatte Tropeano vor allem darauf geachtet, weiterhin entschlossen und sachkundig zu wirken, für den Fall, daß ihn seine beiden Kolleginnen beobachteten. Inzwischen fuhren die Streifenwagen und die Privatfahrzeuge ab, die Polizeiwagen dröhnten, die großen Jeeps und die Einsatzwagen verschwanden einer nach dem anderen in der Dunkelheit, und Tropeano widerstand nur mit Mühe dem Verlangen, sich mit ausgebreiteten Armen vor die Scheinwerfer hinzustellen und sich mitnehmen zu lassen. Irgend jemand würde ihn früher oder später schon von selbst bemerken, anhalten und ihm zurufen, rasch einzusteigen ...
Es hielt jedoch niemand, es kam keine Aufforderung, der Platz leerte sich unerbittlich, und Tropeano wurde von etwas gepackt, was der Panik sehr nahe kam.
»Und ich?« schrie er fast und packte einen unbekannten Polizisten am Arm, der gerade dabei war, das Tor zu schließen.
»Hast du auch Wache?«
»Nein, niemand hat mir etwas davon gesagt.«
Der andere zuckte mit den Schultern, er wußte nicht, was man da machen konnte, an wen man sich wenden mußte, die Sache ging ihn

nichts an, interessierte ihn nicht. Er verschwand in Richtung auf eine Werkhalle, und Tropeano fühlte Tränen schwärzester Ohnmacht und Erniedrigung in sich aufsteigen. Aber der Instinkt (der alte antignostische Fortpflanzungsinstinkt) gewann die Oberhand, als er plötzlich wie einen entscheidenden Funken in der Dunkelheit die Stimme einer Frau vernahm.

»Entschuldigen Sie . . .«

Tropeano drehte sich um und richtete die Augen auf einen hellen Fleck, einen Kopf, der etwa einen Meter von ihm entfernt war.

»Entschuldigen Sie, Sie sind . . . vom Polizeipräsidium, nicht?«

»Ja«, sagte Tropeano stolz, der sofort auf den Ton von Unterordnung, von weiblicher Unterwürfigkeit reagierte.

»Ich war . . . sie haben mich hierher gebracht, und dann . . . ich bin eine Zeugin.«

Auch Romilda Bortolon war »vergessen« worden, einmal aufgrund des großen Durcheinanders bei der Abfahrt, zum anderen wegen des Widerstands von Jupiter und dem negativen Einfluß von Mars und Uran. Im Radio heute morgen hatte das Horoskop ihr einen Tag »voller Aufregungen, die Ihre gute Stimmung trüben können« angekündigt, in dessen Verlauf »Ihnen nahestehende Personen in überraschendem Licht erscheinen werden«. Aber es war auch ohne Umschweife von »alten Gewohnheiten« die Rede gewesen, »von denen es sich zum großen Vorteil für Ihre Persönlichkeit zu befreien gilt«, und schließlich von einer »unerwarteten Begegnung mit einer wesensverwandten Person«, was auf den günstigen Einfluß von Venus zurückzuführen war.

»Ich weiß nicht«, sagte sie flehend, »was ich tun soll . . .«

Einer Frau gegenüber (auch wenn er ihre Gesichtszüge nur erahnte, war er sicher, daß sie jung war), die ihn um Hilfe bat, konnte der Polizist Tropeano doch nicht eingestehen, daß er sich in der gleichen Situation befand.

»Haben Sie einen festen Wohnsitz?« erkundigte er sich in amtlichem Ton.

»Ja, aber ich weiß nicht, was ich machen soll . . . man hat mir nicht gesagt, ob ich . . . es ist drei bis vier Kilometer von hier entfernt, und ich habe kein . . .«

»Kommen Sie mit.«

Er führte sie in eine der Baracken im Hof, deren kleines Fenster erleuchtet war. Er erklärte einem unbekannten Kollegen den Fall, welcher ihn schließlich fragte:

»Und was willst du tun?«

»Die Zeugin nach Hause bringen, wenn ihr mir ein Fahrzeug zur Verfügung stellt.«

Der Kollege tippte sich flegelhaft mit dem Zeigefinger an die Stirn und ließ sie stehen; er sagte, er hätte jetzt zu tun, er würde aber jemand suchen, den Brigadiere, ein Telefon, er würde sich um die Angelegenheit kümmern.
»Möchten Sie sich setzen?« sagte Tropeano zu der Zeugin.
»Was für ein unsympathischer Kerl«, kommentierte sie, während sie sich einen Stuhl holte. »Was bildet der sich denn ein, der Kerl!«
Tropeanos Schamröte verwandelte sich in Röte der Dankbarkeit. Die Zeugin war für seinen Geschmack ein wenig dünn, aber sie hatte tolle Beine, und blond war sie auch noch. Sie lächelte ihm zu.
»Hm, hm . . .« machte er, und er wurde so rot, als sähe er sich gerade einen harten Pornofilm an, für Jugendl. unter 18 J. verboten.
Wie einen Zuckerwürfel auf einem Löffelchen hatte die Zeugin ihn mit ihrem Blick emporgehoben.
»Ich wette«, sagte sie, indem sie ihn einfach duzte, »du bist ein Widder.«

»Duzen wir uns doch, nenn mich Pietrobono, alle nennen mich so.«
»Mich nennen alle Monga, sag also Monga zu mir.«
Die Pietrobono brach in ein kristallklares Lachen aus (das einunddreißigste in sechsundzwanzig Minuten nach dem Computer des Großen Bosses), und die beiden beachtlichen Sterne, die anstelle ihrer Augen zu leuchten begonnen hatten, sprühten zusätzlich Funken.
»Weißt du, daß ich Artischocken nicht mag?« vertraute sie ihrem Gefährten an.
»Was du nicht sagst«, erwiderte er verblüfft.
»Wirklich. Stell dir vor, einmal, als ich zehn . . . nein, elf Jahre alt war, machte meine Mutter, die dann gestorben ist, als ich . . .«
»Tatsächlich?« sagte Monga bestürzt. »Woran denn?«
»Das Herz, die arme Mama.«
Sie begann, ihm von ihrer Mutter zu erzählen, dann von dem Haus, in dem sie als kleines Mädchen gewohnt hatte, von ihrem geliebten Hund Flic, von der Schule und schließlich davon, wie sie sich zum ersten Mal die Lippen angemalt hatte. Ein geheimnisvoller Impuls trieb sie an, alles zu sagen, denn alles war wichtig, bedeutend, denkwürdig, ihre Vorliebe für lebhafte Farben, ihre Angst vor Spinnen, der Handschuh, den sie letzten Sonntag verloren hatte, das bevorstehende Inspektorinnenexamen, eine Mandarinenschale, die sie auf einem Kanal in Venedig hatte schwimmen sehen. Es kam ihr so vor, als ob alle diese Dinge erst jetzt anfingen, Wirklichkeit zu werden, wo sie an diesem Restauranttisch davon sprach.
»Nun, haben Sie gewählt?« fragte die dicke Kellnerin, die wieder vor-

beigekommen war.
»Ach, richtig«, trällerte die Pietrobono, vor der die Speisekarte wie ein vergessener Gedenkstein lag.
Aber es genügten die Worte »gemischte Vorspeise«, um sie von neuem in Erinnerungen, Enthüllungen, Abschweifungen, assoziativen Ausweitungen schwelgen zu lassen, und die Kellnerin entfernte sich brummend; und die Pietrobono sprach, sah Monguzzi an und dachte, was für ein Zeitverlust sind doch Restaurants, Speisekarten, diese absurden Listen von Gerichten, dieses unsinnige Wählen, ich könnte auch nur Brot oder auch gar nichts essen. Sie unterbrach sich.
»Warum erzähle ich dir das alles?« sagte sie verwirrt und ergriff eine Hand ihres Monga.
»Hm«, machte Monguzzi ebenfalls verwirrt, »das muß so sein wie damals, als Crispi dem Oderici in einem Brief vom September 1874 schrieb, daß seiner Ansicht nach ...«
»Nein, es ist eine Schande, ich gieße alles, was ich habe, über dich aus, es ist eine Art Striptease.«
Monguzzi nahm eine lebhafte Farbe an, und die Pietrobono drückte ihm auch die andere Hand zärtlich.
»Das ist nicht richtig von mir, erzähl mir etwas von dir, von Oderici zum Beispiel ...«
»Also gut, der Oderici ist eine große Persönlichkeit«, begann Monguzzi wie der Blitz, »ein wirklich außergewöhnlicher Mensch, auch wenn ...«
Der Große Boß, der Oderici bei dessen Tod weniger enthusiastisch beurteilt hatte, verlor das Interesse. Er zog es vor, seine Aufmerksamkeit einige Stunden vorzuverlegen (nur in übertragenem Sinn, denn auf seiner Ebene gab es ja kein Vor und Zurück, kein Vorher und Nachher) und über die Schulter des Mädchens zu lesen, was ihre Hand in ihr Notizheft kritzelte.

(Aus dem Notizheft der P'bono)
Er hat mich nicht gek., aber sonderbarerw. ist es mir sch'egal, keinerlei Eile, im Gegent.!!! Unbeschreibl. wunderb. Gef., als er mir im Rest. Rose geschenkt und Tabriumkapsel (abgelehnt – werde ihm das gräßl. Zeug abgewöhnen). Stelle fest, Thea vollk. recht, mein gegenwärt. Zustand d. Trunkenheit ist unbeschreibl., viel besser als Alkoholrausch oder sogar 3. Sinf. Schumann – einziger mögl. Vergleich: fühle mich erleuchtet wie von mystisch. Offenbar. oder gnostischem Funken.
(Der Große Boß zog, bildlich gesprochen, eine Augenbraue hoch.)
Hat also nichts, absolut gar nichts mit meinen früh. elend. sentiment. Begegnungen zu tun. Alter Streit Körper-Geist scheint mir wahnwitz. – ich verwirkliche mich vollst. in ihm, ganz ich selbst – mein Ge-

schmack und m. Vorlieb. auf allen Gebiet. stimmen mit seinen überein (faszinierend, dieser Oderici!) – meine Pers'keit der seinen ähnlich und Ergänz. – Haben einander noch Trillionen Dinge zu sagen, aber wir sehen uns morgen wieder, und üb'm. und üb'übm. forever and ever. – Ich fühle, daß ich ihn liebe.
(Der Große Boß sah, wie sie innehielt, zögerte und wütend die letzten Worte ausstrich.)
Er ist d. Mann m's Lebens, schrieb die Pietrobono.

6

Ein amouröser Hauch wehte auch im Herzen des Berühmten Doktor De Palma, der rein äußerlich damit beschäftigt war, seinen Vorgesetzten die bewegten Vorgänge des letzten Aktes zu schildern. Der Polizeipräsident, sein Stellvertreter und der Staatsanwalt hörten andächtig seinen bedächtigen Worten zu, aber dem Großen Boß entging keine Silbe des inneren Rezitativs:

DE PALMA *(beiseite, mit schmerzlichem Bedauern):* »Das ist sicher nicht die richtige Art, einen Tag wie diesen zu beenden, um meinen Triumph zu feiern. Eigentlich müßte und könnte ich jetzt in einem Sessel des *Regio*-Theaters sitzen und mit halbgeschlossenen Augen und mehr oder weniger ausgestreckten Beinen dem *Liebestrank* lauschen. Das wäre der gerechte Lohn, die Belohnung für einen, der schließlich die Schlange zertreten hat. Und statt dessen ist montags geschlossen, ich muß also bis Dienstag warten, zum Teufel mit dem Dienst, zum Teufel mit den beruflichen und hierarchischen Verpflichtungen; um diese Zeit könnte und müßte ich dort bei Adina sein, auch wenn es in der Rolle der Adina niemand mit der Carteri aufnehmen kann; diese Stock-Gibson, wir werden es am Dienstag hören, aber ich habe berechtigte Zweifel . . .«
GROSSER BOSS (*beiseite*): »Sehen wir zu, daß wir ihm einen Gefallen tun, selbstverständlich ohne daß die Sache bekannt wird.«
ERSTER MASCHINIST *(hinter den Kulissen des* Regio-*Theaters):* »He, du!«
ZWEITER MASCHINIST *(eine schwere Kiste schiebend):* »Meinst du mich?«
ERSTER MASCHINIST: »Ja, genau. Komm und hilf mir doch mal.«
ZWEITER MASCHINIST *(die Kiste mitten im Weg stehenlassend):* »Gern.«
MARIANNE STOCK-GIBSON *(von rechts, trällert vor sich hin):* »Oh, oh . . . ah, ah . . . *(sie stolpert beinahe über die Kiste).*

JUNGER ELEKTRIKER *(steigt rasch von einer kleinen Leiter):* »Achtung, Signora!«

M. STOCK-GIBSON: »Ooooooh!« *(mit starkem schottischen Akzent):* »Aber das ist ja ... eine Kiste. *A box!*«

J. ELEKTRIKER *(der mit Mühe die Kiste zur Seite schiebt):* »So geht es, Signora ... es ist keine ... Gefahr mehr« *(er richtet sich keuchend auf).*

VIRUS DER AFGHANISCHEN GRIPPE NR. 297666/BX/3507/RAC 991 *(zu sich, als er aus der Nase des Elektrikers herauskommt):* »Wo bin ich nur? Was tue ich hier? Diese Umgebung gefällt mir überhaupt nicht, ich muß mir so schnell wie möglich einen Unterschlupf suchen, mein Überleben steht auf dem Spiel.«

M. STOCK-GIBSON *(1,83 m, beugt sich schmachtend zu dem Elektriker hinab):* »Danke, mein Lieber ... das war wirklich ... sehr, sehr ... nett von dir.«

VIRUS *(gleitet in den Mund der S.-G.):* »Ich bin gerettet! ... Und diese neuen Atemwege kommen mir sogar noch besser als die letzten vor ... Der Rachen ist ansehnlich ... und der Kehlkopf ... Donnerwetter, dieser Kehlkopf ist ... (*mit starkem afghanischen Akzent*) wonderful, wenn ich so sagen darf.«

GROSSER BOSS *(mit stark übernatürlichem Akzent):* »Morgen früh wird die nichtsdestoweniger tüchtige Stock-Gibson mit einer Halsentzündung aufwachen, und nach einer Reihe hysterischer Telefongespräche mit der Direktion des *Regio*-Theaters wird es ihr schließlich gelingen, sich mit Rosanna Carteri in Verbindung zu setzen und sie zu einem kurzen Come-back von nur drei Abenden von Dienstag an zu überreden ...«

7

Wenn Graziano andere Wagen mit seinen langen seidigen Spurts überholte, las Thea die Kennzeichen. TOH TOGO TOR TOA ...

»Da ist ein TOPO«, bemerkte sie.

Aber dann folgte eine Fünf.

»Sie verfolgen uns tatsächlich nicht«, brummte Graziano und sah in den Rückspiegel.

»Wer?«

»Na, die. Fähig dazu wären sie auf jeden Fall.«

Dem Porsche folgte in unregelmäßigem Abstand eine längs der Geraden gestaffelte Reihe von Scheinwerfern.

»Ach was, wo denkst du hin, was soll sie das noch interessieren. Und selbst wenn es so wäre.«

Und trotzdem hatte ihre Fahrt durch die Straßen des Vorstadtgürtels, an unbeleuchteten Fabriken, hingepflanzten Mietskasernen und taghell erleuchteten Möbelauslagen vorbei, etwas Ungewisses, Unruhiges, Vibrierendes, als fürchteten sie, an jeder Kreuzung, an jeder Kurve den Faden des Porsche, ohne es zu wissen, mit einem anderen dunklen Faden zu verknüpfen, mit einem anderen Volkswagen zum Beispiel, und so in eine andere Stickerei verwickelt zu werden, mit der sie gar nichts zu tun hatten.

»Denk nicht mehr daran«, sagte Thea.

»Woran?«

Thea fing an zu lachen.

»An Fiat. Sie würden dich doch nicht nehmen.«

»Wer denkt denn an so etwas, ich dachte an dich, bist du denn verrückt?«

»Schade, du bist nämlich tüchtig. Sie sind es, denen dabei etwas entgeht.«

»Du bist verrückt«, sagte Graziano brüsk. »Von allem anderen einmal abgesehen, kannst du dort auch noch hinterrücks erschossen werden ... Hören wir ein wenig Musik.«

Alle drei (die beiden in diskreter Distanz, der Große Boß in den verborgensten Hieroglyphen) sahen ein anderes Stickmuster vor sich, bei dem Graziano von Fiat eingestellt war, jeden Samstagmorgen ins Büro ging, Karriere machte, Golf spielte, jeden Sonntag Tee auf dem Empire-Sofa der Signora Guidi trank, die seine Schwiegermutter geworden war ... Alle drei erschauderten.

Von Geheul und Gitarrenklängen erfüllt, verlangsamte der Porsche seine Fahrt, glitt nach rechts und hielt auf dem kleinen Platz vor dem Motel *Le Betulle*. Graziano stellte den Motor ab.

»Steigen wir aus?«

»Warte noch einen Augenblick«, sagte Thea.

Graziano schaltete das Radio ab, sah sich um. Die Verfolger fuhren vorbei, ohne anzuhalten.

»Hast du keine Lust?« fragte er rauh.

»Doch, es ist nur ...«

Der Zauber war vorbei, ein graues Stöckchen hatte das Motel, die hagere, vergrämte Wirtin mit dem Kind vor dem Fernseher und den knarrenden Schrank aus dem magischen Kreis hinausgestoßen.

»Es ist einfach fürchterlich trist«, sagte Thea mit schmerzlicher Objektivität, »es ist nicht einmal schlüpfrig oder unheimlich, sondern nur ...«

»Das habe ich doch gleich gesagt«, verteidigte sich Graziano. »Erinnerst du dich, was ich am Freitag –«

»Ich weiß, es ist meine Schuld, aber Freitag war Freitag, gestern war gestern . . . und heute ist heute.«
»Gehen wir doch anderswohin, suchen wir uns ein besseres, laß uns zu dem Schloß da fahren . . .«
Thea schüttelte den Kopf.
»Sie sind alle gleich.«
»Na, dann gehen wir eben ins Büro.«
»Nein, das bringt auch nichts.«
Graziano sah sie an, als liefe er ihr über eine endlose Heide nach.
»Wir können auch zu mir gehen, da ist immer noch meine Wohnung . . .«
»Nein«, sagte Thea.
Sie konnte nicht, sie wußte nicht, wie sie es ihm erklären sollte, daß allen diesen Orten etwas fehlte, eine Aura, eine Atmosphäre, eine flüchtige, quecksilbrige Eigentümlichkeit; und als sie auch im eigenen Interesse pedantisch versuchte, dieses Etwas zu definieren, schien sich dafür ein weiter Begriff geradezu anzubieten.
»Also, es fehlt ein Topos«, sagte sie nachdenklich. »Man muß einen Topos finden.«
Graziano antwortete nicht.
Die ganze Welt war ein Topos, wenn man so wollte; beziehungsweise war ein Topos niemals ein präziser, fester, geographisch bestimmbarer Ort, sondern hatte eine flüchtige Qualität, dem Blütenstaub oder einem Lichtstrahl ähnlich, der bald eine kleine Bank, ein Kino, eine Bar, einen Platz belebte, dann hingegen einen Wolkenkratzer, eine Uferpromenade, eine Metropole, das Zimmer eines Motels in Dunkelheit versinken ließ. Der Topos war überall und nirgends. Er starb und erstand unablässig neu, in geringer Entfernung oder zehntausend Meilen weit weg, ein allgegenwärtiger, launiger Schiedsrichter deines Lebens. Und man mußte sich stets bereit halten, damit er einem nicht entging.
Thea lachte und kraulte Grazianos hart gewordenes Kinn mit dem Zeigefinger.
»Reg dich nicht auf, ich mach' keine Zicken.«
»Nein, aber wenn dir die Sache jetzt . . .« begann Graziano eher gezwungen als feierlich, »wenn du denkst, daß wir beide jetzt . . .«
Er fürchtete, daß der Augenblick der großen Entscheidungen gekommen sei, denn jetzt war alles unwiderruflich klar, sie wußte alles, man konnte nichts mehr vortäuschen, übergehen, verbrämen. Was für eine Zukunft hatte eine Geschichte wie ihre? Wie würde sie enden?
»Ich weiß es nicht, und es ist mir auch egal«, sagte Thea und liebkoste sein Ohr, »denn es hat uns ja auch keiner sagen können, wie weit die Nacht schon fortgeschritten ist, nicht einmal dieser Priester. Alles

hängt schrecklich in der Luft, und nur Gott allein weiß, was geschehen wird.«

Der Große Boß, der es in der Tat wußte, und nur zu gut, ließ zu, daß Theas Hand von Grazianos Wange seinen Hals hinabglitt und dann sachte unter sein Hemd schlüpfte.

»Wie ...?« sagte Graziano. »Hier ...? Aber das ist doch ... furchtbar unbequem.«

»Ach«, sagte Thea mit verzückter Miene, »aber hier ist jetzt der Topos.«

Ihre Hand glitt noch weiter nach unten.

Der Große Boß schloß ein Auge.

8

Wo war nur, fragten sich einige, Kommissar Santamaria geblieben? Was hielt ihn auf? Warum hatte er sich noch nicht eingefunden? Ratlosigkeit über seine unerklärliche Abwesenheit machte sich breit.

Der Beamte, der sich mehr als jeder andere darum bemüht hatte, den Fall Pezza-Genovese-Vicini zu lösen, war nicht da, um die Belobigungen seiner Vorgesetzten entgegenzunehmen. Ein Akt hochmütiger Gleichgültigkeit vielleicht? Dafür war Santamaria nicht der Typ. Möglicherweise eine zusätzliche Ermittlung, eine nebensächliche Überprüfung, die er persönlich durchführen wollte. Aber warum hatte er niemandem etwas davon gesagt? Außerdem wußte er nur zu gut, daß es in diesem Augenblick das Wichtigste, Vordringlichste war, die Staatsanwaltschaft bei der Fortsetzung der Verhöre zu unterstützen und den Abschlußbericht vorzubereiten. Und er war sich dessen bewußt, daß seine Mitarbeit in dieser Phase unerläßlich war. Was also?

Es blieb die Hypothese eines körperlichen Zusammenbruchs, einer unüberwindlichen Müdigkeit. Aber in diesem Fall wäre er in seine Wohnung zurückgekehrt und hätte früher oder später auf Biazzis wiederholte Anrufe geantwortet. Biazzi hatte ihn auch vergeblich in der Kommandantur der Carabinieri und in verschiedenen anderen Büros des Polizeipräsidiums gesucht; darüber hinaus hatte er die verschiedensten Heimkehrer von der Schlangenaktion nach ihm gefragt ... Ja, er war zuletzt im Hof der INTERCARGO gesehen worden, als er mit Scalisi sprach, oder in der Nähe eines Polizeiwagens oder als er sich von Hauptmann Scarampi verabschiedete ... Dann nichts mehr. Er war verschwunden, hatte sich in Luft aufgelöst, auch er war vom unendlichen Nichts aufgesaugt worden. Trotz der hohen Wertschätzung, derer er sich erfreute, und trotz seines bekannten, geschätzten Pflichtbewußt-

seins und Verantwortungsgefühls keimte in mehreren der Verdacht auf, Kommissar Santamaria habe sich insgeheim absichtlich entfernt, habe sich ganz einfach aus dem Staub gemacht. Aber warum nur? Und wo hatte er sich an einem Abend wie diesem versteckt?
Der Große Boß, der seinen Mann kannte, brauchte nicht lange, um ihn ausfindig zu machen, noch wunderte er sich darüber, ihn in ein Gespräch von hohem intellektuellen und moralischen Gehalt vertieft zu finden.
»Aber so verhält es sich mit allen Dingen«, sagte der Deserteur mit überzeugender Weisheit. »Nichts ist mehr das, was es scheint, und nichts scheint mehr so, wie es ist . . . Am Ende geht die Tür auf, aber mit dem falschen Schlüssel, oder die Tür war gar nicht verschlossen. Oder der passende Schlüssel ist verrostet und bricht im Schloß ab . . .«
Er versuchte, den Flügel eines Schrankes (ohne Schlüssel) aus imitiertem Palisander zu schließen, aber er ging sofort knarrend wieder auf.
»Ja, es ist eine komplizierte Welt«, stimmte Signora Guidi zu. »Und ich muß sagen, komplizierte Zusammenhänge machen mir Angst, ich fühle mich ihnen nicht gewachsen.«
»Wer ist das schon?« sagte der Kommissar und spielte mit seinem Feuerzeug herum.
Signora Guidi fing geräuschvoll mit einer Hand ihre lange Goldkette mit Email und Amethysten auf, mit der sie gespielt hatte.
»Im Zweifelsfall muß man vereinfachen«, sagte sie und richtete sich unbewußt auf. »Das ist immer meine Regel gewesen . . . Im Grunde genommen kann man die ganze Angelegenheit in drei Zeilen zusammenfassen: Eine Diebes- und Betrügerbande, ein großer Fehlbetrag, eine Abrechnung . . .«
»Ganz genau«, sagte der Philosoph. »Auch Mord ist im Grunde genommen nichts anderes als eine Vereinfachung.«
»Nur daß . . .« sagte Signora Guidi und ließ die Schultern mutlos wieder sinken, »Thea bei alldem draußen bleibt. Wie vereinfache ich die Komplikation Thea?«
»In zwei weiteren Zeilen«, sagte der Kommissar und spielte mit einem Manschettenknopf, »die der neunzehnjährigen T. G. gewidmet sind, nicht vorbestraft, mit Scalisi, Graziano, in die Sache verwickelt, der der Polizei bekannt ist, aber mit der Angelegenheit nichts zu tun hat.«
»Ach ja«, seufzte Signora Guidi und spielte mit einer Schnalle. »Und wir beide, wie viele Zeilen verdienen wir?«
»Wir stehen in einer ausgelassenen Zeile«, sagte Santamaria, »in einer leeren Klammer.«
Signora Guidi begann, nachdenklich mit einem Häkchen zu spielen.
»Und trotzdem ist es schwierig für mich, zu glauben, daß man seine

Verantwortung vorübergehend abstreifen kann, es fällt mir schwer, keine Skrupel zu haben. Zum Beispiel glaube ich, keinerlei Berechtigung zu haben ... hier zu sein.«

»Aber ich doch auch nicht«, kam ihr Santamaria, der mit einem Knopf herumspielte, entgegen, »es ist wirklich eine Schande, daß ich nicht im Büro bin, um meine Pflicht zu tun.«

»Genau das ist es, wir haben auf nichts ein Recht, das ist es, was das Leben mich ...«

»Aber wir können doch immer sagen, daß selbst die Strafgefangenen das Recht auf eine Stunde an der frischen Luft haben.«

»Aber es stimmt so nicht, es ist nur eine Entschuldigung! Ich bin keineswegs eine Gefangene, ich handle und entscheide immer in völliger Freiheit; ehrenhafterweise kann ich mich nicht verbergen hinter ...«

»Es gibt doch auch den Kerker der Komplikationen«, schlug Santamaria vor. »Wir können doch einfach sagen, daß das eine neue kleine Vereinfachung ist, nicht?«

Er sah das Zimmer Nr. 12 des Motels »Die Pappeln« so vereinfacht vor sich, daß es im Stil einer Gefängniszelle nahekam.

»Und dann ist die Stunde um, und man geht wieder ganz brav in die Zelle zurück.«

»Nein, das ist zu bequem«, sagte Signora Guidi und spielte mit einem Reißverschluß. »Und vor allem denke ich nicht, daß das, was ich tue, nicht zählt, keine Bedeutung, nicht den geringsten Sinn hat ...«

»Außerdem ist da noch unser Freund Karpokrates ...« sagte der Kommissar und spielte mit seiner Gürtelschnalle. »Er legt dar, daß man bestimmte Dinge absichtlich tun soll. Wenn einer mit Absicht sündigt, hat alles wieder einen Sinn; das Wichtigste ist ...«

»Aber ich bin doch keine Gnostikerin, ich bin doch nicht infam!« ereiferte sich Signora Guidi und spielte mit einem Strumpfband. »Ich bin der Ansicht, daß die alte Lehre, die alten Verbote, das alte *contra sextum* ...«

Sie hatte jetzt nichts mehr an und kroch als erste unter die klammen Bettücher des Zimmers Nr. 12.

»Kurz und gut«, sagte sie mit einem Schauder, »der alte Gott ist mit all seinen Fehlern ...«

Der Große Boß schloß das andere Auge.

Er öffnete beide wieder und blickte auf die Zwillinge im Brussone, die in zwei gleichen Bettchen schliefen, die bei einem der vielen Möbelfabrikanten der Turiner Peripherie auf Raten gekauft worden waren. Auch die beiden kleinen Pyjamas, die mit Schubkarren und Harken

bedruckt waren, glichen einander aufs Haar, identisch waren auch die vier Füße, die winzig und konvex wie Muscheln daraus hervorkamen, ähnlich auch die verlorene Umarmung, in der einmal ein rotes Kaninchen und das andere Mal eine als Königin angezogene Puppe schier erdrückt wurde.
Am Rand ihres unruhigen Schlafs tauchten luftige Zuckerkuppen in Form von Volkswagen und glänzende Lakritzobelisken auf, die wie Bleistifte gespitzt waren; und diese süßen Vergleiche, diese kindlichen Transpositionen und Auslöschungen schienen einen Augenblick lang auf die vorangegangenen Tage abzufärben, als ob das Geheimnis von Santa Liberata, das von hier seinen mörderischen Kreislauf begonnen hatte, nun hierher zurückgekehrt sei, um sich in den zarten Staub des Traums aufzulösen.

Und für einen Augenblick entzog sich auch der Große Boß nicht länger den Windungen dieser sehnsüchtigen Unbestimmtheit. Einen Moment lang gab es in dieser Nacht keine niedrigen oder hohen Beobachter, sondern sie unterbrach in ihrer aufgesogenen Fülle ungesehen oder unsichtbar, ungedacht oder undenkbar, ihren Lauf.

Inhalt

Bitte beachten Sie
auch die folgenden Seiten:

Ivo Andrić

Die Brücke über die Drina

Roman

Ullstein Buch 3050

ein Ullstein Buch

Alles Geschehen in der Stadt Wischegrad kreist um die steinerne Brücke über die Drina, die Abend- und Morgenland verbindet. Im 16. Jahrhundert unter türkischer Herrschaft erbaut, überdauerte sie Jahrhunderte. Sie wird Zeuge der großen Auseinandersetzung zwischen Orient und Okzident, erlebt den Rückzug der Türken, die Ausbreitung des österreichisch-ungarischen Reiches. 1914 wird sie zerstört. Mit ihr zerfällt eine Welt. »Die Brücke über die Drina« gilt als Hauptwerk Ivo Andrićs, dem für sein literarisches Schaffen 1961 der Nobelpreis für Literatur verliehen wurde.

Hanuš Burger

Der Frühling war es wert

Ulstein Buch 20116

ein Ullstein Buch

Stationen eines Lebens: Kindheit und Jugend in Prag, Studium in München, Regisseur und Bühnenbildner in fünf Ländern, Soldat in der amerikanischen Armee, die Invasion in der Normandie, die Befreiung von Paris, Aufbau des Geheimsenders 1212, die Anfänge der CIA, Filmprogrammchef bei der UNO, der Stalinismus in der Tschechoslowakei und schließlich jener Prager Frühling...
Hanuš Burger geriet immer wieder zwischen die Fronten, nur einmal fühlte er sich ganz zu Hause: im Prag des Frühsommers 1968. Die Zeit der Schizophrenie war zu Ende, man sagte und schrieb, was man dachte, die Angst war verschwunden. Das Erlebnis dieser sozialistischen Gesellschaft machte alle Enttäuschungen und Irrungen eines europäischen Schicksals vergessen. Diese Gesellschaft war es dem Autor wert, sich für den Sozialismus engagiert zu haben.